D0123622

P9-EDF-758

VINGT MILLE LIEUES SOUS LES MERS

JULES VERNE

VINGT MILLE LIEUES

SOUS

LES MERS

ILLUSTRÉ DE

111 DESSINS PAR DE NEUVILLE

BIBLIOTHÈQUE

D'ÉDUCATION ET DE RÉCRÉATION

J. HETZEL ET Cie, 18, RUE JACOB

PARIS

© Librairie Générale Française, 1990, pour la préface.
ISBN : 978-2-253-00632-9 – 1re publication LGF

PRÉFACE

Que sont ces « vingt mille lieues » auxquelles tous les enfants bardés de doubles décimètres trouvent un charme mystérieux ? Une distance, rien de plus. Mais une distance variable suivant que l'on mesure de la terre ou de l'eau. Sur le plancher des vaches, la lieue vaut environ quatre kilomètres ; dans le domaine de Neptune, elle correspond à la vingtième partie du degré d'un grand cercle de la Terre, soit cinq kilomètres et cinq cent cinquante-cinq mètres.

C'est évidemment cette dernière valeur qui devrait servir à évaluer les pérégrinations du *Nautilus* ; pourtant l'on constate, au détour du texte, que son narrateur, Aronnax, compte en lieues terrestres [1]. Vingt mille lieues, dans ces conditions, sont donc quatre-vingt mille kilomètres — deux fois la circonférence de notre planète. C'est assurément un beau et long voyage que celui du *Nautilus* ! Un voyage que le capitaine Nemo, ses « hôtes » et le lecteur ont tout le temps de savourer puisqu'il s'effectue à une moyenne de onze kilomètres à l'heure et des poussières... À cette allure, on met dix mois à relier le Japon à la Norvège, par un fabuleux chemin des écoliers.

Tout commence dans le fracas et la confusion. La frégate *Abraham Lincoln*, partie purger les océans d'un

---

1. *Vingt mille lieues sous les mers*, 2ᵉ partie, chap. VII, p. 377.

monstre aux dimensions colossales, est brusquement
heurtée par la proie qu'elle harcèle. Deux hommes sont
projetés par-dessus bord : le harponneur Ned Land, Canadien d'origine, et le savant français Aronnax, auteur d'un
ouvrage universellement reconnu sur *Les Mystères des
grands fonds sous-marins*. Conseil, le fidèle serviteur de
ce dernier, plonge aussitôt le rejoindre dans les eaux du
Pacifique.

Trois hommes à la mer ! Bientôt ils s'accrochent au
dos du monstre qu'ils poursuivaient, baleine ou narval, et
s'aperçoivent avec stupeur qu'il s'agit d'une machine. Ils
sont reçus sans courtoisie à l'intérieur d'un navire submersible, le *Nautilus*, et font la connaissance de son énigmatique capitaine. Celui-ci leur précise leur statut : à mi-
chemin entre l'hôte et le prisonnier.

Dès lors, deux intrigues s'entremêlent : d'une part, une
pérégrination autour du monde dont Nemo est le cicérone
et Aronnax le spectateur fasciné ; d'autre part, une rivalité
entre Nemo et le harponneur, qui chaque jour supporte
un peu plus mal sa captivité. Leur évolution au fil des
lieues s'accompagne de notre interrogation grandissante
sur l'identité et la véritable nature du capitaine Nemo, le
concepteur de cette merveille technologique qui est aussi
un véritable musée et une bibliothèque d'une richesse
extraordinaire. Ainsi va le voyage...

Partis de la mer du Japon, on visite d'abord l'océan
Pacifique et l'Océanie, puis on gagne l'océan Indien et la
Méditerranée, *via* la mer Rouge et un tunnel sous-marin
découvert par le capitaine Nemo, l'Arabian Tunnel, préfi-
guration du canal de Suez. Une fois franchi le détroit de
Gibraltar, on remonte le long de la côte espagnole avant
de foncer dans le Sud en direction du pôle antarctique où
Nemo devance tous les explorateurs et voit un moment
sa machine prise par les glaces. Ensuite, c'est la remontée
le long des côtes atlantiques de l'Amérique du Sud ; on
croise dans la mer des Sargasses avant de suivre le Gulf
Stream jusqu'à la Manche et à la mer de Norvège où le
Nautilus se perd dans le Maelström.

Nombre d'épisodes palpitants ou spectaculaires jalonnent le voyage. Citons pêle-mêle, pour nous mettre en appétit de lecture : la promenade dans les forêts sous-marines de l'île Crespo, la visite de l'Atlantide engloutie, la récupération d'inépuisables trésors dans les flancs naufragés de galions espagnols, un enterrement dans le corail, des combats contre une araignée géante, un requin, des pieuvres, un navire fantôme, désemparé dans la tempête, que l'on voit sinistrement errer, comme suspendu entre deux eaux, un autre que le capitaine Nemo éventre sans pitié et qui s'enfonce lentement dans les flots tandis que l'équipage essaie en vain de fuir au bout des mâts une noyade inéluctable, des poissons par myriades, une perle géante, des centaines de cadavres flottant à l'embouchure du Gange, une escadre d'argonautes, une attaque d'Indiens. Le *Nautilus* n'est pas une prison ennuyeuse.

Mais voyons comment l'idée de cette fabuleuse mécanique est venue à Jules Verne.

Genèse

La gestation de *Vingt mille lieues sous les mers* fut une des plus longues de l'histoire des *Voyages extraordinaires*. L'idée de ce roman date de l'été 1865. Jules Verne le conçut à la suite d'une suggestion épistolaire de George Sand, amie d'Hetzel, qui avait fort apprécié *Cinq semaines en ballon* et *Voyage au centre de la Terre*.

La lettre par laquelle elle pressait l'imagination du romancier est restée à la postérité par les soins de Jules Verne lui-même qui, fier d'avoir intéressé un écrivain qu'il estimait fort, l'a communiquée, en 1897, à un journaliste venu l'entretenir à Amiens. Voici le paragraphe inspirateur :

« Je vous remercie, Monsieur, de vos aimables mots mis en deux saisissants ouvrages qui ont réussi à me distraire d'une bien profonde douleur et à m'en faire supporter l'inquiétude. Je n'ai qu'un chagrin en ce qui les concerne, c'est de les avoir finis et de n'en avoir pas encore une douzaine à lire. J'espère que vous nous conduirez bientôt dans les profondeurs de la mer et que vous ferez voyager vos personnages dans ces appareils de plongeurs que votre science et votre imagination peuvent se permettre de perfectionner[1]. »

Verne se lança presque aussitôt dans une première rédaction de son roman, qu'il dut interrompre, en 1866, pour se consacrer à la fastidieuse mais rémunératrice *Géographie illustrée de la France*. Il reprit son travail en 1868 et rédigea dans le plus grand enthousiasme une deuxième version du roman, qui n'eut pas l'approbation d'Hetzel. C'est seulement ce printemps-là qu'il trouva le titre définitif de son œuvre ; il avait hésité auparavant entre *Voyage sous les eaux*, *Vingt mille lieues sous les eaux*, *Vingt-cinq mille lieues sous les eaux*, *Mille lieues sous les océans*... Le texte que nous connaissons fut écrit au cours des années 1868 et 1869, dans la crainte incessante de « rater » un aussi beau sujet[2].

C'est essentiellement sur le personnage du capitaine Nemo et sur la scène du navire éperonné que portèrent les dissensions — courtoises quoique vives — entre l'éditeur et son auteur.

Jules Verne voyait en Nemo un Polonais dont la famille avait été massacrée par la barbarie tsariste et qui se vengeait en coulant les bateaux russes. Soucieux de la commercialisation de ses produits dans un pays qui entretenait les meilleures relations du monde avec sa maison d'édition, Hetzel refusa cette politisation du capitaine. Il suggéra au romancier — entre autres folies — d'en faire un anti-esclavagiste chassant les négriers, mais celui-ci refusa obstinément tout remaniement de cette sorte, pour se cantonner dans le mystère qui donne au personnage sa dimension universelle.

Il est toutefois une suggestion de l'éditeur à laquelle Jules Verne se rallia sans difficulté : ce fut, pour les illus-

---

1. Cf. C.-N. Martin, *La Vie et l'Œuvre de Jules Verne*, Paris, Michel de l'Ormeraie, 1978, pp. 167-170. **2.** Pour plus de détails sur ces manuscrits, cf. M. Destombes, « Le manuscrit de *Vingt mille lieues sous les mers* de la Société de géographie de Paris » in *Bulletin de la Société Jules Verne*, n° 35-36, 3ᵉ et 4ᵉ trimestres 1975, pp. 59-70.

trations, de prêter à Nemo les traits du colonel Charras, un ancien ami politique de l'éditeur, compagnon de combat et d'exil, mort quelques années auparavant, en 1865, sans avoir remis le pied sur le sol français depuis les proscriptions de 1852.

Quant au *Nautilus*, il trouve son origine dans la science du temps et dans la passion vernienne de la navigation.

Le nom et quelques-unes des caractéristiques sont empruntés aux submersibles de Fulton, des frères Coëssin et de l'Américain Hallelt. Nous pouvons encore en voir l'un des modèles au musée de la Marine : la maquette du *Plongeur*, exposée par Bourgeois et Brun à l'Exposition universelle de 1867.

Jules Verne s'est également inspiré des submersibles utilisés au cours de la guerre de Sécession [1] — plusieurs furent coulés durant le conflit — et des nombreuses expériences de navigation sous-marine qui eurent lieu dans la Seine. C'est ainsi que le domestique d'Aronnax doit son nom à un scientifique avec lequel Verne était lié d'amitié : J.-F. Conseil, qui expérimenta un submersible dans les eaux parisiennes, notamment. Cet hommage patronymique n'est d'ailleurs pas sans arrière-pensée dans l'esprit de Jules Verne ; il montre que, dans le roman, le scientifique n'est que le serviteur du romancier, en l'occurrence Aronnax, qui écrit sous le masque d'un savant un récit à la première personne, et emprunte ses traits à son créateur dans les illustrations de Riou et de Neuville.

Si Jules Verne a prêté son visage à son narrateur, c'est sans doute aussi en souvenir des circonstances dans lesquelles il écrivit une large part de son roman, et qui s'apparentent, en effet, à la situation d'Aronnax à bord du *Nautilus*. Je m'explique : en juillet 1868, le romancier prit livraison de son premier bateau [2], le *Saint-Michel I*, fringant « petit yacht de huit à dix tonneaux, gréé comme

---

1. C'est ce même conflit qui lui a inspiré, à la même époque, la monstrueuse Columbiad que l'on construit dans *De la Terre à la Lune* (1865). **2.** Il le faisait aménager depuis 1866.

les bateaux de pêche de la baie de Somme[1] » ; il l'utilisa aussitôt comme un véritable « cabinet de travail » et y rédigea une bonne partie de son récit. Ainsi, la navigation de surface le long des côtes bretonnes et normandes, et jusqu'en Angleterre, nourrit-elle abondamment les rêveries du romancier sur les grands fonds marins : « Est-ce assez beau et quel aliment pour l'imagination ! » s'exclame-t-il dans une lettre à Hetzel, au mois de septembre 1868, alors que, mouillé devant Gravesend, il achève le premier volume de *Vingt mille lieues sous les mers*.

Création poétique

La grandeur de *Vingt mille lieues sous les mers* tient à une création poétique où se mêlent réminiscences mythologiques et influences littéraires.

Par son nom même, Nemo se pose en double du divin Ulysse : « Personne » (*nemo* en latin), c'est ainsi que l'infortuné voyageur se présentait au cyclope Polyphème. Et c'est bien à une odyssée, en effet, que nous convie Jules Verne, une odyssée dont le cadre ne se limite plus au bassin méditerranéen, mais s'élargit à toutes les mers du globe.

La dimension mythologique du roman transparaît dans la divinisation de son héros et le mystère dont son identité est empreinte, lesquels culmineront, d'ailleurs, dans la suite que l'auteur apportera à l'histoire de son héros le plus célèbre, à la fin de *L'Île mystérieuse*.

Jules Verne n'emprunte pas qu'à Homère. Le cycle de Thèbes, la Bible et l'imaginaire populaire des marins sont également mis à contribution. Ainsi, Nemo apparaît-il comme un nouvel Argonaute, un émule de Jason autant que de Jonas, son anagramme. À l'instar du premier, il

---

1. Raymond Charles, « Les célébrités contemporaines » in *Le Musée des Familles*, septembre 1875.

semble avoir trouvé la Toison d'or[1], et comme le second, il voyage enfoui dans le ventre d'un « grand poisson[2] ». Ainsi rencontre-t-il, après qu'on l'a pris pour un des leurs, quelques monstres dignes des légendes bretonnes. Tout cela a bien de quoi faire rêver : Jules Verne construit sur des mythes qui contaminent de leur ampleur son écriture romanesque[3].

Vingt mille lieues sous les mers doit aussi beaucoup à deux ouvrages contemporains qui y sont, d'ailleurs, cités : *La Mer* de Michelet[4], paru en 1861, et les hallucinants *Travailleurs de la mer* publiés par Victor Hugo en 1866.

Même si elle n'est pas, quantitativement, la plus importante, l'influence de Victor Hugo est celle qui nous frappe le plus. Comment ne pas penser à Gilliatt devant le combat qui oppose les hôtes du *Nautilus* aux pieuvres ? Pour ceux qui n'auraient pas fait le rapprochement, d'ailleurs, Jules Verne met les points sur les *i* :

« Cette terrible scène du 20 avril, aucun de nous ne pourra jamais l'oublier. Je l'ai écrite sous l'impression d'une émotion violente. Depuis, j'en ai revu le récit. Je l'ai lu à Conseil et au Canadien. Ils l'ont trouvé exact comme fait, mais insuffisant comme effet. Pour peindre de pareils tableaux, il faudrait la plume du plus illustre de nos poètes, l'auteur des *Travailleurs de la Mer*[5]. »

Par la plume d'Aronnax, Jules Verne rend ici à Hugo un hommage appuyé, qui mérite qu'on s'y arrête. Le choix de cette scène pour évoquer Hugo prouve que le

---

1. Cf. Apollonios de Rhodes, *Argonautiques*, Paris, Les Belles Lettres, Budé.   2. Cf. *Bible*, Livre des Prophètes, IV, Jonas. 3. Cf. M. Serres, *Jouvences sur Jules Verne*, Paris, Éditions de Minuit, 1974.   4. Lisons Jules Verne : « C'est là, sur ses rivages et sur ses eaux, dit Michelet, que l'homme se retrempe dans l'un des plus puissants climats du globe », *Vingt mille lieues sous les mers*, 2e partie, chapitre VII, p. 377. De la Méditerranée, Michelet écrit en effet : « Telle qu'elle est, cette belle mer, avec ces climats puissants, elle trempe admirablement l'homme. Elle lui donne la force sèche, la plus résistante ; elle fait les plus solides races. » *La Mer*, Paris, Gallimard, coll. Folio 4e partie, chap. II, p. 289. Nous renverrons désormais à cet ouvrage par la lettre *M*.   5. *Vingt mille lieues sous les mers*, 2e partie, chap. XIX, p. 547.

projet vernien de « roman de la science » se rattache au
romantisme dans ce qu'il a de plus fantastique. Mais c'est
aussi pour Verne une manière de marquer son territoire.
À travers l'auteur d'*Hernani*, en effet, c'est tout le mouvement dont il était le chef de file incontesté qui se trouve
impliqué dans la figure du poulpe. Le choix d'un animal
si prodigue de son encre est bien fait pour nous mettre
sur la trace d'une allégorisation de l'écriture. Le kraken
gigantesque, c'est Hugo en personne, et avec lui tous les
monstres sacrés qui ont bercé les débuts littéraires de
Jules Verne. Âge des Géants. Dans ce cadre, le triomphe
des hôtes du *Nautilus* dit à sa manière celui de l'inspiration scientifique du romancier sur ses tentations lyriques.

On reconnaît encore l'influence hugolienne dans cette
ivresse lexicale de l'épuisement du réel à laquelle se
laisse aller Jules Verne. Les listes de poissons ou de
coquillages font penser à ces chapitres dans lesquels Victor Hugo recense les herbes de Guernesey[1] ou les vents
du large[2]. Seule la perspective change. À l'emphase poétique — voire métaphysique — de Victor Hugo, Jules
Verne préfère la rigueur encyclopédique. Toutefois, le
didactisme vernien n'est pas dépourvu de majesté, loin
s'en faut. Une large part du charme de l'écriture tient,
chez Jules Verne, à ce que la science y côtoie sans
complexe une certaine éloquence. Cette subtile harmonie
de deux éléments stylistiques réputés incompatibles, il en
a sans doute trouvé le modèle dans la prose de Michelet.

En 1861, le grand historien publiait *La Mer*. Avec
L'Oiseau (1856) et *L'Insecte* (1857), cet ouvrage de
quelque trois cents pages inaugurait la mode de l'encyclopédie littéraire ; Michelet s'en félicitait dans sa préface
au dernier livre de la série, *La Montagne* (1868) :

« Sous leur forme très modeste, qui ne prétendait nullement aux honneurs de l'in-8°, les trois livres eurent le
rare succès d'en faire produire beaucoup d'autres. Les

---

1. *Les Travailleurs de la mer, L'Archipel de la Manche*, chap. IV,
pp. 567-568. La pagination est celle de l'édition de la Pléiade. Nous
renverrons désormais à ce roman par le sigle *TMer*. **2.** *TMer*,
2ᵉ partie, livre III, chap. IV, pp. 904-906.

imitateurs affluèrent. La librairie publia beaucoup d'ouvrages spéciaux, illustrés ou non illustrés. Plusieurs maisons voulurent même avoir leurs livres généraux, leurs
encyclopédies d'histoire naturelle. Puis vinrent une infi-
nité de livres d'enseignement ou de lecture pour l'enfance
ou la jeunesse. Il suffit d'ouvrir et de suivre le Journal de
la librairie depuis 1856, pour voir qu'une littérature est
sortie de cette époque [1]. »

Le dessein hetzelien du *Magasin d'Éducation et de
Récréation* [2] participe de ce mouvement, et *Les Voyages
extraordinaires* appartiennent à cette littérature — ils en
sont même le plus beau fleuron.

Dans *La Mer*, le souffle poétique de Michelet véhicule
une foule d'informations dans les domaines les plus
variés, de la géologie à l'économie en passant par l'histoire, la zoologie, la météorologie, la technologie, etc.
Poétique et érudit tout à la fois, le livre propose d'intéres-

---

1. *La Montagne*, Préface, p. 1.   2. En créant le *Magasin d'Éducation et de Récréation*, Hetzel entendait compléter sa bibliothèque de la
jeunesse en y adjoignant un périodique de qualité, qui soit à la fois
distrayant, instructif et de bonne tenue morale. Jean Macé devait s'occuper de la partie éducative tandis que Pierre-Jules Stahl — nom de
plume d'Hetzel — se consacrerait à la dimension récréative et littéraire
de l'ouvrage. Le succès que remportaient les premiers romans de Jules
Verne édités par ses soins, amena Hetzel à confier au romancier ce qui
toucherait la vulgarisation scientifique dans le *Magasin*. Le premier
numéro de ce périodique parut le 20 mars 1868 ; il contenait la première livraison d'un long feuilleton de Jules Verne, *Les Anglais du
pôle Nord*, qui fut ensuite publié en roman sous le titre *Voyages et
Aventures du capitaine Hatteras*. La plupart des *Voyages extraordinaires* suivirent le même chemin. Jules Verne dirigea bientôt le *Magasin* avec Hetzel et Jean Macé, puis avec Hetzel seul, et enfin avec le
fils de celui-ci. Cf. A. Parmenie & C. Bonnier de La Chapelle, *Histoire
d'un éditeur et de ses auteurs, P.-J. Hetzel (Stahl)*, Paris, Albin Michel,
1953, pp. 427-431. Le *Magasin* était bimensuel ; jusqu'en 1872, il
parut le 5 et le 20 de chaque mois, puis, jusqu'en 1906, le 1er et le 20.
Par la suite, jusqu'en 1915, il ne fut plus que trimestriel et se borna à
la diffusion des feuilles tirées des éditions grand in-8° des *Voyages
extraordinaires*. On peut dire que le *Magasin* survécut à Hetzel (1814-
1886), mais mourut avec Jules Verne (1828-1905) qui en était devenu
l'âme. En effet, la troisième série, à partir de 1906, n'est plus que
l'ombre de l'ancien magazine.

santes hypothèses sur le passé de notre planète et de
judicieuses perspectives d'avenir dont la puissance pro-
phétique nous apparaît aujourd'hui en pleine lumière[1].

Jules Verne a emprunté à Michelet un grand nombre
de prétextes à rêverie : la mer de lait[2], le Fleuve-Noir[3],
les eaux du Pôle[4], les animalcules[5], les madrépores « faiseurs de mondes[6] », la « fleur de sang » du corail[7], les
forêts sous-marines[8]... Il a pu y lire également un portrait
du harponneur en héros téméraire, affrontant sur de frêles
esquifs des baleines monstrueuses, personnage aux
dimensions mythiques qui a sans doute inspiré la figure
de Ned Land[9]. À ce propos, l'opposition de la baleine et
du cachalot se trouve aussi chez Michelet, et en des
termes très proches de ceux qu'utilisera Jules Verne[10].
Enfin, le chapitre que l'historien consacre aux crustacés
porte en germe l'épisode des monstres qu'aperçoivent
Aronnax et Nemo sur le chemin de l'Atlantide : Verne a
trouvé là les métaphores belliqueuses au travers desquelles il peint ces animaux, et l'idée d'en faire des
géants[11].

Victor Hugo et Michelet ont donc, à l'évidence, excité
l'imagination de Jules Verne. Fidèle à son habitude, le
romancier ainsi mis en verve a ensuite recueilli sa propre
documentation sur tous ces phénomènes. Le tout récent
dictionnaire de Pierre Larousse lui a fourni[12], comme
pour la plupart des *Voyages extraordinaires*, une foule
d'informations précises et pittoresques. Géographies
diverses et récits de voyage ont fait le reste.

Jules Verne aimait puiser à ces sources. Il ne consultait
pratiquement jamais d'études scientifiques « pointues »

---

1. Cf. la préface que Jean Borie a consacrée à cet ouvrage pour les
éditions Folio, Paris, 1983.   2. *M*, livre 2, chap. II.   3. *M*, livre 1,
chap. IV, p. 67.   4. *M*, livre 3, chap. IV.   5. *M*, livre 2, chap. III.
Le plus souvent, Michelet utilise le terme d'« atomes » pour désigner
ces animaux microscopiques.   6. *M*, livre 2, chap. V.   7. *M*,
livre 2, chap. IV.   8. *M*, livre 2, chap. IV, pp. 134-137.   9. *M*, livre 3,
chap. I.   10. *M*, livre 3, chap. I, pp. 225-226.   11. *M*, livre 2,
chap. X, p. 182.   12. Le *Grand Dictionnaire universel du XIXᵉ siècle*
de Pierre Larousse est paru en 1866. Complété en 1876, il compte quinze
volumes au total.

mais se gavait de travaux de vulgarisation. Il lui fallait du savoir incontestable, mais qui ne soit point trop difficile d'accès, trop aride. L'auteur des *Voyages extraordinaires* est l'homme du savoir indirect, le poète de l'encyclopédie plus que de la science véritable. Non content d'exploiter de tels documents, il lui arrivait de recopier des passages presque mot pour mot. Prenons l'exemple des poulpes. Jules Verne a rencontré ces animaux chez Michelet autant que chez Victor Hugo et, au moment de les peindre, il lit Larousse... de très près — les textes parlent d'eux-mêmes :

« Olaüs Magnus raconte les hauts faits d'un céphalopode colossal qui avait au moins un mille de longueur et dont l'apparition au sein des eaux ressemblait plus à une île qu'à un animal. L'évêque de Nidaros découvrit un de ces animaux gigantesques qui dormait tranquillement au soleil et le prit pour un immense rocher. Il fit dresser un autel sur son dos et y célébra la messe. Le kraken demeura immobile tout le temps de la cérémonie ; mais à peine l'évêque avait-il regagné le rivage qu'il replongea dans la mer » (Pierre Larousse [1]).

« Non seulement on a prétendu que ces poulpes pouvaient entraîner des navires, mais un certain Olaüs Magnus parle d'un céphalopode, long d'un mille, qui ressemblait plutôt à une île qu'à un animal. On raconte aussi que l'évêque de Nidros [2] dressa un jour un autel sur un rocher immense. Sa messe finie, le rocher se mit en marche et retourna à la mer. Le rocher était un poulpe » (Jules Verne [3]).

Verne se borne à condenser quelque peu un texte auquel il demeure extrêmement fidèle. Il a su voir et exploiter en poète l'attrait des ouvrages à caractère encyclopédique.

Ce faisant, il laisse aussi parler son inconscient. Dans ce roman de la mer, deux visions de la femme s'affrontent.

---

1. Article « Poulpe ».   **2.** Notons ici une erreur de recopiage de Jules Verne. Larousse avait fort justement écrit « Nidaros ». **3.** *Vingt mille lieues sous les mers*, 2ᵉ partie, chap. XVIII, p. 536.

Vingt mille lieues sous les mers peut se lire *Vingt mille yeux sous les mères*. Le calembour prête à rire, il paraît vain ; pourtant, qu'on ne s'y trompe pas, l'œuvre vernienne est pleine de tels jeux de mots, et ils sont toujours significatifs [1].

Aronnax, imaginaire jumeau de son auteur, est ici en fils curieux. Nemo s'attache à lui montrer une mère idéale, pourvoyeuse du nécessaire comme du superflu. Ce veuf inconsolable tient à donner à l'adolescent qui s'éveille une image parfaitement pure et lisse des relations propres au couple parental. Et pour cela, il entend maîtriser le regard de son hôte, à coups de lunette arrachée et d'*œgri somnia* [2]. L'antithèse de cette perspective trouve son porte-parole dans la personne du Canadien. Le fiancé malheureux de Kat Tender [3] sait que les rapports entre hommes et femmes ne sont pas que douceur et pureté.

Grâce à lui, Aronnax découvre la chair et le sang [4] avant d'apercevoir, lors de la fuite dans le Maelström, la monstruosité qu'on lui cachait : au fond du tourbillon, des troncs d'arbres « se font une fourrure de poils [5] » ! Éclairé, le fils s'évanouit. Jules Verne aurait voulu croire que sa mère, dont il affirmait tenir son imagination, ne fréquentait point un père qui contrecarrait ses objectifs littéraires [6]. Il ne se résigne à la réalité que contraint et forcé.

Mais il n'y a pas que l'imagination chez Verne, l'écriture aussi a son importance. De Jules Verne, Guillaume Apollinaire écrivait : « Quel style ! rien que des substantifs [7] ! » La formule peut surprendre, néanmoins elle recèle une vérité sensible ; tous les lecteurs de Jules Verne, et particu-

---

1. Cf. M. Soriano, *Jules Verne (le Cas Verne)*, Paris, Julliard, 1978.   **2.** *Vingt mille lieues sous les mers*, 1re partie, chap. XXIII. **3.** *Vingt mille lieues sous les mers*, 2e partie, chap. II, p. 314.   **4.** Cf. A. Buisine, « Voglio morire... » in *Modernités de Jules Verne*, Études réunies par Jean Bressière, Paris, P.U.F., 1988.   **5.** *Vingt mille lieues sous les mers*, 2e partie, chap. XXII, p. 591.   **6.** Cf. A. Froidefond, *Voyages au centre de l'horloge, essai sur un texte-genèse de Jules Verne : « Maître Zacharius »*, Paris, Minard, Les Archives des Lettres Modernes, 1989.   **7.** Cité par Marguerite Allotte de la Fuÿe, *Jules Verne, sa vie, son œuvre*, Paris, Hachette, 1953, p. 67.

lièrement du roman qui nous intéresse, peuvent attester ce
qu'est d'abord le foisonnement de l'originalité des substantifs qui choquent dans ses œuvres. Qui ne se souvient des
kyrielles de noms de poissons !

La beauté de la langue vernienne est faite d'une utilisa-
tion poétique du langage scientifique. Poésie de *thesaurus*
procédant de l'exotisme que pouvait encore avoir à
l'époque un discours savant qu'aucun organe ne médiati-
sait auprès du grand public. Exploité autant pour son her-
métisme que pour l'étrangeté de ses sonorités, le lexique
de l'histoire naturelle est utilisé de façon quasi mallar-
méenne. Et l'on voit ainsi le style de Jules Verne se ratta-
cher au symbolisme, comme son imagination sentait le
romantisme. Aussi est-ce une hérésie que de « sauter »
les passages scientifiques des *Voyages extraordinaires*, il
faudrait au contraire les lire à voix haute pour en apprécier la subtile musicalité.

La poésie vernienne, ce sont aussi les images saisis-
santes d'un monde de féerie où les matières et les formes
sont métamorphosées, où le « ragoût de porc » est « foie
de dauphin[1] », le corail « sang pétrifié[2] », où les arai-
gnées peuvent mesurer un mètre[3] et les « crabes titanesques [se tenir] braqués comme des canons sur leurs
affûts[4] ». Le *Nautilus* balade ses hôtes et le lecteur dans
un univers de fable.

Jules Verne n'est pas un érudit qui écrit des livres de
fiction, mais un poète qui cherche à créer des mythes. Et
ce n'est pas en ingénieur préoccupé de vérités techniques
mais en romancier soucieux de vraisemblance qu'il
construit espaces et machines[5].

---

1. 1re partie, chap. x, p. 124.   2. 1re partie, chap. xxv, p. 288.
3. 1re partie, chap. xvii, p. 195.   4. 2e partie, chap. ix, p. 412.
5. « "Romancier avant tout" et non ingénieur, Verne cherche la *vraisemblance* (ou dénonce l'invraisemblable !) : il n'a que faire du "vrai".
Aussi, *L'Albatros* est-il, comme par hasard, fait de "papier" comprimé,
et comporte-t-il "bibliothèque" et "imprimerie portative" », remarque
fort judicieusement François Raymond dans son excellente introduction
au *Jules Verne, III : machines et imaginaire*, Paris, Minard, *La Revue
des Lettres Modernes*, 1980, pp. 6-7.

Enfin, les sortilèges du texte vernien sont indissociables de ceux des images qui l'illustrent. Jules Verne s'intéressa de très près au travail de Riou et de De Neuville, preuve qu'il voyait en leurs gravures un élément de son œuvre à part entière. Citons pour témoin cette remarque qu'il fit à Hetzel, dans une lettre de décembre 1868 :

« J'ai reçu les croquis de Riou. J'ai des observations à faire. Je vais lui écrire en les renvoyant. Je pense qu'il faut faire les personnages beaucoup plus petits et montrer les salons beaucoup plus grands. Ce ne sont que des coins de salon qui ne donnent pas l'idée des merveilles du *Nautilus*. Il devra dessiner tous les détails avec une extrême finesse. »

Dans une littérature destinée à la jeunesse, cet élément iconographique ajoute non seulement à la séduction de l'œuvre mais aussi à sa lisibilité[1]. C'est pourquoi l'écart entre le texte et la gravure doit être le plus mince possible, celle-ci étant totalement au service de celui-là. Sans doute est-ce pour cela qu'Hetzel ne demanda jamais à un visionnaire comme Gustave Doré — qui pourtant dessinait chez lui — d'illustrer les *Voyages extraordinaires*. Ç'aurait été prendre le risque de trop brouiller le texte.

Fortune du texte

Comme la plupart des *Voyages extraordinaires*, c'est d'abord dans le *Magasin d'Éducation et de Récréation* que *Vingt mille lieues sous les mers* fut publié, sous forme de feuilleton. Les aventures d'Aronnax et de ses compagnons occupèrent les lecteurs du magazine d'Hetzel pendant plus d'un an, du 20 mars 1869 au 20 juin 1870.

L'édition originale, in-18 sans illustrations, connut quelques mésaventures. La première partie du roman fut

---

1. Sur la place et la fonction des illustrations dans les *Voyages extra-ordinaires*, cf. D. Compère, « Fenêtres latérales » in *Jules Verne, IV : texte, image, spectacle*, Paris, Minard, *La Revue des Lettres Modernes*, 1983, pp. 55-71.

mise en vente le 28 novembre 1869, mais le nombreux public qui se la procura dut attendre le 13 juin 1870 pour en acquérir la suite. Près de sept mois !

Ce sont ces petites éditions originales qui permettent de juger du véritable succès des œuvres verniennes et non les somptueuses éditions grand in-8°, richement illustrées sous leur brochure ou leur cartonnage doré, car au contraire de celles-ci, qui émerveillent encore les bibliophiles, la modeste in-18 était accessible au public peu fortuné.

Le succès de *Vingt mille lieues sous les mers* fut considérable [1]. Bien sûr, en cette période troublée, les Français, surtout les moins aisés, avaient autre chose à acheter que des livres pour enfants. Néanmoins, les aventures du capitaine Nemo se vendirent fort bien. Et au total, sur la durée de la vie de l'auteur, elles figurent comme son troisième plus grand succès : un tirage de 50 000 exemplaires, contre 108 000 pour *Le Tour du monde en 80 jours* et 76 000 pour *Cinq semaines en ballon*. Et de nos jours, *Vingt mille lieues sous les mers* est sans doute le plus célèbre des *Voyages extraordinaires*.

La superbe édition in-8°, ornée de ses cent onze gravures sous sa couverture rouge et or, fut mise en vente le 16 novembre 1871, un mois avant Noël, conformément à l'habitude d'Hetzel. L'éditeur de la rue Jacob tirait le plus clair de ses profits de cette édition luxueuse, sur les bénéfices de laquelle il ne reversait pas un centime à Jules Verne... L'admiration et l'amitié ont leur limite.

Mais au-delà de l'enthousiasme du public, quelle fut la fortune littéraire et artistique de ce roman ?

Chez Jules Verne, d'abord. Le romancier, en effet, n'a pas résisté à l'envie de retrouver son capitaine Nemo. Quelques années après l'avoir abandonné au fond du Maelström, il en fit le bon génie de l'île Lincoln (*L'Île mystérieuse*, 1875) et profita de l'occasion pour lui don-

---

1. Pour mieux appréhender le public de Jules Verne, voir l'étude de S. Goracci, « Jules Verne : un romancier populaire ? (éléments pour une étude du public vernien) » in *Bulletin de la Société Jules Verne*, n° 42, 2e trim. 1977, pp. 38-42.

ner une identité. C'est ainsi que Nemo devint un Hindou,
ancien héros de la révolte des Cipayes, le prince Dakkar.
Et l'on apprend au passage que le navire coulé à la fin de
Vingt mille lieues sous les mers était une frégate anglaise[1].

La conquête du pôle Sud par le capitaine du *Nautilus*
est rappelée en note dans un roman consacré à cette partie
du globe où l'on part rechercher Arthur Gordon Pym,
Le Sphinx des glaces (1897)[2]. Cette technique de renvoi
montre un Jules Verne ravi des affinités de son imaginaire
avec celui d'Edgar Poe, et soucieux de prouver que les
chimères de l'imagination forment à leur manière un univers aussi tangible que le monde réel puisque chaque écrivain peut poursuivre l'œuvre d'un autre, marcher sur son
terrain[3]. Le roman ne fait plus concurrence à l'état civil

---

1. *L'Île mystérieuse*, 3e partie, chap. XVI, pp. 799-811.   **2.** *Le
Sphinx des glaces*, 2e partie, chap. X, p. 404. Ce roman est donné pour
la suite des *Aventures d'Arthur Gordon Pym* d'Edgar Poe, c'est l'hommage romanesque de Jules Verne à cet auteur sur lequel il avait écrit
une intelligente étude en début de carrière : « Edgar Poe et ses
œuvres », *in* J. Verne, *Textes oubliés*, Paris, Union Générale d'Éditions,
coll. 10/18, 1979, pp. 111-153.   **3.** Jules Verne donnera également
une suite au *Robinson suisse* de Wyss, *Seconde Patrie*. En outre, il a,
par trois fois, remanié l'univers d'un autre écrivain, Paschal Grousset,
ex-communard ami de Hetzel, qui vendit à l'éditeur les manuscrits de
Les 500 Millions de la Bégum, de *L'Étoile du Sud* et de *L'Épave du
Cynthia* lesquels, au moins pour les deux premiers, furent considérablement transformés par l'auteur des *Voyages extraordinaires*. Le troisième de ces romans est cosigné Jules Verne et André Laurie
— pseudonyme de Grousset. Par ailleurs, Jules Verne a encore voulu
écrire un roman à la manière de Dumas père qui l'avait encouragé dans
la voie de la littérature, à ses débuts ; ce sera « le Monte-Cristo des
Voyages extraordinaires », *Mathias Sandorf*. Et il a sans doute imaginé
Le Secret de Wilhelm Storitz, en 1904, pour se frotter au Britannique
Herbert-George Wells qui avait publié *L'Homme invisible* en 1897.
Enfin, Jules Verne n'a pas hésité à léguer son univers à son fils,
Michel, en lui permettant, d'abord, d'écrire en son nom *La Journée
d'un journaliste américain en 2889*, *L'Éternel Adam* et *L'Agence
Thompson & C°*, puis en le chargeant plus ou moins tacitement de
mettre la patte finale à ses textes posthumes — *Le Volcan d'or*, *La
Chasse au météore*, *Le Pilote du Danube*, *Les Naufragés du* Jonathan,
Le Secret de Wilhelm Storitz, *L'Étonnante Aventure de la mission Bar-
sac* —, textes aujourd'hui réédités dans leur version primitive par les
bons soins de la Société Jules Verne. Cf. O. Dumas, *Jules Verne*, Paris,

comme chez Balzac, il ouvre sur un monde marginal qui ne croise le nôtre que par accident. On est proche du thème fantastique de la cinquième dimension.

Nemo se pose comme le héros de la marge, toujours terré au fond des mers, au creux d'une île inconnue ou sur les glaces de l'Antarctide.

Il apparaît une dernière fois dans une pièce de théâtre de 1882, cosignée avec Adolphe d'Ennery[1] : *Voyage à travers l'impossible*. Jules Verne lui fait alors tenir des propos d'un cléricalisme réactionnaire tellement outrancier qu'il les retranchera peu avant la première représentation. Je cite une de ces répliques pour que l'on juge combien le personnage en était métamorphosé :

« Ah ! l'admirable civilisation ! Et sur quelles inébranlables bases repose cette société moderne qui enlève aux déshérités de ce monde l'espérance d'un monde meilleur ! Mais s'il n'existe pas d'autre vie que la vie terrestre, si nous ne devons attendre ni châtiment ni récompense futurs, la vertu est une duperie, il ne s'agit plus pour le crime que de savoir habilement se soustraire à la loi. Et pour peu que vous ayez à la tête de l'État quelques dignes et honnêtes gouvernants pratiquant une douce philosophie bourgeoise et qui se plaisent à commuer les peines prononcées par la Justice, vous verrez les criminels enhardis se multiplier sans relâche, et le meurtre n'étant pas plus sévèrement puni que le vol, les voleurs se feront assassins, et les assassins se diront : "Nous pouvons tuer sans crainte ; on ne nous tuera pas ! Nous pouvons égorger sans remords, le remords est un vain mot, car Dieu n'existe pas !"[2] »

Ces propos sont d'un bourgeois qui aurait lu Sade, l'aurait compris et s'en serait par trop effrayé...

La Manufacture, 1988, pp. 183-190. On voit que Jules Verne était pour le moins favorable au commerce des imaginaires.

1. Adolphe d'Ennery collabora avec plus ou moins de bonheur à la plupart des *Voyages au théâtre*. Jules Verne lui doit ses plus beaux succès dramatiques, mais il ne lui en fut pas plus reconnaissant pour autant.   2. *Voyage à travers l'impossible*, acte II, huitième tableau, scène 2, Paris, Jean-Jacques Pauvert, La Vue, 1981, p. 39.

Mais laissons le capitaine et intéressons-nous un peu à la descendance de sa machine.

Le *Nautilus* n'est pas l'unique sous-marin de la production vernienne. On retrouve des submersibles dans trois autres romans : *Mathias Sandorf* (1885), *Face au drapeau* (1896) et *Maître du Monde* (1904). Mais ces engins n'ont plus rien de commun avec la merveilleuse machine du prince Dakkar. Ce ne sont plus guère que des utilités. J'en veux pour preuve qu'ils ne sont l'occasion d'aucune description du milieu qu'ils traversent. Machines aveugles, enfermées dans leur fonction dramatique. Seul le trétrabie d'un Robur autoproclamé « Maître du Monde », l'*Épouvante*, peut encore exciter notre imagination par ses multiples possibilités — automobile, « aviateur », navire de surface et sous-marin ; encore l'effet est-il considérablement atténué par la raison que cet engin s'intègre à une parabole dont l'objectif est de dénoncer les risques d'une aliénation de l'homme à la machine[1].

Cette déperdition de la puissance imaginaire des sous-marins verniens recoupe un phénomène général dans l'histoire de la science-fiction.

Dans sa précieuse *Encyclopédie de l'utopie, des voyages extraordinaires et de la science-fiction*[2], Pierre Versins a bien montré que, loin d'être le premier submersible de la littérature « conjecturale », le *Nautilus* est plutôt l'aboutissement d'une longue série et, j'ajouterai, son plus beau fleuron. Cela, toutefois, ne signifie pas, loin de là, que Jules Verne n'eut point d'émules.

Citons Albert Robida (1848-1926), dessinateur et écrivain, auteur des *Voyages très extraordinaires de Saturnin Farandoul dans les cinq ou six parties du monde et dans tous les pays connus et même inconnus de Monsieur Jules Verne*. Dans cette œuvre à l'imaginaire totalement débridé, où textes et dessins se relaient pour mieux nous

---

1. Cf. C. Chelebourg, « Avatars et sémantique de l'*Épouvante* de Jules Verne » in *Les Études philosophiques*, janvier-mars 1985, Paris, P.U.F., numéro consacré à « L'imaginaire de la machine ».
2. P. Versins, *Encyclopédie de l'utopie, des voyages extraordinaires et de la science-fiction*, Lausanne, L'Âge d'homme, 1972.

faire rêver, le capitaine Nemo vient sauver l'empire océanien du héros, sa Farandolie, en butte à l'impérialisme britannique. La publication de cette sympathique parodie des œuvres verniennes s'étala sur cent livraisons à partir de 1879. Son existence seule suffirait à témoigner de l'extrême popularité de Jules Verne à cette époque.

Paul d'Ivoi (1856-1915), auteur d'une série de *Voyages excentriques* d'inspiration très vernienne, n'a utilisé le submersible qu'une seule fois, dans un roman intitulé *Corsaire Triplex* (1898). Il y met en scène plusieurs sous-marins très vastes, capables de descendre jusqu'à 6 000 mètres au-dessous du niveau de la mer.

Citons encore *La Guerre sous l'eau* de Georges Le Faure (1858-1953), où l'on voit une société secrète cosmopolite lutter à l'aide d'un sous-marin torpilleur, le *Vindex*, contre cette Allemagne spoliatrice qui nous avait ravi l'Alsace et la Lorraine ; *Les Robinsons sous-marins* (1907-1908) ainsi que *La Guerre maritime et sous-marine* (1908) de ce capitaine Danrit (1855-1916) qui se complaisait dans l'imaginaire belliqueux ; *La Guerre des océans* de José Moselli, publiée en feuilleton, de décembre 1928 à septembre 1929, dans la revue *Sciences et voyages* [1].

Citons aussi, pour la littérature anglo-saxonne, *The Log of the « Flying Fish »* de Harry Collingwood (1887), dans lequel on peut voir un engin capable de parcourir les airs comme le fond des eaux ; *The Great Stone of Sardis* de Frank R. Stockton (1897) qui reprend l'idée vernienne d'utiliser le sous-marin pour les explorations polaires ; et surtout *The Other Log of Phileas Fogg* de Philip José Farmer (1973), traduit en français sous le titre *Chacun son tour* [2]. Ce récit délirant enchevêtre les imaginaires de Jules Verne et de Philip José Farmer : Nemo y apparaît, sans son *Nautilus*, dans la peau d'un extra-terrestre luttant contre Phileas Fogg pour récupérer un mystérieux « déphaseur ». Finalement vaincu par le gentleman de Saville

---

1. *Sciences et voyages*, nᵒˢ 485 (13 décembre 1928) à 524 (12 septembre 1929). **2.** Ph. J. Farmer, *Chacun son tour*, trad. de l'américain par Joëlle Lacor, Paris, J.-C. Lattès, coll. Titres/SF, 1980.

Row, on apprend qu'il acheva sa carrière criminelle sous le nom de professeur James Moriarty[1].

On voit à quel point le *Nautilus* et son génial inventeur ont imprégné le discours de la science-fiction. Mais l'influence dont Jules Verne pourrait être le plus fier, c'est celle qu'il a eue sur Arthur Rimbaud. On a pu établir, en effet, que l'un des textes les plus célèbres du jeune poète, « Le bateau ivre », écrit en août 1871, le fut sous l'inspiration directe de *Vingt mille lieues sous les mers*[2].

Paul Éluard aussi fut marqué par le roman de Jules Verne et l'on sait que deux vers lui furent inspirés par la fantastique illustration de l'hécatombe finale[3] :

« J'étais comme un bateau coulant dans l'eau fermée,
Comme un mort je n'avais qu'un unique élément[4]. »

Les écrivains contemporains, également, ne manquent pas d'afficher, parfois, l'empreinte que leur ont laissée les aventures du capitaine Nemo. Georges Perec place en exergue d'*Un cabinet d'amateur* la description des richesses picturales exposées dans le salon du *Nautilus*[5], et Philippe Sollers fait par deux fois allusion à *Vingt mille lieues sous les mers* dans *Le Cœur absolu*[6].

Enfin, n'oublions pas le saut dans la réalité, le récit de la conquête du pôle Nord par le premier sous-marin atomique, le *Nautilus*. L'événement eut lieu le 3 août 1958 ; il a été raconté dans ses moindres détails par l'homme qui eut la chance et l'honneur de diriger cette

---

1. Le professeur James Moriarty sera le plus redoutable adversaire de Sherlock Holmes.   **2.** Cf. J.-H. Guermonprez, « Le *Nautilus* est-il "Le bateau ivre" ? » in *Bulletin de la Société Jules Verne* nº 13, 1er trimestre 1970, pp. 91-95.   **3.** « L'énorme vaisseau s'enfonçait lentement », 2e partie, chap. XXI, p. 582. Je tiens ici à remercier M. Jean-Pierre Picot, à qui je dois ce renseignement.   **4.** « Pour vivre ici » in *Livre ouvert, I*. Poème daté de 1918. P. Éluard, *Œuvres complètes, I*, Paris, Gallimard, Bibliothèque de la Pléiade, 1968, pp. 1032-1033.   **5.** G. Perec, *Un cabinet d'amateur*, Paris, Hachette, Le Livre de Poche, 1989, p. 8.   **6.** P. Sollers, *Le Cœur absolu*, Paris, Gallimard, coll. Folio, 1987, pp. 166 et 254.

héroïque expédition, le commandant W. Anderson, dans un livre intitulé *Nautilus 90° Nord*[1].

Les aventures du capitaine Nemo n'ont pas manqué non plus d'inspirer cinéastes et auteurs de bandes dessinées.

*

Filmographie

Nous ne mentionnons pas le titre du film lorsqu'il est identique à celui du roman.

1905. Mac Cutcheon (États-Unis).

1907. Georges Méliès (France), *200 000 lieues sous les mers*.

1910. ? (Grande-Bretagne).

1912. Allan J. Hollubar (États-Unis).

1915. J.E. Williamson et Stuart Paton (États-Unis).

1916. Michel Verne (France).

1927. Enrique Rambal (Espagne).

1928. Studios de Hollywood (États-Unis).

1937. Irving Thalberg (États-Unis).

1954. Richard Fleisher (États-Unis) pour Walt Disney Productions.

1969. James Hill (États-Unis), *Capitaine Nemo et la Ville sous-marine*.

Quelques adaptations en B.D.

Nous ne citons que des B.D. publiées en français. Toutes portent le même titre que le roman.

1951. Dessins R. Blondeau, raconté par Marc Déséchal, Paris, Hachette, 32 p.

---

1. Commandant W. Anderson et C. Jr. Blair, *Nautilus 90° Nord*, Paris, Arthaud, 1959.

1975. Dessins Gérard Gasquet, adaptation François Truchaud, Paris, Nathan, 48 p.

1976. Dessins Romy Gamboa et Ernie Patricio, adaptation Otto Blinder, Montréal, Héritage, série « Classiques illustrés », 61 p.

1976. Studios Walt Disney, Paris, Hachette, 38 p.

1978. Dessins Ramon de la Fuente, Paris, Fernand Nathan, collection « Les œuvres célèbres en bandes dessinées », 60 p.

Pour finir, évoquons l'œuvre géniale de Winsor McCay, le véritable inventeur de la B.D. moderne, *Little Nemo in Slumberland*, publiée dans le *New York Herald* à partir de 1905 et que rééditent aujourd'hui les éditions Milan. Le nom de Nemo y devient synonyme de rêves et de voyages en des pays imaginaires.

Christian CHELEBOURG.

I

UN ÉCUEIL FUYANT

L'année 1866 fut marquée par un événement bizarre,
un phénomène inexpliqué et inexplicable que personne
n'a sans doute oublié. Sans parler des rumeurs qui agitaient les populations des ports et surexcitaient l'esprit
public à l'intérieur des continents, les gens de mer furent

particulièrement émus. Les négociants, armateurs, capitaines de navires, skippers et masters de l'Europe et de l'Amérique, officiers des marines militaires de tous pays, et, après eux, les gouvernements des divers États des deux continents, se préoccupèrent de ce fait au plus haut point.

En effet, depuis quelque temps, plusieurs navires s'étaient rencontrés sur mer avec « une chose énorme », un objet long, fusiforme, parfois phosphorescent, infiniment plus vaste et plus rapide qu'une baleine.

Les faits relatifs à cette apparition, consignés aux divers livres de bord, s'accordaient assez exactement sur la structure de l'objet ou de l'être en question, la vitesse inouïe de ses mouvements, la puissance surprenante de sa locomotion, la vie particulière dont il semblait doué. Si c'était un cétacé, il surpassait en volume tous ceux que la science avait classés jusqu'alors. Ni Cuvier, ni Lacépède, ni M. Dumeril, ni M. de Quatrefages n'eussent admis l'existence d'un tel monstre — à moins de l'avoir vu, ce qui s'appelle vu de leurs propres yeux de savants.

À prendre la moyenne des observations faites à diverses reprises — en rejetant les évaluations timides qui assignaient à cet objet une longueur de deux cents pieds, et en repoussant les opinions exagérées qui le disaient large d'un mille et long de trois —, on pouvait affirmer, cependant, que cet être phénoménal dépassait de beaucoup toutes les dimensions admises jusqu'à ce jour par les ichtyologistes — s'il existait toutefois.

Or, il existait, le fait en lui-même n'était plus niable, et, avec ce penchant qui pousse au merveilleux la cervelle humaine, on comprendra l'émotion produite dans le monde entier par cette surnaturelle apparition. Quant à la rejeter au rang des fables, il fallait y renoncer.

En effet, le 20 juillet 1866, le steamer *Governor Higginson*, de Calcutta and Burnach Steam Navigation Company, avait rencontré cette masse mouvante à cinq milles dans l'est des côtes de l'Australie. Le capitaine Baker se crut, tout d'abord, en présence d'un écueil inconnu ; il se disposait même à en déterminer la situation exacte, quand deux colonnes d'eau, projetées par l'inexplicable objet, s'élancèrent en sifflant à cent cinquante pieds dans l'air. Donc, à moins que cet écueil ne fût soumis aux expansions intermittentes d'un geyser, le *Governor Higginson* avait affaire bel et bien à quelque mammifère aquatique, inconnu jusque-là, qui rejetait par ses évents des colonnes d'eau, mélangées d'air et de vapeur.

Pareil fait fut également observé le 23 juillet de la même année, dans les mers du Pacifique, par le *Cristobal Colon*, de West India and Pacific Steam Navigation Company. Donc, ce cétacé extraordinaire pouvait se transporter d'un endroit à un autre avec une vélocité surprenante, puisque, à trois jours d'intervalle, le *Governor Higginson* et le *Cristobal Colon* l'avaient observé en deux points de la carte séparés par une distance de plus de sept cents lieues marines.

Quinze jours plus tard, à deux mille lieues de là, l'*Helvetia*, de la Compagnie Nationale, et le *Shannon*, du Royal Mail, marchant à contrebord dans cette portion de l'Atlantique comprise entre les États-Unis et l'Europe, se signalèrent respectivement le monstre par 42° 15' de latitude nord, et 60° 35' de longitude à l'ouest du méridien de Greenwich. Dans cette observation simultanée, on crut pouvoir évaluer la longueur minimum du mammifère à plus de trois cent cinquante pieds anglais[1], puisque le *Shannon* et l'*Helvetia* étaient de dimension inférieure à lui, bien qu'ils mesurassent cent mètres de l'étrave à l'étambot. Or, les plus vastes baleines, celles qui fréquentent les parages des îles Aléoutiennes, le Kulammak et l'Umgullick, n'ont jamais dépassé la longueur de cinquante-six mètres — si même elles l'atteignent.

Ces rapports arrivés coup sur coup, de nouvelles observations faites à bord du transatlantique *Le Pereire*, un abordage entre *L'Etna*, de la ligne Iseman, et le monstre, un procès-verbal dressé par les officiers de la frégate française *La Normandie*, un très sérieux relèvement obtenu

---

1. Environ 106 mètres. Le pied anglais n'est que de 30,40 centimètres.

par l'état-major du commodore Fitz-James à bord du *Lord Clyde*, émurent profondément l'opinion publique. Dans les pays d'humeur légère, on plaisanta le phénomène, mais les pays graves et pratiques, l'Angleterre, l'Amérique, l'Allemagne, s'en préoccupèrent vivement.

Partout dans les grands centres, le monstre devint à la mode ; on le chanta dans les cafés, on le bafoua dans les journaux, on le joua sur les théâtres. Les canards eurent là une belle occasion de pondre des œufs de toute couleur. On vit réapparaître dans les journaux — à court de copie — tous les êtres imaginaires et gigantesques, depuis la baleine blanche, le terrible « Moby Dick » des régions hyperboréennes, jusqu'au Kraken démesuré, dont les tentacules peuvent enlacer un bâtiment de cinq cents tonneaux et l'entraîner dans les abîmes de l'océan. On reproduisit même les procès-verbaux des temps anciens, les opinions d'Aristote et de Pline, qui admettaient l'existence de ces monstres, puis les récits norvégiens de l'évêque Pontoppidan, les relations de Paul Heggede, et enfin les rapports de M. Harrington, dont la bonne foi ne peut être soupçonnée, quand il affirme avoir vu, étant à bord du *Castillan*, en 1857, cet énorme serpent qui n'avait jamais fréquenté jusqu'alors que les mers de l'ancien *Constitutionnel*.

Alors éclata l'interminable polémique des crédules et des incrédules dans les sociétés savantes et les journaux scientifiques. La « question du monstre » enflamma les esprits. Les journalistes qui font profession de science, en lutte avec ceux qui font profession d'esprit, versèrent des flots d'encre pendant cette mémorable campagne ; quelques-uns même, deux ou trois gouttes de sang, car du serpent de mer, ils en vinrent aux personnalités les plus offensantes.

Six mois durant, la guerre se poursuivit avec des chances diverses. Aux articles de fond de l'Institut géographique du Brésil, de l'Académie royale des sciences de Berlin, de l'Association britannique, de l'Institution smithsonienne de Washington, aux discussions de *The Indian Archipelago*, du *Cosmos* de l'abbé Moigno, des

Mittheilungen de Petermann, aux chroniques scientifiques des grands journaux de la France et de l'étranger, la petite presse ripostait avec une verve intarissable. Ses spirituels écrivains parodiant un mot de Linné, cité par les adversaires du monstre, soutinrent en effet que « la nature ne faisait pas de sots », et ils adjurèrent leurs contemporains de ne point donner un démenti à la nature, en admettant l'existence des Krakens, des serpents de mer, des « Moby Dick » et autres élucubrations de marins en délire. Enfin, dans un article d'un journal satirique très redouté, le plus aimé de ses rédacteurs, brochant sur le tout, poussa au monstre, comme Hippolyte, lui porta un dernier coup, et l'acheva au milieu d'un éclat de rire universel. L'esprit avait vaincu la science.

Pendant les premiers mois de l'année 1867, la question parut être enterrée, et elle ne semblait pas devoir renaître, quand de nouveaux faits furent portés à la connaissance du public. Il ne s'agit plus alors d'un problème scientifique à résoudre, mais bien d'un danger réel, sérieux, à éviter. La question prit une tout autre face. Le monstre redevint îlot, rocher, écueil, mais écueil fuyant, indéterminable, insaisissable.

Le 5 mars 1867, le *Moravian*, de Montreal Ocean Company, se trouvant pendant la nuit par 27° 30' de latitude et 72° 15' de longitude, heurta de sa hanche de tribord un roc qu'aucune carte ne marquait dans ces parages. Sous l'effort combiné du vent et de ses quatre cents chevaux-vapeur, il marchait à la vitesse de treize nœuds. Nul doute que sans la qualité supérieure de sa coque, le *Moravian*, ouvert au choc, ne se fût englouti avec les deux cent trente-sept passagers qu'il ramenait du Canada.

L'accident était arrivé vers cinq heures du matin, lorsque le jour commençait à poindre. Les officiers de quart se précipitèrent à l'arrière du bâtiment. Ils examinèrent l'océan avec la plus scrupuleuse attention. Ils ne virent rien, si ce n'est un fort remous qui brisait à trois encablures, comme si les nappes liquides eussent été violemment battues. Le relèvement du lieu fut exactement pris, et le *Moravian* continua sa route sans avaries apparentes. Avait-il heurté une roche sous-marine, ou quelque énorme épave d'un naufrage ? on ne put le savoir ; mais, examen fait de sa carène dans les bassins de radoub, il fut reconnu qu'une partie de la quille avait été brisée.

Ce fait, extrêmement grave en lui-même, eût peut-être été oublié comme tant d'autres, si, trois semaines après, il ne se fût reproduit dans des conditions identiques. Seulement, grâce à la nationalité du navire victime de ce nouvel abordage, grâce à la réputation de la compagnie à laquelle ce navire appartenait, l'événement eut un retentissement immense.

Personne n'ignore le nom du célèbre armateur anglais Cunard. Cet intelligent industriel fonda, en 1840, un service postal entre Liverpool et Halifax, avec trois navires en bois et à roues d'une force de quatre cents chevaux, et d'une jauge de onze cent soixante-deux tonneaux. Huit ans après, le matériel de la Compagnie s'accroissait de quatre navires de six cent cinquante chevaux et de dix-huit cent vingt tonnes, et, deux ans plus tard, de deux autres bâtiments supérieurs en puissance et en tonnage. En 1853, la compagnie Cunard, dont le privilège pour le transport des dépêches venait d'être renouvelé, ajouta successivement à son matériel *L'Arabia*, *Le Persia*, *Le China*, *Le Scotia*, *Le Java*, *Le Russia*, tous navires de première marche, et les plus vastes qui, après le *Great Eastern*, eussent jamais sillonné les mers. Ainsi donc, en 1867, la Compagnie possédait douze navires, dont huit à roues et quatre à hélices.

Si je donne ces détails très succincts, c'est afin que chacun sache bien quelle est l'importance de cette compagnie de transports maritimes, connue du monde entier pour son intelligente gestion. Nulle entreprise de navigation transocéanienne n'a été conduite avec plus d'habileté ; nulle affaire n'a été couronnée de plus de succès. Depuis vingt-six ans, les navires Cunard ont traversé deux mille fois l'Atlantique, et jamais un voyage n'a été manqué, jamais un retard n'a eu lieu, jamais ni une lettre, ni un homme, ni un bâtiment n'ont été perdus. Aussi les passagers choisissent-ils encore, malgré la concurrence puissante que lui fait la France, la ligne Cunard de préférence à toute autre, ainsi qu'il appert d'un relevé fait sur les documents officiels des dernières années. Ceci dit, personne ne s'étonnera du retentissement que provoqua l'accident arrivé à l'un de ses plus beaux steamers.

Le 13 avril 1867, la mer étant belle, la brise maniable, le *Scotia* se trouvait par 15° 12' de longitude et 45° 37' de latitude. Il marchait avec une vitesse de treize nœuds quarante-trois centièmes sous la poussée de ses mille chevaux-vapeur. Ses roues battaient la mer avec une régularité parfaite. Son tirant d'eau était alors de six mètres soixante-dix centimètres, et son déplacement de six mille six cent vingt-quatre mètres cubes.

À quatre heures dix-sept minutes du soir, pendant le lunch des passagers réunis dans le grand salon, un choc, peu sensible, en somme, se produisit sur la coque du *Scotia*, par sa hanche et un peu en arrière de la roue de bâbord.

Le *Scotia* n'avait pas heurté, il avait été heurté, et plutôt par un instrument tranchant ou perforant que contondant. L'abordage avait semblé si léger que personne ne s'en fût inquiété à bord, sans le cri des caliers qui remontèrent sur le pont en s'écriant :

« Nous coulons ! nous coulons ! »

Tout d'abord, les passagers furent très effrayés ; mais le capitaine Anderson se hâta de les rassurer. En effet, le danger ne pouvait être imminent. Le *Scotia*, divisé en sept compartiments par des cloisons étanches, devait braver impunément une voie d'eau.

Le capitaine Anderson se rendit immédiatement dans la cale. Il reconnut que le cinquième compartiment avait été envahi par la mer, et la rapidité de l'envahissement prouvait que la voie d'eau était considérable. Fort heureusement, ce compartiment ne renfermait pas les chaudières, car les feux se fussent subitement éteints.

Le capitaine Anderson fit stopper immédiatement, et l'un des matelots plongea pour reconnaître l'avarie. Quelques instants après, on constatait l'existence d'un trou large de deux mètres dans la carène du steamer. Une telle voie d'eau ne pouvait être aveuglée, et le *Scotia*, ses roues à demi noyées, dut continuer ainsi son voyage. Il se trouvait alors à trois cents milles du cap Clear, et après trois jours d'un retard qui inquiéta vivement Liverpool, il entra dans les bassins de la Compagnie.

Les ingénieurs procédèrent alors à la visite du *Scotia*, qui fut mis en cale sèche. Ils ne purent en croire leurs yeux. À deux mètres et demi au-dessous de la flottaison s'ouvrait une déchirure régulière, en forme de triangle isocèle. La cassure de la tôle était d'une netteté parfaite, et elle n'eût pas été frappée plus sûrement à l'emporte-pièce. Il fallait donc que l'outil perforant qui l'avait produite fût d'une trempe peu commune — et après avoir été lancé avec une force prodigieuse, ayant ainsi percé une tôle de quatre centimètres, il avait dû se retirer de lui-même par un mouvement rétrograde et vraiment inexplicable.

Tel était ce dernier fait, qui eut pour résultat de passionner à nouveau l'opinion publique. Depuis ce moment, en effet, les sinistres maritimes qui n'avaient pas de cause déterminée furent mis sur le compte du monstre. Ce fantastique animal endossa la responsabilité de tous ces naufrages, dont le nombre est malheureusement considérable ; car sur trois mille navires dont la perte est annuellement relevée au Bureau Veritas, le chiffre des navires à vapeur ou à voiles, supposés perdus corps et biens par suite d'absence de nouvelles, ne s'élève pas à moins de deux cents !

Or, ce fut le « monstre » qui, justement ou injustement, fut accusé de leur disparition, et, grâce à lui, les communications entre les divers continents devenant de plus en plus dangereuses, le public se déclara et demanda catégoriquement que les mers fussent enfin débarrassées et à tout prix de ce formidable cétacé.

Les ingénieurs procédèrent à la visite du *Scotia*. (Page 38.)

II

LE POUR ET LE CONTRE

À l'époque où ces événements se produisirent, je revenais d'une exploration scientifique entreprise dans les mauvaises terres du Nebraska, aux États-Unis. En ma qualité de professeur suppléant au Muséum d'histoire naturelle de Paris, le gouvernement français m'avait joint à cette expédition. Après six mois passés dans le Nebraska, chargé de précieuses collections, j'arrivai à New York vers la fin de mars. Mon départ pour la France était fixé aux premiers jours de mai. Je m'occupais donc, en attendant, de classer mes richesses minéralogiques, botaniques et zoologiques, quand arriva l'incident du *Scotia*.

J'étais parfaitement au courant de la question à l'ordre du jour, et comment ne l'aurais-je pas été ? J'avais lu et relu tous les journaux américains et européens sans être plus avancé. Ce mystère m'intriguait. Dans l'impossibilité de me former une opinion, je flottais d'un extrême à l'autre. Qu'il y eût quelque chose, cela ne pouvait être douteux, et les incrédules étaient invités à mettre le doigt sur la plaie du *Scotia*.

À mon arrivée à New York, la question brûlait. L'hypothèse de l'îlot flottant, de l'écueil insaisissable, soutenue par quelques esprits peu compétents, était absolument abandonnée. Et, en effet, à moins que cet écueil n'eût une machine dans le ventre, comment pouvait-il se déplacer avec une rapidité si prodigieuse ?

De même fut repoussée l'existence d'une coque flottante, d'une énorme épave, et toujours à cause de la rapidité du déplacement.

Restaient donc deux solutions possibles de la question, qui créaient deux clans très distincts de partisans : d'un côté, ceux qui tenaient pour un monstre d'une force colossale ; de l'autre, ceux qui tenaient pour un bateau « sous-marin » d'une extrême puissance motrice.

Or, cette dernière hypothèse, admissible après tout, ne put résister aux enquêtes qui furent poursuivies dans les deux mondes. Qu'un simple particulier eût à sa disposition un tel engin mécanique, c'était peu probable. Où et quand l'eût-il fait construire, et comment aurait-il tenu cette construction secrète ?

Seul, un gouvernement pouvait posséder une pareille machine destructive, et, en ces temps désastreux où l'homme s'ingénie à multiplier la puissance des armes de guerre, il était possible qu'un État essayât à l'insu des autres ce formidable engin. Après les chassepots, les torpilles, après les torpilles, les béliers sous-marins, puis, — la réaction. Du moins, je l'espère.

Mais l'hypothèse d'une machine de guerre tomba encore devant la déclaration des gouvernements. Comme il s'agissait là d'un intérêt public, puisque les communications transocéaniennes en souffraient, la franchise des gouvernements ne pouvait être mise en doute. D'ailleurs, comment admettre que la construction de ce bateau sous-marin eût échappé aux yeux du public ? Garder le secret dans ces circonstances est très difficile pour un particulier, et certainement impossible pour un État dont tous les actes sont obstinément surveillés par les puissances rivales.

Donc, après enquêtes faites en Angleterre, en France, en Russie, en Prusse, en Espagne, en Italie, en Amérique, voire même en Turquie, l'hypothèse d'un Monitor sous-marin fut définitivement rejetée.

Le monstre revint donc à flot, en dépit des incessantes plaisanteries dont le lardait la petite presse et, dans cette voie, les imaginations se laissèrent bientôt aller aux plus absurdes rêveries d'une ichtyologie fantastique.

À mon arrivée à New York, plusieurs personnes m'avaient fait l'honneur de me consulter sur le phénomène en question. J'avais publié en France un ouvrage in-quarto en deux volumes intitulé : *Les Mystères des grands fonds sous-marins*. Ce livre, particulièrement goûté du monde savant, faisait de moi un spécialiste dans cette partie assez obscure de l'histoire naturelle. Mon avis me fut demandé. Tant que je pus nier la réalité du fait, je me renfermai dans une absolue négation. Mais bientôt, collé au mur, je dus m'expliquer catégoriquement. Et même, « l'honorable Pierre Aronnax, professeur au Muséum de Paris », fut mis en demeure par le *New York Herald* de formuler une opinion quelconque.

Je m'exécutai. Je parlai, faute de pouvoir me taire. Je discutai la question sous toutes ses faces, politiquement et scientifiquement, et je donne ici un extrait d'un article très nourri que je publiai dans le numéro du 30 avril.

« Ainsi donc, disais-je, après avoir examiné une à une les diverses hypothèses, toute autre supposition étant rejetée, il faut nécessairement admettre l'existence d'un animal marin d'une puissance excessive.

« Les grandes profondeurs de l'océan nous sont totalement inconnues. La sonde n'a su les atteindre. Que se passe-t-il dans ces abîmes reculés ? Quels êtres habitent et peuvent habiter à douze ou quinze milles au-dessous de la surface des eaux ? Quel est l'organisme de ces animaux ? On saurait à peine le conjecturer.

« Cependant, la solution du problème qui m'est soumis peut affecter la forme du dilemme.

« Ou nous connaissons toutes les variétés d'êtres qui peuplent notre planète, ou nous ne les connaissons pas.

« Si nous ne les connaissons pas toutes, si la nature a encore des secrets pour nous en ichtyologie, rien de plus acceptable que d'admettre l'existence de poissons ou de cétacés, d'espèces ou même de genres nouveaux, d'une organisation essentiellement "fondrière", qui habitent les couches inaccessibles à la sonde, et qu'un événement quelconque, une fantaisie, un caprice, si l'on veut, ramène à de longs intervalles vers le niveau supérieur de l'océan.

« Si, au contraire, nous connaissons toutes les espèces vivantes, il faut nécessairement chercher l'animal en question parmi les êtres marins déjà catalogués, et dans ce cas, je serais disposé à admettre l'existence d'un *Narval géant.*

« Le narval vulgaire ou licorne de mer atteint souvent une longueur de soixante pieds. Quintuplez, décuplez même cette dimension, donnez à ce cétacé une force proportionnelle à sa taille, accroissez ses armes offensives, et vous obtenez l'animal voulu. Il aura les proportions déterminées par les officiers du *Shannon*, l'instrument exigé par la perforation du *Scotia*, et la puissance nécessaire pour entamer la coque d'un steamer.

« En effet, le narval est armé d'une sorte d'épée d'ivoire, d'une hallebarde, suivant l'expression de certains naturalistes. C'est une dent principale qui a la dureté de l'acier. On a trouvé quelques-unes de ces dents implantées dans le corps des baleines que le narval attaque toujours avec succès. D'autres ont été arrachées, non sans peine, de carènes de vaisseaux qu'elles avaient percées d'outre en outre, comme un foret perce un tonneau. Le musée de la Faculté de médecine de Paris possède une de ces défenses longue de deux mètres vingt-cinq centimètres, et large de quarante-huit centimètres à sa base !

« Eh bien ! supposez l'arme dix fois plus forte, et l'animal dix fois plus puissant, lancez-le avec une rapidité de vingt milles à l'heure, multipliez sa masse par sa vitesse, et vous obtenez un choc capable de produire la catastrophe demandée.

« Donc, jusqu'à plus amples informations, j'opinerais pour une licorne de mer, de dimensions colossales, armée, non plus d'une hallebarde, mais d'un véritable éperon comme les frégates cuirassées ou les "rams" de guerre, dont elle aurait à la fois la masse et la puissance motrice.

« Ainsi s'expliquerait ce phénomène inexplicable — à moins qu'il n'y ait rien, en dépit de ce qu'on a entrevu, vu, senti et ressenti, ce qui est encore possible ! »

Ces derniers mots étaient une lâcheté de ma part ; mais je voulais jusqu'à un certain point couvrir ma dignité de professeur, et ne pas trop prêter à rire aux Américains, qui rient bien, quand ils rient. Je me réservais une échappatoire. Au fond, j'admettais l'existence du « monstre ».

Mon article fut chaudement discuté, ce qui lui valut

un grand retentissement. Il rallia un certain nombre de partisans. La solution qu'il proposait, d'ailleurs, laissait libre carrière à l'imagination. L'esprit humain se plaît à ces conceptions grandioses d'êtres surnaturels. Or la mer est précisément leur meilleur véhicule, le seul milieu où ces géants — près desquels les animaux terrestres, éléphants ou rhinocéros, ne sont que des nains — puissent se produire et se développer. Les masses liquides transportent les plus grandes espèces connues des mammifères, et peut-être recèlent-elles des mollusques d'une incomparable taille, des crustacés effrayants à contempler, tels que seraient des homards de cent mètres ou des crabes pesant deux cents tonnes ! Pourquoi non ? Autrefois, les animaux terrestres, contemporains des époques géologiques, les quadrupèdes, les quadrumanes, les reptiles, les oiseaux étaient construits sur des gabarits gigantesques. Le Créateur les avait jetés dans un moule colossal que le temps a réduit peu à peu. Pourquoi la mer, dans ses profondeurs ignorées, n'aurait-elle pas gardé ces vastes échantillons de la vie d'un autre âge, elle qui ne se modifie jamais, alors que le noyau terrestre change presque incessamment ? Pourquoi ne cacherait-elle pas dans son sein les dernières variétés de ces espèces titanesques, dont les années sont des siècles, et les siècles des millénaires ?

Mais je me laisse entraîner à des rêveries qu'il ne m'appartient plus d'entretenir ! Trêve à ces chimères que le temps a changées pour moi en réalités terribles. Je le répète, l'opinion se fit alors sur la nature du phénomène, et le public admit sans conteste l'existence d'un être prodigieux qui n'avait rien de commun avec les fabuleux serpents de mer.

Mais si les uns ne virent là qu'un problème purement scientifique à résoudre, les autres, plus positifs, surtout en Amérique et en Angleterre, furent d'avis de purger l'océan de ce redoutable monstre, afin de rassurer les communications transocéaniennes. Les journaux industriels et commerciaux traitèrent la question principalement à ce point de vue. La *Shipping and Mercantile*

Gazette, le *Lloyd*, le *Paquebot*, la *Revue maritime et coloniale*, toutes les feuilles dévouées aux compagnies d'assurances qui menaçaient d'élever le taux de leurs primes, furent unanimes sur ce point.

L'opinion publique s'étant prononcée, les États de l'Union se déclarèrent les premiers. On fit à New York les préparatifs d'une expédition destinée à poursuivre le narval. Une frégate de grande marche, l'*Abraham Lincoln*, se mit en mesure de prendre la mer au plus tôt. Les arsenaux furent ouverts au commandant Farragut, qui pressa activement l'armement de sa frégate.

Précisément, et ainsi que cela arrive toujours, du moment que l'on se fut décidé à poursuivre le monstre, le monstre ne reparut plus. Pendant deux mois, personne n'en entendit parler. Aucun navire ne le rencontra. Il semblait que cette licorne eût connaissance des complots qui se tramaient contre elle. On en avait tant causé, et même par le câble transatlantique ! Aussi les plaisants prétendaient-ils que cette fine mouche avait arrêté au passage quelque télégramme dont elle faisait maintenant son profit.

Donc, la frégate armée pour une campagne lointaine et pourvue de formidables engins de pêche, on ne savait plus où la diriger. Et l'impatience allait croissant, quand, le 3 juillet, on apprit qu'un steamer de la ligne de San Francisco de Californie à Shangaï avait revu l'animal, trois semaines auparavant, dans les mers septentrionales du Pacifique.

L'émotion causée par cette nouvelle fut extrême. On n'accorda pas vingt-quatre heures de répit au commandant Farragut. Ses vivres étaient embarqués. Ses soutes regorgeaient de charbon. Pas un homme ne manquait à son rôle d'équipage. Il n'avait qu'à allumer ses fourneaux, à chauffer, à démarrer ! On ne lui eût pas pardonné une demi-journée de retard ! D'ailleurs, le commandant Farragut ne demandait qu'à partir.

Trois heures avant que l'*Abraham Lincoln* ne quittât

La frégate l'*Abraham Lincoln*. (Page 45.)

le *pier*[1] de Brooklyn, je reçus une lettre libellée en ces termes :

Monsieur Aronnax, professeur au Muséum de Paris, Fifth Avenue Hotel.

New York.

Monsieur,

*Si vous voulez vous joindre à l'expédition de l'*Abraham Lincoln, *le gouvernement de l'Union verra avec plaisir que la France soit représentée par vous dans cette entreprise. Le commandant Farragut tient une cabine à votre disposition.*

Très cordialement, votre
J.B. HOBSON,

Secrétaire de la Marine.

III

COMME IL PLAIRA À MONSIEUR

Trois secondes avant l'arrivée de la lettre de J.B. Hobson, je ne songeais pas plus à poursuivre la licorne qu'à tenter le passage du Nord-Ouest. Trois secondes après avoir lu la lettre de l'honorable secrétaire de la marine, je comprenais enfin que ma véritable vocation, l'unique but de ma vie, était de chasser ce monstre inquiétant et d'en purger le monde.

---

1. Sorte de quai spécial à chaque bâtiment.

Cependant, je revenais d'un pénible voyage, fatigué, avide de repos. Je n'aspirais plus qu'à revoir mon pays, mes amis, mon petit logement du Jardin des Plantes, mes chères et précieuses collections ! Mais rien ne put me retenir. J'oubliai tout, fatigues, amis, collections, et j'acceptai sans plus de réflexion l'offre du gouvernement américain.

« D'ailleurs, pensai-je, tout chemin ramène en Europe, et la licorne sera assez aimable pour m'entraîner vers les côtes de France ! Ce digne animal se laissera prendre dans les mers d'Europe — pour mon agrément personnel — et je ne veux pas rapporter moins d'un demi-mètre de sa hallebarde d'ivoire au Muséum d'histoire naturelle. »

Mais, en attendant, il me fallait chercher ce narval dans le nord de l'océan Pacifique ; ce qui, pour revenir en France, était prendre le chemin des antipodes.

« Conseil ! » criai-je d'une voix impatiente.

Conseil était mon domestique. Un garçon dévoué qui m'accompagnait dans tous mes voyages ; un brave Flamand que j'aimais et qui me le rendait bien ; un être flegmatique par nature, régulier par principe, zélé par habitude, s'étonnant peu des surprises de la vie, très adroit de ses mains, apte à tout service, et, en dépit de son nom, ne donnant jamais de conseils — même quand on ne lui en demandait pas.

À se frotter aux savants de notre petit monde du Jardin des Plantes, Conseil en était venu à savoir quelque chose. J'avais en lui un spécialiste, très ferré sur la classification en histoire naturelle, parcourant avec une agilité d'acrobate toute l'échelle des embranchements, des groupes, des classes, des sous-classes, des ordres, des familles, des genres, des sous-genres, des espèces et des variétés. Mais sa science s'arrêtait là. Classer, c'était sa vie, et il n'en savait pas davantage. Très versé dans la théorie de la classification, peu dans la pratique, il n'eût pas distingué, je crois, un cachalot d'une baleine ! Et cependant, quel brave et digne garçon !

Conseil, jusqu'ici et depuis dix ans, m'avait suivi partout où m'entraînait la science. Jamais une réflexion de lui sur la longueur ou la fatigue d'un voyage. Nulle objection à boucler sa valise pour un pays quelconque, Chine ou Congo, si éloigné qu'il fût. Il allait là comme ici, sans en demander davantage. D'ailleurs d'une belle santé qui défiait toutes les maladies ; des muscles solides, mais pas de nerfs, pas l'apparence de nerfs — au moral, s'entend.

Ce garçon avait trente ans, et son âge était à celui de son maître comme quinze est à vingt. Qu'on m'excuse de dire ainsi que j'avais quarante ans.

Seulement, Conseil avait un défaut. Formaliste enragé, il ne me parlait jamais qu'à la troisième personne — au point d'en être agaçant.

« Conseil ! » répétai-je, tout en commençant d'une main fébrile mes préparatifs de départ.

Certainement, j'étais sûr de ce garçon si dévoué. D'ordinaire, je ne lui demandais jamais s'il lui convenait ou non de me suivre dans mes voyages ; mais cette fois, il s'agissait d'une expédition qui pouvait indéfiniment se prolonger, d'une entreprise hasardeuse, à la poursuite d'un animal capable de couler une frégate comme une coque de noix ! Il y avait là matière à réflexion, même pour l'homme le plus impassible du monde ! Qu'allait dire Conseil ?

« Conseil ! » criai-je une troisième fois.

Conseil parut.

« Monsieur m'appelle ? dit-il en entrant.

— Oui, mon garçon. Prépare-moi, prépare-toi. Nous partons dans deux heures.

— Comme il plaira à monsieur, répondit tranquillement Conseil.

— Pas un instant à perdre. Serre dans ma malle tous mes ustensiles de voyage, des habits, des chemises, des chaussettes, sans compter mais le plus que tu pourras, et hâte-toi !

— Et les collections de monsieur ? fit observer Conseil.

— On s'en occupera plus tard.

— Quoi ! les archiotherium, les hyracotherium, les

« Comme il plaira à monsieur. » (Page 49.)

oréodons, les chéropotamus et autres carcasses de monsieur ?

— On les gardera à l'hôtel.

— Et le babiroussa vivant de monsieur ?

— On le nourrira pendant notre absence. D'ailleurs, je donnerai l'ordre de nous expédier en France notre ménagerie.

— Nous ne retournons donc pas à Paris ? demanda Conseil.

— Si... certainement..., répondis-je évasivement, mais en faisant un crochet.

— Le crochet qui plaira à monsieur.

— Oh ! ce sera peu de chose ! Un chemin un peu moins direct, voilà tout. Nous prenons passage sur l'*Abraham Lincoln*.

— Comme il conviendra à monsieur, répondit paisiblement Conseil.

— Tu sais, mon ami, il s'agit du monstre... du fameux narval... Nous allons en purger les mers !... L'auteur d'un ouvrage in-quarto en deux volumes sur les *Mystères des grands fonds sous-marins* ne peut se dispenser de s'embarquer avec le commandant Farragut. Mission glorieuse, mais... dangereuse aussi ! On ne sait pas où l'on va ! Ces bêtes-là peuvent être très capricieuses ! Mais nous irons quand même ! Nous avons un commandant qui n'a pas froid aux yeux !...

— Comme fera monsieur, je ferai, répondit Conseil.

— Et songes-y bien ! car je ne veux rien te cacher. C'est là un de ces voyages dont on ne revient pas toujours !

— Comme il plaira à monsieur. »

Un quart d'heure après, nos malles étaient prêtes. Conseil les avait faites en un tour de main, et j'étais sûr que rien ne manquait, car ce garçon classait les chemises et les habits aussi bien que les oiseaux ou les mammifères.

L'ascenseur de l'hôtel nous déposa au grand vestibule de l'entresol. Je descendis les quelques marches qui conduisaient au rez-de-chaussée. Je réglai ma note à ce vaste comptoir toujours assiégé par une foule considérable. Je donnai l'ordre d'expédier pour Paris (France) mes ballots d'animaux empaillés et de plantes desséchées. Je fis ouvrir un crédit suffisant au babiroussa, et, Conseil me suivant, je sautai dans une voiture.

Le véhicule à vingt francs la course descendit Broadway jusqu'à Union Square, suivit Fourth Avenue jusqu'à sa jonction avec Bowery Street, prit Katrin Street et s'arrêta au trente-quatrième pied. Là, le Katrin ferry-boat nous transporta, hommes, chevaux et voitures, à Brooklyn, la grande annexe de New York, située sur la rive gauche de la rivière de l'Est, et en quelques minutes, nous arrivions au quai près duquel l'*Abraham Lincoln* vomissait par ses deux cheminées des torrents de fumée noire.

Nos bagages furent immédiatement transportés sur le pont de la frégate. Je me précipitai à bord. Je demandai le commandant Farragut. Un des matelots me conduisit sur la dunette, où je me trouvai en présence d'un officier de bonne mine qui me tendit la main.

« Monsieur Pierre Aronnax ? me dit-il.

— Lui-même, répondis-je. Le commandant Farragut ?

— En personne. Soyez le bienvenu, monsieur le professeur. Votre cabine vous attend. »

Je saluai, et laissant le commandant aux soins de son appareillage, je me fis conduire à la cabine qui m'était destinée.

L'*Abraham Lincoln* avait été parfaitement choisi et aménagé pour sa destination nouvelle. C'était une frégate de grande marche, munie d'appareils surchauffeurs, qui permettaient de porter à sept atmosphères la tension de sa vapeur. Sous cette pression, l'*Abraham Lincoln* atteignait une vitesse moyenne de dix-huit milles et trois dixièmes à l'heure, vitesse considérable, mais cependant insuffisante pour lutter avec le gigantesque cétacé.

Les aménagements intérieurs de la frégate répondaient à ses qualités nautiques. Je fus très satisfait de ma cabine, située à l'arrière, qui s'ouvrait sur le carré des officiers.

« Nous serons bien ici, dis-je à Conseil.

— Aussi bien, n'en déplaise à monsieur, répondit

Conseil, qu'un bernard-l'hermite dans la coquille d'un
buccin. »

Je laissai Conseil arrimer convenablement nos malles,
et je remontai sur le pont afin de suivre les préparatifs de
l'appareillage.

À ce moment, le commandant Farragut faisait larguer
les dernières amarres qui retenaient l'*Abraham Lincoln*
au pied de Brooklyn. Ainsi donc, un quart d'heure de
retard, moins même, et la frégate partait sans moi, et je
manquais cette expédition extraordinaire, surnaturelle,
invraisemblable, dont le récit véridique pourra bien trouver cependant quelques incrédules.

Mais le commandant Farragut ne voulait perdre ni un
jour ni une heure pour rallier les mers dans lesquelles
l'animal venait d'être signalé. Il fit venir son ingénieur.

« Sommes-nous en pression ? lui demanda-t-il.

— Oui, monsieur, répondit l'ingénieur.

— *Go ahead* », cria le commandant Farragut.

À cet ordre, qui fut transmis à la machine au moyen
d'appareils à air comprimé, les mécaniciens firent agir la
roue de la mise en train. La vapeur siffla en se précipitant
dans les tiroirs entrouverts. Les longs pistons horizontaux
gémirent et poussèrent les bielles de l'arbre. Les branches
de l'hélice battirent les flots avec une rapidité croissante,
et l'*Abraham Lincoln* s'avança majestueusement au
milieu d'une centaine de ferry-boats et de *tenders*[1]
chargés de spectateurs, qui lui faisaient cortège.

Les quais de Brooklyn et toute la partie de New York
qui borde la rivière de l'Est étaient couverts de curieux.
Trois hurrahs, partis de cinq cent mille poitrines, éclatè-
rent successivement. Des milliers de mouchoirs s'agitèrent au-dessus de la masse compacte et saluèrent
l'*Abraham Lincoln* jusqu'à son arrivée dans les eaux de
l'Hudson, à la pointe de cette presqu'île allongée qui
forme la ville de New York.

Alors, la frégate, suivant du côté de New Jersey l'admirable rive droite du fleuve toute chargée de villas, passa

---

1. Petits bateaux à vapeur qui font le service des grands steamers.

entre les forts qui la saluèrent de leurs plus gros canons. L'*Abraham Lincoln* répondit en amenant et en hissant trois fois le pavillon américain, dont les trente-neuf étoiles resplendissaient à sa corne d'artimon ; puis, modifiant sa marche pour prendre le chenal balisé qui s'arrondit dans la baie intérieure formée par la pointe de Sandy Hook, il rasa cette langue sablonneuse où quelques milliers de spectateurs l'acclamèrent encore une fois.

Le cortège des *boats* et des *tenders* suivait toujours la frégate, et il ne la quitta qu'à la hauteur du *light-boat* dont les deux feux marquent l'entrée des passes de New York.

Trois heures sonnaient alors. Le pilote descendit dans son canot, et rejoignit la petite goélette qui l'attendait sous le vent. Les feux furent poussés ; l'hélice battit plus rapidement les flots ; la frégate longea la côte jaune et basse de Long Island, et, à huit heures du soir, après avoir perdu dans le nord-ouest les feux de Fire Island, elle courut à toute vapeur sur les sombres eaux de l'Atlantique.

IV

NED LAND

Le commandant Farragut était un bon marin, digne de la frégate qu'il commandait. Son navire et lui ne faisaient qu'un. Il en était l'âme. Sur la question du cétacé, aucun doute ne s'élevait dans son esprit, et il ne permettait pas que l'existence de l'animal fût discutée à son bord. Il y croyait comme certaines bonnes femmes croient au Léviathan — par foi, non par raison. Le monstre existait, il en délivrerait les mers, il l'avait juré. C'était une sorte de chevalier de Rhodes, un Dieudonné de Gozon, marchant à la rencontre du serpent qui désolait son île. Ou le

Le cortège suivait toujours la frégate. (Page 54.)

commandant Farragut tuerait le narval, ou le narval tuerait le commandant Farragut. Pas de milieu.

Les officiers du bord partageaient l'opinion de leur
chef. Il fallait les entendre causer, discuter, disputer, calculer les diverses chances d'une rencontre, et observer la
vaste étendue de l'océan. Plus d'un s'imposait un quart
volontaire dans les barres de perroquet, qui eût maudit
une telle corvée en toute autre circonstance. Tant que le
soleil décrivait son arc diurne, la mâture était peuplée de
matelots auxquels les planches du pont brûlaient les
pieds, et qui n'y pouvaient tenir en place ! Et cependant,
l'*Abraham Lincoln* ne tranchait pas encore de son étrave
les eaux suspectes du Pacifique.

Quant à l'équipage, il ne demandait qu'à rencontrer la
licorne, à la harponner, à la hisser à bord, à la dépecer. Il
surveillait la mer avec une scrupuleuse attention. D'ailleurs, le commandant Farragut parlait d'une certaine
somme de deux mille dollars, réservée à quiconque,
mousse ou matelot, maître ou officier, signalerait l'animal. Je laisse à penser si les yeux s'exerçaient à bord de
l'*Abraham Lincoln.*

Pour mon compte, je n'étais pas en reste avec les
autres, et je ne laissais à personne ma part d'observations
quotidiennes. La frégate aurait eu cent fois raison de s'appeler l'*Argus.* Seul entre tous, Conseil protestait par son
indifférence touchant la question qui nous passionnait, et
détonnait sur l'enthousiasme général du bord.

J'ai dit que le commandant Farragut avait soigneusement pourvu son navire d'appareils propres à pêcher le
gigantesque cétacé. Un baleinier n'eût pas été mieux
armé. Nous possédions tous les engins connus, depuis le
harpon qui se lance à la main, jusqu'aux flèches barbelées
des espingoles et aux balles explosives des canardières.
Sur le gaillard d'avant s'allongeait un canon perfectionné,
se chargeant par la culasse, très épais de parois, très étroit
d'âme, et dont le modèle doit figurer à l'Exposition universelle de 1867. Ce précieux instrument, d'origine américaine, envoyait, sans se gêner, un projectile conique de

quatre kilogrammes à une distance moyenne de seize kilomètres.

Donc, l'*Abraham Lincoln* ne manquait d'aucun moyen de destruction. Mais il avait mieux encore. Il avait Ned Land, le roi des harponneurs.

Ned Land était un Canadien, d'une habileté de main peu commune, et qui ne connaissait pas d'égal dans son périlleux métier. Adresse et sang-froid, audace et ruse, il possédait ces qualités à un degré supérieur, et il fallait être une baleine bien maligne, ou un cachalot singulièrement astucieux pour échapper à son coup de harpon.

Ned Land avait environ quarante ans. C'était un homme de grande taille — plus de six pieds anglais —, vigoureusement bâti, l'air grave, peu communicatif, violent parfois, et très rageur quand on le contrariait. Sa personne provoquait l'attention, et surtout la puissance de son regard qui accentuait singulièrement sa physionomie.

Je crois que le commandant Farragut avait sagement fait d'engager cet homme à son bord. Il valait tout l'équipage, à lui seul, pour l'œil et le bras. Je ne saurais le mieux comparer qu'à un télescope puissant qui serait en même temps un canon toujours prêt à partir.

Qui dit Canadien, dit Français, et, si peu communicatif que fût Ned Land, je dois avouer qu'il se prit d'une certaine affection pour moi. Ma nationalité l'attirait sans doute. C'était une occasion pour lui de parler, et pour moi d'entendre cette vieille langue de Rabelais qui est encore en usage dans quelques provinces canadiennes. La famille du harponneur était originaire de Québec, et formait déjà une tribu de hardis pêcheurs à l'époque où cette ville appartenait à la France.

Peu à peu, Ned prit goût à causer, et j'aimais à entendre le récit de ses aventures dans les mers polaires. Il racontait ses pêches et ses combats avec une grande poésie naturelle. Son récit prenait une forme épique, et je croyais écouter quelque Homère canadien, chantant l'*Iliade* des régions hyperboréennes.

Je dépeins maintenant ce hardi compagnon, tel que je le connais actuellement. C'est que nous sommes devenus

Ned Land avait environ quarante ans. (Page 57.)

de vieux amis, unis de cette inaltérable amitié qui naît et se cimente dans les plus effrayantes conjonctures ! Ah ! brave Ned ! je ne demande qu'à vivre cent ans encore, pour me souvenir plus longtemps de toi !

Et maintenant, quelle était l'opinion de Ned Land sur la question du monstre marin ? Je dois avouer qu'il ne croyait guère à la licorne, et que, seul à bord, il ne partageait pas la conviction générale. Il évitait même de traiter ce sujet, sur lequel je crus devoir l'entreprendre un jour.

Par une magnifique soirée du 30 juillet, c'est-à-dire trois semaines après notre départ, la frégate se trouvait à la hauteur du cap Blanc, à trente milles sous le vent des côtes patagonnes. Nous avions dépassé le tropique du Capricorne, et le détroit de Magellan s'ouvrait à moins de sept cents milles dans le sud. Avant huit jours, l'*Abraham Lincoln* sillonnerait les flots du Pacifique.

Assis sur la dunette, Ned Land et moi, nous causions de choses et d'autres, regardant cette mystérieuse mer dont les profondeurs sont restées jusqu'ici inaccessibles aux regards de l'homme. J'amenai tout naturellement la conversation sur la licorne géante, et j'examinai les diverses chances de succès ou d'insuccès de notre expédition. Puis, voyant que Ned me laissait parler sans trop rien dire, je le poussai plus directement.

« Comment, Ned, lui demandai-je, comment pouvez-vous ne pas être convaincu de l'existence du cétacé que nous poursuivons ? Avez-vous donc des raisons particulières de vous montrer si incrédule ? »

Le harponneur me regarda pendant quelques instants avant de répondre, frappa de sa main son large front par un geste qui lui était habituel, ferma les yeux comme pour se recueillir, et dit enfin :

« Peut-être bien, monsieur Aronnax.

— Cependant, Ned, vous, un baleinier de profession, vous qui êtes familiarisé avec les grands mammifères marins, vous dont l'imagination doit aisément accepter l'hypothèse de cétacés énormes, vous devriez être le dernier à douter en de pareilles circonstances !

— C'est ce qui vous trompe, monsieur le professeur,

répondit Ned. Que le vulgaire croie à des comètes extraordinaires qui traversent l'espace, ou à l'existence de
monstres antédiluviens qui peuplent l'intérieur du globe,
passe encore, mais ni l'astronome, ni le géologue n'admettent de telles chimères. De même, le baleinier. J'ai
poursuivi beaucoup de cétacés, j'en ai harponné un grand
nombre, j'en ai tué plusieurs, mais si puissants et si bien
armés qu'ils fussent, ni leurs queues, ni leurs défenses
n'auraient pu entamer les plaques de tôle d'un steamer.

— Cependant, Ned, on cite des bâtiments que la dent
du narval a traversé de part en part.

— Des navires en bois, c'est possible, répondit le
Canadien, et encore, je ne les ai jamais vus. Donc, jusqu'à
preuve contraire, je nie que baleines, cachalots ou licornes
puissent produire un pareil effet.

— Écoutez-moi, Ned...

— Non, monsieur le professeur, non. Tout ce que vous
voudrez excepté cela. Un poulpe gigantesque, peut-
être ?...

— Encore moins, Ned. Le poulpe n'est qu'un mollusque, et ce nom même indique le peu de consistance de
ses chairs. Eût-il cinq cents pieds de longueur, le poulpe,
qui n'appartient point à l'embranchement des vertébrés,
est tout à fait inoffensif pour des navires tels que le *Scotia*
ou l'*Abraham Lincoln*. Il faut donc rejeter au rang des
fables les prouesses des Krakens ou autres monstres de
cette espèce.

— Alors, monsieur le naturaliste, reprit Ned Land d'un
ton assez narquois, vous persistez à admettre l'existence
d'un énorme cétacé... ?

— Oui, Ned, je vous le répète avec une conviction qui
s'appuie sur la logique des faits. Je crois à l'existence
d'un mammifère, puissamment organisé, appartenant à
l'embranchement des vertébrés, comme les baleines, les
cachalots ou les dauphins, et muni d'une défense cornée
dont la force de pénétration est extrême.

— Hum ! fit le harponneur, en secouant la tête de l'air
d'un homme qui ne veut pas se laisser convaincre.

— Remarquez, mon digne Canadien, repris-je, que si

un tel animal existe, s'il habite les profondeurs de l'océan, s'il fréquente les couches liquides situées à quelques milles au-dessous de la surface des eaux, il possède nécessairement un organisme dont la solidité défie toute comparaison.

— Et pourquoi cet organisme si puissant ? demanda Ned.

— Parce qu'il faut une force incalculable pour se maintenir dans les couches profondes et résister à leur pression.

— Vraiment ? dit Ned qui me regardait en clignant de l'œil.

— Vraiment, et quelques chiffres vous le prouveront sans peine.

— Oh ! les chiffres ! répliqua Ned. On fait ce qu'on veut avec les chiffres !

— En affaires, Ned, mais non en mathématiques. Écoutez-moi. Admettons que la pression d'une atmosphère soit représentée par la pression d'une colonne d'eau haute de trente-deux pieds. En réalité, la colonne d'eau serait d'une moindre hauteur, puisqu'il s'agit de l'eau de mer dont la densité est supérieure à celle de l'eau douce. Eh bien, quand vous plongez, Ned, autant de fois trente-deux pieds d'eau au-dessus de vous, autant de fois votre corps supporte une pression égale à celle de l'atmosphère, c'est-à-dire de kilogrammes par chaque centimètre carré de sa surface. Il suit de là qu'à trois cent vingt pieds cette pression est de dix atmosphères, de cent atmosphères à trois mille deux cents pieds, et de mille atmosphères à trente-deux mille pieds, soit deux lieues et demie environ. Ce qui équivaut à dire que si vous pouviez atteindre cette profondeur dans l'océan, chaque centimètre carré de la surface de votre corps subirait une pression de mille kilogrammes. Or, mon brave Ned, savez-vous ce que vous avez de centimètres carrés en surface ?

— Je ne m'en doute pas, monsieur Aronnax.

— Environ dix-sept mille.

— Tant que cela ?

— Et comme en réalité la pression atmosphérique est

un peu supérieure au poids d'un kilogramme par centimètre carré, vos dix-sept mille centimètres carrés supportent en ce moment une pression de dix-sept mille cinq cent soixante-huit kilogrammes.

— Sans que je m'en aperçoive ?

— Sans que vous vous en aperceviez. Et si vous n'êtes pas écrasé par une telle pression, c'est que l'air pénètre à l'intérieur de votre corps avec une pression égale. De là un équilibre parfait entre la poussée intérieure et la poussée extérieure, qui se neutralisent, ce qui vous permet de les supporter sans peine. Mais dans l'eau, c'est autre chose.

— Oui, je comprends, répondit Ned, devenu plus attentif, parce que l'eau m'entoure et ne me pénètre pas.

— Précisément, Ned. Ainsi donc, à trente-deux pieds au-dessous de la surface de la mer, vous subiriez une pression de dix-sept mille cinq cent soixante-huit kilogrammes ; à trois cent vingt pieds, dix fois cette pression, soit cent soixante-quinze mille six cent quatre-vingts kilogrammes ; à trois mille deux cents pieds, cent fois cette pression, soit dix-sept cent cinquante-six mille huit cents kilogrammes ; à trente-deux mille pieds, enfin, mille fois cette pression, soit dix-sept millions cinq cent soixante-huit mille kilogrammes ; c'est-à-dire que vous seriez aplati comme si l'on vous retirait des plateaux d'une machine hydraulique !

— Diable ! fit Ned.

— Eh bien, mon digne harponneur, si des vertébrés, longs de plusieurs centaines de mètres et gros à proportion, se maintiennent à de pareilles profondeurs, eux dont la surface est représentée par des millions de centimètres carrés, c'est par milliards de kilogrammes qu'il faut estimer la poussée qu'ils subissent. Calculez alors quelle doit être la résistance de leur charpente osseuse et la puissance de leur organisme pour résister à de telles pressions !

— Il faut, répondit Ned Land, qu'ils soient fabriqués en plaques de tôle de huit pouces, comme les frégates cuirassées.

— Comme vous dites, Ned, et songez alors aux

ravages que peut produire une pareille masse lancée avec la vitesse d'un express contre la coque d'un navire.

— Oui... en effet... peut-être, répondit le Canadien, ébranlé par ces chiffres, mais qui ne voulait pas se rendre.

— Eh bien, vous ai-je convaincu ?

— Vous m'avez convaincu d'une chose, monsieur le naturaliste, c'est que si de tels animaux existent au fond des mers, il faut nécessairement qu'ils soient aussi forts que vous le dites.

— Mais s'ils n'existent pas, entêté harponneur, comment expliquez-vous l'accident arrivé au *Scotia* ?

— C'est peut-être..., dit Ned hésitant.

— Allez donc !

— Parce que... ça n'est pas vrai ! » répondit le Canadien, en reproduisant sans le savoir une célèbre réponse d'Arago.

Mais cette réponse prouvait l'obstination du harponneur et pas autre chose. Ce jour-là, je ne le poussai pas davantage. L'accident du *Scotia* n'était pas niable. Le trou existait si bien qu'il avait fallu le boucher, et je ne pense pas que l'existence d'un trou puisse se démontrer plus catégoriquement. Or, ce trou ne s'était pas fait tout seul, et puisqu'il n'avait pas été produit par des roches sous-marines ou des engins sous-marins, il était nécessairement dû à l'outil perforant d'un animal.

Or, suivant moi, et pour toutes les raisons précédemment déduites, cet animal appartenait à l'embranchement des vertébrés, à la classe des mammifères, au groupe des pisciformes, et finalement à l'ordre des cétacés. Quant à la famille dans laquelle il prenait rang, baleine, cachalot ou dauphin, quant au genre dont il faisait partie, quant à l'espèce dans laquelle il convenait de le ranger, c'était une question à élucider ultérieurement. Pour la résoudre, il fallait disséquer ce monstre inconnu, pour le disséquer le prendre, pour le prendre le harponner — ce qui était l'affaire de Ned Land —, pour le harponner le voir — ce qui était l'affaire de l'équipage —, et pour le voir le rencontrer — ce qui était l'affaire du hasard.

V

À L'AVENTURE !

Le voyage de l'*Abraham Lincoln*, pendant quelque temps, ne fut marqué par aucun incident. Cependant une circonstance se présenta, qui mit en relief la merveilleuse habileté de Ned Land, et montra quelle confiance on devait avoir en lui.

Au large des Malouines, le 30 juin, la frégate communiqua avec des baleiniers américains, et nous apprîmes qu'ils n'avaient eu aucune connaissance du narval. Mais l'un d'eux, le capitaine du *Monroe*, sachant que Ned Land était embarqué à bord de l'*Abraham Lincoln*, demanda son aide pour chasser une baleine qui était en vue. Le commandant Farragut, désireux de voir Ned Land à l'œuvre, l'autorisa à se rendre à bord du *Monroe*. Et le hasard servit si bien notre Canadien, qu'au lieu d'une baleine, il en harponna deux d'un coup double, frappant l'une droit au cœur, et s'emparant de l'autre après une poursuite de quelques minutes !

Décidément, si le monstre a jamais affaire au harpon de Ned Land, je ne parierai pas pour le monstre.

La frégate prolongea la côte sud-est de l'Amérique avec une rapidité prodigieuse. Le 3 juillet, nous étions à l'ouvert du détroit de Magellan, à la hauteur du cap des Vierges. Mais le commandant Farragut ne voulut pas prendre ce sinueux passage, et manœuvra de manière à doubler le cap Horn.

L'équipage lui donna raison à l'unanimité. Et, en effet, était-il probable que l'on pût rencontrer le narval dans ce détroit resserré ? Bon nombre de matelots affirmaient que le monstre n'y pouvait passer, « qu'il était trop gros pour cela ! »

Le 6 juillet, vers trois heures du soir, l'*Abraham Lincoln*, à quinze milles dans le sud, doubla cet îlot solitaire, ce roc perdu à l'extrémité du continent américain, auquel des marins hollandais imposèrent le nom de leur ville natale, le cap Horn. La route fut donnée vers le nord-ouest, et le lendemain, l'hélice de la frégate battit enfin les eaux du Pacifique.

« Ouvre l'œil ! ouvre l'œil ! » répétaient les matelots de l'*Abraham Lincoln.*

Et ils l'ouvraient démesurément. Les yeux et les lunettes, un peu éblouis, il est vrai, par la perspective des deux mille dollars, ne restèrent pas un instant au repos. Jour et nuit, on observait la surface de l'océan, et les nyctalopes, dont la faculté de voir dans l'obscurité accroissait les chances de cinquante pour cent, avaient beau jeu pour gagner la prime.

Moi, que l'appât de l'argent n'attirait guère, je n'étais pourtant pas le moins attentif du bord. Ne donnant que quelques minutes aux repas, quelques heures au sommeil, indifférent au soleil ou à la pluie, je ne quittais plus le pont du navire. Tantôt penché sur les bastingages du gaillard d'avant, tantôt appuyé à la lisse de l'arrière, je dévorais d'un œil avide le cotonneux sillage qui blanchissait la mer jusqu'à perte de vue ! Et que de fois j'ai partagé l'émotion de l'état-major, de l'équipage, lorsque quelque capricieuse baleine élevait son dos noirâtre au-dessus des flots. Le pont de la frégate se peuplait en un instant. Les capots vomissaient un torrent de matelots et d'officiers. Chacun, la poitrine haletante, l'œil trouble, observait la marche du cétacé. Je regardais, je regardais à en user ma rétine, à en devenir aveugle, tandis que Conseil, toujours flegmatique, me répétait d'un ton calme :

« Si monsieur voulait avoir la bonté de moins écarquiller ses yeux, monsieur verrait bien davantage ! »

Mais, vaine émotion ! L'*Abraham Lincoln* modifiait sa route, courait sur l'animal signalé, simple baleine ou cachalot vulgaire, qui disparaissait bientôt au milieu d'un concert d'imprécations !

Cependant, le temps restait favorable. Le voyage s'accomplissait dans les meilleures conditions. C'était alors la mauvaise saison australe, car le juillet de cette zone

Tantôt appuyé à la lisse de l'arrière. (Page 65.)

correspond à notre janvier d'Europe ; mais la mer se maintenait belle, et se laissait facilement observer dans un vaste périmètre.

Ned Land montrait toujours la plus tenace incrédulité ; il affectait même de ne point examiner la surface des flots en dehors de son temps de bordée — du moins quand aucune baleine n'était en vue. Et pourtant sa merveilleuse puissance de vision aurait rendu de grands services. Mais, huit heures sur douze, cet entêté Canadien lisait ou dormait dans sa cabine. Cent fois, je lui reprochai son indifférence.

« Bah ! répondait-il, il n'y a rien, monsieur Aronnax, et, y eût-il quelque animal, quelle chance avons-nous de l'apercevoir ? Est-ce que nous ne courons pas à l'aventure ? On a revu, dit-on, cette bête introuvable dans les hautes mers du Pacifique, je veux bien l'admettre ; mais deux mois déjà se sont écoulés depuis cette rencontre, et à s'en rapporter au tempérament de votre narval, il n'aime point à moisir longtemps dans les mêmes parages ! Il est doué d'une prodigieuse facilité de déplacement. Or, vous le savez mieux que moi, monsieur le professeur, la nature ne fait rien à contresens, et elle ne donnerait pas à un animal lent de sa nature la faculté de se mouvoir rapidement, s'il n'avait pas besoin de s'en servir. Donc, si la bête existe, elle est déjà loin ! »

À cela, je ne savais que répondre. Évidemment, nous marchions en aveugles. Mais le moyen de procéder autrement ? Aussi, nos chances étaient-elles fort limitées. Cependant, personne ne doutait encore du succès, et pas un matelot du bord n'eût parié contre le narval et contre sa prochaine apparition.

Le 20 juillet, le tropique du Capricorne fut coupé par 105° de longitude, et le 27 du même mois, nous franchissions l'équateur sur le cent dixième méridien. Ce relèvement fait, la frégate prit une direction plus décidée vers l'ouest, et s'engagea dans les mers centrales du Pacifique. Le commandant Farragut pensait, avec raison, qu'il valait mieux fréquenter les eaux profondes, et s'éloigner des continents ou des îles dont l'animal avait toujours paru

éviter l'approche, « sans doute parce qu'il n'y avait pas
assez d'eau pour lui ! » disait le maître d'équipage. La
frégate passa donc au large des Pomotou, des Marquises,
des Sandwich, coupa le tropique du Cancer par 132° de
longitude, et se dirigea vers les mers de Chine.

Nous étions enfin sur le théâtre des derniers ébats du
monstre ! Et, pour tout dire, on ne vivait plus à bord. Les
cœurs palpitaient effroyablement, et se préparaient pour
l'avenir d'incurables anévrismes. L'équipage entier subissait une surexcitation nerveuse, dont je ne saurais donner
l'idée. On ne mangeait pas, on ne dormait plus. Vingt fois
par jour, une erreur d'appréciation, une illusion d'optique
de quelque matelot perché sur les barres, causaient d'into-
lérables souleurs, et ces émotions, vingt fois répétées,
nous maintenaient dans un état d'éréthisme trop violent
pour ne pas amener une réaction prochaine.

Et en effet, la réaction ne tarda pas à se produire. Pendant trois mois, trois mois dont chaque jour durait un
siècle ! l'*Abraham Lincoln* sillonna toutes les mers septentrionales du Pacifique, courant aux baleines signalées,
faisant de brusques écarts de route, virant subitement d'un
bord sur l'autre, s'arrêtant soudain, forçant ou renversant
sa vapeur, coup sur coup, au risque de déniveler sa
machine, et il ne laissa pas un point inexploré des rivages
du Japon à la côte américaine. Et rien ! rien que l'immensité des flots déserts ! rien qui ressemblât à un narval
gigantesque, ni à un îlot sous-marin, ni à une épave de
naufrage, ni à un écueil fuyant, ni à quoi que ce fût de
surnaturel !

La réaction se fit donc. Le découragement s'empara
d'abord des esprits, et ouvrit une brèche à l'incrédulité.
Un nouveau sentiment se produisit à bord, qui se composait de trois dixièmes de honte contre sept dixièmes de
fureur. On était « tout bête » de s'être laissé prendre à
une chimère, mais encore plus furieux ! Les montagnes
d'arguments entassés depuis un an s'écroulèrent à la fois,
et chacun ne songea plus qu'à se rattraper, aux heures de
repas ou de sommeil, du temps qu'il avait si sottement
sacrifié.

Avec la mobilité naturelle à l'esprit humain, d'un excès on se jeta dans un autre. Les plus chauds partisans de l'entreprise devinrent fatalement ses plus ardents détracteurs. La réaction monta des fonds du navire, du poste des soutiers jusqu'au carré de l'état-major, et certainement, sans un entêtement très particulier du commandant Farragut, la frégate eût définitivement remis le cap au sud.

Cependant, cette recherche inutile ne pouvait se prolonger plus longtemps. L'*Abraham Lincoln* n'avait rien à se reprocher, ayant tout fait pour réussir. Jamais équipage d'un bâtiment de la marine américaine ne montra plus de patience et plus de zèle ; son insuccès ne saurait lui être imputé ; il ne restait plus qu'à revenir.

Une représentation dans ce sens fut faite au commandant. Le commandant tint bon. Les matelots ne cachèrent point leur mécontentement, et le service en souffrit. Je ne veux pas dire qu'il y eut révolte à bord, mais après une raisonnable période d'obstination, le commandant Farragut, comme autrefois Colomb, demanda trois jours de patience. Si dans le délai de trois jours, le monstre n'avait pas paru, l'homme de barre donnerait trois tours de roue, et l'*Abraham Lincoln* ferait route vers les mers européennes.

Cette promesse fut faite le 2 novembre. Elle eut tout d'abord pour résultat de ranimer les défaillances de l'équipage. L'océan fut observé avec une nouvelle attention. Chacun voulait lui jeter ce dernier coup d'œil dans lequel se résume tout le souvenir. Les lunettes fonctionnèrent avec une activité fiévreuse. C'était un suprême défi porté au narval géant, et celui-ci ne pouvait raisonnablement se dispenser de répondre à cette sommation « à comparaître » !

Deux jours se passèrent. L'*Abraham Lincoln* se tenait sous petite vapeur. On employait mille moyens pour éveiller l'attention ou stimuler l'apathie de l'animal, au cas où il se fût rencontré dans ces parages. D'énormes quartiers de lard furent mis à la traîne — pour la plus grande satisfaction des requins, je dois le dire. Les embarcations rayonnèrent dans toutes les directions autour de l'*Abraham Lincoln*, pendant qu'il mettait en panne, et ne laissèrent pas un point de mer inexploré. Mais le soir du 4 novembre arriva sans que se fût dévoilé ce mystère sous-marin.

Le lendemain, 5 novembre, à midi, expirait le délai de rigueur. Après le point, le commandant Farragut, fidèle à sa promesse, devait donner la route au sud-est, et abandonner définitivement les régions septentrionales du Pacifique.

La frégate se trouvait alors par 31° 15' de latitude nord et par 136° 42' de longitude est. Les terres du Japon nous restaient à moins de deux cents milles sous le vent. La nuit approchait. On venait de piquer huit heures. De gros nuages voilaient le disque de la lune, alors dans son premier quartier. La mer ondulait paisiblement sous l'étrave de la frégate.

En ce moment, j'étais appuyé à l'avant, sur le bastingage de tribord. Conseil, posté près de moi, regardait devant lui. L'équipage, juché dans les haubans, examinait l'horizon qui se rétrécissait et s'obscurcissait peu à peu. Les officiers, armés de leur lorgnette de nuit, fouillaient l'obscurité croissante. Parfois le sombre océan étincelait sous un rayon que la lune dardait entre la frange de deux nuages. Puis, toute trace lumineuse s'évanouissait dans les ténèbres.

En observant Conseil, je constatai que ce brave garçon subissait tant soit peu l'influence générale. Du moins, je le crus ainsi. Peut-être, et pour la première fois, ses nerfs vibraient-ils sous l'action d'un sentiment de curiosité.

« Allons, Conseil, lui dis-je, voilà une dernière occasion d'empocher deux mille dollars.

— Que monsieur me permette de le lui dire, répondit Conseil, je n'ai jamais compté sur cette prime, et le gouvernement de l'Union pouvait promettre cent mille dollars, il n'en aurait pas été plus pauvre.

— Tu as raison, Conseil. C'est une sotte affaire, après tout, et dans laquelle nous nous sommes lancés trop légè-

Les embarcations rayonnèrent autour de la frégate. (Page 70.)

rement. Que de temps perdu, que d'émotions inutiles !
Depuis six mois déjà, nous serions rentrés en France...

— Dans le petit appartement de monsieur, répliqua
Conseil, dans le muséum de monsieur ! Et j'aurais déjà
classé les fossiles de monsieur ! Et le babiroussa de monsieur serait installé dans sa cage du Jardin des Plantes, et
il attirerait tous les curieux de la capitale !

— Comme tu dis, Conseil, et sans compter, j'imagine,
que l'on se moquera de nous !

— Effectivement, répondit tranquillement Conseil, je
pense que l'on se moquera de monsieur. Et, faut-il le
dire... ?

— Il faut le dire, Conseil.

— Eh bien, monsieur n'aura que ce qu'il mérite !

— Vraiment !

— Quand on a l'honneur d'être un savant comme
monsieur, on ne s'expose pas... »

Conseil ne put achever son compliment. Au milieu du
silence général, une voix venait de se faire entendre.
C'était la voix de Ned Land, et Ned Land s'écriait :

« Ohé ! la chose en question, sous le vent, par le travers
à nous ! »

VI

À TOUTE VAPEUR

À ce cri, l'équipage entier se précipita vers le harponneur, commandant, officiers, maîtres, matelots, mousses,
jusqu'aux ingénieurs qui quittèrent leur machine, jusqu'aux chauffeurs qui abandonnèrent leurs fourneaux.
L'ordre de stopper avait été donné, et la frégate ne courait
plus que sur son erre.

L'obscurité était profonde alors, et quelque bons que

fussent les yeux du Canadien, je me demandais comment il avait vu et ce qu'il avait pu voir. Mon cœur battait à se rompre.

Mais Ned Land ne s'était pas trompé, et tous, nous aperçûmes l'objet qu'il indiquait de la main.

À deux encablures de l'*Abraham Lincoln* et de sa hanche de tribord, la mer semblait être illuminée par-dessous. Ce n'était point un simple phénomène de phosphorescence, et l'on ne pouvait s'y tromper. Le monstre, immergé à quelques toises de la surface des eaux, projetait cet éclat très intense, mais inexplicable, que mentionnaient les rapports de plusieurs capitaines. Cette magnifique irradiation devait être produite par un agent d'une grande puissance éclairante. La partie lumineuse décrivait sur la mer un immense ovale très allongé, au centre duquel se condensait un foyer ardent dont l'insoutenable éclat s'éteignait par dégradations successives.

« Ce n'est qu'une agglomération de molécules phosphorescentes, s'écria l'un des officiers.

— Non, monsieur, répliquai-je avec conviction. Jamais les pholades ou les salpes ne produisent une si puissante lumière. Cet éclat est de nature essentiellement électrique... D'ailleurs, voyez, voyez ! il se déplace ! il se meut en avant, en arrière ! il s'élance sur nous ! »

Un cri général s'éleva de la frégate.

« Silence ! dit le commandant Farragut. La barre au vent, toute ! Machine en arrière ! »

Les matelots se précipitèrent à la barre, les ingénieurs à leur machine. La vapeur fut immédiatement renversée, et l'*Abraham Lincoln*, abattant sur bâbord, décrivit un demi-cercle.

« La barre droite ! Machine en avant ! » cria le commandant Farragut.

Ces ordres furent exécutés, et la frégate s'éloigna rapidement du foyer lumineux.

Je me trompe. Elle voulut s'éloigner, mais le surnaturel animal se rapprocha avec une vitesse double de la sienne.

Nous étions haletants. La stupéfaction, bien plus que la crainte, nous tenait muets et immobiles. L'animal nous

Le monstre immergé à quelques toises. (Page 73.)

gagnait en se jouant. Il fit le tour de la frégate qui filait alors quatorze nœuds, et l'enveloppa de ses nappes électriques comme d'une poussière lumineuse. Puis il s'éloigna de deux ou trois milles, laissant une traînée phosphorescente comparable aux tourbillons de vapeur que jette en arrière la locomotive d'un express. Tout d'un coup, des obscures limites de l'horizon, où il alla prendre son élan, le monstre fonça subitement vers l'*Abraham Lincoln* avec une effrayante rapidité, s'arrêta brusquement à vingt pieds de ses préceintes, s'éteignit — non pas en s'abîmant sous les eaux, puisque son éclat ne subit aucune dégradation, — mais soudainement et comme si la source de son brillant effluve se fût subitement tarie ! Puis, il reparut de l'autre côté du navire, soit qu'il l'eût tourné, soit qu'il eût glissé sous sa coque. À chaque instant, une collision pouvait se produire, qui nous eût été fatale.

Cependant, je m'étonnais des manœuvres de ma frégate. Elle fuyait et n'attaquait pas. Elle était poursuivie, elle qui devait poursuivre, et j'en fis l'observation au commandant Farragut. Sa figure, d'ordinaire si impassible, était empreinte d'un indéfinissable étonnement.

« Monsieur Aronnax, me répondit-il, je ne sais à quel être formidable j'ai affaire, et je ne veux pas risquer imprudemment ma frégate au milieu de cette obscurité. D'ailleurs, comment attaquer l'inconnu, comment s'en défendre ? Attendons le jour et les rôles changeront.

— Vous n'avez plus de doute, commandant, sur la nature de l'animal ?

— Non, monsieur, c'est évidemment un narval gigantesque, mais aussi un narval électrique.

— Peut-être, ajoutai-je, ne peut-on pas plus l'approcher qu'un gymnote ou une torpille !

— En effet, répondit le commandant, et s'il possède en lui une puissance foudroyante, c'est à coup sûr le plus terrible animal qui soit jamais sorti de la main du Créateur. C'est pourquoi, monsieur, je me tiendrai sur mes gardes. »

Tout l'équipage resta sur pied pendant la nuit. Personne

ne songea à dormir. L'*Abraham Lincoln*, ne pouvant lutter de vitesse, avait modéré sa marche et se tenait sous petite vapeur. De son côté, le narval, imitant la frégate, se laissait bercer au gré des lames, et semblait décidé à ne point abandonner le théâtre de la lutte.

Vers minuit, cependant, il disparut, ou, pour employer une expression plus juste, il « s'éteignit » comme un gros ver luisant. Avait-il fui ? il fallait le craindre, non pas l'espérer. Mais à une heure moins sept minutes du matin, un sifflement assourdissant se fit entendre, semblable à celui que produit une colonne d'eau, chassée avec une extrême violence.

Le commandant Farragut, Ned Land et moi, nous étions alors sur la dunette, jetant d'avides regards à travers les profondes ténèbres.

« Ned Land, demanda le commandant, vous avez souvent entendu rugir des baleines ?

— Souvent, monsieur, mais jamais de pareilles baleines dont la vue m'ait rapporté deux mille dollars.

— En effet, vous avez droit à la prime. Mais, dites-moi, ce bruit n'est-il pas celui que font les cétacés rejetant l'eau par leurs évents ?

— Le même bruit, monsieur, mais celui-ci est incomparablement plus fort. Aussi ne peut-on s'y tromper. C'est bien un cétacé qui se tient là dans nos eaux. Avec votre permission, monsieur, ajouta le harponneur, nous lui dirons deux mots demain au lever du jour.

— S'il est d'humeur à vous entendre, maître Land, répondis-je d'un ton peu convaincu.

— Que je l'approche à quatre longueurs de harpon, riposta le Canadien, et il faudra bien qu'il m'écoute !

— Mais pour l'approcher, reprit le commandant, je devrai mettre une baleinière à votre disposition ?

— Sans doute, monsieur.

— Ce sera jouer la vie de mes hommes ?

— Et la mienne ! » répondit simplement le harponneur.

Vers deux heures du matin, le foyer lumineux reparut, non moins intense, à cinq milles au vent de l'*Abraham*

Lincoln. Malgré la distance, malgré le bruit du vent et de la mer, on entendait distinctement les formidables battements de queue de l'animal, et jusqu'à sa respiration haletante. Il semblait qu'au moment où l'énorme narval venait respirer à la surface de l'océan, l'air s'engouffrait dans ses poumons, comme fait la vapeur dans les vastes cylindres d'une machine de deux mille chevaux.

« Hum ! pensai-je, une baleine qui aurait la force d'un régiment de cavalerie, ce serait une jolie baleine ! »

On resta sur le qui-vive jusqu'au jour, et l'on se prépara au combat. Les engins de pêche furent disposés le long des bastingages. Le second fit charger ces espingoles qui lancent un harpon à une distance de un mille, et de longues canardières à balles explosives dont la blessure est mortelle, même aux plus puissants animaux. Ned Land s'était contenté d'affûter son harpon, arme terrible dans sa main.

À six heures, l'aube commença à poindre, et avec les premières lueurs de l'aurore disparut l'éclat électrique du narval. À sept heures, le jour était suffisamment fait, mais une brume matinale très épaisse rétrécissait l'horizon et les meilleures lorgnettes ne pouvaient la percer. De là, désappointement et colère.

Je me hissai jusqu'aux barres d'artimon. Quelques officiers s'étaient déjà perchés à la tête des mâts.

À huit heures, la brume roula lourdement sur les flots, et ses grosses volutes se levèrent peu à peu. L'horizon s'élargissait et se purifiait à la fois.

Soudain, et comme la veille, la voix de Ned Land se fit entendre.

« La chose en question, par bâbord derrière ! » cria le harponneur.

Tous les regards se dirigèrent vers le point indiqué.

Là, à un mille et demi de la frégate, un long corps noirâtre émergeait d'un mètre au-dessus des flots. Sa queue, violemment agitée, produisait un remous considérable. Jamais appareil caudal ne battit la mer avec une telle puissance. Un immense sillage, d'une blancheur éclatante, marquait le passage de l'animal et décrivait une courbe allongée.

La frégate s'approcha du cétacé. Je l'examinai en toute liberté d'esprit. Les rapports du *Shannon* et de l'*Helvetia* avaient un peu exagéré ses dimensions, et j'estimai sa longueur à deux cent cinquante pieds seulement. Quant à sa grosseur, je ne pouvais que difficilement l'apprécier ; mais, en somme, l'animal me parut être admirablement proportionné dans ses trois dimensions.

Pendant que j'observais cet être phénoménal, deux jets de vapeur et d'eau s'élancèrent de ses évents, et montèrent à une hauteur de quarante mètres, ce qui me fixa sur son mode de respiration. J'en conclus définitivement qu'il appartenait à l'embranchement des vertébrés, classe des mammifères, sous-classe des monodelphiens, groupe des pisciformes, ordre des cétacés, famille... Ici, je ne pouvais encore me prononcer. L'ordre des cétacés comprend trois familles : les baleines, les cachalots et les dauphins, et c'est dans cette dernière que sont rangés les narvals. Chacune de ces familles se divise en plusieurs genres, chaque genre en espèces, chaque espèce en variétés. Variété, espèce, genre et famille me manquaient encore, mais je ne doutais pas de compléter ma classification avec l'aide du Ciel et du commandant Farragut.

L'équipage attendait impatiemment les ordres de son chef. Celui-ci, après avoir attentivement observé l'animal, fit appeler l'ingénieur. L'ingénieur accourut.

« Monsieur, dit le commandant, vous avez de la pression ?

— Oui, monsieur, répondit l'ingénieur.

— Bien. Forcez vos feux, et à toute vapeur ! »

Trois hurrahs accueillirent cet ordre. L'heure de la lutte avait sonné. Quelques instants après, les deux cheminées de la frégate vomissaient des torrents de fumée noire, et le pont frémissait sous le tremblotement des chaudières.

L'*Abraham Lincoln*, chassé en avant par sa puissante hélice, se dirigea droit sur l'animal. Celui-ci le laissa indifféremment s'approcher à une demi-encablure ; puis, dédaignant de plonger, il prit une petite allure de fuite, et se contenta de maintenir sa distance.

Cette poursuite se prolongea pendant trois quarts d'heure environ, sans que la frégate gagnât deux toises sur le cétacé. Il était donc évident qu'à marcher ainsi, on ne l'atteindrait jamais.

Le commandant Farragut tordait avec rage l'épaisse touffe de poils qui foisonnait sous son menton.

« Ned Land ? » cria-t-il.

Le Canadien vint à l'ordre.

« Eh bien, maître Land, demanda le commandant, me conseillez-vous encore de mettre mes embarcations à la mer ?

— Non, monsieur, répondit Ned Land, car cette bête-là ne se laissera prendre que si elle le veut bien.

— Que faire alors ?

— Forcer de vapeur si vous le pouvez, monsieur. Pour moi, avec votre permission, s'entend, je vais m'installer sur les sous-barbes de beaupré, et si nous arrivons à longueur de harpon, je harponne.

— Allez, Ned, répondit le commandant Farragut. Ingénieur, cria-t-il, faites monter la pression. »

Ned Land se rendit à son poste. Les feux furent plus activement poussés ; l'hélice donna quarante-trois tours à la minute, et la vapeur fusa par les soupapes. Le loch jeté, on constata que l'*Abraham Lincoln* marchait à raison de dix-huit milles cinq dixièmes à l'heure.

Mais le maudit animal filait aussi avec une vitesse de dix-huit milles cinq dixièmes.

Pendant une heure encore, la frégate se maintint sous cette allure, sans gagner une toise ! C'était humiliant pour l'un des plus rapides marcheurs de la marine américaine. Une sourde colère courait parmi l'équipage. Les matelots injuriaient le monstre, qui, d'ailleurs, dédaignait de leur répondre. Le commandant Farragut ne se contentait plus de tordre sa barbiche, il la mordait.

L'ingénieur fut encore une fois appelé.

« Vous avez atteint votre maximum de pression ? lui demanda le commandant.

— Oui, monsieur, répondit l'ingénieur.

— Et vos soupapes sont chargées ?...

— À six atmosphères et demie.

— Chargez-les à dix atmosphères. »

Voilà un ordre américain s'il en fut. On n'eût pas mieux fait sur le Mississipi pour distancer « une concurrence » !

« Conseil, dis-je à mon brave serviteur qui se trouvait près de moi, sais-tu bien que nous allons probablement sauter ?

— Comme il plaira à monsieur ! » répondit Conseil.

Eh bien ! je l'avouerai, cette chance, il ne me déplaisait pas de la risquer.

Les soupapes furent chargées. Le charbon s'engouffra dans les fourneaux. Les ventilateurs envoyèrent des torrents d'air sur les brasiers. La rapidité de l'*Abraham Lincoln* s'accrut. Ses mâts tremblaient jusque dans leurs emplantures, et les tourbillons de fumée pouvaient à peine trouver passage par les cheminées trop étroites.

On jeta le loch une seconde fois.

« Eh bien ! timonier ? demanda le commandant Farragut.

— Dix-neuf milles trois dixièmes, monsieur.

— Forcez les feux. »

L'ingénieur obéit. Le manomètre marqua dix atmosphères. Mais le cétacé « chauffa » lui aussi, sans doute, car, sans se gêner, il fila ses dix-neuf milles et trois dixièmes.

Quelle poursuite ! Non, je ne puis décrire l'émotion qui faisait vibrer tout mon être. Ned Land se tenait à son poste, le harpon à la main. Plusieurs fois, l'animal se laissa approcher.

« Nous le gagnons ! nous le gagnons ! » s'écriait le Canadien.

Puis, au moment où il se disposait à frapper, le cétacé se dérobait avec une rapidité que je ne puis estimer à moins de trente milles à l'heure. Et même, pendant notre maximum de vitesse, ne se permit-il pas de narguer la frégate en en faisant le tour ! Un cri de fureur s'échappa de toutes les poitrines !

À midi, nous n'étions pas plus avancés qu'à huit heures du matin.

Le commandant Farragut se décida alors à employer des moyens plus directs.

« Ah ! dit-il, cet animal-là va plus vite que l'*Abraham Lincoln* ! Eh bien ! nous allons voir s'il distancera ses boulets coniques. Maître, des hommes à la pièce de l'avant. »

Le canon de gaillard fut immédiatement chargé et braqué. Le coup partit, mais le boulet passa à quelques pieds au-dessus du cétacé, qui se tenait à un demi-mille.

« À un autre plus adroit ! cria le commandant, et cinq cents dollars à qui percera cette infernale bête ! »

Un vieux canonnier à barbe grise — que je vois encore —, l'œil calme, la physionomie froide, s'approcha de sa pièce, la mit en position et visa longtemps. Une forte détonation éclata, à laquelle se mêlèrent les hurrahs de l'équipage.

Le boulet atteignit son but, il frappa l'animal, mais non pas normalement, et glissant sur sa surface arrondie, il alla se perdre à deux milles en mer.

« Ah çà ! dit le vieux canonnier, rageant, ce gueux-là est donc blindé avec des plaques de six pouces !

— Malédiction ! » s'écria le commandant Farragut.

La chasse recommença, et le commandant Farragut, se penchant vers moi, me dit :

« Je poursuivrai l'animal jusqu'à ce que ma frégate éclate !

— Oui, répondis-je, et vous aurez raison ! »

On pouvait espérer que l'animal s'épuiserait, et qu'il ne serait pas indifférent à la fatigue comme une machine à vapeur. Mais il n'en fut rien. Les heures s'écoulèrent, sans qu'il donnât aucun signe d'épuisement.

Cependant, il faut dire à la louange de l'*Abraham Lincoln* qu'il lutta avec une infatigable ténacité. Je n'estime pas à moins de cinq cents kilomètres la distance qu'il parcourut pendant cette malencontreuse journée du

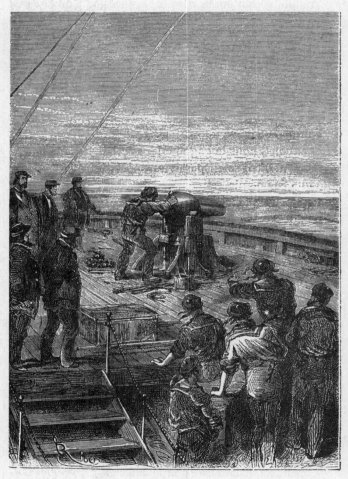

Un vieux canonnier à barbe grise. (Page 81.)

6 novembre ! Mais la nuit vint et enveloppa de ses ombres le houleux océan.

En ce moment, je crus que notre expédition était terminée, et que nous ne reverrions plus jamais le fantastique animal. Je me trompais.

À dix heures cinquante minutes du soir, la clarté électrique réapparut, à trois milles au vent de la frégate, aussi pure, aussi intense que pendant la nuit dernière.

Le narval semblait immobile. Peut-être, fatigué de sa journée, dormait-il, se laissant aller à l'ondulation des lames ? Il y avait là une chance dont le commandant Farragut résolut de profiter.

Il donna ses ordres. L'*Abraham Lincoln* fut tenu sous petite vapeur, et s'avança prudemment pour ne pas éveiller son adversaire. Il n'est pas rare de rencontrer en plein océan des baleines profondément endormies que l'on attaque alors avec succès, et Ned Land en avait harponné plus d'une pendant son sommeil. Le Canadien alla reprendre son poste dans les sous-barbes du beaupré.

La frégate s'approcha sans bruit, stoppa à deux encablures de l'animal, et courut sur son erre. On ne respirait plus à bord. Un silence profond régnait sur le pont. Nous n'étions pas à cent pieds du foyer ardent, dont l'éclat grandissait et éblouissait nos yeux.

En ce moment, penché sur la lisse du gaillard d'avant, je voyais au-dessous de moi Ned Land, accroché d'une main à la martingale, de l'autre brandissant son terrible harpon. Vingt pieds à peine le séparaient de l'animal immobile.

Tout d'un coup, son bras se détendit violemment, et le harpon fut lancé. J'entendis le choc sonore de l'arme, qui semblait avoir heurté un corps dur.

La clarté électrique s'éteignit soudain, et deux énormes trombes d'eau s'abattirent sur le pont de la frégate, courant comme un torrent de l'avant à l'arrière, renversant les hommes, brisant les saisines des dromes.

Un choc effroyable se produisit, et, lancé par-dessus la lisse, sans avoir le temps de me retenir, je fus précipité à la mer.

VII

UNE BALEINE D'ESPÈCE INCONNUE

Bien que j'eusse été surpris par cette chute inattendue, je n'en conservai pas moins une impression très nette de mes sensations.

Je fus d'abord entraîné à une profondeur de vingt pieds environ. Je suis bon nageur, sans prétendre égaler Byron et Edgar Poe, qui sont des maîtres, et ce plongeon ne me fit point perdre la tête. Deux vigoureux coups de talon me ramenèrent à la surface de la mer.

Mon premier soin fut de chercher des yeux la frégate. L'équipage s'était-il aperçu de ma disparition ? L'*Abraham Lincoln* avait-il viré de bord ? Le commandant Farragut mettait-il une embarcation à la mer ? Devais-je espérer d'être sauvé ?

Les ténèbres étaient profondes. J'entrevis une masse noire qui disparaissait vers l'est, et dont les feux de position s'éteignirent dans l'éloignement. C'était la frégate. Je me sentis perdu.

« À moi ! à moi ! » criai-je, en nageant vers l'*Abraham Lincoln* d'un bras désespéré.

Mes vêtements m'embarrassaient. L'eau les collait à mon corps, ils paralysaient mes mouvements. Je coulais ! je suffoquais !...

« À moi ! »

Ce fut le dernier cri que je jetai. Ma bouche s'emplit d'eau. Je me débattis, entraîné dans l'abîme...

Soudain, mes habits furent saisis par une main vigoureuse, je me sentis violemment ramené à la surface de la mer, et j'entendis, oui, j'entendis ces paroles prononcées à mon oreille :

« Si monsieur veut avoir l'extrême obligeance de s'appuyer sur mon épaule, monsieur nagera beaucoup plus à son aise. »

Je saisis d'une main le bras de mon fidèle Conseil.

« Toi ! dis-je, toi !

— Moi-même, répondit Conseil, et aux ordres de monsieur.

— Et ce choc t'a précipité en même temps que moi à la mer ?

— Nullement. Mais étant au service de monsieur, j'ai suivi monsieur ! »

Le digne garçon trouvait cela tout naturel !

« Et la frégate ? demandai-je.

— La frégate ! répondit Conseil en se retournant sur le dos, je crois que monsieur fera bien de ne pas trop compter sur elle !

— Tu dis ?

— Je dis qu'au moment où je me précipitai à la mer, j'entendis les hommes de barre s'écrier : "L'hélice et le gouvernail sont brisés..."

— Brisés ?

— Oui ! brisés par la dent du monstre. C'est la seule avarie, je pense, que l'*Abraham Lincoln* ait éprouvée. Mais, circonstance fâcheuse pour nous, il ne gouverne plus.

— Alors, nous sommes perdus !

— Peut-être, répondit tranquillement Conseil. Cependant, nous avons encore quelques heures devant nous, et en quelques heures, on fait bien des choses ! »

L'imperturbable sang-froid de Conseil me remonta. Je nageai plus vigoureusement ; mais, gêné par mes vêtements qui me serraient comme une chape de plomb, j'éprouvais une extrême difficulté à me soutenir. Conseil s'en aperçut.

« Que monsieur me permette de lui faire une incision », dit-il.

Et glissant un couteau ouvert sous mes habits, il les fendit de haut en bas d'un coup rapide. Puis, il m'en débarrassa lestement, tandis que je nageais pour tous deux.

À mon tour, je rendis le même service à Conseil, et nous continuâmes de « naviguer » l'un près de l'autre.

Cependant, la situation n'en était pas moins terrible. Peut-être notre disparition n'avait-elle pas été remarquée, et l'eût-elle été, la frégate ne pouvait revenir sous le vent à nous, étant démontée de son gouvernail. Il ne fallait donc compter que sur ses embarcations.

Conseil raisonna froidement dans cette hypothèse et fit son plan en conséquence. Étonnante nature ! ce flegmatique garçon était là comme chez lui !

Il fut donc décidé que notre seule chance de salut étant d'être recueillis par les embarcations de l'*Abraham Lincoln*, nous devions nous organiser de manière à les attendre le plus longtemps possible. Je résolus alors de diviser nos forces afin de ne pas les épuiser simultanément, et voici ce qui fut convenu : pendant que l'un de nous, étendu sur le dos, se tiendrait immobile, les bras croisés, les jambes allongées, l'autre nagerait et le pousserait en avant. Ce rôle de remorqueur ne devait pas durer plus de dix minutes, et, nous relayant ainsi, nous pouvions surnager pendant quelques heures, et peut-être jusqu'au lever du jour.

Faible chance ! mais l'espoir est si fortement enraciné au cœur de l'homme ! Puis, nous étions deux. Enfin, je l'affirme — bien que cela paraisse improbable —, si je cherchais à détruire en moi toute illusion, si je voulais « désespérer », je ne le pouvais pas !

La collision de la frégate et du cétacé s'était produite vers onze heures du soir environ. Je comptais donc sur huit heures de nage jusqu'au lever du soleil. Opération rigoureusement praticable, en nous relayant. La mer, assez belle, nous fatiguait peu. Parfois, je cherchais à percer du regard ces épaisses ténèbres que rompait seule la phosphorescence provoquée par nos mouvements. Je regardais ces ondes lumineuses qui se brisaient sur ma main et dont la nappe miroitante se tachait de plaques livides. On eût dit que nous étions plongés dans un bain de mercure.

Vers une heure du matin, je fus pris d'une extrême fatigue. Mes membres se raidirent sous l'étreinte de crampes violentes. Conseil dut me soutenir, et le soin de

Pendant que l'un de nous, étendu sur le dos. (Page 86.)

notre conservation reposa sur lui seul. J'entendis bientôt
haleter le pauvre garçon ; sa respiration devint courte et
pressée. Je compris qu'il ne pouvait résister longtemps.

« Laisse-moi ! laisse-moi ! lui dis-je.

— Abandonner monsieur ! jamais ! répondit-il. Je
compte bien me noyer avant lui ! »

En ce moment, la lune apparut à travers les franges
d'un gros nuage que le vent entraînait dans l'est. La surface de la mer étincela sous ses rayons. Cette bienfaisante
lumière ranima nos forces. Ma tête se redressa. Mes
regards se portèrent à tous les points de l'horizon. J'aperçus la frégate. Elle était à cinq milles de nous, et ne formait plus qu'une masse sombre, à peine appréciable. Mais
d'embarcations, point !

Je voulus crier. À quoi bon, à pareille distance ! Mes
lèvres gonflées ne laissèrent passer aucun son. Conseil
put articuler quelques mots, et je l'entendis répéter à plusieurs reprises :

« À nous ! à nous ! »

Nos mouvements un instant suspendus, nous écou-
tâmes. Et, fut-ce un de ces bourdonnements dont le sang
oppressé emplit l'oreille, mais il me sembla qu'un cri
répondait au cri de Conseil.

« As-tu entendu ? murmurai-je.

— Oui ! oui ! »

Et Conseil jeta dans l'espace un nouvel appel
désespéré.

Cette fois, pas d'erreur possible ! Une voix humaine
répondait à la nôtre ! Était-ce la voix de quelque infortuné, abandonné au milieu de l'océan, quelque autre victime du choc éprouvé par le navire ? Ou plutôt une
embarcation de la frégate ne nous hélait-elle pas dans
l'ombre ?

Conseil fit un suprême effort, et, s'appuyant sur mon
épaule, tandis que je résistais dans une dernière convulsion, il se dressa à demi hors de l'eau et retomba épuisé.

« Qu'as-tu vu ?

— J'ai vu... murmura-t-il, j'ai vu... mais ne parlons
pas... gardons toutes nos forces !... »

Qu'avait-il vu ? Alors, je ne sais pourquoi, la pensée du monstre me vint pour la première fois à l'esprit !... Mais cette voix cependant ?... Les temps ne sont plus où les Jonas se réfugient dans le ventre des baleines !

Pourtant, Conseil me remorquait encore. Il relevait parfois la tête, regardait devant lui, et jetait un cri de reconnaissance auquel répondait une voix de plus en plus rapprochée. Je l'entendais à peine. Mes forces étaient à bout ; mes doigts s'écartaient ; ma main ne me fournissait plus un point d'appui ; ma bouche, convulsivement ouverte, s'emplissait d'eau salée ; le froid m'envahissait. Je relevai la tête une dernière fois, puis, je m'abîmai...

En cet instant, un corps dur me heurta. Je m'y cramponnai. Puis, je sentis qu'on me retirait, qu'on me ramenait à la surface de l'eau, que ma poitrine se dégonflait, et je m'évanouis...

Il est certain que je revins promptement à moi, grâce à de vigoureuses frictions qui me sillonnèrent le corps. J'entrouvris les yeux...

« Conseil ! murmurai-je.

— Monsieur m'a sonné ? » répondit Conseil.

En ce moment, aux dernières clartés de la lune qui s'abaissait vers l'horizon, j'aperçus une figure qui n'était pas celle de Conseil, et que je reconnus aussitôt.

« Ned ! m'écriai-je.

— En personne, monsieur, et qui court après sa prime ! répondit le Canadien.

— Vous avez été précipité à la mer au choc de la frégate ?

— Oui, monsieur le professeur, mais plus favorisé que vous, j'ai pu prendre pied presque immédiatement sur un îlot flottant.

— Un îlot ?

— Ou, pour mieux dire, sur notre narval gigantesque.

— Expliquez-vous, Ned.

— Seulement, j'ai bientôt compris pourquoi mon harpon n'avait pu l'entamer et s'était émoussé sur sa peau.

— Pourquoi, Ned, pourquoi ?

— C'est que cette bête-là, monsieur le professeur, est faite en tôle d'acier ! »

Il faut ici que je reprenne mes esprits, que je revivifie mes souvenirs, que je contrôle moi-même mes assertions.

Les dernières paroles du Canadien avaient produit un revirement subit dans mon cerveau. Je me hissai rapidement au sommet de l'être ou de l'objet à demi immergé qui nous servait de refuge. Je l'éprouvai du pied. C'était évidemment un corps dur, impénétrable, et non pas cette substance molle qui forme la masse des grands mammifères marins.

Mais ce corps dur pouvait être une carapace osseuse, semblable à celle des animaux antédiluviens, et j'en serais quitte pour classer le monstre parmi les reptiles amphibies, tels que les tortues ou les alligators.

Eh bien ! non ! Le dos noirâtre qui me supportait était lisse, poli, non imbriqué. Il rendait au choc une sonorité métallique, et, si incroyable que cela fût, il semblait, que dis-je, il était fait de plaques boulonnées.

Le doute n'était pas possible ! L'animal, le monstre, le phénomène naturel qui avait intrigué le monde savant tout entier, bouleversé et fourvoyé l'imagination des marins des deux hémisphères, il fallait bien le reconnaître, c'était un phénomène plus étonnant encore, un phénomène de main d'homme.

La découverte de l'existence de l'être le plus fabuleux, le plus mythologique, n'eût pas, au même degré, surpris ma raison. Que ce qui est prodigieux vienne du Créateur, c'est tout simple. Mais trouver tout à coup, sous ses yeux, l'impossible mystérieusement et humainement réalisé, c'était à confondre l'esprit !

Il n'y avait pas à hésiter cependant. Nous étions étendus sur le dos d'une sorte de bateau sous-marin, qui présentait, autant que j'en pouvais juger, la forme d'un immense poisson d'acier. L'opinion de Ned Land était faite sur ce point. Conseil et moi, nous ne pûmes que nous y ranger.

« Mais alors, dis-je, cet appareil renferme en lui un

Nous étions sur le dos d'un bateau sous-marin. (Page 90.)

mécanisme de locomotion et un équipage pour le manœuvrer ?

— Évidemment, répondit le harponneur, et néanmoins,
depuis trois heures que j'habite cette île flottante, elle n'a
pas donné signe de vie.

— Ce bateau n'a pas marché ?

— Non, monsieur Aronnax. Il se laisse bercer au gré
des lames, mais il ne bouge pas.

— Nous savons, à n'en pas douter, cependant, qu'il
est doué d'une grande vitesse. Or, comme il faut une
machine pour produire cette vitesse et un mécanicien pour
conduire cette machine, j'en conclus... que nous sommes
sauvés.

— Hum ! » fit Ned Land d'un ton réservé.

En ce moment, et comme pour donner raison à mon
argumentation, un bouillonnement se fit à l'arrière de cet
étrange appareil, dont le propulseur était évidemment une
hélice, et il se mit en mouvement. Nous n'eûmes que le
temps de nous accrocher à sa partie supérieure qui émergeait de quatre-vingts centimètres environ. Très heureusement sa vitesse n'était pas excessive.

« Tant qu'il navigue horizontalement, murmura Ned
Land, je n'ai rien à dire. Mais s'il lui prend la fantaisie de
plonger, je ne donnerais pas deux dollars de ma peau ! »

Moins encore, aurait pu dire le Canadien. Il devenait
donc urgent de communiquer avec les êtres quelconques
renfermés dans les flancs de cette machine. Je cherchai à
sa surface une ouverture, un panneau, un « trou d'homme », pour employer l'expression technique ; mais les
lignes de boulons, solidement rabattues sur la jointure des
tôles, étaient nettes et uniformes.

D'ailleurs, la lune disparut alors, et nous laissa dans
une obscurité profonde. Il fallut attendre le jour pour avi-
ser aux moyens de pénétrer à l'intérieur de ce bateau
sous-marin.

Ainsi donc, notre salut dépendait uniquement du
caprice des mystérieux timoniers qui dirigeaient cet appareil, et, s'ils plongeaient, nous étions perdus ! Ce cas
excepté, je ne doutais pas de la possibilité d'entrer en

relation avec eux. Et, en effet, s'ils ne faisaient pas eux-mêmes leur air, il fallait nécessairement qu'ils revinssent de temps en temps à la surface de l'océan pour renouveler leur provision de molécules respirables. Donc, nécessité d'une ouverture qui mettait l'intérieur du bateau en communication avec l'atmosphère.

Quant à l'espoir d'être sauvé par le commandant Farragut, il fallait y renoncer complètement. Nous étions entraînés vers l'ouest, et j'estimai que notre vitesse, relativement modérée, atteignait douze milles à l'heure. L'hélice battait les flots avec une régularité mathématique, émergeant quelquefois et faisant jaillir l'eau phosphorescente à une grande hauteur.

Vers quatre heures du matin, la rapidité de l'appareil s'accrut. Nous résistions difficilement à ce vertigineux entraînement, lorsque les lames nous battaient de plein fouet. Heureusement, Ned rencontra sous sa main un large organeau fixé à la partie supérieure du dos de tôle, et nous parvînmes à nous y accrocher solidement.

Enfin cette longue nuit s'écoula. Mon souvenir incomplet ne permet pas d'en retracer toutes les impressions. Un seul détail me revient à l'esprit. Pendant certaines accalmies de la mer et du vent, je crus entendre plusieurs fois des sons vagues, une sorte d'harmonie fugitive produite par des accords lointains. Quel était donc le mystère de cette navigation sous-marine dont le monde entier cherchait vainement l'explication ? Quels êtres vivaient dans cet étrange bateau ? Quel agent mécanique lui permettait de se déplacer avec une si prodigieuse vitesse ?

Le jour parut. Les brumes du matin nous enveloppaient, mais elles ne tardèrent pas à se déchirer. J'allais procéder à un examen attentif de la coque qui formait à sa partie supérieure une sorte de plate-forme horizontale, quand je la sentis s'enfoncer peu à peu.

« Eh ! mille diables ! s'écria Ned Land, frappant du pied la tôle sonore, ouvrez donc, navigateurs peu hospitaliers ! »

Mais il était difficile de se faire entendre au milieu des

battements assourdissants de l'hélice. Heureusement, le mouvement d'immersion s'arrêta.

Soudain un bruit de ferrures violemment poussées se produisit à l'intérieur du bateau. Une plaque se souleva, un homme parut, jeta un cri bizarre et disparut aussitôt.

Quelques instants après, huit solides gaillards, le visage voilé, apparaissaient silencieusement, et nous entraînaient dans leur formidable machine.

VIII

MOBILIS IN MOBILE

Cet enlèvement, si brutalement exécuté, s'était accompli avec la rapidité de l'éclair. Mes compagnons et moi, nous n'avions pas eu le temps de nous reconnaître. Je ne sais ce qu'ils éprouvèrent en se sentant introduits dans cette prison flottante ; mais, pour mon compte, un rapide frisson me glaça l'épiderme. À qui avions-nous affaire ? Sans doute à quelques pirates d'une nouvelle espèce qui exploitaient la mer à leur façon.

À peine l'étroit panneau fut-il refermé sur moi, qu'une obscurité profonde m'enveloppa. Mes yeux, imprégnés de la lumière extérieure, ne purent rien percevoir. Je sentis mes pieds nus se cramponner aux échelons d'une échelle de fer. Ned Land et Conseil, vigoureusement saisis, me suivaient. Au bas de l'échelle, une porte s'ouvrit et se referma immédiatement sur nous avec un retentissement sonore.

Nous étions seuls. Où ? je ne pouvais le dire, à peine l'imaginer. Tout était noir, mais d'un noir si absolu, qu'après quelques minutes, mes yeux n'avaient encore pu saisir une de ces lueurs indéterminées qui flottent dans les plus profondes nuits.

Cependant, Ned Land, furieux de ces façons de procéder, donnait un libre cours à son indignation.

« Mille diables ! s'écriait-il, voilà des gens qui en remontreraient aux Calédoniens pour l'hospitalité ! Il ne leur manque plus que d'être anthropophages ! Je n'en serais pas surpris, mais je déclare que l'on ne me mangera pas sans que je proteste !

— Calmez-vous, ami Ned, calmez-vous, répondit tranquillement Conseil. Ne vous emportez pas avant l'heure. Nous ne sommes pas encore dans la rôtissoire !

— Dans la rôtissoire, non, riposta le Canadien, mais dans le four, à coup sûr ! Il y fait assez noir. Heureusement, mon *bowie-knife* [1] ne m'a pas quitté, et j'y vois toujours assez clair pour m'en servir. Le premier de ces bandits qui met la main sur moi...

— Ne vous irritez pas, Ned, dis-je alors au harponneur, et ne nous compromettez point par d'inutiles violences. Qui sait si on ne nous écoute pas ! Tâchons plutôt de savoir où nous sommes ! »

Je marchai en tâtonnant. Après cinq pas, je rencontrai une muraille de fer, faite de tôles boulonnées. Puis, me retournant, je heurtai une table de bois, près de laquelle étaient rangés plusieurs escabeaux. Le plancher de cette prison se dissimulait sous une épaisse natte de phormium qui assourdissait le bruit des pas. Les murs nus ne révélaient aucune trace de porte ni de fenêtre. Conseil, faisant un tour en sens inverse, me rejoignit, et nous revînmes au milieu de cette cabine, qui devait avoir vingt pieds de long sur dix pieds de large. Quant à sa hauteur, Ned Land, malgré sa grande taille, ne put la mesurer.

Une demi-heure s'était déjà écoulée sans que la situation se fût modifiée, quand, d'une extrême obscurité, nos yeux passèrent subitement à la plus violente lumière.

---

1. Couteau à large lame qu'un Américain porte toujours sur lui.

Notre prison s'éclaira soudain, c'est-à-dire qu'elle s'emplit d'une matière lumineuse tellement vive que je ne pus d'abord en supporter l'éclat. À sa blancheur, à son intensité, je reconnus cet éclairage électrique, qui produisait autour du bateau sous-marin comme un magnifique phénomène de phosphorescence. Après avoir involontairement fermé les yeux, je les rouvris, et je vis que l'agent lumineux s'échappait d'un demi-globe dépoli qui s'arrondissait à la partie supérieure de la cabine.

« Enfin ! on y voit clair ! s'écria Ned Land, qui, son couteau à la main, se tenait sur la défensive.

— Oui, répondis-je, risquant l'antithèse, mais la situation n'en est pas moins obscure.

— Que monsieur prenne patience », dit l'impassible Conseil.

Le soudain éclairage de la cabine m'avait permis d'en examiner les moindres détails. Elle ne contenait que la table et les cinq escabeaux. La porte invisible devait être hermétiquement fermée. Aucun bruit n'arrivait à notre oreille. Tout semblait mort à l'intérieur de ce bateau. Marchait-il, se maintenait-il à la surface de l'océan, s'enfonçait-il dans ses profondeurs ? Je ne pouvais le deviner.

Cependant, le globe lumineux ne s'était pas allumé sans raison. J'espérais donc que les hommes de l'équipage ne tarderaient pas à se montrer. Quand on veut oublier les gens, on n'éclaire pas les oubliettes.

Je ne me trompais pas. Un bruit de verrous se fit entendre, la porte s'ouvrit, deux hommes parurent.

L'un était de petite taille, vigoureusement musclé, large d'épaules, robuste de membres, la tête forte, la chevelure abondante et noire, la moustache épaisse, le regard vif et pénétrant, et toute sa personne empreinte de cette vivacité méridionale qui caractérise en France les populations provençales. Diderot a très justement prétendu que le geste de l'homme est métaphorique, et ce petit homme en était certainement la preuve vivante. On sentait que dans son langage habituel, il devait prodiguer les prosopopées, les métonymies et les hypallages. Ce que, d'ailleurs, je ne fus jamais à même de vérifier, car il employa toujours

Notre prison s'éclaira soudain. (Page 96.)

devant moi un idiome singulier et absolument incompréhensible.

Le second inconnu mérite une description plus détaillée. Un disciple de Gratiolet ou d'Engel eût lu sur sa physionomie à livre ouvert. Je reconnus sans hésiter ses qualités dominantes : — la confiance en lui, car sa tête se dégageait noblement sur l'arc formé par la ligne de ses épaules, et ses yeux noirs regardaient avec une froide assurance ; — le calme, car sa peau, pâle plutôt que colorée, annonçait la tranquillité du sang ; — l'énergie, que démontrait la rapide contraction de ses muscles sourciliers ; — le courage enfin, car sa vaste respiration dénotait une grande expansion vitale.

J'ajouterai que cet homme était fier, que son regard ferme et calme semblait refléter de hautes pensées, et que de tout cet ensemble, de l'homogénéité des expressions dans les gestes du corps et du visage, suivant l'observation des physionomistes, résultait une indiscutable franchise.

Je me sentis « involontairement » rassuré en sa présence, et j'augurai bien de notre entrevue.

Ce personnage avait-il trente-cinq ou cinquante ans, je n'aurais pu le préciser. Sa taille était haute, son front large, son nez droit, sa bouche nettement dessinée, ses dents magnifiques, ses mains fines, allongées, éminemment « psychiques », pour employer un mot de la chirognomonie, c'est-à-dire dignes de servir une âme haute et passionnée. Cet homme formait certainement le plus admirable type que j'eusse jamais rencontré. Détail particulier, ses yeux, un peu écartés l'un de l'autre, pouvaient embrasser simultanément près d'un quart de l'horizon. Cette faculté — je l'ai vérifié plus tard — se doublait d'une puissance de vision encore supérieure à celle de Ned Land. Lorsque cet inconnu fixait un objet, la ligne de ses sourcils se fronçait, ses larges paupières se rapprochaient de manière à circonscrire la pupille de ses yeux et à rétrécir ainsi l'étendue du champ visuel, et il regardait ! Quel regard ! comme il grossissait les objets rapetissés par l'éloignement ! comme il vous pénétrait jusqu'à

Ce personnage avait-il trente-cinq ou cinquante ans ? (Page 98.)

l'âme ! comme il perçait ces nappes liquides, si opaques à nos yeux, et comme il lisait au plus profond des mers !...

Les deux inconnus, coiffés de bérets faits d'une fourrure de loutre marine, et chaussés de bottes de mer en peau de phoque, portaient des vêtements d'un tissu particulier, qui dégageaient la taille et laissaient une grande liberté de mouvements.

Le plus grand des deux — évidemment le chef du bord — nous examina avec une extrême attention, sans prononcer une parole. Puis, se retournant vers son compagnon, il s'entretint avec lui dans une langue que je ne pus reconnaître. C'était un idiome sonore, harmonieux, flexible, dont les voyelles semblaient soumises à une accentuation très variée.

L'autre répondit par un hochement de tête, et ajouta deux ou trois mots parfaitement incompréhensibles. Puis du regard il parut m'interroger directement.

Je répondis, en bon français, que je n'entendais point son langage ; mais il ne sembla pas me comprendre, et la situation devint assez embarrassante.

« Que monsieur raconte toujours notre histoire, me dit Conseil. Ces messieurs en saisiront peut-être quelques mots ! »

Je recommençai le récit de nos aventures, articulant nettement toutes mes syllabes, et sans omettre un seul détail. Je déclinai nos noms et qualités ; puis, je présentai dans les formes le professeur Aronnax, son domestique Conseil, et maître Ned Land, le harponneur.

L'homme aux yeux doux et calmes m'écouta tranquillement, poliment même, et avec une attention remarquable. Mais rien dans sa physionomie n'indiqua qu'il eût compris mon histoire. Quand j'eus fini, il ne prononça pas un seul mot.

Restait encore la ressource de parler anglais. Peut-être se ferait-on entendre dans cette langue qui est à peu près universelle. Je la connaissais, ainsi que la langue allemande, d'une manière suffisante pour la lire couramment, mais non pour la parler correctement. Or, ici, il fallait surtout se faire comprendre.

« Allons, à votre tour, dis-je au harponneur. À vous, maître Land, tirez de votre sac le meilleur anglais qu'ait jamais parlé un Anglo-Saxon, et tâchez d'être plus heureux que moi. »

Ned ne se fit pas prier et recommença mon récit que je compris à peu près. Le fond fut le même, mais la forme différa. Le Canadien, emporté par son caractère, y mit beaucoup d'animation. Il se plaignit violemment d'être emprisonné au mépris du droit des gens, demanda en vertu de quelle loi on le retenait ainsi, invoqua l'*habeas corpus*, menaça de poursuivre ceux qui le séquestraient indûment, se démena, gesticula, cria, et finalement, il fit comprendre par un geste expressif que nous mourions de faim.

Ce qui était parfaitement vrai, mais nous l'avions à peu près oublié.

À sa grande stupéfaction, le harponneur ne parut pas avoir été plus intelligible que moi. Nos visiteurs ne sourcillèrent pas. Il était évident qu'ils ne comprenaient ni la langue d'Arago ni celle de Faraday.

Fort embarrassé, après avoir épuisé vainement nos ressources philologiques, je ne savais plus quel parti prendre, quand Conseil me dit :

« Si monsieur m'y autorise, je raconterai la chose en allemand.

— Comment ! tu sais l'allemand ? m'écriai-je.

— Comme un Flamand, n'en déplaise à monsieur.

— Cela me plaît, au contraire. Va, mon garçon. »

Et Conseil, de sa voix tranquille, raconta pour la troisième fois les diverses péripéties de notre histoire. Mais, malgré les élégantes tournures et la belle accentuation du narrateur, la langue allemande n'eut aucun succès.

Enfin, poussé à bout, je rassemblai tout ce qui me restait de mes premières études, et j'entrepris de narrer nos aventures en latin. Cicéron se fût bouché les oreilles et m'eût renvoyé à la cuisine, mais cependant, je parvins à m'en tirer. Même résultat négatif.

Cette dernière tentative définitivement avortée, les deux inconnus échangèrent quelques mots dans leur

incompréhensible langage, et se retirèrent, sans même
nous avoir adressé un de ces gestes rassurants qui ont
cours dans tous les pays du monde. La porte se referma.

« C'est une infamie ! s'écria Ned Land, qui éclata pour
la vingtième fois. Comment ! on leur parle français,
anglais, allemand, latin, à ces coquins-là, et il n'en est
pas un qui ait la civilité de répondre !

— Calmez-vous, Ned, dis-je au bouillant harponneur,
la colère ne mènerait à rien.

— Mais savez-vous, monsieur le professeur, reprit
notre irascible compagnon, que l'on mourrait parfaitement de faim dans cette cage de fer ?

— Bah ! fit Conseil, avec de la philosophie, on peut
encore tenir longtemps !

— Mes amis, dis-je, il ne faut pas se désespérer. Nous
nous sommes trouvés dans de plus mauvaises passes.
Faites-moi donc le plaisir d'attendre pour vous former
une opinion sur le commandant et l'équipage de ce
bateau.

— Mon opinion est toute faite, riposta Ned Land. Ce
sont des coquins...

— Bon ! et de quel pays ?

— Du pays des coquins !

— Mon brave Ned, ce pays-là n'est pas encore suffisamment indiqué sur la mappemonde, et j'avoue que la
nationalité de ces deux inconnus est difficile à déterminer ! Ni Anglais, ni Français, ni Allemands, voilà tout ce
que l'on peut affirmer. Cependant, je serais tenté d'admettre que ce commandant et son second sont nés sous
de basses latitudes. Il y a du méridional en eux. Mais
sont-ils Espagnols, Turcs, Arabes ou Indiens, c'est ce que
leur type physique ne me permet pas de décider. Quant à
leur langage, il est absolument incompréhensible.

— Voilà le désagrément de ne pas savoir toutes les
langues, répondit Conseil, ou le désavantage de ne pas
avoir une langue unique !

— Ce qui ne servirait à rien ! répondit Ned Land. Ne
voyez-vous pas que ces gens-là ont un langage à eux,
un langage inventé pour désespérer les braves gens qui

demandent à dîner ! Mais, dans tous les pays de la terre, ouvrir la bouche, remuer les mâchoires, happer des dents et des lèvres, est-ce que cela ne se comprend pas de reste ? Est-ce que cela ne veut pas dire à Québec comme aux Pomotou, à Paris comme aux antipodes : J'ai faim ! donnez-moi à manger !...

— Oh ! fit Conseil, il y a des natures si inintelligentes !... »

Comme il disait ces mots, la porte s'ouvrit. Un steward[1] entra. Il nous apportait des vêtements, vestes et culottes de mer, faites d'une étoffe dont je ne reconnus pas la nature. Je me hâtai de les revêtir, et mes compagnons m'imitèrent.

Pendant ce temps, le steward — muet, sourd peut-être — avait disposé la table et placé trois couverts.

« Voilà quelque chose de sérieux, dit Conseil, et cela s'annonce bien.

— Bah ! répondit le rancunier harponneur, que diable voulez-vous qu'on mange ici ? du foie de tortue, du filet de requin, du bifteck de chien de mer !

— Nous verrons bien ! » dit Conseil.

Les plats, recouverts de leur cloche d'argent, furent symétriquement posés sur la nappe, et nous prîmes place à table. Décidément, nous avions affaire à des gens civilisés, et sans la lumière électrique qui nous inondait, je me serais cru dans la salle à manger de l'hôtel Adelphi, à Liverpool, ou du Grand-Hôtel, à Paris. Je dois dire toutefois que le pain et le vin manquaient totalement. L'eau était fraîche et limpide, mais c'était de l'eau — ce qui ne fut pas du goût de Ned Land. Parmi les mets qui nous furent servis, je reconnus divers poissons délicatement apprêtés ; mais, sur certains plats, excellents d'ailleurs, je ne pus me prononcer, et je n'aurais même su dire à quel règne, végétal ou animal, leur contenu appartenait. Quant au service de table, il était élégant et d'un goût parfait. Chaque ustensile, cuiller, fourchette, couteau, assiette,

---

1. Domestique à bord d'un steamer.

portait une lettre entourée d'une devise en exergue, et
dont voici le *fac-simile* exact :

MOBILIS IN MOBILI

N

Mobile dans l'élément mobile ! Cette devise s'appliquait justement à cet appareil sous-marin, à la condition
de traduire la préposition *in* par *dans* et non par *sur*. La
lettre N formait sans doute l'initiale du nom de l'énigmatique personnage qui commandait au fond des mers !

Ned et Conseil ne faisaient pas tant de réflexions. Ils
dévoraient, et je ne tardai pas à les imiter. J'étais, d'ailleurs, rassuré sur notre sort, et il me paraissait évident que
nos hôtes ne voulaient pas nous laisser mourir d'inanition.

Cependant, tout finit ici-bas, tout passe, même la faim
des gens qui n'ont pas mangé depuis quinze heures. Notre
appétit satisfait, le besoin de sommeil se fit impérieuse-
ment sentir. Réaction bien naturelle, après l'interminable
nuit pendant laquelle nous avions lutté contre la mort.

« Ma foi, je dormirais bien, dit Conseil.

— Et moi, je dors ! » répondit Ned Land.

Mes deux compagnons s'étendirent sur le tapis de la
cabine, et furent bientôt plongés dans un profond
sommeil.

Pour mon compte, je cédai moins facilement à ce violent besoin de dormir. Trop de pensées s'accumulaient
dans mon esprit, trop de questions insolubles s'y pressaient, trop d'images tenaient mes paupières entrouvertes ! Où étions-nous ? Quelle étrange puissance nous
emportait ? Je sentais — ou plutôt je croyais sentir —
l'appareil s'enfoncer vers les couches les plus reculées de
la mer. De violents cauchemars m'obsédaient. J'entrevoyais dans ces mystérieux asiles tout un monde d'animaux inconnus, dont ce bateau sous-marin semblait être
le congénère, vivant, se mouvant, formidable comme
eux !... Puis, mon cerveau se calma, mon imagination se

Mes deux compagnons s'étendirent sur le tapis. (Page 104.)

fondit en une vague somnolence, et je tombai bientôt dans un morne sommeil.

IX

LES COLÈRES DE NED LAND

Quelle fut la durée de ce sommeil, je l'ignore ; mais il dut être long, car il nous reposa complètement de nos fatigues. Je me réveillai le premier. Mes compagnons n'avaient pas encore bougé, et demeuraient étendus dans leur coin comme des masses inertes.

À peine relevé de cette couche passablement dure, je sentis mon cerveau dégagé, mon esprit net. Je recommençai alors un examen attentif de notre cellule.

Rien n'était changé à ses dispositions intérieures. La prison était restée prison, et les prisonniers, prisonniers. Cependant le steward, profitant de notre sommeil, avait desservi la table. Rien n'indiquait donc une modification prochaine dans cette situation, et je me demandai sérieusement si nous étions destinés à vivre indéfiniment dans cette cage.

Cette perspective me sembla d'autant plus pénible que, si mon cerveau était libre de ses obsessions de la veille, je me sentais la poitrine singulièrement oppressée. Ma respiration se faisait difficilement. L'air lourd ne suffisait plus au jeu de mes poumons. Bien que la cellule fût vaste, il était évident que nous avions consommé en grande partie l'oxygène qu'elle contenait. En effet, chaque homme dépense, en une heure, l'oxygène renfermé dans cent litres d'air, et cet air, chargé alors d'une quantité presque égale d'acide carbonique, devient irrespirable.

Il était donc urgent de renouveler l'atmosphère de notre

prison, et, sans doute aussi l'atmosphère du bateau sous-marin.

Là se posait une question à mon esprit. Comment procédait le commandant de cette demeure flottante ? Obtenait-il de l'air par des moyens chimiques, en dégageant par la chaleur l'oxygène contenu dans du chlorate de potasse, et en absorbant l'acide carbonique par la potasse caustique ? Dans ce cas, il devait avoir conservé quelques relations avec les continents, afin de se procurer les matières nécessaires à cette opération. Se bornait-il seulement à emmagasiner l'air sous de hautes pressions dans des réservoirs, puis à le répandre suivant les besoins de son équipage ? Peut-être. Ou, procédé plus commode, plus économique, et par conséquent plus probable, se contentait-il de revenir respirer à la surface des eaux, comme un cétacé, et de renouveler pour vingt-quatre heures sa provision d'atmosphère ? Quoi qu'il en soit, et quelle que fût la méthode, il me paraissait prudent de l'employer sans retard.

En effet, j'étais déjà réduit à multiplier mes inspirations pour extraire de cette cellule le peu d'oxygène qu'elle renfermait, quand, soudain, je fus rafraîchi par un courant d'air pur et tout parfumé d'émanations salines. C'était bien la brise de mer, vivifiante et chargée d'iode ! J'ouvris largement la bouche, et mes poumons se saturèrent de fraîches molécules. En même temps, je sentis un balancement, un roulis de médiocre amplitude, mais parfaitement déterminable. Le bateau, le monstre de tôle venait évidemment de remonter à la surface de l'océan pour y respirer à la façon des baleines. Le mode de ventilation du navire était donc parfaitement reconnu.

Lorsque j'eus absorbé cet air pur à pleine poitrine, je cherchai le conduit, l'« aérifère », si l'on veut, qui laissait arriver jusqu'à nous ce bienfaisant effluve, et je ne tardai pas à le trouver. Au-dessus de la porte s'ouvrait un trou d'aérage laissant passer une fraîche colonne d'air, qui renouvelait ainsi l'atmosphère appauvrie de la cellule.

J'en étais là de mes observations, quand Ned et Conseil s'éveillèrent presque en même temps, sous l'influence de

cette aération revivifiante. Ils se frottèrent les yeux, se
détirèrent les bras et furent sur pied en un instant.

« Monsieur a bien dormi ? me demanda Conseil avec
sa politesse quotidienne.

— Fort bien, mon brave garçon, répondis-je. Et vous,
maître Ned Land ?

— Profondément, monsieur le professeur. Mais, je ne
sais si je me trompe, il me semble que je respire comme
une brise de mer ? »

Un marin ne pouvait s'y méprendre, et je racontai au
Canadien ce qui s'était passé pendant son sommeil.

« Bon ! dit-il, cela explique parfaitement ces mugissements que nous entendions, lorsque le prétendu narval se
trouvait en vue de l'*Abraham Lincoln.*

— Parfaitement, maître Land, c'était sa respiration !

— Seulement, monsieur Aronnax, je n'ai aucune idée
de l'heure qu'il est, à moins que ce ne soit l'heure du
dîner ?

— L'heure du dîner, mon digne harponneur ? Dites,
au moins, l'heure du déjeuner, car nous sommes certainement au lendemain d'hier.

— Ce qui démontre, répondit Conseil, que nous avons
pris vingt-quatre heures de sommeil.

— C'est mon avis, répondis-je.

— Je ne vous contredis point, répliqua Ned Land.
Mais dîner ou déjeuner, le steward sera le bienvenu, qu'il
apporte l'un ou l'autre.

— L'un et l'autre, dit Conseil.

— Juste, répondit le Canadien, nous avons droit à deux
repas, et pour mon compte, je ferai honneur à tous les
deux.

— Eh bien ! Ned, attendons, répondis-je. Il est évident
que ces inconnus n'ont pas l'intention de nous laisser
mourir de faim, car, dans ce cas, le dîner d'hier soir n'aurait aucun sens.

— À moins qu'on ne nous engraisse ! riposta Ned.

— Je proteste, répondis-je. Nous ne sommes point
tombés entre les mains de cannibales !

— Une fois n'est pas coutume, répondit sérieusement

le Canadien. Qui sait si ces gens-là ne sont pas privés depuis longtemps de chair fraîche, et dans ce cas, trois particuliers sains et bien constitués comme monsieur le professeur, son domestique et moi...

— Chassez ces idées, maître Land, répondis-je au harponneur, et surtout, ne partez pas de là pour vous emporter contre nos hôtes, ce qui ne pourrait qu'aggraver la situation.

— En tout cas, dit le harponneur, j'ai une faim de tous les diables, et dîner ou déjeuner, le repas n'arrive guère !

— Maître Land, répliquai-je, il faut se conformer au règlement du bord, et je suppose que notre estomac avance sur la cloche du maître coq.

— Eh bien ! on le mettra à l'heure, répondit tranquillement Conseil.

— Je vous reconnais là, ami Conseil, riposta l'impatient Canadien. Vous usez peu votre bile et vos nerfs ! Toujours calme ! Vous seriez capable de dire vos grâces avant votre bénédicité, et de mourir de faim plutôt que de vous plaindre !

— À quoi cela servirait-il ? demanda Conseil.

— Mais cela servirait à se plaindre ! C'est déjà quelque chose. Et si ces pirates — je dis pirates par respect, et pour ne pas contrarier monsieur le professeur qui défend de les appeler cannibales —, si ces pirates se figurent qu'ils vont me garder dans cette cage où j'étouffe, sans apprendre de quels jurons j'assaisonne mes emportements, ils se trompent ! Voyons, monsieur Aronnax, parlez franchement. Croyez-vous qu'ils nous tiennent longtemps dans cette boîte de fer ?

— À dire vrai, je n'en sais pas plus long que vous, ami Land.

— Mais enfin, que supposez-vous ?

— Je suppose que le hasard nous a rendus maîtres d'un secret important. Or, si l'équipage de ce bateau sousmarin a intérêt à le garder, et si cet intérêt est plus grave que la vie de trois hommes, je crois notre existence très compromise. Dans le cas contraire, à la première occasion, le monstre qui nous a engloutis nous rendra au monde habité par nos semblables.

— À moins qu'il ne nous enrôle parmi son équipage, dit Conseil, et qu'il nous garde ainsi...

— Jusqu'au moment, répliqua Ned Land, où quelque frégate, plus rapide ou plus adroite que l'*Abraham Lincoln*, s'emparera de ce nid de forbans, et enverra son équipage et nous respirer une dernière fois au bout de sa grand-vergue.

— Bien raisonné, maître Land, répliquai-je. Mais on ne nous a pas encore fait, que je sache, de proposition à cet égard. Inutile donc de discuter le parti que nous devrons prendre, le cas échéant. Je vous le répète, attendons, prenons conseil des circonstances, et ne faisons rien, puisqu'il n'y a rien à faire.

— Au contraire ! monsieur le professeur, répondit le harponneur, qui n'en voulait pas démordre, il faut faire quelque chose.

— Eh ! quoi donc, maître Land ?

— Nous sauver.

— Se sauver d'une prison "terrestre" est souvent difficile, mais d'une prison sous-marine, cela me paraît absolument impraticable.

— Allons, ami Ned, demanda Conseil, que répondez-vous à l'objection de monsieur ? Je ne puis croire qu'un Américain soit jamais à bout de ressources ! »

Le harponneur, visiblement embarrassé, se taisait. Une fuite, dans les conditions où le hasard nous avait jetés, était absolument impossible. Mais un Canadien est à demi Français, et maître Ned Land le fit bien voir par sa réponse.

« Ainsi, monsieur Aronnax, reprit-il après quelques instants de réflexion, vous ne devinez pas ce que doivent faire des gens qui ne peuvent s'échapper de leur prison ?

— Non, mon ami.

— C'est bien simple, il faut qu'ils s'arrangent de manière à y rester.

— Parbleu ! fit Conseil, vaut encore mieux être dedans que dessus ou dessous !

— Mais après avoir jeté dehors geôliers, porte-clefs et gardiens, ajouta Ned Land.

— Quoi, Ned ? vous songeriez sérieusement à vous emparer de ce bâtiment ?

— Très sérieusement, répondit le Canadien.

— C'est impossible.

— Pourquoi donc, monsieur ? Il peut se présenter quelque chance favorable, et je ne vois pas ce qui pourrait nous empêcher d'en profiter. S'ils ne sont qu'une vingtaine d'hommes à bord de cette machine, ils ne feront pas reculer deux Français et un Canadien, je suppose ! »

Mieux valait admettre la proposition du harponneur que de la discuter. Aussi me contentai-je de répondre :

« Laissons venir les circonstances, maître Land, et nous verrons. Mais, jusque-là, je vous en prie, contenez votre impatience. On ne peut agir que par ruse, et ce n'est pas en vous emportant que vous ferez naître des chances favorables. Promettez-moi donc que vous accepterez la situation sans trop de colère.

— Je vous le promets, monsieur le professeur, répondit Ned Land d'un ton peu rassurant. Pas un mot violent ne sortira de ma bouche, pas un geste brutal ne me trahira, quand bien même le service de la table ne se ferait pas avec toute la régularité désirable.

— J'ai votre parole, Ned », répondis-je au Canadien.

Puis, la conversation fut suspendue, et chacun de nous se mit à réfléchir à part soi. J'avouerai que, pour mon compte, et malgré l'assurance du harponneur, je ne conservais aucune illusion. Je n'admettais pas ces chances favorables dont Ned Land avait parlé. Pour être si sûrement manœuvré, le bateau sous-marin exigeait un nombreux équipage, et conséquemment, dans le cas d'une lutte, nous aurions affaire à trop forte partie. D'ailleurs, il fallait, avant tout, être libres, et nous ne l'étions pas. Je ne voyais même aucun moyen de fuir cette cellule de tôle si hermétiquement fermée. Et pour peu que l'étrange commandant de ce bateau eût un secret à garder — ce qui paraissait au moins probable —, il ne nous laisserait pas agir librement à son bord. Maintenant, se débarrasserait-il de nous par la violence, ou nous jetterait-il un jour sur quelque coin de terre ? c'était là l'inconnu. Toutes ces hypothèses me semblaient extrêmement plausibles, et il fallait être un harponneur pour espérer de reconquérir sa liberté.

Je compris d'ailleurs que les idées de Ned Land s'aigrissaient avec les réflexions qui s'emparaient de son cerveau. J'entendais peu à peu les jurons gronder au fond de son gosier, et je voyais ses gestes redevenir menaçants. Il se levait, tournait comme une bête fauve en cage, frappait les murs du pied et du poing. D'ailleurs, le temps s'écoulait, la faim se faisait cruellement sentir, et, cette fois, le steward ne paraissait pas. Et c'était oublier trop longtemps notre position de naufragés, si l'on avait réellement de bonnes intentions à notre égard.

Ned Land, tourmenté par les tiraillements de son robuste estomac, se montait de plus en plus, et, malgré sa parole, je craignais véritablement une explosion, lorsqu'il se trouverait en présence de l'un des hommes du bord.

Pendant deux heures encore, la colère de Ned Land s'exalta. Le Canadien appelait, il criait, mais en vain. Les murailles de tôle étaient sourdes. Je n'entendais même aucun bruit à l'intérieur de ce bateau, qui semblait mort. Il ne bougeait pas, car j'aurais évidemment senti les frémissements de la coque sous l'impulsion de l'hélice. Plongé sans doute dans l'abîme des eaux, il n'appartenait plus à la terre. Tout ce morne silence était effrayant.

Quant à notre abandon, à notre isolement au fond de cette cellule, je n'osais estimer ce qu'il pourrait durer. Les espérances que j'avais conçues après notre entrevue avec le commandant du bord s'effaçaient peu à peu. La douceur du regard de cet homme, l'expression généreuse de sa physionomie, la noblesse de son maintien, tout disparaissait de mon souvenir. Je revoyais cet énigmatique personnage tel qu'il devait être, nécessairement impitoyable, cruel. Je le sentais en dehors de l'humanité, inaccessible à tout sentiment de pitié, implacable ennemi de ses semblables auxquels il avait dû vouer une impérissable haine !

Mais, cet homme, allait-il donc nous laisser périr d'inanition, enfermés dans cette prison étroite, livrés à ces horribles tentations auxquelles pousse la faim farouche ? Cette affreuse pensée prit dans mon esprit une intensité terrible, et, l'imagination aidant, je me sentis envahir par une épouvante insensée. Conseil restait calme, Ned Land rugissait.

En ce moment, un bruit se fit entendre extérieurement. Des pas résonnèrent sur la dalle de métal. Les serrures furent fouillées, la porte s'ouvrit, le steward parut.

Avant que j'eusse fait un mouvement pour l'en empêcher, le Canadien s'était précipité sur ce malheureux ; il l'avait renversé ; il le tenait à la gorge. Le steward étouffait sous sa main puissante.

Conseil cherchait déjà à retirer des mains du harponneur sa victime à demi suffoquée, et j'allais joindre mes efforts aux siens, quand, subitement, je fus cloué à ma place par ces mots prononcés en français :

« Calmez-vous, maître Land, et vous, monsieur le professeur, veuillez m'écouter ! »

X

L'HOMME DES EAUX

C'était le commandant du bord qui parlait ainsi.

À ces mots, Ned Land se releva subitement. Le steward, presque étranglé, sortit en chancelant sur un signe de son maître ; mais tel était l'empire du commandant à son bord, que pas un geste ne trahit le ressentiment dont cet homme devait être animé contre le Canadien. Conseil, intéressé malgré lui, moi stupéfait, nous attendions en silence le dénouement de cette scène.

Le commandant, appuyé sur l'angle de la table, les bras

Le Canadien s'était précipité sur ce malheureux. (Page 113.)

croisés, nous observait avec une profonde attention. Hésitait-il à parler ? Regrettait-il ces mots qu'il venait de prononcer en français ? On pouvait le croire.

Après quelques instants d'un silence qu'aucun de nous
ne songea à interrompre :

« Messieurs, dit-il d'une voix calme et pénétrante, je
parle également le français, l'anglais, l'allemand et le
latin. J'aurais donc pu vous répondre dès notre première
entrevue, mais je voulais vous connaître d'abord, réfléchir
ensuite. Votre quadruple récit, absolument semblable au
fond, m'a affirmé l'identité de vos personnes. Je sais
maintenant que le hasard a mis en ma présence M. Pierre
Aronnax, professeur d'histoire naturelle au Muséum de
Paris, chargé d'une mission scientifique à l'étranger,
Conseil son domestique, et Ned Land, d'origine cana-
dienne, harponneur à bord de la frégate l'*Abraham Lincoln*, de la marine nationale des États-Unis d'Amérique. »

Je m'inclinai d'un air d'assentiment. Ce n'était pas une
question que me posait le commandant. Donc, pas de
réponse à faire. Cet homme s'exprimait avec une aisance
parfaite, sans aucun accent. Sa phrase était nette, ses mots
justes, sa facilité d'élocution remarquable. Et cependant,
je ne « sentais » pas en lui un compatriote.

Il reprit la conversation en ces termes :

« Vous avez trouvé sans doute, monsieur, que j'ai longtemps tardé à vous rendre cette seconde visite. C'est que,
votre identité reconnue, je voulais peser mûrement le parti
à prendre envers vous. J'ai beaucoup hésité. Les plus
fâcheuses circonstances vous ont mis en présence d'un
homme qui a rompu avec l'humanité. Vous êtes venu
troubler mon existence...

— Involontairement, dis-je.

— Involontairement ? répondit l'inconnu, en forçant
un peu sa voix. Est-ce involontairement que l'*Abraham
Lincoln* me chasse sur toutes les mers ? Est-ce involontai-
rement que vous avez pris passage à bord de cette frégate ? Est-ce involontairement que vos boulets ont rebondi
sur la coque de mon navire ? Est-ce involontairement que
maître Ned Land m'a frappé de son harpon ? »

Le steward sortit en chancelant. (Page 113.)

Je surpris dans ces paroles une irritation contenue. Mais, à ces récriminations, j'avais une réponse toute naturelle à faire, et je la fis.

« Monsieur, dis-je, vous ignorez sans doute les discussions qui ont eu lieu à votre sujet en Amérique et en Europe. Vous ne savez pas que divers accidents, provoqués par le choc de votre appareil sous-marin, ont ému l'opinion publique dans les deux continents. Je vous fais grâce des hypothèses sans nombre par lesquelles on cherchait à expliquer l'inexplicable phénomène dont seul vous aviez le secret. Mais sachez qu'en vous poursuivant jusque sur les hautes mers du Pacifique, l'*Abraham Lincoln* croyait chasser quelque puissant monstre marin dont il fallait à tout prix délivrer l'océan. »

Un demi-sourire détendit les lèvres du commandant, puis, d'un ton plus calme :

« Monsieur Aronnax, répondit-il, oseriez-vous affirmer que votre frégate n'aurait pas poursuivi et canonné un bateau sous-marin aussi bien qu'un monstre ? »

Cette question m'embarrassa, car certainement le commandant Farragut n'eût pas hésité. Il eût cru de son devoir de détruire un appareil de ce genre tout comme un narval gigantesque.

« Vous comprenez donc, monsieur, reprit l'inconnu, que j'ai le droit de vous traiter en ennemis. »

Je ne répondis rien, et pour cause. À quoi bon discuter une proposition semblable, quand la force peut détruire les meilleurs arguments ?

« J'ai longtemps hésité, reprit le commandant. Rien ne m'obligeait à vous donner l'hospitalité. Si je devais me séparer de vous, je n'avais aucun intérêt à vous revoir. Je vous remettais sur la plate-forme de ce navire qui vous avait servi de refuge. Je m'enfonçais sous les mers, et j'oubliais que vous aviez jamais existé. N'était-ce pas mon droit ?

— C'était peut-être le droit d'un sauvage, répondis-je, ce n'était pas celui d'un homme civilisé.

— Monsieur le professeur, répliqua vivement le commandant, je ne suis pas ce que vous appelez un homme civilisé ! J'ai rompu avec la société tout entière pour des raisons que moi seul j'ai le droit d'apprécier. Je n'obéis donc point à ses règles, et je vous engage à ne jamais les invoquer devant moi ! »

Ceci fut dit nettement. Un éclair de colère et de dédain avait allumé les yeux de l'inconnu, et dans la vie de cet homme, j'entrevis un passé formidable. Non seulement il s'était mis en dehors des lois humaines, mais il s'était fait indépendant, libre dans la plus rigoureuse acception du mot, hors de toute atteinte ! Qui donc oserait le poursuivre au fond des mers, puisque, à leur surface, il déjouait les efforts tentés contre lui ? Quel navire résisterait au choc de son monitor sous-marin ? Quelle cuirasse, si épaisse qu'elle fût, supporterait les coups de son éperon ? Nul, entre les hommes, ne pouvait lui demander compte de ses œuvres. Dieu, s'il y croyait, sa conscience, s'il en avait une, étaient les seuls juges dont il pût dépendre.

Ces réflexions traversèrent rapidement mon esprit, pendant que l'étrange personnage se taisait, absorbé et comme retiré en lui-même. Je le considérais avec un effroi mélangé d'intérêt, et sans doute, ainsi qu'Œdipe considérait le sphinx.

Après un assez long silence, le commandant reprit la parole.

« J'ai donc hésité, dit-il, mais j'ai pensé que mon intérêt pouvait s'accorder avec cette pitié naturelle à laquelle tout être humain a droit. Vous resterez à mon bord, puisque la fatalité vous y a jetés. Vous y serez libres, et, en échange de cette liberté, toute relative d'ailleurs, je ne vous imposerai qu'une seule condition. Votre parole de vous y soumettre me suffira.

— Parlez, monsieur, répondis-je, je pense que cette condition est de celles qu'un honnête homme peut accepter ?

— Oui, monsieur, et la voici. Il est possible que certains événements imprévus m'obligent à vous consigner dans vos cabines pour quelques heures ou quelques jours, suivant le cas. Désirant ne jamais employer la violence, j'attends de vous, dans ce cas, plus encore que dans tous les autres, une obéissance passive. En agissant ainsi, je couvre votre responsabilité, je vous dégage entièrement, car c'est à moi de vous mettre dans l'impossibilité de voir ce qui ne doit pas être vu. Acceptez-vous cette condition ? »

Il se passait donc à bord des choses tout au moins singulières, et que ne devaient point voir des gens qui ne s'étaient pas mis hors les lois sociales ! Entre les surprises que l'avenir me ménageait, celle-ci ne devait pas être la moindre.

« Nous acceptons, répondis-je. Seulement, je vous demanderai, monsieur, la permission de vous adresser une question, une seule.

— Parlez, monsieur.

— Vous avez dit que nous serions libres à votre bord ?

— Entièrement.

— Je vous demanderai donc ce que vous entendez par cette liberté.

— Mais la liberté d'aller, de venir, de voir, d'observer même tout ce qui se passe ici — sauf en quelques circonstances rares —, la liberté enfin dont nous jouissons nous-mêmes, mes compagnons et moi. »

Il était évident que nous ne nous entendions point.

« Pardon, monsieur, repris-je, mais cette liberté, ce n'est que celle que tout prisonnier a de parcourir sa prison ! Elle ne peut nous suffire.

— Il faudra, cependant, qu'elle vous suffise !

— Quoi ! nous devons renoncer à jamais de revoir notre patrie, nos amis, nos parents !

— Oui, monsieur. Mais renoncer à reprendre cet insupportable joug de la terre, que les hommes croient être la liberté, n'est peut-être pas aussi pénible que vous le pensez !

— Par exemple, s'écria Ned Land, jamais je ne donnerai ma parole de ne pas chercher à me sauver !

— Je ne vous demande pas de parole, maître Land, répondit froidement le commandant.

— Monsieur, répondis-je, emporté malgré moi, vous

abusez de votre situation envers nous ! C'est de la cruauté !

— Non, monsieur, c'est de la clémence ! Vous êtes mes prisonniers après combat ! Je vous garde, quand je pourrais d'un mot vous replonger dans les abîmes de l'océan ! Vous m'avez attaqué ! Vous êtes venus surprendre un secret que nul homme au monde ne doit pénétrer, le secret de toute mon existence ! Et vous croyez que je vais vous renvoyer sur cette terre qui ne doit plus me connaître ! Jamais ! En vous retenant, ce n'est pas vous que je garde, c'est moi-même ! »

Ces paroles indiquaient de la part du commandant un parti pris contre lequel ne prévaudrait aucun argument.

« Ainsi, monsieur, repris-je, vous nous donnez tout simplement à choisir entre la vie ou la mort ?

— Tout simplement.

— Mes amis, dis-je, à une question ainsi posée, il n'y a rien à répondre. Mais aucune parole ne nous lie au maître de ce bord.

— Aucune, monsieur », répondit l'inconnu.

Puis, d'une voix plus douce, il reprit :

« Maintenant, permettez-moi d'achever ce que j'ai à vous dire. Je vous connais, monsieur Aronnax. Vous, sinon vos compagnons, vous n'aurez peut-être pas tant à vous plaindre du hasard qui vous lie à mon sort. Vous trouverez parmi les livres qui servent à mes études favorites cet ouvrage que vous avez publié sur les grands fonds de la mer. Je l'ai souvent lu. Vous avez poussé votre œuvre aussi loin que vous le permettait la science terrestre. Mais vous ne savez pas tout, vous n'avez pas tout vu. Laissez-moi donc vous dire, monsieur le professeur, que vous ne regretterez pas le temps passé à mon bord. Vous allez voyager dans le pays des merveilles. L'étonnement, la stupéfaction seront probablement l'état habituel de votre esprit. Vous ne vous blaserez pas facilement sur le spectacle incessamment offert à vos yeux. Je vais revoir dans un nouveau tour du monde sous-marin — qui sait ? le dernier peut-être — tout ce que j'ai pu étudier au fond de ces mers tant de fois parcourues, et vous serez mon compagnon d'études. À partir de ce jour, vous entrez dans un nouvel élément, vous verrez ce que n'a vu encore aucun homme — car moi et les miens nous ne comptons plus —, et notre planète, grâce à moi, va vous livrer ses derniers secrets. »

Je ne puis le nier ; ces paroles du commandant firent sur moi un grand effet. J'étais pris là par mon faible, et j'oubliai, pour un instant, que la contemplation de ces choses sublimes ne pouvait valoir la liberté perdue. D'ailleurs, je comptais sur l'avenir pour trancher cette grave question. Aussi, je me contentai de répondre :

« Monsieur, si vous avez brisé avec l'humanité, je veux croire que vous n'avez pas renié tout sentiment humain. Nous sommes des naufragés charitablement recueillis à votre bord, nous ne l'oublierons pas. Quant à moi, je ne méconnais pas que, si l'intérêt de la science pouvait absorber jusqu'au besoin de liberté, ce que me promet notre rencontre m'offrirait de grandes compensations. »

Je pensais que le commandant allait me tendre la main pour sceller notre traité. Il n'en fit rien. Je le regrettai pour lui.

« Une dernière question, dis-je, au moment où cet être inexplicable semblait vouloir se retirer.

— Parlez, monsieur le professeur.

— De quel nom dois-je vous appeler ?

— Monsieur, répondit le commandant, je ne suis pour vous que le capitaine Nemo, et vos compagnons et vous, n'êtes pour moi que les passagers du *Nautilus*. »

Le capitaine Nemo appela. Un steward parut. Le capitaine lui donna ses ordres dans cette langue étrangère que je ne pouvais reconnaître. Puis, se tournant vers le Canadien et Conseil :

« Un repas vous attend dans votre cabine, leur dit-il. Veuillez suivre cet homme.

— Ça n'est pas de refus ! » répondit le harponneur.

Conseil et lui sortirent enfin de cette cellule où ils étaient renfermés depuis plus de trente heures.

« Et maintenant, monsieur Aronnax, notre déjeuner est prêt. Permettez-moi de vous précéder.

— À vos ordres, capitaine. »

Je suivis le capitaine Nemo, et dès que j'eus franchi la porte, je pris une sorte de couloir électriquement éclairé, semblable aux coursives d'un navire. Après un parcours d'une dizaine de mètres, une seconde porte s'ouvrit devant moi.

J'entrai alors dans une salle à manger, ornée et meublée avec un goût sévère. De hauts dressoirs de chêne, incrustés d'ornements d'ébène, s'élevaient aux deux extrémités de cette salle, et sur leurs rayons à ligne ondulée étincelaient des faïences, des porcelaines, des verreries d'un prix inestimable. La vaisselle plate y resplendissait sous les rayons que versait un plafond lumineux, dont de fines peintures tamisaient et adoucissaient l'éclat.

Au centre de la salle était une table richement servie. Le capitaine Nemo m'indiqua la place que je devais occuper.

« Asseyez-vous, me dit-il, et mangez comme un homme qui doit mourir de faim. »

Le déjeuner se composait d'un certain nombre de plats dont la mer seule avait fourni le contenu, et de quelques mets dont j'ignorais la nature et la provenance. J'avouerai que c'était bon, mais avec un goût particulier auquel je m'habituai facilement. Ces divers aliments me parurent riches en phosphore, et je pensai qu'ils devaient avoir une origine marine.

Le capitaine Nemo me regardait. Je ne lui demandai rien, mais il devina mes pensées, et il répondit de lui-même aux questions que je brûlais de lui adresser.

« La plupart de ces mets vous sont inconnus, me dit-il. Cependant, vous pouvez en user sans crainte. Ils sont sains et nourrissants. Depuis longtemps, j'ai renoncé aux aliments de la terre, et je ne m'en porte pas plus mal. Mon équipage, qui est vigoureux, ne se nourrit pas autrement que moi.

— Ainsi, dis-je, tous ces aliments sont des produits de la mer ?

— Oui, monsieur le professeur, la mer fournit à tous

J'entrai alors dans une salle à manger. (Page 122.)

mes besoins. Tantôt je mets mes filets à la traîne, et je les retire, prêts à se rompre. Tantôt je vais chasser au milieu de cet élément qui paraît être inaccessible à l'homme, et je force le gibier qui gîte dans mes forêts sous-marines. Mes troupeaux, comme ceux du vieux pasteur de Neptune, paissent sans crainte les immenses prairies de l'océan. J'ai là une vaste propriété que j'exploite moi-même et qui est toujours ensemencée par la main du Créateur de toutes choses. »

Je regardai le capitaine Nemo avec un certain étonnement, et je lui répondis :

« Je comprends parfaitement, monsieur, que vos filets fournissent d'excellents poissons à votre table ; je comprends moins que vous poursuiviez le gibier aquatique dans vos forêts sous-marines ; mais je ne comprends plus du tout qu'une parcelle de viande, si petite qu'elle soit, figure dans votre menu.

— Aussi, monsieur, me répondit le capitaine Nemo, ne fais-je jamais usage de la chair des animaux terrestres.

— Ceci, cependant, repris-je, en désignant un plat où restaient encore quelques tranches de filet.

— Ce que vous croyez être de la viande, monsieur le professeur, n'est autre chose que du filet de tortue de mer. Voici également quelques foies de dauphin que vous prendriez pour un ragoût de porc. Mon cuisinier est un habile préparateur, qui excelle à conserver ces produits variés de l'océan. Goûtez à tous ces mets. Voici une conserve d'holothuries qu'un Malais déclarerait sans rivale au monde, voilà une crème dont le lait a été fourni par la mamelle des cétacés, et le sucre par les grands fucus de la mer du Nord, et enfin, permettez-moi de vous offrir des confitures d'anémones qui valent celles des fruits les plus savoureux. »

Et je goûtais, plutôt en curieux qu'en gourmet, tandis que le capitaine Nemo m'enchantait par ses invraisemblables récits.

« Mais cette mer, monsieur Aronnax, me dit-il, cette nourrice prodigieuse, inépuisable, elle ne me nourrit pas seulement ; elle me vêt encore. Ces étoffes qui vous cou-

vrent sont tissées avec le byssus de certains coquillages ;
elles sont teintes avec la pourpre des Anciens et nuancées
de couleurs violettes que j'extrais des aplysies de la
Méditerranée. Les parfums que vous trouverez sur la toilette de votre cabine sont le produit de la distillation des
plantes marines. Votre lit est fait du plus doux zostère de
l'océan. Votre plume sera un fanon de baleine, votre
encre la liqueur sécrétée par la seiche ou l'encornet. Tout
me vient maintenant de la mer comme tout lui retournera
un jour !

— Vous aimez la mer, capitaine.

— Oui ! je l'aime ! La mer est tout ! Elle couvre les sept
dixièmes du globe terrestre. Son souffle est pur et sain.
C'est l'immense désert où l'homme n'est jamais seul, car
il sent frémir la vie à ses côtés. La mer n'est que le véhicule
d'une surnaturelle et prodigieuse existence ; elle n'est que
mouvement et amour ; c'est l'infini vivant, comme l'a dit
un de vos poètes. Et en effet, monsieur le professeur, la
nature s'y manifeste par ses trois règnes, minéral, végétal,
animal. Ce dernier y est largement représenté par les quatre
groupes de zoophytes, par trois classes des articulés, par
cinq classes des mollusques, par trois classes des vertébrés,
les mammifères, les reptiles et ces innombrables légions de
poissons, ordre infini d'animaux qui compte plus de treize
mille espèces, dont un dixième seulement appartient à l'eau
douce. La mer est le vaste réservoir de la nature. C'est par
la mer que le globe a pour ainsi dire commencé, et qui sait
s'il ne finira pas par elle ! Là est la suprême tranquillité. La
mer n'appartient pas aux despotes. À sa surface, ils peuvent
encore exercer des droits iniques, s'y battre, s'y dévorer, y
transporter toutes les horreurs terrestres. Mais à trente
pieds au-dessous de son niveau, leur pouvoir cesse, leur
influence s'éteint, leur puissance disparaît ! Ah ! monsieur,
vivez, vivez au sein des mers ! Là seulement est l'indépendance ! Là je ne reconnais pas de maîtres ! Là je suis
libre ! »

Le capitaine Nemo se tut subitement au milieu de cet
enthousiasme qui débordait de lui. S'était-il laissé entraîner au-delà de sa réserve habituelle ? Avait-il trop parlé ?

Pendant quelques instants, il se promena, très agité. Puis ses nerfs se calmèrent, sa physionomie reprit sa froideur accoutumée, et, se tournant vers moi :

« Maintenant, monsieur le professeur, dit-il, si vous voulez visiter le *Nautilus*, je suis à vos ordres. »

XI

LE « NAUTILUS »

Le capitaine Nemo se leva. Je le suivis. Une double porte, ménagée à l'arrière de la salle, s'ouvrit, et j'entrai dans une chambre de dimension égale à celle que je venais de quitter.

C'était une bibliothèque. De hauts meubles en palissandre noir, incrustés de cuivres, supportaient sur leurs larges rayons un grand nombre de livres uniformément reliés. Ils suivaient le contour de la salle et se terminaient à leur partie inférieure par de vastes divans, capitonnés de cuir marron, qui offraient les courbes les plus confortables. De légers pupitres mobiles, en s'écartant ou se rapprochant à volonté, permettaient d'y poser le livre en lecture. Au centre se dressait une vaste table, couverte de brochures, entre lesquelles apparaissaient quelques journaux déjà vieux. La lumière électrique inondait tout cet harmonieux ensemble, et tombait de quatre globes dépolis à demi engagés dans les volutes du plafond. Je regardais avec une admiration réelle cette salle si ingénieusement aménagée, et je ne pouvais en croire mes yeux.

« Capitaine Nemo, dis-je à mon hôte, qui venait de s'étendre sur un divan, voilà une bibliothèque qui ferait honneur à plus d'un palais des continents, et je suis vraiment émerveillé, quand je songe qu'elle peut vous suivre au plus profond des mers.

C'était une bibliothèque. (Page 126.)

— Où trouverait-on plus de solitude, plus de silence, monsieur le professeur ? répondit le capitaine Nemo. Votre cabinet du Muséum vous offre-t-il un repos aussi complet ?

— Non, monsieur, et je dois ajouter qu'il est bien pauvre auprès du vôtre. Vous possédez là six ou sept mille volumes...

— Douze mille, monsieur Aronnax. Ce sont les seuls liens qui me rattachent à la terre. Mais le monde a fini pour moi le jour où mon *Nautilus* s'est plongé pour la première fois sous les eaux. Ce jour-là, j'ai acheté mes derniers volumes, mes dernières brochures, mes derniers journaux, et depuis lors, je veux croire que l'humanité n'a plus ni pensé, ni écrit. Ces livres, monsieur le professeur, sont d'ailleurs à votre disposition, et vous pourrez en user librement. »

Je remerciai le capitaine Nemo, et je m'approchai des rayons de la bibliothèque. Livres de science, de morale et de littérature, écrits en toutes langues, y abondaient ; mais je ne vis pas un seul ouvrage d'économie politique ; ils semblaient être sévèrement proscrits du bord. Détail curieux, tous ces livres étaient indistinctement classés, en quelque langue qu'ils fussent écrits, et ce mélange prouvait que le capitaine du *Nautilus* devait lire couramment les volumes que sa main prenait au hasard.

Parmi ces ouvrages, je remarquai les chefs-d'œuvre des maîtres anciens et modernes, c'est-à-dire tout ce que l'humanité a produit de plus beau dans l'histoire, la poésie, le roman et la science, depuis Homère jusqu'à Victor Hugo, depuis Xénophon jusqu'à Michelet, depuis Rabelais jusqu'à Mme Sand. Mais la science, plus particulièrement, faisait les frais de cette bibliothèque ; les livres de mécanique, de balistique, d'hydrographie, de météorologie, de géographie, de géologie, etc., y tenaient une place non moins importante que les ouvrages d'histoire naturelle, et je compris qu'ils formaient la principale étude du capitaine. Je vis là tout le Humboldt, tout l'Arago, les travaux de Foucault, d'Henri Sainte-Claire Deville, de Chasles, de Milne-Edwards, de Quatrefages, de Tyndall, de Faraday, de Berthelot, de l'abbé Secchi, de Petermann, du commandant Maury, d'Agassiz, etc., les mémoires de l'Académie des sciences, les bulletins des diverses sociétés de géographie, etc., et, en bon rang, les deux volumes qui m'avaient peut-être valu cet accueil relativement charitable du capitaine Nemo. Parmi les œuvres de Joseph Bertrand, son livre intitulé *Les Fondateurs de l'Astronomie* me donna même une date certaine ; et comme je savais qu'il avait paru dans le courant de 1865, je pus en conclure que l'installation du *Nautilus* ne remontait pas à une époque postérieure. Ainsi donc, depuis trois ans, au plus, le capitaine Nemo avait commencé son existence sous-marine. J'espérai, d'ailleurs, que des ouvrages plus récents encore me permettraient de fixer exactement cette époque ; mais j'avais le temps de faire cette recherche, et je ne voulus pas retarder davantage notre promenade à travers les merveilles du *Nautilus*.

« Monsieur, dis-je au capitaine, je vous remercie d'avoir mis cette bibliothèque à ma disposition. Il y a là des trésors de science, et j'en profiterai.

— Cette salle n'est pas seulement une bibliothèque, dit le capitaine Nemo, c'est aussi un fumoir.

— Un fumoir ? m'écriai-je. On fume donc à bord ?

— Sans doute.

— Alors, monsieur, je suis forcé de croire que vous avez conservé des relations avec La Havane.

— Aucune, répondit le capitaine. Acceptez ce cigare, monsieur Aronnax, et, bien qu'il ne vienne pas de La Havane, vous en serez content, si vous êtes connaisseur. »

Je pris le cigare qui m'était offert, et dont la forme rappelait celui du londrès ; mais il semblait fabriqué avec des feuilles d'or. Je l'allumai à un petit brasero que supportait un élégant pied de bronze, et j'aspirai ses premières bouffées avec la volupté d'un amateur qui n'a pas fumé depuis deux jours.

« C'est excellent, dis-je, mais ce n'est pas du tabac.

— Non, répondit le capitaine, ce tabac ne vient ni de La Havane ni de l'Orient. C'est une sorte d'algue, riche

en nicotine, que la mer me fournit, non sans quelque par-
cimonie. Regrettez-vous les londrès, monsieur ?

— Capitaine, je les méprise à partir de ce jour.

— Fumez donc à votre fantaisie, et sans discuter l'origine de ces cigares. Aucune régie ne les a contrôlés, mais
ils n'en sont pas moins bons, j'imagine.

— Au contraire. »

À ce moment, le capitaine Nemo ouvrit une porte qui
faisait face à celle par laquelle j'étais entré dans la bibliothèque, et je passai dans un salon immense et splendide-
ment éclairé.

C'était un vaste quadrilatère, à pans coupés, long de
dix mètres, large de six, haut de cinq. Un plafond lumineux, décoré de légères arabesques, distribuait un jour
clair et doux sur toutes les merveilles entassées dans ce
musée. Car c'était réellement un musée dans lequel une
main intelligente et prodigue avait réuni tous les trésors
de la nature et de l'art, avec ce pêle-mêle artiste qui distingue un atelier de peintre.

Une trentaine de tableaux de maîtres, à cadres uniformes, séparés par d'étincelantes panoplies, ornaient les
parois tendues de tapisseries d'un dessin sévère. Je vis là
des toiles de la plus haute valeur, et que, pour la plupart,
j'avais admirées dans les collections particulières de l'Europe et aux expositions de peinture. Les diverses écoles
des maîtres anciens étaient représentées par une madone
de Raphaël, une vierge de Léonard de Vinci, une nymphe
du Corrège, une femme du Titien, une adoration de Véronèse, une assomption de Murillo, un portrait d'Holbein,
un moine de Vélasquez, un martyre de Ribera, une ker-
messe de Rubens, deux paysages flamands de Teniers,
trois petits tableaux de genre de Gérard Dow, de Metsu,
de Paul Potter, deux toiles de Géricault et de Prud'hon,
quelques marines de Backhuysen et de Vernet. Parmi les
œuvres de la peinture moderne, apparaissaient des
tableaux signés Delacroix, Ingres, Decamps, Troyon,
Meissonier, Daubigny, etc., et quelques admirables réduc-
tions de statues de marbre ou de bronze, d'après les plus
beaux modèles de l'Antiquité, se dressaient sur leurs pié-

Un vaste quadrilatère à pans coupés. (Page 130.)

destaux dans les angles de ce magnifique musée. Cet état
de stupéfaction que m'avait prédit le commandant du
Nautilus commençait déjà à s'emparer de mon esprit.

« Monsieur le professeur, dit alors cet homme étrange,
vous excuserez le sans-gêne avec lequel je vous reçois,
et le désordre qui règne dans ce salon.

— Monsieur, répondis-je, sans chercher à savoir qui
vous êtes, m'est-il permis de reconnaître en vous un
artiste ?

— Un amateur, tout au plus, monsieur. J'aimais autrefois à collectionner ces belles œuvres créées par la main
de l'homme. J'étais un chercheur avide, un fureteur infatigable, et j'ai pu réunir quelques objets d'un haut prix. Ce
sont mes derniers souvenirs de cette terre qui est morte
pour moi. À mes yeux, vos artistes modernes ne sont déjà
plus que des anciens ; ils ont deux ou trois mille ans
d'existence, et je les confonds dans mon esprit. Les
maîtres n'ont pas d'âge.

— Et ces musiciens ? dis-je, en montrant des partitions
de Weber, de Rossini, de Mozart, de Beethoven,
d'Haydn, de Meyerbeer, d'Herold, de Wagner, d'Auber,
de Gounod, et nombre d'autres, éparses sur un piano-
orgue de grand modèle qui occupait un des panneaux du
salon.

— Ces musiciens, me répondit le capitaine Nemo, ce
sont des contemporains d'Orphée, car les différences
chronologiques s'effacent dans la mémoire des morts
— et je suis mort, monsieur le professeur, aussi bien mort
que ceux de vos amis qui reposent à six pieds sous terre ! »

Le capitaine Nemo se tut et sembla perdu dans une
rêverie profonde. Je le considérais avec une vive émotion,
analysant en silence les étrangetés de sa physionomie.
Accoudé sur l'angle d'une précieuse table de mosaïque,
il ne me voyait plus, il oubliait ma présence.

Je respectai ce recueillement, et je continuai de passer
en revue les curiosités qui enrichissaient ce salon.

Auprès des œuvres de l'art, les raretés naturelles
tenaient une place très importante. Elles consistaient prin-

cipalement en plantes, en coquilles et autres productions de l'océan, qui devaient être les trouvailles personnelles du capitaine Nemo. Au milieu du salon, un jet d'eau, électriquement éclairé, retombait dans une vasque faite d'un seul tridacne. Cette coquille, fournie par le plus grand des mollusques acéphales, mesurait sur ses bords, délicatement festonnés, une circonférence de six mètres environ ; elle dépassait donc en grandeur ces beaux tridacnes qui furent donnés à François Ier par la République de Venise, et dont l'église Saint-Sulpice, à Paris, a fait deux bénitiers gigantesques.

Autour de cette vasque, sous d'élégantes vitrines fixées par des armatures de cuivre, étaient classés et étiquetés les plus précieux produits de la mer qui eussent jamais été livrés aux regards d'un naturaliste. On conçoit ma joie de professeur.

L'embranchement des zoophytes offrait de très curieux spécimens de ses deux groupes des polypes et des échinodermes. Dans le premier groupe, des tubipores, des gorgones disposées en éventail, des éponges douces de Syrie, des isis des Moluques, des pennatules, une virgulaire admirable des mers de Norvège, des ombellulaires variées, des alcyonnaires, toute une série de ces madrépores que mon maître Milne-Edwards a si sagacement classés en sections, et parmi lesquels je remarquai d'adorables flabellines, des oculines de l'île Bourbon, le « char de Neptune » des Antilles, de superbes variétés de coraux, enfin toutes les espèces de ces curieux polypiers dont l'assemblage forme des îles entières qui deviendront un jour des continents. Dans les échinodermes, remarquables par leur enveloppe épineuse, les astéries, les étoiles de mer, les pantacrines, les comatules, les astérophons, les oursins, les holothuries, etc., représentaient la collection complète des individus de ce groupe.

Un conchyliologue un peu nerveux se serait pâmé certainement devant d'autres vitrines plus nombreuses où étaient classés les échantillons de l'embranchement des mollusques. Je vis là une collection d'une valeur inestimable, et que le temps me manquerait à décrire tout entière. Parmi ces produits, je citerai, pour mémoire seulement : l'élégant marteau royal de l'océan Indien, dont les régulières taches blanches ressortaient vivement sur un fond rouge et brun ; un spondyle impérial, aux vives couleurs, tout hérissé d'épines, rare spécimen dans les muséums européens, et dont j'estimai la valeur à vingt mille francs ; un marteau commun des mers de la Nouvelle-Hollande, qu'on se procure difficilement ; des bucardes exotiques du Sénégal, fragiles coquilles blanches à doubles valves, qu'un souffle eût dissipées comme une bulle de savon ; plusieurs variétés des arrosoirs de Java, sortes de tubes calcaires bordés de replis foliacés, et très disputés par les amateurs ; toute une série de troques, les uns jaune verdâtre, pêchés dans les mers d'Amérique, les autres d'un brun roux, amis des eaux de la Nouvelle-Hollande, ceux-ci, venus du golfe du Mexique, et remarquables par leur coquille imbriquée, ceux-là, des stellaires trouvés dans les mers australes, et enfin, le plus rare de tous, le magnifique éperon de la Nouvelle-Zélande ; puis, d'admirables tellines sulfurées, de précieuses espèces de cythérées et de vénus, le cadran treillissé des côtes de Tranquebar, le sabot marbré à nacre resplendissante, les perroquets verts des mers de Chine, le cône presque inconnu du genre *Cænodulli*, toutes les variétés de porcelaines qui servent de monnaie dans l'Inde et en Afrique, la « Gloire de la Mer », la plus précieuse coquille des Indes orientales ; enfin des littorines, des dauphinules, des turritelles, des janthines, des ovules, des volutes, des olives, des mitres, des casques, des pourpres, des buccins, des harpes, des rochers, des tritons, des cérites, des fuseaux, des strombes, des ptérocères, des patelles, des hyales, des cléodores, coquillages délicats et fragiles, que la science a baptisés de ses noms les plus charmants.

À part, et dans des compartiments spéciaux, se déroulaient des chapelets de perles de la plus grande beauté, que la lumière électrique piquait de pointes de feu, des perles roses, arrachées aux pinnes marines de la mer Rouge, des perles vertes de l'haliotide iris, des perles

jaunes, bleues, noires, curieux produits des divers mollusques de tous les océans et de certaines moules des
cours d'eau du Nord, enfin plusieurs échantillons d'un
prix inappréciable qui avaient été distillés par les pintadines les plus rares. Quelques-unes de ces perles surpas-
saient en grosseur un œuf de pigeon ; elles valaient, et
au-delà, celle que le voyageur Tavernier vendit trois millions au shah de Perse, et primaient cette autre perle de
l'iman de Mascate, que je croyais sans rivale au monde.

Ainsi donc, chiffrer la valeur de cette collection était,
pour ainsi dire, impossible. Le capitaine Nemo avait dû
dépenser des millions pour acquérir ces échantillons
divers, et je me demandais à quelle source il puisait pour
satisfaire ainsi ses fantaisies de collectionneur, quand je
fus interrompu par ces mots :

« Vous examinez mes coquilles, monsieur le professeur. En effet, elles peuvent intéresser un naturaliste ;
mais, pour moi, elles ont un charme de plus, car je les ai
toutes recueillies de ma main, et il n'est pas une mer du
globe qui ait échappé à mes recherches.

— Je comprends, capitaine, je comprends cette joie de
se promener au milieu de telles richesses. Vous êtes de
ceux qui ont fait eux-mêmes leur trésor. Aucun muséum
de l'Europe ne possède une semblable collection des produits de l'océan. Mais si j'épuise mon admiration pour
elle, que me restera-t-il pour le navire qui les porte ! Je
ne veux point pénétrer des secrets qui sont les vôtres !
Cependant, j'avoue que ce *Nautilus*, la force motrice qu'il
renferme en lui, les appareils qui permettent de le manœuvrer, l'agent si puissant qui l'anime, tout cela excite au
plus haut point ma curiosité. Je vois suspendus aux murs
de ce salon des instruments dont la destination m'est
inconnue. Puis-je savoir ?...

— Monsieur Aronnax, me répondit le capitaine Nemo,
je vous ai dit que vous seriez libre à mon bord, et par
conséquent, aucune partie du *Nautilus* ne vous est inter-
dite. Vous pouvez donc le visiter en détail et je me ferai
un plaisir d'être votre cicérone.

— Je ne sais comment vous remercier, monsieur, mais

je n'abuserai pas de votre complaisance. Je vous demanderai seulement à quel usage sont destinés ces instruments de physique...

— Monsieur le professeur, ces mêmes instruments se trouvent dans ma chambre, et c'est là que j'aurai le plaisir de vous expliquer leur emploi. Mais auparavant, venez visiter la cabine qui vous est réservée. Il faut que vous sachiez comment vous serez installé à bord du *Nautilus.* »

Je suivis le capitaine Nemo, qui, par une des portes percées à chaque pan coupé du salon, me fit rentrer dans les coursives du navire. Il me conduisit vers l'avant, et là je trouvai, non pas une cabine, mais une chambre élégante, avec lit, toilette et divers autres meubles.

Je ne pus que remercier mon hôte.

« Votre chambre est contiguë à la mienne, me dit-il, en ouvrant une porte, et la mienne donne sur le salon que nous venons de quitter. »

J'entrai dans la chambre du capitaine. Elle avait un aspect sévère, presque cénobitique. Une couchette de fer, une table de travail, quelques meubles de toilette. Le tout éclairé par un demi-jour. Rien de confortable. Le strict nécessaire, seulement.

Le capitaine Nemo me montra un siège.

« Veuillez vous asseoir », me dit-il.

Je m'assis, et il prit la parole en ces termes :

XII

TOUT PAR L'ÉLECTRICITÉ

« Monsieur, dit le capitaine Nemo, me montrant les instruments suspendus aux parois de sa chambre, voici les appareils exigés par la navigation du *Nautilus.* Ici comme dans le salon, je les ai toujours sous les yeux, et

La chambre du capitaine Nemo. (Page 136.)

ils m'indiquent ma situation et ma direction exacte au milieu de l'océan. Les uns vous sont connus, tels que le thermomètre qui donne la température intérieure du *Nautilus* ; le baromètre, qui pèse le poids de l'air et prédit les changements de temps ; l'hygromètre, qui marque le degré de sécheresse de l'atmosphère ; le *storm-glass*, dont le mélange, en se décomposant, annonce l'arrivée des tempêtes ; la boussole, qui dirige ma route ; le sextant, qui par la hauteur du soleil m'apprend ma latitude ; les chronomètres, qui me permettent de calculer ma longitude ; et enfin des lunettes de jour et de nuit, qui me servent à scruter tous les points de l'horizon, quand le *Nautilus* est remonté à la surface des flots.

— Ce sont les instruments habituels au navigateur, répondis-je, et j'en connais l'usage. Mais en voici d'autres qui répondent sans doute aux exigences particulières du *Nautilus*. Ce cadran que j'aperçois et que parcourt une aiguille mobile, n'est-ce pas un manomètre ?

— C'est un manomètre, en effet. Mis en communication avec l'eau dont il indique la pression extérieure, il me donne par là même la profondeur à laquelle se maintient mon appareil.

— Et ces sondes d'une nouvelle espèce ?

— Ce sont des sondes thermométriques qui rapportent la température des diverses couches d'eau.

— Et ces autres instruments dont je ne devine pas l'emploi ?

— Ici, monsieur le professeur, je dois vous donner quelques explications, dit le capitaine Nemo. Veuillez donc m'écouter. »

Il garda le silence pendant quelques instants, puis il dit :

« Il est un agent puissant, obéissant, rapide, facile, qui se plie à tous les usages et qui règne en maître à mon bord. Tout se fait par lui. Il m'éclaire, il me chauffe, il est l'âme de mes appareils mécaniques. Cet agent, c'est l'électricité.

— L'électricité ! m'écriai-je assez surpris.

— Oui, monsieur.

— Cependant, capitaine, vous possédez une extrême rapidité de mouvements qui s'accorde mal avec le pouvoir de l'électricité. Jusqu'ici, sa puissance dynamique est restée très restreinte et n'a pu produire que de petites forces !

— Monsieur le professeur, répondit le capitaine Nemo, mon électricité n'est pas celle de tout le monde, et c'est là tout ce que vous me permettrez de vous en dire.

— Je n'insisterai pas, monsieur, et je me contenterai d'être très étonné d'un tel résultat. Une seule question, cependant, à laquelle vous ne répondrez pas si elle est indiscrète. Les éléments que vous employez pour produire ce merveilleux agent doivent s'user vite. Le zinc, par exemple, comment le remplacez-vous, puisque vous n'avez plus aucune communication avec la terre ?

— Votre question aura sa réponse, répondit le capitaine Nemo. Je vous dirai, d'abord, qu'il existe au fond des mers des mines de zinc, de fer, d'argent, d'or, dont l'exploitation serait très certainement praticable. Mais je n'ai rien emprunté à ces métaux de la terre, et j'ai voulu ne demander qu'à la mer elle-même les moyens de produire mon électricité.

— À la mer ?

— Oui, monsieur le professeur, et les moyens ne me manquaient pas. J'aurais pu, en effet, en établissant un circuit entre des fils plongés à différentes profondeurs, obtenir l'électricité par la diversité de températures qu'ils éprouvaient ; mais j'ai préféré employer un système plus pratique.

— Et lequel ?

— Vous connaissez la composition de l'eau de mer. Sur mille grammes on trouve quatre-vingt-seize centièmes et demi d'eau, et deux centièmes deux tiers environ de chlorure de sodium ; puis, en petite quantité, des chlorures de magnésium et de potassium, du bromure de magnésium, du sulfate de magnésie, du sulfate et du carbonate de chaux. Vous voyez donc que le chlorure de sodium s'y rencontre dans une proportion notable. Or, c'est ce sodium que j'extrais de l'eau de mer et dont je compose mes éléments.

— Le sodium ?

— Oui, monsieur. Mélangé avec le mercure, il forme un amalgame qui tient lieu du zinc dans les éléments Bunzen. Le mercure ne s'use jamais. Le sodium seul se consomme, et la mer me le fournit elle-même. Je vous dirai, en outre, que les piles au sodium doivent être considérées comme les plus énergiques, et que leur force électro-motrice est double de celle des piles au zinc.

— Je comprends bien, capitaine, l'excellence du sodium dans les conditions où vous vous trouvez. La mer le contient. Bien. Mais il faut encore le fabriquer, l'extraire en un mot. Et comment faites-vous ? Vos piles pourraient évidemment servir à cette extraction ; mais, si je ne me trompe, la dépense du sodium nécessitée par les appareils électriques dépasserait la quantité extraite. Il arriverait donc que vous en consommeriez pour le produire plus que vous n'en produiriez !

— Aussi, monsieur le professeur, je ne l'extrais pas par la pile, et j'emploie tout simplement la chaleur du charbon de terre.

— De terre ? dis-je en insistant.

— Disons le charbon de mer, si vous voulez, répondit le capitaine Nemo.

— Et vous pouvez exploiter des mines sous-marines de houille ?

— Monsieur Aronnax, vous me verrez à l'œuvre. Je ne vous demande qu'un peu de patience, puisque vous avez le temps d'être patient. Rappelez-vous seulement ceci : Je dois tout à l'océan ; il produit l'électricité, et l'électricité donne au *Nautilus* la chaleur, la lumière, le mouvement, la vie en un mot.

— Mais non pas l'air que vous respirez ?

— Oh ! je pourrais fabriquer l'air nécessaire à ma consommation, mais c'est inutile, puisque je remonte à la surface de la mer, quand il me plaît. Cependant, si l'électricité ne me fournit pas l'air respirable, elle manœuvre, du moins, des pompes puissantes qui l'emmagasinent dans des réservoirs spéciaux, ce qui me permet de prolonger, au besoin, et aussi longtemps que je le veux, mon séjour dans les couches profondes.

— Capitaine, répondis-je, je me contente d'admirer. Vous avez évidemment trouvé ce que les hommes trouveront sans doute un jour, la véritable puissance dynamique de l'électricité.

— Je ne sais s'ils la trouveront, répondit froidement le capitaine Nemo. Quoi qu'il en soit, vous connaissez déjà la première application que j'ai faite de ce précieux agent. C'est lui qui nous éclaire avec une égalité, une continuité que n'a pas la lumière du soleil. Maintenant, regardez cette horloge ; elle est électrique, et marche avec une régularité qui défie celle des meilleurs chronomètres. Je l'ai divisée en vingt-quatre heures, comme les horloges italiennes, car pour moi, il n'existe ni nuit, ni jour, ni soleil, ni lune, mais seulement cette lumière factice que j'entraîne jusqu'au fond des mers ! Voyez, en ce moment, il est dix heures du matin.

— Parfaitement.

— Autre application de l'électricité. Ce cadran, suspendu devant nos yeux, sert à indiquer la vitesse du *Nautilus*. Un fil électrique le met en communication avec l'hélice du loch, et son aiguille m'indique la marche réelle de l'appareil. Et, tenez, en ce moment, nous filons avec une vitesse modérée de quinze milles à l'heure.

— C'est merveilleux, répondis-je, et je vois bien, capitaine, que vous avez eu raison d'employer cet agent, qui est destiné à remplacer le vent, l'eau et la vapeur.

— Nous n'avons pas fini, monsieur Aronnax, dit le capitaine Nemo en se levant, et si vous voulez me suivre, nous visiterons l'arrière du *Nautilus*. »

En effet, je connaissais déjà toute la partie antérieure de ce bateau sous-marin, dont voici la division exacte, en allant du centre à l'éperon : la salle à manger de cinq mètres, séparée de la bibliothèque par une cloison étanche, c'est-à-dire ne pouvant être pénétrée par l'eau ; la bibliothèque de cinq mètres ; le grand salon de dix mètres, séparé de la chambre du capitaine par une seconde cloison étanche ; ladite chambre du capitaine de cinq mètres ; la mienne de deux mètres cinquante, et enfin un réservoir d'air de sept mètres cinquante, qui s'étendait jusqu'à l'étrave. Total, trente-cinq mètres de longueur. Les cloisons étanches étaient percées de portes qui se fermaient hermétiquement au moyen d'obturateurs en caoutchouc, et elles assuraient toute sécurité à bord du *Nautilus*, au cas où une voie d'eau se fût déclarée.

Je suivis le capitaine Nemo, à travers les coursives situées en abord, et j'arrivai au centre du navire. Là, se trouvait une sorte de puits qui s'ouvrait entre deux cloisons étanches. Une échelle de fer, cramponnée à la paroi, conduisait à son extrémité supérieure. Je demandai au capitaine à quel usage servait cette échelle.

« Elle aboutit au canot, répondit-il.

— Quoi ! vous avez un canot ? répliquai-je, assez étonné.

— Sans doute. Une excellente embarcation, légère et insubmersible, qui sert à la promenade et à la pêche.

— Mais alors, quand vous voulez vous embarquer, vous êtes forcé de revenir à la surface de la mer ?

— Aucunement. Ce canot adhère à la partie supérieure de la coque du *Nautilus*, et occupe une cavité disposée pour le recevoir. Il est entièrement ponté, absolument étanche, et retenu par de solides boulons. Cette échelle conduit à un trou d'homme percé dans la coque du *Nautilus*, qui correspond à un trou pareil percé dans le flanc du canot. C'est par cette double ouverture que je m'introduis dans l'embarcation. On referme l'une, celle du *Nautilus* ; je referme l'autre, celle du canot, au moyen de vis de pression ; je largue les boulons, et l'embarcation remonte avec une prodigieuse rapidité à la surface de la mer. J'ouvre alors le panneau du pont, soigneusement clos jusque-là, je mâte, je hisse ma voile ou je prends mes avirons, et je me promène.

— Mais comment revenez-vous à bord ?

— Je ne reviens pas, monsieur Aronnax, c'est le *Nautilus* qui revient.

— À vos ordres ?

— À mes ordres. Un fil électrique me rattache à lui. Je lance un télégramme, et cela suffit.

— En effet, dis-je, grisé par ces merveilles, rien n'est plus simple ! »

Après avoir dépassé la cage de l'escalier qui aboutissait à la plate-forme, je vis une cabine longue de deux mètres, dans laquelle Conseil et Ned Land, enchantés de leur repas, s'occupaient à dévorer à belles dents. Puis une porte s'ouvrit sur la cuisine longue de trois mètres, située entre les vastes cambuses du bord.

Là, l'électricité, plus énergique et plus obéissante que le gaz lui-même, faisait tous les frais de la cuisson. Les fils, arrivant sous les fourneaux, communiquaient à des éponges de platine une chaleur qui se distribuait et se maintenait régulièrement. Elle chauffait également des appareils distillatoires qui, par la vaporisation, fournissaient une excellente eau potable. Auprès de cette cuisine s'ouvrait une salle de bains, confortablement disposée, et dont les robinets fournissaient l'eau froide ou l'eau chaude, à volonté.

À la cuisine succédait le poste de l'équipage, long de cinq mètres. Mais la porte en était fermée, et je ne pus voir son aménagement, qui m'eût peut-être fixé sur le nombre d'hommes nécessité par la manœuvre du *Nautilus*.

Au fond s'élevait une quatrième cloison étanche qui séparait ce poste de la chambre des machines. Une porte s'ouvrit, et je me trouvai dans ce compartiment où le capitaine Nemo — ingénieur de premier ordre, à coup sûr — avait disposé ses appareils de locomotion.

Cette chambre des machines, nettement éclairée, ne mesurait pas moins de vingt mètres en longueur. Elle était naturellement divisée en deux parties ; la première renfermait les éléments qui produisaient l'électricité, et la seconde, le mécanisme qui transmettait le mouvement à l'hélice.

Je fus surpris, tout d'abord, de l'odeur *sui generis* qui emplissait ce compartiment. Le capitaine Nemo s'aperçut de mon impression.

La chambre des machines nettement éclairée. (Page 143.)

« Ce sont, me dit-il, quelques dégagements de gaz, produits par l'emploi du sodium ; mais ce n'est qu'un léger inconvénient. Tous les matins, d'ailleurs, nous purifions le navire en le ventilant à grand air. »

Cependant, j'examinais avec un intérêt facile à concevoir la machine du *Nautilus*.

« Vous le voyez, me dit le capitaine Nemo, j'emploie des éléments Bunzen, et non des éléments Ruhmkorff. Ceux-ci eussent été impuissants. Les éléments Bunzen sont peu nombreux, mais forts et grands, ce qui vaut mieux, expérience faite. L'électricité produite se rend à l'arrière, où elle agit par des électro-aimants de grande dimension sur un système particulier de leviers et d'engrenages qui transmettent le mouvement à l'arbre de l'hélice. Celle-ci, dont le diamètre est de six mètres et le pas de sept mètres cinquante, peut donner jusqu'à cent vingt tours par seconde.

— Et vous obtenez alors ?

— Une vitesse de cinquante milles à l'heure. »

Il y avait là un mystère, mais je n'insistai pas pour le connaître. Comment l'électricité pouvait-elle agir avec une telle puissance ? Où cette force presque illimitée prenait-elle son origine ? Était-ce dans sa tension excessive obtenue par des bobines d'une nouvelle sorte ? Était-ce dans sa transmission qu'un système de leviers inconnus [1] pouvait accroître à l'infini ? C'est ce que je ne pouvais comprendre.

« Capitaine Nemo, dis-je, je constate les résultats et je ne cherche pas à les expliquer. J'ai vu le *Nautilus* manœuvrer devant l'*Abraham Lincoln*, et je sais à quoi m'en tenir sur sa vitesse. Mais marcher ne suffit pas. Il faut voir où l'on va ! Il faut pouvoir se diriger à droite, à gauche, en haut, en bas ! Comment atteignez-vous les grandes profondeurs, où vous trouvez une résistance croissante qui s'évalue par des centaines d'atmosphères ?

---

1. Et précisément, on parle d'une découverte de ce genre dans laquelle un nouveau jeu de leviers produit des forces considérables. L'inventeur s'est-il donc rencontré avec le capitaine Nemo ?

Comment remontez-vous à la surface de l'océan ? Enfin, comment vous maintenez-vous dans le milieu qui vous convient ? Suis-je indiscret en vous le demandant ?

— Aucunement, monsieur le professeur, me répondit le capitaine, après une légère hésitation, puisque vous ne devez jamais quitter ce bateau sous-marin. Venez dans le salon. C'est notre véritable cabinet de travail, et là, vous apprendrez tout ce que vous devez savoir sur le *Nautilus* ! »

XIII

QUELQUES CHIFFRES

Un instant après, nous étions assis sur un divan du salon, le cigare aux lèvres. Le capitaine mit sous mes yeux une épure qui donnait les plan, coupe et élévation du *Nautilus*. Puis il commença sa description en ces termes :

« Voici, monsieur Aronnax, les diverses dimensions du bateau qui vous porte. C'est un cylindre très allongé, à bouts coniques. Il affecte sensiblement la forme d'un cigare, forme déjà adoptée à Londres dans plusieurs constructions du même genre. La longueur de ce cylindre, de tête en tête, est exactement de soixante-dix mètres, et son bau, à sa plus grande largeur, est de huit mètres. Il n'est donc pas construit tout à fait au dixième comme vos steamers de grande marche, mais ses lignes sont suffisamment longues et sa coulée assez prolongée, pour que l'eau déplacée s'échappe aisément et n'oppose aucun obstacle à sa marche.

« Ces deux dimensions vous permettent d'obtenir par un simple calcul la surface et le volume du *Nautilus*. Sa surface comprend mille onze mètres carrés et quarante-cinq centièmes ; son volume, quinze cents mètres cubes

Nous étions assis sur un divan. (Page 146.)

et deux dixièmes — ce qui revient à dire qu'entièrement immergé, il déplace ou pèse quinze cents mètres cubes ou tonneaux.

« Lorsque j'ai fait les plans de ce navire destiné à une navigation sous-marine, j'ai voulu qu'en équilibre dans l'eau il plongeât des neuf dixièmes, et qu'il émergeât d'un dixième seulement. Par conséquent, il ne devait déplacer dans ces conditions que les neuf dixièmes de son volume, soit treize cent cinquante-six mètres cubes et quarante-huit centièmes, c'est-à-dire ne peser que ce même nombre de tonneaux. J'ai donc dû ne pas dépasser ce poids en le construisant suivant les dimensions susdites.

« Le *Nautilus* se compose de deux coques, l'une intérieure, l'autre extérieure, réunies entre elles par des fers en T qui lui donnent une rigidité extrême. En effet, grâce à cette disposition cellulaire, il résiste comme un bloc, comme s'il était plein. Son bordé ne peut céder ; il adhère par lui-même et non par le serrage des rivets, et l'homogénéité de sa construction, due au parfait assemblage des matériaux, lui permet de défier les mers les plus violentes.

« Ces deux coques sont fabriquées en tôle d'acier dont la densité par rapport à l'eau est de sept, huit dixièmes. La première n'a pas moins de cinq centimètres d'épaisseur, et pèse trois cent quatre-vingt-quatorze tonneaux quatre-vingt-seize centièmes. La seconde enveloppe, la quille, haute de cinquante centimètres et large de vingt-cinq, pesant, à elle seule, soixante-deux tonneaux, la machine, le lest, les divers accessoires et aménagements, les cloisons et les étrésillons intérieurs, ont un poids de neuf cent soixante et un tonneaux soixante-deux centièmes, qui, ajoutés aux trois cent quatre-vingt-quatorze tonneaux et quatre-vingt-seize centièmes, forment le total exigé de treize cent cinquante-six tonneaux et quarante-huit centièmes. Est-ce entendu ?

— C'est entendu, répondis-je.

— Donc, reprit le capitaine, lorsque le *Nautilus* se trouve à flot dans ces conditions, il émerge d'un dixième. Or, si j'ai disposé des réservoirs d'une capacité égale à ce dixième, soit d'une contenance de cent cinquante tonneaux et soixante-douze centièmes, et si je les remplis d'eau, le bateau déplaçant alors quinze cent sept tonneaux, ou les pesant, sera complètement immergé. C'est ce qui arrive, monsieur le professeur. Ces réservoirs existent en abord dans les parties inférieures du *Nautilus*. J'ouvre des robinets, ils se remplissent, et le bateau s'enfonçant vient affleurer la surface de l'eau.

— Bien, capitaine, mais nous arrivons alors à la véritable difficulté. Que vous puissiez affleurer la surface de l'océan, je le comprends. Mais plus bas, en plongeant au-dessous de cette surface, votre appareil sous-marin ne va-t-il pas rencontrer une pression et par conséquent subir une poussée de bas en haut qui doit être évaluée à une atmosphère par trente pieds d'eau, soit environ un kilogramme par centimètre carré ?

— Parfaitement, monsieur.

— Donc, à moins que vous ne remplissiez le *Nautilus* en entier, je ne vois pas comment vous pouvez l'entraîner au sein des masses liquides.

— Monsieur le professeur, répondit le capitaine Nemo, il ne faut pas confondre la statique avec la dynamique, sans quoi l'on s'expose à de graves erreurs. Il y a très peu de travail à dépenser pour atteindre les basses régions de l'océan, car les corps ont une tendance à devenir "fondriers". Suivez mon raisonnement.

— Je vous écoute, capitaine.

— Lorsque j'ai voulu déterminer l'accroissement de poids qu'il faut donner au *Nautilus* pour l'immerger, je n'ai eu à me préoccuper que de la réduction du volume que l'eau de mer éprouve à mesure que ses couches deviennent de plus en plus profondes.

— C'est évident, répondis-je.

— Or, si l'eau n'est pas absolument incompressible, elle est, du moins, très peu compressible. En effet, d'après les calculs les plus récents, cette réduction n'est que de quatre cent trente-six dix-millionièmes par atmosphère, ou par chaque trente pieds de profondeur. S'agit-il d'aller à mille mètres, je tiens compte alors de la réduction du volume sous une pression équivalente à celle d'une colonne d'eau de mille mètres, c'est-à-dire sous une pression de cent atmosphères. Cette réduction sera alors de quatre cent trente-six cent-millièmes. Je devrai donc accroître le poids de façon à peser quinze cent treize tonneaux soixante-dix-sept centièmes, au lieu de quinze cent sept tonneaux deux dixièmes. L'augmentation ne sera conséquemment que de six tonneaux cinquante-sept centièmes.

— Seulement ?

— Seulement, monsieur Aronnax, et le calcul est facile à vérifier. Or, j'ai des réservoirs supplémentaires capables d'embarquer cent tonneaux. Je puis donc descendre à des profondeurs considérables. Lorsque je veux remonter à la surface et l'affleurer, il me suffit de chasser cette eau, et de vider entièrement tous les réservoirs, si je désire que le *Nautilus* émerge du dixième de sa capacité totale. »

À ces raisonnements appuyés sur des chiffres, je n'avais rien à objecter.

« J'admets vos calculs, capitaine, répondis-je, et j'aurais mauvaise grâce à les contester, puisque l'expérience leur donne raison chaque jour. Mais je pressens actuellement une difficulté réelle.

— Laquelle, monsieur ?

— Lorsque vous êtes par mille mètres de profondeur, les parois du *Nautilus* supportent une pression de cent atmosphères. Si donc, à ce moment, vous voulez vider les réservoirs supplémentaires pour alléger votre bateau et remonter à la surface, il faut que les pompes vainquent cette pression de cent atmosphères, qui est de cent kilogrammes par centimètre carré. De là une puissance...

— Que l'électricité seule pouvait me donner, se hâta de dire le capitaine Nemo. Je vous répète, monsieur, que le pouvoir dynamique de mes machines est à peu près infini. Les pompes du *Nautilus* ont une force prodigieuse, et vous avez dû le voir, quand leurs colonnes d'eau se sont précipitées comme un torrent sur l'*Abraham Lincoln*. D'ailleurs, je ne me sers des réservoirs supplémentaires que pour atteindre des profondeurs moyennes de quinze cents à deux mille mètres, et cela dans le but de ménager mes appareils. Aussi, lorsque la fantaisie me prend de visiter les profondeurs de l'océan à deux ou trois lieues au-dessous de sa surface, j'emploie des manœuvres plus longues, mais non moins infaillibles.

— Lesquelles, capitaine ? demandai-je.

— Ceci m'amène naturellement à vous dire comment se manœuvre le *Nautilus*.

— Je suis impatient de l'apprendre.

— Pour gouverner ce bateau sur tribord, sur bâbord, pour évoluer, en un mot, suivant un plan horizontal, je me sers d'un gouvernail ordinaire à large safran, fixé sur l'arrière de l'étambot, et qu'une roue et des palans font agir. Mais je puis aussi mouvoir le *Nautilus* de bas en haut et de haut en bas, dans un plan vertical, au moyen de deux plans inclinés, attachés à ses flancs sur son centre de flottaison, plans mobiles, aptes à prendre toutes les positions, et qui se manœuvrent de l'intérieur au moyen de leviers puissants. Ces plans sont-ils maintenus parallèles au bateau, celui-ci se meut horizontalement. Sont-ils inclinés, le *Nautilus*, suivant la disposition de cette inclinaison et sous la poussée de son hélice, ou s'enfonce suivant une diagonale aussi allongée qu'il me convient, ou remonte suivant cette diagonale. Et même, si je veux revenir plus rapidement à la surface, j'embraie l'hélice, et la pression des eaux fait remonter verticalement le *Nautilus* comme un ballon qui, gonflé d'hydrogène, s'élève rapidement dans les airs.

— Bravo ! capitaine, m'écriai-je. Mais comment le timonier peut-il suivre la route que vous lui donnez au milieu des eaux ?

— Le timonier est placé dans une cage vitrée, qui fait saillie à la partie supérieure de la coque du *Nautilus*, et que garnissent des verres lenticulaires.

— Des verres capables de résister à de telles pressions ?

— Parfaitement. Le cristal, fragile au choc, offre cependant une résistance considérable. Dans des expériences de pêche à la lumière électrique faites en 1864, au milieu des mers du Nord, on a vu des plaques de cette matière, sous une épaisseur de sept millimètres seulement, résister à une pression de seize atmosphères, tout en laissant passer de puissants rayons calorifiques qui lui répartissaient inégalement la chaleur. Or, les verres dont je me sers n'ont pas moins de vingt et un centimètres à leur centre, c'est-à-dire trente fois cette épaisseur.

— Admis, capitaine Nemo ; mais enfin, pour voir, il faut que la lumière chasse les ténèbres, et je me demande comment au milieu de l'obscurité des eaux...

— En arrière de la cage du timonier est placé un puissant réflecteur électrique, dont les rayons illuminent la mer à un demi-mille de distance.

— Ah ! bravo, trois fois bravo ! capitaine. Je m'explique maintenant cette phosphorescence du prétendu narval, qui a tant intrigué les savants ! À ce propos, je vous demanderai si l'abordage du *Nautilus* et du *Scotia*, qui a eu un si grand retentissement, a été le résultat d'une rencontre fortuite ?

— Purement fortuite, monsieur. Je naviguais à deux mètres au-dessous de la surface des eaux, quand le choc s'est produit. J'ai d'ailleurs vu qu'il n'avait eu aucun résultat fâcheux.

— Aucun, monsieur. Mais quant à votre rencontre avec l'*Abraham Lincoln* ?...

— Monsieur le professeur, j'en suis fâché pour l'un des meilleurs navires de cette brave marine américaine, mais on m'attaquait et j'ai dû me défendre ! Je me suis contenté, toutefois, de mettre la frégate hors d'état de me nuire — elle ne sera pas gênée de réparer ses avaries au port le plus prochain.

— Ah ! commandant, m'écriai-je avec conviction, c'est vraiment un merveilleux bateau que votre *Nautilus* !

— Oui, monsieur le professeur, répondit avec une véritable émotion le capitaine Nemo, et je l'aime comme la chair de ma chair ! Si tout est danger sur un de vos navires soumis aux hasards de l'océan, si, sur cette mer, la première impression est le sentiment de l'abîme, comme l'a si bien dit le Hollandais Jansen, au-dessous et à bord du *Nautilus*, le cœur de l'homme n'a plus rien à redouter. Pas de déformation à craindre, car la double coque de ce bateau a la rigidité du fer ; pas de gréement que le roulis ou le tangage fatiguent ; pas de voiles que le vent emporte ; pas de chaudières que la vapeur déchire ; pas d'incendie à redouter, puisque cet appareil est fait de tôle et non de bois ; pas de charbon qui s'épuise, puisque l'électricité est son agent mécanique ; pas de rencontre à redouter, puisqu'il est seul à naviguer dans les eaux profondes ; pas de tempête à braver, puisqu'il trouve à quelques mètres au-dessous des eaux l'absolue tranquillité ! Voilà, monsieur. Voilà le navire par excellence ! Et s'il est vrai que l'ingénieur ait plus de confiance dans le bâtiment que le constructeur, et le constructeur plus que le capitaine lui-même, comprenez donc avec quel abandon je me fie à mon *Nautilus*, puisque j'en suis tout à la fois le capitaine, le constructeur et l'ingénieur ! »

Le capitaine Nemo parlait avec une éloquence entraînante. Le feu de son regard, la passion de son geste, le transfiguraient. Oui ! il aimait son navire comme un père aime son enfant !

Mais une question, indiscrète peut-être, se posait naturellement, et je ne pus me retenir de la lui faire.

« Vous êtes donc ingénieur, capitaine Nemo ?

— Oui, monsieur le professeur, me répondit-il, j'ai étudié à Londres, à Paris, à New York, du temps que j'étais un habitant des continents de la terre.

— Mais comment avez-vous pu construire, en secret, cet admirable *Nautilus* ?

— Chacun de ses morceaux, monsieur Aronnax, m'est arrivé d'un point différent du globe, et sous une destination déguisée. Sa quille a été forgée au Creusot, son arbre d'hélice chez Pen et C°, de Londres, les plaques de tôle de sa coque chez Leard, de Liverpool, son hélice chez Scott, de Glasgow. Ses réservoirs ont été fabriqués par Cail et Cie, de Paris, sa machine par Krupp, en Prusse, son éperon dans les ateliers de Motala, en Suède, ses instruments de précision chez Hart frères, de New York, etc., et chacun de ces fournisseurs a reçu mes plans sous des noms divers.

— Mais, repris-je, ces morceaux ainsi fabriqués, il a fallu les monter, les ajuster ?

— Monsieur le professeur, j'avais établi mes ateliers sur un îlot désert, en plein océan. Là, mes ouvriers, c'est-à-dire mes braves compagnons que j'ai instruits et formés, et moi, nous avons achevé notre *Nautilus*. Puis, l'opération terminée, le feu a détruit toute trace de notre passage sur cet îlot que j'aurais fait sauter, si je l'avais pu.

— Alors il m'est permis de croire que le prix de revient de ce bâtiment est excessif ?

— Monsieur Aronnax, un navire en fer coûte onze cent vingt-cinq francs par tonneau. Or, le *Nautilus* en jauge quinze cents. Il revient donc à seize cent quatre-vingt-sept mille francs, soit deux millions y compris son aménagement, soit quatre ou cinq millions avec les œuvres d'art et les collections qu'il renferme.

— Une dernière question, capitaine Nemo.

— Faites, monsieur le professeur.

— Vous êtes donc riche ?

— Riche à l'infini, monsieur, et je pourrais, sans me gêner, payer les dix milliards de dettes de la France ! »

Je regardai fixement le bizarre personnage qui me parlait ainsi. Abusait-il de ma crédulité ? L'avenir devait me l'apprendre.

XIV

LE FLEUVE-NOIR

La portion du globe terrestre occupée par les eaux est évaluée à trois millions huit cent trente-deux mille cinq cent cinquante-huit myriamètres carrés, soit plus de

Le feu a détruit toute trace de notre passage. (Page 154.)

trente-huit millions d'hectares. Cette masse liquide comprend deux milliards deux cent cinquante millions de milles cubes, et formerait une sphère d'un diamètre de soixante lieues dont le poids serait de trois quintillions de tonneaux. Et, pour comprendre ce nombre, il faut se dire que le quintillion est au milliard ce que le milliard est à l'unité, c'est-à-dire qu'il y a autant de milliards dans un quintillion que d'unités dans un milliard. Or, cette masse liquide, c'est à peu près la quantité d'eau que verseraient tous les fleuves de la terre pendant quarante mille ans.

Durant les époques géologiques, à la période du feu succéda la période de l'eau. L'océan fut d'abord universel. Puis, peu à peu, dans les temps siluriens, des sommets de montagnes apparurent, des îles émergèrent, disparurent sous des déluges partiels, se montrèrent à nouveau, se soudèrent, formèrent des continents, et enfin les terres se fixèrent géographiquement telles que nous les voyons. Le solide avait conquis sur le liquide trente-sept millions six cent cinquante-sept milles carrés, soit douze mille neuf cent seize millions d'hectares.

La configuration des continents permet de diviser les eaux en cinq grandes parties : l'océan Glacial arctique, l'océan Glacial antarctique, l'océan Indien, l'océan Atlantique, l'océan Pacifique.

L'océan Pacifique s'étend du nord au sud entre les deux cercles polaires, et de l'ouest à l'est entre l'Asie et l'Amérique sur une étendue de cent quarante-cinq degrés en longitude. C'est la plus tranquille des mers ; ses courants sont larges et lents, ses marées médiocres, ses pluies abondantes. Tel était l'océan que ma destinée m'appelait d'abord à parcourir dans les plus étranges conditions.

« Monsieur le professeur, me dit le capitaine Nemo, nous allons, si vous le voulez bien, relever exactement notre position, et fixer le point de départ de ce voyage. Il est midi moins le quart. Je vais remonter à la surface des eaux. »

Le capitaine pressa trois fois un timbre électrique. Les pompes commencèrent à chasser l'eau des réservoirs ; l'aiguille du manomètre marqua par les différentes pressions le mouvement ascensionnel du *Nautilus*, puis elle s'arrêta.

« Nous sommes arrivés », dit le capitaine.

Je me rendis à l'escalier central qui aboutissait à la plate-forme. Je gravis les marches de métal, et, par les panneaux ouverts, j'arrivai sur la partie supérieure du *Nautilus*.

La plate-forme émergeait de quatre-vingts centimètres seulement. L'avant et l'arrière du *Nautilus* présentaient cette disposition fusiforme qui le faisait justement comparer à un long cigare. Je remarquai que ses plaques de tôle, imbriquées légèrement, ressemblaient aux écailles qui revêtent le corps des grands reptiles terrestres. Je m'expliquai donc très naturellement que, malgré les meilleures lunettes, ce bateau eût toujours été pris pour un animal marin.

Vers le milieu de la plate-forme, le canot, à demi engagé dans la coque du navire, formait une légère extumescence. En avant et en arrière s'élevaient deux cages de hauteur médiocre, à parois inclinées, et en partie fermées par d'épais verres lenticulaires : l'une destinée au timonier qui dirigeait le *Nautilus*, l'autre où brillait le puissant fanal électrique qui éclairait sa route.

La mer était magnifique, le ciel pur. À peine si le long véhicule ressentait les larges ondulations de l'océan. Une légère brise de l'est ridait la surface des eaux. L'horizon, dégagé de brumes, se prêtait aux meilleures observations.

Nous n'avions rien en vue. Pas un écueil, pas un îlot. Plus d'*Abraham Lincoln*. L'immensité déserte.

Le capitaine Nemo, muni de son sextant, prit la hauteur du soleil, qui devait lui donner sa latitude. Il attendit pendant quelques minutes que l'astre vînt affleurer le bord de l'horizon. Tandis qu'il observait, pas un de ses muscles ne tressaillait, et l'instrument n'eût pas été plus immobile dans une main de marbre.

« Midi, dit-il. Monsieur le professeur, quand vous voudrez ?... »

Je jetai un dernier regard sur cette mer un peu jaunâtre des atterrages japonais, et je redescendis au grand salon.

Le capitaine Nemo prit la hauteur du soleil. (Page 157.)

Là, le capitaine fit son point et calcula chronométriquement sa longitude, qu'il contrôla par de précédentes observations d'angles horaires. Puis il me dit :

« Monsieur Aronnax, nous sommes par cent trente-sept degrés et quinze minutes de longitude à l'ouest...

— De quel méridien ? demandai-je vivement, espérant que la réponse du capitaine m'indiquerait peut-être sa nationalité.

— Monsieur, me répondit-il, j'ai divers chronomètres réglés sur les méridiens de Paris, de Greenwich et de Washington. Mais, en votre honneur, je me servirai de celui de Paris. »

Cette réponse ne m'apprenait rien. Je m'inclinai, et le commandant reprit :

« Trente-sept degrés et quinze minutes de longitude à l'ouest du méridien de Paris, et par trente degrés et sept minutes de latitude nord, c'est-à-dire à trois cents milles environ des côtes du Japon. C'est aujourd'hui 8 novembre, à midi, que commence notre voyage d'exploration sous les eaux.

— Dieu nous garde ! répondis-je.

— Et maintenant, monsieur le professeur, ajouta le capitaine, je vous laisse à vos études. J'ai donné la route à l'est-nord-est par cinquante mètres de profondeur. Voici des cartes à grands points, où vous pourrez la suivre. Le salon est à votre disposition, et je vous demande la permission de me retirer. »

Le capitaine Nemo me salua. Je restai seul, absorbé dans mes pensées. Toutes se portaient sur ce commandant du *Nautilus*. Saurais-je jamais à quelle nation appartenait cet homme étrange qui se vantait de n'appartenir à aucune ? Cette haine qu'il avait vouée à l'humanité, cette haine qui cherchait peut-être des vengeances terribles, qui l'avait provoquée ? Était-il un de ces savants méconnus, un de ces génies « auxquels on a fait du chagrin », suivant l'expression de Conseil, un Galilée moderne, ou bien un de ces hommes de science comme l'Américain Maury, dont la carrière a été brisée par des révolutions politiques ? Je ne pouvais encore le dire. Moi que le hasard venait de jeter à son bord, moi dont il tenait la vie entre les mains, il m'accueillait froidement, mais hospitalièrement. Seulement, il n'avait jamais pris la main que je lui tendais. Il ne m'avait jamais tendu la sienne.

Une heure entière, je demeurai plongé dans ces réflexions, cherchant à percer ce mystère si intéressant pour moi. Puis mes regards se fixèrent sur le vaste planisphère étalé sur la table, et je plaçai le doigt sur le point même où se croisaient la longitude et la latitude observées.

La mer a ses fleuves comme les continents. Ce sont des courants spéciaux, reconnaissables à leur température, à leur couleur, et dont le plus remarquable est connu sous le nom de courant du Gulf Stream. La science a déterminé, sur le globe, la direction de cinq courants principaux : un dans l'Atlantique nord, un second dans l'Atlantique sud, un troisième dans le Pacifique nord, un quatrième dans le Pacifique sud, et un cinquième dans l'océan Indien sud. Il est même probable qu'un sixième courant existait autrefois dans l'océan Indien nord, lorsque les mers Caspienne et d'Aral, réunies aux grands lacs de l'Asie, ne formaient qu'une seule et même étendue d'eau.

Or, au point indiqué sur le planisphère, se déroulait l'un de ces courants, le Kuro-Scivo des Japonais, le Fleuve-Noir, qui, sorti du golfe du Bengale où le chauffent les rayons perpendiculaires du soleil des Tropiques, traverse le détroit de Malacca, prolonge la côte d'Asie, s'arrondit dans le Pacifique nord jusqu'aux îles Aléoutiennes, charriant des troncs de camphriers et autres produits indigènes, et tranchant par le pur indigo de ses eaux chaudes avec les flots de l'océan. C'est ce courant que le *Nautilus* allait parcourir. Je le suivais du regard, je le voyais se perdre dans l'immensité du Pacifique, et je me sentais entraîner avec lui, quand Ned Land et Conseil apparurent à la porte du salon.

Mes deux braves compagnons restèrent pétrifiés à la vue des merveilles entassées devant leurs yeux.

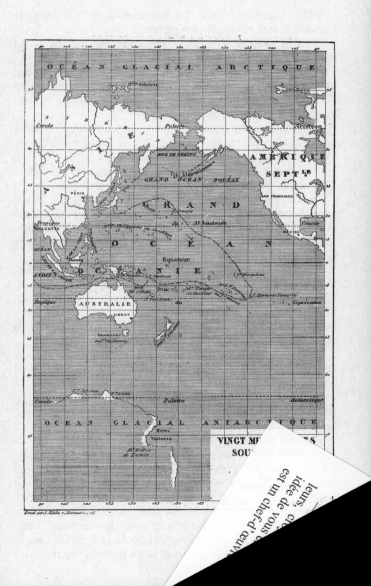

« Où sommes-nous ? où sommes-nous ? s'écria le Canadien. Au muséum de Québec ?

— S'il plaît à monsieur, répliqua Conseil, ce serait plutôt à l'hôtel du Sommerard !

— Mes amis, répondis-je en leur faisant signe d'entrer, vous n'êtes ni au Canada ni en France, mais bien à bord du *Nautilus*, et à cinquante mètres au-dessous du niveau de la mer.

— Il faut croire monsieur, puisque monsieur l'affirme, répliqua Conseil ; mais franchement, ce salon est fait pour étonner même un Flamand comme moi.

— Étonne-toi, mon ami, et regarde, car, pour un classi-ficateur de ta force, il y a de quoi travailler ici. »

Je n'avais pas besoin d'encourager Conseil. Le brave garçon, penché sur les vitrines, murmurait déjà des mots de la langue des naturalistes : classe des Gastéropodes, famille des Buccinoïdes, genre des Porcelaines, espèces des *Cyprœa Madagascariensis*, etc.

Pendant ce temps, Ned Land, assez peu conchylio-logue, m'interrogeait sur mon entrevue avec le capi-taine Nemo. Avais-je découvert qui il était, d'où il venait, où il allait, vers quelles profondeurs il nous entraînait ? enfin mille questions auxquelles je n'avais pas le temps de répondre.

Je lui appris tout ce que je savais, ou plutôt, tout ce que je ne savais pas, et je lui demandai ce qu'il avait entendu ou vu de son côté.

« Rien vu, rien entendu ! répondit le Canadien. Je n'ai pas même aperçu l'équipage de ce bateau. Est-ce que, par hasard, il serait électrique aussi, lui ?

— Électrique !

— Par ma foi ! on serait tenté de le croire. Mais vous, monsieur Aronnax, demanda Ned Land, qui avait toujours son idée, vous ne pouvez me dire combien d'hommes il y a à bord ? Dix, vingt, cinquante, cent ?

— Je ne saurais vous répondre, maître Land. D'ail-
[...] oyez-moi, abandonnez, pour le moment, cette
[...] mparer du *Nautilus* ou de le fuir. Ce bateau
[...] re de l'industrie moderne, et je regrette-

rais de ne pas l'avoir vu ! Bien des gens accepteraient la situation qui nous est faite, ne fût-ce que pour se promener à travers ces merveilles. Ainsi, tenez-vous tranquille, et tâchons de voir ce qui se passe autour de nous.

— Voir ! s'écria le harponneur, mais on ne voit rien, on ne verra rien de cette prison de tôle ! Nous marchons, nous naviguons en aveugles... »

Ned Land prononçait ces derniers mots, quand l'obscurité se fit subitement, mais une obscurité absolue. Le plafond lumineux s'éteignit, et si rapidement que mes yeux en éprouvèrent une impression douloureuse, analogue à celle que produit le passage contraire des profondes ténèbres à la plus éclatante lumière.

Nous étions restés muets, ne remuant pas, ne sachant quelle surprise, agréable ou désagréable, nous attendait. Mais un glissement se fit entendre. On eût dit que des panneaux se manœuvraient sur les flancs du *Nautilus*.

« C'est la fin de la fin ! dit Ned Land.

— Ordre des Hydroméduses ! » murmura Conseil.

Soudain, le jour se fit de chaque côté du salon, à travers deux ouvertures oblongues. Les masses liquides apparurent vivement éclairées par les effluences électriques. Deux plaques de cristal nous séparaient de la mer. Je frémis d'abord, à la pensée que cette fragile paroi pouvait se briser ; mais de fortes armatures de cuivre la maintenaient et lui donnaient une résistance presque infinie.

La mer était distinctement visible dans un rayon d'un mille autour du *Nautilus*. Quel spectacle ! Quelle plume le pourrait décrire ! Qui saurait peindre les effets de la lumière à travers ces nappes transparentes, et la douceur de ses dégradations successives jusqu'aux couches inférieures et supérieures de l'océan !

On connaît la diaphanéité de la mer. On sait que sa limpidité l'emporte sur celle de l'eau de roche. Les substances minérales et organiques, qu'elle tient en suspension, accroissent même sa transparence. Dans certaines parties de l'océan, aux Antilles, cent quarante-cinq mètres d'eau laissent apercevoir le lit de sable avec une surprenante netteté, et la force de pénétration des rayons solaires

ne paraît s'arrêter qu'à une profondeur de trois cents
mètres. Mais, dans ce milieu fluide que parcourait le *Nau-*
tilus, l'éclat électrique se produisait au sein même des
ondes. Ce n'était plus de l'eau lumineuse, mais de la
lumière liquide.

Si l'on admet l'hypothèse d'Erhemberg, qui croit à une
illumination phosphorescente des fonds sous-marins, la
nature a certainement réservé pour les habitants de la mer
l'un de ses plus prodigieux spectacles, et j'en pouvais
juger ici par les mille jeux de cette lumière. De chaque
côté, j'avais une fenêtre ouverte sur ces abîmes inexplorés. L'obscurité du salon faisait valoir la clarté extérieure, et nous regardions comme si ce pur cristal eût été
la vitre d'un immense aquarium.

Le *Nautilus* ne semblait pas bouger. C'est que les
points de repère manquaient. Parfois, cependant, les
lignes d'eau, divisées par son éperon, filaient devant nos
regards avec une vitesse excessive.

Émerveillés, nous étions accoudés devant ces vitrines,
et nul de nous n'avait encore rompu ce silence de stupéfaction, quand Conseil dit :

« Vous vouliez voir, ami Ned, eh bien, vous voyez !

— Curieux ! curieux ! faisait le Canadien — qui,
oubliant ses colères et ses projets d'évasion, subissait une
attraction irrésistible — et l'on viendrait de plus loin pour
admirer ce spectacle !

— Ah ! m'écriai-je, je comprends la vie de cet homme ! Il s'est fait un monde à part qui lui réserve ses plus
étonnantes merveilles !

— Mais les poissons ! fit observer le Canadien. Je ne
vois pas de poissons !

— Que vous importe, ami Ned, répondit Conseil,
puisque vous ne les connaissez pas.

— Moi ! un pêcheur ! » s'écria Ned Land.

Et, sur ce sujet, une discussion s'éleva entre les deux
amis, car ils connaissaient les poissons, mais chacun
d'une façon très différente.

Tout le monde sait que les poissons forment la quatrième et dernière classe de l'embranchement des ver-

Une fenêtre ouverte sur ces abîmes inexplorés. (Page 164.)

tébrés. On les a très justement définis : « des vertébrés à circulation double et à sang froid, respirant par des branchies et destinés à vivre dans l'eau. » Ils composent deux séries distinctes : la série des poissons osseux, c'est-à-dire ceux dont l'épine dorsale est faite de vertèbres osseuses, et les poissons cartilagineux, c'est-à-dire ceux dont l'épine dorsale est faite de vertèbres cartilagineuses.

Le Canadien connaissait peut-être cette distinction, mais Conseil en savait bien davantage, et, maintenant, lié d'amitié avec Ned, il ne pouvait admettre qu'il fût moins instruit que lui. Aussi lui dit-il :

« Ami Ned, vous êtes un tueur de poissons, un très habile pêcheur. Vous avez pris un grand nombre de ces intéressants animaux. Mais je gagerais que vous ne savez pas comment on les classe.

— Si, répondit sérieusement le harponneur. On les classe en poissons qui se mangent et en poissons qui ne se mangent pas !

— Voilà une distinction de gourmand, répondit Conseil. Mais dites-moi si vous connaissez la différence qui existe entre les poissons osseux et les poissons cartilagineux ?

— Peut-être bien, Conseil.

— Et la subdivision de ces deux grandes classes ?

— Je ne m'en doute pas, répondit le Canadien.

— Eh bien ! ami Ned, écoutez et retenez ! Les poissons osseux se subdivisent en six ordres : Primo, les acanthoptérygiens, dont la mâchoire supérieure est complète, mobile, et dont les branchies affectent la forme d'un peigne. Cet ordre comprend quinze familles, c'est-à-dire les trois quarts des poissons connus. Type : la perche commune.

— Assez bonne à manger, répondit Ned Land.

— Secundo, reprit Conseil, les abdominaux, qui ont les nageoires ventrales suspendues sous l'abdomen et en arrière des pectorales, sans être attachées aux os de l'épaule — ordre qui se divise en cinq familles, et qui comprend la plus grande partie des poissons d'eau douce. Types : la carpe, le brochet.

— Peuh ! fit le Canadien avec un certain mépris, des poissons d'eau douce !

— Tertio, dit Conseil, les subbrachiens, dont les ventrales sont attachées sous les pectorales et immédiatement suspendues aux os de l'épaule. Cet ordre contient quatre familles. Types : plies, limandes, turbots, barbues, soles, etc.

— Excellent ! excellent ! s'écriait le harponneur, qui ne voulait considérer les poissons qu'au point de vue comestible.

— Quarto, reprit Conseil, sans se démonter, les apodes, au corps allongé, dépourvus de nageoires ventrales, et revêtus d'une peau épaisse et souvent gluante — ordre qui ne comprend qu'une famille. Types : l'anguille, le gymnote.

— Médiocre ! médiocre ! répondit Ned Land.

— Quinto, dit Conseil, les lophobranches, qui ont les mâchoires complètes et libres, mais dont les branchies sont formées de petites houppes, disposées par paires le long des arcs branchiaux. Cet ordre ne compte qu'une famille. Types : les hippocampes, les pégases dragons.

— Mauvais ! mauvais ! répliqua le harponneur.

— Sexto, enfin, dit Conseil, les plectognathes, dont l'os maxillaire est attaché fixement sur le côté de l'inter-maxillaire qui forme la mâchoire, et dont l'arcade palatine s'engrène par suture avec le crâne, ce qui la rend immo-bile — ordre qui manque de vraies ventrales, et qui se compose de deux familles. Types : les tétrodons, les pois-sons-lunes.

— Bons à déshonorer une chaudière ! s'écria le Canadien.

— Avez-vous compris, ami Ned ? demanda le savant Conseil.

— Pas le moins du monde, ami Conseil, répondit le harponneur. Mais allez toujours, car vous êtes très inté-ressant.

— Quant aux poissons cartilagineux, reprit impertur-bablement Conseil, ils ne comprennent que trois ordres.

— Tant mieux, fit Ned.

— Primo, les cyclostomes, dont les mâchoires sont soudées en un anneau mobile, et dont les branchies s'ouvrent par des trous nombreux — ordre ne comprenant qu'une seule famille. Type : la lamproie.

— Faut l'aimer, répondit Ned Land.

— Secundo, les sélaciens, avec branchies semblables à celles des cyclostomes, mais dont la mâchoire inférieure est mobile. Cet ordre, qui est le plus important de la classe, comprend deux familles. Types : la raie et les squales.

— Quoi ! s'écria Ned, des raies et des requins dans le même ordre ! Eh bien, ami Conseil, dans l'intérêt des raies, je ne vous conseille pas de les mettre ensemble dans le même bocal !

— Tertio, répondit Conseil, les sturioniens, dont les branchies sont ouvertes, comme à l'ordinaire, par une seule fente garnie d'un opercule — ordre qui comprend quatre genres. Type : l'esturgeon.

— Ah ! ami Conseil, vous avez gardé le meilleur pour la fin — à mon avis, du moins. Et c'est tout ?

— Oui, mon brave Ned, répondit Conseil, et remarquez que quand on sait cela, on ne sait rien encore, car les familles se subdivisent en genres, en sous-genres, en espèces, en variétés...

— Eh bien, ami Conseil, dit le harponneur, se penchant sur la vitre du panneau, voici des variétés qui passent !

— Oui ! des poissons, s'écria Conseil. On se croirait devant un aquarium !

— Non, répondis-je, car l'aquarium n'est qu'une cage, et ces poissons-là sont libres comme l'oiseau dans l'air.

— Eh bien ! ami Conseil, nommez-les donc, nommez-les donc ! disait Ned Land.

— Moi, répondit Conseil, je n'en suis pas capable ! Cela regarde mon maître ! »

Et en effet, le digne garçon, classificateur enragé, n'était point un naturaliste, et je ne sais pas s'il aurait distingué un thon d'une bonite. En un mot, le contraire du Canadien, qui nommait tous ces poissons sans hésiter.

« Un baliste, avais-je dit.

— Et un baliste chinois ! répondait Ned Land.

— Genre des balistes, famille des sclérodermes, ordre des plectognathes », murmurait Conseil.

Décidément, à eux deux, Ned et Conseil auraient fait un naturaliste distingué.

Le Canadien ne s'était pas trompé. Une troupe de balistes, à corps comprimé, à peau grenue, armés d'un aiguillon sur leur dorsale, se jouaient autour du *Nautilus*, et agitaient les quatre rangées de piquants qui hérissent chaque côté de leur queue. Rien de plus admirable que leur enveloppe, grise par-dessus, blanche par-dessous, dont les taches d'or scintillaient dans le sombre remous des lames. Entre eux ondulaient des raies, comme une nappe abandonnée aux vents, et parmi elles, j'aperçus, à ma grande joie, cette raie chinoise, jaunâtre à sa partie supérieure, rose tendre sous le ventre, et munie de trois aiguillons en arrière de son œil ; espèce rare, et même douteuse au temps de Lacépède, qui ne l'avait jamais vue que dans un recueil de dessins japonais.

Pendant deux heures, toute une armée aquatique fit escorte au *Nautilus*. Au milieu de leurs jeux, de leurs bonds, tandis qu'ils rivalisaient de beauté, d'éclat et de vitesse, je distinguai le labre vert, le mulle barberin, marqué d'une double raie noire, le gobie éléotre, à caudale arrondie, blanc de couleur et tacheté de violet sur le dos, le scombre japonais, admirable maquereau de ces mers, au corps bleu et à la tête argentée, de brillants azurors dont le nom seul emporte toute description, des spares rayés, aux nageoires variées de bleu et de jaune, des spares fascés, relevés d'une bande noire sur leur caudale, des spares zonéphores élégamment corsetés dans leurs six ceintures, des aulostones, véritables bouches en flûte ou bécasses de mer, dont quelques échantillons atteignaient une longueur de un mètre, des salamandres du Japon, des murènes échidnées, longs serpents de six pieds, aux yeux vifs et petits, et à la vaste bouche hérissée de dents, etc.

Notre admiration se maintenait toujours au plus haut

Toute une armée aquatique fit escorte au *Nautilus*. (Page 169.)

point. Nos interjections ne tarissaient pas. Ned nommait les poissons, Conseil les classait, moi, je m'extasiais devant la vivacité de leurs allures et la beauté de leurs formes. Jamais il ne m'avait été donné de surprendre ces animaux vivants, et libres dans leur élément naturel.

Je ne citerai pas toutes les variétés qui passèrent ainsi devant nos yeux éblouis, toute cette collection des mers du Japon et de la Chine. Ces poissons accouraient, plus nombreux que les oiseaux dans l'air, attirés sans doute par l'éclatant foyer de lumière électrique.

Subitement, le jour se fit dans le salon. Les panneaux de tôle se refermèrent. L'enchanteresse vision disparut. Mais longtemps, je rêvai encore, jusqu'au moment où mes regards se fixèrent sur les instruments suspendus aux parois. La boussole montrait toujours la direction au nord-nord-est, le manomètre indiquait une pression de cinq atmosphères correspondant à une profondeur de cinquante mètres, et le loch électrique donnait une marche de quinze milles à l'heure.

J'attendais le capitaine Nemo. Mais il ne parut pas. L'horloge marquait cinq heures.

Ned Land et Conseil retournèrent à leur cabine. Moi, je regagnai ma chambre. Mon dîner s'y trouvait préparé. Il se composait d'une soupe à la tortue faite des carets les plus délicats, d'un surmulet à chair blanche, un peu feuilletée, dont le foie préparé à part fit un manger délicieux, et de filets de cette viande de l'holocante-empereur, dont la saveur me parut supérieure à celle du saumon.

Je passai la soirée à lire, à écrire, à penser. Puis, le sommeil me gagnant, je m'étendis sur ma couche de zostère, et je m'endormis profondément, pendant que le *Nautilus* se glissait à travers le rapide courant du Fleuve-Noir.

XV

UNE INVITATION PAR LETTRE

Le lendemain, 9 novembre, je ne me réveillai qu'après un long sommeil de douze heures. Conseil vint, suivant son habitude, savoir « comment monsieur avait passé la nuit », et lui offrir ses services. Il avait laissé son ami le Canadien dormant comme un homme qui n'aurait fait que cela toute sa vie.

Je laissai le brave garçon babiller à sa fantaisie, sans trop lui répondre. J'étais préoccupé de l'absence du capitaine Nemo pendant notre séance de la veille, et j'espérais le revoir aujourd'hui.

Bientôt j'eus revêtu mes vêtements de byssus. Leur nature provoqua plus d'une fois les réflexions de Conseil. Je lui appris qu'ils étaient fabriqués avec les filaments lustrés et soyeux qui rattachent aux rochers les « jambonneaux », sortes de coquilles très abondantes sur les rivages de la Méditerranée. Autrefois, on en faisait de belles étoffes, des bas, des gants, car ils étaient à la fois très moelleux et très chauds. L'équipage du *Nautilus* pouvait donc se vêtir à bon compte, sans rien demander ni aux cotonniers, ni aux moutons, ni aux vers à soie de la terre.

Lorsque je fus habillé, je me rendis au grand salon. Il était désert.

Je me plongeai dans l'étude de ces trésors de conchyliologie, entassés sous les vitrines. Je fouillai aussi de vastes herbiers, emplis des plantes marines les plus rares, et qui, quoique desséchées, conservaient leurs admirables couleurs. Parmi ces précieuses hydrophytes, je remarquai des cladostèphes verticillées, des padinespaons, des caulerpes à feuilles de vigne, des callithamnes granifères, de délicates céramies à teintes écarlates, des agares disposées en éventails, des acétabules, semblables à des chapeaux de champignons très déprimés, et qui furent longtemps classées parmi les zoophytes, enfin toute une série de varechs.

La journée entière se passa, sans que je fusse honoré de la visite du capitaine Nemo. Les panneaux du salon ne s'ouvrirent pas. Peut-être ne voulait-on pas nous blaser sur ces belles choses.

La direction du *Nautilus* se maintint à l'est-nord-est, sa vitesse à douze milles, sa profondeur entre cinquante et soixante mètres.

Le lendemain, 10 novembre, même abandon, même solitude. Je ne vis personne de l'équipage. Ned et Conseil passèrent la plus grande partie de la journée avec moi. Ils s'étonnèrent de l'inexplicable absence du capitaine. Cet homme singulier était-il malade ? Voulait-il modifier ses projets à notre égard ?

Après tout, suivant la remarque de Conseil, nous jouissions d'une entière liberté, nous étions délicatement et abondamment nourris. Notre hôte se tenait dans les termes de son traité. Nous ne pouvions nous plaindre, et d'ailleurs, la singularité même de notre destinée nous réservait de si belles compensations, que nous n'avions pas encore le droit de l'accuser.

Ce jour-là, je commençai le journal de ces aventures, ce qui m'a permis de les raconter avec la plus scrupuleuse exactitude, et, détail curieux, je l'écrivis sur un papier fabriqué avec la zostère marine.

Le 11 novembre, de grand matin, l'air frais répandu à l'intérieur du *Nautilus* m'apprit que nous étions revenus à la surface de l'océan, afin de renouveler les provisions d'oxygène. Je me dirigeai vers l'escalier central, et je montai sur la plate-forme.

Il était six heures. Je trouvai le temps couvert, la mer grise, mais calme. À peine de houle. Le capitaine Nemo, que j'espérais rencontrer là, viendrait-il ? Je n'aperçus que le timonier, emprisonné dans sa cage de verre. Assis sur la saillie produite par la coque du canot, j'aspirai avec délices les émanations salines.

Peu à peu, la brume se dissipa sous l'action des rayons

solaires. L'astre radieux débordait de l'horizon oriental. La mer s'enflamma sous son regard comme une traînée de poudre. Les nuages, éparpillés dans les hauteurs, se colorèrent de tons vifs admirablement nuancés, et de nombreuses « langues de chat[1] » annoncèrent du vent pour toute la journée.

Mais que faisait le vent à ce *Nautilus* que les tempêtes ne pouvaient effrayer !

J'admirais donc ce joyeux lever de soleil, si gai, si vivifiant, lorsque j'entendis quelqu'un monter vers la plateforme.

Je me préparais à saluer le capitaine Nemo, mais ce fut son second — que j'avais déjà vu pendant la première visite du capitaine — qui apparut. Il s'avança sur la plateforme, et ne sembla pas s'apercevoir de ma présence. Sa puissante lunette aux yeux, il scruta tous les points de l'horizon avec une attention extrême. Puis, cet examen fait, il s'approcha du panneau, et prononça une phrase dont voici exactement les termes. Je l'ai retenue, car, chaque matin, elle se reproduisit dans des conditions identiques. Elle était ainsi conçue :

« Nautron respoc lorni virch. »

Ce qu'elle signifiait, je ne saurais le dire.

Ces mots prononcés, le second redescendit. Je pensai que le *Nautilus* allait reprendre sa navigation sousmarine. Je regagnai donc le panneau, et par les coursives je revins à ma chambre.

Cinq jours s'écoulèrent ainsi, sans que la situation se modifiât. Chaque matin, je montais sur la plate-forme. La même phrase était prononcée par le même individu. Le capitaine Nemo ne paraissait pas.

J'avais pris mon parti de ne plus le voir, quand, le 16 novembre, rentré dans ma chambre avec Ned et Conseil, je trouvai sur la table un billet à mon adresse.

Je l'ouvris d'une main impatiente. Il était écrit d'une écriture franche et nette, mais un peu gothique et qui rappelait les types allemands.

---

1. Petits nuages blancs, légers, dentelés sur leurs bords.

La mer s'enflamma sous son regard. (Page 174.)

Ce billet était libellé en ces termes :

Monsieur le professeur Aronnax, à bord du Nautilus.

16 novembre 1867.

Le capitaine Nemo invite monsieur le professeur Aronnax à une partie de chasse qui aura lieu demain matin dans ses forêts de l'île Crespo. Il espère que rien n'empêchera monsieur le professeur d'y assister, et il verra avec plaisir que ses compagnons se joignent à lui.

Le commandant du Nautilus,

Capitaine NEMO.

« Une chasse ! s'écria Ned.

— Et dans ses forêts de l'île Crespo ! ajouta Conseil.

— Mais il va donc à terre, ce particulier-là ? reprit Ned Land.

— Cela me paraît clairement indiqué, dis-je en relisant la lettre.

— Eh bien ! il faut accepter, répliqua le Canadien. Une fois sur la terre ferme, nous aviserons à prendre un parti. D'ailleurs, je ne serai pas fâché de manger quelques morceaux de venaison fraîche. »

Sans chercher à concilier ce qu'il y avait de contradictoire entre l'horreur manifeste du capitaine Nemo pour les continents et les îles, et son invitation de chasser en forêt, je me contentai de répondre :

« Voyons d'abord ce que c'est que l'île Crespo. »

Je consultai le planisphère, et, par 32° 40' de latitude nord et 167° 50' de longitude ouest, je trouvai un îlot qui fut reconnu en 1801 par le capitaine Crespo, et que les anciennes cartes espagnoles nommaient Rocca de la Plata, c'est-à-dire « Roche d'Argent ». Nous étions donc à dix-huit cents milles environ de notre point de départ, et la direction un peu modifiée du *Nautilus* le ramenait vers le sud-est.

Je montrai à mes compagnons ce petit roc perdu au milieu du Pacifique nord.

« Si le capitaine Nemo va quelquefois à terre, leur dis-je, il choisit du moins des îles absolument désertes ! »

Ned Land hocha la tête sans répondre, puis Conseil et lui me quittèrent. Après un souper qui me fut servi par le steward muet et impassible, je m'endormis, non sans quelque préoccupation.

Le lendemain, 17 novembre, à mon réveil, je sentis que le *Nautilus* était absolument immobile. Je m'habillai lestement, et j'entrai dans le grand salon.

Le capitaine Nemo était là. Il m'attendait, se leva, salua, et me demanda s'il me convenait de l'accompagner.

Comme il ne fit aucune allusion à son absence pendant ces huit jours, je m'abstins de lui en parler, et je répondis simplement que mes compagnons et moi nous étions prêts à le suivre.

« Seulement, monsieur, ajoutai-je, je me permettrai de vous adresser une question.

— Adressez, monsieur Aronnax, et, si je puis y répondre, j'y répondrai.

— Eh bien, capitaine, comment se fait-il que vous, qui avez rompu toute relation avec la terre, vous possédiez des forêts dans l'île Crespo ?

— Monsieur le professeur, me répondit le capitaine, les forêts que je possède ne demandent au soleil ni sa lumière ni sa chaleur. Ni les lions, ni les tigres, ni les panthères, ni aucun quadrupède ne les fréquentent. Elles ne sont connues que de moi seul. Elles ne poussent que pour moi seul. Ce ne sont point des forêts terrestres, mais bien des forêts sous-marines.

— Des forêts sous-marines ! m'écriai-je.

— Oui, monsieur le professeur.

— Et vous m'offrez de m'y conduire ?

— Précisément.

— À pied ?

— Et même à pied sec.

— En chassant ?

— En chassant.

— Le fusil à la main ?

— Le fusil à la main. »

Je regardai le commandant du *Nautilus* d'un air qui n'avait rien de flatteur pour sa personne.

« Décidément, il a le cerveau malade, pensai-je. Il a eu un accès qui a duré huit jours, et même qui dure encore. C'est dommage ! Je l'aimais mieux étrange que fou ! »

Cette pensée se lisait clairement sur mon visage, mais le capitaine Nemo se contenta de m'inviter à le suivre, et je le suivis en homme résigné à tout.

Nous arrivâmes dans la salle à manger, où le déjeuner se trouvait servi.

« Monsieur Aronnax, me dit le capitaine, je vous prierai de partager mon déjeuner sans façon. Nous causerons en mangeant. Mais, si je vous ai promis une promenade en forêt, je ne me suis point engagé à vous y faire rencontrer un restaurant. Déjeunez donc en homme qui ne dînera probablement que fort tard. »

Je fis honneur au repas. Il se composait de divers poissons et de tranches d'holothuries, excellents zoophytes, relevés d'algues très apéritives, telles que la *Porphyria laciniata* et la *Laurentia primafetida*. La boisson se composait d'eau limpide à laquelle, à l'exemple du capitaine, j'ajoutai quelques gouttes d'une liqueur fermentée, extraite, suivant la mode kamtchatkienne, de l'algue connue sous le nom de « Rhodoménie palmée ».

Le capitaine Nemo mangea, d'abord, sans prononcer une seule parole. Puis il me dit :

« Monsieur le professeur, quand je vous ai proposé de venir chasser dans mes forêts de Crespo, vous m'avez cru en contradiction avec moi-même. Quand je vous ai appris qu'il s'agissait de forêts sous-marines, vous m'avez cru fou. Monsieur le professeur, il ne faut jamais juger les hommes à la légère.

— Mais, capitaine, croyez que...

Je fis honneur au repas. (Page 178.)

— Veuillez m'écouter, et vous verrez si vous devez m'accuser de folie ou de contradiction.

— Je vous écoute.

— Monsieur le professeur, vous le savez aussi bien que moi, l'homme peut vivre sous l'eau à la condition d'emporter avec lui sa provision d'air respirable. Dans les travaux sous-marins, l'ouvrier, revêtu d'un vêtement imperméable et la tête emprisonnée dans une capsule de métal, reçoit l'air de l'extérieur au moyen de pompes foulantes et de régulateurs d'écoulement.

— C'est l'appareil des scaphandres, dis-je.

— En effet, mais dans ces conditions, l'homme n'est pas libre. Il est rattaché à la pompe qui lui envoie l'air par un tuyau de caoutchouc, véritable chaîne qui le rive à la terre, et si nous devions être ainsi retenus au *Nautilus*, nous ne pourrions aller loin.

— Et le moyen d'être libre ? demandai-je.

— C'est d'employer l'appareil Rouquayrol-Denayrouze, imaginé par deux de vos compatriotes, mais que j'ai perfectionné pour mon usage, et qui vous permettra de vous risquer dans ces nouvelles conditions physiologiques, sans que vos organes en souffrent aucunement. Il se compose d'un réservoir en tôle épaisse, dans lequel j'emmagasine l'air sous une pression de cinquante atmosphères. Ce réservoir se fixe sur le dos au moyen de bretelles, comme un sac de soldat. Sa partie supérieure forme une boîte d'où l'air, maintenu par un mécanisme à soufflet, ne peut s'échapper qu'à sa tension normale. Dans l'appareil Rouquayrol, tel qu'il est employé, deux tuyaux en caoutchouc, partant de cette boîte, viennent aboutir à une sorte de pavillon qui emprisonne le nez et la bouche de l'opérateur ; l'un sert à l'introduction de l'air inspiré, l'autre à l'issue de l'air expiré, et la langue ferme celui-ci ou celui-là, suivant les besoins de la respiration. Mais, moi qui affronte des pressions considérables au fond des mers, j'ai dû enfermer ma tête, comme celle des scaphandres, dans une sphère de cuivre, et c'est à cette sphère qu'aboutissent les deux tuyaux inspirateurs et expirateurs.

— Parfaitement, capitaine Nemo, mais l'air que vous emportez doit s'user vite, et dès qu'il ne contient plus que quinze pour cent d'oxygène, il devient irrespirable.

— Sans doute, mais je vous l'ai dit, monsieur Aronnax, les pompes du *Nautilus* me permettent de l'emmagasiner sous une pression considérable, et, dans ces conditions, le réservoir de l'appareil peut fournir de l'air respirable pendant neuf ou dix heures.

— Je n'ai plus d'objection à faire, répondis-je. Je vous demanderai seulement, capitaine, comment vous pouvez éclairer votre route au fond de l'océan ?

— Avec l'appareil Ruhmkorff, monsieur Aronnax. Si le premier se porte sur le dos, le second s'attache à la ceinture. Il se compose d'une pile de Bunzen que je mets en activité, non avec du bichromate de potasse, mais avec du sodium. Une bobine d'induction recueille l'électricité produite, et la dirige vers une lanterne d'une disposition particulière. Dans cette lanterne se trouve un serpentin de verre qui contient seulement un résidu de gaz carbonique. Quand l'appareil fonctionne, ce gaz devient lumineux, en donnant une lumière blanchâtre et continue. Ainsi pourvu, je respire et je vois.

— Capitaine Nemo, à toutes mes objections vous faites de si écrasantes réponses que je n'ose plus douter. Cependant, si je suis bien forcé d'admettre les appareils Rouquayrol et Ruhmkorff, je demande à faire des réserves pour le fusil dont vous voulez m'armer.

— Mais ce n'est point un fusil à poudre, répondit le capitaine.

— C'est donc un fusil à vent ?

— Sans doute. Comment voulez-vous que je fabrique de la poudre à mon bord, n'ayant ni salpêtre, ni soufre, ni charbon ?

— D'ailleurs, dis-je, pour tirer sous l'eau, dans un milieu huit cent cinquante-cinq fois plus dense que l'air, il faudrait vaincre une résistance considérable.

— Ce ne serait pas une raison. Il existe certains canons, perfectionnés après Fulton par les Anglais Philippe Coles et Burley, par le Français Furcy, par l'Italien

Landi, qui sont munis d'un système particulier de fermeture, et qui peuvent tirer dans ces conditions. Mais, je
vous le répète, n'ayant pas de poudre, je l'ai remplacée
par de l'air à haute pression, que les pompes du *Nautilus*
me fournissent abondamment.

— Mais cet air doit rapidement s'user.

— Eh bien ! n'ai-je pas mon réservoir Rouquayrol, qui
peut, au besoin, m'en fournir ? Il suffit pour cela d'un
robinet *ad hoc*. D'ailleurs, monsieur Aronnax, vous verrez par vous-même que, pendant ces chasses sous-
marines, on ne fait pas grande dépense d'air ni de balles.

— Cependant, il me semble que dans cette demi-obscurité, et au milieu de ce liquide très dense par rapport
à l'atmosphère, les coups ne peuvent porter loin et sont
difficilement mortels ?

— Monsieur, avec ce fusil tous les coups sont mortels,
au contraire, et dès qu'un animal est touché, si légèrement
que ce soit, il tombe foudroyé.

— Pourquoi ?

— Parce que ce ne sont pas des balles ordinaires que
ce fusil lance, mais de petites capsules de verre — inven-
tées par le chimiste autrichien Leniebroek — et dont j'ai
un approvisionnement considérable. Ces capsules de
verre, recouvertes d'une armature d'acier, et alourdies par
un culot de plomb, sont de véritables petites bouteilles de
Leyde, dans lesquelles l'électricité est forcée à une très
haute tension. Au plus léger choc, elles se déchargent, et
l'animal, si puissant qu'il soit, tombe mort. J'ajouterai
que ces capsules ne sont pas plus grosses que du numéro
quatre, et que la charge d'un fusil ordinaire pourrait en
contenir dix.

— Je ne discute plus, répondis-je en me levant de
table, et je n'ai plus qu'à prendre mon fusil. D'ailleurs,
où vous irez, j'irai. »

Le capitaine Nemo me conduisit vers l'arrière du *Nautilus*, et, en passant devant la cabine de Ned et de Conseil,
j'appelai mes deux compagnons qui nous suivirent aussitôt.

Puis, nous arrivâmes à une cellule située en abord, près

de la chambre des machines, et dans laquelle nous devions revêtir nos vêtements de promenade.

XVI

PROMENADE EN PLAINE

Cette cellule était, à proprement parler, l'arsenal et le vestiaire du *Nautilus*. Une douzaine d'appareils de scaphandres, suspendus à la paroi, attendaient les promeneurs.

Ned Land, en les voyant, manifesta une répugnance évidente à s'en revêtir.

« Mais, mon brave Ned, lui dis-je, les forêts de l'île Crespo ne sont que des forêts sous-marines !

— Bon ! fit le harponneur désappointé, qui voyait s'évanouir ses rêves de viande fraîche. Et vous, monsieur Aronnax, vous allez vous introduire dans ces habits-là ?

— Il le faut bien, maître Ned.

— Libre à vous, monsieur, répondit le harponneur, haussant les épaules, mais quant à moi, à moins qu'on ne m'y force, je n'entrerai jamais là-dedans.

— On ne vous forcera pas, maître Ned, dit le capitaine Nemo.

— Et Conseil va se risquer ? demanda Ned.

— Je suis monsieur partout où va monsieur », répondit Conseil.

Sur un appel du capitaine, deux hommes de l'équipage vinrent nous aider à revêtir ces lourds vêtements imperméables, faits en caoutchouc sans couture, et préparés de manière à supporter des pressions considérables. On eût dit une armure à la fois souple et résistante. Ces vêtements formaient pantalon et veste. Le pantalon se terminait par d'épaisses chaussures, garnies de lourdes semelles de plomb. Le tissu de la veste était maintenu par des lamelles de cuivre qui cuirassaient la poitrine, la défendaient contre la poussée des eaux, et laissaient les poumons fonctionner librement ; ses manches finissaient en forme de gants assouplis, qui ne contrariaient aucunement les mouvements de la main.

Il y avait loin, on le voit, de ces scaphandres perfectionnés aux vêtements informes, tels que les cuirasses de liège, les soubrevestes, les habits de mer, les coffres, etc., qui furent inventés et prônés dans le XVIIIᵉ siècle.

Le capitaine Nemo, un de ses compagnons — sorte d'Hercule qui devait être d'une force prodigieuse —, Conseil et moi, nous eûmes bientôt revêtu ces habits de scaphandres. Il ne s'agissait plus que d'emboîter notre tête dans sa sphère métallique. Mais, avant de procéder à cette opération, je demandai au capitaine la permission d'examiner les fusils qui nous étaient destinés.

L'un des hommes du *Nautilus* me présenta un fusil simple dont la crosse, faite en tôle d'acier et creuse à l'intérieur, était d'assez grande dimension. Elle servait de réservoir à l'air comprimé, qu'une soupape, manœuvrée par une gâchette, laissait échapper dans le tube de métal. Une boîte à projectiles, évidée dans l'épaisseur de la crosse, renfermait une vingtaine de balles électriques, qui, au moyen d'un ressort, se plaçaient automatiquement dans le canon du fusil. Dès qu'un coup était tiré, l'autre était prêt à partir.

« Capitaine Nemo, dis-je, cette arme est parfaite et d'un maniement facile. Je ne demande plus qu'à l'essayer. Mais comment allons-nous gagner le fond de la mer ?

— En ce moment, monsieur le professeur, le *Nautilus* est échoué par dix mètres d'eau, et nous n'avons plus qu'à partir.

— Mais comment sortirons-nous ?

— Vous l'allez voir. »

Le capitaine Nemo introduisit sa tête dans la calotte sphérique. Conseil et moi, nous en fîmes autant, non sans avoir entendu le Canadien nous lancer un « bonne chasse » ironique. Le haut de notre vêtement était terminé par un collet de cuivre taraudé, sur lequel se vissait ce casque de métal. Trois trous, protégés par des verres épais, permettaient de voir suivant toutes les directions, rien qu'en tournant la tête à l'intérieur de cette sphère. Dès qu'elle fut en place, les appareils Rouquayrol, placés sur notre dos, commencèrent à fonctionner, et, pour mon compte, je respirai à l'aise.

La lampe Ruhmkorff suspendue à ma ceinture, le fusil à la main, j'étais prêt à partir. Mais, pour être franc, emprisonné dans ces lourds vêtements et cloué au tillac par mes semelles de plomb, il m'eût été impossible de faire un pas.

Mais ce cas était prévu, car je sentis que l'on me poussait dans une petite chambre contiguë au vestiaire. Mes compagnons, également remorqués, me suivaient. J'entendis une porte, munie d'obturateurs, se refermer sur nous, et une profonde obscurité nous enveloppa.

Après quelques minutes, un vif sifflement parvint à mon oreille. Je sentis une certaine impression de froid monter de mes pieds à ma poitrine. Évidemment, de l'intérieur du bateau on avait, par un robinet, donné entrée à l'eau extérieure qui nous envahissait, et dont cette chambre fut bientôt remplie. Une seconde porte, percée dans le flanc du *Nautilus*, s'ouvrit alors. Un demi-jour nous éclaira. Un instant après, nos pieds foulaient le fond de la mer.

Et maintenant, comment pourrais-je retracer les impressions que m'a laissées cette promenade sous les eaux ? Les mots sont impuissants à raconter de telles merveilles ! Quand le pinceau lui-même est inhabile à rendre les effets particuliers à l'élément liquide, comment la plume saurait-elle les reproduire ?

Le capitaine Nemo marchait en avant, et son compagnon nous suivait à quelques pas en arrière. Conseil et moi, nous restions l'un près de l'autre, comme si un échange de paroles eût été possible à travers nos carapaces métalliques. Je ne sentais déjà plus la lourdeur de

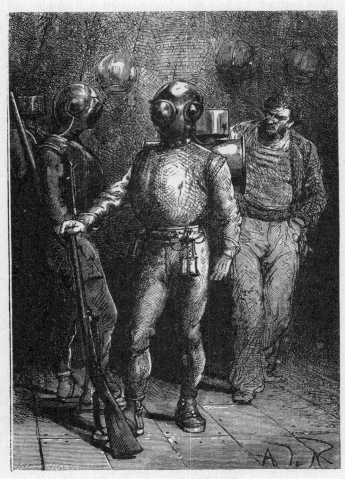

J'étais prêt à partir. (Page 185.)

mes vêtements, de mes chaussures, de mon réservoir d'air, ni le poids de cette épaisse sphère, au milieu de laquelle ma tête ballottait comme une amande dans sa coquille. Tous ces objets, plongés dans l'eau, perdaient une partie de leur poids égale à celui du liquide déplacé, et je me trouvais très bien de cette loi physique reconnue par Archimède. Je n'étais plus une masse inerte, et j'avais une liberté de mouvement relativement grande.

La lumière, qui éclairait le sol jusqu'à trente pieds au-dessous de la surface de l'océan, m'étonna par sa puissance. Les rayons solaires traversaient aisément cette masse aqueuse et en dissipaient la coloration. Je distinguais nettement les objets à une distance de cent mètres. Au-delà, les fonds se nuançaient des fines dégradations de l'outremer, puis ils bleuissaient dans les lointains, et s'effaçaient au milieu d'une vague obscurité. Véritablement, cette eau qui m'entourait n'était qu'une sorte d'air, plus dense que l'atmosphère terrestre, mais presque aussi diaphane. Au-dessus de moi, j'apercevais la calme surface de la mer.

Nous marchions sur un sable fin, uni, non ridé comme celui des plages qui conserve l'empreinte de la houle. Ce tapis éblouissant, véritable réflecteur, repoussait les rayons du soleil avec une surprenante intensité. De là, cette immense réverbération qui pénétrait toutes les molécules liquides. Serai-je cru si j'affirme qu'à cette profondeur de trente pieds, j'y voyais comme en plein jour ?

Pendant un quart d'heure, je foulai ce sable ardent, semé d'une impalpable poussière de coquillages. La coque du *Nautilus*, dessinée comme un long écueil, disparaissait peu à peu, mais son fanal, lorsque la nuit se serait faite au milieu des eaux, devait faciliter notre retour à bord, en projetant ses rayons avec une netteté parfaite. Effet difficile à comprendre pour qui n'a vu que sur terre ces nappes blanchâtres si vivement accusées. Là, la poussière dont l'air est saturé leur donne l'apparence d'un brouillard lumineux ; mais sur mer, comme sous mer, ces traits électriques se transmettent avec une incomparable pureté.

Paysage sous-marin de l'île Crespo.

Cependant, nous allions toujours, et la vaste plaine de sable semblait être sans bornes. J'écartais de la main les rideaux liquides qui se refermaient derrière moi, et la trace de mes pas s'effaçait soudain sous la pression de l'eau.

Bientôt, quelques formes d'objets, à peine estompées dans l'éloignement, se dessinèrent à mes yeux. Je reconnus de magnifiques premiers plans de rochers, tapissés de zoophytes du plus bel échantillon, et je fus tout d'abord frappé d'un effet spécial à ce milieu.

Il était alors dix heures du matin. Les rayons du soleil frappaient la surface des flots sous un angle assez oblique, et au contact de leur lumière décomposée par la réfraction comme à travers un prisme, fleurs, rochers, plantules, coquillages, polypes, se nuançaient sur leurs bords des sept couleurs du spectre solaire. C'était une merveille, une fête des yeux, que cet enchevêtrement de tons colorés, une véritable kaléidoscopie de vert, de jaune, d'orange, de violet, d'indigo, de bleu, en un mot, toute la palette d'un coloriste enragé ! Que ne pouvais-je communiquer à Conseil les vives sensations qui me montaient au cerveau, et rivaliser avec lui d'interjections admiratives ! Que ne savais-je, comme le capitaine Nemo et son compagnon, échanger mes pensées au moyen de signes convenus ! Aussi, faute de mieux, je me parlais à moi-même, je criais dans la boîte de cuivre qui coiffait ma tête, dépensant peut-être en vaines paroles plus d'air qu'il ne convenait.

Devant ce splendide spectacle, Conseil s'était arrêté comme moi. Évidemment, le digne garçon, en présence de ces échantillons de zoophytes et de mollusques, classait, classait toujours. Polypes et échinodermes abondaient sur le sol. Les isis variées, les cornulaires qui vivent isolément, des touffes d'oculines vierges, désignées autrefois sous le nom de « corail blanc », les fongies hérissées en forme de champignons, les anémones adhérant par leur disque musculaire, figuraient un parterre de fleurs, émaillé de porpites parées de leur collerette de tentacules azurés, d'étoiles de mer qui constellaient le sable, et d'astérophytons verruqueux, fines dentelles brodées par la main des naïades, dont les festons se balançaient aux faibles ondulations provoquées par notre marche. C'était un véritable chagrin pour moi d'écraser sous mes pas les brillants spécimens de mollusques qui jonchaient le sol par milliers, les peignes concentriques, les marteaux, les donaces, véritables coquilles bondissantes, les troques, les casques rouges, les strombes aile-d'ange, les aphysies, et tant d'autres produits de cet inépuisable océan. Mais il fallait marcher, et nous allions en avant, pendant que voguaient au-dessus de nos têtes des troupes de physalies, laissant leurs tentacules d'outremer flotter à la traîne, des méduses dont l'ombrelle opaline ou rose tendre, festonnée d'un liston d'azur, nous abritait des rayons solaires, et des pélagies panopyres, qui, dans l'obscurité, eussent semé notre chemin de lueurs phosphorescentes !

Toutes ces merveilles, je les entrevis dans l'espace d'un quart de mille, m'arrêtant à peine, et suivant le capitaine Nemo, qui me rappelait d'un geste. Bientôt, la nature du sol se modifia. À la plaine de sable succéda une couche de vase visqueuse que les Américains nomment « oaze », uniquement composée de coquilles siliceuses ou calcaires. Puis, nous parcourûmes une prairie d'algues, plantes pélagiennes que les eaux n'avaient pas encore arrachées, et dont la végétation était fougueuse. Ces pelouses à tissu serré, douces au pied, eussent rivalisé avec les plus moelleux tapis tissés par la main des hommes. Mais, en même temps que la verdure s'étalait sous nos pas, elle n'abandonnait pas nos têtes. Un léger berceau de plantes marines, classées dans cette exubérante famille des algues, dont on connaît plus de deux mille espèces, se croisait à la surface des eaux. Je voyais flotter de longs rubans de fucus, les uns globuleux, les autres tubulés, des laurencies, des cladostèphes, au feuillage si délié, des rhodymènes palmés, semblables à des éventails de cactus. J'observai que les plantes vertes se maintenaient plus près de la surface de la mer, tandis que les rouges occupaient une profondeur moyenne, laissant aux hydrophytes noires ou brunes le soin de former les jardins et les parterres des couches reculées de l'océan.

Ces algues sont véritablement un prodige de la création, une des merveilles de la flore universelle. Cette famille produit à la fois les plus petits et les plus grands végétaux du globe. Car de même qu'on a compté quarante mille de ces imperceptibles plantules dans un espace de cinq millimètres carrés, de même on a recueilli des fucus dont la longueur dépassait cinq cents mètres.

Nous avions quitté le *Nautilus* depuis une heure et demie environ. Il était près de midi. Je m'en aperçus à la perpendicularité des rayons solaires qui ne se réfractaient plus. La magie des couleurs disparut peu à peu, et les nuances de l'émeraude et du saphir s'effacèrent de notre firmament. Nous marchions d'un pas régulier qui résonnait sur le sol avec une intensité étonnante. Les moindres bruits se transmettaient avec une vitesse à laquelle l'oreille n'est pas habituée sur la terre. En effet, l'eau est pour le son un meilleur véhicule que l'air, et il s'y propage avec une rapidité quadruple.

En ce moment, le sol s'abaissa par une pente prononcée. La lumière prit une teinte uniforme. Nous atteignîmes une profondeur de cent mètres, subissant alors une pression de dix atmosphères. Mais mon vêtement de scaphandre était établi dans des conditions telles que je ne souffrais aucunement de cette pression. Je sentis seulement une certaine gêne aux articulations des doigts, et encore ce malaise ne tarda-t-il pas à disparaître. Quant à la fatigue que devait amener cette promenade de deux heures sous un harnachement dont j'avais si peu l'habitude, elle était nulle. Mes mouvements, aidés par l'eau, se produisaient avec une surprenante facilité.

Arrivé à cette profondeur de trois cents pieds, je percevais encore les rayons du soleil, mais faiblement. À leur éclat intense avait succédé un crépuscule rougeâtre, moyen terme entre le jour et la nuit. Cependant, nous voyions suffisamment à nous conduire, et il n'était pas encore nécessaire de mettre les appareils Ruhmkorff en activité.

En ce moment, le capitaine Nemo s'arrêta. Il attendit que je l'eusse rejoint, et du doigt, il me montra quelques masses obscures qui s'accusaient dans l'ombre à une petite distance.

« C'est la forêt de l'île Crespo », pensai-je, et je ne me trompais pas.

XVII

UNE FORÊT SOUS-MARINE

Nous étions enfin arrivés à la lisière de cette forêt, sans doute l'une des plus belles de l'immense domaine du capitaine Nemo. Il la considérait comme étant sienne, et s'attribuait sur elle les mêmes droits qu'avaient les premiers hommes aux premiers jours du monde. D'ailleurs, qui lui eût disputé la possession de cette propriété sous-marine ? Quel autre pionnier plus hardi serait venu, la hache à la main, en défricher les sombres taillis ?

Cette forêt se composait de grandes plantes arborescentes, et, dès que nous eûmes pénétré sous ses vastes arceaux, mes regards furent tout d'abord frappés d'une singulière disposition de leurs ramures — disposition que je n'avais pas encore observée jusqu'alors.

Aucune des herbes qui tapissaient le sol, aucune des branches qui hérissaient les arbrisseaux, ne rampait, ni ne se courbait, ni ne s'étendait dans un plan horizontal. Toutes montaient vers la surface de l'océan. Pas de filaments, pas de rubans, si minces qu'ils fussent, qui ne se tinssent droit comme des tiges de fer. Les fucus et les lianes se développaient suivant une ligne rigide et perpendiculaire, commandée par la densité de l'élément qui les avait produits. Immobiles, d'ailleurs, lorsque je les écar-

tais de la main, ces plantes reprenaient aussitôt leur position première. C'était ici le règne de la verticalité.

Bientôt, je m'habituai à cette disposition bizarre, ainsi
qu'à l'obscurité relative qui nous enveloppait. Le sol de
la forêt était semé de blocs aigus, difficiles à éviter. La
flore sous-marine m'y parut être assez complète, plus
riche même qu'elle ne l'eût été sous les zones arctiques
ou tropicales, où ses produits sont moins nombreux. Mais,
pendant quelques minutes, je confondis involontairement
les règnes entre eux, prenant des zoophytes pour des
hydrophytes, des animaux pour des plantes. Et qui ne s'y
fût pas trompé ? La faune et la flore se touchent de si
près dans ce monde sous-marin !

J'observai que toutes ces productions du règne végétal
ne tenaient au sol que par un empattement superficiel.
Dépourvues de racines, indifférentes au corps solide,
sable, coquillage, test ou galet, qui les supporte, elles ne
lui demandent qu'un point d'appui, non la vitalité. Ces
plantes ne procèdent que d'elles-mêmes, et le principe de
leur existence est dans cette eau qui les soutient, qui les
nourrit. La plupart, au lieu de feuilles, poussaient des
lamelles de formes capricieuses, circonscrites dans une
gamme restreinte de couleurs, qui ne comprenaient que
le rose, le carmin, le vert, l'olivâtre, le fauve et le brun.
Je revis là, mais non plus desséchées comme les échantillons du *Nautilus*, des padines-paons, déployées en éventails qui semblaient solliciter la brise, des céramies
écarlates, des laminaires allongeant leurs jeunes pousses
comestibles, des néréocystées filiformes et flexueuses,
qui s'épanouissaient à une hauteur de quinze mètres, des
bouquets d'acétabules, dont les tiges grandissent par le
sommet, et nombre d'autres plantes pélagiennes, toutes
dépourvues de fleurs. « Curieuse anomalie, bizarre élément, a dit un spirituel naturaliste, où le règne animal
fleurit, et où le règne végétal ne fleurit pas ! »

Entre ces divers arbrisseaux, grands comme les arbres
des zones tempérées, et sous leur ombre humide, se mas-
saient de véritables buissons à fleurs vivantes, des haies
de zoophytes, sur lesquels s'épanouissaient des méan-

drines zébrées de sillons tortueux, des cariophylles jaunâtres à tentacules diaphanes, des touffes gazonnantes de zoanthaires, et — pour compléter l'illusion — les poissons-mouches volaient de branches en branches, comme un essaim de colibris, tandis que de jaunes lépisacanthes, à la mâchoire hérissée, aux écailles aiguës, des dactyloptères et des monocentres, se levaient sous nos pas, semblables à une troupe de bécassines.

Vers une heure, le capitaine Nemo donna le signal de la halte. J'en fus assez satisfait pour mon compte, et nous nous étendîmes sous un berceau d'alariées, dont les longues lanières amincies se dressaient comme des flèches.

Cet instant de repos me parut délicieux. Il ne nous manquait que le charme de la conversation. Mais impossible de parler, impossible de répondre. J'approchai seulement ma grosse tête de cuivre de la tête de Conseil. Je vis les yeux de ce brave garçon briller de contentement, et en signe de satisfaction, il s'agita dans sa carapace de l'air le plus comique du monde.

Après quatre heures de cette promenade, je fus très étonné de ne pas ressentir un violent besoin de manger. À quoi tenait cette disposition de l'estomac, je ne saurais le dire. Mais, en revanche, j'éprouvais une insurmontable envie de dormir, ainsi qu'il arrive à tous les plongeurs. Aussi mes yeux se fermèrent-ils bientôt derrière leur épaisse vitre, et je tombai dans une invincible somnolence, que le mouvement de la marche avait seul pu combattre jusqu'alors. Le capitaine Nemo et son robuste compagnon, étendus dans ce limpide cristal, nous donnaient l'exemple du sommeil.

Combien de temps restai-je ainsi plongé dans cet assoupissement, je ne pus l'évaluer ; mais lorsque je me réveillai, il me sembla que le soleil s'abaissait vers l'horizon. Le capitaine Nemo s'était déjà relevé, et je commençais à me détirer les membres, quand une apparition inattendue me remit brusquement sur les pieds.

À quelques pas, une monstrueuse araignée de mer, haute d'un mètre, me regardait de ses yeux louches, prête à s'élancer sur moi. Quoique mon habit de scaphandre fût assez épais pour me défendre contre les morsures de cet animal, je ne pus retenir un mouvement d'horreur. Conseil et le matelot du *Nautilus* s'éveillèrent en ce moment. Le capitaine Nemo montra à son compagnon le hideux crustacé, qu'un coup de crosse abattit aussitôt, et je vis les horribles pattes du monstre se tordre dans des convulsions terribles.

Cette rencontre me fit penser que d'autres animaux, plus redoutables, devaient hanter ces fonds obscurs, et que mon scaphandre ne me protégerait pas contre leurs attaques. Je n'y avais pas songé jusqu'alors, et je résolus de me tenir sur mes gardes. Je supposais, d'ailleurs, que cette halte marquait le terme de notre promenade ; mais je me trompais, et, au lieu de retourner au *Nautilus*, le capitaine Nemo continua son audacieuse excursion.

Le sol se déprimait toujours, et sa pente, s'accusant davantage, nous conduisit à de plus grandes profondeurs. Il devait être à peu près trois heures, quand nous atteignîmes une étroite vallée, creusée entre de hautes parois à pic, et située par cent cinquante mètres de fond. Grâce à la perfection de nos appareils, nous dépassions ainsi de quatre-vingt-dix mètres la limite que la nature semblait avoir imposée jusqu'ici aux excursions sous-marines de l'homme.

Je dis cent cinquante mètres, bien qu'aucun instrument ne me permît d'évaluer cette distance. Mais je savais que, même dans les mers les plus limpides, les rayons solaires ne pouvaient pénétrer plus avant. Or, précisément, l'obscurité devint profonde. Aucun objet n'était visible à dix pas. Je marchais donc en tâtonnant, quand je vis briller subitement une lumière blanche assez vive. Le capitaine Nemo venait de mettre son appareil électrique en activité. Son compagnon l'imita. Conseil et moi nous suivîmes leur exemple. J'établis, en tournant une vis, la communication entre la bobine et le serpentin de verre,

Une monstrueuse araignée de mer. (Page 195.)

et la mer, éclairée par nos quatre lanternes, s'illumina dans un rayon de vingt-cinq mètres.

Le capitaine Nemo continua de s'enfoncer dans les obscures profondeurs de la forêt dont les arbrisseaux se raréfiaient de plus en plus. J'observai que la vie végétale disparaissait plus vite que la vie animale. Les plantes pélagiennes abandonnaient déjà le sol devenu aride, qu'un nombre prodigieux d'animaux, zoophytes, articulés, mollusques et poissons, y pullulaient encore.

Tout en marchant, je pensais que la lumière de nos appareils Ruhmkorff devait nécessairement attirer quelques habitants de ces sombres couches. Mais s'ils nous approchèrent, ils se tinrent du moins à une distance regrettable pour des chasseurs. Plusieurs fois, je vis le capitaine Nemo s'arrêter et mettre son fusil en joue ; puis, après quelques instants d'observation, il se relevait et reprenait sa marche.

Enfin, vers quatre heures environ, cette merveilleuse excursion s'acheva. Un mur de rochers superbes et d'une masse imposante se dressa devant nous, entassement de blocs gigantesques, énorme falaise de granit, creusée de grottes obscures, mais qui ne présentait aucune rampe praticable. C'étaient les accores de l'île Crespo. C'était la terre.

Le capitaine s'arrêta soudain. Un geste de lui nous fit faire halte, et si désireux que je fusse de franchir cette muraille, je dus m'arrêter. Ici finissaient les domaines du capitaine Nemo. Il ne voulait pas les dépasser. Au-delà, c'était cette portion du globe qu'il ne devait plus fouler du pied.

Le retour commença. Le capitaine Nemo avait repris la tête de sa petite troupe, se dirigeant toujours sans hésiter. Je crus voir que nous ne suivions pas le même chemin pour revenir au *Nautilus*. Cette nouvelle route, très raide, et par conséquent très pénible, nous rapprocha rapidement de la surface de la mer. Cependant, ce retour dans les couches supérieures ne fut pas tellement subit que la décompression se fît trop rapidement, ce qui aurait pu amener dans notre organisme des désordres graves, et

Un geste du capitaine nous fit faire halte. (Page 197.)

déterminer ces lésions internes si fatales aux plongeurs. Très promptement, la lumière reparut et grandit, et, le soleil étant déjà bas sur l'horizon, la réfraction borda de nouveau les divers objets d'un anneau spectral.

À dix mètres de profondeur, nous marchions au milieu d'un essaim de petits poissons de toute espèce, plus nombreux que les oiseaux dans l'air, plus agiles aussi, mais aucun gibier aquatique, digne d'un coup de fusil, ne s'était encore offert à nos regards.

En ce moment, je vis l'arme du capitaine, vivement épaulée, suivre entre les buissons un objet mobile. Le coup partit, j'entendis un faible sifflement, et un animal retomba foudroyé à quelques pas.

C'était une magnifique loutre de mer, une enhydre, le seul quadrupède qui soit exclusivement marin. Cette loutre, longue d'un mètre cinquante centimètres, devait avoir un très grand prix. Sa peau, d'un brun marron en dessus, et argentée en dessous, faisait une de ces admirables fourrures si recherchées sur les marchés russes et chinois ; la finesse et le lustre de son poil lui assuraient une valeur minimum de deux mille francs. J'admirai fort ce curieux mammifère à la tête arrondie et ornée d'oreilles courtes, aux yeux ronds, aux moustaches blanches et semblables à celles du chat, aux pieds palmés et unguiculés, à la queue touffue. Ce précieux carnassier, chassé et traqué par les pêcheurs, devient extrêmement rare, et il s'est principalement réfugié dans les portions boréales du Pacifique, où vraisemblablement son espèce ne tardera pas à s'éteindre.

Le compagnon du capitaine Nemo vint prendre la bête, la chargea sur son épaule, et l'on se remit en route.

Pendant une heure, une plaine de sable se déroula devant nos pas. Elle remontait souvent à moins de deux mètres de la surface des eaux. Je voyais alors notre image, nettement reflétée, se dessiner en sens inverse, et, au-dessus de nous, apparaissait une troupe identique, reproduisant nos mouvements et nos gestes, de tout point semblable, en un mot, à cela près qu'elle marchait la tête en bas et les pieds en l'air.

Autre effet à noter. C'était le passage de nuages épais qui se formaient et s'évanouissaient rapidement ; mais en réfléchissant, je compris que ces prétendus nuages n'étaient dus qu'à l'épaisseur variable des longues lames de fond, et j'apercevais même les « moutons » écumeux que leur crête brisée multipliait sur les eaux. Il n'était pas jusqu'à l'ombre des grands oiseaux qui passaient sur nos têtes, dont je ne surprisse le rapide effleurement à la surface de la mer.

En cette occasion, je fus témoin de l'un des plus beaux coups de fusil qui ait jamais fait tressaillir les fibres d'un chasseur. Un grand oiseau, à large envergure, très nettement visible, s'approchait en planant. Le compagnon du capitaine Nemo le mit en joue et le tira, lorsqu'il fut à quelques mètres seulement au-dessus des flots. L'animal tomba foudroyé, et sa chute l'entraîna jusqu'à la portée de l'adroit chasseur qui s'en empara. C'était un albatros de la plus belle espèce, admirable spécimen des oiseaux pélagiens.

Notre marche n'avait pas été interrompue par cet incident. Pendant deux heures, nous suivîmes tantôt des plaines sableuses, tantôt des prairies de varechs, fort pénibles à traverser. Franchement, je n'en pouvais plus, quand j'aperçus une vague lueur qui rompait, à un demi-mille, l'obscurité des eaux. C'était le fanal du *Nautilus*. Avant vingt minutes, nous devions être à bord, et là, je respirerais à l'aise, car il me semblait que mon réservoir ne fournissait plus qu'un air très pauvre en oxygène. Mais je comptais sans une rencontre qui retarda quelque peu notre arrivée.

J'étais resté d'une vingtaine de pas en arrière, lorsque je vis le capitaine Nemo revenir brusquement vers moi. De sa main vigoureuse, il me courba à terre, tandis que son compagnon en faisait autant de Conseil. Tout d'abord, je ne sus trop que penser de cette brusque attaque, mais je me rassurai en observant que le capitaine se couchait près de moi et demeurait immobile.

J'étais donc étendu sur le sol, et précisément à l'abri d'un buisson de varechs, quand, relevant la tête, j'aperçus

Un grand oiseau s'approchait en planant. (Page 200.)

d'énormes masses passer bruyamment en jetant des lueurs phosphorescentes.

Mon sang se glaça dans mes veines ! J'avais reconnu les formidables squales qui nous menaçaient. C'était un couple de tintoréas, requins terribles, à la queue énorme, au regard terne et vitreux, qui distillent une matière phosphorescente par des trous percés autour de leur museau. Monstrueuses mouches à feu, qui broient un homme tout entier dans leurs mâchoires de fer ! Je ne sais si Conseil s'occupait à les classer, mais pour mon compte, j'observais leur ventre argenté, leur gueule formidable, hérissée de dents, à un point de vue peu scientifique, et plutôt en victime qu'en naturaliste.

Très heureusement, ces voraces animaux y voient mal. Ils passèrent sans nous apercevoir, nous effleurant de leurs nageoires brunâtres, et nous échappâmes, comme par miracle, à ce danger plus grand, à coup sûr, que la rencontre d'un tigre en pleine forêt.

Une demi-heure après, guidés par la traînée électrique, nous atteignions le *Nautilus*. La porte extérieure était restée ouverte, et le capitaine Nemo la referma, dès que nous fûmes rentrés dans la première cellule. Puis, il pressa un bouton. J'entendis manœuvrer les pompes au-dedans du navire, je sentis l'eau baisser autour de moi, et, en quelques instants, la cellule fut entièrement vidée. La porte intérieure s'ouvrit alors, et nous passâmes dans le vestiaire.

Là, nos habits de scaphandre furent retirés, non sans peine, et, très harassé, tombant d'inanition et de sommeil, je regagnai ma chambre, tout émerveillé de cette surprenante excursion au fond des mers.

XVIII

QUATRE MILLE LIEUES SOUS LE PACIFIQUE

Le lendemain matin, 18 novembre, j'étais parfaitement remis de mes fatigues de la veille, et je montai sur la plate-forme, au moment où le second du *Nautilus* prononçait sa phrase quotidienne. Il me vint alors à l'esprit qu'elle se rapportait à l'état de la mer, ou plutôt qu'elle signifiait : « Nous n'avons rien en vue. »

Et en effet, l'océan était désert. Pas une voile à l'horizon. Les hauteurs de l'île Crespo avaient disparu pendant la nuit. La mer, absorbant les couleurs du prisme, à l'exception des rayons bleus, réfléchissait ceux-ci dans toutes les directions et revêtait une admirable teinte d'indigo. Une moire, à larges raies, se dessinait régulièrement sur les flots onduleux.

J'admirais ce magnifique aspect de l'océan, quand le capitaine Nemo apparut. Il ne sembla pas s'apercevoir de ma présence, et commença une série d'observations astronomiques. Puis, son opération terminée, il alla s'accouder sur la cage du fanal, et ses regards se perdirent à la surface de l'océan.

Cependant, une vingtaine de matelots du *Nautilus*, tous gens vigoureux et bien constitués, étaient montés sur la plate-forme. Ils venaient retirer les filets qui avaient été mis à la traîne pendant la nuit. Ces marins appartenaient évidemment à des nations différentes, bien que le type européen fût indiqué chez tous. Je reconnus, à ne pas me tromper, des Irlandais, des Français, quelques Slaves, un Grec ou un Candiote. Du reste, ces hommes étaient sobres de paroles, et n'employaient entre eux que ce bizarre idiome dont je ne pouvais pas même soupçonner l'origine. Aussi, je dus renoncer à les interroger.

Les filets furent halés à bord. C'étaient des espèces de chaluts, semblables à ceux des côtes normandes, vastes poches qu'une vergue flottante et une chaîne transfilée dans les mailles inférieures tiennent entrouvertes. Ces poches, ainsi traînées sur leurs gantiers de fer, balayaient le fond de l'océan et ramassaient tous ses produits sur leur passage. Ce jour-là, ils ramenèrent de curieux échantillons de ces parages poissonneux, des lophies, auxquels leurs mouvements comiques ont valu le qualificatif d'histrions, des commersons noirs, munis de leurs antennes, des balistes ondulés, entourés de bandelettes rouges, des tétrodons-croissants, dont le venin est extrêmement subtil, quelques lamproies olivâtres, des macrorhinques, couverts d'écailles argentées, des trichiures, dont la puissance électrique est égale à celle du gymnote et de la torpille, des notoptères écailleux, à bandes brunes et transversales, des gades verdâtres, plusieurs variétés de gobies, etc., enfin, quelques poissons de proportions plus vastes, un caranx à tête proéminente, long d'un mètre, plusieurs beaux scombres bonites, chamarrés de couleurs bleues et argentées, et trois magnifiques thons que la rapidité de leur marche n'avait pu sauver du chalut.

J'estimai que ce coup de filet rapportait plus de mille livres de poissons. C'était une belle pêche, mais non surprenante. En effet, ces filets restent à la traîne pendant plusieurs heures et enserrent dans leur prison de fil tout un monde aquatique. Nous ne devions donc pas manquer de vivres d'une excellente qualité, que la rapidité du *Nautilus* et l'attraction de sa lumière électrique pouvaient renouveler sans cesse.

Ces divers produits de la mer furent immédiatement affalés par le panneau vers les cambuses, destinés, les uns à être mangés frais, les autres à être conservés.

La pêche finie, la provision d'air renouvelée, je pensais que le *Nautilus* allait reprendre son excursion sousmarine, et je me préparais à regagner ma chambre, quand, se tournant vers moi, le capitaine Nemo me dit sans autre préambule :

« Voyez cet océan, monsieur le professeur, n'est-il pas doué d'une vie réelle ? N'a-t-il pas ses colères et ses ten-

dresses ? Hier, il s'est endormi comme nous, et le voilà
qui se réveille après une nuit paisible ! »

Ni bonjour, ni bonsoir ! N'eût-on pas dit que cet
étrange personnage continuait avec moi une conversation
déjà commencée ?

« Regardez, reprit-il, il s'éveille sous les caresses du
soleil ! Il va revivre de son existence diurne ! C'est une
intéressante étude que de suivre le jeu de son organisme.
Il possède un pouls, des artères, il a ses spasmes, et je
donne raison à ce savant Maury, qui a découvert en lui
une circulation aussi réelle que la circulation sanguine
chez les animaux. »

Il est certain que le capitaine Nemo n'attendait de moi
aucune réponse, et il me parut inutile de lui prodiguer les
« Évidemment », les « À coup sûr », et les « Vous avez
raison ». Il se parlait plutôt à lui-même, prenant de longs
temps entre chaque phrase. C'était une méditation à voix
haute.

« Oui, dit-il, l'océan possède une circulation véritable,
et, pour la provoquer, il a suffi au Créateur de toutes
choses de multiplier en lui le calorique, le sel et les animalcules. Le calorique, en effet, crée des densités différentes, qui amènent les courants et les contre-courants.
L'évaporation, nulle aux régions hyperboréennes, très
active dans les zones équatoriales, constitue un échange
permanent des eaux tropicales et des eaux polaires. En
outre, j'ai surpris ces courants de haut en bas et de bas
en haut, qui forment la vraie respiration de l'océan. J'ai
vu la molécule d'eau de mer, échauffée à la surface,
redescendre vers les profondeurs, atteindre son maximum
de densité à deux degrés au-dessous de zéro, puis, se
refroidissant encore, devenir plus légère et remonter.
Vous verrez, aux pôles, les conséquences de ce phénomène, et vous comprendrez pourquoi, par cette loi de la
prévoyante nature, la congélation ne peut jamais se produire qu'à la surface des eaux ! »

Pendant que le capitaine Nemo achevait sa phrase, je
me disais : « Le pôle ! Est-ce que cet audacieux personnage prétend nous conduire jusque-là ! »

Cependant, le capitaine s'était tu, et regardait cet élément si complètement, si incessamment étudié par lui. Puis reprenant :

« Les sels, dit-il, sont en quantité considérable dans la mer, monsieur le professeur, et si vous enleviez tous ceux qu'elle contient en dissolution, vous en feriez une masse de quatre millions et demi de lieues cubes, qui, étalée sur le globe, formerait une couche de plus de dix mètres de hauteur. Et ne croyez pas que la présence de ces sels ne soit due qu'à un caprice de la nature. Non. Ils rendent les eaux marines moins évaporables, et empêchent les vents de leur enlever une trop grande quantité de vapeurs, qui, en se résolvant, submergeraient les zones tempérées. Rôle immense, rôle de pondérateur dans l'économie générale du globe ! »

Le capitaine Nemo s'arrêta, se leva même, fit quelques pas sur la plate-forme, et revint vers moi :

« Quant aux infusoires, reprit-il, quant à ces milliards d'animalcules, qui existent par millions dans une gouttelette, et dont il faut huit cent mille pour peser un milligramme, leur rôle n'est pas moins important. Ils absorbent les sels marins, ils s'assimilent les éléments solides de l'eau, et, véritables faiseurs de continents calcaires, ils fabriquent des coraux et des madrépores ! Et alors la goutte d'eau, privée de son aliment minéral, s'allège, remonte à la surface, y absorbe les sels abandonnés par l'évaporation, s'alourdit, redescend, et rapporte aux animalcules de nouveaux éléments à absorber. De là, un double courant ascendant et descendant, et toujours le mouvement, toujours la vie ! La vie, plus intense que sur les continents, plus exubérante, plus infinie, s'épanouissant dans toutes les parties de cet océan, élément de mort pour l'homme, a-t-on dit, élément de vie pour des myriades d'animaux — et pour moi ! »

Quand le capitaine Nemo parlait ainsi, il se transfigurait et provoquait en moi une extraordinaire émotion.

« Aussi, ajouta-t-il, là est la vraie existence ! Et je concevrais la fondation de villes nautiques, d'agglomérations de maisons sous-marines, qui, comme le *Nautilus*, reviendraient respirer chaque matin à la surface des mers, villes libres, s'il en fut, cités indépendantes ! Et encore, qui sait si quelque despote... »

Le capitaine Nemo acheva sa phrase par un geste violent. Puis, s'adressant directement à moi, comme pour chasser une pensée funeste :

« Monsieur Aronnax, me demanda-t-il, savez-vous quelle est la profondeur de l'océan ?

— Je sais, du moins, capitaine, ce que les principaux sondages nous ont appris.

— Pourriez-vous me les citer, afin que je les contrôle au besoin ?

— En voici quelques-uns, répondis-je, qui me reviennent à la mémoire. Si je ne me trompe, on a trouvé une profondeur moyenne de huit mille deux cents mètres dans l'Atlantique nord, et de deux mille cinq cents mètres dans la Méditerranée. Les plus remarquables sondes ont été faites dans l'Atlantique sud, près du trente-cinquième degré, et elles ont donné douze mille mètres, quatorze mille quatre-vingt-onze mètres, et quinze mille cent quarante-neuf mètres. En somme, on estime que si le fond de la mer était nivelé, sa profondeur moyenne serait de sept kilomètres environ.

— Bien, monsieur le professeur, répondit le capitaine Nemo, nous vous montrerons mieux que cela, je l'espère. Quant à la profondeur moyenne de cette partie du Pacifique, je vous apprendrai qu'elle est seulement de quatre mille mètres. »

Ceci dit, le capitaine Nemo se dirigea vers le panneau et disparut par l'échelle. Je le suivis, et je regagnai le grand salon. L'hélice se mit aussitôt en mouvement, et le loch accusa une vitesse de vingt milles à l'heure.

Pendant les jours, pendant les semaines qui s'écoulèrent, le capitaine Nemo fut très sobre de visites. Je ne le vis qu'à de rares intervalles. Son second faisait régulièrement le point que je trouvais reporté sur la carte, de telle sorte que je pouvais relever exactement la route du *Nautilus*.

Conseil et Land passaient de longues heures avec moi.

Conseil avait raconté à son ami les merveilles de notre promenade, et le Canadien regrettait de ne nous avoir point accompagnés. Mais j'espérais que l'occasion se représenterait de visiter les forêts océaniennes.

Presque chaque jour, pendant quelques heures, les panneaux du salon s'ouvraient, et nos yeux ne se fatiguaient pas de pénétrer les mystères du monde sous-marin.

La direction générale du *Nautilus* était sud-est, et il se maintenait entre cent mètres et cent cinquante mètres de profondeur. Un jour, cependant, par je ne sais quel caprice, entraîné diagonalement au moyen de ses plans inclinés, il atteignit les couches d'eau situées par deux mille mètres. Le thermomètre indiquait une température de 4,25 centigrades, température qui, sous cette profondeur, paraît être commune à toutes les latitudes.

Le 26 novembre, à trois heures du matin, le *Nautilus* franchit le tropique du Cancer par 172° de longitude. Le 27, il passa en vue des Sandwich, où l'illustre Cook trouva la mort, le 14 février 1779. Nous avions alors fait quatre mille huit cent soixante lieues depuis notre point de départ. Le matin, lorsque j'arrivai sur la plateforme, j'aperçus, à deux milles sous le vent, Hawaii, la plus considérable des sept îles qui forment cet archipel. Je distinguai nettement sa lisière cultivée, les diverses chaînes de montagnes qui courent parallèlement à la côte, et ses volcans que domine le Mauna-Kea, élevé de cinq mille mètres au-dessus du niveau de la mer. Entre autres échantillons de ces parages, les filets rapportèrent des flabellaires pavonées, polypes comprimés de forme gracieuse, et qui sont particuliers à cette partie de l'océan.

La direction du *Nautilus* se maintint au sud-est. Il coupa l'Equateur, le 1er décembre, par 142° de longitude, et le 4 du même mois, après une rapide traversée que ne signala aucun incident, nous eûmes connaissance du groupe des Marquises. J'aperçus à trois milles, par 8° 57' de latitude sud et 139° 32' de longitude ouest, la pointe Martin de Nouka-Hiva, la principale de ce groupe qui appartient à la France. Je vis seulement les montagnes boisées qui se dessinaient à l'horizon, car le capitaine Nemo n'aimait pas à rallier les terres. Là, les filets rapportèrent de beaux spécimens de poissons, des choryphènes aux nageoires azurées et à la queue d'or, dont la chair est sans rivale au monde, des hologymnoses à peu près dépourvus d'écailles, mais d'un goût exquis, des ostorhinques à mâchoire osseuse, des thasards jaunâtres qui valaient la bonite, tous poissons dignes d'être classés à l'office du bord.

Après avoir quitté ces îles charmantes protégées par le pavillon français, du 4 au 11 décembre, le *Nautilus* parcourut environ deux mille milles. Cette navigation fut marquée par la rencontre d'une immense troupe de calmars, curieux mollusques, très voisins de la seiche. Les pêcheurs français les désignent sous le nom d'encornets, et ils appartiennent à la classe des céphalopodes et à la famille des dibranchiaux, qui comprend avec eux les seiches et les argonautes. Ces animaux furent particulièrement étudiés par les naturalistes de l'Antiquité, et ils fournissaient de nombreuses métaphores aux orateurs de l'Agora, en même temps qu'un plat excellent à la table des riches citoyens, s'il faut en croire Athénée, médecin grec, qui vivait avant Gallien.

Ce fut pendant la nuit du 9 au 10 décembre, que le *Nautilus* rencontra cette armée de mollusques qui sont particulièrement nocturnes. On pouvait les compter par millions. Ils émigraient des zones tempérées vers les zones plus chaudes, en suivant l'itinéraire des harengs et des sardines. Nous les regardions à travers les épaisses vitres de cristal, nageant à reculons avec une extrême rapidité, se mouvant au moyen de leur tube locomoteur, poursuivant les poissons et les mollusques, mangeant les petits, mangés des gros, et agitant dans une confusion indescriptible les dix pieds que la nature leur a implantés sur la tête, comme une chevelure de serpents pneumatiques. Le *Nautilus*, malgré sa vitesse, naviga pendant plusieurs heures au milieu de cette troupe d'animaux, et ses filets en ramenèrent une innombrable quantité, où je

On pouvait compter ces calmars par millions. (Page 209.)

reconnus les neuf espèces que d'Orbigny a classées pour l'océan Pacifique.

On le voit, pendant cette traversée, la mer prodiguait incessamment ses plus merveilleux spectacles. Elle les variait à l'infini. Elle changeait son décor et sa mise en scène pour le plaisir de nos yeux, et nous étions appelés non seulement à contempler les œuvres du Créateur au milieu de l'élément liquide, mais encore à pénétrer les plus redoutables mystères de l'océan.

Pendant la journée du 11 décembre, j'étais occupé à lire dans le grand salon. Ned Land et Conseil observaient les eaux lumineuses par les panneaux entrouverts. Le *Nautilus* était immobile. Ses réservoirs remplis, il se tenait à une profondeur de mille mètres, région peu habitée des océans, dans laquelle les gros poissons faisaient seuls de rares apparitions.

Je lisais en ce moment un livre charmant de Jean Macé, *Les Serviteurs de l'estomac*, et j'en savourais les leçons ingénieuses, lorsque Conseil interrompit ma lecture.

« Monsieur veut-il venir un instant ? me dit-il d'une voix singulière.

— Qu'y a-t-il donc, Conseil ?

— Que monsieur regarde. »

Je me levai, j'allai m'accouder devant la vitre, et je regardai.

En pleine lumière électrique, une énorme masse noirâtre, immobile, se tenait suspendue au milieu des eaux. Je l'observai attentivement, cherchant à reconnaître la nature de ce gigantesque cétacé. Mais une pensée traversa subitement mon esprit.

« Un navire ! m'écriai-je.

— Oui, répondit le Canadien, un bâtiment désemparé qui a coulé à pic ! »

Ned Land ne se trompait pas. Nous étions en présence d'un navire, dont les haubans coupés pendaient encore à leurs cadènes. Sa coque paraissait être en bon état, et son naufrage datait au plus de quelques heures. Trois tronçons de mâts, rasés à deux pieds au-dessus du pont, indiquaient que ce navire engagé avait dû sacrifier sa mâture. Mais,

Nous étions en présence d'un navire. (Page 211.)

couché sur le flanc, il s'était rempli, et il donnait encore la bande à bâbord. Triste spectacle que celui de cette carcasse perdue sous les flots, mais plus triste encore la vue de son pont où quelques cadavres, amarrés par des cordes, gisaient encore ! J'en comptai quatre — quatre hommes, dont l'un se tenait debout, au gouvernail — puis une femme, à demi sortie par la claire-voie de la dunette, et tenant un enfant dans ses bras. Cette femme était jeune. Je pus reconnaître, vivement éclairés par les feux du *Nautilus*, ses traits que l'eau n'avait pas encore décomposés. Dans un suprême effort, elle avait élevé au-dessus de sa tête son enfant, pauvre petit être dont les bras enlaçaient le cou de sa mère ! L'attitude des quatre marins me parut effrayante, tordus qu'ils étaient dans des mouvements convulsifs, et faisant un dernier effort pour s'arracher des cordes qui les liaient au navire. Seul, plus calme, la face nette et grave, ses cheveux grisonnants collés à son front, la main crispée à la roue du gouvernail, le timonier semblait encore conduire son trois-mâts naufragé à travers les profondeurs de l'océan !

Quelle scène ! Nous étions muets, le cœur palpitant, devant ce naufrage pris sur le fait, et, pour ainsi dire, photographié à sa dernière minute ! Et je voyais déjà s'avancer, l'œil en feu, d'énormes squales, attirés par cet appât de chair humaine !

Cependant le *Nautilus*, évoluant, tourna autour du navire submergé, et, un instant, je pus lire sur son tableau d'arrière :

Florida, Sunderland.

XIX

VANIKORO

Ce terrible spectacle inaugurait la série des catastrophes maritimes que le *Nautilus* devait rencontrer sur sa route. Depuis qu'il suivait des mers plus fréquentées, nous apercevions souvent des coques naufragées qui achevaient de pourrir entre deux eaux, et, plus profondément, des canons, des boulets, des ancres, des chaînes, et mille autres objets de fer, que la rouille dévorait.

Cependant, toujours entraînés par ce *Nautilus*, où nous vivions comme isolés, le 11 décembre, nous eûmes connaissance de l'archipel des Pomotou, ancien « groupe dangereux » de Bougainville, qui s'étend sur un espace de cinq cents lieues de l'est-sud-est à l'ouest-nord-ouest, entre 13° 30' et 23° 50' de latitude sud, et 125° 30' et 151° 30' de longitude ouest, depuis l'île Ducie jusqu'à l'île Lazareff. Cet archipel couvre une superficie de trois cent soixante-dix lieues carrées, et il est formé d'une soixantaine de groupes d'îles, parmi lesquels on remarque le groupe Gambier, auquel la France a imposé son protectorat. Ces îles sont coralligènes. Un soulèvement lent, mais continu, provoqué par le travail des polypes, les reliera un jour entre elles. Puis, cette nouvelle île se soudera plus tard aux archipels voisins, et un cinquième continent s'étendra depuis la Nouvelle-Zélande et la Nouvelle-Calédonie jusqu'aux Marquises.

Le jour où je développai cette théorie devant le capitaine Nemo, il me répondit froidement :

« Ce ne sont pas de nouveaux continents qu'il faut à la terre, mais de nouveaux hommes ! »

Les hasards de sa navigation avaient précisément conduit le *Nautilus* vers l'île Clermont-Tonnerre, l'une des plus curieuses du groupe, qui fut découvert en 1822, par le capitaine Bell, de *La Minerve*. Je pus alors étudier ce système madréporique auquel sont dues les îles de cet océan.

Les madrépores, qu'il faut se garder de confondre avec les coraux, ont un tissu revêtu d'un encroûtement calcaire, et les modifications de sa structure ont amené M. Milne-Edwards, mon illustre maître, à les classer en cinq sections. Les petits animalcules qui sécrètent ce polypier vivent par milliards au fond de leurs cellules. Ce sont leurs dépôts calcaires qui deviennent rochers, récifs, îlots, îles. Ici, ils forment un anneau circulaire, entourant un lagon ou petit lac intérieur, que des brèches mettent en communication avec la mer. Là, ils figurent des barrières de récifs semblables à celles qui existent sur les côtes de la Nouvelle-Calédonie et de diverses îles des Pomotu. En d'autres endroits, comme à la Réunion et à Maurice, ils élèvent des récifs frangés, hautes murailles droites, près desquelles les profondeurs de l'océan sont considérables.

En prolongeant à quelques encablures seulement les accores de l'île Clermont-Tonnerre, j'admirai l'ouvrage gigantesque, accompli par ces travailleurs microscopiques. Ces murailles étaient spécialement l'œuvre des madréporaires désignés par les noms de millepores, de porites, d'astrées et de méandrines. Ces polypes se développent particulièrement dans les couches agitées de la surface de la mer, et par conséquent, c'est par leur partie supérieure qu'ils commencent ces substructions, lesquelles s'enfoncent peu à peu avec les débris de sécrétions qui les supportent. Telle est, du moins, la théorie de M. Darwin, qui explique ainsi la formation des atolls — théorie supérieure, selon moi, à celle qui donne pour base aux travaux madréporiques des sommets de montagnes ou de volcans, immergés à quelques pieds au-dessous du niveau de la mer.

Je pus observer de très près ces curieuses murailles, car, à leur aplomb, la sonde accusait plus de trois cents mètres de profondeur, et nos nappes électriques faisaient étinceler ce brillant calcaire.

Répondant à une question que me posa Conseil, sur la durée d'accroissement de ces barrières colossales, je l'étonnai beaucoup en lui disant que les savants portaient cet accroissement à un huitième de pouce par siècle.

« Donc, pour élever ces murailles, me dit-il, il a fallu ?...

— Cent quatre-vingt-douze mille ans, mon brave Conseil, ce qui allonge singulièrement les jours bibliques. D'ailleurs, la formation de la houille, c'est-à-dire la minéralisation des forêts enlisées par les déluges, a exigé un temps beaucoup plus considérable. Mais j'ajouterai que les jours de la Bible ne sont que des époques et non l'intervalle qui s'écoule entre deux levers de soleil, car, d'après la Bible elle-même, le soleil ne date pas du premier jour de la création. »

Lorsque le *Nautilus* revint à la surface de l'océan, je pus embrasser dans tout son développement cette île de Clermont-Tonnerre, basse et boisée. Ses roches madréporiques furent évidemment fertilisées par les trombes et les tempêtes. Un jour, quelque graine, enlevée par l'ouragan aux terres voisines, tomba sur les couches calcaires, mêlées des détritus décomposés de poissons et de plantes marines qui formèrent l'humus végétal. Une noix de coco, poussée par les lames, arriva sur cette côte nouvelle. Le germe prit racine. L'arbre, grandissant, arrêta la vapeur d'eau. Le ruisseau naquit. La végétation gagna peu à peu. Quelques animalcules, des vers, des insectes, abordèrent sur des troncs arrachés aux îles du vent. Les tortues vinrent pondre leurs œufs. Les oiseaux nichèrent dans les jeunes arbres. De cette façon, la vie animale se développa, et, attiré par la verdure et la fertilité, l'homme apparut. Ainsi se formèrent ces îles, œuvres immenses d'animaux microscopiques.

Vers le soir, Clermont-Tonnerre se fondit dans l'éloignement, et la route du *Nautilus* se modifia d'une manière sensible. Après avoir touché le tropique du Capricorne par le cent trente-cinquième degré de longitude, il se dirigea vers l'ouest-nord-ouest, remontant toute la zone intertropicale. Quoique le soleil de l'été fût prodigue de ses rayons, nous ne souffrions aucunement de la chaleur, car à trente ou quarante mètres au-dessous de l'eau, la température ne s'élevait pas au-dessus de dix à douze degrés.

Le 15 décembre, nous laissions dans l'est le séduisant archipel de la Société, et la gracieuse Tahiti, la reine du Pacifique. J'aperçus le matin, à quelques milles sous le vent, les sommets élevés de cette île. Ses eaux fournirent aux tables du bord d'excellents poissons, des maquereaux, des bonites, des albicores, et des variétés d'un serpent de mer nommé munérophis.

Le *Nautilus* avait franchi huit mille cent milles. Neuf mille sept cent vingt milles étaient relevés au loch, lorsqu'il passa entre l'archipel de Tonga-Tabou, où périrent les équipages de l'*Argo*, du *Port-au-Prince* et du *Duke of Portland*, et l'archipel des Navigateurs, où fut tué le capitaine de Langle, l'ami de La Pérouse. Puis, il eut connaissance de l'archipel Viti, où les sauvages massacrèrent les matelots de l'*Union* et le capitaine Bureau, de Nantes, commandant l'*Aimable Joséphine*.

Cet archipel qui se prolonge sur une étendue de cent lieues du nord au sud, et sur quatre-vingt-dix lieues de l'est à l'ouest, est compris entre 6° et 2° de latitude sud, et 174° et 179° de longitude ouest. Il se compose d'un certain nombre d'îles, d'îlots et d'écueils, parmi lesquels on remarque les îles de Viti-Levou, de Vanoua-Levou et de Kandubon.

Ce fut Tasman qui découvrit ce groupe en 1643, l'année même où Torricelli inventait le baromètre, et où Louis XIV montait sur le trône. Je laisse à penser lequel de ces faits fut le plus utile à l'humanité. Vinrent ensuite Cook en 1714, d'Entrecasteaux en 1793, et enfin Dumont d'Urville, en 1827, débrouilla tout le chaos géographique de cet archipel. Le *Nautilus* s'approcha de la baie de Wailea, théâtre des terribles aventures de ce capitaine Dillon, qui, le premier, éclaira le mystère du naufrage de La Pérouse.

Cette baie, draguée à plusieurs reprises, fournit abondamment des huîtres excellentes. Nous en mangeâmes immodérément, après les avoir ouvertes sur notre table même, suivant le précepte de Sénèque. Ces mollusques appartenaient à l'espèce connue sous le nom d'*ostrea lamellosa*, qui est très commune en Corse. Ce banc de Wailea devait être considérable, et, certainement, sans des causes multiples de destruction, ces agglomérations finiraient par combler les baies, puisque l'on compte jusqu'à deux millions d'œufs dans un seul individu.

Et si maître Ned Land n'eut pas à se repentir de sa gloutonnerie en cette circonstance, c'est que l'huître est le seul mets qui ne provoque jamais d'indigestion. En effet, il ne faut pas moins de seize douzaines de ces mollusques acéphales pour fournir les trois cent quinze grammes de substance azotée, nécessaires à la nourriture quotidienne d'un seul homme.

Le 25 décembre, le *Nautilus* naviguait au milieu de l'archipel des Nouvelles-Hébrides, que Quiros découvrit en 1606, que Bougainville explora en 1768, et auquel Cook donna son nom actuel en 1773. Ce groupe se compose principalement de neuf grandes îles, et forme une bande de cent vingt lieues du nord-nord-ouest au sud-sud-est comprise entre 15° et 2° de latitude sud, et entre 164° et 168° de longitude. Nous passâmes assez près de l'île d'Aurou, qui, au moment des observations de midi, m'apparut comme une masse de bois verts, dominée par un pic d'une grande hauteur.

Ce jour-là, c'était Noël, et Ned Land me sembla regretter vivement la célébration du « Christmas », la véritable fête de la famille, dont les protestants sont fanatiques.

Je n'avais pas aperçu le capitaine Nemo depuis une huitaine de jours, quand le 27, au matin, il entra dans le grand salon, ayant toujours l'air d'un homme qui vous a quitté depuis cinq minutes. J'étais occupé à reconnaître sur le planisphère la route du *Nautilus*. Le capitaine s'approcha, posa un doigt sur un point de la carte, et prononça ce seul mot :

« Vanikoro. »

Ce nom fut magique. C'était le nom des îlots sur lesquels vinrent se perdre les vaisseaux de La Pérouse. Je me relevai subitement.

« Le *Nautilus* nous porte à Vanikoro ? demandai-je.

— Oui, monsieur le professeur, répondit le capitaine.

— Et je pourrai visiter ces îles célèbres où se brisèrent la *Boussole* et l'*Astrolabe* ?

— Si cela vous plaît, monsieur le professeur.

— Quand serons-nous à Vanikoro ?

— Nous y sommes, monsieur le professeur. »

Suivi du capitaine Nemo, je montai sur la plate-forme, et de là, mes regards parcoururent avidement l'horizon.

Dans le nord-est émergeaient deux îles volcaniques d'inégale grandeur, entourées d'un récif de coraux qui mesurait quarante milles de circuit. Nous étions en présence de l'île de Vanikoro proprement dite, à laquelle Dumont d'Urville imposa le nom d'île de la Recherche, et précisément devant le petit havre de Vanou, situé par 16° 4' de latitude sud, et 164° 32' de longitude est. Les terres semblaient recouvertes de verdure depuis la plage jusqu'aux sommets de l'intérieur, que dominait le mont Kapogo, haut de quatre cent soixante-seize toises.

Le *Nautilus*, après avoir franchi la ceinture extérieure de roches par une étroite passe, se trouva en dedans des brisants, où la mer avait une profondeur de trente à quarante brasses. Sous le verdoyant ombrage des palétuviers, j'aperçus quelques sauvages qui montrèrent une extrême surprise à notre approche. Dans ce long corps noirâtre, s'avançant à fleur d'eau, ne voyaient-ils pas quelque cétacé formidable dont ils devaient se défier ?

En ce moment, le capitaine Nemo me demanda ce que je savais du naufrage de La Pérouse.

« Ce que tout le monde en sait, capitaine, lui répondis-je.

— Et pourriez-vous m'apprendre ce que tout le monde en sait ? me demanda-t-il d'un ton un peu ironique.

— Très facilement. »

Je lui racontai ce que les derniers travaux de Dumont d'Urville avaient fait connaître, travaux dont voici le résumé très succinct.

La Pérouse et son second, le capitaine de Langle, furent envoyés par Louis XVI, en 1785, pour accomplir un

L'île de Vanikoro. (Page 219.)

voyage de circumnavigation. Ils montaient les corvettes la *Boussole* et l'*Astrolabe*, qui ne reparurent plus.

En 1791, le gouvernement français, justement inquiet du sort des deux corvettes, arma deux grandes flûtes, la *Recherche* et l'*Espérance*, qui quittèrent Brest, le 28 septembre, sous les ordres de Bruni d'Entrecasteaux. Deux mois après, on apprenait par la déposition d'un certain Bowen, commandant l'*Albermale*, que des débris de navires naufragés avaient été vus sur les côtes de la Nouvelle-Géorgie. Mais d'Entrecasteaux, ignorant cette communication — assez incertaine, d'ailleurs —, se dirigea vers les îles de l'Amirauté, désignées dans un rapport du capitaine Hunter comme étant le lieu du naufrage de La Pérouse.

Ses recherches furent vaines. L'*Espérance* et la *Recherche* passèrent même devant Vanikoro sans s'y arrêter, et, en somme, ce voyage fut très malheureux, car il coûta la vie à d'Entrecasteaux, à deux de ses seconds et à plusieurs marins de son équipage.

Ce fut un vieux routier du Pacifique, le capitaine Dillon, qui, le premier, retrouva des traces indiscutables des naufragés. Le 15 mai 1824, son navire, le *Saint-Patrick*, passa près de l'île de Tikopia, l'une des Nouvelles-Hébrides. Là, un lascar, l'ayant accosté dans une pirogue, lui vendit une poignée d'épée en argent qui portait l'empreinte de caractères gravés au burin. Ce lascar prétendait, en outre, que, six ans auparavant, pendant un séjour à Vanikoro, il avait vu deux Européens qui appartenaient à des navires échoués depuis de longues années sur les récifs de l'île.

Dillon devina qu'il s'agissait des navires de La Pérouse, dont la disparition avait ému le monde entier. Il voulut gagner Vanikoro, où, suivant le lascar, se trouvaient de nombreux débris du naufrage ; mais les vents et les courants l'en empêchèrent.

Dillon revint à Calcutta. Là, il sut intéresser à sa découverte la Société asiatique et la Compagnie des Indes. Un navire, auquel on donna le nom de la *Recherche*, fut mis à sa disposition, et il partit, le 23 janvier 1827, accompagné d'un agent français.

La *Recherche*, après avoir relâché sur plusieurs points du Pacifique, mouilla devant Vanikoro, le 7 juillet 1827, dans ce même havre de Vanou, où le *Nautilus* flottait en ce moment.

Là, il recueillit de nombreux restes du naufrage, des ustensiles de fer, des ancres, des estropes de poulies, des pierriers, un boulet de dix-huit, des débris d'instruments d'astronomie, un morceau de couronnement, et une cloche en bronze portant cette inscription : « *Bazin m'a fait* », marque de la fonderie de l'Arsenal de Brest vers 1785. Le doute n'était donc plus possible.

Dillon, complétant ses renseignements, resta sur le lieu du sinistre jusqu'au mois d'octobre. Puis, il quitta Vanikoro, se dirigea vers la Nouvelle-Zélande, mouilla à Calcutta, le 7 avril 1828, et revint en France, où il fut très sympathiquement accueilli par Charles X.

Mais, à ce moment, Dumont d'Urville, sans avoir eu connaissance des travaux de Dillon, était déjà parti pour chercher ailleurs le théâtre du naufrage. Et, en effet, on avait appris par les rapports d'un baleinier que des médailles et une croix de Saint-Louis se trouvaient entre les mains des sauvages de la Louisiade et de la Nouvelle-Calédonie.

Dumont d'Urville, commandant l'*Astrolabe*, avait donc pris la mer, et, deux mois après que Dillon venait de quitter Vanikoro, il mouillait devant Hobart Town. Là, il avait connaissance des résultats obtenus par Dillon, et, de plus, il apprenait qu'un certain James Hobbs, second de l'*Union*, de Calcutta, ayant pris terre sur une île située par 8° 18' de latitude sud et 156° 30' de longitude est, avait remarqué des barres de fer et des étoffes rouges dont se servaient les naturels de ces parages.

Dumont d'Urville, assez perplexe, et ne sachant s'il devait ajouter foi à ces récits rapportés par des journaux peu dignes de confiance, se décida cependant à se lancer sur les traces de Dillon.

Le 10 février 1828, l'*Astrolabe* se présenta devant

Tikopia, prit pour guide et interprète un déserteur fixé sur cette île, fit route vers Vanikoro, en eut connaissance le 12 février, prolongea ses récifs jusqu'au 14, et, le 20 seulement, mouilla au-dedans de la barrière, dans le havre de Vanou.

Le 23, plusieurs des officiers firent le tour de l'île, et rapportèrent quelques débris peu importants. Les naturels, adoptant un système de dénégations et de faux-fuyants, refusaient de les mener sur le lieu du sinistre. Cette conduite, très louche, laissa croire qu'ils avaient maltraité les naufragés, et, en effet, ils semblaient craindre que Dumont d'Urville ne fût venu venger La Pérouse et ses infortunés compagnons.

Cependant, le 26, décidés par des présents, et comprenant qu'ils n'avaient à craindre aucune représaille, ils conduisirent le second, M. Jacquinot, sur le théâtre du naufrage.

Là, par trois ou quatre brasses d'eau, entre les récifs Pacou et Vanou, gisaient des ancres, des canons, des saumons de fer et de plomb, empâtés dans les concrétions calcaires. La chaloupe et la baleinière de l'*Astrolabe* furent dirigées vers cet endroit, et, non sans de longues fatigues, leurs équipages parvinrent à retirer une ancre pesant dix-huit cents livres, un canon de huit en fonte, un saumon de plomb et deux pierriers de cuivre.

Dumont d'Urville, interrogeant les naturels, apprit aussi que La Pérouse, après avoir perdu ses deux navires sur les récifs de l'île, avait construit un bâtiment plus petit, pour aller se perdre une seconde fois... Où ? On ne savait.

Le commandant de l'*Astrolabe* fit alors élever, sous une touffe de mangliers, un cénotaphe à la mémoire du célèbre navigateur et de ses compagnons. Ce fut une simple pyramide quadrangulaire, assise sur une base de coraux, et dans laquelle n'entra aucune ferrure qui pût tenter la cupidité des naturels.

Puis, Dumont d'Urville voulut partir ; mais ses équipages étaient minés par les fièvres de ces côtes malsaines, et très malade lui-même, il ne put appareiller que le 17 mars.

Cependant, le gouvernement français, craignant que Dumont d'Urville ne fût pas au courant des travaux de Dillon, avait envoyé à Vanikoro la corvette la *Bayonnaise*, commandée par Legoarant de Tromelin, qui était en station sur la côte ouest de l'Amérique. La *Bayonnaise* mouilla devant Vanikoro, quelques mois après le départ de l'*Astrolabe*, ne trouva aucun document nouveau, mais constata que les sauvages avaient respecté le mausolée de La Pérouse.

Telle est la substance du récit que je fis au capitaine Nemo.

« Ainsi, me dit-il, on ne sait encore où est allé périr ce troisième navire construit par les naufragés sur l'île de Vanikoro ?

— On ne sait. »

Le capitaine Nemo ne répondit rien, et me fit signe de le suivre au grand salon. Le *Nautilus* s'enfonça de quelques mètres au-dessous des flots, et les panneaux s'ouvrirent.

Je me précipitai vers la vitre, et sous les empâtements de coraux, revêtus de fongies, de syphonules, d'alcyons, de cariophyllées, à travers des myriades de poissons charmants, des girelles, des glyphisidons, des pomphérides, des diacopes, des holocentres, je reconnus certains débris que les dragues n'avaient pu arracher, des étriers de fer, des ancres, des canons, des boulets, une garniture de cabestan, une étrave, tous objets provenant des navires naufragés et maintenant tapissés de fleurs vivantes.

Et pendant que je regardais ces épaves désolées, le capitaine Nemo me dit d'une voix grave :

« Le commandant La Pérouse partit le 7 décembre 1785 avec ses navires la *Boussole* et l'*Astrolabe*. Il mouilla d'abord à Botany Bay, visita l'archipel des Amis, la Nouvelle-Calédonie, se dirigea vers Santa Cruz et relâcha à Namouka, l'une des îles du groupe Hapaï. Puis, ses navires arrivèrent sur les récifs inconnus de Vanikoro. La *Boussole*, qui marchait en avant, s'engagea sur la côte méridionale. L'*Astrolabe* vint à son secours et s'échoua de même. Le premier navire se détruisit presque immédiatement. Le second, engravé sous le vent, résista quelques jours. Les naturels firent assez bon accueil aux naufragés. Ceux-ci s'installèrent dans l'île, et construisirent un bâtiment plus petit avec les débris des deux grands. Quelques matelots restèrent volontairement à Vanikoro. Les autres, affaiblis, malades, partirent avec La Pérouse. Ils se dirigèrent vers les îles Salomon, et ils périrent, corps et biens, sur la côte occidentale de l'île principale du groupe, entre les caps Déception et Satisfaction !

— Et comment le savez-vous ? m'écriai-je.

— Voici ce que j'ai trouvé sur le lieu même de ce dernier naufrage ! »

Le capitaine Nemo me montra une boîte de fer-blanc, estampillée aux armes de France, et toute corrodée par les eaux salines. Il l'ouvrit, et je vis une liasse de papiers jaunis, mais encore lisibles.

C'étaient les instructions mêmes du ministre de la Marine au commandant La Pérouse, annotées en marge de la main de Louis XVI !

« Ah ! c'est une belle mort pour un marin ! dit alors le capitaine Nemo. C'est une tranquille tombe que cette tombe de corail, et fasse le Ciel que, mes compagnons et moi, nous n'en ayons jamais d'autres ! »

XX

LE DÉTROIT DE TORRÈS

Pendant la nuit du 27 au 28 décembre, le *Nautilus* abandonna les parages de Vanikoro avec une vitesse excessive. Sa direction était sud-ouest, et, en trois jours, il franchit les sept cent cinquante lieues qui séparent le

Je vis une liasse de papiers jaunis. (Page 225.)

groupe de La Pérouse de la pointe sud-est de la Papouasie.

Le 1er janvier 1868, de grand matin, Conseil me rejoignit sur la plate-forme.

« Monsieur, me dit ce brave garçon, monsieur me permettra-t-il de lui souhaiter une bonne année ?

— Comment donc, Conseil, mais exactement comme si j'étais à Paris, dans mon cabinet du Jardin des Plantes. J'accepte tes vœux et je t'en remercie. Seulement, je te demanderai ce que tu entends par "une bonne année", dans les circonstances où nous nous trouvons. Est-ce l'année qui amènera la fin de notre emprisonnement, ou l'année qui verra se continuer cet étrange voyage ?

— Ma foi, répondit Conseil, je ne sais trop que dire à monsieur. Il est certain que nous voyons de curieuses choses, et que, depuis deux mois, nous n'avons pas eu le temps de nous ennuyer. La dernière merveille est toujours la plus étonnante, et si cette progression se maintient, je ne sais pas comment cela finira. M'est avis que nous ne retrouverons jamais une occasion semblable.

— Jamais, Conseil.

— En outre, monsieur Nemo, qui justifie bien son nom latin, n'est pas plus gênant que s'il n'existait pas.

— Comme tu le dis, Conseil.

— Je pense donc, n'en déplaise à monsieur, qu'une bonne année serait une année qui nous permettrait de tout voir...

— De tout voir, Conseil ? Ce serait peut-être long. Mais qu'en pense Ned Land ?

— Ned Land pense exactement le contraire de moi, répondit Conseil. C'est un esprit positif et un estomac impérieux. Regarder les poissons et toujours en manger ne lui suffit pas. Le manque de vin, de pain, de viande, cela ne convient guère à un digne Saxon auquel les biftecks sont familiers, et que le brandy ou le gin, pris dans une proportion modérée, n'effraient guère !

— Pour mon compte, Conseil, ce n'est point là ce qui me tourmente, et je m'accommode très bien du régime du bord.

— Moi de même, répondit Conseil. Aussi je pense autant à rester que maître Land à prendre la fuite. Donc, si l'année qui commence n'est pas bonne pour moi, elle le sera pour lui, et réciproquement. De cette façon, il y aura toujours quelqu'un de satisfait. Enfin, pour conclure, je souhaite à monsieur ce qui fera plaisir à monsieur.

— Merci, Conseil. Seulement je te demanderai de remettre à plus tard la question des étrennes, et de les remplacer provisoirement par une bonne poignée de main. Je n'ai que cela sur moi.

— Monsieur n'a jamais été si généreux », répondit Conseil.

Et là-dessus, le brave garçon s'en alla.

Le 2 janvier, nous avions fait onze mille trois cent quarante milles, soit cinq mille deux cent cinquante lieues, depuis notre point de départ dans les mers du Japon. Devant l'éperon du *Nautilus* s'étendaient les dangereux parages de la mer de Corail, sur la côte nord-est de l'Australie. Notre bateau prolongeait à une distance de quelques milles ce redoutable banc sur lequel les navires de Cook faillirent se perdre, le 10 juin 1770. Le bâtiment que montait Cook donna sur un roc, et s'il ne coula pas, ce fut grâce à cette circonstance que le morceau de corail, détaché au choc, resta engagé dans la coque entrouverte.

J'aurais vivement souhaité de visiter ce récif long de trois cent soixante lieues, contre lequel la mer, toujours houleuse, se brisait avec une intensité formidable et comparable aux roulements du tonnerre. Mais en ce moment, les plans inclinés du *Nautilus* nous entraînaient à une grande profondeur, et je ne pus rien voir de ces hautes murailles coralligènes. Je dus me contenter des divers échantillons de poissons rapportés par nos filets. Je remarquai, entre autres, des germons, espèces de scombres grands comme des thons, aux flancs bleuâtres, et rayés de bandes transversales qui disparaissent avec la vie de l'animal. Ces poissons nous accompagnaient par troupes et fournirent à notre table une chair excessivement délicate. On prit aussi un grand nombre de spares vertors, longs d'un demi-décimètre, ayant le goût de la dorade, et des pyrapèdes volants, véritables hirondelles sous-marines, qui, par les nuits obscures, raient alternativement les airs et les eaux de leurs lueurs phosphorescentes. Parmi les mollusques et les zoophytes, je trouvai dans les mailles du chalut diverses espèces d'alcyonaires, des oursins, des marteaux, des éperons, des cadrans, des cérites, des hyalles. La flore était représentée par de belles algues flottantes, des laminaires et des macrocystes, imprégnées du mucilage qui transsudait à travers leurs pores, et parmi lesquelles je recueillis une admirable *Nemastoma geliniaroïde* qui fut classée parmi les curiosités naturelles du musée.

Deux jours après avoir traversé la mer de Corail, le 4 janvier, nous eûmes connaissance des côtes de la Papouasie. À cette occasion, le capitaine Nemo m'apprit que son intention était de gagner l'océan Indien par le détroit de Torrès. Sa communication se borna là. Ned vit avec plaisir que cette route le rapprochait des mers européennes.

Ce détroit de Torrès est regardé comme non moins dangereux par les écueils qui le hérissent que par les sauvages habitants qui fréquentent ses côtes. Il sépare de la Nouvelle-Hollande la grande île de la Papouasie, nommée aussi Nouvelle-Guinée.

La Papouasie a quatre cents lieues de long sur cent trente lieues de large, et une superficie de quarante mille lieues de large, et une superficie de quarante mille lieues géographiques. Elle est située, en latitude, entre 0° 19' et 10° 2' sud, et, en longitude, entre 128° 23' et 146° 15'. À midi, pendant que le second prenait la hauteur du soleil, j'aperçus les sommets des monts Arfalxs, élevés par plans et terminés par des pitons aigus.

Cette terre, découverte en 1511 par le Portugais Francisco Serrano, fut visitée successivement par don José de Menesès en 1526, par Grijalva en 1527, par le général espagnol Alvar de Saavedra en 1528, par Juigo Ortez en 1545, par le Hollandais Shouten en 1616, par Nicolas Sruick en 1753, par Tasman, Dampier, Fumel, Carteret, Edwards, Bougainville, Cook, Forrest, Mac Cluer, par d'Entrecasteaux en 1792, par Duperrey en 1823, et par Dumont d'Urville en 1827. « C'est le foyer des Noirs qui occupent toute

la Malaisie », a dit M. de Rienzi, et je ne me doutais guère
que les hasards de cette navigation allaient me mettre en
présence des redoutables Andamènes.

Le *Nautilus* se présenta donc à l'entrée du plus dangereux détroit du globe, de celui que les plus hardis navigateurs osent à peine franchir, détroit que Louis Paz de
Torrès affronta en revenant des mers du Sud dans la
Mélanésie, et dans lequel, en 1840, les corvettes échouées
de Dumont d'Urville furent sur le point de se perdre corps
et biens. Le *Nautilus* lui-même, supérieur à tous les dangers de la mer, allait, cependant, faire connaissance avec
les récifs coralliens.

Le détroit de Torrès a environ trente-quatre lieues de
large, mais il est obstrué par une innombrable quantité
d'îles, d'îlots, de brisants, de rochers, qui rendent sa navigation presque impraticable. En conséquence, le capitaine Nemo prit toutes les précautions voulues pour le
traverser. Le *Nautilus*, flottant à fleur d'eau, s'avançait
sous une allure modérée. Son hélice, comme une queue
de cétacé, battait les flots avec lenteur.

Profitant de cette situation, mes deux compagnons et
moi, nous avions pris place sur la plate-forme toujours
déserte. Devant nous s'élevait la cage du timonier, et je
me trompe fort, ou le capitaine Nemo devait être là, dirigeant lui-même son *Nautilus*.

J'avais sous les yeux les excellentes cartes du détroit
de Torrès levées et dressées par l'ingénieur hydro-
graphe Vincendon Dumoulin et l'enseigne de vaisseau
Coupvent-Desbois — maintenant amiral — qui faisaient
partie de l'état-major de Dumont d'Urville pendant son
dernier voyage de circumnavigation. Ce sont, avec celles
du capitaine King, les meilleures cartes qui débrouillent
l'imbroglio de cet étroit passage, et je les consultais avec
une scrupuleuse attention.

Autour du *Nautilus* la mer bouillonnait avec furie. Le
courant des flots, qui portait du sud-est au nord-ouest
avec une vitesse de deux milles et demi, se brisait sur les
coraux dont la tête émergeait çà et là.

« Voilà une mauvaise mer ! me dit Ned Land.

« — Détestable, en effet, répondis-je, et qui ne convient guère à un bâtiment comme le *Nautilus*.

— Il faut, reprit le Canadien, que ce damné capitaine soit bien certain de sa route, car je vois là des pâtés de coraux qui mettraient sa coque en mille pièces, si elle les effleurait seulement ! »

En effet, la situation était périlleuse, mais le *Nautilus* semblait se glisser comme par enchantement au milieu de ces furieux écueils. Il ne suivait pas exactement la route de l'*Astrolabe* et de la *Zélée* qui fut fatale à Dumont d'Urville. Il prit plus au nord, rangea l'île Murray, et revint au sud-ouest, vers le passage de Cumberland. Je croyais qu'il allait y donner franchement, quand, remontant dans le nord-ouest, il se porta, à travers une grande quantité d'îles et d'îlots peu connus, vers l'île Tound et le canal Mauvais.

Je me demandais déjà si le capitaine Nemo, imprudent jusqu'à la folie, voulait engager son navire dans cette passe où touchèrent les deux corvettes de Dumont d'Urville, quand, modifiant une seconde fois sa direction et coupant droit à l'ouest, il se dirigea vers l'île Gueboroar.

Il était alors trois heures après midi. Le flot se cassait, la marée étant presque pleine. Le *Nautilus* s'approcha de cette île que je vois encore avec sa remarquable lisière de pendanus. Nous la rangions à moins de deux milles.

Soudain, un choc me renversa. Le *Nautilus* venait de toucher contre un écueil, et il demeura immobile, donnant une légère gîte sur bâbord.

Quand je me relevai, j'aperçus sur la plate-forme le capitaine Nemo et son second. Ils examinaient la situation du navire, échangeant quelques mots dans leur incompréhensible idiome.

Voici quelle était cette situation. À deux milles, par tribord, apparaissait l'île Gueboroar dont la côte s'arrondissait du nord à l'ouest, comme un immense bras. Vers le sud et l'est se montraient déjà quelques têtes de coraux que le jusant laissait à découvert. Nous nous étions échoués au plein, et dans une de ces mers où les marées sont médiocres, circonstance fâcheuse pour le renflouage

Le *Nautilus* venait de toucher. (Page 231.)

du *Nautilus*. Cependant, le navire n'avait aucunement souffert, tant sa coque était solidement liée. Mais s'il ne pouvait ni couler, ni s'ouvrir, il risquait fort d'être à jamais attaché sur ces écueils, et alors c'en était fait de l'appareil sous-marin du capitaine Nemo.

Je réfléchissais ainsi, quand le capitaine, froid et calme, toujours maître de lui, ne paraissant ni ému ni contrarié, s'approcha :

« Un accident ? lui dis-je.

— Non, un incident, me répondit-il.

— Mais un incident, répliquai-je, qui vous obligera peut-être à redevenir un habitant de ces terres que vous fuyez ! »

Le capitaine Nemo me regarda d'un air singulier, et fit un geste négatif. C'était me dire assez clairement que rien ne le forcerait jamais à remettre les pieds sur un continent. Puis il dit :

« D'ailleurs, monsieur Aronnax, le *Nautilus* n'est pas en perdition. Il vous transportera encore au milieu des merveilles de l'océan. Notre voyage ne fait que commencer, et je ne désire pas me priver si vite de l'honneur de votre compagnie.

— Cependant, capitaine Nemo, repris-je sans relever la tournure ironique de cette phrase, le *Nautilus* s'est échoué au moment de la pleine mer. Or, les marées ne sont pas fortes dans le Pacifique, et, si vous ne pouvez délester le *Nautilus* — ce qui me paraît impossible —, je ne vois pas comment il sera renfloué.

— Les marées ne sont pas fortes dans le Pacifique, vous avez raison, monsieur le professeur, répondit le capitaine Nemo, mais, au détroit de Torrès, on trouve encore une différence d'un mètre et demi entre le niveau des hautes et basses mers. C'est aujourd'hui le 4 janvier, et dans cinq jours la pleine lune. Or, je serai bien étonné si ce complaisant satellite ne soulève pas suffisamment ces masses d'eau, et ne me rend pas un service que je ne veux devoir qu'à lui seul. »

Ceci dit, le capitaine Nemo, suivi de son second, redescendit à l'intérieur du *Nautilus*. Quant au bâtiment, il ne bougeait plus et demeurait immobile, comme si les polypes coralliens l'eussent déjà maçonné dans leur indestructible ciment.

« Eh bien ! monsieur ? me dit Ned Land, qui vint à moi après le départ du capitaine.

— Eh bien ! ami Ned, nous attendrons tranquillement la marée du 9, car il paraît que la lune aura la complaisance de nous remettre à flot.

— Tout simplement ?

— Tout simplement.

— Et ce capitaine ne va pas mouiller ses ancres au large, mettre sa machine sur ses chaînes, et tout faire pour se déhaler ?

— Puisque la marée suffira ! » répondit simplement Conseil.

Le Canadien regarda Conseil, puis il haussa les épaules. C'était le marin qui parlait en lui.

« Monsieur, répliqua-t-il, vous pouvez me croire quand je vous dis que ce morceau de fer ne naviguera plus jamais ni sur ni sous les mers. Il n'est bon qu'à vendre au poids. Je pense donc que le moment est venu de fausser compagnie au capitaine Nemo.

— Ami Ned, répondis-je, je ne désespère pas comme vous de ce vaillant *Nautilus*, et dans quatre jours nous saurons à quoi nous en tenir sur les marées du Pacifique. D'ailleurs, le conseil de fuir pourrait être opportun si nous étions en vue des côtes de l'Angleterre ou de la Provence, mais dans les parages de la Papouasie, c'est autre chose, et il sera toujours temps d'en venir à cette extrémité, si le *Nautilus* ne parvient pas à se relever, ce que je regarderais comme un événement grave.

— Mais ne saurait-on tâter, au moins, de ce terrain ? reprit Ned Land. Voilà une île. Sur cette île, il y a des arbres. Sous ces arbres, des animaux terrestres, des porteurs de côtelettes et de rosbifs, auxquels je donnerais volontiers quelques coups de dent.

— Ici, l'ami Ned a raison, dit Conseil, et je me range à son avis. Monsieur ne pourrait-il obtenir de son ami le capitaine Nemo de nous transporter à terre, ne fût-ce que pour ne pas perdre l'habitude de fouler du pied les parties solides de notre planète ?

— Je peux le lui demander, répondis-je, mais il refusera.

— Que monsieur se risque, dit Conseil, et nous saurons à quoi nous en tenir sur l'amabilité du capitaine. »

À ma grande surprise, le capitaine Nemo m'accorda la permission que je lui demandais, et il le fit avec beaucoup de grâce et d'empressement, sans même avoir exigé de moi la promesse de revenir à bord. Mais une fuite à travers les terres de la Nouvelle-Guinée eût été très périlleuse, et je n'aurais pas conseillé à Ned Land de la tenter. Mieux valait être prisonnier à bord du *Nautilus*, que de tomber entre les mains des naturels de la Papouasie.

Le canot fut mis à notre disposition pour le lendemain matin. Je ne cherchai pas à savoir si le capitaine Nemo nous accompagnerait. Je pensai même qu'aucun homme de l'équipage ne nous serait donné, et que Ned Land serait seul chargé de diriger l'embarcation. D'ailleurs, la terre se trouvait à deux milles au plus, et ce n'était qu'un jeu pour le Canadien de conduire ce léger canot entre les lignes de récifs si fatales aux grands navires.

Le lendemain, 5 janvier, le canot, déponté, fut arraché de son alvéole et lancé à la mer du haut de la plate-forme. Deux hommes suffirent à cette opération. Les avirons étaient dans l'embarcation, et nous n'avions plus qu'à y prendre place.

À huit heures, armés de fusils et de haches, nous débordions du *Nautilus*. La mer était assez calme. Une petite brise soufflait de terre. Conseil et moi, placés aux avirons, nous nagions vigoureusement, et Ned gouvernait dans les étroites passes que les brisants laissaient entre eux. Le canot se maniait bien et filait rapidement.

Ned Land ne pouvait contenir sa joie. C'était un prisonnier échappé de sa prison, et il ne songeait guère qu'il lui faudrait y rentrer.

« De la viande ! répétait-il, nous allons donc manger de la viande, et quelle viande ! Du véritable gibier ! Pas de pain, par exemple ! Je ne dis pas que le poisson ne soit une bonne chose, mais il ne faut pas en abuser, et un morceau de fraîche venaison, grillé sur des charbons ardents, variera agréablement notre ordinaire.

— Gourmand ! répondait Conseil, il m'en fait venir l'eau à la bouche.

— Il reste à savoir, dis-je, si ces forêts sont giboyeuses, et si le gibier n'y est pas de telle taille qu'il puisse lui-même chasser le chasseur.

— Bon ! monsieur Aronnax, répondit le Canadien, dont les dents semblaient être affûtées comme un tranchant de hache, mais je mangerai du tigre, de l'aloyau de tigre, s'il n'y a pas d'autre quadrupède dans cette île.

— L'ami Ned est inquiétant, répondit Conseil.

— Quel qu'il soit, reprit Ned Land, tout animal à quatre pattes sans plumes, ou à deux pattes avec plumes, sera salué de mon premier coup de fusil.

— Bon ! répondis-je, voilà les imprudences de maître Land qui vont recommencer !

— N'ayez pas peur, monsieur Aronnax, répondit le Canadien, et nagez ferme ! Je ne demande pas vingt-cinq minutes pour vous offrir un mets de ma façon. »

À huit heures et demie, le canot du *Nautilus* venait s'échouer doucement sur une grève de sable, après avoir heureusement franchi l'anneau coralligène qui entourait l'île de Gueboroar.

XXI

QUELQUES JOURS À TERRE

Je fus assez vivement impressionné en touchant terre. Ned Land essayait le sol du pied, comme pour en prendre possession. Il n'y avait pourtant que deux mois que nous étions, suivant l'expression du capitaine Nemo, les « pas-

sagers du *Nautilus* », c'est-à-dire, en réalité, les prisonniers de son commandant.

En quelques minutes, nous fûmes à une portée de fusil
de la côte. Le sol était presque entièrement madréporique,
mais certains lits de torrents desséchés, semés de débris
granitiques, démontraient que cette île était due à une formation primordiale. Tout l'horizon se cachait derrière un
rideau de forêts admirables. Des arbres énormes, dont la
taille atteignait parfois deux cents pieds, se reliaient l'un
à l'autre par des guirlandes de lianes, vrais hamacs naturels que berçait une brise légère. C'étaient des mimosas,
des ficus, des casuarinas, des teks, des hibiscus, des pendanus, des palmiers, mélangés à profusion, et sous l'abri
de leur voûte verdoyante, au pied de leur stipe gigantesque, croissaient des orchidées, des légumineuses et des
fougères.

Mais, sans remarquer tous ces beaux échantillons de la
flore papouasienne, le Canadien abandonna l'agréable
pour l'utile. Il aperçut un cocotier, abattit quelques-uns
de ses fruits, les brisa, et nous bûmes leur lait, nous mangeâmes leur amande, avec une satisfaction qui protestait
contre l'ordinaire du *Nautilus*.

« Excellent ! disait Ned Land.

— Exquis ! répondait Conseil.

— Et je ne pense pas, dit le Canadien, que votre Nemo
s'oppose à ce que nous introduisions une cargaison de
cocos à son bord ?

— Je ne le crois pas, répondis-je, mais il n'y voudra
pas goûter !

— Tant pis pour lui ! dit Conseil.

— Et tant mieux pour nous ! riposta Ned Land. Il en
restera davantage.

— Un mot seulement, maître Land, dis-je au harponneur qui se disposait à ravager un autre cocotier, le coco
est une bonne chose, mais avant d'en remplir le canot, il
me paraît sage de reconnaître si l'île ne produit pas
quelque substance non moins utile. Des légumes frais
seraient bien reçus à l'office du *Nautilus*.

— Monsieur a raison, répondit Conseil, et je propose

Tout l'horizon se cachait derrière un rideau de forêts. (Page 237.)

de réserver trois places dans notre embarcation, l'une pour les fruits, l'autre pour les légumes, et la troisième pour la venaison, dont je n'ai pas encore entrevu le plus mince échantillon.

— Conseil, il ne faut désespérer de rien, répondit le Canadien.

— Continuons donc notre excursion, repris-je, mais ayons l'œil aux aguets. Quoique l'île paraisse inhabitée, elle pourrait renfermer, cependant, quelques individus qui seraient moins difficiles que nous sur la nature du gibier !

— Hé ! hé ! fit Ned Land, avec un mouvement de mâchoire très significatif.

— Eh bien ! Ned ! s'écria Conseil.

— Ma foi, riposta le Canadien, je commence à comprendre les charmes de l'anthropophagie !

— Ned ! Ned ! que dites-vous là ! réplique Conseil. Vous, anthropophage ! Mais je ne serai plus en sûreté près de vous, moi qui partage votre cabine ! Devrai-je donc me réveiller un jour à demi dévoré ?

— Ami Conseil, je vous aime beaucoup, mais pas assez pour vous manger sans nécessité.

— Je ne m'y fie pas, répondit Conseil. En chasse ! Il faut absolument abattre quelque gibier pour satisfaire ce cannibale, ou bien, l'un de ces matins, monsieur ne trouvera plus que des morceaux de domestique pour le servir. »

Tandis que s'échangeaient ces divers propos, nous pénétrions sous les sombres voûtes de la forêt, et pendant deux heures, nous la parcourûmes en tous sens.

Le hasard servit à souhait cette recherche de végétaux comestibles, et l'un des plus utiles produits des zones tropicales nous fournit un aliment précieux qui manquait à bord.

Je veux parler de l'arbre à pain, très abondant dans l'île Gueboroar, et j'y remarquai principalement cette variété dépourvue de graines, qui porte en malais le nom de « Rima ».

Cet arbre se distinguait des autres arbres par un tronc droit et haut de quarante pieds. Sa cime, gracieusement arrondie et formée de grandes feuilles multilobées, désignait suffisamment aux yeux d'un naturaliste cet « artocarpus » qui a été très heureusement naturalisé aux îles Mascareignes. De sa masse de verdure se détachaient de gros fruits globuleux, larges d'un décimètre, et pourvus extérieurement de rugosités qui prenaient une disposition hexagonale. Utile végétal dont la nature a gratifié les régions auxquelles le blé manque, et qui, sans exiger aucune culture, donne des fruits pendant huit mois de l'année.

Ned Land les connaissait bien, ces fruits. Il en avait déjà mangé pendant ses nombreux voyages, et il savait préparer leur substance comestible. Aussi leur vue excitat-elle ses désirs, et il n'y put tenir plus longtemps.

« Monsieur, me dit-il, que je meure si je ne goûte pas un peu de cette pâte de l'arbre à pain !

— Goûtez, ami Ned, goûtez à votre aise. Nous sommes ici pour faire des expériences, faisons-les.

— Ce ne sera pas long », répondit le Canadien.

Et, armé d'une lentille, il alluma un feu de bois mort qui pétilla joyeusement. Pendant ce temps, Conseil et moi, nous choisissions les meilleurs fruits de l'artocarpus. Quelques-uns n'avaient pas encore atteint un degré suffisant de maturité, et leur peau épaisse recouvrait une pulpe blanche, mais peu fibreuse. D'autres, en très grand nombre, jaunâtres et gélatineux, n'attendaient que le moment d'être cueillis.

Ces fruits ne renfermaient aucun noyau. Conseil en apporta une douzaine à Ned Land, qui les plaça sur un feu de charbons, après les avoir coupés en tranches épaisses, et ce faisant, il répétait toujours :

« Vous verrez, monsieur, comme ce pain est bon !

— Surtout quand on en est privé depuis longtemps, dit Conseil.

— Ce n'est même plus du pain, ajouta le Canadien. C'est une pâtisserie délicate. Vous n'en avez jamais mangé, monsieur ?

— Non, Ned.

— Eh bien ! préparez-vous à absorber une chose succulente. Si vous n'y revenez pas, je ne suis plus le roi des harponneurs ! »

Au bout de quelques minutes, la partie des fruits exposée au feu fut complètement charbonnée. À l'intérieur apparaissait une pâte blanche, sorte de mie tendre, dont la saveur rappelait celle de l'artichaut.

Il faut l'avouer, ce pain était excellent, et j'en mangeai avec grand plaisir.

« Malheureusement, dis-je, une telle pâte ne peut se garder fraîche, et il me paraît inutile d'en faire une provision pour le bord.

— Par exemple, monsieur ! s'écria Ned Land. Vous parlez là comme un naturaliste, mais moi, je vais agir comme un boulanger. Conseil, faites une récolte de ces fruits que nous reprendrons à notre retour.

— Et comment les préparerez-vous ? demandai-je au Canadien.

— En fabriquant avec leur pulpe une pâte fermentée qui se gardera indéfiniment et sans se corrompre. Lorsque je voudrai l'employer, je la ferai cuire à la cuisine du bord, et malgré sa saveur un peu acide, vous la trouverez excellente.

— Alors, maître Ned, je vois qu'il ne manque rien à ce pain...

— Si, monsieur le professeur, répondit le Canadien, il y manque quelques fruits ou tout au moins quelques légumes !

— Cherchons les fruits et les légumes. »

Lorsque notre récolte fut terminée, nous nous mîmes en route pour compléter ce dîner « terrestre ».

Nos recherches ne furent pas vaines, et, vers midi, nous avions fait une ample provision de bananes. Ces produits délicieux de la zone torride mûrissent pendant toute l'année, et les Malais, qui leur ont donné le nom de « pisang », les mangent sans les faire cuire. Avec ces bananes, nous recueillîmes des jaks énormes dont le goût est très accusé, des mangues savoureuses, et des ananas d'une grosseur invraisemblable. Mais cette récolte prit une grande partie de notre temps, que, d'ailleurs, il n'y avait pas lieu de regretter.

Conseil observait toujours Ned. Le harponneur marchait en avant, et, pendant sa promenade à travers la forêt, il glanait d'une main sûre d'excellents fruits qui devaient compléter sa provision.

« Enfin, demanda Conseil, il ne vous manque plus rien, ami Ned ?

— Hum ! fit le Canadien.

— Quoi ! vous vous plaignez ?

— Tous ces végétaux ne peuvent constituer un repas, répondit Ned. C'est la fin d'un repas, c'est un dessert. Mais le potage ? mais le rôti ?

— En effet, dis-je, Ned nous avait promis des côtelettes qui me semblent fort problématiques.

— Monsieur, répondit le Canadien, non seulement la chasse n'est pas finie, mais elle n'est même pas commencée. Patience ! Nous finirons bien par rencontrer quelque animal de plume ou de poil, et, si ce n'est pas en cet endroit, ce sera dans un autre...

— Et si ce n'est pas aujourd'hui, ce sera demain, ajouta Conseil, car il ne faut pas trop s'éloigner. Je propose même de revenir au canot.

— Quoi, déjà ! s'écria Ned.

— Nous devons être de retour avant la nuit, dis-je.

— Mais quelle heure est-il donc ? demanda le Canadien.

— Deux heures, au moins, répondit Conseil.

— Comme le temps passe sur ce sol ferme ! s'écria maître Ned Land avec un soupir de regret.

— En route », répondit Conseil.

Nous revînmes donc à travers la forêt, et nous complétâmes notre récolte en faisant une razzia de choux-palmistes qu'il fallut cueillir à la cime des arbres, de petits haricots que je reconnus pour être les « abrou » des Malais, et d'ignames d'une qualité supérieure.

Nous étions surchargés quand nous arrivâmes au canot. Cependant, Ned Land ne trouvait pas encore sa provision suffisante. Mais le sort le favorisa. Au moment de s'embarquer, il aperçut plusieurs arbres, hauts de vingt-cinq à trente pieds, qui appartenaient à l'espèce des palmiers. Ces arbres, aussi précieux que l'artocarpus, sont justement comptés parmi les plus utiles produits de la Malaisie.

C'étaient des sagoutiers, végétaux qui croissent sans culture, se reproduisant, comme les mûriers, par leurs rejetons et leurs graines.

Ned Land connaissait la manière de traiter ces arbres. Il prit sa hache, et la maniant avec une grande vigueur, il eut bientôt couché sur le sol deux ou trois sagoutiers dont la maturité se reconnaissait à la poussière blanche qui saupoudrait leurs palmes.

Je le regardai faire plutôt avec les yeux d'un naturaliste qu'avec les yeux d'un homme affamé. Il commença par enlever à chaque tronc une bande d'écorce, épaisse d'un pouce, qui recouvrait un réseau de fibres allongées formant d'inextricables nœuds, que mastiquait une sorte de farine gommeuse. Cette farine, c'était le sagou, substance comestible qui sert principalement à l'alimentation des populations mélanésiennes.

Ned Land se contenta, pour le moment, de couper ces troncs par morceaux, comme il eût fait de bois à brûler, se réservant d'en extraire plus tard la farine, de la passer dans une étoffe afin de la séparer de ses ligaments fibreux, d'en faire évaporer l'humidité au soleil, et de la laisser durcir dans des moules.

Enfin, à cinq heures du soir, chargés de toutes nos richesses, nous quittions le rivage de l'île, et, une demi-heure après, nous accostions le *Nautilus*. Personne ne parut à notre arrivée. L'énorme cylindre de tôle semblait désert. Les provisions embarquées, je descendis à ma chambre. J'y trouvai mon souper prêt. Je mangeai, puis je m'endormis.

Le lendemain, 6 janvier, rien de nouveau à bord. Pas un bruit à l'intérieur, pas un signe de vie. Le canot était resté le long du bord, à la place même où nous l'avions laissé. Nous résolûmes de retourner à l'île Gueboroar. Ned Land espérait être plus heureux que la veille au point

Ned Land prit sa hache. (Page 243.)

de vue du chasseur, et désirait visiter une autre partie de la forêt.

Au lever du soleil, nous étions en route. L'embarcation, enlevée par le flot qui portait à terre, atteignit l'île en peu d'instants.

Nous débarquâmes, et, pensant qu'il valait mieux s'en rapporter à l'instinct du Canadien, nous suivîmes Ned Land dont les longues jambes menaçaient de nous distancer.

Ned Land remonta la côte vers l'ouest, puis, passant à gué quelques lits de torrents, il gagna la haute plaine que bordaient d'admirables forêts. Quelques martins-pêcheurs rôdaient le long des cours d'eau, mais ils ne se laissaient pas approcher. Leur circonspection me prouva que ces volatiles savaient à quoi s'en tenir sur des bipèdes de notre espèce, et j'en conclus que, si l'île n'était pas habitée, du moins, des êtres humains la fréquentaient.

Après avoir traversé une assez grasse prairie, nous arrivâmes à la lisière d'un petit bois qu'animaient le chant et le vol d'un grand nombre d'oiseaux.

« Ce ne sont encore que des oiseaux, dit Conseil.

— Mais il y en a qui se mangent ! répondit le harponneur.

— Point, ami Ned, répliqua Conseil, car je ne vois là que de simples perroquets.

— Ami Conseil, répondit gravement Ned, le perroquet est le faisan de ceux qui n'ont pas autre chose à manger.

— Et j'ajouterai, dis-je, que cet oiseau, convenablement préparé, vaut son coup de fourchette. »

En effet, sous l'épais feuillage de ce bois, tout un monde de perroquets voltigeait de branche en branche, n'attendant qu'une éducation plus soignée pour parler la langue humaine. Pour le moment, ils caquetaient en compagnie de perruches de toutes couleurs, de graves kakatoès, qui semblaient méditer quelque problème philosophique, tandis que des loris d'un rouge éclatant passaient comme un morceau d'étamine emporté par la brise, au milieu de kalaos au vol bruyant, de papouas peints des plus fines nuances de l'azur, et de toute une variété de volatiles charmants, mais généralement peu comestibles.

Cependant, un oiseau particulier à ces terres, et qui n'a jamais dépassé la limite des îles d'Arrou et des îles des Papouas, manquait à cette collection. Mais le sort me réservait de l'admirer avant peu.

Après avoir traversé un taillis de médiocre épaisseur, nous avions retrouvé une plaine obstruée de buissons. Je vis alors s'enlever de magnifiques oiseaux que la disposition de leurs longues plumes obligeait à se diriger contre le vent. Leur vol ondulé, la grâce de leurs courbes aériennes, le chatoiement de leurs couleurs, attiraient et charmaient le regard. Je n'eus pas de peine à les reconnaître.

« Des oiseaux de paradis ! m'écriai-je.

— Ordre des passereaux, section des clystomores, répondit Conseil.

— Famille des perdreaux ? demanda Ned Land.

— Je ne crois pas, maître Land. Néanmoins, je compte sur votre adresse pour attraper un de ces charmants produits de la nature tropicale !

— On essaiera, monsieur le professeur, quoique je sois plus habitué à manier le harpon que le fusil. »

Les Malais, qui font un grand commerce de ces oiseaux avec les Chinois, ont, pour les prendre, divers moyens que nous ne pouvions employer. Tantôt ils disposent des lacets au sommet des arbres élevés que les paradisiers habitent de préférence. Tantôt ils s'en emparent avec une glu tenace qui paralyse leurs mouvements. Ils vont même jusqu'à empoisonner les fontaines où ces oiseaux ont l'habitude de boire. Quant à nous, nous étions réduits à les tirer au vol, ce qui nous laissait peu de chances de les atteindre. Et en effet, nous épuisâmes vainement une partie de nos munitions.

Vers onze heures du matin, le premier plan des montagnes qui forment le centre de l'île était franchi, et nous n'avions encore rien tué. La faim nous aiguillonnait. Les chasseurs s'étaient fiés au produit de leur chasse, et ils avaient eu tort. Très heureusement, Conseil, à sa grande surprise, fit un coup double et assura le déjeuner. Il abattit un pigeon blanc et un ramier, qui, lestement plumés et suspendus à une brochette, rôtirent devant un feu ardent de bois mort. Pendant que ces intéressants animaux cuisaient, Ned prépara des fruits de l'artocarpus. Puis, le pigeon et le ramier furent dévorés jusqu'aux os et déclarés excellents. La muscade, dont ils ont l'habitude de se gaver, parfume leur chair et en fait un manger délicieux.

« C'est comme si les poulardes se nourrissaient de truffes, dit Conseil.

— Et maintenant, Ned, que vous manque-t-il ? demandai-je au Canadien.

— Un gibier à quatre pattes, monsieur Aronnax, répondit Ned Land. Tous ces pigeons ne sont que hors-d'œuvre et amusettes de la bouche ! Aussi, tant que je n'aurai pas tué un animal à côtelettes, je ne serai pas content !

— Ni moi, Ned, si je n'attrape pas un paradisier.

— Continuons donc la chasse, répondit Conseil, mais en revenant vers la mer. Nous sommes arrivés aux premières pentes des montagnes, et je pense qu'il vaut mieux regagner la région des forêts. »

C'était un avis sensé, et il fut suivi. Après une heure de marche, nous avions atteint une véritable forêt de sagoutiers. Quelques serpents inoffensifs fuyaient sous nos pas. Les oiseaux de paradis se dérobaient à notre approche, et véritablement, je désespérais de les atteindre, lorsque Conseil, qui marchait en avant, se baissa soudain, poussa un cri de triomphe, et revint à moi, rapportant un magnifique paradisier.

« Ah ! bravo ! Conseil, m'écriai-je.

— Monsieur est bien bon, répondit Conseil.

— Mais non, mon garçon. Tu as fait là un coup de maître. Prendre un de ces oiseaux vivants, et le prendre à la main !

— Si monsieur veut l'examiner de près, il verra que je n'ai pas eu grand mérite.

— Et pourquoi, Conseil ?

— Parce que cet oiseau est ivre comme une caille.

— Ivre ?

— Oui, monsieur, ivre des muscades qu'il dévorait sous le muscadier où je l'ai pris. Voyez, ami Ned, voyez les monstrueux effets de l'intempérance !

— Mille diables ! riposta le Canadien, pour ce que j'ai bu de gin depuis deux mois, ce n'est pas la peine de me le reprocher ! »

Cependant, j'examinais le curieux oiseau. Conseil ne se trompait pas. Le paradisier, enivré par le suc capiteux, était réduit à l'impuissance. Il ne pouvait voler. Il marchait à peine. Mais cela m'inquiéta peu, et je le laissai cuver ses muscades.

Cet oiseau appartenait à la plus belle des huit espèces que l'on compte en Papouasie et dans les îles voisines. C'était le paradisier « grand-émeraude », l'un des plus rares. Il mesurait trois décimètres de longueur. Sa tête était relativement petite, ses yeux placés près de l'ouverture du bec, et petits aussi. Mais il offrait une admirable réunion de nuances, étant jaune de bec, brun de pieds et d'ongles, noisette aux ailes empourprées à leurs extrémités, jaune pâle à la tête et sur le derrière du cou, couleur d'émeraude à la gorge, brun marron au ventre et à la poitrine. Deux filets cornés et duveteux s'élevaient au-dessus de sa queue, que prolongeaient de longues plumes très légères, d'une finesse admirable, et ils complétaient l'ensemble de ce merveilleux oiseau que les indigènes ont poétiquement appelé l'« oiseau du soleil ».

Je souhaitais vivement de pouvoir ramener à Paris ce superbe spécimen des paradisiers, afin d'en faire don au Jardin des Plantes, qui n'en possède pas un seul vivant.

« C'est donc bien rare ? demanda le Canadien, du ton d'un chasseur qui estime fort peu le gibier au point de vue de l'art.

— Très rare, mon brave compagnon, et surtout très difficile à prendre vivant. Et même morts, ces oiseaux sont encore l'objet d'un important trafic. Aussi les naturels ont-ils imaginé d'en fabriquer comme on fabrique des perles ou des diamants.

C'était le paradisier « grand-émeraude ». (Page 248.)

— Quoi ! s'écria Conseil, on fait de faux oiseaux de paradis ?

— Oui, Conseil.

— Et monsieur connaît-il le procédé des indigènes ?

— Parfaitement. Les paradisiers, pendant la mousson d'est, perdent ces magnifiques plumes qui entourent leur queue, et que les naturalistes ont appelées plumes suba-laires. Ce sont ces plumes que recueillent les faux monnayeurs en volatiles, et qu'ils adaptent adroitement à quelque pauvre perruche préalablement mutilée. Puis ils teignent la suture, ils vernissent l'oiseau, et ils expédient aux muséums et aux amateurs d'Europe ces produits de leur singulière industrie.

— Bon ! fit Ned Land, si ce n'est pas l'oiseau, ce sont toujours ses plumes, et tant que l'objet n'est pas destiné à être mangé, je n'y vois pas grand mal ! »

Mais si mes désirs étaient satisfaits par la possession de ce paradisier, ceux du chasseur canadien ne l'étaient pas encore. Heureusement, vers deux heures, Ned Land abattit un magnifique cochon des bois, de ceux que les naturels appellent « bari-outang ». L'animal venait à propos pour nous procurer de la vraie viande de quadrupède, et il fut bien reçu. Ned Land se montra très glorieux de son coup de fusil. Le cochon, touché par la balle électrique, était tombé raide mort.

Le Canadien le dépouilla et le vida proprement, après en avoir retiré une demi-douzaine de côtelettes destinées à fournir une grillade pour le repas du soir. Puis, cette chasse fut reprise, qui devait encore être marquée par les exploits de Ned et de Conseil.

En effet, les deux amis, battant les buissons, firent lever une troupe de kangourous, qui s'enfuirent en bondissant sur leurs pattes élastiques. Mais ces animaux ne s'enfuirent pas si rapidement que la capsule électrique ne pût les arrêter dans leur course.

« Ah ! monsieur le professeur, s'écria Ned Land que la rage du chasseur prenait à la tête, quel gibier excellent, cuit à l'étuvée surtout ! Quel approvisionnement pour le *Nautilus* ! Deux ! trois ! cinq à terre ! Et quand je pense

que nous dévorerons toute cette chair, et que ces imbé-
ciles du bord n'en auront pas miette ! »

Je crois que, dans l'excès de sa joie, le Canadien, s'il
n'avait pas tant parlé, aurait massacré toute la bande !
Mais il se contenta d'une douzaine de ces intéressants
marsupiaux, qui forment le premier ordre des mammifères aplacentaires, nous dit Conseil.

Ces animaux étaient de petite taille. C'était une espèce
de ces « kangourous-lapins, » qui gîtent habituellement
dans le creux des arbres, et dont la vélocité est extrême ;
mais s'ils sont de médiocre grosseur, ils fournissent, du
moins, la chair la plus estimée.

Nous étions très satisfaits des résultats de notre chasse.
Le joyeux Ned se proposait de revenir le lendemain à
cette île enchantée, qu'il voulait dépeupler de tous ses
quadrupèdes comestibles. Mais il comptait sans les événements.

À six heures du soir, nous avions regagné la plage.
Notre canot était échoué à sa place habituelle. Le *Nautilus*, semblable à un long écueil, émergeait des flots à deux
milles du rivage.

Ned Land, sans plus tarder, s'occupa de la grande
affaire du dîner. Il s'entendait admirablement à toute cette
cuisine. Les côtelettes de « bari-outang », grillées sur des
charbons, répandirent bientôt une délicieuse odeur qui
parfuma l'atmosphère !...

Mais je m'aperçois que je marche sur les traces du
Canadien. Me voici en extase devant une grillade de porc
frais ! Que l'on me pardonne, comme j'ai pardonné à
maître Land, et pour les mêmes motifs !

Enfin, le dîner fut excellent. Deux ramiers complété-
rent ce menu extraordinaire. La pâte de sagou, le pain de
l'artocarpus, quelques mangues, une demi-douzaine
d'ananas, et la liqueur fermentée de certaines noix de
coco, nous mirent en joie. Je crois même que les idées
de mes dignes compagnons n'avaient pas toute la netteté
désirable.

« Si nous ne retournions pas ce soir au *Nautilus* ? dit
Conseil.

Ned Land se contenta d'une douzaine de kangourous. (Page 251.)

— Si nous n'y retournions jamais ? » ajouta Ned Land.

En ce moment une pierre vint tomber à nos pieds, et coupa court à la proposition du harponneur.

XXII

LA FOUDRE DU CAPITAINE NEMO

Nous avions regardé du côté de la forêt, sans nous lever, ma main s'arrêtant dans son mouvement vers ma bouche, celle de Ned Land achevant son office.

« Une pierre ne tombe pas du ciel, dit Conseil, ou bien elle mérite le nom d'aérolithe. »

Une seconde pierre, soigneusement arrondie, qui enleva de la main de Conseil une savoureuse cuisse de ramier, donna encore plus de poids à son observation.

Levés tous les trois, le fusil à l'épaule, nous étions prêts à répondre à toute attaque.

« Sont-ce des singes ? s'écria Ned Land.

— À peu près, répondit Conseil, ce sont des sauvages.

— Au canot ! » dis-je en me dirigeant vers la mer.

Il fallait, en effet, battre en retraite, car une vingtaine de naturels, armés d'arcs et de frondes, apparaissaient sur la lisière d'un taillis, qui masquait l'horizon de droite, à cent pas à peine.

Notre canot était échoué à dix toises de nous.

Les sauvages s'approchaient, sans courir, mais ils prodiguaient les démonstrations les plus hostiles. Les pierres et les flèches pleuvaient.

Ned Land n'avait pas voulu abandonner ses provisions, et malgré l'imminence du danger, son cochon d'un côté, ses kangourous de l'autre, il détalait avec une certaine rapidité.

En deux minutes, nous étions sur la grève. Charger le canot des provisions et des armes, le pousser à la mer, armer les deux avirons, ce fut l'affaire d'un instant. Nous n'avions pas gagné deux encablures, que cent sauvages, hurlant et gesticulant, entrèrent dans l'eau jusqu'à la ceinture. Je regardai si leur apparition attirerait sur la plate-forme quelques hommes du *Nautilus*. Mais non. L'énorme engin, couché au large, demeurait absolument désert.

Vingt minutes plus tard, nous montions à bord. Les panneaux étaient ouverts. Après avoir amarré le canot, nous rentrâmes à l'intérieur du *Nautilus*.

Je descendis au salon, d'où s'échappaient quelques accords. Le capitaine Nemo était là, courbé sur son orgue et plongé dans une extase musicale.

« Capitaine ! » lui dis-je.

Il ne m'entendit pas.

« Capitaine ! » repris-je en le touchant de la main.

Il frissonna, et se retournant :

« Ah ! c'est vous, monsieur le professeur ? me dit-il. Eh bien ! avez-vous fait bonne chasse, avez-vous herborisé avec succès ?

— Oui, capitaine, répondis-je, mais nous avons malheureusement ramené une troupe de bipèdes dont le voisinage me paraît inquiétant.

— Quels bipèdes ?

— Des sauvages.

— Des sauvages ! répondit le capitaine Nemo d'un ton ironique. Et vous vous étonnez, monsieur le professeur, qu'ayant mis le pied sur une des terres de ce globe, vous y trouviez des sauvages ? Des sauvages, où n'y en a-t-il pas ? Et d'ailleurs, sont-ils pires que les autres, ceux que vous appelez des sauvages ?

— Mais, capitaine...

— Pour mon compte, monsieur, j'en ai rencontré partout.

— Eh bien ! répondis-je, si vous ne voulez pas en recevoir à bord du *Nautilus*, vous ferez bien de prendre quelques précautions.

« — Tranquillisez-vous, monsieur le professeur, il n'y a pas là de quoi se préoccuper.

— Mais ces naturels sont nombreux.

— Combien en avez-vous compté ?

— Une centaine, au moins.

— Monsieur Aronnax, répondit le capitaine Nemo, dont les doigts s'étaient replacés sur les touches de l'orgue, quand tous les indigènes de la Papouasie seraient réunis sur cette plage, le *Nautilus* n'aurait rien à craindre de leurs attaques ! »

Les doigts du capitaine couraient alors sur le clavier de l'instrument, et je remarquai qu'il n'en frappait que les touches noires, ce qui donnait à ses mélodies une couleur essentiellement écossaise. Bientôt, il eut oublié ma présence, et fut plongé dans une rêverie que je ne cherchai plus à dissiper.

Je remontai sur la plate-forme. La nuit était déjà venue, car, sous cette basse latitude, le soleil se couche rapidement et sans crépuscule. Je n'aperçus plus que confusément l'île Gueboroar. Mais des feux nombreux, allumés sur la plage, attestaient que les naturels ne songeaient pas à la quitter.

Je restai seul ainsi pendant plusieurs heures, tantôt songeant à ces indigènes — mais sans les redouter autrement, car l'imperturbable confiance du capitaine me gagnait —, tantôt les oubliant, pour admirer les splendeurs de cette nuit des tropiques. Mon souvenir s'envolait vers la France, à la suite de ces étoiles zodiacales qui devaient l'éclairer dans quelques heures. La lune resplendissait au milieu des constellations du zénith. Je pensai alors que ce fidèle et complaisant satellite reviendrait après-demain, à cette même place, pour soulever ces ondes et arracher le *Nautilus* à son lit de coraux. Vers minuit, voyant que tout était tranquille sur les flots assombris aussi bien que sous les arbres du rivage, je regagnai ma cabine, et je m'endormis paisiblement.

La nuit s'écoula sans mésaventure. Les Papouas s'effrayaient, sans doute, à la seule vue du monstre échoué dans la baie, car les panneaux, restés ouverts, leur eussent offert un accès facile à l'intérieur du *Nautilus*.

À six heures du matin — 8 janvier —, je remontai sur la plate-forme. Les ombres du matin se levaient. L'île montra bientôt, à travers les brumes dissipées, ses plages d'abord, ses sommets ensuite.

Les indigènes étaient toujours là, plus nombreux que la veille — cinq ou six cents peut-être. Quelques-uns, profitant de la marée basse, s'étaient avancés sur les têtes de coraux, à moins de deux encablures du *Nautilus*. Je les distinguai facilement. C'étaient bien de véritables Papouas, à taille athlétique, hommes de belle race, au front large et élevé, au nez gros mais non épaté, aux dents blanches. Leur chevelure laineuse, teinte en rouge, tranchait sur un corps noir et luisant comme celui des Nubiens. Au lobe de leur oreille, coupé et distendu, pendaient des chapelets en os. Ces sauvages étaient généralement nus. Parmi eux, je remarquai quelques femmes, habillées, des hanches au genou, d'une véritable crinoline d'herbes que soutenait une ceinture végétale. Certains chefs avaient orné leur cou d'un croissant et de colliers de verroteries rouges et blanches. Presque tous, armés d'arcs, de flèches et de boucliers, portaient à leur épaule une sorte de filet contenant ces pierres arrondies que leur fronde lance avec adresse.

Un de ces chefs, assez rapproché du *Nautilus*, l'examinait avec attention. Ce devait être un « mado » de haut rang, car il se drapait dans une natte en feuilles de bananier, dentelée sur ses bords et relevée d'éclatantes couleurs.

J'aurais pu facilement abattre cet indigène, qui se trouvait à petite portée ; mais je crus qu'il valait mieux attendre des démonstrations véritablement hostiles. Entre Européens et sauvages, il convient que les Européens ripostent et n'attaquent pas.

Pendant tout le temps de la marée basse, ces indigènes

rôdèrent près du *Nautilus*, mais ils ne se montrèrent pas bruyants. Je les entendais répéter fréquemment le mot « assai », et à leurs gestes je compris qu'ils m'invitaient à aller à terre, invitation que je crus devoir décliner.

Donc, ce jour-là, le canot ne quitta pas le bord, au grand déplaisir de maître Land qui ne put compléter ses provisions. Cet adroit Canadien employa son temps à préparer les viandes et farines qu'il avait rapportées de l'île Gueboroar. Quant aux sauvages, ils regagnèrent la terre vers onze heures du matin, dès que les têtes de corail commencèrent à disparaître sous le flot de la marée montante. Mais je vis leur nombre s'accroître considérablement sur la plage. Il était probable qu'ils venaient des îles voisines ou de la Papouasie proprement dite. Cependant, je n'avais pas aperçu une seule pirogue indigène.

N'ayant rien de mieux à faire, je songeai à draguer ces belles eaux limpides, qui laissaient voir à profusion des coquilles, des zoophytes et des plantes pélagiennes. C'était, d'ailleurs, la dernière journée que le *Nautilus* allait passer dans ces parages, si, toutefois, il flottait à la pleine mer du lendemain, suivant la promesse du capitaine Nemo.

J'appelai donc Conseil qui m'apporta une petite drague légère, à peu près semblable à celles qui servent à pêcher les huîtres.

« Et ces sauvages ? me demanda Conseil. N'en déplaise à monsieur, ils ne me semblent pas très méchants !

— Ce sont pourtant des anthropophages, mon garçon.

— On peut être anthropophage et brave homme, répondit Conseil, comme on peut être gourmand et honnête. L'un n'exclut pas l'autre.

— Bon ! Conseil, je t'accorde que ce sont d'honnêtes anthropophages, et qu'ils dévorent honnêtement leurs prisonniers. Cependant, comme je ne tiens pas à être dévoré, même honnêtement, je me tiendrai sur mes gardes, car le commandant du *Nautilus* ne paraît prendre aucune précaution. Et maintenant à l'ouvrage. »

Pendant deux heures, notre pêche fut activement

Ces indigènes rôdèrent près du *Nautilus*. (Pages 256-257.)

conduite, mais sans rapporter aucune rareté. La drague s'emplissait d'oreilles-de-Midas, de harpes, de mélanies, et particulièrement des plus beaux marteaux que j'eusse vus jusqu'à ce jour. Nous prîmes aussi quelques holothuries, des huîtres perlières, et une douzaine de petites tortues qui furent réservées pour l'office du bord.

Mais, au moment où je m'y attendais le moins, je mis la main sur une merveille, je devrais dire sur une difformité naturelle, très rare à rencontrer. Conseil venait de donner un coup de drague, et son appareil remontait chargé de diverses coquilles assez ordinaires, quand, tout d'un coup, il me vit plonger rapidement le bras dans le filet, en retirer un coquillage, et pousser un cri de conchyliologue, c'est-à-dire le cri le plus perçant que puisse produire un gosier humain.

« Eh ! qu'a donc monsieur ? demanda Conseil, très surpris. Monsieur a-t-il été mordu ?

— Non, mon garçon, et cependant, j'eusse volontiers payé d'un doigt ma découverte !

— Quelle découverte ?

— Cette coquille, dis-je en montrant l'objet de mon triomphe.

— Mais c'est tout simplement une olive porphyre, genre olive, ordre des pectinibranches, classe des gastéropodes, embranchement des mollusques...

— Oui, Conseil, mais au lieu d'être enroulée de droite à gauche, cette olive tourne de gauche à droite !

— Est-il possible ! s'écria Conseil.

— Oui, mon garçon, c'est une coquille sénestre !

— Une coquille sénestre ! répétait Conseil, le cœur palpitant.

— Regarde sa spire !

— Ah ! monsieur peut m'en croire, dit Conseil en prenant la précieuse coquille d'une main tremblante, mais je n'ai jamais éprouvé une émotion pareille ! »

Et il y avait de quoi être ému ! On sait, en effet, comme l'ont fait observer les naturalistes, que la dextrosité est une loi de nature. Les astres et leurs satellites, dans leur mouvement de translation et de rotation, se meuvent de droite à gauche. L'homme se sert plus souvent de sa main droite que de sa main gauche, et, conséquemment, ses instruments et ses appareils, escaliers, serrures, ressorts de montres, etc., sont combinés de manière à être employés de droite à gauche. Or, la nature a généralement suivi cette loi pour l'enroulement de ses coquilles. Elles sont toutes dextres, à de rares exceptions, et quand, par hasard, leur spire est sénestre, les amateurs les paient au poids de l'or.

Conseil et moi, nous étions donc plongés dans la contemplation de notre trésor, et je me promettais bien d'en enrichir le Muséum, quand une pierre, malencontreusement lancée par un indigène, vint briser le précieux objet dans la main de Conseil.

Je poussai un cri de désespoir ! Conseil se jeta sur son fusil, et visa un sauvage qui balançait sa fronde à dix mètres de lui. Je voulus l'arrêter, mais son coup partit et brisa le bracelet d'amulettes qui pendait au bras de l'indigène.

« Conseil, m'écriai-je, Conseil !

— Eh quoi ! Monsieur ne voit-il pas que ce cannibale a commencé l'attaque ?

— Une coquille ne vaut pas la vie d'un homme ! lui dis-je.

— Ah ! le gueux ! s'écria Conseil, j'aurais mieux aimé qu'il m'eût cassé l'épaule ! »

Conseil était sincère, mais je ne fus pas de son avis. Cependant, la situation avait changé depuis quelques instants, et nous ne nous en étions pas aperçus. Une vingtaine de pirogues entouraient alors le *Nautilus*. Ces pirogues, creusées dans des troncs d'arbre, longues, étroites, bien combinées pour la marche, s'équilibraient au moyen d'un double balancier en bambou qui flottait à la surface de l'eau. Elles étaient manœuvrées par d'adroits pagayeurs à demi nus, et je ne les vis pas s'avancer sans inquiétude.

Il était évident que ces Papouas avaient eu déjà des relations avec les Européens, et qu'ils connaissaient leurs navires. Mais ce long cylindre de fer allongé dans la baie,

Conseil se jeta sur son fusil. (Page 260.)

sans mâts, sans cheminée, que devaient-ils en penser ? Rien de bon, car ils s'en étaient d'abord tenus à distance respectueuse. Cependant, le voyant immobile, ils reprenaient peu à peu confiance, et cherchaient à se familiariser avec lui. Or, c'était précisément cette familiarité qu'il fallait empêcher. Nos armes, auxquelles la détonation manquait, ne pouvaient produire qu'un effet médiocre sur ces indigènes, qui n'ont de respect que pour les engins bruyants. La foudre, sans les roulements du tonnerre, effraierait peu les hommes, bien que le danger soit dans l'éclair, non dans le bruit.

En ce moment, les pirogues s'approchèrent plus près du *Nautilus*, et une nuée de flèches s'abattit sur lui.

« Diable ! il grêle ! dit Conseil, et peut-être une grêle empoisonnée !

— Il faut prévenir le capitaine Nemo », dis-je en rentrant par le panneau.

Je descendis au salon. Je n'y trouvai personne. Je me hasardai à frapper à la porte qui s'ouvrait sur la chambre du capitaine.

Un « entrez » me répondit. J'entrai, et je trouvai le capitaine Nemo plongé dans un calcul où les x et autres signes algébriques ne manquaient pas.

« Je vous dérange ? dis-je par politesse.

— En effet, monsieur Aronnax, me répondit le capitaine, mais je pense que vous avez eu des raisons sérieuses de me voir ?

— Très sérieuses. Les pirogues des naturels nous entourent, et, dans quelques minutes, nous serons certainement assaillis par plusieurs centaines de sauvages.

— Ah ! fit tranquillement le capitaine Nemo, ils sont venus avec leurs pirogues ?

— Oui, monsieur.

— Eh bien ! monsieur, il suffit de fermer les panneaux.

— Précisément, et je venais vous dire...

— Rien n'est plus facile », dit le capitaine Nemo.

Et, pressant un bouton électrique, il transmit un ordre au poste de l'équipage.

« Voilà qui est fait, monsieur, me dit-il, après quelques instants. Le canot est en place, et les panneaux sont fermés. Vous ne craignez pas, j'imagine, que ces messieurs défoncent des murailles que les boulets de votre frégate n'ont pu entamer ?

— Non, capitaine, mais il existe encore un danger.

— Lequel, monsieur ?

— C'est que demain, à pareille heure, il faudra rouvrir les panneaux pour renouveler l'air du *Nautilus*...

— Sans contredit, monsieur, puisque notre bâtiment respire à la manière des cétacés.

— Or, si, à ce moment, les Papouas occupent la plate-forme, je ne vois pas comment vous pourrez les empêcher d'entrer.

— Alors, monsieur, vous supposez qu'ils monteront à bord ?

— J'en suis certain.

— Eh bien, monsieur, qu'ils montent. Je ne vois aucune raison pour les en empêcher. Au fond, ce sont de pauvres diables, ces Papouas, et je ne veux pas que ma visite à l'île Gueboroar coûte la vie à un seul de ces malheureux ! »

Cela dit, j'allais me retirer ; mais le capitaine Nemo me retint et m'invita à m'asseoir près de lui. Il me questionna avec intérêt sur nos excursions à terre, sur nos chasses, et n'eut pas l'air de comprendre ce besoin de viande qui passionnait le Canadien. Puis, la conversation effleura divers sujets, et, sans être plus communicatif, le capitaine Nemo se montra plus aimable.

Entre autres choses, nous en vînmes à parler de la situation du *Nautilus*, précisément échoué dans ce détroit où Dumont d'Urville fut sur le point de se perdre. Puis à ce propos :

« Ce fut un de vos grands marins, me dit le capitaine, un de vos plus intelligents navigateurs que ce d'Urville ! C'est votre capitaine Cook, à vous autres, Français. Infortuné savant ! Avoir bravé les banquises du pôle Sud, les coraux de l'Océanie, les cannibales du Pacifique, pour périr misérablement dans un train de chemin de fer ! Si cet homme énergique a pu réfléchir pendant les dernières secondes de son existence, vous figurez-vous quelles ont dû être ses suprêmes pensées ! »

En parlant ainsi, le capitaine Nemo semblait ému, et je porte cette émotion à son actif.

Puis, la carte à la main, nous revîmes les travaux du navigateur français, ses voyages de circumnavigation, sa double tentative au pôle Sud qui amena la découverte des terres Adélie et Louis-Philippe, enfin ses levés hydrographiques des principales îles de l'Océanie.

« Ce que votre d'Urville a fait à la surface des mers, me dit le capitaine Nemo, je l'ai fait à l'intérieur de l'océan, et plus facilement, plus complètement que lui. L'*Astrolabe* et la *Zélée*, incessamment ballottées par les ouragans, ne pouvaient valoir le *Nautilus*, tranquille cabinet de travail, et véritablement sédentaire au milieu des eaux !

— Cependant, capitaine, dis-je, il y a un point de ressemblance entre les corvettes de Dumont d'Urville et le *Nautilus*.

— Lequel, monsieur ?

— C'est que le *Nautilus* s'est échoué comme elles !

— Le *Nautilus* ne s'est pas échoué, monsieur, me répondit froidement le capitaine Nemo. Le *Nautilus* est fait pour reposer sur le lit des mers, et les pénibles travaux, les manœuvres qu'imposa à d'Urville le renflouage de ses corvettes, je ne les entreprendrai pas. L'*Astrolabe* et la *Zélée* ont failli périr, mais mon *Nautilus* ne court aucun danger. Demain, au jour dit, à l'heure dite, la marée le soulèvera paisiblement, et il reprendra sa navigation à travers les mers.

— Capitaine, dis-je, je ne doute pas...

— Demain, ajouta le capitaine Nemo en se levant, demain, à deux heures quarante minutes du soir, le *Nautilus* flottera et quittera sans avarie le détroit de Torrès. »

Ces paroles prononcées d'un ton très bref, le capitaine Nemo s'inclina légèrement. C'était me donner congé, et je rentrai dans ma chambre.

Là, je trouvai Conseil, qui désirait connaître le résultat de mon entrevue avec le capitaine.

« Mon garçon, répondis-je, lorsque j'ai eu l'air de croire que son *Nautilus* était menacé par les naturels de la Papouasie, le capitaine m'a répondu très ironiquement. Je n'ai donc qu'une chose à te dire : Aie confiance en lui, et va dormir en paix.

— Monsieur n'a pas besoin de mes services ?

— Non, mon ami. Que fait Ned Land ?

— Que monsieur m'excuse, répondit Conseil, mais l'ami Ned confectionne un pâté de kangourou qui sera une merveille ! »

Je restai seul, je me couchai, mais je dormis assez mal. J'entendais le bruit des sauvages qui piétinaient sur la plate-forme en poussant des cris assourdissants. La nuit se passa ainsi, et sans que l'équipage sortît de son inertie habituelle. Il ne s'inquiétait pas plus de la présence de ces cannibales que les soldats d'un fort blindé ne se préoccupent des fourmis qui courent sur son blindage.

À six heures du matin, je me levai. Les panneaux n'avaient pas été ouverts. L'air ne fut donc pas renouvelé à l'intérieur, mais les réservoirs, chargés à toute occurrence, fonctionnèrent à propos et lancèrent quelques mètres cubes d'oxygène dans l'atmosphère appauvrie du *Nautilus*.

Je travaillai dans ma chambre jusqu'à midi, sans avoir vu, même un instant, le capitaine Nemo. On ne paraissait faire à bord aucun préparatif de départ.

J'attendis quelque temps encore, puis je me rendis au grand salon. La pendule marquait deux heures et demie. Dans dix minutes, le flot devait avoir atteint son maximum de hauteur, et, si le capitaine Nemo n'avait point fait une promesse téméraire, le *Nautilus* serait immédiatement dégagé. Sinon, bien des mois se passeraient avant qu'il pût quitter son lit de corail.

Cependant, quelques tressaillements avant-coureurs se firent bientôt sentir dans la coque du bateau. J'entendis grincer sur son bordage les aspérités calcaires du fond corallien.

À deux heures trente-cinq minutes, le capitaine Nemo parut dans le salon.

« Nous allons partir, dit-il.

— Ah ! fis-je.

— J'ai donné l'ordre d'ouvrir les panneaux.

— Et les Papouas ?

— Les Papouas ? répondit le capitaine Nemo, haussant légèrement les épaules.

— Ne vont-ils pas pénétrer à l'intérieur du *Nautilus* ?

— Et comment ?

— En franchissant les panneaux que vous aurez fait ouvrir.

— Monsieur Aronnax, répondit tranquillement le capitaine Nemo, on n'entre pas ainsi par les panneaux du *Nautilus*, même quand ils sont ouverts. »

Je regardai le capitaine.

« Vous ne comprenez pas ? me dit-il.

— Aucunement.

— Eh bien ! venez et vous verrez. »

Je me dirigeai vers l'escalier central. Là, Ned Land et Conseil, très intrigués, regardaient quelques hommes de l'équipage qui ouvraient les panneaux, tandis que des cris de rage et d'épouvantables vociférations résonnaient au-dehors.

Les mantelets furent rabattus extérieurement. Vingt figures horribles apparurent. Mais le premier de ces indigènes qui mit la main sur la rampe de l'escalier, rejeté en arrière par je ne sais quelle force invisible, s'enfuit, poussant des cris affreux et faisant des gambades exorbitantes.

Dix de ses compagnons lui succédèrent. Dix eurent le même sort.

Conseil était dans l'extase. Ned Land, emporté par ses instincts violents, s'élança sur l'escalier. Mais dès qu'il eut saisi la rampe à deux mains, il fut renversé à son tour.

« Mille diables ! s'écria-t-il. Je suis foudroyé ! »

Ce mot m'expliqua tout. Ce n'était plus une rampe, mais un câble de métal, tout chargé de l'électricité du bord, qui aboutissait à la plate-forme. Quiconque la touchait ressentait une formidable secousse — et cette

Dix de ses compagnons eurent le même sort. (Page 266.)

secousse eût été mortelle, si le capitaine Nemo eût lancé dans ce conducteur tout le courant de ses appareils ! On peut réellement dire qu'entre ses assaillants et lui, il avait tendu un réseau électrique que nul ne pouvait impunément franchir.

Cependant, les Papouas épouvantés avaient battu en retraite, affolés de terreur. Nous, moitié riant, nous consolions et frictionnions le malheureux Ned Land qui jurait comme un possédé.

Mais, en ce moment, le *Nautilus*, soulevé par les dernières ondulations du flot, quitta son lit de corail à cette quarantième minute exactement fixée par le capitaine. Son hélice battit les eaux avec une majestueuse lenteur. Sa vitesse s'accrut peu à peu, et, naviguant à la surface de l'océan, il abandonna sain et sauf les dangereuses passes du détroit de Torrès.

XXIII

æGRI SOMNIA

Le jour suivant, 10 janvier, le *Nautilus* reprit sa marche entre deux eaux, mais avec une vitesse remarquable que je ne puis estimer à moins de trente-cinq milles à l'heure. La rapidité de son hélice était telle que je ne pouvais ni suivre ses tours ni les compter.

Quand je songeais que ce merveilleux agent électrique, après avoir donné le mouvement, la chaleur, la lumière au *Nautilus*, le protégeait encore contre les attaques extérieures, et le transformait en une arche sainte à laquelle nul profanateur ne touchait sans être foudroyé, mon admiration n'avait plus de bornes, et de l'appareil, elle remontait aussitôt à l'ingénieur qui l'avait créé.

Nous marchions directement vers l'ouest, et, le 11 janvier, nous doublâmes ce cap Wessel, situé par 135° de longitude et 10° de latitude nord, qui forme la pointe est du golfe de Carpentarie. Les récifs étaient encore nombreux, mais plus clairsemés, et relevés sur la carte avec une extrême précision. Le *Nautilus* évita facilement les brisants de Money à bâbord, et les récifs Victoria à tribord, placés par 130° de longitude, et sur ce dixième parallèle que nous suivions rigoureusement.

Le 13 janvier, le capitaine Nemo, arrivé dans la mer de Timor, avait connaissance de l'île de ce nom par 122° de longitude. Cette île, dont la superficie est de seize cent vingt-cinq lieues carrées, est gouvernée par des radjahs. Ces princes se disent fils de crocodiles, c'est-à-dire issus de la plus haute origine à laquelle un être humain puisse prétendre. Aussi, ces ancêtres écailleux foisonnent dans les rivières de l'île, et sont l'objet d'une vénération particulière. On les protège, on les gâte, on les adule, on les nourrit, on leur offre des jeunes filles en pâture, et malheur à l'étranger qui porte la main sur ces lézards sacrés.

Mais le *Nautilus* n'eut rien à démêler avec ces vilains animaux. Timor ne fut visible qu'un instant, à midi, pendant que le second relevait sa position. Également, je ne fis qu'entrevoir cette petite île Rotti, qui fait partie du groupe, et dont les femmes ont une réputation de beauté très établie sur les marchés malais.

À partir de ce point, la direction du *Nautilus*, en latitude, s'infléchit vers le sud-ouest. Le cap fut mis sur l'océan Indien. Où la fantaisie du capitaine Nemo allait-elle nous entraîner ? Remonterait-il vers les côtes de l'Asie ? Se rapprocherait-il des rivages de l'Europe ? Résolutions peu probables de la part d'un homme qui fuyait les continents habités ! Descendrait-il donc vers le sud ? Irait-il doubler le cap de Bonne-Espérance, puis le cap Horn, et pousser au pôle antarctique ? Reviendrait-il enfin vers ces mers du Pacifique, où son *Nautilus* trouvait une navigation facile et indépendante ? L'avenir devait nous l'apprendre.

Après avoir prolongé les écueils de Cartier, d'Hibernia, de Seringapatam, de Scott, derniers efforts de l'élément solide contre l'élément liquide, le 14 janvier, nous étions au-delà de toutes terres. La vitesse du *Nautilus* fut singulièrement ralentie, et, très capricieux dans ses allures, tantôt il nageait au milieu des eaux, et tantôt il flottait à leur surface.

Pendant cette période du voyage, le capitaine Nemo fit d'intéressantes expériences sur les diverses températures de la mer à des couches différentes. Dans les conditions ordinaires, ces relevés s'obtiennent au moyen d'instruments assez compliqués, dont les rapports sont au moins douteux, que ce soient des sondes thermométriques, dont les verres se brisent souvent sous la pression des eaux, ou des appareils basés sur la variation de résistance de métaux aux courants électriques. Ces résultats ainsi obtenus ne peuvent être suffisamment contrôlés. Au contraire, le capitaine Nemo allait lui-même chercher cette température dans les profondeurs de la mer, et son thermomètre, mis en communication avec les diverses nappes liquides, lui donnait immédiatement et sûrement le degré recherché.

C'est ainsi que, soit en surchargeant ses réservoirs, soit en descendant obliquement au moyen de ses plans inclinés, le *Nautilus* atteignit successivement des profondeurs de trois, quatre, cinq, sept, neuf et dix mille mètres, et le résultat définitif de ces expériences fut que la mer présentait une température permanente de quatre degrés et demi, à une profondeur de mille mètres, sous toutes les latitudes.

Je suivais ces expériences avec le plus vif intérêt. Le capitaine Nemo y apportait une véritable passion. Souvent, je me demandai dans quel but il faisait ces observations. Était-ce au profit de ses semblables ? Ce n'était pas probable, car, un jour ou l'autre, ses travaux devaient périr avec lui dans quelque mer ignorée ! À moins qu'il ne me destinât le résultat de ses expériences. Mais c'était admettre que mon étrange voyage aurait un terme, et ce terme, je ne l'apercevais pas encore.

Quoi qu'il en soit, le capitaine Nemo me fit également connaître divers chiffres obtenus par lui et qui établissaient le rapport des densités de l'eau dans les principales mers du globe. De cette communication, je tirai un enseignement personnel qui n'avait rien de scientifique.

C'était pendant la matinée du 15 janvier. Le capitaine, avec lequel je me promenais sur la plate-forme, me demanda si je connaissais les différentes densités que présentent les eaux de la mer. Je lui répondis négativement, et j'ajoutai que la science manquait d'observations rigoureuses à ce sujet.

« Je les ai faites, ces observations, me dit-il, et je puis en affirmer la certitude.

— Bien, répondis-je, mais le *Nautilus* est un monde à part, et les secrets de ses savants n'arrivent pas jusqu'à la terre.

— Vous avez raison, monsieur le professeur, me dit-il, après quelques instants de silence. C'est un monde à part. Il est aussi étranger à la terre que les planètes qui accompagnent ce globe autour du soleil, et l'on ne connaîtra jamais les travaux des savants de Saturne ou de Jupiter. Cependant, puisque le hasard a lié nos deux existences, je puis vous communiquer le résultat de mes observations.

— Je vous écoute, capitaine.

— Vous savez, monsieur le professeur, que l'eau de mer est plus dense que l'eau douce, mais cette densité n'est pas uniforme. En effet, si je représente par un la densité de l'eau douce, je trouve un, vingt-huit millièmes pour les eaux de l'Atlantique, un, vingt-six millièmes pour les eaux du Pacifique, un, trente millièmes pour les eaux de la Méditerranée... »

« Ah ! pensai-je, il s'aventure dans la Méditerranée ? »

« Un, dix-huit millièmes pour les eaux de la mer Ionienne, et un, vingt-neuf millièmes pour les eaux de l'Adriatique. »

Décidément, le *Nautilus* ne fuyait pas les mers fréquentées de l'Europe, et j'en conclus qu'il nous ramènerait — peut-être avant peu — vers des continents plus civilisés. Je pensais que Ned Land apprendrait cette particularité avec une satisfaction très naturelle.

Pendant plusieurs jours, nos journées se passèrent en expériences de toutes sortes, qui portèrent sur les degrés de salure des eaux à différentes profondeurs, sur leur électrisation, sur leur coloration, sur leur transparence, et dans toutes ces circonstances, le capitaine Nemo déploya une ingéniosité qui ne fut égalée que par sa bonne grâce envers moi. Puis, pendant quelques jours, je ne le revis plus, et demeurai de nouveau comme isolé à son bord.

Le 16 janvier, le *Nautilus* parut s'endormir à quelques mètres seulement au-dessous de la surface des flots. Ses appareils électriques ne fonctionnaient pas, et son hélice immobile le laissait errer au gré des courants. Je supposai que l'équipage s'occupait de réparations intérieures, nécessitées par la violence des mouvements mécaniques de la machine.

Mes compagnons et moi, nous fûmes alors témoins d'un curieux spectacle. Les panneaux du salon étaient ouverts, et comme le fanal du *Nautilus* n'était pas en activité, une vague obscurité régnait au milieu des eaux. Le ciel orageux et couvert d'épais nuages ne donnait aux premières couches de l'océan qu'une insuffisante clarté.

J'observais l'état de la mer dans ces conditions, et les plus gros poissons ne m'apparaissaient plus que comme des ombres à peine figurées, quand le *Nautilus* se trouva subitement transporté en pleine lumière. Je crus d'abord que le fanal avait été rallumé, et qu'il projetait son éclat électrique dans la masse liquide. Je me trompais, et après une rapide observation, je reconnus mon erreur.

Le *Nautilus* flottait au milieu d'une couche phosphorescente, qui dans cette obscurité devenait éblouissante. Elle était produite par des myriades d'animalcules lumineux, dont l'étincellement s'accroissait en glissant sur la coque métallique de l'appareil. Je surprenais alors des éclairs au milieu de ces nappes lumineuses, comme eussent été des coulées de plomb fondu dans une fournaise ardente, ou des masses métalliques portées au rouge blanc ; de telle sorte que, par opposition, certaines portions lumineuses faisaient ombre dans ce milieu igné, dont toute ombre semblait devoir être bannie. Non ! ce n'était plus l'irradiation calme de notre éclairage habituel ! Il y avait là une vigueur et un mouvement insolites ! Cette lumière, on la sentait vivante !

En effet, c'était une agglomération infinie d'infusoires pélagiens, de noctiluques miliaires, véritables globules de gelée diaphane, pourvus d'un tentacule filiforme, et dont on a compté jusqu'à vingt-cinq mille dans trente centimètres cubes d'eau. Et leur lumière était encore doublée par ces lueurs particulières aux méduses, aux astéries, aux aurélies, aux pholades-dattes, et autres zoophytes phosphorescents, imprégnés du graissin des matières organiques décomposées par la mer, et peut-être du mucus sécrété par les poissons.

Pendant plusieurs heures, le *Nautilus* flotta dans ces ondes brillantes, et notre admiration s'accrut à voir les gros animaux marins s'y jouer comme des salamandres. Je vis là, au milieu de ce feu qui ne brûle pas, des marsouins élégants et rapides, infatigables clowns des mers, et des istiophores longs de trois mètres, intelligents précurseurs des ouragans, dont le formidable glaive heurtait parfois la vitre du salon. Puis apparurent des poissons plus petits, des balistes variés, des scombéroïdes-sauteurs, des nasons-loups, et cent autres qui zébraient dans leur course la lumineuse atmosphère.

Ce fut un enchantement que cet éblouissant spectacle ! Peut-être quelque condition atmosphérique augmentait-elle l'intensité de ce phénomène ? Peut-être quelque orage se déchaînait-il à la surface des flots ? Mais, à cette profondeur de quelques mètres, le *Nautilus* ne ressentait pas sa fureur, et il se balançait paisiblement au milieu des eaux tranquilles.

Ainsi nous marchions, incessamment charmés par quelque merveille nouvelle. Conseil observait et classait ses zoophytes, ses articulés, ses mollusques, ses poissons. Les journées s'écoulaient rapidement, et je ne les comptais plus. Ned, suivant son habitude, cherchait à varier l'ordinaire du bord. Véritables colimaçons, nous étions faits à notre coquille, et j'affirme qu'il est facile de devenir un parfait colimaçon.

Donc, cette existence nous paraissait facile, naturelle, et nous n'imaginions plus qu'il existât une vie différente à la surface du globe terrestre, quand un événement vint nous rappeler à l'étrangeté de notre situation.

Le 18 janvier, le *Nautilus* se trouvait par 105° de longitude et 15° de latitude méridionale. Le temps était menaçant, la mer dure et houleuse. Le vent soufflait de l'est en grande brise. Le baromètre, qui baissait depuis quelques jours, annonçait une prochaine lutte des éléments.

J'étais monté sur la plate-forme au moment où le second prenait ses mesures d'angles horaires. J'attendais, suivant la coutume, que la phrase quotidienne fût prononcée. Mais, ce jour-là, elle fut remplacée par une autre phrase non moins incompréhensible. Presque aussitôt, je vis apparaître le capitaine Nemo, dont les yeux, munis d'une lunette, se dirigèrent vers l'horizon.

Pendant quelques minutes, le capitaine resta immobile, sans quitter le point enfermé dans le champ de son objectif. Puis, il abaissa sa lunette, et échangea une dizaine de paroles avec son second. Celui-ci semblait être en proie à une émotion qu'il voulait vainement contenir. Le capitaine Nemo, plus maître de lui, demeurait froid. Il paraissait, d'ailleurs, faire certaines objections auxquelles le second répondait par des assurances formelles. Du moins, je le compris ainsi, à la différence de leur ton et de leurs gestes.

Quant à moi, j'avais soigneusement regardé dans la direction observée, sans rien apercevoir. Le ciel et l'eau se confondaient sur une ligne d'horizon d'une parfaite netteté.

Cependant, le capitaine Nemo se promenait d'une extrémité à l'autre de la plate-forme, sans me regarder, peut-être sans me voir. Son pas était assuré, mais moins régulier que d'habitude. Il s'arrêtait parfois, et les bras croisés sur la poitrine, il observait la mer. Que pouvait-il chercher sur cet immense espace ? Le *Nautilus* se trouvait alors à quelques centaines de milles de la côte la plus rapprochée !

Le second avait repris sa lunette et interrogeait obstinément l'horizon, allant et venant, frappant du pied, contrastant avec son chef par son agitation nerveuse.

D'ailleurs, ce mystère allait nécessairement s'éclaircir, et avant peu, car, sur un ordre du capitaine Nemo, la machine, accroissant sa puissance propulsive, imprima à l'hélice une rotation plus rapide.

En ce moment, le second attira de nouveau l'attention du capitaine. Celui-ci suspendit sa promenade et dirigea sa lunette vers le point indiqué. Il l'observa longtemps. De mon côté, très sérieusement intrigué, je descendis au salon, et j'en rapportai une excellente longue-vue dont je me servais ordinairement. Puis, l'appuyant sur la cage du fanal qui formait saillie à l'avant de la plate-forme, je me disposai à parcourir toute la ligne du ciel et de la mer.

Mais, mon œil ne s'était pas encore appliqué à l'oculaire, que l'instrument me fut vivement arraché des mains.

Je me retournai. Le capitaine Nemo était devant moi, mais je ne le reconnus pas. Sa physionomie était transfigurée. Son œil, brillant d'un feu sombre, se dérobait sous son sourcil froncé. Ses dents se découvraient à demi. Son corps raide, ses poings fermés, sa tête retirée entre les épaules, témoignaient de la haine violente que respirait toute sa personne. Il ne bougeait pas. Ma lunette, tombée de sa main, avait roulé à ses pieds.

Venais-je donc, sans le vouloir, de provoquer cette attitude de colère ? S'imaginait-il, cet incompréhensible personnage, que j'avais surpris quelque secret interdit aux hôtes du *Nautilus* ?

Non ! cette haine, je n'en étais pas l'objet, car il ne me regardait pas, et son œil restait obstinément fixé sur l'impénétrable point de l'horizon.

Enfin, le capitaine Nemo redevint maître de lui. Sa physionomie, si profondément altérée, reprit son calme habituel. Il adressa à son second quelques mots en langue étrangère, puis il se retourna vers moi.

« Monsieur Aronnax, me dit-il d'un ton assez impérieux, je réclame de vous l'observation de l'un des engagements qui vous lient à moi.

Son œil restait fixé sur l'horizon. (Page 275.)

« — De quoi s'agit-il, capitaine ?

— Il faut vous laisser enfermer, vos compagnons et vous, jusqu'au moment où je jugerai convenable de vous rendre la liberté.

— Vous êtes le maître, lui répondis-je, en le regardant fixement. Mais puis-je vous adresser une question ?

— Aucune, monsieur. »

Sur ce mot, je n'avais pas à discuter, mais à obéir, puisque toute résistance eût été impossible.

Je redescendis à la cabine qu'occupaient Ned Land et Conseil, et je leur fis part de la détermination du capitaine. Je laisse à penser comment cette communication fut reçue par le Canadien. D'ailleurs, le temps manqua à toute explication. Quatre hommes de l'équipage attendaient à la porte, et ils nous conduisirent à cette cellule où nous avions passé notre première nuit à bord du *Nautilus*.

Ned Land voulut réclamer, mais la porte se ferma sur lui pour toute réponse.

« Monsieur me dira-t-il ce que cela signifie ? » me demanda Conseil.

Je racontai à mes compagnons ce qui s'était passé. Ils furent aussi étonnés que moi, mais aussi peu avancés.

Cependant, j'étais plongé dans un abîme de réflexions, et l'étrange appréhension de la physionomie du capitaine Nemo ne quittait pas ma pensée. J'étais incapable d'accoupler deux idées logiques, et je me perdais dans les plus absurdes hypothèses, quand je fus tiré de ma contention d'esprit par ces paroles de Ned Land :

« Tiens ! le déjeuner est servi ! »

En effet, la table était préparée. Il était évident que le capitaine Nemo avait donné cet ordre en même temps qu'il faisait hâter la marche du *Nautilus*.

« Monsieur me permettra-t-il de lui faire une recommandation ? me demanda Conseil.

— Oui, mon garçon, répondis-je.

— Eh bien ! que monsieur déjeune. C'est prudent, car nous ne savons ce qui peut arriver.

— Tu as raison, Conseil.

— Malheureusement, dit Ned Land, on ne nous a donné que le menu du bord.

— Ami Ned, répliqua Conseil, que diriez-vous donc, si le déjeuner avait manqué totalement ! »

Cette raison coupa net aux récriminations du harponneur.

Nous nous mîmes à table. Le repas se fit assez silencieusement. Je mangeai peu. Conseil « se força », toujours par prudence, et Ned Land, quoi qu'il en eût, ne perdit pas un coup de dent. Puis, le déjeuner terminé, chacun de nous s'accota dans son coin.

En ce moment, le globe lumineux qui éclairait la cellule s'éteignit et nous laissa dans une obscurité profonde. Ned Land ne tarda pas à s'endormir, et, ce qui m'étonna, Conseil se laissa aller aussi à un lourd assoupissement. Je me demandais ce qui avait pu provoquer chez lui cet impérieux besoin de sommeil, quand je sentis mon cerveau s'imprégner, d'une épaisse torpeur. Mes yeux, que je voulais tenir ouverts, se fermèrent malgré moi. J'étais en proie à une hallucination douloureuse. Évidemment, des substances soporifiques avaient été mêlées aux aliments que nous venions de prendre ! Ce n'était donc pas assez de la prison pour nous dérober les projets du capitaine Nemo, il fallait encore le sommeil !

J'entendis alors les panneaux se refermer. Les ondulations de la mer, qui provoquaient un léger mouvement de roulis, cessèrent. Le *Nautilus* avait-il donc quitté la surface de l'océan ? Était-il rentré dans la couche immobile des eaux ?

Je voulus résister au sommeil. Ce fut impossible. Ma respiration s'affaiblit. Je sentis un froid mortel glacer mes membres alourdis et comme paralysés. Mes paupières, véritables calottes de plomb, tombèrent sur mes yeux. Je ne pus les soulever. Un sommeil morbide, plein d'hallucinations, s'empara de tout mon être. Puis, les visions disparurent, et me laissèrent dans un complet anéantissement.

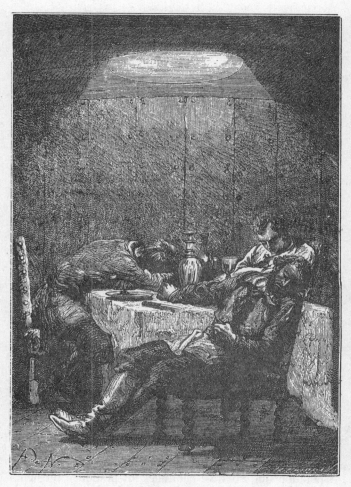

Chacun de nous s'accota. (Page 278.)

XXIV

LE ROYAUME DU CORAIL

Le lendemain, je me réveillai la tête singulièrement dégagée. À ma grande surprise, j'étais dans ma chambre. Mes compagnons, sans doute, avaient été réintégrés dans leur cabine, sans qu'ils s'en fussent aperçus plus que moi. Ce qui s'était passé pendant cette nuit, ils l'ignoraient comme je l'ignorais moi-même, et pour dévoiler ce mystère, je ne comptais que sur les hasards de l'avenir.

Je songeai alors à quitter ma chambre. Étais-je encore une fois libre ou prisonnier ? Libre entièrement. J'ouvris la porte, je pris par les coursives, je montai l'escalier central. Les panneaux, fermés la veille, étaient ouverts. J'arrivai sur la plate-forme.

Ned Land et Conseil m'y attendaient. Je les interrogeai. Ils ne savaient rien. Endormis d'un sommeil pesant qui ne leur laissait aucun souvenir, ils avaient été très surpris de se retrouver dans leur cabine.

Quant au *Nautilus*, il nous parut tranquille et mystérieux comme toujours. Il flottait à la surface des flots sous une allure modérée. Rien ne semblait changé à bord.

Ned Land, de ses yeux pénétrants, observa la mer. Elle était déserte. Le Canadien ne signala rien de nouveau à l'horizon, ni voile, ni terre. Une brise d'ouest soufflait bruyamment, et de longues lames, échevelées par le vent, imprimaient à l'appareil un très sensible roulis.

Le *Nautilus*, après avoir renouvelé son air, se maintint à une profondeur moyenne de quinze mètres, de manière à pouvoir revenir promptement à la surface des flots. Opération qui, contre l'habitude, fut pratiquée plusieurs fois, pendant cette journée du 19 janvier. Le second montait alors sur la plate-forme, et la phrase accoutumée retentissait à l'intérieur du navire.

Quant au capitaine Nemo, il ne parut pas. Des gens du

bord, je ne vis que l'impassible steward, qui me servit avec son exactitude et son mutisme ordinaires.

Vers deux heures, j'étais au salon, occupé à classer mes notes, lorsque le capitaine ouvrit la porte et parut. Je le saluai. Il me rendit un salut presque imperceptible, sans m'adresser la parole. Je me remis à mon travail, espérant qu'il me donnerait peut-être des explications sur les événements qui avaient marqué la nuit précédente. Il n'en fit rien. Je le regardai. Sa figure me parut fatiguée ; ses yeux rougis n'avaient pas été rafraîchis par le sommeil ; sa physionomie exprimait une tristesse profonde, un réel chagrin. Il allait et venait, s'asseyait et se relevait, prenait un livre au hasard, l'abandonnait aussitôt, consultait ses instruments sans prendre ses notes habituelles, et semblait ne pouvoir tenir un instant en place.

Enfin, il vint vers moi et me dit :

« Êtes-vous médecin, monsieur Aronnax ? »

Je m'attendais si peu à cette demande, que je le regardai quelque temps sans répondre.

« Êtes-vous médecin ? répéta-t-il. Plusieurs de vos collègues ont fait leurs études de médecine, Gratiolet, Moquin-Tandon et autres.

— En effet, dis-je, je suis docteur et interne des hôpitaux. J'ai pratiqué pendant plusieurs années avant d'entrer au Muséum.

— Bien, monsieur. »

Ma réponse avait évidemment satisfait le capitaine Nemo. Mais ne sachant où il en voulait venir, j'attendis de nouvelles questions, me réservant de répondre suivant les circonstances.

« Monsieur Aronnax, me dit le capitaine, consentiriez-vous à donner vos soins à l'un de mes hommes ?

— Vous avez un malade ?

— Oui.

— Je suis prêt à vous suivre.

— Venez. »

J'avouerai que mon cœur battait. Je ne sais pourquoi je voyais une certaine connexité entre cette maladie d'un homme de l'équipage et les événements de la veille, et ce mystère me préoccupait au moins autant que le malade.

Le capitaine Nemo me conduisit à l'arrière du *Nautilus*, et me fit entrer dans une cabine située près du poste des matelots.

Là, sur un lit, reposait un homme d'une quarantaine d'années, à figure énergique, vrai type de l'Anglo-Saxon.

Je me penchai sur lui. Ce n'était pas seulement un malade, c'était un blessé. Sa tête, emmaillotée de linges sanglants, reposait sur un double oreiller. Je détachai ces linges, et le blessé, regardant de ses grands yeux fixes, me laissa faire, sans proférer une seule plainte.

La blessure était horrible. Le crâne, fracassé par un instrument contondant, montrait la cervelle à nu, et la substance cérébrale avait subi une attrition profonde. Des caillots sanguins s'étaient formés dans la masse diffluente, qui affectait une couleur lie-de-vin. Il y avait eu à la fois contusion et commotion du cerveau. La respiration du malade était lente, et quelques mouvements spasmodiques des muscles agitaient sa face. La phlegmasie cérébrale était complète et entraînait la paralysie du sentiment et du mouvement.

Je pris le pouls du blessé. Il était intermittent. Les extrémités du corps se refroidissaient déjà, et je vis que la mort s'approchait, sans qu'il me parût possible de l'enrayer. Après avoir pansé ce malheureux, je rajustai les linges de sa tête, et je me retournai vers le capitaine Nemo.

« D'où vient cette blessure ? lui demandai-je.

— Qu'importe ! répondit évasivement le capitaine. Un choc du *Nautilus* a brisé un des leviers de la machine, qui a frappé cet homme. Mais votre avis sur son état ? »

J'hésitais à me prononcer.

« Vous pouvez parler, me dit le capitaine. Cet homme n'entend pas le français. »

Je regardai une dernière fois le blessé, puis je répondis :

« Cet homme sera mort dans deux heures.

— Rien ne peut le sauver ?

— Rien. »

Là, sur un lit, reposait un homme à figure énergique. (Page 282.)

La main du capitaine Nemo se crispa, et quelques larmes glissèrent de ses yeux, que je ne croyais pas faits pour pleurer.

Pendant quelques instants, j'observai encore ce mourant dont la vie se retirait peu à peu. Sa pâleur s'accroissait encore sous l'éclat électrique qui baignait son lit de mort. Je regardais sa tête intelligente, sillonnée de rides prématurées, que le malheur, la misère peut-être, avaient creusées depuis longtemps. Je cherchais à surprendre le secret de sa vie dans les dernières paroles échappées à ses lèvres !

« Vous pouvez vous retirer, monsieur Aronnax », me dit le capitaine Nemo.

Je laissai le capitaine dans la cabine du mourant, et je regagnai ma chambre, très ému de cette scène. Pendant toute la journée, je fus agité de sinistres pressentiments. La nuit, je dormis mal, et, entre mes songes fréquemment interrompus, je crus entendre des soupirs lointains et comme une psalmodie funèbre. Était-ce la prière des morts, murmurée dans cette langue que je ne savais comprendre ?

Le lendemain matin, je montai sur le pont. Le capitaine Nemo m'y avait précédé. Dès qu'il m'aperçut, il vint à moi.

« Monsieur le professeur, me dit-il, vous conviendrait-il de faire aujourd'hui une excursion sous-marine ?

— Avec mes compagnons ? demandai-je.

— Si cela leur plaît.

— Nous sommes à vos ordres, capitaine.

— Veuillez donc aller revêtir vos scaphandres. »

Du mourant ou du mort il ne fut pas question. Je rejoignis Ned Land et Conseil. Je leur fis connaître la proposition du capitaine Nemo. Conseil s'empressa d'accepter, et, cette fois, le Canadien se montra très disposé à nous suivre.

Il était huit heures du matin. À huit heures et demie, nous étions vêtus pour cette nouvelle promenade, et munis des deux appareils d'éclairage et de respiration. La double porte fut ouverte, et, accompagnés du capitaine Nemo que suivaient une douzaine d'hommes de l'équipage, nous prenions pied à une profondeur de dix mètres sur le sol ferme où reposait le *Nautilus*.

Une légère pente aboutissait à un fond accidenté, par quinze brasses de profondeur environ. Ce fond différait complètement de celui que j'avais visité pendant ma première excursion sous les eaux de l'océan Pacifique. Ici, point de sable fin, point de prairies sous-marines, nulle forêt pélagienne. Je reconnus immédiatement cette région merveilleuse dont, ce jour-là, le capitaine Nemo nous faisait les honneurs. C'était le royaume du corail.

Dans l'embranchement des zoophytes et dans la classe des alcyonaires, on remarque l'ordre des gorgonaires qui renferme les trois groupes des gorgoniens, des isidiens et des coralliens. C'est à ce dernier qu'appartient le corail, curieuse substance qui fut tour à tour classée dans les règnes minéral, végétal et animal. Remède chez les anciens, bijou chez les modernes, ce fut seulement en 1694 que le Marseillais Peysonnel le rangea définitivement dans le règne animal.

Le corail est un ensemble d'animalcules, réunis sur un polypier de nature cassante et pierreuse. Ces polypes ont un générateur unique qui les a produits par bourgeonnement, et ils possèdent une existence propre, tout en participant à la vie commune. C'est donc une sorte de socialisme naturel. Je connaissais les derniers travaux faits sur ce bizarre zoophyte, qui se minéralise tout en s'arborisant, suivant la très juste observation des naturalistes, et rien ne pouvait être plus intéressant pour moi que de visiter l'une de ces forêts pétrifiées que la nature a plantées au fond des mers.

Les appareils Ruhmkorff furent mis en activité, et nous suivîmes un banc de corail en voie de formation, qui, le temps aidant, fermera un jour cette portion de l'océan Indien. La route était bordée d'inextricables buissons formés par l'enchevêtrement d'arbrisseaux que couvraient de petites fleurs étoilées à rayons blancs. Seulement, à l'inverse des plantes de la terre, ces arborisations, fixées aux rochers du sol, se dirigeaient toutes de haut en bas.

La lumière produisait mille effets charmants en se jouant au milieu de ces ramures si vivement colorées. Il me semblait voir ces tubes membraneux et cylindriques trembler sous l'ondulation des eaux. J'étais tenté de cueillir leurs fraîches corolles ornées de délicats tentacules, les unes nouvellement épanouies, les autres naissant à peine, pendant que de légers poissons, aux rapides nageoires, les effleuraient en passant comme des volées d'oiseaux. Mais, si ma main s'approchait de ces fleurs vivantes, de ces sensitives animées, aussitôt l'alerte se mettait dans la colonie. Les corolles blanches rentraient dans leurs étuis rouges, les fleurs s'évanouissaient sous mes regards, et le buisson se changeait en un bloc de mamelons pierreux.

Le hasard m'avait mis là en présence des plus précieux échantillons de ce zoophyte. Ce corail valait celui qui se pêche dans la Méditerranée, sur les côtes de France, d'Italie et de Barbarie. Il justifiait par ses tons vifs ces noms poétiques de *fleur de sang* et d'*écume de sang* que le commerce donne à ses plus beaux produits. Le corail se vend jusqu'à cinq cents francs le kilogramme, et en cet endroit, les couches liquides recouvraient la fortune de tout un monde de corailleurs. Cette précieuse matière, souvent mélangée avec d'autres polypiers, formait alors des ensembles compacts et inextricables appelés « macciota », et sur lesquels je remarquai d'admirables spécimens de corail rose.

Mais bientôt les buissons se resserrèrent, les arborisations grandirent. De véritables taillis pétrifiés et de longues travées d'une architecture fantaisiste s'ouvrirent devant nos pas. Le capitaine Nemo s'engagea sous une obscure galerie dont la pente douce nous conduisit à une profondeur de cent mètres. La lumière de nos serpentins produisait parfois des effets magiques, en s'accrochant aux rugueuses aspérités de ces arceaux naturels et aux pendentifs disposés comme des lustres, qu'elle piquait de pointes de feu. Entre les arbrisseaux coralliens, j'observai d'autres polypes non moins curieux, des mélites, des iris aux ramifications articulées, puis quelques touffes de corallines, les unes vertes, les autres rouges, véritables

algues encroûtées dans leurs sels calcaires, que les naturalistes, après longues discussions, ont définitivement rangées dans le règne végétal. Mais, suivant la remarque
d'un penseur, « c'est peut-être là le point réel où la vie
obscurément se soulève du sommeil de pierre, sans se
détacher encore de ce rude point de départ ».

Enfin, après deux heures de marche, nous avions atteint
une profondeur de trois cents mètres environ, c'est-à-dire
la limite extrême sur laquelle le corail commence à se
former. Mais là, ce n'était plus le buisson isolé, ni le
modeste taillis de basse futaie. C'était la forêt immense,
les grandes végétations minérales, les énormes arbres
pétrifiés, réunis par des guirlandes d'élégantes plumarias,
ces lianes de la mer, toutes parées de nuances et de reflets.
Nous passions librement sous leur haute ramure perdue
dans l'ombre des flots, tandis qu'à nos pieds, les tubipores, les méandrines, les astrées, les fongies, les caryo-
phylles, formaient un tapis de fleurs, semé de gemmes
éblouissantes.

Quel indescriptible spectacle ! Ah ! que ne pouvions-
nous communiquer nos sensations ! Pourquoi étions-nous
emprisonnés sous ce masque de métal et de verre ! Pourquoi les paroles nous étaient-elles interdites de l'un à
l'autre ! Que ne vivions-nous, du moins, de la vie de ces
poissons qui peuplent le liquide élément, ou plutôt encore
de celle de ces amphibies qui, pendant de longues heures,
peuvent parcourir, au gré de leur caprice, le double
domaine de la terre et des eaux !

Cependant, le capitaine Nemo s'était arrêté. Mes
compagnons et moi, nous suspendîmes notre marche, et,
me retournant, je vis que ses hommes formaient un demi-
cercle autour de leur chef. En regardant avec plus d'attention, j'observai que quatre d'entre eux portaient sur leurs
épaules un objet de forme oblongue.

Nous occupions, en cet endroit, le centre d'une vaste
clairière, entourée par les hautes arborisations de la forêt
sous-marine. Nos lampes projetaient sur cet espace une
sorte de clarté crépusculaire qui allongeait démesurément
les ombres sur le sol. À la limite de la clairière, l'obscu-

rité redevenait profonde, et ne recueillait que de petites étincelles retenues par les vives arêtes du corail.

Ned Land et Conseil étaient près de moi. Nous regardions, et il me vint à la pensée que j'allais assister à une scène étrange. En observant le sol, je vis qu'il était gonflé, en de certains points, par de légères extumescences encroûtées de dépôts calcaires, et disposées avec une régularité qui trahissait la main de l'homme.

Au milieu de la clairière, sur un piédestal de rocs grossièrement entassés, se dressait une croix de corail, qui étendait ses longs bras qu'on eût dit faits d'un sang pétrifié.

Sur un signe du capitaine Nemo, un de ses hommes s'avança, et à quelques pieds de la croix, il commença à creuser un trou avec une pioche qu'il détacha de sa ceinture.

Je compris tout ! Cette clairière était un cimetière, ce trou, une tombe, cet objet oblong, le corps de l'homme mort dans la nuit ! Le capitaine Nemo et les siens venaient enterrer leur compagnon dans cette demeure commune, au fond de cet inaccessible océan !

Non ! Jamais mon esprit ne fut surexcité à ce point ! Jamais idées plus impressionnantes n'envahirent mon cerveau ! Je ne voulais pas voir ce que voyaient mes yeux !

Cependant, la tombe se creusait lentement. Les poissons fuyaient çà et là leur retraite troublée. J'entendais résonner, sur le sol calcaire, le fer du pic qui étincelait parfois en heurtant quelque silex perdu au fond des eaux. Le trou s'allongeait, s'élargissait, et bientôt il fut assez profond pour recevoir le corps.

Alors, les porteurs s'approchèrent. Le corps, enveloppé dans un tissu de byssus blanc, descendit dans son humide tombe. Le capitaine Nemo, les bras croisés sur la poitrine, et tous les amis de celui qui les avait aimés s'agenouillèrent dans l'attitude de la prière... Mes deux compagnons et moi, nous nous étions religieusement inclinés.

La tombe fut alors recouverte des débris arrachés au sol, qui formèrent un léger renflement.

Quand ce fut fait, le capitaine Nemo et ses hommes se redressèrent ; puis, se rapprochant de la tombe, tous

Tous s'agenouillèrent dans l'attitude de la prière. (Page 288.)

fléchirent encore le genou, et tous étendirent leur main en signe de suprême adieu...

Alors, la funèbre troupe reprit le chemin du *Nautilus*, repassant sous les arceaux de la forêt, au milieu des taillis, le long des buissons de corail, et toujours montant.

Enfin, les feux du bord apparurent. Leur traînée lumineuse nous guida jusqu'au *Nautilus*. À une heure, nous étions de retour.

Dès que mes vêtements furent changés, je remontai sur la plate-forme, et, en proie à une terrible obsession d'idées, j'allai m'asseoir près du fanal.

Le capitaine Nemo me rejoignit. Je me levai et lui dis :

« Ainsi, suivant mes prévisions, cet homme est mort dans la nuit ?

— Oui, monsieur Aronnax, répondit le capitaine Nemo.

— Et il repose maintenant près de ses compagnons, dans ce cimetière de corail ?

— Oui, oubliés de tous, mais non de nous ! Nous creusons la tombe, et les polypes se chargent d'y sceller nos morts pour l'éternité ! »

Et, cachant d'un geste brusque son visage dans ses mains crispées, le capitaine essaya vainement de comprimer un sanglot. Puis il ajouta :

« C'est là notre paisible cimetière, à quelques centaines de pieds au-dessous de la surface des flots !

— Vos morts y dorment, du moins, tranquilles, capitaine, hors de l'atteinte des requins !

— Oui, monsieur, répondit gravement le capitaine Nemo, des requins et des hommes ! »

FIN DE LA PREMIÈRE PARTIE

VINGT MILLE LIEUES SOUS LES MERS

DEUXIÈME PARTIE

HILDIBRAND SC

I

L'OCÉAN INDIEN

Ici commence la seconde partie de ce voyage sous les
mers. La première s'est terminée sur cette émouvante
scène du cimetière de corail qui a laissé dans mon esprit
une impression profonde. Ainsi donc, au sein de cette
mer immense, la vie du capitaine Nemo se déroulait tout
entière, et il n'était pas jusqu'à sa tombe qu'il n'eût préparée dans le plus impénétrable de ses abîmes. Là, pas un

des monstres de l'océan ne viendrait troubler le dernier sommeil de ces hôtes du *Nautilus*, de ces amis, rivés les uns aux autres, dans la mort aussi bien que dans la vie ! « Nul homme, non plus ! » avait ajouté le capitaine.

Toujours cette même défiance, farouche, implacable, envers les sociétés humaines !

Pour moi, je ne me contentais plus des hypothèses qui satisfaisaient Conseil. Ce digne garçon persistait à ne voir dans le commandant du *Nautilus* qu'un de ces savants méconnus qui rendent à l'humanité mépris pour indifférence. C'était encore pour lui un génie incompris qui, las des déceptions de la terre, avait dû se réfugier dans cet inaccessible milieu où ses instincts s'exerçaient librement. Mais, à mon avis, cette hypothèse n'expliquait qu'un des côtés du capitaine Nemo.

En effet, le mystère de cette dernière nuit pendant laquelle nous avions été enchaînés dans la prison et le sommeil, la précaution si violemment prise par le capitaine d'arracher de mes yeux la lunette prête à parcourir l'horizon, la blessure mortelle de cet homme due à un choc inexplicable du *Nautilus*, tout cela me poussait dans une voie naturelle. Non ! le capitaine Nemo ne se contentait pas de fuir les hommes ! Son formidable appareil servait non seulement ses instincts de liberté, mais peut-être aussi les intérêts de je ne sais quelles terribles représailles.

En ce moment, rien n'est évident pour moi, je n'entrevois encore dans ces ténèbres que des lueurs, et je dois me borner à écrire, pour ainsi dire, sous la dictée des événements.

D'ailleurs rien ne nous lie au capitaine Nemo. Il sait que s'échapper du *Nautilus* est impossible. Nous ne sommes pas même prisonniers sur parole. Aucun engagement d'honneur ne nous enchaîne. Nous ne sommes que des captifs, que des prisonniers déguisés sous le nom d'hôtes par un semblant de courtoisie. Toutefois, Ned Land n'a pas renoncé à l'espoir de recouvrer sa liberté. Il est certain qu'il profitera de la première occasion que le hasard lui offrira. Je ferai comme lui sans doute. Et cependant, ce ne sera pas sans une sorte de regret que j'emporterai ce que la générosité du capitaine nous aura laissé pénétrer des mystères du *Nautilus* ! Car enfin, faut-il haïr cet homme ou l'admirer ? Est-ce une victime ou un bourreau ? Et puis, pour être franc, je voudrais, avant de l'abandonner à jamais, je voudrais avoir accompli ce tour du monde sous-marin dont les débuts sont si magnifiques. Je voudrais avoir observé la complète série des merveilles entassées sous les mers du globe. Je voudrais avoir vu ce que nul homme n'a vu encore, quand je devrais payer de ma vie cet insatiable besoin d'apprendre ! Qu'ai-je découvert jusqu'ici ? Rien, ou presque rien, puisque nous n'avons encore parcouru que six mille lieues à travers le Pacifique !

Pourtant je sais bien que le *Nautilus* se rapproche des terres habitées, et que, si quelque chance de salut s'offre à nous, il serait cruel de sacrifier mes compagnons à ma passion pour l'inconnu. Il faudra les suivre, peut-être même les guider. Mais cette occasion se présentera-t-elle jamais ? L'homme privé par la force de son libre arbitre la désire, cette occasion, mais le savant, le curieux, la redoute.

Ce jour-là, 21 janvier 1868, à midi, le second vint prendre la hauteur du soleil. Je montai sur la plate-forme, j'allumai un cigare, et je suivis l'opération. Il me parut évident que cet homme ne comprenait pas le français, car plusieurs fois je fis à voix haute des réflexions qui auraient dû lui arracher quelque signe involontaire d'attention, s'il les eût comprises, mais il resta impassible et muet.

Pendant qu'il observait au moyen du sextant, un des matelots du *Nautilus* — cet homme vigoureux qui nous avait accompagnés lors de notre première excursion sous-marine à l'île Crespo — vint nettoyer les vitres du fanal. J'examinai alors l'installation de cet appareil dont la puissance était centuplée par des anneaux lenticulaires disposés comme ceux des phares, et qui maintenaient sa lumière dans le plan utile. La lampe électrique était combinée de manière à donner tout son pouvoir éclairant. Sa lumière, en effet, se produisait dans le vide, ce qui

assurait à la fois sa régularité et son intensité. Ce vide
économisait aussi les pointes de graphite entre lesquelles
se développe l'arc lumineux. Économie importante pour
le capitaine Nemo, qui n'aurait pu les renouveler aisément. Mais, dans ces conditions, leur usure était presque
insensible.

Lorsque le *Nautilus* se prépara à reprendre sa marche
sous-marine, je redescendis au salon. Les panneaux se
refermèrent, et la route fut donnée directement à l'ouest.

Nous sillonnions alors les flots de l'océan Indien, vaste
plaine liquide d'une contenance de cinq cent cinquante
millions d'hectares, et dont les eaux sont si transparentes
qu'elles donnent le vertige à qui se penche à leur surface.
Le *Nautilus* y flottait généralement entre cent et deux
cents mètres de profondeur. Ce fut ainsi pendant quelques
jours. À tout autre que moi, pris d'un immense amour
de la mer, les heures eussent sans doute paru longues et
monotones ; mais ces promenades quotidiennes sur la
plate-forme où je me retrempais dans l'air vivifiant de
l'océan, le spectacle de ces riches eaux à travers les vitres
du salon, la lecture des livres de la bibliothèque, la rédaction de mes mémoires, employaient tout mon temps et ne
me laissaient pas un moment de lassitude ou d'ennui.

Notre santé à tous se maintenait dans un état très satisfaisant. Le régime du bord nous convenait parfaitement,
et pour mon compte, je me serais bien passé des variantes
que Ned Land, par esprit de protestation, s'ingéniait à y
apporter. De plus, dans cette température constante, il n'y
avait pas même un rhume à craindre. D'ailleurs, ce
madréporaire *Dendrophyllée*, connu en Provence sous le
nom de « fenouil de mer », et dont il existait une certaine
réserve à bord, eût fourni avec la chair fondante de ses
polypes une pâte excellente contre la toux.

Pendant quelques jours, nous vîmes une grande quantité d'oiseaux aquatiques, palmipèdes, mouettes ou goé-
lands. Quelques-uns furent adroitement tués, et, préparés
d'une certaine façon, ils fournirent un gibier d'eau très
acceptable. Parmi les grands voiliers, emportés à de
longues distances de toutes terres, et qui se reposent sur

les flots des fatigues du vol, j'aperçus de magnifiques albatros au cri discordant comme un braiment d'âne, oiseaux qui appartiennent à la famille des longipennes. La famille des totipalmes était représentée par des frégates rapides qui pêchaient prestement les poissons de la surface, et par de nombreux phaétons ou paille-en-queue, entre autres, ce phaéton à brins rouges, gros comme un pigeon, et dont le plumage blanc est nuancé de tons roses qui font valoir la teinte noire des ailes.

Les filets du *Nautilus* rapportèrent plusieurs sortes de tortues marines, du genre caret, à dos bombé, et dont l'écaille est très estimée. Ces reptiles, qui plongent facilement, peuvent se maintenir longtemps sous l'eau en fermant la soupape charnue située à l'orifice externe de leur canal nasal. Quelques-uns de ces carets, lorsqu'on les prit, dormaient encore dans leur carapace, à l'abri des animaux marins. La chair de ces tortues était généralement médiocre, mais leurs œufs formaient un régal excellent.

Quant aux poissons, ils provoquaient toujours notre admiration, quand nous surprenions à travers les panneaux ouverts les secrets de leur vie aquatique. Je remarquai plusieurs espèces qu'il ne m'avait pas été donné d'observer jusqu'alors.

Je citerai principalement des ostracions particuliers à la mer Rouge, à la mer des Indes et à cette partie de l'océan qui baigne les côtes de l'Amérique équinoxiale. Ces poissons, comme les tortues, les tatous, les oursins, les crustacés, sont protégés par une cuirasse qui n'est ni crétacée, ni pierreuse, mais véritablement osseuse. Tantôt elle affecte la forme d'un solide triangulaire, tantôt la forme d'un solide quadrangulaire. Parmi les triangulaires, j'en notai quelques-uns d'une longueur d'un demi-décimètre, d'une chair salubre, d'un goût exquis, bruns à la queue, jaunes aux nageoires, et dont je recommande l'acclimatation même dans les eaux douces, auxquelles d'ailleurs un certain nombre de poissons de mer s'accoutument aisément. Je citerai aussi des ostracions quadrangulaires, surmontés sur le dos de quatre gros tubercules ; des ostracions mouchetés de points blancs sous la partie infé-

Albatros, frégates et phaétons. (Page 295.)

rieure du corps, qui s'apprivoisent comme des oiseaux ; des trigones, pourvus d'aiguillons formés par la prolongation de leur croûte osseuse, et auxquels leur singulier grognement a valu le surnom de « cochons de mer » ; puis des dromadaires à grosses bosses en forme de cône, dont la chair est dure et coriace.

Je relève encore sur les notes quotidiennes tenues par maître Conseil certains poissons du genre tétrodons, particuliers à ces mers, des spengleriens au dos rouge, à la poitrine blanche, qui se distinguent par trois rangées longitudinales de filaments, et des électriques, longs de sept pouces, parés des plus vives couleurs. Puis, comme échantillons d'autres genres, des ovoïdes semblables à un œuf d'un brun noir, sillonnés de bandelettes blanches et dépourvus de queue ; des diodons, véritables porcs-épics de la mer, munis d'aiguillons et pouvant se gonfler de manière à former une pelote hérissée de dards ; des hippocampes communs à tous les océans ; des pégases volants, à museau allongé, auxquels leurs nageoires pectorales, très étendues et disposées en forme d'ailes, permettent sinon de voler, du moins de s'élancer dans les airs ; des pigeons spatulés, dont la queue est couverte de nombreux anneaux écailleux ; des macrognathes à longue mâchoire, excellents poissons longs de vingt-cinq centimètres et brillant des plus agréables couleurs ; des calliomores livides, dont la tête est rugueuse ; des myriades de blennies-sauteurs, rayés de noir, aux longues nageoires pectorales, glissant à la surface des eaux avec une prodigieuse vélocité ; de délicieux vélifères, qui peuvent hisser leurs nageoires comme autant de voiles déployées aux courants favorables ; des kurtes splendides, auxquels la nature a prodigué le jaune, le bleu céleste, l'argent et l'or ; des trichoptères, dont les ailes sont formées de filaments ; des cottes, toujours maculées de limon, qui produisent un certain bruissement ; des trygles, dont le foie est considéré comme poison ; des bodians, qui portent sur les yeux une œillère mobile ; enfin des soufflets, au museau long et tubuleux, véritables gobe-mouches de l'océan, armés d'un fusil que n'ont prévu ni les Chassepot ni les Reming-

ton, et qui tuent les insectes en les frappant d'une simple
goutte d'eau.

Dans le quatre-vingt-neuvième genre des poissons
classés par Lacépède, qui appartient à la seconde sous-
classe des osseux, caractérisés par un opercule et une
membrane bronchiale, je remarquai la scorpène, dont la
tête est garnie d'aiguillons et qui ne possède qu'une seule
nageoire dorsale ; ces animaux sont revêtus ou privés de
petites écailles, suivant le sous-genre auquel ils appartiennent. Le second sous-genre nous donna des échantillons
de didactyles longs de trois à quatre décimètres, rayés de
jaune, mais dont la tête est d'un aspect fantastique. Quant
au premier sous-genre, il fournit plusieurs spécimens de
ce poisson bizarre justement surnommé « crapaud de
mer », poisson à tête grande, tantôt creusée de sinus profonds, tantôt boursouflée de protubérances ; hérissé d'aiguillons et parsemé de tubercules, il porte des cornes
irrégulières et hideuses ; son corps et sa queue sont garnis
de callosités ; ses piquants font des blessures dangereuses ; il est répugnant et horrible.

Du 21 au 23 janvier, le *Nautilus* marcha à raison de
deux cent cinquante lieues par vingt-quatre heures, soit
cinq cent quarante milles, ou vingt-deux milles à l'heure.
Si nous reconnaissions au passage les diverses variétés de
poissons, c'est que ceux-ci, attirés par l'éclat électrique,
cherchaient à nous accompagner ; la plupart, distancés par
cette vitesse, restaient bientôt en arrière ; quelques-uns
cependant parvenaient à se maintenir pendant un certain
temps dans les eaux du *Nautilus*.

Le 24 au matin, par 12° 5' de latitude sud et 94° 33'
de longitude, nous eûmes connaissance de l'île Keeling,
soulèvement madréporique planté de magnifiques cocos,
et qui fut visitée par M. Darwin et le capitaine Fitz-Roy.
Le *Nautilus* prolongea à peu de distance les accores de
cette île déserte. Ses dragues rapportèrent de nombreux
échantillons de polypes et d'échinodermes, et des tests
curieux de l'embranchement des mollusques. Quelques
précieux produits de l'espèce des dauphinules accrurent
les trésors du capitaine Nemo, auxquels je joignis une

astrée punctifère, sorte de polypier parasite souvent fixé sur une coquille.

Bientôt l'île Keeling disparut sous l'horizon, et la route fut donnée au nord-ouest vers la pointe de la péninsule indienne.

« Des terres civilisées, me dit ce jour-là Ned Land. Cela vaudra mieux que ces îles de la Papouasie, où l'on rencontre plus de sauvages que de chevreuils ! Sur cette terre indienne, monsieur le professeur, il y a des routes, des chemins de fer, des villes anglaises, françaises et indoues. On ne ferait pas cinq milles sans y rencontrer un compatriote. Hein ! est-ce que le moment n'est pas venu de brûler la politesse au capitaine Nemo ?

— Non, Ned, non, répondis-je d'un ton très déterminé. Laissons courir, comme vous dites, vous autres marins. Le *Nautilus* se rapproche des continents habités. Il revient vers l'Europe, qu'il nous y conduise. Une fois arrivés dans nos mers, nous verrons ce que la prudence nous conseillera de tenter. D'ailleurs, je ne suppose pas que le capitaine Nemo nous permette d'aller chasser sur les côtes de Malabar ou de Coromandel comme dans les forêts de la Nouvelle-Guinée.

— Eh bien ! monsieur, ne peut-on se passer de sa permission ? »

Je ne répondis pas au Canadien. Je ne voulais pas discuter. Au fond, j'avais à cœur d'épuiser jusqu'au bout les hasards de la destinée qui m'avait jeté à bord du *Nautilus*.

À partir de l'île Keeling, notre marche se ralentit généralement. Elle fut aussi plus capricieuse et nous entraîna souvent à de grandes profondeurs. On fit plusieurs fois usage des plans inclinés que des leviers intérieurs pouvaient placer obliquement à la ligne de flottaison. Nous allâmes ainsi jusqu'à deux et trois kilomètres, mais sans jamais avoir vérifié les grands fonds de cette mer indienne que des sondes de treize mille mètres n'ont pas pu atteindre. Quant à la température des basses couches, le thermomètre indiqua toujours invariablement quatre degrés au-dessus de zéro. J'observai seulement que, dans les nappes supérieures, l'eau était toujours plus froide sur les hauts fonds qu'en pleine mer.

Le 25 janvier, l'océan étant absolument désert, le *Nautilus* passa la journée à sa surface, battant les flots de sa puissante hélice et les faisant rejaillir à une grande hauteur. Comment, dans ces conditions, ne l'eût-on pas pris pour un cétacé gigantesque ? Je passai les trois quarts de cette journée sur la plate-forme. Je regardais la mer. Rien à l'horizon, si ce n'est, vers quatre heures du soir, un long steamer qui courait dans l'ouest à contre-bord. Sa mâture fut visible un instant, mais il ne pouvait apercevoir le *Nautilus*, trop ras sur l'eau. Je pensai que ce bateau à vapeur appartenait à la ligne Péninsulaire et Orientale qui fait le service de l'île de Ceylan à Sydney, en touchant à la pointe du Roi-George et à Melbourne.

À cinq heures du soir, avant ce rapide crépuscule qui lie le jour à la nuit dans les zones tropicales, Conseil et moi nous fûmes émerveillés par un curieux spectacle.

Il est un charmant animal dont la rencontre, suivant les Anciens, présageait des chances heureuses. Aristote, Athénée, Pline, Oppien, avaient étudié ses goûts et épuisé à son égard toute la poétique des savants de la Grèce et de l'Italie. Ils l'appelèrent *Nautilus* et *Pompylius*. Mais la science moderne n'a pas ratifié leur appellation, et ce mollusque est maintenant connu sous le nom d'Argonaute.

Qui eût consulté Conseil eût appris de ce brave garçon que l'embranchement des mollusques se divise en cinq classes ; que la première classe, celle des céphalopodes, dont les sujets sont tantôt nus, tantôt testacés, comprend deux familles, celles des dibranchiaux et des tétrabranchiaux, qui se distinguent par le nombre de leurs branchies ; que la famille des dibranchiaux renferme trois genres, l'argonaute, le calmar et la seiche, et que la famille des tétrabranchiaux n'en contient qu'un seul, le nautile. Si, après cette nomenclature, un esprit rebelle eût confondu l'argonaute, qui est *acétabulifère*, c'est-à-dire porteur de ventouses, avec le nautile, qui est *tentaculifère*, c'est-à-dire porteur de tentacules, il aurait été sans excuse.

Or c'était une troupe de ces argonautes qui voyageait alors à la surface de l'océan. Nous pouvions en compter plusieurs centaines. Ils appartenaient à l'espèce des argonautes tuberculés qui est spéciale aux mers de l'Inde.

Ces gracieux mollusques se mouvaient à reculons au moyen de leur tube locomoteur en chassant par ce tube l'eau qu'ils avaient aspirée. De leurs huit tentacules, six, allongés et amincis, flottaient sur l'eau, tandis que les deux autres, arrondis en palmes, se tendaient au vent comme une voile légère. Je voyais parfaitement leur coquille spiraliforme et ondulée que Cuvier compare justement à une élégante chaloupe. Véritable bateau en effet. Il transporte l'animal qui l'a sécrété, sans que l'animal y adhère.

« L'argonaute est libre de quitter sa coquille, dis-je à Conseil, mais il ne la quitte jamais.

— Ainsi fait le capitaine Nemo, répondit judicieusement Conseil. C'est pourquoi il eût mieux fait d'appeler son navire l'*Argonaute*. »

Pendant une heure environ, le *Nautilus* flotta au milieu de cette troupe de mollusques. Puis, je ne sais quel effroi les prit soudain. Comme à un signal, toutes les voiles furent subitement amenées ; les bras se replièrent, les corps se contractèrent, les coquilles se renversant changèrent leur centre de gravité, et toute la flottille disparut sous les flots. Ce fut instantané, et jamais navires d'une escadre ne manœuvrèrent avec plus d'ensemble.

En ce moment, la nuit tomba subitement, et les lames, à peine soulevées par la brise, s'allongèrent paisiblement sous les préceintes du *Nautilus*.

Le lendemain, 26 janvier, nous coupions l'Équateur sur le quatre-vingt-deuxième méridien, et nous rentrions dans l'hémisphère boréal.

Pendant cette journée, une formidable troupe de squales nous fit cortège. Terribles animaux qui pullulent dans ces mers et les rendent fort dangereuses. C'étaient des squales philipps au dos brun et au ventre blanchâtre, armés de onze rangées de dents, des squales œillés dont le cou est marqué d'une grande tache noire cerclée de

Les argonautes. (Page 301.)

blanc qui ressemble à un œil, des squales isabelle à museau arrondi et semé de points obscurs. Souvent, ces puissants animaux se précipitaient contre la vitre du salon avec une violence peu rassurante. Ned Land ne se possédait plus alors. Il voulait remonter à la surface des flots et harponner ces monstres, surtout certains squales émissoles dont la gueule est pavée de dents disposées comme une mosaïque, et de grands squales tigrés, longs de cinq mètres, qui le provoquaient avec une insistance toute particulière. Mais bientôt le *Nautilus*, accroissant sa vitesse, laissa facilement en arrière les plus rapides de ces requins.

Le 27 janvier, à l'ouvert du vaste golfe du Bengale, nous rencontrâmes à plusieurs reprises, spectacle sinistre ! des cadavres qui flottaient à la surface des flots. C'étaient les morts des villes indiennes, charriés par le Gange jusqu'à la haute mer, et que les vautours, les seuls ensevelisseurs du pays, n'avaient pas achevé de dévorer. Mais les squales ne manquaient pas pour les aider dans leur funèbre besogne.

Vers sept heures du soir, le *Nautilus* à demi immergé navigua au milieu d'une mer de lait. À perte de vue l'océan semblait être lactifié. Était-ce l'effet des rayons lunaires ? Non, car la lune, ayant deux jours à peine, était encore perdue au-dessous de l'horizon dans les rayons du soleil. Tout le ciel, quoique éclairé par le rayonnement sidéral, semblait noir par contraste avec la blancheur des eaux.

Conseil ne pouvait en croire ses yeux, et il m'interrogeait sur les causes de ce singulier phénomène. Heureusement, j'étais en mesure de lui répondre.

« C'est ce qu'on appelle une mer de lait, lui dis-je, vaste étendue de flots blancs qui se voit fréquemment sur les côtes d'Amboine et dans ces parages.

— Mais, demanda Conseil, monsieur peut-il m'apprendre quelle cause produit un pareil effet, car cette eau ne s'est pas changée en lait, je suppose !

— Non, mon garçon, et cette blancheur qui te surprend n'est due qu'à la présence de myriades de bestioles infusoires, sortes de petits vers lumineux, d'un aspect gélati-

Des cadavres flottaient. (Page 303.)

neux et incolore, de l'épaisseur d'un cheveu, et dont la longueur ne dépasse pas un cinquième de millimètre. Quelques-unes de ces bestioles adhèrent entre elles pendant l'espace de plusieurs lieues.

— Plusieurs lieues ! s'écria Conseil.

— Oui, mon garçon, et ne cherche pas à supputer le nombre de ces infusoires ! Tu n'y parviendrais pas, car, si je ne me trompe, certains navigateurs ont flotté sur ces mers de lait pendant plus de quarante milles. »

Je ne sais si Conseil tint compte de ma recommandation, mais il parut se plonger dans des réflexions profondes, cherchant sans doute à évaluer combien quarante milles carrés contiennent de cinquièmes de millimètre. Pour moi, je continuai d'observer le phénomène. Pendant plusieurs heures, le *Nautilus* trancha de son éperon ces flots blanchâtres, et je remarquai qu'il glissait sans bruit sur cette eau savonneuse, comme s'il eût flotté dans ces remous d'écume que les courants et les contre-courants des baies laissaient quelquefois entre eux.

Vers minuit, la mer reprit subitement sa teinte ordinaire, mais derrière nous, jusqu'aux limites de l'horizon, le ciel, réfléchissant la blancheur des flots, sembla longtemps imprégné des vagues lueurs d'une aurore boréale.

II

UNE NOUVELLE PROPOSITION DU CAPITAINE NEMO

Le 28 février, lorsque le *Nautilus* revient à midi à la surface de la mer, par 9° 4' de latitude nord, il se trouvait en vue d'une terre qui lui restait à huit milles dans l'ouest. J'observai tout d'abord une agglomération de montagnes, hautes de deux mille pieds environ, dont les formes se modelaient très capricieusement. Le point terminé, je rentrai dans le salon, et lorsque le relèvement eut été reporté sur la carte, je reconnus que nous étions en présence de l'île de Ceylan, cette perle qui pend au lobe inférieur de la péninsule indienne.

J'allai chercher dans la bibliothèque quelque livre relatif à cette île, l'une des plus fertiles du globe. Je trouvai précisément un volume de Sirr H. C., Esq., intitulé *Ceylan and the Cingalese*. Rentré au salon, je notai d'abord les relèvements de Ceylan, à laquelle l'Antiquité avait prodigué tant de noms divers. Sa situation était entre 5° 55' et 9° 49' de latitude nord, et entre 79° 42' et 82° 4' de longitude à l'est du méridien de Greenwich ; sa longueur, deux cent soixante-quinze milles ; sa largeur maximum, cent cinquante milles ; sa circonférence, neuf cents milles ; sa superficie, vingt-quatre mille quatre cent quarante-huit milles, c'est-à-dire un peu inférieure à celle de l'Irlande.

Le capitaine Nemo et son second parurent en ce moment.

Le capitaine jeta un coup d'œil sur la carte. Puis, se tournant vers moi :

« L'île de Ceylan, dit-il, une terre célèbre par ses pêcheries de perles. Vous serait-il agréable, monsieur Aronnax, de visiter l'une de ses pêcheries ?

— Sans aucun doute, capitaine.

— Bien. Ce sera chose facile. Seulement, si nous voyons les pêcheries, nous ne verrons pas les pêcheurs. L'exploitation annuelle n'est pas encore commencée. N'importe. Je vais donc donner l'ordre de rallier le golfe de Manaar, où nous arriverons dans la nuit. »

Le capitaine dit quelques mots à son second qui sortit aussitôt. Bientôt le *Nautilus* rentra dans son liquide élément, et le manomètre indiqua qu'il s'y tenait à une profondeur de trente pieds.

La carte sous les yeux, je cherchai alors ce golfe de Manaar. Je le trouvai par le neuvième parallèle, sur la côte nord-ouest de Ceylan. Il était formé par une ligne allongée de la petite île Manaar. Pour l'atteindre, il fallait remonter tout le rivage occidental de Ceylan.

« Monsieur le professeur, me dit alors le capitaine Nemo, on pêche des perles dans le golfe du Bengale, dans la mer des Indes, dans les mers de Chine et du Japon, dans les mers du sud de l'Amérique, au golfe de Panama, au golfe de Californie ; mais c'est à Ceylan que cette pêche obtient les plus beaux résultats. Nous arrivons un peu tôt, sans doute. Les pêcheurs ne se rassemblent que pendant le mois de mars au golfe de Manaar, et là, pendant trente jours, leurs trois cents bateaux se livrent à cette lucrative exploitation des trésors de la mer. Chaque bateau est monté par dix rameurs et par dix pêcheurs. Ceux-ci, divisés en deux groupes, plongent alternativement et descendent à une profondeur de douze mètres au moyen d'une lourde pierre qu'ils saisissent entre leurs pieds et qu'une corde rattache au bateau.

— Ainsi, dis-je, c'est toujours ce moyen primitif qui est encore en usage ?

— Toujours, me répondit le capitaine Nemo, bien que ces pêcheries appartiennent au peuple le plus industrieux du globe, aux Anglais, auxquels le traité d'Amiens les a cédées en 1802.

— Il me semble, cependant, que le scaphandre, tel que vous l'employez, rendrait de grands services dans une telle opération.

— Oui, car ces pauvres pêcheurs ne peuvent demeurer longtemps sous l'eau. L'Anglais Perceval, dans son voyage à Ceylan, parle bien d'un Cafre qui restait cinq minutes sans remonter à la surface, mais le fait me paraît peu croyable. Je sais que quelques plongeurs vont jusqu'à cinquante-sept secondes, et de très habiles jusqu'à quatre-vingt-sept ; toutefois ils sont rares, et, revenus à bord, ces malheureux rendent par le nez et les oreilles de l'eau teintée de sang. Je crois que la moyenne de temps que les pêcheurs peuvent supporter est de trente secondes, pendant lesquelles ils se hâtent d'entasser dans un petit filet toutes les huîtres perlières qu'ils arrachent ; mais, généralement, ces pêcheurs ne vivent pas vieux ; leur vue s'affaiblit ; des ulcérations se déclarent à leurs yeux ; des plaies se forment sur leur corps, et souvent même ils sont frappés d'apoplexie au fond de la mer.

— Oui, dis-je, c'est un triste métier, et qui ne sert qu'à la satisfaction de quelques caprices. Mais, dites-moi, capitaine, quelle quantité d'huîtres peut pêcher un bateau dans sa journée ?

— Quarante à cinquante mille environ. On dit même qu'en 1814, le gouvernement anglais ayant fait pêcher pour son propre compte, ses plongeurs, dans vingt journées de travail, rapportèrent soixante-seize millions d'huîtres.

— Au moins, demandai-je, ces pêcheurs sont-ils suffisamment rétribués ?

— À peine, monsieur le professeur. À Panama, ils ne gagnent qu'un dollar par semaine. Le plus souvent, ils ont un sol par huître qui renferme une perle, et combien en ramènent-ils qui n'en contiennent pas !

— Un sol à ces pauvres gens qui enrichissent leurs maîtres ! C'est odieux.

— Ainsi, monsieur le professeur, me dit le capitaine Nemo, vos compagnons et vous, vous visiterez le banc de Manaar, et si par hasard quelque pêcheur hâtif s'y trouve déjà, eh bien, nous le verrons opérer.

— C'est convenu, capitaine.

— À propos, monsieur Aronnax, vous n'avez pas peur des requins ?

— Des requins ? » m'écriai-je.

Cette question me parut, pour le moins, très oiseuse.

« Eh bien ? reprit le capitaine Nemo.

— Je vous avouerai, capitaine, que je ne suis pas encore très familiarisé avec ce genre de poissons.

— Nous y sommes habitués, nous autres, répliqua le capitaine Nemo, et avec le temps, vous vous y ferez. D'ailleurs, nous serons armés, et, chemin faisant, nous pourrons peut-être chasser quelque squale. C'est une chasse intéressante. Ainsi donc, à demain, monsieur le professeur, et de grand matin. »

Cela dit d'un ton dégagé, le capitaine Nemo quitta le salon.

On vous inviterait à chasser l'ours dans les montagnes de la Suisse, que vous diriez : « Très bien ! demain nous irons chasser l'ours. » On vous inviterait à chasser le lion dans les plaines de l'Atlas, ou le tigre dans les jungles de l'Inde, que vous diriez : « Ah ! ah ! il paraît que nous allons chasser le tigre ou le lion ! » Mais on vous inviterait à chasser le requin dans son élément naturel, que vous demanderiez peut-être à réfléchir avant d'accepter cette invitation.

Pour moi, je passai ma main sur mon front où perlaient quelques gouttes de sueur froide.

« Réfléchissons, me dis-je, et prenons notre temps. Chasser des loutres dans les forêts sous-marines, comme nous l'avons fait dans les forêts de l'île Crespo, passe encore. Mais courir le fond des mers, quand on est à peu près certain d'y rencontrer des squales, c'est autre chose ! Je sais bien que dans certains pays, aux îles Andamènes particulièrement, les nègres n'hésitent pas à attaquer le requin, un poignard dans une main et un lacet dans l'autre, mais je sais aussi que beaucoup de ceux qui affrontent ces formidables animaux ne reviennent pas vivants ! D'ailleurs, je ne suis pas un nègre, et quand je serais un nègre, je crois que, dans ce cas, une légère hésitation de ma part ne serait pas déplacée. »

Et me voilà rêvant de requins, songeant à ces vastes mâchoires armées de multiples rangées de dents, et capables de couper un homme en deux. Je me sentais déjà une certaine douleur autour des reins. Puis, je ne pouvais digérer le sans-façon avec lequel le capitaine avait fait cette déplorable invitation ! N'eût-on pas dit qu'il s'agissait d'aller traquer sous bois quelque renard inoffensif ?

« Bon ! pensai-je, jamais Conseil ne voudra venir, et cela me dispensera d'accompagner le capitaine. »

Quant à Ned Land, j'avoue que je ne me sentais pas aussi sûr de sa sagesse. Un péril, si grand qu'il fût, avait toujours un attrait pour sa nature batailleuse.

Je repris ma lecture du livre de Sirr, mais je le feuilletai machinalement. Je voyais, entre les lignes, des mâchoires formidablement ouvertes.

En ce moment, Conseil et le Canadien entrèrent, l'air tranquille et même joyeux. Ils ne savaient pas ce qui les attendait.

« Ma foi, monsieur, me dit Ned Land, votre capitaine Nemo — que le diable emporte ! — vient de nous faire une très aimable proposition.

— Ah ! dis-je, vous savez...

— N'en déplaise à monsieur, répondit Conseil, le commandant du *Nautilus* nous a invités à visiter demain, en compagnie de monsieur, les magnifiques pêcheries de Ceylan. Il l'a fait en termes excellents et s'est conduit en véritable gentleman.

— Il ne vous a rien dit de plus ?

— Rien, monsieur, répondit le Canadien, si ce n'est qu'il vous avait parlé de cette petite promenade.

— En effet, dis-je. Et il ne vous a donné aucun détail sur...

— Aucun, monsieur le naturaliste. Vous nous accompagnerez, n'est-il pas vrai ?

— Moi... sans doute ! Je vois que vous y prenez goût, maître Land.

— Oui ! c'est curieux, très curieux.

— Dangereux peut-être ! ajoutai-je d'un ton insinuant.

— Dangereux, répondit Ned Land, une simple excursion sur un banc d'huîtres ! »

Décidément le capitaine Nemo avait jugé inutile d'éveiller l'idée de requins dans l'esprit de mes compagnons. Moi, je les regardais d'un œil troublé, et comme s'il leur manquait déjà quelque membre. Devais-je les prévenir ? Oui, sans doute, mais je ne savais trop comment m'y prendre.

« Monsieur, me dit Conseil, monsieur voudra-t-il nous donner des détails sur la pêche des perles ?

— Sur la pêche elle-même, demandai-je, ou sur les incidents qui...

— Sur la pêche, répondit le Canadien. Avant de s'engager sur le terrain, il est bon de le connaître.

— Eh bien ! asseyez-vous, mes amis, et je vais vous

apprendre tout ce que l'Anglais Sirr vient de m'apprendre à moi-même. »

Ned et Conseil prirent place sur un divan, et tout d'abord le Canadien me dit :

« Monsieur, qu'est-ce que c'est qu'une perle ?

— Mon brave Ned, répondis-je, pour le poëte, la perle est une larme de la mer ; pour les Orientaux, c'est une goutte de rosée solidifiée ; pour les dames, c'est un bijou de forme oblongue, d'un éclat hyalin, d'une matière nacrée, qu'elles portent au doigt, au cou ou à l'oreille ; pour le chimiste, c'est un mélange de phosphate et de carbonate de chaux avec un peu de gélatine, et enfin, pour le naturaliste, c'est une simple sécrétion maladive de l'organe qui produit la nacre chez certains bivalves.

— Embranchement des mollusques, dit Conseil, classe des acéphales, ordre des testacés.

— Précisément, savant Conseil. Or, parmi ces testacés, l'oreille-de-mer iris, les turbots, les tridacnes, les pinnes marines, en un mot tous ceux qui sécrètent la nacre, c'est-à-dire cette substance bleue, bleuâtre, violette ou blanche, qui tapisse l'intérieur de leurs valves, sont susceptibles de produire des perles.

— Les moules aussi ? demanda le Canadien.

— Oui ! les moules de certains cours d'eau de l'Écosse, du Pays de Galles, de l'Irlande, de la Saxe, de la Bohême, de la France.

— Bon ! on y fera attention, désormais, répondit le Canadien.

— Mais, repris-je, le mollusque par excellence qui distille la perle, c'est l'huître perlière, la *Meleagrina margaritifera*, la précieuse pintadine. La perle n'est qu'une concrétion nacrée qui se dispose sous une forme globuleuse. Ou elle adhère à la coquille de l'huître, ou elle s'incruste dans les plis de l'animal. Sur les valves, la perle est adhérente ; sur les chairs, elle est libre. Mais elle a toujours pour noyau un petit corps dur, soit un ovule stérile, soit un grain de sable, autour duquel la matière nacrée se dépose en plusieurs années, successivement et par couches minces et concentriques.

— Trouve-t-on plusieurs perles dans une même huître ? demanda Conseil.

— Oui, mon garçon. Il y a de certaines pintadines qui forment un véritable écrin. On a même cité une huître, mais je me permets d'en douter, qui ne contenait pas moins de cent cinquante requins.

— Cent cinquante requins ! s'écria Ned Land.

— Ai-je dit requins ? m'écriai-je vivement. Je veux dire cent cinquante perles. Requins n'aurait aucun sens.

— En effet, dit Conseil. Mais monsieur nous apprendra-t-il maintenant par quels moyens on extrait ces perles ?

— On procède de plusieurs façons, et souvent même, quand les perles adhèrent aux valves, les pêcheurs les arrachent avec des pinces. Mais, le plus communément, les pintadines sont étendues sur des nattes de sparterie qui couvrent le rivage. Elles meurent ainsi à l'air libre, et, au bout de dix jours, elles se trouvent dans un état satisfaisant de putréfaction. On les plonge alors dans de vastes réservoirs d'eau de mer, puis on les ouvre et on les lave. C'est à ce moment que commence le double travail des rogueurs. D'abord, ils séparent les plaques de nacre connues dans le commerce sous le nom de *franche argentée*, de *bâtarde blanche* et de *bâtarde noire*, qui sont livrées par caisses de cent vingt-cinq à cent cinquante kilogrammes. Puis, ils enlèvent le parenchyme de l'huître, ils le font bouillir, et ils le tamisent afin d'en extraire jusqu'aux plus petites perles.

— Le prix de ces perles varie suivant leur grosseur ? demanda Conseil.

— Non seulement selon leur grosseur, répondis-je, mais aussi selon leur forme, selon leur *eau*, c'est-à-dire leur couleur, et selon leur *orient*, c'est-à-dire cet éclat chatoyant et diapré qui les rend si charmantes à l'œil. Les plus belles perles sont appelées perles vierges ou paragons ; elles se forment isolément dans le tissu du mollusque ; elles sont blanches, souvent opaques, mais quelquefois d'une transparence opaline, et le plus communément sphériques ou piriformes, des pendeloques, et, étant les plus précieuses, elles se vendent à la pièce. Les autres perles adhèrent à la coquille de l'huître, et, plus irrégulières, elles se vendent au poids. Enfin, dans un ordre inférieur se classent les petites perles, connues sous le nom de semences ; elles se vendent à la mesure et servent plus particulièrement à exécuter des broderies sur les ornements d'église.

— Mais ce travail, qui consiste à séparer les perles selon leur grosseur, doit être long et difficile, dit le Canadien.

— Non, mon ami. Ce travail se fait au moyen de onze tamis ou cribles percés d'un nombre variable de trous. Les perles qui restent dans les tamis, qui comptent de vingt à quatre-vingts trous, sont de premier ordre. Celles qui ne s'échappent pas des cribles percés de cent à huit cents trous sont de second ordre. Enfin, les perles pour lesquelles l'on emploie les tamis percés de neuf cents à mille trous forment la semence.

— C'est ingénieux, dit Conseil, et je vois que la division, le classement des perles, s'opère mécaniquement. Et monsieur pourra-t-il nous dire ce que rapporte l'exploitation des bancs d'huîtres perlières ?

— À s'en tenir au livre de Sirr, répondis-je, les pêcheries de Ceylan sont affermées annuellement pour la somme de trois millions de squales.

— De francs ! reprit Conseil.

— Oui, de francs ! Trois millions de francs, repris-je. Mais je crois que ces pêcheries ne rapportent plus ce qu'elles rapportaient autrefois. Il en est de même des pêcheries américaines, qui, sous le règne de Charles Quint, produisaient quatre millions de francs, présentement réduits aux deux tiers. En somme, on peut évaluer à neuf millions de francs le rendement général de l'exploitation des perles.

— Mais, demanda Conseil, est-ce que l'on ne cite pas quelques perles célèbres qui ont été cotées à un très haut prix ?

— Oui, mon garçon. On dit que César offrit à Servilia

une perle estimée cent vingt mille francs de notre monnaie.

— J'ai même entendu raconter, dit le Canadien, qu'une certaine dame antique buvait des perles dans son vinaigre.

— Cléopâtre, riposta Conseil.

— Ça devait être mauvais, ajouta Ned Land.

— Détestable, ami Ned, répondit Conseil ; mais un petit verre de vinaigre qui coûte quinze cent mille francs, c'est d'un joli prix.

— Je regrette de ne pas avoir épousé cette dame, dit le Canadien en manœuvrant son bras d'un air peu rassurant.

— Ned Land l'époux de Cléopâtre ! s'écria Conseil.

— Mais j'ai dû me marier, Conseil, répondit sérieusement le Canadien, et ce n'est pas ma faute si l'affaire n'a pas réussi. J'avais même acheté un collier de perles à Kat Tender, ma fiancée, qui, d'ailleurs, en a épousé un autre. Eh bien ! ce collier ne m'avait pas coûté plus d'un dollar et demi, et cependant — monsieur le professeur voudra bien me croire — les perles qui le composaient n'auraient pas passé par le tamis de vingt trous.

— Mon brave Ned, répondis-je en riant, c'étaient des perles artificielles, de simples globules de verre enduits à l'intérieur d'essence d'Orient.

— Eh ! cette essence d'Orient, répondit le Canadien, cela doit coûter cher.

— Si peu que rien ! Ce n'est autre chose que la substance argentée de l'écaille de l'ablette, recueillie dans l'eau et conservée dans l'ammoniaque. Elle n'a aucune valeur.

— C'est peut-être pour cela que Kat Tender en a épousé un autre, répondit philosophiquement maître Land.

— Mais, dis-je, pour en revenir aux perles de haute valeur, je ne crois pas que jamais souverain en ait possédé une supérieure à celle du capitaine Nemo.

— Celle-ci, dit Conseil, en montrant le magnifique bijou enfermé sous sa vitrine.

— Certainement, je ne me trompe pas en lui assignant une valeur de deux millions de...

— Francs ! dit vivement Conseil.

— Oui, dis-je, deux millions de francs, et, sans doute, elle n'aura coûté au capitaine que la peine de la ramasser.

— Eh ! s'écria Ned Land, qui dit que demain, pendant notre promenade, nous ne rencontrerons pas sa pareille !

— Bah ! fit Conseil.

— Et pourquoi pas ?

— À quoi des millions nous serviraient-ils à bord du *Nautilus* ?

— À bord, non, dit Ned Land, mais... ailleurs.

— Oh ! ailleurs ! fit Conseil en secouant la tête.

— Au fait, dis-je, maître Land a raison. Et si nous rapportons jamais en Europe ou en Amérique une perle de quelques millions, voilà du moins qui donnera une grande authenticité, et, en même temps, un grand prix au récit de nos aventures.

— Je le crois, dit le Canadien.

— Mais, dit Conseil, qui revenait toujours au côté ins-tructif des choses, est-ce que cette pêche des perles est dangereuse ?

— Non, répondis-je vivement, surtout si l'on prend certaines précautions.

— Que risque-t-on dans ce métier ? dit Ned Land : d'avaler quelques gorgées d'eau de mer !

— Comme vous dites, Ned. À propos, dis-je, en essayant de prendre le ton dégagé du capitaine Nemo, est-ce que vous avez peur des requins, brave Ned ?

— Moi, répondit le Canadien, un harponneur de pro-fession ! C'est mon métier de me moquer d'eux !

— Il ne s'agit pas, dis-je, de les pêcher avec un émeril-lon, de les hisser sur le pont d'un navire, de leur couper la queue à coups de hache, de leur ouvrir le ventre, de leur arracher le cœur et de le jeter à la mer !

— Alors, il s'agit de... ?

— Oui, précisément.

— Dans l'eau ?

— Dans l'eau.

— Ma foi, avec un bon harpon ! Vous savez, monsieur, ces requins, ce sont des bêtes assez mal façonnées. Il faut qu'elles se retournent sur le ventre pour vous happer, et, pendant ce temps... »

Ned Land avait une manière de prononcer le mot « happer » qui donnait froid dans le dos.

« Eh bien, et toi, Conseil, que penses-tu de ces squales ?

— Moi, dit Conseil, je serai franc avec monsieur.

— À la bonne heure, pensai-je.

— Si monsieur affronte les requins, dit Conseil, je ne vois pas pourquoi son fidèle domestique ne les affronterait pas avec lui ! »

III

UNE PERLE DE DIX MILLIONS

La nuit arriva. Je me couchai. Je dormis assez mal. Les squales jouèrent un rôle important dans mes rêves, et je trouvai très juste et très injuste à la fois cette étymologie qui fait venir le mot requin du mot « requiem ».

Le lendemain, à quatre heures du matin, je fus réveillé par le steward que le capitaine Nemo avait spécialement mis à mon service. Je me levai rapidement, je m'habillai et je passai dans le salon.

Le capitaine Nemo m'y attendait.

« Monsieur Aronnax, me dit-il, êtes-vous prêt à partir ?

— Je suis prêt.

— Veuillez me suivre.

— Et mes compagnons, capitaine ?

— Ils sont prévenus et nous attendent.

— N'allons-nous pas revêtir nos scaphandres ? demandai-je.

— Pas encore. Je n'ai pas laissé le *Nautilus* approcher de trop près cette côte, et nous sommes assez au large du banc de Manaar ; mais j'ai fait parer le canot qui nous conduira au point précis de débarquement et nous épargnera un assez long trajet. Il emporte nos appareils de plongeurs, que nous revêtirons au moment où commencera cette exploration sous-marine. »

Le capitaine Nemo me conduisit vers l'escalier central, dont les marches aboutissaient à la plate-forme. Ned et Conseil se trouvaient là, enchantés de la « partie de plaisir » qui se préparait. Cinq matelots du *Nautilus*, les avirons armés, nous attendaient dans le canot qui avait été bossé contre le bord.

La nuit était encore obscure. Des plaques de nuages couvraient le ciel et ne laissaient apercevoir que de rares étoiles. Je portai mes yeux du côté de la terre, mais je ne vis qu'une ligne trouble qui fermait les trois quarts de l'horizon du sud-ouest au nord-ouest. Le *Nautilus*, ayant remonté pendant la nuit la côte occidentale de Ceylan, se trouvait à l'ouest de la baie, ou plutôt de ce golfe formé par cette terre et l'île de Manaar. Là, sous les sombres eaux, s'étendait le banc de pintadines, inépuisable champ de perles dont la longueur dépasse vingt milles.

Le capitaine Nemo, Conseil, Ned Land et moi, nous prîmes place à l'arrière du canot. Le patron de l'embarcation se mit à la barre ; ses quatre compagnons appuyèrent sur leurs avirons ; la bosse fut larguée et nous débordâmes.

Le canot se dirigea vers le sud. Ses nageurs ne se pressaient pas. J'observai que leurs coups d'aviron, vigoureusement engagés sous l'eau, ne se succédaient que de dix secondes en dix secondes, suivant la méthode généralement usitée dans les marines de guerre. Tandis que l'embarcation courait sur son erre, les gouttelettes liquides frappaient en crépitant le fond noir des flots comme des bavures de plomb fondu. Une petite houle, venue du large, imprimait au canot un léger roulis, et quelques crêtes de lames clapotaient à son avant.

Nous étions silencieux. À quoi songeait le capi-

Nous prîmes place à l'arrière du canot. (Page 317.)

taine Nemo ? Peut-être à cette terre dont il s'approchait, et qu'il trouvait trop près de lui, contrairement à l'opinion du Canadien, auquel elle semblait encore trop éloignée. Quant à Conseil, il était là en simple curieux.

Vers cinq heures et demie, les premières teintes de l'horizon accusèrent plus nettement la ligne supérieure de la côte. Assez plate dans l'est, elle se renflait un peu vers le sud. Cinq milles la séparaient encore, et son rivage se confondait avec les eaux brumeuses. Entre elle et nous, la mer était déserte. Pas un bateau, pas un plongeur. Solitude profonde sur ce lieu de rendez-vous des pêcheurs de perles. Ainsi que le capitaine Nemo me l'avait fait observer, nous arrivions un mois trop tôt dans ces parages.

À six heures, le jour se fit subitement, avec cette rapidité particulière aux régions tropicales, qui ne connaissent ni l'aurore ni le crépuscule. Les rayons solaires percèrent le rideau de nuages amoncelés sur l'horizon oriental, et l'astre radieux s'éleva rapidement.

Je vis distinctement la terre, avec quelques arbres épars çà et là.

Le canot s'avança vers l'île de Manaar, qui s'arrondissait dans le sud. Le capitaine Nemo s'était levé de son banc et observait la mer.

Sur un signe de lui, l'ancre fut mouillée, et la chaîne courut à peine, car le fond n'était pas à plus d'un mètre, et il formait en cet endroit l'un des plus hauts points du banc de pintadines. Le canot évita aussitôt sous la poussée du jusant qui portait au large.

« Nous voici arrivés, monsieur Aronnax, dit alors le capitaine Nemo. Vous voyez cette baie resserrée. C'est ici même que dans un mois se réuniront les nombreux bateaux de pêche des exploitants, et ce sont ces eaux que leurs plongeurs iront audacieusement fouiller. Cette baie est heureusement disposée pour ce genre de pêche. Elle est abritée des vents les plus forts, et la mer n'y est jamais très houleuse, circonstance très favorable au travail des plongeurs. Nous allons maintenant revêtir nos scaphandres, et nous commencerons notre promenade. »

Je ne répondis rien, et tout en regardant ces flots suspects, aidé des matelots de l'embarcation, je commençai à revêtir mon lourd vêtement de mer. Le capitaine Nemo et mes deux compagnons s'habillaient aussi. Aucun des hommes du *Nautilus* ne devait nous accompagner dans cette nouvelle excursion.

Bientôt nous fûmes emprisonnés jusqu'au cou dans le vêtement de caoutchouc, et des bretelles fixèrent sur notre dos les appareils à air. Quant aux appareils Ruhmkorff, il n'en était pas question. Avant d'introduire ma tête dans sa capsule de cuivre, j'en fis l'observation au capitaine.

« Ces appareils nous seraient inutiles, me répondit le capitaine. Nous n'irons pas à de grandes profondeurs, et les rayons solaires suffiront à éclairer notre marche. D'ailleurs, il n'est pas prudent d'emporter sous ces eaux une lanterne électrique. Son éclat pourrait attirer inopinément quelque dangereux habitant de ces parages. »

Pendant que le capitaine Nemo prononçait ces paroles, je me retournai vers Conseil et Ned Land. Mais ces deux amis avaient déjà emboîté leur tête dans la calotte métallique, et ils ne pouvaient ni entendre ni répondre.

Une dernière question me restait à adresser au capitaine Nemo :

« Et nos armes, lui demandai-je, nos fusils ?

— Des fusils ! à quoi bon ? Vos montagnards n'attaquent-ils pas l'ours un poignard à la main, et l'acier n'est-il pas plus sûr que le plomb ? Voici une lame solide. Passez-la à votre ceinture et partons. »

Je regardai mes compagnons. Ils étaient armés comme nous, et, de plus, Ned Land brandissait un énorme harpon qu'il avait déposé dans le canot avant de quitter le *Nautilus*.

Puis, suivant l'exemple du capitaine, je me laissai coiffer de la pesante sphère de cuivre, et nos réservoirs à air furent immédiatement mis en activité.

Un instant après, les matelots de l'embarcation nous débarquaient les uns après les autres, et, par un mètre et demi d'eau, nous prenions pied sur un sable uni. Le capitaine Nemo nous fit un signe de la main. Nous le

Ned Land brandissait un énorme harpon. (Page 320.)

suivîmes, et par une pente douce nous disparûmes sous les flots.

Là, les idées qui obsédaient mon cerveau m'abandonnèrent. Je redevins étonnamment calme. La facilité de mes mouvements accrut ma confiance, et l'étrangeté du spectacle captiva mon imagination.

Le soleil envoyait déjà sous les eaux une clarté suffisante. Les moindres objets restaient perceptibles. Après dix minutes de marche, nous étions par cinq mètres d'eau, et le terrain devenait à peu près plat.

Sur nos pas, comme des compagnies de bécassines dans un marais, se levaient des volées de poissons curieux du genre des monoptères, dont les sujets n'ont d'autre nageoire que celle de la queue. Je reconnus le javanais, véritable serpent long de huit décimètres, au ventre livide, que l'on confondrait facilement avec le congre sans les lignes d'or de ses flancs. Dans le genre des stromatées, dont le corps est très comprimé et ovale, j'observai des parus aux couleurs éclatantes portant comme une faux leur nageoire dorsale, poissons comestibles qui, séchés et marinés, forment un mets excellent connu sous le nom de *karawade* ; puis des tranquebars, appartenant au genre des apsiphoroïdes, dont le corps est recouvert d'une cuirasse écailleuse à huit pans longitudinaux.

Cependant l'élévation progressive du soleil éclairait de plus en plus la masse des eaux. Le sol changeait peu à peu. Au sable fin succédait une véritable chaussée de rochers arrondis, revêtus d'un tapis de mollusques et de zoophytes. Parmi les échantillons de ces deux embranchements, je remarquai des placènes à valves minces et inégales, sorte d'ostracées particulières à la mer Rouge et à l'océan Indien, des lucines orangées à coquille orbiculaire, des tarières subulées, quelques-unes de ces pourpres persiques qui fournissaient au *Nautilus* une teinture admirable, des rochers cornus, longs de quinze centimètres, qui se dressaient sous les flots comme des mains prêtes à vous saisir, des turbinelles cornigères, toutes hérissées d'épines, des lingules hyantes, des anatines, coquillages comestibles qui alimentent les marchés de l'Hindoustan, des pélagies panopyres, légèrement lumineuses, et enfin d'admirables oculines flabelliformes, magnifiques éventails qui forment l'une des plus riches arborisations de ces mers.

Au milieu de ces plantes vivantes et sous les berceaux d'hydrophytes couraient de gauches légions d'articulés, particulièrement des ranines dentées, dont la carapace représente un triangle un peu arrondi, des birgues spéciales à ces parages, des parthénopes horribles, dont l'aspect répugnait aux regards. Un animal non moins hideux que je rencontrai plusieurs fois, ce fut ce crabe énorme observé par M. Darwin, auquel la nature a donné l'instinct et la force nécessaire pour se nourrir de noix de coco ; il grimpe aux arbres du rivage, il fait tomber la noix qui se fend dans sa chute, et il l'ouvre avec ses puissantes pinces. Ici, sous ces flots clairs, ce crabe courait avec une agilité sans pareille, tandis que des chélonées franches, de cette espèce qui fréquente les côtes du Malabar, se déplaçaient lentement entre les roches ébranlées.

Vers sept heures, nous arpentions enfin le banc de pintadines, sur lequel les huîtres perlières se reproduisent par millions. Ces mollusques précieux adhéraient aux rocs et y étaient fortement attachés par ce byssus de couleur brune qui ne leur permet pas de se déplacer. En quoi ces huîtres sont inférieures aux moules elles-mêmes, auxquelles la nature n'a pas refusé toute faculté de locomotion.

La pintadine *meleagrina*, la mère perle, dont les valves sont à peu près égales, se présente sous la forme d'une coquille arrondie, aux épaisses parois, très rugueuses à l'extérieur. Quelques-unes de ces coquilles étaient feuilletées et sillonnées de bandes verdâtres qui rayonnaient de leur sommet. Elles appartenaient aux jeunes huîtres. Les autres, à surface rude et noire, vieilles de dix ans et plus, mesuraient jusqu'à quinze centimètres de largeur.

Le capitaine Nemo me montra de la main cet amoncellement prodigieux de pintadines, et je compris que cette mine était véritablement inépuisable, car la force créatrice de la nature l'emporte sur l'instinct destructif de l'homme. Ned Land, fidèle à cet instinct, se hâtait d'emplir des plus beaux mollusques un filet qu'il portait à son côté.

Mais nous ne pouvions nous arrêter. Il fallait suivre le capitaine qui semblait se diriger par des sentiers connus de lui seul. Le sol remontait sensiblement, et parfois mon bras, que j'élevais, dépassait la surface de la mer. Puis le niveau du banc se rabaissait capricieusement. Souvent nous tournions de hauts rocs effilés en pyramidions. Dans leurs sombres anfractuosités, de gros crustacés, pointés sur leurs hautes pattes comme des machines de guerre, nous regardaient de leurs yeux fixes, et sous nos pieds rampaient des myrianes, des glycères, des aricies et des annélides, qui allongeaient démesurément leurs antennes et leurs cirrhes tentaculaires.

En ce moment s'ouvrit devant nos pas une vaste grotte, creusée dans un pittoresque entassement de rochers tapissés de toutes les hautes lisses de la flore sous-marine. D'abord, cette grotte me parut profondément obscure. Les rayons solaires semblaient s'y éteindre par dégradations successives. Sa vague transparence n'était plus que de la lumière noyée.

Le capitaine Nemo y entra. Nous après lui. Mes yeux s'accoutumèrent bientôt à ces ténèbres relatives. Je distinguai les retombées si capricieusement contournées de la voûte que supportaient des piliers naturels, largement assis sur leur base granitique, comme les lourdes colonnes de l'architecture toscane. Pourquoi notre incompréhensible guide nous entraînait-il au fond de cette crypte sous-marine ? J'allais le savoir avant peu.

Après avoir descendu une pente assez raide, nos pieds foulèrent le fond d'une sorte de puits circulaire. Là, le capitaine Nemo s'arrêta, et de la main il nous indiqua un objet que je n'avais pas encore aperçu.

C'était une huître de dimension extraordinaire, un tridacne gigantesque, un bénitier qui eût contenu un lac d'eau sainte, une vasque dont la largeur dépassait deux mètres, et conséquemment plus grande que celle qui ornait le salon du *Nautilus*.

Je m'approchai de ce mollusque phénoménal. Par son byssus il adhérait à une table de granit, et là il se développait isolément dans les eaux calmes de la grotte. J'estimai le poids de ce tridacne à trois cents kilogrammes. Or, une telle huître contient quinze kilos de chair, et il faudrait l'estomac d'un Gargantua pour en absorber quelques douzaines.

Le capitaine Nemo connaissait évidemment l'existence de ce bivalve. Ce n'était pas la première fois qu'il le visitait, et je pensais qu'en nous conduisant en cet endroit il voulait seulement nous montrer une curiosité naturelle. Je me trompais. Le capitaine Nemo avait un intérêt particulier à constater l'état actuel de ce tridacne.

Les deux valves du mollusque étaient entrouvertes. Le capitaine s'approcha et introduisit son poignard entre les coquilles pour les empêcher de se rabattre ; puis, de la main, il souleva la tunique membraneuse et frangée sur les bords qui formait le manteau de l'animal.

Là, entre les plis foliacés, je vis une perle libre dont la grosseur égalait celle d'une noix de cocotier. Sa forme globuleuse, sa limpidité parfaite, son orient admirable en faisaient un bijou d'un inestimable prix. Emporté par la curiosité, j'étendais la main pour la saisir, pour la peser, pour la palper ! Mais le capitaine m'arrêta, fit un signe négatif, et, retirant son poignard par un mouvement rapide, il laissa les deux valves se refermer subitement.

Je compris alors quel était le dessein du capitaine Nemo. En laissant cette perle enfouie sous le manteau du tridacne, il lui permettait de s'accroître insensiblement. Avec chaque année la sécrétion du mollusque y ajoutait de nouvelles couches concentriques. Seul, le capitaine connaissait la grotte où « mûrissait » cet admirable fruit de la nature ; seul il l'élevait, pour ainsi dire, afin de la transporter un jour dans son précieux musée. Peut-être même, suivant l'exemple des Chinois et des Indiens, avait-il déterminé la production de cette perle en introduisant sous les plis du mollusque quelque mor-

Je m'approchai de ce mollusque phénoménal. (Page 325.)

ceau de verre et de métal, qui s'était peu à peu recouvert de la matière nacrée. En tout cas, comparant cette perle à celles que je connaissais déjà, à celles qui brillaient dans la collection du capitaine, j'estimai sa valeur à dix millions de francs au moins. Superbe curiosité naturelle et non bijou de luxe, car je ne sais quelles oreilles féminines auraient pu la supporter.

La visite à l'opulent tridacne était terminée. Le capitaine Nemo quitta la grotte et nous remontâmes sur le banc de pintadines, au milieu de ces eaux claires que ne troublait pas encore le travail des plongeurs.

Nous marchions isolément, en véritables flâneurs, chacun s'arrêtant ou s'éloignant au gré de sa fantaisie. Pour mon compte, je n'avais plus aucun souci des dangers que mon imagination avait exagérés si ridiculement. Le haut-fond se rapprochait sensiblement de la surface de la mer, et bientôt par un mètre d'eau ma tête dépassa le niveau océanique. Conseil me rejoignit, et collant sa grosse capsule à la mienne, il me fit des yeux un salut amical. Mais ce plateau élevé ne mesurait que quelques toises, et bientôt nous fûmes rentrés dans notre élément. Je crois avoir maintenant le droit de le qualifier ainsi.

Dix minutes après, le capitaine Nemo s'arrêtait soudain. Je crus qu'il faisait halte pour retourner sur ses pas. Non. D'un geste, il nous ordonna de nous blottir près de lui au fond d'une large anfractuosité. Sa main se dirigea vers un point de la masse liquide, et je regardai attentivement.

À cinq mètres de moi, une ombre apparut et s'abaissa jusqu'au sol. L'inquiétante idée des requins traversa mon esprit. Mais je me trompais, et, cette fois encore, nous n'avions pas affaire aux monstres de l'océan.

C'était un homme, un homme vivant, un Indien, un Noir, un pêcheur, un pauvre diable, sans doute, qui venait glaner avant la récolte. J'apercevais le fond de son canot mouillé à quelques pieds au-dessus de sa tête. Il plongeait, et remontait successivement. Une pierre taillée en pain de sucre et qu'il serrait du pied, tandis qu'une corde la rattachait à son bateau, lui servait à descendre plus

rapidement au fond de la mer. C'était là tout son outil-
lage. Arrivé au sol, par cinq mètres de profondeur environ, il se précipitait à genoux et remplissait son sac de
pintadines ramassées au hasard. Puis, il remontait, vidait
son sac, ramenait sa pierre, et recommençait son opération qui ne durait que trente secondes.

Ce plongeur ne nous voyait pas. L'ombre du rocher
nous dérobait à ses regards. Et d'ailleurs, comment ce
pauvre Indien aurait-il jamais supposé que des hommes,
des êtres semblables à lui, fussent là, sous les eaux, épiant
ses mouvements, ne perdant aucun détail de sa pêche !

Plusieurs fois, il remonta ainsi et plongea de nouveau.
Il ne rapportait pas plus d'une dizaine de pintadines à
chaque plongée, car il fallait les arracher du banc auquel
elles s'accrochaient par leur robuste byssus. Et combien
de ces huîtres étaient privées de ces perles pour lesquelles
il risquait sa vie !

Je l'observais avec une attention profonde. Sa
manœuvre se faisait régulièrement, et pendant une demi-
heure, aucun danger ne parut le menacer. Je me familiari-
sais donc avec le spectacle de cette pêche intéressante,
quand, tout d'un coup, à un moment où l'Indien était age-
nouillé sur le sol, je lui vis faire un geste d'effroi, se
relever et prendre son élan pour remonter à la surface des
flots.

Je compris son épouvante. Une ombre gigantesque
apparaissait au-dessus du malheureux plongeur. C'était
un requin de grande taille qui s'avançait diagonalement,
l'œil en feu, les mâchoires ouvertes !

J'étais muet d'horreur, incapable de faire un mouvement.

Le vorace animal, d'un vigoureux coup de nageoire,
s'élança vers l'Indien, qui se jeta de côté et évita la mor-
sure du requin, mais non le battement de sa queue, car
cette queue, le frappant à la poitrine, l'étendit sur le sol.

Cette scène avait duré quelques secondes à peine. Le
requin revint, et, se retournant sur le dos, il s'apprêtait à
couper l'Indien en deux, quand je sentis le capitaine Nemo, posté près de moi, se lever subitement. Puis,

son poignard à la main, il marcha droit au monstre, prêt à lutter corps à corps avec lui.

Le squale, au moment où il allait happer le malheureux pêcheur, aperçut son nouvel adversaire, et se replaçant sur le ventre, il se dirigea rapidement vers lui.

Je vois encore la pose du capitaine Nemo. Replié sur lui-même, il attendait avec un admirable sang-froid le formidable squale, et lorsque celui-ci se précipita sur lui, le capitaine, se jetant de côté avec une prestesse prodigieuse, évita le choc et lui enfonça son poignard dans le ventre. Mais tout n'était pas dit. Un combat terrible s'engagea.

Le requin avait rugi, pour ainsi dire. Le sang sortait à flots de ses blessures. La mer se teignit de rouge, et, à travers ce liquide opaque, je ne vis plus rien.

Plus rien, jusqu'au moment où, dans une éclaircie, j'aperçus l'audacieux capitaine, cramponné à l'une des nageoires de l'animal, luttant corps à corps avec le monstre, labourant de coups de poignard le ventre de son ennemi, sans pouvoir toutefois porter le coup définitif, c'est-à-dire l'atteindre en plein cœur. Le squale, se débattant, agitait la masse des eaux avec furie, et leur remous menaçait de me renverser.

J'aurais voulu courir au secours du capitaine. Mais, cloué par l'horreur, je ne pouvais remuer.

Je regardais, l'œil hagard. Je voyais les phases de la lutte se modifier. Le capitaine tomba sur le sol, renversé par la masse énorme qui pesait sur lui. Puis, les mâchoires du requin s'ouvrirent démesurément comme une cisaille d'usine, et c'en était fait du capitaine si, prompt comme la pensée, son harpon à la main, Ned Land, se précipitant vers le requin, ne l'eût frappé de sa terrible pointe.

Les flots s'imprégnèrent d'une masse de sang. Ils s'agitèrent sous les mouvements du squale qui les battait avec une indescriptible fureur. Ned Land n'avait pas manqué son but. C'était le râle du monstre. Frappé au cœur, il se débattait dans des spasmes épouvantables, dont le contrecoup renversa Conseil.

Cependant Ned Land avait dégagé le capitaine. Celui-ci, relevé sans blessures, alla droit à l'Indien, coupa vive-

Un combat terrible s'engagea. (Page 329.)

ment la corde qui le liait à sa pierre, le prit dans ses bras et, d'un vigoureux coup de talon, il remonta à la surface de la mer.

Nous le suivîmes tous trois, et, en quelques instants, miraculeusement sauvés, nous atteignions l'embarcation du pêcheur.

Le premier soin du capitaine Nemo fut de rappeler ce malheureux à la vie. Je ne savais s'il réussirait. Je l'espérais, car l'immersion de ce pauvre diable n'avait pas été longue. Mais le coup de queue du requin pouvait l'avoir frappé à mort.

Heureusement, sous les vigoureuses frictions de Conseil et du capitaine, je vis, peu à peu, le noyé revenir au sentiment. Il ouvrit les yeux. Quelle dut être sa surprise, son épouvante même, à voir les quatre grosses têtes de cuivre qui se penchaient sur lui !

Et surtout, que dut-il penser, quand le capitaine Nemo, tirant d'une poche de son vêtement un sachet de perles, le lui eut mis dans la main ? Cette magnifique aumône de l'homme des eaux au pauvre Indien de Ceylan fut acceptée par celui-ci d'une main tremblante. Ses yeux effarés indiquaient du reste qu'il ne savait à quels êtres surhumains il devait à la fois la fortune et la vie.

Sur un signe du capitaine, nous regagnâmes le banc de pintadines, et, suivant la route déjà parcourue, après une demi-heure de marche nous rencontrions l'ancre qui rattachait au sol le canot du *Nautilus*.

Une fois embarqués, chacun de nous, avec l'aide des matelots, se débarrassa de sa lourde carapace de cuivre.

La première parole du capitaine Nemo fut pour le Canadien.

« Merci, maître Land, lui dit-il.

— C'est une revanche, capitaine, répondit Ned Land. Je vous devais cela. »

Un pâle sourire glissa sur les lèvres du capitaine, et ce fut tout.

« Au *Nautilus* », dit-il.

L'embarcation vola sur les flots. Quelques minutes

plus tard, nous rencontrions le cadavre du requin qui flottait.

À la couleur noire marquant l'extrémité de ses nageoires, je reconnus le terrible mélanoptère de la mer des Indes, de l'espèce des requins proprement dits. Sa longueur dépassait vingt-cinq pieds ; sa bouche énorme occupait le tiers de son corps. C'était un adulte, ce qui se voyait aux six rangées de dents, disposées en triangles isocèles sur la mâchoire supérieure.

Conseil le regardait avec un intérêt tout scientifique, et je suis sûr qu'il le rangeait, non sans raison, dans la classe des cartilagineux, ordre des chondroptérygiens à branchies fixes, famille des sélaciens, genre des squales.

Pendant que je considérais cette masse inerte, une douzaine de ces voraces mélanoptères apparut tout d'un coup autour de l'embarcation ; mais, sans se préoccuper de nous, ils se jetèrent sur le cadavre et s'en disputèrent les lambeaux.

À huit heures et demie, nous étions de retour à bord du *Nautilus*.

Là, je me pris à réfléchir sur les incidents de notre excursion au banc de Manaar. Deux observations s'en dégageaient inévitablement. L'une, portant sur l'audace sans pareille du capitaine Nemo, l'autre sur son dévouement pour un être humain, l'un des représentants de cette race qu'il fuyait sous les mers. Quoi qu'il en dît, cet homme étrange n'était pas parvenu encore à tuer son cœur tout entier.

Lorsque je lui fis cette observation, il me répondit d'un ton légèrement ému :

« Cet Indien, monsieur le professeur, c'est un habitant du pays des opprimés, et je suis encore, et, jusqu'à mon dernier souffle, je serai de ce pays-là ! »

IV

LA MER ROUGE

Pendant la journée du 29 janvier, l'île de Ceylan disparut sous l'horizon, et le *Nautilus*, avec une vitesse de vingt milles à l'heure, se glissa dans ce labyrinthe de chenaux qui sépare les Maldives des Laquedives. Il rangea même l'île Kittan, terre d'origine madréporique, découverte par Vasco de Gama en 1499, et l'une des dix-neuf principales îles de cet archipel des Laquedives, situé entre 10° et 14° 30' de latitude nord, et 69° et 50° 72' de longitude est.

Nous avions fait alors seize mille deux cent vingt milles, ou sept mille cinq cents lieues depuis notre point de départ dans les mers du Japon.

Le lendemain — 30 janvier —, lorsque le *Nautilus* remonta à la surface de l'océan, il n'avait plus aucune terre en vue. Il faisait route au nord-nord-ouest, et se dirigeait vers cette mer d'Oman, creusée entre l'Arabie et la péninsule indienne, qui sert de débouché au golfe Persique.

C'était évidemment une impasse, sans issue possible. Où nous conduisait donc le capitaine Nemo ? Je n'aurais pu le dire. Ce qui ne satisfit pas le Canadien, qui, ce jour-là, me demanda où nous allions.

« Nous allons, maître Ned, où nous conduit la fantaisie du capitaine.

— Cette fantaisie, répondit le Canadien, ne peut nous mener loin. Le golfe Persique n'a pas d'issue, et si nous y entrons, nous ne tarderons guère à revenir sur nos pas.

— Eh bien ! nous reviendrons, maître Land, et si après le golfe Persique, le *Nautilus* veut visiter la mer Rouge, le détroit de Bab el-Mandeb est toujours là pour lui livrer passage.

— Je ne vous apprendrai pas, monsieur, répondit Ned

Land, que la mer Rouge est non moins fermée que le golfe, puisque l'isthme de Suez n'est pas encore percé, et, le fût-il, un bateau mystérieux comme le nôtre ne se hasarderait pas dans ses canaux coupés d'écluses. Donc, la mer Rouge n'est pas encore le chemin qui nous ramènera en Europe.

— Aussi n'ai-je pas dit que nous reviendrions en Europe.

— Que supposez-vous donc ?

— Je suppose qu'après avoir visité ces curieux parages de l'Arabie et de l'Egypte, le *Nautilus* redescendra l'océan Indien, peut-être à travers le canal de Mozambique, peut-être au large des Mascareignes, de manière à gagner le cap de Bonne-Espérance.

— Et une fois au cap de Bonne-Espérance ? demanda le Canadien avec une insistance toute particulière.

— Eh bien, nous pénétrerons dans cet Atlantique que nous ne connaissons pas encore. Ah çà ! ami Ned, vous vous fatiguez donc de ce voyage sous les mers ? Vous vous blasez donc sur le spectacle incessamment varié des merveilles sous-marines ? Pour mon compte, je verrai avec un extrême dépit finir ce voyage qu'il aura été donné à si peu d'hommes de faire.

— Mais savez-vous, monsieur Aronnax, répondit le Canadien, que voilà bientôt trois mois que nous sommes emprisonnés à bord de ce *Nautilus* ?

— Non, Ned, je ne le sais pas, je ne veux pas le savoir, et je ne compte ni les jours, ni les heures.

— Mais la conclusion ?

— La conclusion viendra en son temps. D'ailleurs, nous n'y pouvons rien, et nous discutons inutilement. Si vous veniez me dire, mon brave Ned : "Une chance d'évasion nous est offerte", je la discuterais avec vous. Mais tel n'est pas le cas et, à vous parler franchement, je ne crois pas que le capitaine Nemo s'aventure jamais dans les mers européennes. »

Par ce court dialogue, on verra que, fanatique du *Nautilus*, j'étais incarné dans la peau de son commandant.

Quant à Ned Land, il termina la conversation par ces

mots, en forme de monologue : « Tout cela est bel et bon, mais, à mon avis, où il y a de la gêne, il n'y a plus de plaisir. »

Pendant quatre jours, jusqu'au 3 février, le *Nautilus* visita la mer d'Oman, sous diverses vitesses et à diverses profondeurs. Il semblait marcher au hasard, comme s'il eût hésité sur la route à suivre, mais il ne dépassa jamais le tropique du Cancer.

En quittant cette mer, nous eûmes un instant connaissance de Mascate, la plus importante ville du pays d'Oman. J'admirai son aspect étrange, au milieu des noirs rochers qui l'entourent et sur lesquels se détachent en blanc ses maisons et ses forts. J'aperçus le dôme arrondi de ses mosquées, la pointe élégante de ses minarets, ses fraîches et verdoyantes terrasses. Mais ce ne fut qu'une vision, et le *Nautilus* s'enfonça bientôt sous les flots sombres de ces parages.

Puis il prolongea à une distance de six milles les côtes arabiques du Mahrah et de l'Hadramant, et sa ligne ondulée de montagnes, relevée de quelques ruines anciennes. Le 5 février, nous donnions enfin dans le golfe d'Aden, véritable entonnoir introduit dans ce goulot de Bab el-Mandeb, qui entonne les eaux indiennes dans la mer Rouge.

Le 6 février, le *Nautilus* flottait en vue d'Aden, perché sur un promontoire qu'un isthme étroit réunit au continent, sorte de Gibraltar inaccessible, dont les Anglais ont refait les fortifications, après s'en être emparés en 1839. J'entrevis les minarets octogones de cette ville qui fut autrefois l'entrepôt le plus riche et le plus commerçant de la côte, au dire de l'historien Edrisi.

Je croyais bien que le capitaine Nemo, parvenu à ce point, allait revenir en arrière ; mais je me trompais, et, à ma grande surprise, il n'en fut rien.

Le lendemain, 7 février, nous embouquions le détroit de Bab el-Mandeb, dont le nom veut dire en langue arabe « la porte des Larmes ». Sur vingt milles de large, il ne compte que cinquante-deux kilomètres de long, et pour le *Nautilus* lancé à toute vitesse, le franchir fut l'affaire d'une heure à peine. Mais je ne vis rien, pas même cette île de Périm, dont le gouvernement britannique a fortifié la position d'Aden. Trop de steamers anglais ou français des lignes de Suez à Bombay, à Calcutta, à Melbourne, à Bourbon, à Maurice, sillonnaient cet étroit passage, pour que le *Nautilus* tentât de s'y montrer. Aussi se tint-il prudemment entre deux eaux.

Enfin, à midi, nous sillonnions les flots de la mer Rouge.

La mer Rouge, lac célèbre des traditions bibliques, que les pluies ne rafraîchissent guère, qu'aucun fleuve important n'arrose, qu'une excessive évaporation pompe incessamment et qui perd chaque année une tranche liquide haute d'un mètre et demi ! Singulier golfe, qui, fermé et dans les conditions d'un lac, serait peut-être entièrement desséché ; inférieur en ceci à ses voisines la Caspienne ou l'Asphaltite, dont le niveau a seulement baissé jusqu'au point où leur évaporation a précisément égalé la somme des eaux reçues dans leur sein.

Cette mer Rouge a deux mille six cents kilomètres de longueur sur une largeur moyenne de deux cent quarante. Au temps des Ptolémées et des empereurs romains, elle fut la grande artère commerciale du monde, et le percement de l'isthme lui rendra cette antique importance que les railways de Suez ont déjà ramenée en partie.

Je ne voulus même pas chercher à comprendre ce caprice du capitaine Nemo qui pouvait le décider à nous entraîner dans ce golfe. Mais j'approuvai sans réserve le *Nautilus* d'y être entré. Il prit une allure moyenne, tantôt se tenant à la surface, tantôt plongeant pour éviter quelque navire, et je pus observer ainsi le dedans et le dessus de cette mer si curieuse.

Le 8 février, dès les premières heures du jour, Moka nous apparut, ville maintenant ruinée, dont les murailles tombent au seul bruit du canon, et qu'abritent çà et là quelques dattiers verdoyants. Cité importante, autrefois, qui renfermait six marchés publics, vingt-six mosquées, et à laquelle ses murs, défendus par quatorze forts, faisaient une ceinture de trois kilomètres.

Puis, le *Nautilus* se rapprocha des rivages africains où la profondeur de la mer est plus considérable. Là, entre deux eaux d'une limpidité de cristal, par les panneaux ouverts, il nous permit de contempler d'admirables buissons de coraux éclatants, et de vastes pans de rochers revêtus d'une splendide fourrure verte d'algues et de fucus. Quel indescriptible spectacle, et quelle variété de sites et de paysages à l'arasement de ces écueils et de ces îlots volcaniques qui confinent à la côte libyenne ! Mais où ces arborisations apparurent dans toute leur beauté, ce fut vers les rives orientales que le *Nautilus* ne tarda pas à rallier. Ce fut sur les côtes du Téhama, car alors non seulement ces étalages de zoophytes fleurissaient au-dessous du niveau de la mer, mais ils formaient aussi des entrelacements pittoresques qui se déroulaient à dix brasses au-dessus ; ceux-ci plus capricieux, mais moins colorés que ceux-là dont l'humide vitalité des eaux entretenait la fraîcheur.

Que d'heures charmantes je passai ainsi à la vitre du salon ! Que d'échantillons nouveaux de la flore et de la faune sous-marines j'admirais sous l'éclat de notre fanal électrique ! Des fongies agariciformes, des actinies de couleur ardoisée, entre autres le *thalassianthus aster*, des tubipores disposés comme des flûtes et n'attendant que le souffle du dieu Pan, des coquilles particulières à cette mer, qui s'établissent dans les excavations madréporiques et dont la base est contournée en courte spirale, et enfin mille spécimens d'un polypier que je n'avais pas observé encore, la vulgaire éponge.

La classe des spongiaires, première du groupe des polypes, a été précisément créée par ce curieux produit dont l'utilité est incontestable. L'éponge n'est point un végétal comme l'admettent encore quelques naturalistes, mais un animal du dernier ordre, un polypier inférieur à celui du corail. Son animalité n'est pas douteuse, et on ne peut même adopter l'opinion des Anciens qui la regardaient comme un être intermédiaire entre la plante et l'animal. Je dois dire, cependant, que les naturalistes ne sont pas d'accord sur le mode d'organisation de l'éponge.

Des pans de rochers revêtus d'une fourrure d'algues. (Page 337.)

Pour les uns, c'est un polypier, et pour d'autres tels que M. Milne-Edwards, c'est un individu isolé et unique.

La classe des spongiaires contient environ trois cents espèces qui se rencontrent dans un grand nombre de mers, et même dans certains cours d'eau où elles ont reçu le nom de fluviatiles. Mais leurs eaux de prédilection sont celles de la Méditerranée, de l'Archipel grec, de la côte de Syrie et de la mer Rouge. Là se reproduisent et se développent ces éponges fines-douces dont la valeur s'élève jusqu'à cent cinquante francs, l'éponge blonde de Syrie, l'éponge dure de Barbarie, etc. Mais puisque je ne pouvais espérer d'étudier ces zoophytes dans les Échelles du Levant, dont nous étions séparés par l'infranchissable isthme de Suez, je me contentai de les observer dans les eaux de la mer Rouge.

J'appelai donc Conseil près de moi, pendant que le *Nautilus*, par une profondeur moyenne de huit à neuf mètres, rasait lentement tous ces beaux rochers de la côte orientale.

Là croissaient des éponges de toutes formes, des éponges pédiculées, foliacées, globuleuses, digitées. Elles justifiaient assez exactement ces noms de corbeilles, de calices, de quenouilles, de cornes d'élan, de pied de lion, de queue de paon, de gant de Neptune, que leur ont attribués les pêcheurs, plus poètes que les savants. De leur tissu fibreux, enduit d'une substance gélatineuse à demi fluide, s'échappaient incessamment de petits filets d'eau, qui après avoir porté la vie dans chaque cellule, en étaient expulsés par un mouvement contractile. Cette substance disparaît après la mort du polype, et se putréfie en dégageant de l'ammoniaque. Il ne reste plus alors que ces fibres cornées ou gélatineuses dont se compose l'éponge domestique, qui prend une teinte roussâtre, et qui s'emploie à des usages divers, selon son degré d'élasticité, de perméabilité ou de résistance à la macération.

Ces polypiers adhéraient aux rochers, aux coquilles des mollusques et même aux tiges d'hydrophytes. Ils garnissaient les plus petites anfractuosités, les uns s'étalant, les autres se dressant ou pendant comme des excroissances coralligènes. J'appris à Conseil que ces éponges se pêchaient de deux manières, soit à la drague, soit à la main. Cette dernière méthode, qui nécessite l'emploi des plongeurs, est préférable, car en respectant le tissu du polypier, elle lui laisse une valeur très supérieure.

Les autres zoophytes qui pullulaient auprès des spongiaires, consistaient principalement en méduses d'une espèce très élégante ; les mollusques étaient représentés par des variétés de calmars, qui, d'après d'Orbigny, sont spéciales à la mer Rouge, et les reptiles par des tortues *virgata*, appartenant au genre des chélonées, qui fournirent à notre table un mets sain et délicat.

Quant aux poissons, ils étaient nombreux et souvent remarquables. Voici ceux que les filets du *Nautilus* rapportaient plus fréquemment à bord : des raies, parmi lesquelles les limmes de forme ovale, de couleur brique, au corps semé d'inégales taches bleues et reconnaissables à leur double aiguillon dentelé, des arnacks au dos argenté, des pastenagues à la queue pointillée, et des bockats, vastes manteaux longs de deux mètres qui ondulaient entre les eaux, des aodons, absolument dépourvus de dents, sortes de cartilagineux qui se rapprochent du squale, des ostracions-dromadaires dont la bosse se termine par un aiguillon recourbé, long d'un pied et demi, des ophidies, véritables murènes à la queue argentée, au dos bleuâtre, aux pectorales brunes bordées d'un liséré gris, des fiatoles, espèces de stromatées, zébrés d'étroites raies d'or et parés des trois couleurs de la France, des blémies-garamits, longs de quatre décimètres, de superbes caranx, décorés de sept bandes transversales d'un beau noir, de nageoires bleues et jaunes, et d'écailles d'or et d'argent, des centropodes, des mulles auriflammes à tête jaune, des scares, des labres, des balistes, des gobies, etc., et mille autres poissons communs aux océans que nous avions déjà traversés.

Le 9 février, le *Nautilus* flottait dans cette partie la plus large de la mer Rouge, qui est comprise entre Souakin sur la côte ouest et Quonfodah sur la côte est, sur un diamètre de cent quatre-vingt-dix milles.

La pêche des éponges. (Page 340.)

Ce jour-là à midi, après le point, le capitaine Nemo monta sur la plate-forme où je me trouvais. Je me promis de ne point le laisser redescendre sans l'avoir au moins pressenti sur ses projets ultérieurs. Il vint à moi dès qu'il m'aperçut, m'offrit gracieusement un cigare et me dit :

« Eh bien ! monsieur le professeur, cette mer Rouge vous plaît-elle ? Avez-vous suffisamment observé les merveilles qu'elle recouvre, ses poissons et ses zoophytes, ses parterres d'éponges et ses forêts de corail ? Avez-vous entrevu les villes jetées sur ses bords ?

— Oui, capitaine Nemo, répondis-je, et le *Nautilus* s'est merveilleusement prêté à toute cette étude. Ah ! c'est un intelligent bateau !

— Oui, monsieur, intelligent, audacieux et invulnérable ! Il ne redoute ni les terribles tempêtes de la mer Rouge, ni ses courants, ni ses écueils.

— En effet, dis-je, cette mer est citée entre les plus mauvaises, et si je ne me trompe, au temps des Anciens, sa renommée était détestable.

— Détestable, monsieur Aronnax. Les historiens grecs et latins n'en parlent pas à son avantage, et Strabon dit qu'elle est particulièrement dure à l'époque des vents étésiens et de la saison des pluies. L'Arabe Edrisi qui la dépeint sous le nom de golfe de Colzoum raconte que les navires périssaient en grand nombre sur ses bancs de sable, et que personne ne se hasardait à y naviguer la nuit. C'est, prétend-il, une mer sujette à d'affreux ouragans, semée d'îles inhospitalières, et "qui n'offre rien de bon" ni dans ses profondeurs, ni à sa surface. En effet, telle est l'opinion qui se trouve dans Arrien, Agatharchide et Artémidore.

— On voit bien, répliquai-je, que ces historiens n'ont pas navigué à bord du *Nautilus.*

— En effet, répondit en souriant le capitaine, et sous ce rapport, les Modernes ne sont pas plus avancés que les Anciens. Il a fallu bien des siècles pour trouver la puissance mécanique de la vapeur ! Qui sait si dans cent ans, on verra un second *Nautilus* ! Les progrès sont lents, monsieur Aronnax.

— C'est vrai, répondis-je, votre navire avance d'un siècle, de plusieurs peut-être, sur son époque. Quel malheur qu'un secret pareil doive mourir avec son inventeur ! »

Le capitaine Nemo ne me répondit pas. Après quelques minutes de silence :

« Vous me parliez, dit-il, de l'opinion des anciens historiens sur les dangers qu'offre la navigation de la mer Rouge ?

— C'est vrai, répondis-je, mais leurs craintes n'étaient-elles pas exagérées ?

— Oui et non, monsieur Aronnax, me répondit le capitaine Nemo, qui me parut posséder à fond "sa mer Rouge". Ce qui n'est plus dangereux pour un navire moderne, bien gréé, solidement construit, maître de sa direction grâce à l'obéissante vapeur, offrait des périls de toutes sortes aux bâtiments des Anciens. Il faut se représenter ces premiers navigateurs s'aventurant sur des barques faites de planches cousues avec des cordes de palmier, calfatées de résine pilée et enduites de graisse de chien de mer. Ils n'avaient pas même d'instruments pour relever leur direction, et ils marchaient à l'estime au milieu de courants qu'ils connaissaient à peine. Dans ces conditions, les naufrages étaient et devaient être nombreux. Mais, de notre temps, les steamers qui font le service entre Suez et les mers du Sud n'ont plus rien à redouter des colères de ce golfe, en dépit des moussons contraires. Leurs capitaines et leurs passagers ne se préparent pas au départ par des sacrifices propitiatoires, et, au retour, ils ne vont plus, ornés de guirlandes et de bandelettes dorées, remercier les dieux dans le temple voisin.

— J'en conviens, dis-je, et la vapeur me paraît avoir tué la reconnaissance dans le cœur des marins. Mais, capitaine, puisque vous semblez avoir spécialement étudié cette mer, pouvez-vous m'apprendre quelle est l'origine de son nom ?

— Il existe, monsieur Aronnax, de nombreuses explications à ce sujet. Voulez-vous connaître l'opinion d'un chroniqueur du xive siècle ?

— Volontiers.

— Ce fantaisiste prétend que son nom lui fut donné après le passage des Israélites, lorsque le pharaon eut péri dans les flots qui se refermèrent à la voix de Moïse :

> En signe de cette merveille,
> Devint la mer rouge et vermeille.
> Non puis ne surent la nommer
> Autrement que la rouge mer.

— Explication de poète, capitaine Nemo, répondis-je, mais je ne saurais m'en contenter. Je vous demanderai donc votre opinion personnelle.

— La voici. Suivant moi, monsieur Aronnax, il faut voir dans cette appellation de mer Rouge une traduction du mot hébreu "Edrom", et si les Anciens lui donnèrent ce nom, ce fut à cause de la coloration particulière de ses eaux.

— Jusqu'ici cependant je n'ai vu que des flots limpides et sans aucune teinte particulière.

— Sans doute, mais en avançant vers le fond du golfe, vous remarquerez cette singulière apparence. Je me rappelle avoir vu la baie de Tor entièrement rouge, comme un lac de sang.

— Et cette couleur, vous l'attribuez à la présence d'une algue microscopique ?

— Oui. C'est une matière mucilagineuse pourpre produite par ces chétives plantules connues sous le nom de *trichodesmies*, et dont il faut quarante mille pour occuper l'espace d'un millimètre carré. Peut-être en rencontrerez-vous, quand nous serons à Tor.

— Ainsi, capitaine Nemo, ce n'est pas la première fois que vous parcourez la mer Rouge à bord du *Nautilus* ?

— Non, monsieur.

— Alors, puisque vous parliez plus haut du passage des Israélites et de la catastrophe des Egyptiens, je vous demanderai si vous avez reconnu sous les eaux des traces de ce grand fait historique ?

— Non, monsieur le professeur, et cela pour une excellente raison.

— Laquelle ?

— C'est que l'endroit même où Moïse a passé avec tout son peuple est tellement ensablé maintenant que les chameaux y peuvent à peine baigner leurs jambes. Vous comprenez que mon *Nautilus* n'aurait pas assez d'eau pour lui.

— Et cet endroit ?... demandai-je.

— Cet endroit est situé un peu au-dessus de Suez, dans ce bras qui formait autrefois un profond estuaire, alors que la mer Rouge s'étendait jusqu'aux lacs Amers. Maintenant, que ce passage soit miraculeux ou non, les Israélites n'en ont pas moins passé là pour gagner la Terre promise, et l'armée de Pharaon a précisément péri en cet endroit. Je pense donc que des fouilles pratiquées au milieu de ces sables mettraient à découvert une grande quantité d'armes et d'instruments d'origine égyptienne.

— C'est évident, répondis-je, et il faut espérer pour les archéologues que ces fouilles se feront tôt ou tard, lorsque des villes nouvelles s'établiront sur cet isthme, après le percement du canal de Suez. Un canal bien inutile pour un navire tel que le *Nautilus* !

— Sans doute, mais utile au monde entier, dit le capitaine Nemo. Les Anciens avaient bien compris cette utilité pour leurs affaires commerciales d'établir une communication entre la mer Rouge et la Méditerranée ; mais ils ne songèrent point à creuser un canal direct, et ils prirent le Nil pour intermédiaire. Très probablement, le canal qui réunissait le Nil à la mer Rouge fut commencé sous Sésostris, si l'on en croit la tradition. Ce qui est certain, c'est que, 615 ans avant Jésus-Christ, Necos entreprit les travaux d'un canal alimenté par les eaux du Nil, à travers la plaine d'Egypte qui regarde l'Arabie. Ce canal se remontait en quatre jours, et sa largeur était telle que deux trirèmes pouvaient y passer de front. Il fut continué par Darius, fils d'Hystaspe, et probablement achevé par Ptolémée II. Strabon le vit employé à la navigation ; mais la faiblesse de sa pente entre son point de départ, près de Bubaste, et la mer Rouge, ne le rendait navigable que pendant quelques mois de l'année. Ce canal servit au commerce jusqu'au siècle des Antonins ; abandonné, ensablé, puis rétabli par les ordres du calife Omar, il fut définitivement comblé en 761 ou 762 par le calife Al-Mansor, qui voulut empêcher les vivres d'arriver à Mohammed ben Abdallah, révolté contre lui. Pendant l'expédition d'Egypte, votre général Bonaparte retrouva les traces de ces travaux dans le désert de Suez, et, surpris par la marée, il faillit périr quelques heures avant de rejoindre Hadjaroth, là même où Moïse avait campé trois mille trois cents ans avant lui.

— Eh bien, capitaine, ce que les Anciens n'avaient osé entreprendre, cette jonction entre les deux mers qui abrégera de neuf mille kilomètres la route de Cadix aux Indes, M. de Lesseps l'a fait, et avant peu, il aura changé l'Afrique en une île immense.

— Oui, monsieur Aronnax, et vous avez le droit d'être fier de votre compatriote. C'est un homme qui honore plus une nation que les plus grands capitaines ! Il a commencé comme tant d'autres par les ennuis et les rebuts, mais il a triomphé, car il a le génie de la volonté. Et il est triste de penser que cette œuvre, qui aurait dû être une œuvre internationale, qui aurait suffi à illustrer un règne, n'aura réussi que par l'énergie d'un seul homme. Donc, honneur à M. de Lesseps !

— Oui, honneur à ce grand citoyen, répondis-je, tout surpris de l'accent avec lequel le capitaine Nemo venait de parler.

— Malheureusement, reprit-il, je ne puis vous conduire à travers ce canal de Suez, mais vous pourrez apercevoir les longues jetées de Port-Saïd après-demain, quand nous serons dans la Méditerranée.

— Dans la Méditerranée ! m'écriai-je.

— Oui, monsieur le professeur. Cela vous étonne ?

— Ce qui m'étonne, c'est de penser que nous y serons après-demain.

— Vraiment ?

— Oui, capitaine, bien que je dusse être habitué à ne m'étonner de rien depuis que je suis à votre bord !

— Mais à quel propos cette surprise ?

— À propos de l'effroyable vitesse que vous serez forcé d'imprimer au *Nautilus* s'il doit se retrouver après-demain en pleine Méditerranée, ayant fait le tour de l'Afrique et doublé le cap de Bonne-Espérance !

— Cependant, à moins que le *Nautilus* ne navigue en terre ferme et qu'il ne passe par-dessus l'isthme...

— Ou par-dessous, monsieur Aronnax.

— Par-dessous ?

— Sans doute, répondit tranquillement le capitaine Nemo. Depuis longtemps la nature a fait sous cette langue de terre ce que les hommes font aujourd'hui à sa surface.

— Quoi ! il existerait un passage !

— Oui, un passage souterrain que j'ai nommé Arabian Tunnel. Il prend au-dessous de Suez et aboutit au golfe de Péluse.

— Mais cet isthme n'est composé que de sables mouvants ?

— Jusqu'à une certaine profondeur. Mais à cinquante mètres seulement se rencontre une inébranlable assise de roc.

— Et c'est par hasard que vous avez découvert ce passage ? demandai-je de plus en plus surpris.

— Hasard et raisonnement, monsieur le professeur, et même, raisonnement plus que hasard.

— Capitaine, je vous écoute, mais mon oreille résiste à ce qu'elle entend.

— Ah ! monsieur ! *Aures habent et non audient* est de tous les temps. Non seulement ce passage existe, mais j'en ai profité plusieurs fois. Sans cela, je ne me serais pas aventuré aujourd'hui dans cette impasse de la mer Rouge.

— Est-il indiscret de vous demander comment vous avez découvert ce tunnel ?

— Monsieur, me répondit le capitaine, il ne peut y

avoir rien de secret entre gens qui ne doivent plus se quitter. »

Je ne relevai pas l'insinuation et j'attendis le récit du capitaine Nemo.

« Monsieur le professeur, me dit-il, c'est un simple raisonnement de naturaliste qui m'a conduit à découvrir ce passage que je suis seul à connaître. J'avais remarqué que dans la mer Rouge et dans la Méditerranée, il existait un certain nombre de poissons d'espèces absolument identiques, des ophidies, des fiatoles, des girelles, des persègues, des joels, des exocets. Certain de ce fait, je me demandai s'il n'existait pas de communication entre les deux mers. Si elle existait, le courant souterrain devait forcément aller de la mer Rouge à la Méditerranée par le seul effet de la différence des niveaux. Je pêchais donc un grand nombre de poissons aux environs de Suez. Je leur passai à la queue un anneau de cuivre, et je les rejetai à la mer. Quelques mois plus tard, sur les côtes de Syrie, je reprenais quelques échantillons de mes poissons ornés de leur anneau indicateur. La communication entre les deux m'était donc démontrée. Je la cherchai avec mon *Nautilus*, je la découvris, je m'y aventurai, et avant peu, monsieur le professeur, vous aussi vous aurez franchi mon tunnel arabique ! »

V

ARABIAN TUNNEL

Ce jour même, je rapportai à Conseil et à Ned Land la partie de cette conversation qui les intéressait directement. Lorsque je leur appris que, dans deux jours, nous serions au milieu des eaux de la Méditerranée, Conseil battit des mains, mais le Canadien haussa les épaules.

« Un tunnel sous-marin ! s'écria-t-il, une communication entre les deux mers ! Qui a jamais entendu parler de cela ?

— Ami Ned, répondit Conseil, aviez-vous jamais entendu parler du *Nautilus* ? Non ! Il existe cependant. Donc, ne haussez pas les épaules si légèrement, et ne repoussez pas les choses sous prétexte que vous n'en avez jamais entendu parler.

— Nous verrons bien ! riposta Ned Land, en secouant la tête. Après tout, je ne demande pas mieux que de croire à son passage, à ce capitaine, et fasse le Ciel qu'il nous conduise, en effet, dans la Méditerranée. »

Le soir même, par 21° 30' de latitude nord, le *Nautilus*, flottant à la surface de la mer, se rapprocha de la côte arabe. J'aperçus Djeddah, important comptoir de l'Egypte, de la Syrie, de la Turquie et des Indes. Je distinguai assez nettement l'ensemble de ses constructions, les navires amarrés le long des quais, et ceux que leur tirant d'eau obligeait à mouiller en rade. Le soleil, assez bas sur l'horizon, frappait en plein les maisons de la ville et faisait ressortir leur blancheur. En dehors, quelques cabanes de bois ou de roseaux indiquaient le quartier habité par les Bédouins.

Bientôt Djeddah s'effaça dans les ombres du soir, et le *Nautilus* rentra sous les eaux légèrement phosphorescentes.

Le lendemain, 10 février, plusieurs navires apparurent qui couraient à contre-bord de nous. Le *Nautilus* reprit sa navigation sous-marine ; mais à midi, au moment du point, la mer étant déserte, il remonta jusqu'à sa ligne de flottaison.

Accompagné de Ned et de Conseil, je vins m'asseoir sur la plate-forme. La côte à l'est se montrait comme une masse à peine estompée dans un humide brouillard.

Appuyés sur les flancs du canot, nous causions de choses et d'autres, quand Ned Land, tendant sa main vers un point de la mer, me dit :

« Voyez-vous là quelque chose, monsieur le professeur ?

Quelques cabanes de bois ou de roseaux. (Page 349.)

— Non, Ned, répondis-je, mais je n'ai pas vos yeux, vous le savez.

— Regardez bien, reprit Ned, là, par tribord devant, à peu près à la hauteur du fanal ! Vous ne voyez pas une masse qui semble remuer ?

— En effet, dis-je, après une attentive observation, j'aperçois comme un long corps noirâtre à la surface des eaux.

— Un autre *Nautilus* ? dit Conseil.

— Non, répondit le Canadien, mais je me trompe fort, ou c'est là quelque animal marin.

— Y a-t-il des baleines dans la mer Rouge ? demanda Conseil.

— Oui, mon garçon, répondis-je, on en rencontre quelquefois.

— Ce n'est point une baleine, reprit Ned Land, qui ne perdait pas des yeux l'objet signalé. Les baleines et moi, nous sommes de vieilles connaissances, et je ne me tromperais pas à leur allure.

— Attendons, dit Conseil. Le *Nautilus* se dirige de ce côté, et avant peu nous saurons à quoi nous en tenir. »

En effet, cet objet noirâtre ne fut bientôt qu'à un mille de nous. Il ressemblait à un gros écueil échoué en pleine mer. Qu'était-ce ? Je ne pouvais encore me prononcer.

« Ah ! il marche ! il plonge ! s'écria Ned Land. Mille diables ! Quel peut être cet animal ? Il n'a pas la queue bifurquée comme les baleines ou les cachalots, et ses nageoires ressemblent à des membres tronqués.

— Mais alors..., fis-je.

— Bon, reprit le Canadien, le voilà sur le dos, et il dresse ses mamelles en l'air !

— C'est une sirène, s'écria Conseil, une véritable sirène, n'en déplaise à monsieur. »

Ce nom de sirène me mit sur la voie, et je compris que cet animal appartenait à cet ordre d'êtres marins, dont la fable a fait les sirènes, moitié femmes et moitié poissons.

« Non, dis-je à Conseil, ce n'est point une sirène, mais un être curieux dont il reste à peine quelques échantillons dans la mer Rouge. C'est un dugong.

« Voyez-vous là quelque chose ? » (Page 349.)

— Ordre des sinéniens, groupe des pisciformes, sous-classe des monodelphiens, classe des mammifères, embranchement des vertébrés », répondit Conseil.

Et lorsque Conseil avait ainsi parlé, il n'y avait plus rien à dire.

Cependant Ned Land regardait toujours. Ses yeux brillaient de convoitise à la vue de cet animal. Sa main semblait prête à harponner. On eût dit qu'il attendait le moment de se jeter à la mer pour l'attaquer dans son élément.

« Oh ! monsieur, me dit-il d'une voix tremblante d'émotion, je n'ai jamais tué de "cela".

Tout le harponneur était dans ce mot.

En cet instant, le capitaine Nemo parut sur la plate-forme. Il aperçut le dugong. Il comprit l'attitude du Canadien, et s'adressant directement à lui :

« Si vous teniez un harpon, maître Land, est-ce qu'il ne vous brûlerait pas la main ?

— Comme vous dites, monsieur.

— Et il ne vous déplairait pas de reprendre pour un jour votre métier de pêcheur, et d'ajouter ce cétacé à la liste de ceux que vous avez déjà frappés ?

— Cela ne me déplairait point.

— Eh bien ! vous pouvez essayer.

— Merci, monsieur, répondit Ned Land dont les yeux s'enflammèrent.

— Seulement, reprit le capitaine, je vous engage à ne pas manquer cet animal, et cela dans votre intérêt.

— Est-ce que ce dugong est dangereux à attaquer ? demandai-je malgré le haussement d'épaules du Canadien.

— Oui, quelquefois, répondit le capitaine. Cet animal revient sur ses assaillants et chavire leur embarcation. Mais pour maître Land, ce danger n'est pas à craindre. Son coup d'œil est prompt, son bras est sûr. Si je lui recommande de ne pas manquer ce dugong, c'est qu'on le regarde justement comme un fin gibier, et je sais que maître Land ne déteste pas les bons morceaux.

— Ah ! fit le Canadien, cette bête-là se donne aussi le luxe d'être bonne à manger ?

— Oui, maître Land. Sa chair, une viande véritable, est extrêmement estimée, et on la réserve dans toute la Malaisie pour la table des princes. Aussi fait-on à cet excellent animal une chasse tellement acharnée que, de même que le lamantin, son congénère, il devient de plus en plus rare.

— Alors, monsieur le capitaine, dit sérieusement Conseil, si par hasard celui-ci était le dernier de sa race, ne conviendrait-il pas de l'épargner — dans l'intérêt de la science ?

— Peut-être, répliqua le Canadien ; mais, dans l'intérêt de la cuisine, il vaut mieux lui donner la chasse.

— Faites donc, maître Land », répondit le capitaine Nemo.

En ce moment sept hommes de l'équipage, muets et impassibles comme toujours, montèrent sur la plate-forme. L'un portait un harpon et une ligne semblable à celles qu'emploient les pêcheurs de baleines. Le canot fut déponté, arraché de son alvéole, lancé à la mer. Six rameurs prirent place sur leurs bancs et le patron se mit à la barre. Ned, Conseil et moi, nous nous assîmes à l'arrière.

« Vous ne venez pas, capitaine ? demandai-je.

— Non, monsieur, mais je vous souhaite une bonne chasse. »

Le canot déborda, et, enlevé par ses six avirons, il se dirigea rapidement vers le dugong, qui flottait alors à deux milles du *Nautilus*.

Arrivé à quelques encablures du cétacé, il ralentit sa marche, et les rames plongèrent sans bruit dans les eaux tranquilles. Ned Land, son harpon à la main, alla se placer debout sur l'avant du canot. Le harpon qui sert à frapper la baleine est ordinairement attaché à une très longue corde qui se dévide rapidement lorsque l'animal blessé l'entraîne avec lui. Mais ici la corde ne mesurait pas plus d'une dizaine de brasses, et son extrémité était seulement frappée sur un petit baril qui, en flottant, devait indiquer la marche du dugong sous les eaux.

Je m'étais levé et j'observais distinctement l'adversaire du Canadien. Ce dugong, qui porte aussi le nom d'halicore, ressemblait beaucoup au lamantin. Son corps oblong se terminait par une caudale très allongée et ses nageoires latérales par de véritables doigts. Sa différence avec le lamantin consistait en ce que sa mâchoire supérieure était armée de deux dents longues et pointues, qui formaient de chaque côté des défenses divergentes.

Ce dugong que Ned Land se préparait à attaquer avait des dimensions colossales, et sa longueur dépassait au moins sept mètres. Il ne bougeait pas et semblait dormir à la surface des flots, circonstance qui rendait sa capture plus facile.

Le canot s'approcha prudemment à trois brasses de l'animal. Les avirons restèrent suspendus sur leurs dames. Je me levai à demi. Ned Land, le corps un peu rejeté en arrière, brandissait son harpon d'une main exercée.

Soudain, un sifflement se fit entendre, et le dugong disparut. Le harpon, lancé avec force, n'avait frappé que l'eau sans doute.

« Mille diables ! s'écria le Canadien furieux, je l'ai manqué !

— Non, dis-je, l'animal est blessé, voici son sang, mais votre engin ne lui est pas resté dans le corps.

— Mon harpon ! mon harpon ! » cria Ned Land.

Les matelots se remirent à nager, et le patron dirigea l'embarcation vers le baril flottant. Le harpon repêché, le canot se mit à la poursuite de l'animal.

Celui-ci revenait de temps en temps à la surface de la mer pour respirer. Sa blessure ne l'avait pas affaibli, car il filait avec une rapidité extrême. L'embarcation, manœuvrée par des bras vigoureux, volait sur ses traces. Plusieurs fois elle l'approcha à quelques brasses, et le Canadien se tenait prêt à frapper ; mais le dugong se dérobait par un plongeon subit, et il était impossible de l'atteindre.

On juge de la colère qui surexcitait l'impatient Ned

Land. Il lançait au malheureux animal les plus énergiques jurons de la langue anglaise. Pour mon compte, je n'en étais encore qu'au dépit de voir le dugong déjouer toutes nos ruses.

On le poursuivit sans relâche pendant une heure, et je commençais à croire qu'il serait très difficile de s'en emparer, quand cet animal fut pris d'une malencontreuse idée de vengeance dont il eut à se repentir. Il revint sur le canot pour l'assaillir à son tour.

Cette manœuvre n'échappa point au Canadien.

« Attention ! » dit-il.

Le patron prononça quelques mots de sa langue bizarre, et sans doute il prévint ses hommes de se tenir sur leur garde.

Le dugong, arrivé à vingt pieds du canot, s'arrêta, huma brusquement l'air avec ses vastes narines percées non à l'extrémité, mais à la partie supérieure de son museau. Puis, prenant son élan, il se précipita sur nous.

Le canot ne put éviter son choc ; à demi renversé, il embarqua une ou deux tonnes d'eau qu'il fallut vider ; mais, grâce à l'habileté du patron, abordé de biais et non de plein, il ne chavira pas. Ned Land, cramponné à l'étrave, lardait de coups de harpon le gigantesque animal, qui, de ses dents incrustées dans le plat-bord, soulevait l'embarcation hors de l'eau comme un lion fait d'un chevreuil. Nous étions renversés les uns sur les autres, et je ne sais trop comment aurait fini l'aventure, si le Canadien, toujours acharné contre la bête, ne l'eût enfin frappée au cœur.

J'entendis le grincement des dents sur la tôle, et le dugong disparut, entraînant le harpon avec lui. Mais bientôt le baril revint à la surface, et peu d'instants après, apparut le corps de l'animal, retourné sur le dos. Le canot le rejoignit, le prit à la remorque et se dirigea vers le *Nautilus*.

Il fallut employer des palans d'une grande puissance pour hisser le dugong sur la plate-forme. Il pesait cinq mille kilogrammes. On le dépeça sous les yeux du Canadien, qui tenait à suivre tous les détails de l'opération. Le

Le gigantesque animal soulevait l'embarcation. (Page 356.)

jour même, le steward me servit au dîner quelques tranches de cette chair habilement apprêtée par le cuisinier du bord. Je la trouvai excellente, et même supérieure à celle du veau, sinon du bœuf.

Le lendemain 11 février, l'office du *Nautilus* s'enrichit encore d'un gibier délicat. Une compagnie d'hirondelles de mer s'abattit sur le *Nautilus*. C'était une espèce de *Sterna nilotica*, particulière à l'Egypte, dont le bec est noir, la tête grise et pointillée, l'œil entouré de points blancs, le dos, les ailes et la queue grisâtres, le ventre et la gorge blancs, les pattes rouges. On prit aussi quelques douzaines de canards du Nil, oiseaux sauvages d'un haut goût, dont le cou et le dessus de la tête sont blancs et tachetés de noir.

La vitesse du *Nautilus* était alors modérée. Il s'avançait en flânant, pour ainsi dire. J'observai que l'eau de la mer Rouge devenait de moins en moins salée, à mesure que nous approchions de Suez.

Vers cinq heures du soir, nous relevions au nord le cap de Ras Mohammed. C'est ce cap qui forme l'extrémité de l'Arabie Pétrée, comprise entre le golfe de Suez et le golfe d'Acabah.

Le *Nautilus* pénétra dans le détroit de Jubal, qui conduit au golfe de Suez. J'aperçus distinctement une haute montagne, dominant entre les deux golfes le Ras Mohammed. C'était le mont Horeb, ce Sinaï, au sommet duquel Moïse vit Dieu face à face, et que l'esprit se figure incessamment couronné d'éclairs.

À six heures, le *Nautilus*, tantôt flottant, tantôt immergé, passait au large de Tor, assise au fond d'une baie dont les eaux paraissaient teintées de rouge, observation déjà faite par le capitaine Nemo. Puis la nuit se fit, au milieu d'un lourd silence que rompaient parfois le cri du pélican et de quelques oiseaux de nuit, le bruit du ressac irrité par les rocs ou le gémissement lointain d'un steamer battant les eaux du golfe de ses pales sonores.

De huit à neuf heures, le *Nautilus* demeura à quelques mètres sous les eaux. Suivant mon calcul, nous devions être très près de Suez. À travers les panneaux du salon, j'apercevais des fonds de rochers vivement éclairés par notre lumière électrique. Il me semblait que le détroit se rétrécissait de plus en plus.

À neuf heures un quart, le bateau étant revenu à la surface, je montai sur la plate-forme. Très impatient de franchir le tunnel du capitaine Nemo, je ne pouvais tenir en place, et je cherchais à respirer l'air frais de la nuit.

Bientôt, dans l'ombre, j'aperçus un feu pâle, à demi décoloré par la brume, qui brillait à un mille de nous.

« Un phare flottant », dit-on près de moi.

Je me retournai et je reconnus le capitaine.

« C'est le feu flottant de Suez, reprit-il. Nous ne tarderons pas à gagner l'orifice du tunnel.

— L'entrée n'en doit pas être facile ?

— Non, monsieur. Aussi j'ai pour habitude de me tenir dans la cage du timonier pour diriger moi-même la manœuvre. Et maintenant, si vous voulez descendre, monsieur Aronnax, le *Nautilus* va s'enfoncer sous les flots, et il ne reviendra à leur surface qu'après avoir franchi l'Arabian Tunnel. »

Je suivis le capitaine Nemo. Le panneau se ferma, les réservoirs d'eau s'emplirent, et l'appareil s'immergea d'une dizaine de mètres.

Au moment où je me disposais à regagner ma chambre, le capitaine m'arrêta.

« Monsieur le professeur, me dit-il, vous plairait-il de m'accompagner dans la cage du pilote ?

— Je n'osais vous le demander, répondis-je.

— Venez donc. Vous verrez ainsi tout ce que l'on peut voir de cette navigation à la fois sous-terrestre et sous-marine. »

Le capitaine Nemo me conduisit vers l'escalier central. À mi-rampe, il ouvrit une porte, suivit les coursives supérieures et arriva dans la cage du pilote, qui, on le sait, s'élevait à l'extrémité de la plate-forme.

C'était une cabine mesurant six pieds sur chaque face, à peu près semblable à celle qu'occupent les timoniers des *steamboats* du Mississippi ou de l'Hudson. Au milieu se manœuvrait une roue disposée verticalement, engrenée

sur les drosses du gouvernail qui couraient jusqu'à l'arrière du *Nautilus*. Quatre hublots de verres lenticulaires,
évidés dans les parois de la cabine, permettaient à
l'homme de barre de regarder dans toutes les directions.

Cette cabine était obscure ; mais bientôt mes yeux s'accoutumèrent à cette obscurité, et j'aperçus le pilote, un
homme vigoureux, dont les mains s'appuyaient sur les
jantes de la roue. Au-dehors, la mer apparaissait vivement
éclairée par le fanal qui rayonnait en arrière de la cabine,
à l'autre extrémité de la plate-forme.

« Maintenant, dit le capitaine Nemo, cherchons notre
passage. »

Des fils électriques reliaient la cage du timonier avec
la chambre des machines, et de là, le capitaine pouvait
communiquer simultanément à son *Nautilus* la direction
et le mouvement. Il pressa un bouton de métal, et aussitôt
la vitesse de l'hélice fut très diminuée.

Je regardais en silence la haute muraille très accore que
nous longions en ce moment, inébranlable base du massif
sableux de la côte. Nous la suivîmes ainsi pendant une
heure, à quelques mètres de distance seulement. Le capitaine Nemo ne quittait pas du regard la boussole suspendue dans la cabine à ses deux cercles concentriques. Sur
un simple geste, le timonier modifiait à chaque instant la
direction du *Nautilus*.

Je m'étais placé au hublot de bâbord, et j'apercevais
de magnifiques substructions de coraux, des zoophytes,
des algues et des crustacés agitant leurs pattes énormes,
qui s'allongeaient hors des anfractuosités du roc.

À dix heures un quart, le capitaine Nemo prit lui-même
la barre. Une large galerie, noire et profonde, s'ouvrait
devant nous. Le *Nautilus* s'y engouffra hardiment. Un
bruissement inaccoutumé se fit entendre sur ses flancs.
C'étaient les eaux de la mer Rouge que la pente du tunnel
précipitait vers la Méditerranée. Le *Nautilus* suivait le torrent, rapide comme une flèche, malgré les efforts de sa
machine qui, pour résister, battait les flots à contre-hélice.

Sur les murailles étroites du passage, je ne voyais plus
que des raies éclatantes, des lignes droites, des sillons de

Le capitaine Nemo prit lui-même la barre. (Page 360.)

feu tracés par la vitesse sous l'éclat de l'électricité. Mon
cœur palpitait, et je le comprimais de la main.

À dix heures trente-cinq minutes, le capitaine Nemo
abandonna la roue du gouvernail, et se retournant vers
moi :

« La Méditerranée », me dit-il.

En moins de vingt minutes, le *Nautilus*, entraîné par ce
torrent, venait de franchir l'isthme de Suez.

VI

L'ARCHIPEL GREC

Le lendemain, 12 février, au lever du jour, le *Nautilus*
remonta à la surface des flots. Je me précipitai sur la
plate-forme. À trois milles dans le sud se dessinait la
vague silhouette de Péluse. Un torrent nous avait portés
d'une mer à l'autre. Mais ce tunnel, facile à descendre,
devait être impraticable à remonter.

Vers sept heures, Ned et Conseil me rejoignirent. Ces
deux inséparables compagnons avaient tranquillement
dormi, sans se préoccuper autrement des prouesses du
Nautilus.

« Eh bien, monsieur le naturaliste, demanda le Canadien d'un ton légèrement goguenard, et cette Méditerranée ?

— Nous flottons à sa surface, ami Ned.

— Hein ! fit Conseil, cette nuit même ?...

— Oui, cette nuit même, en quelques minutes, nous
avons franchi cet isthme infranchissable.

— Je n'en crois rien, répondit le Canadien.

— Et vous avez tort, maître Land, repris-je. Cette côte
basse qui s'arrondit vers le sud est la côte égyptienne.

— À d'autres, monsieur, répliqua l'entêté Canadien.

— Mais puisque monsieur l'affirme, lui dit Conseil, il faut croire monsieur.

— D'ailleurs, Ned, le capitaine Nemo m'a fait les honneurs de son tunnel, et j'étais près de lui, dans la cage du timonier, pendant qu'il dirigeait lui-même le *Nautilus* à travers cet étroit passage.

— Vous entendez, Ned ? dit Conseil.

— Et vous qui avez de si bons yeux, ajoutai-je, vous pouvez, Ned, apercevoir les jetées de Port-Saïd qui s'allongent dans la mer. »

Le Canadien regarda attentivement.

« En effet, dit-il, vous avez raison, monsieur le professeur, et votre capitaine est un maître homme. Nous sommes dans la Méditerranée. Bon. Causons donc, s'il vous plaît, de nos petites affaires, mais de façon à ce que personne ne puisse nous entendre. »

Je vis bien où le Canadien voulait en venir. En tout cas, je pensai qu'il valait mieux causer, puisqu'il le désirait, et tous les trois nous allâmes nous asseoir près du fanal, où nous étions moins exposés à recevoir l'humide embrun des lames.

« Maintenant, Ned, nous vous écoutons, dis-je. Qu'avez-vous à nous apprendre ?

— Ce que j'ai à vous apprendre est très simple, répondit le Canadien. Nous sommes en Europe, et avant que les caprices du capitaine Nemo nous entraînent jusqu'au fond des mers polaires ou nous ramènent en Océanie, je demande à quitter le *Nautilus*. »

J'avouerai que cette discussion avec le Canadien m'embarrassait toujours. Je ne voulais en aucune façon entraver la liberté de mes compagnons, et cependant je n'éprouvais nul désir de quitter le capitaine Nemo. Grâce à lui, grâce à son appareil, je complétais chaque jour mes études sous-marines, et je refaisais mon livre des fonds sous-marins au milieu même de son élément. Retrouverais-je jamais une telle occasion d'observer les merveilles de l'océan ? Non, certes ! Je ne pouvais donc me faire à cette idée d'abandonner le *Nautilus* avant notre cycle d'investigations accompli.

« Ami Ned, dis-je, répondez-moi franchement. Vous ennuyez-vous à bord ? Regrettez-vous que la destinée vous ait jeté entre les mains du capitaine Nemo ? »

Le Canadien resta quelques instants sans répondre. Puis, se croisant les bras :

« Franchement, dit-il, je ne regrette pas ce voyage sous les mers. Je serai content de l'avoir fait ; mais pour l'avoir fait, il faut qu'il se termine. Voilà mon sentiment.

— Il se terminera, Ned.

— Où et quand ?

— Où ? je n'en sais rien. Quand ? je ne peux le dire, ou plutôt je suppose qu'il s'achèvera, lorsque ces mers n'auront plus rien à nous apprendre. Tout ce qui a commencé a forcément une fin en ce monde.

— Je pense comme monsieur, répondit Conseil, et il est fort possible qu'après avoir parcouru toutes les mers du globe, le capitaine Nemo nous donne la volée à tous trois.

— La volée ! s'écria le Canadien. Une volée, voulez-vous dire ?

— N'exagérons pas, maître Land, repris-je. Nous n'avons rien à craindre du capitaine, mais je ne partage pas non plus les idées de Conseil. Nous sommes maîtres des secrets du *Nautilus*, et je n'espère pas que son commandant, pour nous rendre notre liberté, se résigne à les voir courir le monde avec nous.

— Mais alors, qu'espérez-vous donc ? demanda le Canadien.

— Que des circonstances se rencontreront dont nous pourrons, dont nous devrons profiter, aussi bien dans six mois que maintenant.

— Ouais ! fit Ned Land. Et où serons-nous dans six mois, s'il vous plaît, monsieur le naturaliste ?

— Peut-être ici, peut-être en Chine. Vous le savez, le *Nautilus* est un rapide marcheur. Il traverse les océans comme une hirondelle traverse les airs, ou un express les continents. Il ne craint point les mers fréquentées. Qui nous dit qu'il ne va pas rallier les côtes de France, d'Angleterre ou d'Amérique, sur lesquelles une fuite pourra être aussi avantageusement tentée qu'ici ?

— Monsieur Aronnax, répondit le Canadien, vos arguments pèchent par la base. Vous parlez au futur : "Nous serons là ! Nous serons ici !" Moi je parle au présent : "Nous sommes ici, et il faut en profiter."

J'étais pressé de près par la logique de Ned Land, et je me sentais battu sur ce terrain. Je ne savais plus quels arguments faire valoir en ma faveur.

« Monsieur, reprit Ned, supposons, par impossible, que le capitaine Nemo vous offre aujourd'hui même la liberté. Accepterez-vous ?

— Je ne sais, répondis-je.

— Et s'il ajoute que cette offre qu'il vous fait aujourd'hui, il ne la renouvellera pas plus tard, accepterez-vous ? »

Je ne répondis pas.

« Et qu'en pense l'ami Conseil ? demanda Ned Land.

— L'ami Conseil, répondit tranquillement ce digne garçon, l'ami Conseil n'a rien à dire. Il est absolument désintéressé dans la question. Ainsi que son maître, ainsi que son camarade Ned, il est célibataire. Ni femme, ni parents, ni enfants ne l'attendent au pays. Il est au service de monsieur, il pense comme monsieur, il parle comme monsieur, et, à son grand regret, on ne doit pas compter sur lui pour faire une majorité. Deux personnes seulement sont en présence : monsieur d'un côté, Ned Land de l'autre. Cela dit, l'ami Conseil écoute, et il est prêt à marquer les points. »

Je ne pus m'empêcher de sourire, à voir Conseil annihiler si complètement sa personnalité. Au fond, le Canadien devait être enchanté de ne pas l'avoir contre lui.

« Alors, monsieur, dit Ned Land, puisque Conseil n'existe pas, ne discutons qu'entre nous deux. J'ai parlé, vous m'avez entendu. Qu'avez-vous à répondre ? »

Il fallait évidemment conclure, et les faux-fuyants me répugnaient.

« Ami Ned, dis-je, voici ma réponse. Vous avez raison contre moi, et mes arguments ne peuvent tenir devant les vôtres. Il ne faut pas compter sur la bonne volonté du capitaine Nemo. La prudence la plus vulgaire lui défend de nous mettre en liberté. Par contre, la prudence veut que nous profitions de la première occasion de quitter le *Nautilus*.

— Bien, monsieur Aronnax, voilà qui est sagement parlé.

— Seulement, dis-je, une observation, une seule. Il faut que l'occasion soit sérieuse. Il faut que notre première tentative de fuite réussisse ; car si elle avorte, nous ne retrouverons pas l'occasion de la reprendre, et le capitaine Nemo ne nous pardonnera pas.

— Tout cela est juste, répondit le Canadien. Mais votre observation s'applique à toute tentative de fuite, qu'elle ait lieu dans deux ans ou dans deux jours. Donc, la question est toujours celle-ci : si une occasion favorable se présente, il faut la saisir.

— D'accord. Et maintenant, me direz-vous, Ned, ce que vous entendez par une occasion favorable ?

— Ce serait celle qui, par une nuit sombre, amènerait le *Nautilus* à peu de distance d'une côte européenne.

— Et vous tenteriez de vous sauver à la nage ?

— Oui, si nous étions suffisamment rapprochés d'un rivage, et si le navire flottait à la surface. Non, si nous étions éloignés, et si le navire naviguait sous les eaux.

— Et dans ce cas ?

— Dans ce cas, je chercherais à m'emparer du canot. Je sais comment il se manœuvre. Nous nous introduirions à l'intérieur, et les boulons enlevés, nous remonterions à la surface, sans même que le timonier, placé à l'avant, s'aperçût de notre fuite.

— Bien, Ned. Épiez donc cette occasion ; mais n'oubliez pas qu'un échec nous perdrait.

— Je ne l'oublierai pas, monsieur.

— Et maintenant, Ned, voulez-vous connaître toute ma pensée sur votre projet ?

— Volontiers, monsieur Aronnax.

— Eh bien, je pense — je ne dis pas j'espère —, je pense que cette occasion favorable ne se présentera pas.

— Pourquoi cela ?

— Parce que le capitaine Nemo ne peut se dissimuler que nous n'avons pas renoncé à l'espoir de recouvrer notre liberté, et qu'il se tiendra sur ses gardes, surtout dans les mers et en vue des côtes européennes.

— Je suis de l'avis de monsieur, dit Conseil.

— Nous verrons bien, répondit Ned Land, qui secouait la tête d'un air déterminé.

— Et maintenant, Ned Land, ajoutai-je, restons-en là. Plus un mot sur tout ceci. Le jour où vous serez prêt, vous nous préviendrez et nous vous suivrons. Je m'en rapporte complètement à vous. »

Cette conversation, qui devait avoir plus tard de si graves conséquences, se termina ainsi. Je dois dire maintenant que les faits semblèrent confirmer mes prévisions, au grand désespoir du Canadien. Le capitaine Nemo se défiait-il de nous dans ces mers fréquentées, ou voulait-il seulement se dérober à la vue des nombreux navires de toutes nations qui sillonnent la Méditerranée ? Je l'ignore, mais il se maintint le plus souvent entre deux eaux et au large des côtes. Ou le *Nautilus* émergeait, ne laissant passer que la cage du timonier, ou il s'en allait à de grandes profondeurs, car entre l'Archipel grec et l'Asie Mineure nous ne trouvions pas le fond par deux mille mètres.

Aussi je n'eus connaissance de l'île de Carpathos, l'une des Sporades, que par ce vers de Virgile que le capitaine Nemo me cita, en posant son doigt sur un point du planisphère :

Est in Carpathio Neptuni gurgite vates
Cæruleus Proteus...

C'était, en effet, l'antique séjour de Protée, le vieux pasteur des troupeaux de Neptune, maintenant l'île de Scarpanto, située entre Rhodes et la Crète. Je n'en vis que les soubassements granitiques à travers la vitre du salon.

Le lendemain, 14 février, je résolus d'employer quelques heures à étudier les poissons de l'Archipel ; mais par un motif quelconque, les panneaux demeurèrent hermétiquement fermés. En relevant la direction du *Nautilus*, je remarquai qu'il marchait vers Candie, l'ancienne île de Crète. Au moment où je m'étais embarqué sur l'*Abraham Lincoln*, cette île venait de s'insurger tout entière contre le despotisme turc. Mais ce qu'était devenue cette insurrection depuis cette époque, je l'ignorais absolument, et ce n'était pas le capitaine Nemo, privé de toute communication avec la terre, qui aurait pu me l'apprendre.

Je ne fis donc aucune allusion à cet événement, lorsque, le soir, je me trouvai seul avec lui dans le salon. D'ailleurs, il me sembla taciturne, préoccupé. Puis, contrairement à ses habitudes, il ordonna d'ouvrir les deux panneaux du salon, et, allant de l'un à l'autre, il observa attentivement la masse des eaux. Dans quel but ? je ne pouvais le deviner, et, de mon côté, j'employai mon temps à étudier les poissons qui passaient devant mes yeux.

Entre autres, je remarquai ces gobies aphyses, cités par Aristote et vulgairement connus sous le nom de « loches de mer », que l'on rencontre particulièrement dans les eaux salées avoisinant le delta du Nil. Près d'eux se déroulaient des pagres à demi phosphorescents, sortes de spares que les Égyptiens rangeaient parmi les animaux sacrés, et dont l'arrivée dans les eaux du fleuve, dont elles annonçaient le fécond débordement, était fêtée par des cérémonies religieuses. Je notai également des cheilines longues de trois décimètres, poissons osseux à écailles transparentes, dont la couleur livide est mélangée de taches rouges ; ce sont de grands mangeurs de végétaux marins, ce qui leur donne un goût exquis ; aussi ces cheilines étaient-elles très recherchées des gourmets de l'ancienne Rome, et leurs entrailles, accommodées avec des laites de murènes, des cervelles de paons et des langues de phénicoptères, composaient ce plat divin qui ravissait Vitellius.

Un autre habitant de ces mers attira mon attention et ramena dans mon esprit tous les souvenirs de l'Antiquité. Ce fut le rémora, qui voyage attaché au ventre des requins ; au dire des Anciens, ce petit poisson, accroché à la carène d'un navire, pouvait l'arrêter dans sa marche, et l'un d'eux, retenant le vaisseau d'Antoine pendant la bataille d'Actium, facilita ainsi la victoire d'Auguste. À quoi tiennent les destinées des nations ! J'observai également d'admirables anthias qui appartiennent à l'ordre des lutjans, poissons sacrés pour les Grecs qui leur attribuaient le pouvoir de chasser les monstres marins des eaux qu'ils fréquentaient ; leur nom signifie *fleur*, et ils le justifiaient par leurs couleurs chatoyantes, leurs nuances comprises dans la gamme du rouge depuis la pâleur du rose jusqu'à l'éclat du rubis, et les fugitifs reflets qui moiraient leur nageoire dorsale. Mes yeux ne pouvaient se détacher de ces merveilles de la mer, quand ils furent frappés soudain par une apparition inattendue.

Au milieu des eaux, un homme apparut, un plongeur portant à sa ceinture une bourse de cuir. Ce n'était pas un corps abandonné aux flots. C'était un homme vivant qui nageait d'une main vigoureuse, disparaissant parfois pour aller respirer à la surface et replongeant aussitôt.

Je me retournai vers le capitaine Nemo, et d'une voix émue :

« Un homme ! un naufragé ! m'écriai-je. Il faut le sauver à tout prix ! »

Le capitaine ne me répondit pas et vint s'appuyer à la vitre.

L'homme s'était rapproché, et, la face collée au panneau, il nous regardait.

À ma profonde stupéfaction, le capitaine Nemo lui fit un signe. Le plongeur lui répondit de la main, remonta immédiatement vers la surface de la mer, et ne reparut plus.

« Ne vous inquiétez pas, me dit le capitaine. C'est Nicolas, du cap Matapan, surnommé le Pesce. Il est bien connu dans toutes les Cyclades. Un hardi plongeur ! L'eau est son élément, et il y vit plus que sur terre, allant sans cesse d'une île à l'autre et jusqu'à la Crète.

— Vous le connaissez, capitaine ?

— Pourquoi pas, monsieur Aronnax ? »

« Un homme ! un naufragé ! » m'écriai-je. (Page 369.)

Cela dit, le capitaine Nemo se dirigea vers un meuble placé près du panneau gauche du salon. Près de ce meuble, je vis un coffre cerclé de fer, dont le couvercle portait sur une plaque de cuivre le chiffre du *Nautilus*, avec sa devise *Mobilis in mobile*.

En ce moment, le capitaine, sans se préoccuper de ma présence, ouvrit le meuble, sorte de coffre-fort qui renfermait un grand nombre de lingots.

C'étaient des lingots d'or. D'où venait ce précieux métal qui représentait une somme énorme ? Où le capitaine recueillait-il cet or, et qu'allait-il faire de celui-ci ?

Je ne prononçai pas un mot. Je regardai. Le capitaine Nemo prit un à un ces lingots et les rangea méthodiquement dans le coffre qu'il remplit entièrement. J'estimai qu'il contenait alors plus de mille kilogrammes d'or, c'est-à-dire près de cinq millions de francs.

Le coffre fut solidement fermé, et le capitaine écrivit sur son couvercle une adresse en caractères qui devaient appartenir au grec moderne.

Ceci fait, le capitaine Nemo pressa un bouton dont le fil correspondait avec le poste de l'équipage. Quatre hommes parurent, et non sans peine ils poussèrent le coffre hors du salon. Puis j'entendis qu'ils le hissaient au moyen de palans sur l'escalier de fer.

En ce moment, le capitaine Nemo se tourna vers moi :

« Et vous disiez, monsieur le professeur ? me demanda-t-il.

— Je ne disais rien, capitaine.

— Alors, monsieur, vous me permettez de vous souhaiter le bonsoir. »

Et sur ce, le capitaine Nemo quitta le salon.

Je rentrai dans ma chambre très intrigué, on le conçoit. J'essayai vainement de dormir. Je cherchais une relation entre l'apparition de ce plongeur et ce coffre rempli d'or. Bientôt, je sentis, à certains mouvements de roulis et de tangage, que le *Nautilus* quittant les couches inférieures revenait à la surface des eaux.

Puis, j'entendis un bruit de pas sur la plate-forme. Je compris que l'on détachait le canot, qu'on le lançait à la

Le capitaine Nemo ouvrit le meuble. (Page 371.)

mer. Il heurta un instant les flancs du *Nautilus*, et tout bruit cessa.

Deux heures après, le même bruit, les mêmes allées et venues se reproduisaient. L'embarcation, hissée à bord, était rajustée dans son alvéole, et le *Nautilus* se replongeait sous les flots.

Ainsi donc, ces millions avaient été transportés à leur adresse. Sur quel point du continent ? Quel était le correspondant du capitaine Nemo ?

Le lendemain, je racontai à Conseil et au Canadien les événements de cette nuit, qui surexcitaient ma curiosité au plus haut point. Mes compagnons ne furent pas moins surpris que moi.

« Mais où prend-il ces millions ? » demanda Ned Land.

À cela, pas de réponse possible. Je me rendis au salon après avoir déjeuné, et je me mis au travail. Jusqu'à cinq heures du soir, je rédigeai mes notes. En ce moment — devais-je l'attribuer à une disposition personnelle — je sentis une chaleur extrême, et je dus enlever mon vêtement de byssus. Effet incompréhensible, car nous n'étions pas sous de hautes latitudes, et d'ailleurs le *Nautilus*, immergé, ne devait éprouver aucune élévation de température. Je regardai le manomètre. Il marquait une profondeur de soixante pieds, à laquelle la chaleur atmosphérique n'aurait pu atteindre.

Je continuai mon travail, mais la température s'éleva au point de devenir intolérable.

« Est-ce que le feu serait à bord ? » me demandai-je.

J'allais quitter le salon, quand le capitaine Nemo entra. Il s'approcha du thermomètre, le consulta, et se retournant vers moi :

« Quarante-deux degrés, dit-il.

— Je m'en aperçois, capitaine, répondis-je, et pour peu que cette chaleur augmente, nous ne pourrons la supporter.

— Oh ! monsieur le professeur, cette chaleur n'augmentera que si nous le voulons bien.

— Vous pouvez donc la modérer à votre gré ?

— Non, mais je puis m'éloigner du foyer qui la produit.

— Elle est donc extérieure ?

— Sans doute. Nous flottons dans un courant d'eau bouillante.

— Est-il possible ? m'écriai-je.

— Regardez. »

Les panneaux s'ouvrirent, et je vis la mer entièrement blanche autour du *Nautilus*. Une fumée de vapeurs sulfureuses se déroulait au milieu des flots qui bouillonnaient comme l'eau d'une chaudière. J'appuyai ma main sur une des vitres, mais la chaleur était telle que je dus la retirer.

« Où sommes-nous ? demandai-je.

— Près de l'île Santorin, monsieur le professeur, me répondit le capitaine, et précisément dans ce canal qui sépare Néa Kamenni de Paléa Kamenni. J'ai voulu vous donner le curieux spectacle d'une éruption sous-marine.

— Je croyais, dis-je, que la formation de ces îles nouvelles était terminée.

— Rien n'est jamais terminé dans les parages volcaniques, répondit le capitaine Nemo, et le globe y est toujours travaillé par les feux souterrains. Déjà, en l'an dix-neuf de notre ère, suivant Cassiodore et Pline, une île nouvelle, Théia la divine, apparut à la place même où se sont récemment formés ces îlots. Puis, elle s'abîma sous les flots, pour se remontrer en l'an soixante-neuf et s'abîmer encore une fois. Depuis cette époque jusqu'à nos jours, le travail plutonien fut suspendu. Mais, le 3 février 1866, un nouvel îlot, qu'on nomma l'îlot de George, émergea au milieu des vapeurs sulfureuses, près de Néa Kamenni, et s'y souda, le 6 du même mois. Sept jours après, le 13 février, l'îlot Aphroessa parut, laissant entre Néa Kamenni et lui un canal de dix mètres. J'étais dans ces mers quand le phénomène se produisit, et j'ai pu en observer toutes les phases. L'îlot Aphroessa, de forme arrondie, mesurait trois cents pieds de diamètre sur trente pieds de hauteur. Il se composait de laves noires et vitreuses, mêlées de fragments feldspathiques. Enfin, le 10 mars, un îlot plus petit, appelé Réka, se montra près de Néa Kamenni, et depuis lors, ces trois îlots, soudés ensemble, ne forment plus qu'une seule et même île.

— Et le canal où nous sommes en ce moment ? demandai-je.

— Le voici, répondit le capitaine Nemo, en me montrant une carte de l'Archipel. Vous voyez que j'y ai porté les nouveaux îlots.

— Mais ce canal se comblera un jour ?

— C'est probable, monsieur Aronnax, car, depuis 1866, huit petits îlots de lave ont surgi en face du port Saint-Nicolas de Paléa Kamenni. Il est donc évident que Néa et Paléa se réuniront dans un temps rapproché. Si, au milieu du Pacifique, ce sont les infusoires qui forment les continents, ici, ce sont les phénomènes éruptifs. Voyez, monsieur, voyez le travail qui s'accomplit sous ces flots. »

Je revins vers la vitre. Le *Nautilus* ne marchait plus. La chaleur devenait intolérable. De blanche qu'elle était, la mer se faisait rouge, coloration due à la présence d'un sel de fer. Malgré l'hermétique fermeture du salon, une odeur sulfureuse insupportable se dégageait, et j'apercevais des flammes écarlates dont la vivacité tuait l'éclat de l'électricité.

J'étais en nage, j'étouffais, j'allais cuire. Oui, en vérité, je me sentais cuire !

« On ne peut rester plus longtemps dans cette eau bouillante, dis-je au capitaine.

— Non, ce ne serait pas prudent », répondit l'impassible Nemo.

Un ordre fut donné. Le *Nautilus* vira de bord et s'éloigna de cette fournaise qu'il ne pouvait impunément braver. Un quart d'heure plus tard, nous respirions à la surface des flots.

La pensée me vint alors que si Ned avait choisi ces parages pour effectuer notre fuite, nous ne serions pas sortis vivants de cette mer de feu.

Le lendemain, 16 février, nous quittions ce bassin qui, entre Rhodes et Alexandrie, compte des profondeurs de trois mille mètres, et le *Nautilus*, passant au large de

Cerigo, abandonnait l'Archipel grec, après avoir doublé le cap Matapan.

VII

LA MÉDITERRANÉE EN QUARANTE-HUIT HEURES

La Méditerranée, la mer bleue par excellence, la « grande mer » des Hébreux, la « mer » des Grecs, le *mare nostrum* des Romains, bordée d'orangers, d'aloès, de cactus, de pins maritimes, embaumée du parfum des myrtes, encadrée de rudes montagnes, saturée d'un air pur et transparent, mais incessamment travaillée par les feux de la terre, est un véritable champ de bataille où Neptune et Pluton se disputent encore l'empire du monde. C'est là, sur ses rivages et sur ses eaux, dit Michelet, que l'homme se retrempe dans l'un des plus puissants climats du globe.

Mais si beau qu'il soit, je n'ai pu prendre qu'un aperçu rapide de ce bassin, dont la superficie couvre deux millions de kilomètres carrés. Les connaissances personnelles du capitaine Nemo me firent même défaut, car l'énigmatique personnage ne parut pas une seule fois pendant cette traversée à grande vitesse. J'estime à six cents lieues environ le chemin que le *Nautilus* parcourut sous les flots de cette mer, et ce voyage, il l'accomplit en deux fois vingt-quatre heures. Partis le matin du 16 février des parages de la Grèce, le 18, au soleil levant, nous avions franchi le détroit de Gibraltar.

Il fut évident pour moi que cette Méditerranée, resserrée au milieu de ces terres qu'il voulait fuir, déplaisait au capitaine Nemo. Ses flots et ses brises lui rapportaient trop de souvenirs, sinon trop de regrets. Il n'avait plus ici cette liberté d'allure, cette indépendance de manœuvres que lui laissaient les océans, et son *Nautilus* se sentait à l'étroit entre ces rivages rapprochés de l'Afrique et de l'Europe.

Aussi notre vitesse fut-elle de vingt-cinq milles à l'heure, soit douze lieues de quatre kilomètres. Il va sans dire que Ned Land, à son grand ennui, dut renoncer à ses projets de fuite. Il ne pouvait se servir du canot entraîné à raison de douze à treize mètres par seconde. Quitter le *Nautilus* dans ces conditions, c'eût été sauté d'un train marchant avec cette rapidité, manœuvre imprudente s'il en fut. D'ailleurs, notre appareil ne remontait que la nuit à la surface des flots, afin de renouveler sa provision d'air, et il se dirigeait seulement suivant les indications de la boussole et les relèvements du loch.

Je ne vis donc de l'intérieur de cette Méditerranée que ce que le voyageur d'un express aperçoit du paysage qui fuit devant ses yeux, c'est-à-dire les horizons lointains, et non les premiers plans qui passent comme un éclair. Cependant, Conseil et moi, nous pûmes observer quelques-uns de ces poissons méditerranéens, que la puissance de leurs nageoires maintenait quelques instants dans les eaux du *Nautilus*. Nous restions à l'affût devant les vitres du salon, et nos notes me permettent de refaire en quelques mots l'ichtyologie de cette mer.

Des divers poissons qui l'habitent, j'ai vu les uns, entrevu les autres, sans parler de ceux que la vitesse du *Nautilus* déroba à mes yeux. Qu'il me soit donc permis de les classer d'après cette classification fantaisiste. Elle rendra mieux mes rapides observations.

Au milieu de la masse des eaux vivement éclairées par les nappes électriques, serpentaient quelques-unes de ces lamproies longues d'un mètre, qui sont communes à presque tous les climats. Des oxyrhinques, sortes de raies, larges de cinq pieds, au ventre blanc, au dos gris cendré et tacheté, se développaient comme de vastes châles emportés par les courants. D'autres raies passaient si vite que je ne pouvais reconnaître si elles méritaient ce nom d'aigles qui leur fut donné par les Grecs, ou ces qualifications de rat, de crapaud et de chauve-souris, dont les

Des divers poissons qui l'habitent, j'ai vu les uns... (Page 377.)

pêcheurs modernes les ont affublées. Des squales-milandres, longs de douze pieds et particulièrement redoutés des plongeurs, luttaient de rapidité entre eux. Des renards marins, longs de huit pieds et doués d'une extrême finesse d'odorat, apparaissaient comme de grandes ombres bleuâtres. Des dorades, du genre spare, dont quelques-unes mesuraient jusqu'à treize décimètres, se montraient dans leur vêtement d'argent et d'azur entouré de bandelettes, qui tranchait sur le ton sombre de leurs nageoires ; poissons consacrés à Vénus, et dont l'œil est enchâssé dans un sourcil d'or ; espèce précieuse, amie de toutes les eaux, douces ou salées, habitant les fleuves, les lacs et les océans, vivant sous tous les climats, supportant toutes les températures, et dont la race, qui remonte aux époques géologiques de la terre, a conservé toute sa beauté des premiers jours. Des esturgeons magnifiques, longs de neuf à dix mètres, animaux de grande marche, heurtaient d'une queue puissante la vitre des panneaux, montrant leur dos bleuâtre à petites taches brunes ; ils ressemblent aux squales dont ils n'égalent pas la force, et se rencontrent dans toutes les mers ; au printemps, ils aiment à remonter les grands fleuves, à lutter contre les courants de la Volga, du Danube, du Pô, du Rhin, de la Loire, de l'Oder, et se nourrissent de harengs, de maquereaux, de saumons et de gades ; bien qu'ils appartiennent à la classe des cartilagineux, ils sont délicats ; on les mange frais, séchés, marinés ou salés, et, autrefois, on les portait triomphalement sur la table des Lucullus. Mais de ces divers habitants de la Méditerranée, ceux que je pus observer le plus utilement, lorsque le *Nautilus* se rapprochait de la surface, appartenaient au soixante-troisième genre des poissons osseux. C'étaient des scombres-thons, au dos bleu-noir, au ventre cuirassé d'argent, et dont les rayons dorsaux jettent des lueurs d'or. Ils ont la réputation de suivre la marche des navires dont ils recherchent l'ombre fraîche sous les feux du ciel tropical, et ils ne la démentirent pas en accompagnant le *Nautilus* comme ils accompagnèrent autrefois les vaisseaux de La Pérouse. Pendant de longues heures, ils luttèrent de vitesse avec notre appareil. Je ne pouvais me lasser d'admirer ces animaux véritablement taillés pour la course, leur tête petite, leur corps lisse et fusiforme qui chez quelques-uns dépassait trois mètres, leurs pectorales douées d'une remarquable vigueur et leurs caudales fourchues. Ils nageaient en triangle, comme certaines troupes d'oiseaux dont ils égalaient la rapidité, ce qui faisait dire aux Anciens que la géométrie et la stratégie leur étaient familières. Et cependant ils n'échappent point aux poursuites des Provençaux, qui les estiment comme les estimaient les habitants de la Propontide et de l'Italie, et c'est en aveugles, en étourdis, que ces précieux animaux vont se jeter et périr par milliers dans les madragues marseillaises.

Je citerai, pour mémoire seulement, ceux des poissons méditerranéens que Conseil ou moi, nous ne fîmes qu'entrevoir. C'étaient des gymontes-fierasfers blanchâtres qui passaient comme d'insaisissables vapeurs, des murènes-congres, serpents de trois à quatre mètres enjolivés de vert, de bleu et de jaune, des gades-merlus, longs de trois pieds, dont le foie formait un morceau délicat, des cœpoles-ténias qui flottaient comme de fines algues, des trigles que les poètes appellent poissons-lyres et les marins poissons-siffleurs, et dont le museau est orné de deux lames triangulaires et dentelées qui figurent l'instrument du vieil Homère, des trigles-hirondelles, nageant avec la rapidité de l'oiseau dont ils ont pris le nom, des holocentres-mérous, à tête rouge, dont la nageoire dorsale est garnie de filaments, des aloses agrémentées de taches noires, grises, brunes, bleues, jaunes, vertes, qui sont sensibles à la voix argentine des clochettes, et de splendides turbots, ces faisans de la mer, sortes de losanges à nageoires jaunâtres, pointillés de brun, et dont le côté supérieur, le côté gauche, est généralement marbré de brun et de jaune, enfin des troupes d'admirables mulles-rougets, véritables paradisiers de l'océan, que les Romains payaient jusqu'à dix mille sesterces la pièce, et qu'ils faisaient mourir sur leur table, pour suivre d'un œil cruel leurs changements de couleur depuis le rouge cinabre de la vie jusqu'au blanc pâle de la mort.

Et si je ne pus observer ni miralets, ni balistes, ni tétrodons, ni hippocampes, ni jouans, ni centrisques, ni blennies, ni surmulets, ni labres, ni éperlans, ni exocets, ni anchois, ni pagels, ni bogues, ni orphes, ni tous ces principaux représentants de l'ordre des pleuronectes, les limandes, les flets, les plies, les soles, les carrelets, communs à l'Atlantique et à la Méditerranée, il faut en accuser la vertigineuse vitesse qui emportait le *Nautilus* à travers ces eaux opulentes.

Quant aux mammifères marins, je crois avoir reconnu, en passant à l'ouvert de l'Adriatique, deux ou trois cachalots, munis d'une nageoire dorsale du genre des physétères, quelques dauphins du genre des globicéphales, spéciaux à la Méditerranée et dont la partie antérieure de la tête est zébrée de petites lignes claires, et aussi une douzaine de phoques au ventre blanc, au pelage noir, connus sous le nom de moines et qui ont absolument l'air de dominicains longs de trois mètres.

Pour sa part, Conseil croit avoir aperçu une tortue large de six pieds, ornée de trois arêtes saillantes dirigées longitudinalement. Je regrettai de ne pas avoir vu ce reptile, car, à la description que m'en fit Conseil, je crus reconnaître le luth qui forme une espèce assez rare. Je ne remarquai, pour mon compte, que quelques cacouannes à carapace allongée.

Quant aux zoophytes, je pus admirer, pendant quelques instants, une admirable galéolaire orangée qui s'accrocha à la vitre du panneau de bâbord ; c'était un long filament ténu, s'arborisant en branches infinies et terminées par la plus fine dentelle qu'eussent jamais filée les rivales d'Arachné. Je ne pus, malheureusement, pêcher cet admirable échantillon, et aucun autre zoophyte méditerranéen ne se fût sans doute offert à mes regards, si le *Nautilus*, dans la soirée du 16, n'eût singulièrement ralenti sa vitesse. Voici dans quelles circonstances.

Nous passions alors entre la Sicile et la côte de Tunis. Dans cet espace resserré entre le cap Bon et le détroit de Messine, le fond de la mer remonte presque subitement. Là s'est formée une véritable crête sur laquelle il ne reste

que dix-sept mètres d'eau, tandis que de chaque côté la profondeur est de cent soixante-dix mètres. Le *Nautilus* dut donc manœuvrer prudemment afin de ne pas se heurter contre cette barrière sous-marine.

Je montrai à Conseil, sur la carte de la Méditerranée, l'emplacement qu'occupait ce long récif.

« Mais, n'en déplaise à monsieur, fit observer Conseil, c'est comme un isthme véritable qui réunit l'Europe à l'Afrique.

— Oui, mon garçon, répondis-je, il barre en entier le détroit de Libye, et les sondages de Smith ont prouvé que les continents étaient autrefois réunis entre le cap Boco et le cap Furina.

— Je le crois volontiers, dit Conseil.

— J'ajouterai, repris-je, qu'une barrière semblable existe entre Gibraltar et Ceuta, qui, aux temps géologiques, fermait complètement la Méditerranée.

— Eh ! fit Conseil, si quelque poussée volcanique relevait un jour ces deux barrières au-dessus des flots !

— Ce n'est guère probable, Conseil.

— Enfin, que monsieur me permette d'achever, si ce phénomène se produisait, ce serait fâcheux pour M. de Lesseps, qui se donne tant de mal pour percer son isthme !

— J'en conviens, mais, je te le répète, Conseil, ce phénomène ne se produira pas. La violence des forces souterraines va toujours diminuant. Les volcans, si nombreux aux premiers jours du monde, s'éteignent peu à peu ; la chaleur interne s'affaiblit, la température des couches inférieures du globe baisse d'une quantité appréciable par siècle, et au détriment de notre globe, car cette chaleur, c'est sa vie.

— Cependant, le soleil...

— Le soleil est insuffisant, Conseil. Peut-il rendre la chaleur à un cadavre ?

— Non, que je sache.

— Eh bien, mon ami, la terre sera un jour ce cadavre refroidi. Elle deviendra inhabitable et sera inhabitée comme la lune, qui depuis longtemps a perdu sa chaleur vitale.

— Dans combien de siècles ? demanda Conseil.

— Dans quelques centaines de mille ans, mon garçon.

— Alors, répondit Conseil, nous avons le temps d'achever notre voyage, si toutefois Ned Land ne s'en mêle pas ! »

Et Conseil, rassuré, se remit à étudier le haut-fond que le *Nautilus* rasait de près avec une vitesse modérée.

Là, sous un sol rocheux et volcanique, s'épanouissait toute une flore vivante, des éponges, des holothuries, des cydippes hyalines ornées de cirrhes rougeâtres et qui émettaient une légère phosphorescence, des beroès, vulgairement connus sous le nom de concombres de mer et baignés dans les miroitements d'un spectre solaire, des comatules ambulantes, larges d'un mètre, et dont la pourpre rougissait les eaux, des euryales arborescentes de la plus grande beauté, des pavonacées à longues tiges, un grand nombre d'oursins comestibles d'espèces variées, et des actinies vertes au tronc grisâtre, au disque brun, qui se perdaient dans leur chevelure olivâtre de tentacules.

Conseil s'était occupé plus particulièrement d'observer les mollusques et les articulés, et bien que la nomenclature en soit un peu aride, je ne veux pas faire tort à ce brave garçon en omettant ses observations personnelles.

Dans l'embranchement des mollusques, il cite de nombreuses pétoncles pectiniformes, des spondyles pieds-d'âne qui s'entassaient les uns sur les autres, des donaces triangulaires, des hyalles tridentées, à nageoires jaunes et à coquilles transparentes, des pleurobranches orangés, des œufs pointillés ou semés de points verdâtres, des aplysies connues aussi sous le nom de lièvres de mer, des dolabelles, des acères charnus, des ombrelles spéciales à la Méditerranée, des oreilles de mer dont la coquille produit une nacre très recherchée, des pétoncles flammulées, des anomies que les Languedociens, dit-on, préfèrent aux huîtres, des clovisses si chères aux Marseillais, des praires doubles, blanches et grasses, quelques-uns de ces clams qui abondent sur les côtes de l'Amérique du Nord et dont il se fait un débit si considérable à New York, des peignes operculaires de couleurs variées, des lithodonces enfoncées dans leurs trous et dont je goûtais fort le goût poivré, des vénéricardes sillonnées dont la coquille à sommet bombé présentait des côtes saillantes, des cynthies hérissées de tubercules écarlates, des carniaires à pointe recourbée et semblables à de légères gondoles, des féroles couronnées, des atlantes à coquilles spiraliformes, des thétys grises, tachetées de blanc et recouvertes de leur mantille frangée, des éolides semblables à de petites limaces, des cavolines rampant sur le dos, des auricules et entre autres l'auricule myosotis, à coquille ovale, des scalaires fauves, des littorines, des janthures, des cinéraires, des pétricoles, des lamellaires, des cabochons, des pandores, etc.

Quant aux articulés, Conseil les a, sur ses notes, très justement divisés en six classes, dont trois appartiennent au monde marin. Ce sont les classes des crustacés, des cirrhopodes et des annélides.

Les crustacés se subdivisent en neuf ordres, et le premier de ces ordres comprend les décapodes, c'est-à-dire les animaux dont la tête et le thorax sont le plus généralement soudés entre eux, dont l'appareil buccal est composé de plusieurs paires de membres, et qui possèdent quatre, cinq ou six paires de pattes thoraciques ou ambulatoires. Conseil avait suivi la méthode de notre maître Milne-Edwards, qui fait trois sections des décapodes : les brachyoures, les macroures et les anomoures. Ces noms sont légèrement barbares, mais ils sont justes et précis. Parmi les brachyoures, Conseil cite des amathies dont le front est armé de deux grandes pointes divergentes, l'inachus scorpion, qui — je ne sais pourquoi — symbolisait la sagesse chez les Grecs, des lambres-masséna, des lambres-spinimanes, probablement égarés sur ce haut-fond, car d'ordinaire ils vivent à de grandes profondeurs, des xhantes, des pilumnes, des rhomboïdes, des calappiens granuleux — très faciles à digérer, fait observer Conseil —, des corystes édentés, des ébalies, des cymopolies, des dorripes laineuses, etc. Parmi les macroures, subdivisés en cinq familles, les cuirassés, les fouisseurs, les astaciens, les salicoques et les ochyzopodes, il cite des langoustes communes, dont la chair est si estimée chez les femelles, des scyllares-ours ou cigales de mer, des gébies riveraines, et toutes sortes d'espèces comestibles, mais il ne dit rien de la subdivision des astaciens qui comprend les homards, car les langoustes sont les seuls homards de la Méditerranée. Enfin, parmi les anomoures, il vit des drocines communes, abritées derrière cette coquille abandonnée dont elles s'emparent, des homoles à front épineux des bernard-l'hermite, des porcellanes, etc.

Là s'arrêtait le travail de Conseil. Le temps lui avait manqué pour compléter la classe des crustacés par l'examen des stomapodes, des amphipodes, des homopodes, des isopodes, des trilobites, des branchiapodes, des ostracodes et des entomostracées. Et pour terminer l'étude des articulés marins, il aurait dû citer la classe des cyrrhopodes qui renferme les cyclopes, les argules, et la classe des annélides qu'il n'eût pas manqué de diviser en tubicoles et en dorsibranches. Mais le *Nautilus*, ayant dépassé le haut-fond du détroit de Libye, reprit dans les eaux plus profondes sa vitesse accoutumée. Dès lors plus de mollusques, plus d'articulés, plus de zoophytes. À peine quelques gros poissons qui passaient comme des ombres.

Pendant la nuit du 16 au 17 février, nous étions entrés dans ce second bassin méditerranéen, dont les plus grandes profondeurs se trouvent par trois mille mètres. Le *Nautilus*, sous l'impulsion de son hélice, glissant sur ses plans inclinés, s'enfonça jusqu'aux dernières couches de la mer.

Là, à défaut des merveilles naturelles, la masse des eaux offrit à mes regards bien des scènes émouvantes et terribles. En effet, nous traversions alors toute cette partie de la Méditerranée si féconde en sinistres. De la côte algérienne aux rivages de la Provence, que de navires ont fait naufrage, que de bâtiments ont disparu ! La Méditerranée n'est qu'un lac, comparée aux vastes plaines liquides du Pacifique, mais c'est un lac capricieux, aux flots changeants, aujourd'hui propice et caressant pour la frêle tar-

tane qui semble flotter entre le double outremer des eaux
et du ciel, demain, rageur, tourmenté, démonté par les
vents, brisant les plus forts navires de ses lames courtes
qui les frappent à coups précipités.

Ainsi, dans cette promenade rapide à travers les
couches profondes, que d'épaves j'aperçus gisant sur le
sol, les unes déjà empâtées par les coraux, les autres revêtues seulement d'une couche de rouille, des ancres, des
canons, des boulets, des garnitures de fer, des branches
d'hélice, des morceaux de machines, des cylindres brisés,
des chaudières défoncées, puis des coques flottant entre
deux eaux, celles-ci droites, celles-là renversées.

De ces navires naufragés, les uns avaient péri par collision, les autres pour avoir heurté quelque écueil de granit.
J'en vis qui avaient coulé à pic, la mâture droite, le gréement raidi par l'eau. Ils avaient l'air d'être à l'ancre dans
une immense rade foraine et d'attendre le moment du
départ. Lorsque le *Nautilus* passait entre eux et les enveloppait de ses nappes électriques, il semblait que ces
navires allaient le saluer de leur pavillon et lui envoyer
leur numéro d'ordre ! Mais non, rien que le silence et la
mort sur ce champ des catastrophes !

J'observai que les fonds méditerranéens étaient plus
encombrés de ces sinistres épaves à mesure que le *Nautilus* se rapprochait du détroit de Gibraltar. Les côtes
d'Afrique et d'Europe se resserrent alors, et dans cet
étroit espace, les rencontres sont fréquentes. Je vis là de
nombreuses carènes de fer, des ruines fantastiques de
steamers, les uns couchés, les autres debout, semblables
à des animaux formidables. Un de ces bateaux aux flancs
ouverts, sa cheminée courbée, ses roues dont il ne restait
plus que la monture, son gouvernail séparé de l'étambot
et retenu encore par une chaîne de fer, son tableau d'arrière rongé par les sels marins, se présentait sous un
aspect terrible ! Combien d'existences brisées dans son
naufrage ! Combien de victimes entraînées sous les flots !
Quelque matelot du bord avait-il survécu pour raconter
ce terrible désastre, ou les flots gardaient-ils encore le
secret de ce sinistre ? Je ne sais pourquoi, il me vint à la

Le fond était encombré de sinistres épaves. (Page 387.)

pensée que ce bateau enfoui sous la mer pouvait être l'*Atlas*, disparu corps et biens depuis une vingtaine d'années, et dont on n'a jamais entendu parler ! Ah ! quelle sinistre histoire serait à faire que celle de ces fonds méditerranéens, de ce vaste ossuaire, où tant de richesses se sont perdues, où tant de victimes ont trouvé la mort !

Cependant, le *Nautilus*, indifférent et rapide, courait à toute hélice au milieu de ces ruines. Le 18 février, vers trois heures du matin, il se présentait à l'entrée du détroit de Gibraltar.

Là existent deux courants : un courant supérieur, depuis longtemps reconnu, qui amène les eaux de l'océan dans le bassin de la Méditerranée ; puis un contre-courant inférieur, dont le raisonnement a démontré aujourd'hui l'existence. En effet, la somme des eaux de la Méditerranée, incessamment accrue par les flots de l'Atlantique et par les fleuves qui s'y jettent, devrait élever chaque année le niveau de cette mer, car son évaporation est insuffisante pour rétablir l'équilibre. Or, il n'en est pas ainsi, et on a dû naturellement admettre l'existence d'un courant inférieur qui par le détroit de Gibraltar verse dans le bassin de l'Atlantique le trop-plein de la Méditerranée.

Fait exact, en effet. C'est de ce contre-courant que profita le *Nautilus*. Il s'avança rapidement par l'étroite passe. Un instant je pus entrevoir les admirables ruines du temple d'Hercule enfoui, au dire de Pline et d'Avienus, avec l'île basse qui le supportait, et quelques minutes plus tard nous flottions sur les flots de l'Atlantique.

Le temple d'Hercule. (Page 389.)

VIII

LA BAIE DE VIGO

L'Atlantique ! vaste étendue d'eau dont la superficie couvre vingt-cinq millions de milles carrés, longue de neuf mille milles sur une largeur moyenne de deux mille sept cents. Importante mer presque ignorée des Anciens, sauf peut-être des Carthaginois, ces Hollandais de l'Antiquité, qui dans leurs pérégrinations commerciales suivaient les côtes ouest de l'Europe et de l'Afrique ! Océan dont les rivages aux sinuosités parallèles embrassent un périmètre immense, arrosé par les plus grands fleuves du monde, le Saint-Laurent, le Mississippi, l'Amazone, la Plata, l'Orénoque, le Niger, le Sénégal, l'Elbe, la Loire, le Rhin, qui lui apportent les eaux des pays les plus civilisés et des contrées les plus sauvages ! Magnifique plaine, incessamment sillonnée par les navires de toutes les nations, abritée sous tous les pavillons du monde, et que terminent ces deux pointes terribles, redoutées des navigateurs, le cap Horn et le cap des Tempêtes !

Le *Nautilus* en brisait les eaux sous le tranchant de son éperon, après avoir accompli près de dix mille lieues en trois mois et demi, parcours supérieur à l'un des grands cercles de la terre. Où allions-nous maintenant, et que nous réservait l'avenir ?

Le *Nautilus* sorti du détroit de Gibraltar, avait pris le large. Il revint à la surface des flots, et nos promenades quotidiennes sur la plate-forme nous furent ainsi rendues.

J'y montai aussitôt accompagné de Ned Land et de Conseil. À une distance de douze milles apparaissait vaguement le cap Saint-Vincent qui forme la pointe sud-ouest de la péninsule hispanique. Il ventait un assez fort coup de vent du sud. La mer était grosse, houleuse. Elle imprimait de violentes secousses de roulis au *Nautilus*. Il était presque impossible de se maintenir sur la plate-

forme que d'énormes paquets de mer battaient à chaque
instant. Nous redescendîmes donc après avoir humé
quelques bouffées d'air.

Je regagnai ma chambre. Conseil revint à sa cabine ;
mais le Canadien, l'air assez préoccupé, me suivit. Notre
rapide passage à travers la Méditerranée ne lui avait pas
permis de mettre ses projets à exécution, et il dissimulait
peu son désappointement.

Lorsque la porte de ma chambre fut fermée, il s'assit
et me regarda silencieusement.

« Ami Ned, lui dis-je, je vous comprends, mais vous
n'avez rien à vous reprocher. Dans les conditions où naviguait le *Nautilus*, songer à le quitter eût été de la folie ! »

Ned Land ne répondit rien. Ses lèvres serrées, ses sourcils froncés, indiquaient chez lui la violente obsession
d'une idée fixe.

« Voyons, repris-je, rien n'est désespéré encore. Nous
remontons la côte du Portugal. Non loin sont la France,
l'Angleterre, où nous trouverions facilement un refuge.
Ah ! si le *Nautilus*, sorti du détroit de Gibraltar, avait mis
le cap au sud, s'il nous eût entraînés vers ces régions où
les continents manquent, je partagerais vos inquiétudes.
Mais, nous le savons maintenant, le capitaine Nemo ne
fuit pas les mers civilisées, et dans quelques jours, je crois
que vous pourrez agir avec quelque sécurité. »

Ned Land me regarda plus fixement encore, et desser-
rant enfin les lèvres :

« C'est pour ce soir », dit-il.

Je me redressai subitement. J'étais, je l'avoue, peu préparé à cette communication. J'aurais voulu répondre au
Canadien, mais les mots ne me vinrent pas.

« Nous étions convenus d'attendre une circonstance,
reprit Ned Land. La circonstance, je la tiens. Ce soir, nous
ne serons qu'à quelques milles de la côte espagnole. La
nuit est sombre. Le vent souffle du large. J'ai votre
parole, monsieur Aronnax, et je compte sur vous. »

Comme je me taisais toujours, le Canadien se leva, et
se rapprochant de moi :

« Ce soir, à neuf heures, dit-il. J'ai prévenu Conseil. À

ce moment-là, le capitaine Nemo sera enfermé dans sa chambre et probablement couché. Ni les mécaniciens, ni les hommes de l'équipage ne peuvent nous voir. Conseil et moi, nous gagnerons l'escalier central. Vous, monsieur Aronnax, vous resterez dans la bibliothèque à deux pas de nous, attendant mon signal. Les avirons, le mât et la voile sont dans le canot. Je suis même parvenu à y porter quelques provisions. Je me suis procuré une clef anglaise pour dévisser les écrous qui attachent le canot à la coque du *Nautilus*. Ainsi tout est prêt. À ce soir.

— La mer est mauvaise, dis-je.

— J'en conviens, répondit le Canadien, mais il faut risquer cela. La liberté vaut qu'on la paie. D'ailleurs, l'embarcation est solide, et quelques milles avec un vent qui porte ne sont pas une affaire. Qui sait si demain nous ne serons pas à cent lieues au large ? Que les circonstances nous favorisent, et, entre dix et onze heures, nous serons débarqués sur quelque point de la terre ferme ou morts. Donc, à la grâce de Dieu et à ce soir ! »

Sur ce mot, le Canadien se retira, me laissant presque abasourdi. J'avais imaginé que, le cas échéant, j'aurais eu le temps de réfléchir, de discuter. Mon opiniâtre compagnon ne me le permettait pas. Que lui aurais-je dit, après tout ? Ned Land avait cent fois raison. C'était presque une circonstance, il en profitait. Pouvais-je revenir sur ma parole et assumer cette responsabilité de compromettre dans un intérêt tout personnel l'avenir de mes compagnons ? Demain, le capitaine Nemo ne pouvait-il pas nous entraîner au large de toutes terres ?

En ce moment, un sifflement assez fort m'apprit que les réservoirs se remplissaient, et le *Nautilus* s'enfonça sous les flots de l'Atlantique.

Je demeurai dans ma chambre. Je voulais éviter le capitaine pour cacher à ses yeux l'émotion qui me dominait. Triste journée que je passai ainsi, entre le désir de rentrer en possession de mon libre arbitre et le regret d'abandonner ce merveilleux *Nautilus*, laissant inachevées mes études sous-marines ! Quitter ainsi cet océan, « mon Atlantique », comme je me plaisais à le nommer, sans en avoir observé les dernières couches, sans lui avoir dérobé ces secrets que m'avaient révélés les mers des Indes et du Pacifique ! Mon roman me tombait des mains dès le premier volume, mon rêve s'interrompait au plus beau moment ! Quelles heures mauvaises s'écoulèrent ainsi, tantôt me voyant en sûreté, à terre, avec mes compagnons, tantôt souhaitant, en dépit de ma raison, que quelque circonstance imprévue empêchât la réalisation des projets de Ned Land.

Deux fois je vins au salon. Je voulais consulter le compas. Je voulais voir si la direction du *Nautilus* nous rapprochait, en effet, ou nous éloignait de la côte. Mais non. Le *Nautilus* se tenait toujours dans les eaux portugaises. Il pointait au nord en prolongeant les rivages de l'océan.

Il fallait donc en prendre son parti et se préparer à fuir. Mon bagage n'était pas lourd. Mes notes, rien de plus.

Quant au capitaine Nemo, je me demandai ce qu'il penserait de notre évasion, quelles inquiétudes, quels torts peut-être elle lui causerait, et ce qu'il ferait dans le double cas où elle serait ou révélée ou manquée ! Sans doute je n'avais pas à me plaindre de lui, au contraire. Jamais hospitalité ne fut plus franche que la sienne. En le quittant, je ne pouvais être taxé d'ingratitude. Aucun serment ne nous liait à lui. C'était sur la force des choses seule qu'il comptait et non sur notre parole pour nous fixer à jamais auprès de lui. Mais cette prétention hautement avouée de nous retenir éternellement prisonniers à son bord justifiait toutes nos tentatives.

Je n'avais pas revu le capitaine depuis notre visite à l'île de Santorin. Le hasard devait-il me mettre en sa présence avant notre départ ? Je le désirais et je le craignais tout à la fois. J'écoutai si je ne l'entendais pas marcher dans sa chambre contiguë à la mienne. Aucun bruit ne parvint à mon oreille. Cette chambre devait être déserte.

Alors j'en vins à me demander si cet étrange personnage était à bord. Depuis cette nuit pendant laquelle le canot avait quitté le *Nautilus* pour un service mystérieux, mes idées s'étaient, en ce qui le concerne, légèrement modifiées. Je pensais, quoi qu'il eût pu dire, que le capitaine Nemo devait avoir conservé avec la terre quelques relations d'une certaine espèce. Ne quittait-il jamais le *Nautilus* ? Des semaines entières s'étaient souvent écoulées sans que je l'eusse rencontré. Que faisait-il pendant ce temps, et alors que je le croyais en proie à des accès de misanthropie, n'accomplissait-il pas au loin quelque acte secret dont la nature m'échappait jusqu'ici ?

Toutes ces idées et mille autres m'assaillirent à la fois. Le champ des conjectures ne peut être qu'infini dans l'étrange situation où nous sommes. J'éprouvais un malaise insupportable. Cette journée d'attente me semblait éternelle. Les heures sonnaient trop lentement au gré de mon impatience.

Mon dîner me fut comme toujours servi dans ma chambre. Je mangeai mal, étant trop préoccupé. Je quittai la table à sept heures. Cent vingt minutes — je les comptais — me séparaient encore du moment où je devais rejoindre Ned Land. Mon agitation redoublait. Mon pouls battait avec violence. Je ne pouvais rester immobile. J'allais et venais, espérant calmer par le mouvement le trouble de mon esprit. L'idée de succomber dans notre téméraire entreprise était le moins pénible de mes soucis ; mais à la pensée de voir notre projet découvert avant d'avoir quitté le *Nautilus*, à la pensée d'être ramené devant le capitaine Nemo irrité, ou, ce qui eût été pis, contristé de mon abandon, mon cœur palpitait.

Je voulus revoir le salon une dernière fois. Je pris par les coursives, et j'arrivai dans ce musée où j'avais passé tant d'heures agréables et utiles. Je regardai toutes ces richesses, tous ces trésors, comme un homme à la veille d'un éternel exil et qui part pour ne plus revenir. Ces merveilles de la nature, ces chefs-d'œuvre de l'art, entre lesquels depuis tant de jours se concentrait ma vie, j'allais les abandonner pour jamais. J'aurais voulu plonger mes regards par la vitre du salon à travers les eaux de l'Atlantique ; mais les panneaux étaient hermétiquement fermés et un manteau de tôle me séparait de cet océan que je ne connaissais pas encore.

En parcourant ainsi le salon, j'arrivai près de la porte, ménagée dans le pan coupé, qui s'ouvrait sur la chambre du capitaine. À mon grand étonnement, cette porte était entrebâillée. Je reculai involontairement. Si le capitaine Nemo était dans sa chambre, il pouvait me voir. Cependant, n'entendant aucun bruit, je m'approchai. La chambre était déserte. Je poussai la porte. Je fis quelques pas à l'intérieur. Toujours le même aspect sévère, cénobitique.

En cet instant, quelques eaux-fortes suspendues à la paroi et que je n'avais pas remarquées pendant ma première visite, frappèrent mes regards. C'étaient des portraits, des portraits de ces grands hommes historiques dont l'existence n'a été qu'un perpétuel dévouement à une grande idée humaine, Kosciusko, le héros tombé au cri de *Finis Poloniæ*, Botzaris, le Léonidas de la Grèce moderne, O'Connell, le défenseur de l'Irlande, Washington, le fondateur de l'Union américaine, Manin, le patriote italien, Lincoln, tombé sous la balle d'un esclavagiste, et enfin, ce martyr de l'affranchissement de la race noire, John Brown, suspendu à son gibet, tel que l'a si terriblement dessiné le crayon de Victor Hugo.

Quel lien existait-il entre ces âmes héroïques et l'âme du capitaine Nemo ? Pouvais-je enfin, de cette réunion de portraits, dégager le mystère de son existence ? Était-il le champion des peuples opprimés, le libérateur des races esclaves ? Avait-il figuré dans les dernières commotions politiques ou sociales de ce siècle ? Avait-il été l'un des héros de la terrible guerre américaine, guerre lamentable et à jamais glorieuse ?...

Tout à coup l'horloge sonna huit heures. Le battement du premier coup de marteau sur le timbre m'arracha à mes rêves. Je tressaillais comme si un œil invisible eût pu plonger au plus secret de mes pensées, et je me précipitai hors de la chambre.

Là, mes regards s'arrêtèrent sur la boussole. Notre direction était toujours au nord. Le loch indiquait une vitesse modérée, le manomètre, une profondeur de soixante pieds environ. Les circonstances favorisaient donc les projets du Canadien.

Je regagnai ma chambre. Je me vêtis chaudement, bottes de mer, bonnet de loutre, casaque de byssus doublée de peau de phoque. J'étais prêt. J'attendis. Les frémissements de l'hélice troublaient seuls le silence profond qui régnait à bord. J'écoutais, je tendais l'oreille. Quelque éclat de voix ne m'apprendrait-il pas, tout à coup, que Ned Land venait d'être surpris dans ses projets d'évasion ? Une inquiétude mortelle m'envahit. J'essayai vainement de reprendre mon sang-froid.

À neuf heures moins quelques minutes, je collai mon oreille près de la porte du capitaine. Nul bruit. Je quittai ma chambre, et je revins au salon qui était plongé dans une demi-obscurité, mais désert.

J'ouvris la porte communiquant avec la bibliothèque. Même clarté insuffisante, même solitude. J'allai me poster près de la porte qui donnait sur la cage de l'escalier central. J'attendis le signal de Ned Land.

En ce moment, les frémissements de l'hélice diminuèrent sensiblement, puis ils cessèrent tout à fait. Pourquoi ce changement dans les allures du *Nautilus* ? Cette halte favorisait-elle ou gênait-elle les desseins de Ned Land, je n'aurais pu le dire.

Le silence n'était plus troublé que par les battements de mon cœur.

Soudain, un léger choc se fit sentir. Je compris que le *Nautilus* venait de s'arrêter sur le fond de l'océan. Mon inquiétude redoubla. Le signal du Canadien ne m'arrivait pas. J'avais envie de rejoindre Ned Land pour l'engager à remettre sa tentative. Je sentais que notre navigation ne se faisait plus dans les conditions ordinaires.

En ce moment, la porte du grand salon s'ouvrit, et le capitaine Nemo parut. Il m'aperçut, et, sans autre préambule :

« Ah ! monsieur le professeur, dit-il d'un ton aimable, je vous cherchais. Savez-vous votre histoire d'Espagne ? »

On saurait à fond l'histoire de son propre pays que,

dans les conditions où je me trouvais, l'esprit troublé, la tête perdue, on ne pourrait en citer un mot.

« Eh bien ? reprit le capitaine Nemo, vous avez entendu ma question ? Savez-vous l'histoire d'Espagne ?

— Très mal, répondis-je.

— Voilà bien les savants, dit le capitaine, ils ne savent pas. Alors, asseyez-vous, ajouta-t-il, et je vais vous raconter un curieux épisode de cette histoire. »

Le capitaine s'étendit sur un divan, et, machinalement, je pris place auprès de lui, dans la pénombre.

« Monsieur le professeur, me dit-il, écoutez-moi bien. Cette histoire vous intéressera par un certain côté, car elle répondra à une question que sans doute vous n'avez pu résoudre.

— Je vous écoute, capitaine, dis-je, ne sachant où mon interlocuteur voulait en venir, et me demandant si cet incident se rapportait à nos projets de fuite.

— Monsieur le professeur, reprit le capitaine Nemo, si vous le voulez bien, nous remonterons à 1702. Vous n'ignorez pas qu'à cette époque, votre roi Louis XIV, croyant qu'il suffisait d'un geste de potentat pour faire rentrer les Pyrénées sous terre, avait imposé le duc d'Anjou, son petit-fils, aux Espagnols. Ce prince, qui régna plus ou moins mal sous le nom de Philippe V, eut affaire, au-dehors, à forte partie.

« En effet, l'année précédente, les maisons royales de Hollande, d'Autriche et d'Angleterre avaient conclu à La Haye un traité d'alliance, dans le but d'arracher la couronne d'Espagne à Philippe V, pour la placer sur la tête d'un archiduc, auquel elles donnèrent prématurément le nom de Charles III.

« L'Espagne dut résister à cette coalition. Mais elle était à peu près dépourvue des soldats et de marins. Cependant, l'argent ne lui manquait pas, à la condition toutefois que ses galions, chargés de l'or et de l'argent de l'Amérique, entrassent dans ses ports. Or, vers la fin de 1702, elle attendait un riche convoi que la France faisait escorter par une flotte de vingt-trois vaisseaux commandés par l'amiral de Château-Renault, car les marines coalisées couraient alors l'Atlantique.

« Ce convoi devait se rendre à Cadix, mais l'amiral, ayant appris que la flotte anglaise croisait dans ces parages, résolut de rallier un port de France.

« Les commandants espagnols du convoi protestèrent contre cette décision. Ils voulurent être conduits dans un port espagnol, et, à défaut de Cadix, dans la baie de Vigo, située sur la côte nord-ouest de l'Espagne, et qui n'était pas bloquée.

« L'amiral de Château-Renault eut la faiblesse d'obéir à cette injonction, et les galions entrèrent dans la baie de Vigo.

« Malheureusement cette baie forme une rade ouverte qui ne peut être aucunement défendue. Il fallait donc se hâter de décharger les galions avant l'arrivée des flottes coalisées, et le temps n'eût pas manqué à ce débarquement, si une misérable question de rivalité n'eût surgi tout à coup.

« Vous suivez bien l'enchaînement des faits ? me demanda le capitaine Nemo.

— Parfaitement, dis-je, ne sachant encore à quel propos m'était faite cette leçon d'histoire.

— Je continue. Voici ce qui se passa. Les commerçants de Cadix avaient un privilège d'après lequel ils devaient recevoir toutes les marchandises qui venaient des Indes occidentales. Or, débarquer les lingots des galions au port de Vigo, c'était aller contre leur droit. Ils se plaignirent donc à Madrid, et ils obtinrent du faible Philippe V que le convoi, sans procéder à son déchargement, resterait en séquestre dans la rade de Vigo jusqu'au moment où les flottes ennemies se seraient éloignées.

« Or, pendant que l'on prenait cette décision, le 22 octobre 1702, les vaisseaux anglais arrivèrent dans la baie de Vigo. L'amiral de Château-Renault, malgré ses forces inférieures, se battit courageusement. Mais quand il vit que les richesses du convoi allaient tomber entre les mains des ennemis, il incendia et saborda les galions qui s'engloutirent avec leurs immenses trésors. »

Le capitaine Nemo s'était arrêté. Je l'avoue, je ne voyais pas encore en quoi cette histoire pouvait m'intéresser.

« Eh bien ? lui demandai-je.

— Eh bien, monsieur Aronnax, me répondit le capitaine Nemo, nous sommes dans cette baie de Vigo, et il ne tient qu'à vous d'en pénétrer les mystères. »

Le capitaine se leva et me pria de le suivre. J'avais eu le temps de me remettre. J'obéis. Le salon était obscur, mais à travers les vitres transparentes étincelaient les flots de la mer. Je regardai.

Autour du *Nautilus*, dans un rayon d'un demi-mille, les eaux apparaissaient imprégnées de lumière électrique. Le fond sableux était net et clair. Des hommes de l'équipage, revêtus de scaphandres, s'occupaient à déblayer des tonneaux à demi pourris, des caisses éventrées, au milieu d'épaves encore noircies. De ces caisses, de ces barils, s'échappaient des lingots d'or et d'argent, des cascades de piastres et de bijoux. Le sable en était jonché. Puis, chargés de ce précieux butin, ces hommes revenaient au *Nautilus*, y déposaient leur fardeau et allaient reprendre cette inépuisable pêche d'argent et d'or.

Je comprenais. C'était ici le théâtre de la bataille du 22 octobre 1702. Ici même avaient coulé les galions chargés pour le compte du gouvernement espagnol. Ici le capitaine Nemo venait encaisser, suivant ses besoins, les millions dont il lestait son *Nautilus*. C'était pour lui, pour lui seul que l'Amérique avait livré ses précieux métaux. Il était l'héritier direct et sans partage de ces trésors arrachés aux Incas et aux vaincus de Fernand Cortez !

« Saviez-vous, monsieur le professeur, me demandat-il en souriant, que la mer contînt tant de richesses ?

— Je savais, répondis-je, que l'on évalue à deux millions de tonnes l'argent qui est tenu en suspension dans ses eaux.

— Sans doute, mais pour extraire cet argent, les dépenses l'emporteraient sur le profit. Ici, au contraire, je

L'amiral incendia et saborda ses galions. (Page 400.)

n'ai qu'à ramasser ce que les hommes ont perdu, et non seulement dans cette baie de Vigo, mais encore sur mille théâtres de naufrages dont ma carte sous-marine a noté la place. Comprenez-vous maintenant que je sois riche à milliards ?

— Je le comprends, capitaine. Permettez-moi, pourtant, de vous dire qu'en exploitant précisément cette baie de Vigo, vous n'avez fait que devancer les travaux d'une société rivale.

— Et laquelle ?

— Une société qui a reçu du gouvernement espagnol le privilège de rechercher les galions engloutis. Les actionnaires sont alléchés par l'appât d'un énorme bénéfice, car on évalue à cinq cents millions la valeur de ces richesses naufragées.

— Cinq cents millions ! me répondit le capitaine Nemo. Ils y étaient, mais ils n'y sont plus.

— En effet, dis-je. Aussi un bon avis à ces actionnaires serait-il acte de charité. Qui sait pourtant s'il serait bien reçu. Ce que les joueurs regrettent par-dessus tout, d'ordinaire, c'est moins la perte de leur argent que celle de leurs folles espérances. Je les plains moins après tout que ces milliers de malheureux auxquels tant de richesses bien réparties eussent pu profiter, tandis qu'elles seront à jamais stériles pour eux ! »

Je n'avais pas plus tôt exprimé ce regret que je sentis qu'il avait dû blesser le capitaine Nemo.

« Stériles ! répondit-il en s'animant. Croyez-vous donc, monsieur, que ces richesses soient perdues, alors que c'est moi qui les ramasse ? Est-ce pour moi, selon vous, que je me donne la peine de recueillir ces trésors ? Qui vous dit que je n'en fais pas un bon usage ? Croyez-vous que j'ignore qu'il existe des êtres souffrants, des races opprimées sur cette terre, des misérables à soulager, des victimes à venger ? Ne comprenez-vous pas ?... »

Le capitaine Nemo s'arrêta sur ces dernières paroles, regrettant peut-être d'avoir trop parlé. Mais j'avais deviné. Quels que fussent les motifs qui l'avaient forcé à chercher l'indépendance sous les mers, avant tout il était

De ces caisses s'échappaient des lingots. (Page 400.)

resté un homme ! Son cœur palpitait encore aux souffrances de l'humanité, et son immense charité s'adressait
aux races asservies comme aux individus !

Et je compris alors à qui étaient destinés ces millions
expédiés par le capitaine Nemo, lorsque le *Nautilus* naviguait dans les eaux de la Crète insurgée !

IX

UN CONTINENT DISPARU

Le lendemain matin, 19 février, je vis entrer le Canadien dans ma chambre. J'attendais sa visite. Il avait l'air
très désappointé.

« Eh bien, monsieur ? me dit-il.

— Eh bien, Ned, le hasard s'est mis contre nous hier.

— Oui ! il a fallu que ce damné capitaine s'arrêtât précisément à l'heure où nous allions fuir son bateau.

— Oui, Ned, il avait affaire chez son banquier.

— Son banquier !

— Ou plutôt sa maison de banque. J'entends par là cet
océan où ses richesses sont plus en sûreté qu'elles ne le
seraient dans les caisses d'un État. »

Je racontai alors au Canadien les incidents de la veille,
dans le secret espoir de le ramener à l'idée de ne point
abandonner le capitaine ; mais mon récit n'eut d'autre
résultat que le regret énergiquement exprimé par Ned de
n'avoir pu faire pour son compte une promenade sur le
champ de bataille de Vigo.

« Enfin, dit-il, tout n'est pas fini ! Ce n'est qu'un coup
de harpon perdu ! Une autre fois nous réussirons, et dès
ce soir s'il le faut...

— Quelle est la direction du *Nautilus* ? demandai-je.

— Je l'ignore, répondit Ned.

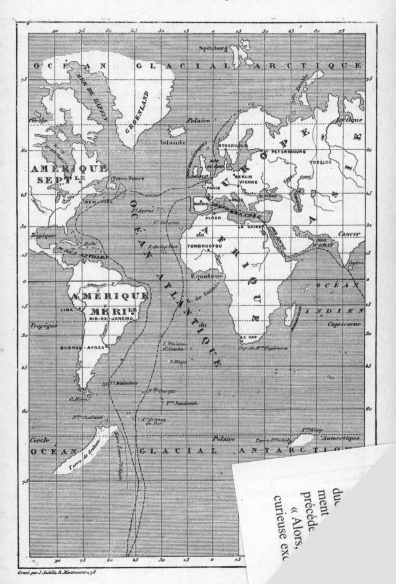

du
ment
précéde
« Alors,
curieuse exc

— Eh bien ! à midi, nous verrons le point. »

Le Canadien retourna près de Conseil. Dès que je fus habillé, je passai dans le salon. Le compas n'était pas rassurant. La route du *Nautilus* était sud-sud-ouest. Nous tournions le dos à l'Europe.

J'attendis avec une certaine impatience que le point fût reporté sur la carte. Vers onze heures et demie, les réservoirs se vidèrent, et notre appareil remonta à la surface de l'océan. Je m'élançai vers la plate-forme. Ned Land m'y avait précédé.

Plus de terres en vue. Rien que la mer immense. Quelques voiles à l'horizon, de celles sans doute qui vont chercher jusqu'au cap San-Roque les vents favorables pour doubler le cap de Bonne-Espérance. Le temps était couvert. Un coup de vent se préparait.

Ned, rageant, essayait de percer l'horizon brumeux. Il espérait encore, que, derrière tout ce brouillard, s'étendait cette terre si désirée.

À midi, le soleil se montra un instant. Le second profita de cette éclaircie pour prendre sa hauteur. Puis, la mer devenant plus houleuse, nous redescendîmes, et le panneau fut refermé.

Une heure après, lorsque je consultai la carte, je vis que la position du *Nautilus* y était indiquée par 16° 17' de longitude et 33° 22' de latitude, à cent cinquante lieues de la côte la plus rapprochée. Il n'y avait pas moyen de songer à fuir, et je laisse à penser quelles furent les colères du Canadien, quand je lui fis connaître notre situation.

Pour mon compte, je ne me désolai pas outre mesure. Je me sentis comme soulagé du poids qui m'oppressait, et je pus reprendre avec une sorte de calme relatif mes travaux habituels.

Le soir, vers onze heures, je reçus la visite très inatten- du capitaine Nemo. Il me demanda fort gracieuse- si je me sentais fatigué d'avoir veillé la nuit te. Je répondis négativement.

monsieur Aronnax, je vous proposerai une ursion.

— Proposez, capitaine.

— Vous n'avez encore visité les fonds sous-marins que le jour et sous la clarté du soleil. Vous conviendrait-il de les voir par une nuit obscure ?

— Très volontiers.

— Cette promenade sera fatigante, je vous en préviens. Il faudra marcher longtemps et gravir une montagne. Les chemins ne sont pas très bien entretenus.

— Ce que vous me dites là, capitaine, redouble ma curiosité. Je suis prêt à vous suivre.

— Venez donc, monsieur le professeur, nous allons revêtir nos scaphandres. »

Arrivé au vestiaire, je vis que ni mes compagnons ni aucun homme de l'équipage ne devait nous suivre pendant cette excursion. Le capitaine Nemo ne m'avait pas même proposé d'emmener Ned ou Conseil.

En quelques instants, nous eûmes revêtu nos appareils. On plaça sur notre dos les réservoirs abondamment chargés d'air, mais les lampes électriques n'étaient pas préparées. Je le fis observer au capitaine.

« Elles nous seraient inutiles », répondit-il.

Je crus avoir mal entendu, mais je ne pus réitérer mon observation, car la tête du capitaine avait déjà disparu dans son enveloppe métallique. J'achevai de me harnacher, je sentis qu'on me plaçait dans la main un bâton ferré, et quelques minutes plus tard, après la manœuvre habituelle, nous prenions pied sur le fond de l'Atlantique, à une profondeur de trois cents mètres.

Minuit approchait. Les eaux étaient profondément obscures, mais le capitaine Nemo me montra dans le lointain un point rougeâtre, une sorte de large lueur, qui brillait à deux milles environ du *Nautilus*. Ce qu'était ce feu, quelles matières l'alimentaient, pourquoi et comment il se revivifiait dans la masse liquide, je n'aurais pu le dire. En tout cas, il nous éclairait, vaguement il est vrai, mais je m'accoutumai bientôt à ces ténèbres particulières, et je compris, dans cette circonstance, l'inutilité des appareils Ruhmkorff.

Le capitaine Nemo et moi, nous marchions l'un près de

l'autre, directement sur le feu signalé. Le sol plat montait insensiblement. Nous faisions de larges enjambées, nous aidant du bâton ; mais notre marche était lente, en somme, car nos pieds s'enfonçaient souvent dans une sorte de vase pétrie avec des algues et semée de pierres plates.

Tout en avançant, j'entendais une sorte de grésillement au-dessus de ma tête. Ce bruit redoublait parfois et produisait comme un pétillement continu. J'en compris bientôt la cause. C'était la pluie qui tombait violemment en crépitant à la surface des flots. Instinctivement, la pensée me vint que j'allais être trempé ! Par l'eau, au milieu de l'eau ! Je ne pus m'empêcher de rire à cette idée baroque. Mais pour tout dire, sous l'épais habit du scaphandre, on ne sent plus le liquide élément, et l'on se croit au milieu d'une atmosphère un peu plus dense que l'atmosphère terrestre, voilà tout.

Après une demi-heure de marche, le sol devint rocailleux. Les méduses, les crustacés microscopiques, les pennatules l'éclairaient légèrement de lueurs phosphorescentes. J'entrevoyais des monceaux de pierres que couvraient quelques millions de zoophytes et des fouillis d'algues. Le pied me glissait souvent sur ces visqueux tapis de varech, et sans mon bâton ferré, je serais tombé plus d'une fois. En me retournant, je voyais toujours le fanal blanchâtre du *Nautilus* qui commençait à pâlir dans l'éloignement.

Ces amoncellements pierreux dont je viens de parler étaient disposés sur le fond océanique suivant une certaine régularité que je ne m'expliquais pas. J'apercevais de gigantesques sillons qui se perdaient dans l'obscurité lointaine et dont la longueur échappait à toute évaluation. D'autres particularités se présentaient aussi, que je ne savais admettre. Il me semblait que mes lourdes semelles de plomb écrasaient une litière d'ossements qui craquaient avec un bruit sec. Qu'était donc cette vaste plaine que je parcourais ainsi ? J'aurais voulu interroger le capitaine, mais son langage par signes, qui lui permettait de causer avec ses compagnons, lorsqu'ils le suivaient dans ses excursions sous-marines, était encore incompréhensible pour moi.

Cependant, la clarté rougeâtre qui nous guidait s'accroissait et enflammait l'horizon. La présence de ce foyer sous les eaux m'intriguait au plus haut degré. Était-ce quelque effluence électrique qui se manifestait ? Allais-je vers un phénomène naturel encore inconnu des savants de la terre ? Ou même — car cette pensée traversa mon cerveau — la main de l'homme intervenait-elle dans cet embrasement ? Soufflait-elle cet incendie ? Devais-je rencontrer, sous ces couches profondes, des compagnons, des amis du capitaine Nemo, vivant comme lui de cette existence étrange, et auxquels il allait rendre visite ? Trouverais-je là-bas toute une colonie d'exilés, qui, las des misères de la terre, avaient cherché et trouvé l'indépendance au plus profond de l'océan ? Toutes ces idées folles, inadmissibles, me poursuivaient, et dans cette disposition d'esprit, surexcité sans cesse par la série de merveilles qui passaient sous mes yeux, je n'aurais pas été surpris de rencontrer, au fond de cette mer, une de ces villes sous-marines que rêvait le capitaine Nemo !

Notre route s'éclairait de plus en plus. La lueur blanchissante rayonnait au sommet d'une montagne haute de huit cents pieds environ. Mais ce que j'apercevais n'était qu'une simple réverbération développée par le cristal des couches d'eau. Le foyer, source de cette inexplicable clarté, occupait le versant opposé de la montagne.

Au milieu des dédales pierreux qui sillonnaient le fond de l'Atlantique, le capitaine Nemo s'avançait sans hésitation. Il connaissait cette sombre route. Il l'avait souvent parcourue, sans doute, et ne pouvait s'y perdre. Je le suivais avec une confiance inébranlable. Il m'apparaissait comme un des génies de la mer, et quand il marchait devant moi, j'admirais sa haute stature qui se découpait en noir sur le fond lumineux de l'horizon.

Il était une heure du matin. Nous étions arrivés aux premières rampes de la montagne. Mais pour les aborder, il fallut s'aventurer par les sentiers difficiles d'un vaste taillis.

Oui ! un taillis d'arbres morts, sans feuilles, sans sève, arbres minéralisés sous l'action des eaux, et que dominaient çà et là des pins gigantesques. C'était comme une houillère encore debout, tenant par ses racines au sol effondré, et dont la ramure, à la manière des fines découpures de papier noir, se dessinait nettement sur le plafond des eaux. Que l'on se figure une forêt du Hartz, accrochée aux flancs d'une montagne, mais une forêt engloutie. Les sentiers étaient encombrés d'algues et de fucus, entre lesquels grouillait un monde de crustacés. J'allais, gravissant les rocs, enjambant les troncs étendus, brisant les lianes de mer qui se balançaient d'un arbre à l'autre, effarouchant les poissons qui volaient de branche en branche. Entraîné, je ne sentais plus la fatigue. Je suivais mon guide qui ne se fatiguait pas.

Quel spectacle ! Comment le rendre ! Comment peindre l'aspect de ces bois et de ces rochers dans ce milieu liquide, leurs dessous sombres et farouches, leurs dessus colorés de tons rouges sous cette clarté que doublait la puissance réverbérante des eaux ? Nous gravissions des rocs qui s'éboulaient ensuite par pans énormes avec un sourd grondement d'avalanche. À droite, à gauche, se creusaient de ténébreuses galeries où se perdait le regard. Ici s'ouvraient de vastes clairières, que la main de l'homme semblait avoir dégagées, et je me demandais parfois si quelque habitant de ces régions sous-marines n'allait pas tout à coup m'apparaître.

Mais le capitaine Nemo montait toujours. Je ne voulais pas rester en arrière. Je le suivais hardiment. Mon bâton me prêtait un utile secours. Un faux pas eût été dangereux sur ces étroites passes évidées aux flancs des gouffres ; mais j'y marchais d'un pied ferme et sans ressentir l'ivresse du vertige. Tantôt je sautais une crevasse dont la profondeur m'eût fait reculer au milieu des glaciers de la terre ; tantôt je m'aventurais sur le tronc vacillant des arbres jetés d'un abîme à l'autre, sans regarder sous mes pieds, n'ayant des yeux que pour admirer les sites sauvages de cette région. Là, des rocs monumentaux, penchant sur leurs bases irrégulièrement découpées,

Un taillis d'arbres morts. (Page 410.)

semblaient défier les lois de l'équilibre. Entre leurs genoux de pierre, des arbres poussaient comme un jet sous une pression formidable, et soutenaient ceux qui les soutenaient eux-mêmes. Puis, des tours naturelles, de larges pans taillés à pic comme des courtines, s'inclinaient sous un angle que les lois de la gravitation n'eussent pas autorisé à la surface des régions terrestres.

Et moi-même ne sentais-je pas cette différence due à la puissante densité de l'eau, quand, malgré mes lourds vêtements, ma tête de cuivre, mes semelles de métal, je m'élevais sur des pentes d'une impraticable raideur, les franchissant pour ainsi dire avec la légèreté d'un isard ou d'un chamois !

Au récit que je fais de cette excursion sous les eaux, je sens bien que je ne pourrai être vraisemblable ! Je suis l'historien des choses d'apparence impossibles qui sont pourtant réelles, incontestables. Je n'ai point rêvé. J'ai vu et senti !

Deux heures après avoir quitté le *Nautilus*, nous avions franchi la ligne des arbres, et à cent pieds au-dessus de nos têtes se dressait le pic de la montagne dont la projection faisait ombre sur l'éclatante irradiation du versant opposé. Quelques arbrisseaux pétrifiés couraient çà et là en zigzags grimaçants. Les poissons se levaient en masse sous nos pas comme des oiseaux surpris dans les hautes herbes. La masse rocheuse était creusée d'impénétrables anfractuosités, de grottes profondes, d'insondables trous, au fond desquels j'entendais remuer des choses formidables. Le sang me refluait jusqu'au cœur, quand j'apercevais une antenne énorme qui me barrait la route, ou quelque pince effrayante se refermant avec bruit dans l'ombre des cavités ! Des milliers de points lumineux brillaient au milieu des ténèbres. C'étaient les yeux de crustacés gigantesques, tapis dans leur tanière, des homards géants se redressant comme des hallebardiers et remuant leurs pattes avec un cliquetis de ferraille, des crabes titanesques, braqués comme des canons sur leurs affûts, et des poulpes effroyables entrelaçant leurs tentacules comme une broussaille vivante de serpents.

Des homards géants, des crabes titanesques. (Page 412.)

Quel était ce monde exorbitant que je ne connaissais pas encore ? À quel ordre appartenaient ces articulés auxquels le roc formait comme une seconde carapace ? Où la nature avait-elle trouvé le secret de leur existence végétative, et depuis combien de siècles vivaient-ils ainsi dans les dernières couches de l'océan ?

Mais je ne pouvais m'arrêter. Le capitaine Nemo, familiarisé avec ces terribles animaux, n'y prenait plus garde. Nous étions arrivés à un premier plateau, où d'autres surprises m'attendaient encore. Là se dessinaient de pittoresques ruines, qui trahissaient la main de l'homme, et non plus celle du Créateur. C'étaient de vastes amoncellements de pierres où l'on distinguait de vagues formes de châteaux, de temples, revêtus d'un monde de zoophytes en fleurs, et auxquels, au lieu de lierre, les algues et les fucus faisaient un épais manteau végétal.

Mais qu'était donc cette portion du globe engloutie par les cataclysmes ? Qui avait disposé ces roches et ces pierres comme des dolmens des temps antéhistoriques ? Où étais-je, où m'avait entraîné la fantaisie du capitaine Nemo ?

J'aurais voulu l'interroger. Ne le pouvant, je l'arrêtai. Je saisis son bras. Mais lui, secouant la tête, et me montrant le dernier sommet de la montagne, sembla me dire :

« Viens ! viens encore ! viens toujours ! »

Je le suivis dans un dernier élan, et en quelques minutes, j'eus gravi le pic qui dominait d'une dizaine de mètres toute cette masse rocheuse.

Je regardai ce côté que nous venions de franchir. La montagne ne s'élevait que de sept à huit cents pieds au-dessus de la plaine ; mais de son versant opposé, elle dominait d'une hauteur double le fond en contrebas de cette portion de l'Atlantique. Mes regards s'étendaient au loin et embrassaient un vaste espace éclairé par une fulguration violente. En effet, c'était un volcan que cette montagne. À cinquante pieds au-dessous du pic, au milieu d'une pluie de pierres et de scories, un large cratère vomissait des torrents de lave, qui se dispersaient en cascade de feu au sein de la masse liquide. Ainsi posé, ce volcan, comme un immense flambeau, éclairait la plaine inférieure jusqu'aux dernières limites de l'horizon.

J'ai dit que le cratère sous-marin rejetait des laves, mais non des flammes. Il faut aux flammes l'oxygène de l'air, et elles ne sauraient se développer sous les eaux ; mais des coulées de lave, qui ont en elles le principe de leur incandescence, peuvent se porter au rouge blanc, lutter victorieusement contre l'élément liquide et se vaporiser à son contact. De rapides courants entraînaient tous ces gaz en diffusion, et les torrents laviques glissaient jusqu'au bas de la montagne, comme les déjections du Vésuve sur un autre Torre del Greco.

En effet, là, sous mes yeux, ruinée, abîmée, jetée bas, apparaissait une ville détruite, ses toits effondrés, ses temples abattus, ses arcs disloqués, ses colonnes gisant à terre, où l'on sentait encore les solides proportions d'une sorte d'architecture toscane ; plus loin, quelques restes d'un gigantesque aqueduc ; ici l'exhaussement empâté d'une acropole, avec les formes flottantes d'un Parthénon ; là, des vestiges de quai, comme si quelque antique port eût abrité jadis sur les bords d'un océan disparu les vaisseaux marchands et les trirèmes de guerre ; plus loin encore, de longues lignes de murailles écroulées, de larges rues désertes, toute une Pompéi enfouie sous les eaux, que le capitaine Nemo ressuscitait à mes regards !

Où étais-je ? Où étais-je ? Je voulais le savoir à tout prix, je voulais parler, je voulais arracher la sphère de cuivre qui emprisonnait ma tête.

Mais le capitaine Nemo vint à moi et m'arrêta d'un geste. Puis, ramassant un morceau de pierre crayeuse, il s'avança vers un roc de basalte noir et traça ce seul mot :

ATLANTIDE

Quel éclair traversa mon esprit ! L'Atlantide, l'ancienne Méropide de Théopompe, l'Atlantide de Platon, ce continent nié par Origène, Porphyre, Jamblique, D'Anville, Malte-Brun, Humboldt, qui mettaient sa disparition au compte des récits légendaires, admis par Possidonius,

Là, sous mes yeux, apparaissait une ville détruite. (Page 415.)

Pline, Ammien-Marcellin, Tertullien, Engel, Sherer, Tournefort, Buffon, d'Avezac, je l'avais là sous les yeux, portant encore les irrécusables témoignages de sa catastrophe ! C'était donc cette région engloutie qui existait en dehors de l'Europe, de l'Asie, de la Libye, au-delà des colonnes d'Hercule, où vivait ce peuple puissant des Atlantes, contre lequel se firent les premières guerres de l'ancienne Grèce !

L'historien qui a consigné dans ses écrits les hauts faits de ces temps héroïques, c'est Platon lui-même. Son dialogue de Timée et de Critias a été, pour ainsi dire, tracé sous l'inspiration de Solon, poète et législateur.

Un jour, Solon s'entretenait avec quelques sages vieillards de Saïs, ville déjà vieille de huit cents ans, ainsi que le témoignaient ses annales gravées sur le mur sacré de ses temples. L'un de ces vieillards raconta l'histoire d'une autre ville plus ancienne de mille ans. Cette première cité athénienne, âgée de neuf cents siècles, avait été envahie et en partie détruite par les Atlantes. Ces Atlantes, disait-il, occupaient un continent immense plus grand que l'Afrique et l'Asie réunies, qui couvrait une surface comprise du douzième degré de latitude au quarantième degré nord. Leur domination s'étendait même à l'Égypte. Ils voulurent l'imposer jusqu'en Grèce, mais ils durent se retirer devant l'indomptable résistance des Hellènes. Des siècles s'écoulèrent. Un cataclysme se produisit, inondations, tremblements de terre. Une nuit et un jour suffirent à l'anéantissement de cette Atlantide, dont les plus hauts sommets, Madère, les Açores, les Canaries, les îles du cap Vert, émergent encore.

Tels étaient ces souvenirs historiques que l'inscription du capitaine Nemo faisait palpiter dans mon esprit. Ainsi donc, conduit par la plus étrange destinée, je foulais du pied l'une des montagnes de ce continent ! Je touchais de la main ces ruines mille fois séculaires et contemporaines des époques géologiques ! Je marchais là même où avaient marché les contemporains du premier homme ! J'écrasais sous mes lourdes semelles ces squelettes d'ani-

maux des temps fabuleux, que ces arbres, maintenant
minéralisés, couvraient autrefois de leur ombre !

Ah ! pourquoi le temps me manquait-il ! J'aurais voulu
descendre les pentes abruptes de cette montagne, parcourir en entier ce continent immense qui sans doute reliait
l'Afrique à l'Amérique, et visiter ces grandes cités antédi-
luviennes. Là, peut-être, sous mes regards, s'étendaient
Makhimos, la guerrière, Eusebès, la pieuse, dont les
gigantesques habitants vivaient des siècles entiers, et auxquels la force ne manquait pas pour entasser ces blocs qui
résistaient encore à l'action des eaux. Un jour peut-être,
quelque phénomène éruptif les ramènera à la surface des
flots, ces ruines englouties ! On a signalé de nombreux
volcans sous-marins dans cette portion de l'océan, et bien
des navires ont senti des secousses extraordinaires en passant sur ces fonds tourmentés. Les uns ont entendu des
bruits sourds qui annonçaient la lutte profonde des éléments ; les autres ont recueilli des cendres volcaniques
projetées hors de la mer. Tout ce sol jusqu'à l'Équateur
est encore travaillé par les forces plutoniennes. Et qui sait
si, dans une époque éloignée, accrus par les déjections
volcaniques et par les couches successives de laves, des
sommets de montagnes ignivomes n'apparaîtront pas à la
surface de l'Atlantique !

Pendant que je rêvais ainsi, tandis que je cherchais à
fixer dans mon souvenir tous les détails de ce paysage
grandiose, le capitaine Nemo, accoudé sur une stèle
mousse, demeurait immobile et comme pétrifié dans une
muette extase. Songeait-il à ces générations disparues et
leur demandait-il le secret de la destinée humaine ? Était-
ce à cette place que cet homme étrange venait se retrem-
per dans les souvenirs de l'histoire, et revivre de cette vie
antique, lui qui ne voulait pas de la vie moderne ? Que
n'aurais-je donné pour connaître ses pensées, pour les
partager, pour les comprendre !

Nous restâmes à cette place pendant une heure entière,
contemplant la vaste plaine sous l'éclat des laves qui prenaient parfois une intensité surprenante. Les bouillonne-
ments intérieurs faisaient courir de rapides frisson-

nements sur l'écorce de la montagne. Des bruits profonds, nettement transmis par ce milieu liquide, se répercutaient avec une majestueuse ampleur.

En ce moment, la lune apparut un instant à travers la masse des eaux et jeta quelques pâles rayons sur le continent englouti. Ce ne fut qu'une lueur, mais d'un indescriptible effet. Le capitaine se leva, jeta un dernier regard à cette immense plaine ; puis de la main il me fit signe de le suivre.

Nous descendîmes rapidement la montagne. La forêt minérale une fois dépassée, j'aperçus le fanal du *Nautilus* qui brillait comme une étoile. Le capitaine marcha droit à lui, et nous étions rentrés à bord au moment où les premières teintes de l'aube blanchissaient la surface de l'océan.

X

LES HOUILLERES SOUS-MARINES

Le lendemain, 20 février, je me réveillai fort tard. Les fatigues de la nuit avaient prolongé mon sommeil jusqu'à onze heures. Je m'habillai promptement. J'avais hâte de connaître la direction du *Nautilus*. Les instruments m'indiquèrent qu'il courait toujours vers le sud avec une vitesse de vingt milles à l'heure par une profondeur de cent mètres.

Conseil entra. Je lui racontai notre excursion nocturne, et, les panneaux étant ouverts, il put encore entrevoir une partie de ce continent submergé.

En effet, le *Nautilus* rasait à dix mètres du sol seulement la plaine de l'Atlantide. Il filait comme un ballon emporté par le vent au-dessus des prairies terrestres ; mais il serait plus vrai de dire que nous étions dans ce salon

comme dans le wagon d'un train express. Les premiers
plans qui passaient devant nos yeux, c'étaient des rocs
découpés fantastiquement, des forêts d'arbres passés du
règne végétal au règne animal, et dont l'immobile silhouette grimaçait sous les flots. C'étaient aussi des
masses pierreuses enfouies sous des tapis d'axidies et
d'anémones, hérissés de longues hydrophytes verticales,
puis des blocs de laves étrangement contournés qui attestaient toute la fureur des expansions plutoniennes.

Tandis que ces sites bizarres resplendissaient sous nos
feux électriques, je racontais à Conseil l'histoire de ces
Atlantes, qui, au point de vue purement imaginaire, inspi-
rèrent à Bailly tant de pages charmantes. Je lui disais les
guerres de ces peuples héroïques. Je discutais la question
de l'Atlantide en homme qui ne peut plus douter. Mais
Conseil, distrait, m'écoutait peu, et son indifférence à
traiter ce point historique me fut bientôt expliquée.

En effet, de nombreux poissons attiraient ses regards,
et quand passaient des poissons, Conseil, emporté dans
les abîmes de la classification, sortait du monde réel.
Dans ce cas, je n'avais plus qu'à le suivre et à reprendre
avec lui nos études ichtyologiques.

Du reste, ces poissons de l'Atlantique ne différaient pas
sensiblement de ceux que nous avions observés jusqu'ici.
C'étaient des raies d'une taille gigantesque, longues de
cinq mètres et douées d'une grande force musculaire qui
leur permet de s'élancer au-dessus des flots, des squales
d'espèces diverses, entre autres, un glauque de quinze
pieds, à dents triangulaires et aiguës, que sa transparence
rendait presque invisible au milieu des eaux, des sagres
bruns, des humantins en forme de prismes et cuirassés
d'une peau tuberculeuse, des esturgeons semblables à
leurs congénères de la Méditerranée, des syngnathes-
trompettes, longs d'un pied et demi, jaune-brun, pourvus
de petites nageoires grises, sans dents ni langue, et qui
défilaient comme de fins et souples serpents.

Parmi les poissons osseux, Conseil nota des makaïras
noirâtres, longs de trois mètres et armés à leur mâchoire
supérieure d'une épée perçante, des vives, aux couleurs

animées, connues du temps d'Aristote sous le nom de dragons marins et que les aiguillons de leur dorsale rendent très dangereux à saisir, puis, des coryphèmes, au dos brun rayé de petites raies bleues et encadré dans une bordure d'or, de belles dorades, des chrysostones-lune, sortes de disques à reflets d'azur, qui, éclairés en dessus par les rayons solaires, formaient comme des taches d'argent, enfin des xyphias-espadons, longs de huit mètres, marchant par troupes, portant des nageoires jaunâtres taillées en faux et de longs glaives de six pieds, intrépides animaux, plutôt herbivores que piscivores, qui obéissaient au moindre signe de leurs femelles comme des maris bien stylés.

Mais tout en observant ces divers échantillons de la faune marine, je ne laissais pas d'examiner les longues plaines de l'Atlantide. Parfois, de capricieux accidents du sol obligeaient le *Nautilus* à ralentir sa vitesse, et il se glissait alors avec l'adresse d'un cétacé dans d'étroits étranglements de collines. Si ce labyrinthe devenait inextricable, l'appareil s'élevait alors comme un aérostat, et l'obstacle franchi, il reprenait sa course rapide à quelques mètres au-dessus du fond. Admirable et charmante navigation, qui rappelait les manœuvres d'une promenade aérostatique, avec cette différence que le *Nautilus* obéissait passivement à la main de son timonier.

Vers quatre heures du soir, le terrain, généralement composé d'une vase épaisse et entremêlée de branches minéralisées, se modifia peu à peu ; il devint plus rocailleux et parut semé de conglomérats, de tufs basaltiques, avec quelque semis de laves et d'obsidiennes sulfureuses. Je pensai que la région des montagnes allait bientôt succéder aux longues plaines, et, en effet, dans certaines évolutions du *Nautilus*, j'aperçus l'horizon méridional barré par une haute muraille qui semblait fermer toute issue. Son sommet dépassait évidemment le niveau de l'océan. Ce devait être un continent, ou tout au moins une île, soit une des Canaries, soit une des îles du cap Vert. Le point n'ayant pas été fait — à dessein peut-être —, j'ignorais notre position. En tout cas, une telle muraille me parut marquer la fin de cette Atlantide, dont nous n'avions parcouru, en somme, qu'une minime portion.

La nuit n'interrompit pas mes observations. J'étais resté seul. Conseil avait regagné sa cabine. Le *Nautilus*, ralentissant son allure, voltigeait au-dessus des masses confuses du sol, tantôt les effleurant comme s'il eût voulu s'y poser, tantôt remontant capricieusement à la surface des flots. J'entrevoyais alors quelques vives constellations à travers le cristal des eaux, et précisément cinq ou six de ces étoiles zodiacales qui traînent à la queue d'Orion.

Longtemps encore, je serais resté à ma vitre, admirant les beautés de la mer et du ciel, quand les panneaux se refermèrent. À ce moment, le *Nautilus* était arrivé à l'aplomb de la haute muraille. Comment manœuvrerait-il, je ne pouvais le deviner. Je regagnai ma chambre. Le *Nautilus* ne bougeait plus. Je m'endormis avec la ferme intention de me réveiller après quelques heures de sommeil.

Mais, le lendemain, il était huit heures lorsque je revins au salon. Je regardai le manomètre. Il m'apprit que le *Nautilus* flottait à la surface de l'océan. J'entendais, d'ailleurs, un bruit de pas sur la plate-forme. Cependant aucun roulis ne trahissait l'ondulation des lames supérieures.

Je montai jusqu'au panneau. Il était ouvert. Mais, au lieu du grand jour que j'attendais, je me vis environné d'une obscurité profonde. Où étions-nous ? M'étais-je trompé ? Faisait-il encore nuit ? Non ! Pas une étoile ne brillait, et la nuit n'a pas de ces ténèbres absolues.

Je ne savais que penser, quand une voix me dit :

« C'est vous, monsieur le professeur ?

— Ah ! capitaine Nemo, répondis-je, où sommes-nous ?

— Sous terre, monsieur le professeur.

— Sous terre ! m'écriai-je. Et le *Nautilus* flotte encore ?

— Il flotte toujours.

— Mais, je ne comprends pas ?

— Attendez quelques instants. Notre fanal va s'allumer, et, si vous aimez les situations claires, vous serez satisfait. »

Je mis le pied sur la plate-forme et j'attendis. L'obscurité était si complète que je n'apercevais même pas le capitaine Nemo. Cependant, en regardant au zénith, exactement au-dessus de ma tête, je crus saisir une lueur indécise, une sorte de demi-jour qui emplissait un trou circulaire. En ce moment, le fanal s'alluma soudain, et son vif éclat fit évanouir cette vague lumière.

Je regardai, après avoir un instant fermé mes yeux éblouis par le jet électrique. Le *Nautilus* était stationnaire. Il flottait auprès d'une berge disposée comme un quai. Cette mer qui le supportait en ce moment, c'était un lac emprisonné dans un cirque de murailles qui mesurait deux milles de diamètre, soit six milles de tour. Son niveau — le manomètre l'indiquait — ne pouvait être que le niveau extérieur, car une communication existait nécessairement entre ce lac et la mer. Les hautes parois, inclinées sur leur base, s'arrondissaient en voûte et figuraient un immense entonnoir retourné, dont la hauteur comptait cinq ou six cents mètres. Au sommet s'ouvrait un orifice circulaire par lequel j'avais surpris cette légère clarté, évidemment due au rayonnement diurne.

Avant d'examiner plus attentivement les dispositions intérieures de cette énorme caverne, avant de me demander si c'était là l'ouvrage de la nature ou de l'homme, j'allai vers le capitaine Nemo.

« Où sommes-nous ? dis-je.

— Au centre même d'un volcan éteint, me répondit le capitaine, un volcan dont la mer a envahi l'intérieur à la suite de quelque convulsion du sol. Pendant que vous dormiez, monsieur le professeur, le *Nautilus* a pénétré dans ce lagon par un canal naturel ouvert à dix mètres au-dessous de la surface de l'océan. C'est ici son port d'attache, un port sûr, commode, mystérieux, abrité de tous les rhumbs du vent ! Trouvez-moi sur les côtes de vos continents ou de vos îles une rade qui vaille ce refuge assuré contre la fureur des ouragans.

— En effet, répondis-je, ici vous êtes en sûreté, capi-

Le *Nautilus* flottait auprès d'une berge. (Page 423.)

taine Nemo. Qui pourrait vous atteindre au centre d'un
volcan ? Mais, à son sommet, n'ai-je pas aperçu une
ouverture ?

— Oui, son cratère, un cratère empli jadis de laves, de
vapeurs et de flammes, et qui maintenant donne passage
à cet air vivifiant que nous respirons.

— Mais quelle est donc cette montagne volcanique ?
demandai-je.

— Elle appartient à un des nombreux îlots dont cette
mer est semée. Simple écueil pour les navires, pour nous
caverne immense. Le hasard me l'a fait découvrir, et, en
cela, le hasard m'a bien servi.

— Mais ne pourrait-on descendre par cet orifice qui
forme le cratère du volcan ?

— Pas plus que je ne saurais y monter. Jusqu'à une
centaine de pieds, la base intérieure de cette montagne est
praticable, mais au-dessus, les parois surplombent, et
leurs rampes ne pourraient être franchies.

— Je vois, capitaine, que la nature vous sert partout et
toujours. Vous êtes en sûreté sur ce lac, et nul que vous
n'en peut visiter les eaux. Mais, à quoi bon ce refuge ?
Le *Nautilus* n'a pas besoin de port.

— Non, monsieur le professeur, mais il a besoin
d'électricité pour se mouvoir, d'éléments pour produire
son électricité, de sodium pour alimenter ses éléments, de
charbon pour faire son sodium, et de houillères pour
extraire son charbon. Or, précisément ici, la mer recouvre
des forêts entières qui furent enlisées dans les temps géologiques ; minéralisées maintenant et transformées en
houille, elles sont pour moi une mine inépuisable.

— Vos hommes, capitaine, font donc ici le métier de
mineurs ?

— Précisément. Ces mines s'étendent sous les flots
comme les houillères de Newcastle. C'est ici que, revêtus
du scaphandre, le pic et la pioche à la main, mes hommes
vont extraire cette houille, que je n'ai pas même demandée aux mines de la terre. Lorsque je brûle ce combustible
pour la fabrication du sodium, la fumée qui s'échappe par

le cratère de cette montagne lui donne encore l'apparence d'un volcan en activité.

— Et nous les verrons à l'œuvre, vos compagnons ?

— Non, pas cette fois, du moins, car je suis pressé de continuer notre tour du monde sous-marin. Aussi, me contenterai-je de puiser aux réserves de sodium que je possède. Le temps de les embarquer, c'est-à-dire un jour seulement, et nous reprendrons notre voyage. Si donc vous voulez parcourir cette caverne et faire le tour du lagon, profitez de cette journée, monsieur Aronnax. »

Je remerciai le capitaine, et j'allai chercher mes deux compagnons qui n'avaient pas encore quitté leur cabine. Je les invitai à me suivre sans leur dire où ils se trouvaient.

Ils montèrent sur la plate-forme. Conseil, qui ne s'étonnait de rien, regarda comme une chose très naturelle de se réveiller sous une montagne après s'être endormi sous les flots. Mais Ned Land n'eut d'autre idée que de chercher si la caverne présentait quelque issue.

Après déjeuner, vers dix heures, nous descendions sur la berge.

« Nous voici donc encore une fois à terre, dit Conseil.

— Je n'appelle pas cela "la terre", répondit le Canadien. Et d'ailleurs, nous ne sommes pas dessus, mais dessous. »

Entre le pied des parois de la montagne et les eaux du lac se développait un rivage sablonneux qui, dans sa plus grande largeur, mesurait cinq cents pieds. Sur cette grève, on pouvait faire aisément le tour du lac. Mais la base des hautes parois formait un sol tourmenté, sur lequel gisaient, dans un pittoresque entassement, des blocs volcaniques et d'énormes pierres ponces. Toutes ces masses désagrégées, recouvertes d'un émail poli sous l'action des feux souterrains, resplendissaient au contact des jets électriques du fanal. La poussière micacée du rivage, que soulevaient nos pas, s'envolait comme une nuée d'étincelles.

Le sol s'élevait sensiblement en s'éloignant du relais des flots, et nous fûmes bientôt arrivés à des rampes longues et sinueuses, véritables raidillons qui permettaient de s'élever peu à peu, mais il fallait marcher prudemment au milieu de ces conglomérats, qu'aucun ciment ne reliait entre eux, et le pied glissait sur ces trachytes vitreux, faits de cristaux de feldspath et de quartz.

La nature volcanique de cette énorme excavation s'affirmait de toutes parts. Je le fis observer à mes compagnons.

« Vous figurez-vous, leur demandai-je, ce que devait être cet entonnoir, lorsqu'il s'emplissait de laves bouillonnantes, et que le niveau de ce liquide incandescent s'élevait jusqu'à l'orifice de la montagne, comme la fonte sur les parois d'un fourneau ?

— Je me le figure parfaitement, répondit Conseil. Mais monsieur me dira-t-il pourquoi le grand fondeur a suspendu son opération, et comment il se fait que la fournaise est remplacée par les eaux tranquilles d'un lac ?

— Très probablement, Conseil, parce que quelque convulsion a produit au-dessous de la surface de l'océan cette ouverture qui a servi de passage au *Nautilus*. Alors les eaux de l'Atlantique se sont précipitées à l'intérieur de la montagne. Il y a eu lutte terrible entre les deux éléments, lutte qui s'est terminée à l'avantage de Neptune. Mais bien des siècles se sont écoulés depuis lors, et le volcan submergé s'est changé en grotte paisible.

— Très bien, répliqua Ned Land. J'accepte l'explication, mais je regrette, dans notre intérêt, que cette ouverture dont parle monsieur le professeur ne se soit pas produite au-dessus du niveau de la mer.

— Mais, ami Ned, répliqua Conseil, si ce passage n'eût pas été sous-marin, le *Nautilus* n'aurait pu y pénétrer !

— Et j'ajouterai, maître Land, que les eaux ne se seraient pas précipitées sous la montagne et que le volcan serait resté volcan. Donc vos regrets sont superflus. »

Notre ascension continua. Les rampes se faisaient de plus en plus raides et étroites. De profondes excavations les coupaient parfois, qu'il fallait franchir. Des masses surplombantes voulaient être tournées. On se glissait sur les genoux, on rampait sur le ventre. Mais, l'adresse de

Conseil et la force du Canadien aidant, tous les obstacles furent surmontés.

À une hauteur de trente mètres environ, la nature du terrain se modifia, sans qu'il devînt plus praticable. Aux conglomérats et aux trachytes succédèrent de noirs basaltes ; ceux-ci étendus par nappes toutes grumelées de soufflures ; ceux-là formant des prismes réguliers, disposés comme une colonnade qui supportait les retombées de cette voûte immense, admirable spécimen de l'architecture naturelle. Puis, entre ces basaltes serpentaient de longues coulées de laves refroidies, incrustées de raies bitumineuses, et, par places, s'étendaient de larges tapis de soufre. Un jour plus puissant, entrant par le cratère supérieur, inondait d'une vague clarté toutes ces déjections volcaniques, à jamais ensevelies au sein de la montagne éteinte.

Cependant, notre marche ascensionnelle fut bientôt arrêtée, à une hauteur de deux cent cinquante pieds environ, par d'infranchissables obstacles. La voussure intérieure revenait en surplomb, et la montée dut se changer en promenade circulaire. À ce dernier plan, le règne végétal commençait à lutter avec le règne minéral. Quelques arbustes et même certains arbres sortaient des anfractuosités de la paroi. Je reconnus des euphorbes qui laissaient couler leur suc caustique. Des héliotropes, très inhabiles à justifier leur nom, puisque les rayons solaires n'arrivaient jamais jusqu'à eux, penchaient tristement leurs grappes de fleurs aux couleurs et aux parfums à demi passés. Çà et là, quelques chrysanthèmes poussaient timidement au pied d'aloès à longues feuilles tristes et maladifs. Mais, entre les coulées de laves, j'aperçus de petites violettes, encore parfumées d'une légère odeur, et j'avoue que je les respirai avec délices. Le parfum, c'est l'âme de la fleur, et les fleurs de la mer, ces splendides hydrohytes, n'ont pas d'âme !

Nous étions arrivés au pied d'un bouquet de dragonniers robustes, qui écartaient les roches sous l'effort de leurs musculeuses racines, quand Ned Land s'écria :

« Ah ! monsieur, une ruche ! »

— Une ruche ! répliquai-je, en faisant un geste de parfaite incrédulité.

— Oui ! une ruche, répéta le Canadien, et des abeilles qui bourdonnent autour. »

Je m'approchai et je dus me rendre à l'évidence. Il y avait là, à l'orifice d'un trou creusé dans le tronc d'un dragonnier, quelques milliers de ces ingénieux insectes, si communs dans toutes les Canaries, et dont les produits y sont particulièrement estimés.

Tout naturellement, le Canadien voulut faire sa provision de miel, et j'aurais eu mauvaise grâce à m'y opposer. Une certaine quantité de feuilles sèches mélangées de soufre s'allumèrent sous l'étincelle de son briquet, et il commença à enfumer les abeilles. Les bourdonnements cessèrent peu à peu, et la ruche éventrée livra plusieurs livres d'un miel parfumé. Ned Land en remplit son havresac.

« Quand j'aurai mélangé ce miel avec la pâte de l'artocarpus, nous dit-il, je serai en mesure de vous offrir un gâteau succulent.

— Parbleu ! fit Conseil, ce sera du pain d'épice.

— Va pour le pain d'épice, dis-je, mais reprenons cette intéressante promenade. »

À certains détours du sentier que nous suivons alors, le lac apparaissait dans toute son étendue. Le fanal éclairait en entier sa surface paisible qui ne connaissait ni les rides ni les ondulations. Le *Nautilus* gardait une immobilité parfaite. Sur sa plate-forme et sur la berge s'agitaient les hommes de son équipage, ombres noires nettement découpées au milieu de cette lumineuse atmosphère.

En ce moment, nous contournions la crête la plus élevée de ces premiers plans de roches qui soutenaient la voûte. Je vis alors que les abeilles n'étaient pas les seuls représentants du règne animal à l'intérieur de ce volcan. Des oiseaux de proie planaient et tournoyaient çà et là dans l'ombre, ou s'enfuyaient de leurs nids perchés sur des pointes de roc. C'étaient des éperviers au ventre blanc, et des crécelles criardes. Sur les pentes détalaient aussi, de toute la rapidité de leurs échasses, de belles et grasses outardes. Je laisse à penser si la convoitise du Canadien fut allumée à la vue de ce gibier savoureux, et s'il regretta de ne pas avoir un fusil entre ses mains. Il essaya de remplacer le plomb par les pierres, et après plusieurs essais infructueux, il parvint à blesser une de ces magnifiques outardes. Dire qu'il risqua vingt fois sa vie pour s'en emparer, ce n'est que vérité pure, mais il fit si bien que l'animal alla rejoindre dans son sac les gâteaux de miel.

Nous dûmes alors redescendre vers le rivage, car la crête devenait impraticable. Au-dessus de nous, le cratère béant apparaissait comme une large ouverture de puits. De cette place, le ciel se laissait distinguer assez nettement, et je voyais courir des nuages échevelés par le vent d'ouest, qui laissaient traîner jusqu'au sommet de la montagne leurs brumeux haillons. Preuve certaine que ces nuages se tenaient à une hauteur médiocre, car le volcan ne s'élevait pas à plus de huit cents pieds au-dessus du niveau de l'océan.

Une demi-heure après le dernier exploit du Canadien, nous avions regagné le rivage intérieur. Ici, la flore était représentée par de larges tapis de cette criste-marine, petite plante ombellifère très bonne à confire, qui porte aussi les noms de perce-pierre, de passe-pierre et de fenouil marin. Conseil en récolta quelques bottes. Quant à la faune, elle comptait par milliers des crustacés de toutes sortes, des homards, des crabes-tourteaux, des palémons, des mysis, des faucheurs, des galatées et un nombre prodigieux de coquillages, porcelaines, rochers et patelles.

En cet endroit s'ouvrait une magnifique grotte. Mes compagnons et moi nous prîmes plaisir à nous étendre sur son sable fin. Le feu avait poli ses parois émaillées et étincelantes, toutes saupoudrées de la poussière du mica. Ned Land en tâtait les murailles et cherchait à sonder leur épaisseur. Je ne pus m'empêcher de sourire. La conversation se mit alors sur ses éternels projets d'évasion, et je crus pouvoir, sans trop m'avancer, lui donner cette espérance : c'est que le capitaine Nemo n'était descendu au sud que pour renouveler sa provision de sodium. J'espérais donc que, maintenant, il rallierait les côtes de l'Eu-

Il risqua vingt fois sa vie. (Page 430.)

rope et de l'Amérique ; ce qui permettrait au Canadien de reprendre avec plus de succès sa tentative avortée.

Nous étions étendus depuis une heure dans cette grotte charmante. La conversation, animée au début, languissait alors. Une certaine somnolence s'emparait de nous. Comme je ne voyais aucune raison de résister au sommeil, je me laissai aller à un assoupissement profond. Je rêvais — on ne choisit pas ses rêves —, je rêvais que mon existence se réduisait à la vie végétative d'un simple mollusque. Il me semblait que cette grotte formait la double valve de ma coquille...

Tout d'un coup, je fus réveillé par la voix de Conseil.

« Alerte ! Alerte ! criait ce digne garçon.

— Qu'y a-t-il ? demandai-je, me soulevant à demi.

— L'eau nous gagne ! »

Je me redressai. La mer se précipitait comme un torrent dans notre retraite, et, décidément, puisque nous n'étions pas des mollusques, il fallait se sauver.

En quelques instants, nous fûmes en sûreté sur le sommet de la grotte même.

« Que se passe-t-il donc ? demanda Conseil. Quelque nouveau phénomène ?

— Eh non ! mes amis, répondis-je, c'est la marée, ce n'est que la marée qui a failli nous surprendre comme le héros de Walter Scott ! L'océan se gonfle au-dehors, et par une loi toute naturelle d'équilibre, le niveau du lac monte également. Nous en sommes quittes pour un demi-bain. Allons nous changer au *Nautilus*. »

Trois quarts d'heure plus tard, nous avions achevé notre promenade circulaire et nous rentrions à bord. Les hommes de l'équipage achevaient en ce moment d'embarquer les provisions de sodium, et le *Nautilus* aurait pu partir à l'instant.

Cependant, le capitaine Nemo ne donna aucun ordre. Voulait-il attendre la nuit et sortir secrètement par son passage sous-marin ? Peut-être.

Quoi qu'il en soit, le lendemain, le *Nautilus*, ayant quitté son port d'attache, naviguait au large de toute terre, et à quelques mètres au-dessous des flots de l'Atlantique.

La mer se précipitait comme un torrent. (Page 432.)

XI

LA MER DE SARGASSES

La direction du *Nautilus* ne s'était pas modifiée. Tout espoir de revenir vers les mers européennes devait donc être momentanément rejeté. Le capitaine Nemo maintenait le cap vers le sud. Où nous entraînait-il ? Je n'osais l'imaginer.

Ce jour-là, le *Nautilus* traversa une singulière portion de l'océan Atlantique. Personne n'ignore l'existence de ce grand courant d'eau chaude, connu sous le nom de Gulf Stream. Après être sorti des canaux de Floride, il se dirige vers le Spitzberg. Mais avant de pénétrer dans le golfe du Mexique, vers le quarante-quatrième degré de latitude nord, ce courant se divise en deux bras ; le principal se porte vers les côtes d'Irlande et de Norvège, tandis que le second fléchit vers le sud à la hauteur des Açores ; puis, frappant les rivages africains et décrivant un ovale allongé, il revient vers les Antilles.

Or, ce second bras — c'est plutôt un collier qu'un bras — entoure de ses anneaux d'eau chaude cette portion de l'océan froide, tranquille, immobile, que l'on appelle la mer de Sargasses. Véritable lac en plein Atlantique, les eaux du grand courant ne mettent pas moins de trois ans à en faire le tour.

La mer de Sargasses, à proprement parler, couvre toute la partie immergée de l'Atlantide. Certains auteurs ont même admis que ces nombreuses herbes dont elle est semée sont arrachées aux prairies de cet ancien continent. Il est plus probable, cependant, que ces herbages, algues et fucus, enlevés au rivage de l'Europe et de l'Amérique, sont entraînés jusqu'à cette zone par le Gulf Stream. Ce fut là une des raisons qui amenèrent Colomb à supposer l'existence d'un nouveau monde. Lorsque les navires de ce hardi chercheur arrivèrent à la mer de Sargasses, ils naviguèrent non sans peine au milieu de ces herbes qui arrêtaient leur marche au grand effroi des équipages, et ils perdirent trois longues semaines à les traverser.

Telle était cette région que le *Nautilus* visitait en ce moment, une prairie véritable, un tapis serré d'algues, de fucus natans, de raisins du tropique, si épais, si compact, que l'étrave d'un bâtiment ne l'eût pas déchiré sans peine. Aussi, le capitaine Nemo, ne voulant pas engager son hélice dans cette masse herbeuse, se tint-il à quelques mètres de profondeur au-dessous de la surface des flots.

Ce nom de Sargasses vient du mot espagnol « sargazzo » qui signifie varech. Ce varech, le varech-nageur ou porte-baie, forme principalement ce banc immense. Et voici pourquoi, suivant le savant Maury, l'auteur de la *Géographie physique du globe*, ces hydrophytes se réunissent dans ce paisible bassin de l'Atlantique :

« L'explication qu'on en peut donner, dit-il, me semble résulter d'une expérience connue de tout le monde. Si l'on place dans un vase des fragments de bouchons ou de corps flottants quelconques, et que l'on imprime à l'eau de ce vase un mouvement circulaire, on verra les fragments éparpillés se réunir en groupe au centre de la surface liquide, c'est-à-dire au point le moins agité. Dans le phénomène qui nous occupe, le vase, c'est l'Atlantique, le Gulf Stream, c'est le courant circulaire, et la mer de Sargasses, le point central où viennent se réunir les corps flottants. »

Je partage l'opinion de Maury, et j'ai pu étudier le phénomène dans ce milieu spécial où les navires pénètrent rarement. Au-dessus de nous flottaient des corps de toute provenance, entassés au milieu de ces herbes brunâtres, des troncs d'arbres arrachés aux Andes ou aux montagnes Rocheuses et flottés par l'Amazone ou le Mississippi, de nombreuses épaves, des restes de quilles ou de carènes, des bordages défoncés et tellement alourdis par les coquilles et les anatifes qu'ils ne pouvaient remonter à la surface de l'océan. Et le temps justifiera un jour cette autre opinion de Maury que ces matières, ainsi accumulées pendant des siècles, se minéraliseront sous l'action des eaux et formeront alors d'inépuisables houillères. Réserve précieuse que prépare la prévoyante nature pour ce moment où les hommes auront épuisé les mines des continents.

Au milieu de cet inextricable tissu d'herbes et de fucus, je remarquai de charmants alcyons stellés aux couleurs roses, des actinies qui laissaient traîner leur longue chevelure de tentacules, des méduses vertes, rouges, bleues, et particulièrement ces grands rhizostomes de Cuvier, dont l'ombrelle bleuâtre est bordée d'un feston violet.

Toute cette journée du 22 février se passa dans la mer de Sargasses, où les poissons, amateurs de plantes marines et de crustacés, trouvent une abondante nourriture. Le lendemain, l'océan avait repris son aspect accoutumé.

Depuis ce moment, pendant dix-neuf jours, du 23 février au 12 mars, le *Nautilus*, tenant le milieu de l'Atlantique, nous emporta avec une vitesse constante de cent lieues par vingt-quatre heures. Le capitaine Nemo voulait évidemment accomplir son programme sous-marin, et je ne doutais pas qu'il ne songeât, après avoir doublé le cap Horn, à revenir vers les mers australes du Pacifique.

Ned Land avait donc eu raison de craindre. Dans ces larges mers, privées d'îles, il ne fallait plus tenter de quitter le bord. Nul moyen non plus de s'opposer aux volontés du capitaine Nemo. Le seul parti était de se soumettre ; mais ce qu'on ne devait plus attendre de la force ou de la ruse, j'aimais à penser qu'on pourrait l'obtenir par la persuasion. Ce voyage terminé, le capitaine Nemo ne consentirait-il pas à nous rendre la liberté sous serment de ne jamais révéler son existence ? Serment d'honneur que nous aurions tenu. Mais il fallait traiter cette délicate question avec le capitaine. Or, serais-je bien venu à réclamer cette liberté ? Lui-même n'avait-il pas déclaré, dès le début et d'une façon formelle, que le secret de sa vie exigeait notre emprisonnement perpétuel à bord du *Nautilus* ? Mon silence, depuis quatre mois, ne devait-il pas lui paraître une acceptation tacite de cette situation ? Revenir sur ce sujet n'aurait-il pas pour résultat de donner des soupçons qui pourraient nuire à nos projets, si quelque circonstance favorable se présentait plus tard de les reprendre ? Toutes ces raisons, je les pesais, je les retournais dans mon esprit, je les soumettais à Conseil qui n'était pas moins embarrassé que moi. En somme, bien que je ne fusse pas facile à décourager, je comprenais que les chances de jamais revoir mes semblables diminuaient de jour en jour, surtout en ce moment où le capitaine Nemo courait en téméraire vers le sud de l'Atlantique !

Pendant les dix-neuf jours que j'ai mentionnés plus haut, aucun incident particulier ne signala notre voyage. Je vis peu le capitaine. Il travaillait. Dans la bibliothèque je trouvais souvent des livres qu'il laissait entrouverts, et surtout des livres d'histoire naturelle. Mon ouvrage sur les fonds sous-marins, feuilleté par lui, était couvert de notes en marge, qui contredisaient parfois mes théories et mes systèmes. Mais le capitaine se contentait d'épurer ainsi mon travail, et il était rare qu'il discutât avec moi. Quelquefois, j'entendais résonner les sons mélancoliques de son orgue, dont il jouait avec beaucoup d'expression, mais la nuit seulement, au milieu de la plus secrète obscurité, lorsque le *Nautilus* s'endormait dans les déserts de l'océan.

Pendant cette partie du voyage, nous naviguâmes des journées entières à la surface des flots. La mer était comme abandonnée. À peine quelques navires à voiles, en charge pour les Indes, se dirigeant vers le cap de Bonne-Espérance. Un jour nous fûmes poursuivis par les embarcations d'un baleinier qui nous prenait sans doute pour quelque énorme baleine d'un haut prix. Mais le capitaine Nemo ne voulut pas faire perdre à ces braves gens leur temps et leurs peines, et il termina la chasse en plongeant sous les eaux. Cet incident avait paru vivement intéresser Ned Land. Je ne crois pas me tromper en disant que le Canadien avait dû regretter que notre cétacé de tôle ne pût être frappé à mort par le harpon de ces pêcheurs.

Les poissons observés par Conseil et par moi, pendant

J'entendais résonner les sons de l'orgue. (Page 437.)

cette période, différaient peu de ceux que nous avions déjà étudiés sous d'autres latitudes. Les principaux furent quelques échantillons de ce terrible genre de cartilagineux, divisé en trois sous-genres qui ne comptent pas moins de trente-deux espèces : des squales galonnés, longs de cinq mètres, à tête déprimée et plus large que le corps, à nageoire caudale arrondie, et dont le dos porte sept grandes bandes noires parallèles et longitudinales ; puis des squales-perlons, gris cendré, percés de sept ouvertures branchiales et pourvus d'une seule nageoire dorsale placée à peu près vers le milieu du corps.

Passaient aussi de grands chiens de mer, poissons voraces s'il en fut. On a le droit de ne point croire aux récits des pêcheurs, mais voici ce qu'ils racontent. On a trouvé dans le corps de l'un de ces animaux une tête de buffle et un veau tout entier ; dans un autre, deux thons et un matelot en uniforme ; dans un autre, un soldat avec son sabre ; dans un autre enfin, un cheval avec son cavalier. Tout ceci, à vrai dire, n'est pas article de foi. Toujours est-il qu'aucun de ces animaux ne se laissa prendre aux filets du *Nautilus*, et que je ne pus vérifier leur voracité.

Des troupes élégantes et folâtres de dauphins nous accompagnèrent pendant des jours entiers. Ils allaient par bandes de cinq ou six, chassant en meute comme les loups dans les campagnes ; d'ailleurs, non moins voraces que les chiens de mer, si j'en crois un professeur de Copenhague, qui retira de l'estomac d'un dauphin treize marsouins et quinze phoques. C'était, il est vrai, un épaulard, appartenant à la plus grande espèce connue, et dont la longueur dépasse quelquefois vingt-quatre pieds. Cette famille des delphiniens compte dix genres, et ceux que j'aperçus tenaient du genre des delphinorinques, remarquables par un museau excessivement étroit et quatre fois long comme le crâne. Leur corps, mesurant trois mètres, noir en dessus, était en dessous d'un blanc rosé semé de petites taches très rares.

Je citerai aussi, dans ces mers, de curieux échantillons de ces poissons de l'ordre des acanthoptérigiens et de la

famille des sciénoïdes. Quelques auteurs — plus poètes
que naturalistes — prétendent que ces poissons chantent
mélodieusement, et que leurs voix réunies forment un
concert qu'un chœur de voix humaines ne saurait égaler.
Je ne dis pas non, mais ces sciènes ne nous donnèrent
aucune sérénade à notre passage, et je le regrette.

Pour terminer enfin, Conseil classa une grande quantité
de poissons volants. Rien n'était plus curieux que de voir
les dauphins leur donner la chasse avec une précision
merveilleuse. Quelle que fût la portée de son vol, quelque
trajectoire qu'il décrivît, même au-dessus du *Nautilus*,
l'infortuné poisson trouvait toujours la bouche du dauphin
ouverte pour le recevoir. C'étaient ou des pirapèdes, ou
des trigles-milans, à bouche lumineuse, qui, pendant la
nuit, après avoir tracé des raies de feu dans l'atmosphère,
plongeaient dans les eaux sombres comme autant
d'étoiles filantes.

Jusqu'au 13 mars, notre navigation se continua dans
ces conditions. Ce jour-là, le *Nautilus* fut employé à des
expériences de sondages qui m'intéressèrent vivement.

Nous avions fait alors près de treize mille lieues depuis
notre départ dans les hautes mers du Pacifique. Le point
nous mettait par 45° 37' de latitude sud et 37° 53' de
longitude ouest. C'étaient ces mêmes parages où le capitaine Denham de l'*Herald* fila quatorze mille mètres de
sonde sans trouver de fond. Là aussi, le lieutenant Parcker
de la frégate américaine *Congress* n'avait pu atteindre le
sol sous-marin par quinze mille cent quarante mètres.

Le capitaine Nemo résolut d'envoyer son *Nautilus* à la
plus extrême profondeur afin de contrôler ces différents
sondages. Je me préparai à noter tous les résultats de l'expérience. Les panneaux du salon furent ouverts, et les
manœuvres commencèrent pour atteindre ces couches si
prodigieusement reculées.

On pense bien qu'il ne fut pas question de plonger en
remplissant les réservoirs. Peut-être n'eussent-ils pu
accroître suffisamment la pesanteur spécifique du *Nautilus*. D'ailleurs, pour remonter, il aurait fallu chasser cette

surcharge d'eau, et les pompes n'auraient pas été assez puissantes pour vaincre la pression extérieure.

Le capitaine Nemo résolut d'aller chercher le fond océanique par une diagonale suffisamment allongée, au moyen de ses plans latéraux qui furent placés sous un angle de quarante-cinq degrés avec les lignes d'eau du *Nautilus*. Puis, l'hélice fut portée à son maximum de vitesse, et sa quadruple branche battit les flots avec une indescriptible violence.

Sous cette poussée puissante, la coque du *Nautilus* frémit comme une corde sonore et s'enfonça régulièrement sous les eaux. Le capitaine et moi, postés dans le salon, nous suivions l'aiguille du manomètre qui déviait rapidement. Bientôt fut dépassée cette zone habitable où résident la plupart des poissons. Si quelques-uns de ces animaux ne peuvent vivre qu'à la surface des mers ou des fleuves, d'autres, moins nombreux, se tiennent à des profondeurs assez grandes. Parmi ces derniers, j'observais l'hexanche, espèce de chien de mer muni de six fentes respiratoires, le télescope aux yeux énormes, le malarmat-cuirassé, aux thoracines grises, aux pectorales noires, que protégeait son plastron de plaques osseuses d'un rouge pâle, puis enfin le grenadier, qui, vivant par douze cents mètres de profondeur, supportait alors une pression de cent vingt atmosphères.

Je demandai au capitaine Nemo s'il avait observé des poissons à des profondeurs plus considérables.

« Des poissons ? me répondit-il, rarement. Mais dans l'état actuel de la science, que présume-t-on, que sait-on ?

— Le voici, capitaine. On sait que, en allant vers les basses couches de l'océan, la vie végétale disparaît plus vite que la vie animale. On sait que, là où se rencontrent encore des êtres animés, ne végète plus une seule hydrophyte. On sait que les pèlerines, les huîtres vivent par deux mille mètres d'eau, et que Mac Clintock, le héros des mers polaires, a retiré une étoile vivante d'une profondeur de deux mille cinq cents mètres. On sait que l'équipage du *Bull-Dog*, de la Marine royale, a pêché une astérie par deux mille six cent vingt brasses, soit plus d'une lieue de profondeur. Mais, capitaine Nemo, peut-être me direz-vous qu'on ne sait rien ?

— Non, monsieur le professeur, répondit le capitaine, je n'aurai pas cette impolitesse. Toutefois, je vous demanderai comment vous expliquez que des êtres puissent vivre à de telles profondeurs ?

— Je l'explique par deux raisons, répondis-je. D'abord, parce que les courants verticaux, déterminés par les différences de salure et de densité des eaux, produisent un mouvement qui suffit à entretenir la vie rudimentaire des encrines et des astéries.

— Juste, fit le capitaine.

— Ensuite, parce que, si l'oxygène est la base de la vie, on sait que la quantité d'oxygène dissous dans l'eau de mer augmente avec la profondeur au lieu de diminuer, et que la pression des couches basses contribue à l'y comprimer.

— Ah ! on sait cela ? répondit le capitaine Nemo, d'un ton légèrement surpris. Eh bien ! monsieur le professeur, on a raison de le savoir, car c'est la vérité. J'ajouterai, en effet, que la vessie natatoire des poissons renferme plus d'azote que d'oxygène, quand ces animaux sont pêchés à la surface des eaux, et plus d'oxygène que d'azote, au contraire, quand ils sont tirés des grandes profondeurs. Ce qui donne raison à votre système. Mais continuons nos observations. »

Mes regards se reportèrent sur le manomètre. L'instrument indiquait une profondeur de six mille mètres. Notre immersion durait depuis une heure. Le *Nautilus*, glissant sur ses plans inclinés, s'enfonçait toujours. Les eaux désertes étaient admirablement transparentes et d'une diaphanéité que rien ne saurait peindre. Une heure plus tard, nous étions par treize mille mètres — trois lieues et quart environ — et le fond de l'océan ne se laissait pas pressentir.

Cependant, par quatorze mille mètres, j'aperçus des pics noirâtres qui surgissaient au milieu des eaux. Mais ces sommets pouvaient appartenir à des montagnes hautes comme l'Hymalaya ou le Mont-Blanc, plus hautes même, et la profondeur de ces abîmes demeurait inévaluable.

Le *Nautilus* descendit plus bas encore, malgré les puissantes pressions qu'il subissait. Je sentais ses tôles trembler sous la jointure de leurs boulons ; ses barreaux s'arquaient ; ses cloisons gémissaient ; les vitres du salon semblaient se gondoler sous la pression des eaux. Et ce solide appareil eût cédé sans doute, si, ainsi que l'avait dit son capitaine, il n'eût été capable de résister comme un bloc plein.

En rasant les pentes de ces roches perdues sous les eaux, j'apercevais encore quelques coquilles, des serpula, des spinorbis vivantes, et certains échantillons d'astéries.

Mais bientôt ces derniers représentants de la vie animale disparurent, et, au-dessous de trois lieues, le *Nautilus* dépassa les limites de l'existence sous-marine, comme fait le ballon qui s'élève dans les airs au-dessus des zones respirables. Nous avions atteint une profondeur de seize mille mètres — quatre lieues —, et les flancs du *Nautilus* supportaient alors une pression de seize cents atmosphères, c'est-à-dire seize cents kilogrammes par chaque centimètre carré de sa surface !

« Quelle situation ! m'écriai-je. Parcourir dans ces régions profondes où l'homme n'est jamais parvenu ! Voyez, capitaine, voyez ces rocs magnifiques, ces grottes inhabitées, ces derniers réceptacles du globe, où la vie n'est plus possible ! Quels sites inconnus et pourquoi faut-il que nous soyons réduits à n'en conserver que le souvenir ?

— Vous plairait-il, me demanda le capitaine Nemo, d'en rapporter mieux que le souvenir ?

— Que voulez-vous dire par ces paroles ?

— Je veux dire que rien n'est plus facile que de prendre une vue photographique de cette région sous-marine ! »

Je n'avais pas eu le temps d'exprimer la surprise que me causait cette nouvelle proposition, que, sur un appel du capitaine Nemo, un objectif était apporté dans le salon. Par les panneaux largement ouverts, le milieu liquide, éclairé électriquement, se distribuait avec une clarté parfaite. Nulle ombre, nulle dégradation de notre lumière factice. Le soleil n'eût pas été plus favorable à une opération de cette nature. Le *Nautilus*, sous la poussée de son hélice, maîtrisée par l'inclinaison de ses plans, demeurait immobile. L'instrument fut braqué sur ces sites du fond océanique, et en quelques secondes, nous avions obtenu un négatif d'une extrême pureté.

C'est l'épreuve positive que j'en donne ici. On y voit ces roches primordiales qui n'ont jamais connu la lumière des cieux, ces granits inférieurs qui forment la puissante assise du globe, ces grottes profondes évidées dans la masse pierreuse, ces profils d'une incomparable netteté et dont le trait terminal se détache en noir, comme s'il était dû au pinceau de certains artistes flamands. Puis, au-delà, un horizon de montagnes, une admirable ligne ondulée qui compose les arrière-plans du paysage. Je ne puis décrire cet ensemble de roches lisses, noires, polies, sans une mousse, sans une tache, aux formes étrangement découpées et solidement établies sur ce tapis de sable qui étincelait sous les jets de la lumière électrique.

Cependant, le capitaine Nemo, après avoir terminé son opération, m'avait dit :

« Remontons, monsieur le professeur. Il ne faut pas abuser de cette situation ni exposer trop longtemps le *Nautilus* à de pareilles pressions.

— Remontons ! répondis-je.

— Tenez-vous bien. »

Je n'avais pas encore eu le temps de comprendre pourquoi le capitaine me faisait cette recommandation, quand je fus précipité sur le tapis.

Son hélice embrayée sur un signal du capitaine, ses plans dressés verticalement, le *Nautilus*, emporté comme un ballon dans les airs, s'enlevait avec une rapidité foudroyante. Il coupait la masse des eaux avec un frémissement sonore. Aucun détail n'était visible. En quatre minutes, il avait franchi les quatre lieues qui le séparaient de la surface de l'océan, et, après avoir émergé comme un poisson volant, il retombait en faisant jaillir les flots à une prodigieuse hauteur.

C'est l'épreuve positive que j'en donne ici. (Page 444.)

XII

CACHALOTS ET BALEINES

Pendant la nuit du 13 au 14 mars, le *Nautilus* reprit sa direction vers le sud. Je pensais qu'à la hauteur du cap Horn, il mettrait le cap à l'ouest afin de rallier les mers du Pacifique et d'achever son tour du monde. Il n'en fit rien et continua de remonter vers les régions australes. Où voulait-il donc aller ? Au pôle ? C'était insensé. Je commençai à croire que les témérités du capitaine justifiaient suffisamment les appréhensions de Ned Land.

Le Canadien, depuis quelque temps, ne me parlait plus de ses projets de fuite. Il était devenu moins communicatif, presque silencieux. Je voyais combien cet emprisonnement prolongé lui pesait. Je sentais ce qui s'amassait de colère en lui. Lorsqu'il rencontrait le capitaine, ses yeux s'allumaient d'un feu sombre, et je craignais toujours que sa violence naturelle ne le portât à quelque extrémité.

Ce jour-là, 14 mars, Conseil et lui vinrent me trouver dans ma chambre. Je leur demandai la raison de leur visite.

« Une simple question à vous poser, monsieur, me répondit le Canadien.

— Parlez, Ned.

— Combien d'hommes croyez-vous qu'il y ait à bord du *Nautilus* ?

— Je ne saurais le dire, mon ami.

— Il me semble, reprit Ned Land, que sa manœuvre ne nécessite pas un nombreux équipage.

— En effet, répondis-je, dans les conditions où il se trouve, une dizaine d'hommes au plus doivent suffire à le manœuvrer.

— Eh bien ! dit le Canadien, pourquoi y en aurait-il davantage ?

Quand Ned rencontrait le capitaine... (Page 445.)

— Pourquoi ? » répliquai-je.

Je regardai fixement Ned Land, dont les intentions étaient faciles à deviner.

« Parce que, dis-je, si j'en crois mes pressentiments, si j'ai bien compris l'existence du capitaine, le *Nautilus* n'est pas seulement un navire. Ce doit être un lieu de refuge pour ceux qui, comme son commandant, ont rompu toute relation avec la terre.

— Peut-être, dit Conseil, mais enfin le *Nautilus* ne peut contenir qu'un certain nombre d'hommes, et monsieur ne pourrait-il évaluer ce maximum ?

— Comment cela, Conseil ?

— Par le calcul. Étant donné la capacité du navire que monsieur connaît, et, par conséquent, la quantité d'air qu'il renferme ; sachant d'autre part ce que chaque homme dépense dans l'acte de la respiration, et comparant ces résultats avec la nécessité où le *Nautilus* est de remonter toutes les vingt-quatre heures... »

La phrase de Conseil n'en finissait pas, mais je vis bien où il voulait en venir.

« Je te comprends, dis-je ; mais ce calcul-là, facile à établir d'ailleurs, ne peut donner qu'un chiffre très incertain.

— N'importe, reprit Ned Land, en insistant.

— Voici le calcul, répondis-je. Chaque homme dépense en une heure l'oxygène contenu dans cent litres d'air, soit en vingt-quatre heures l'oxygène contenu dans deux mille quatre cents litres. Il faut donc chercher combien de fois le *Nautilus* renferme deux mille quatre cents litres d'air.

— Précisément, dit Conseil.

— Or, repris-je, la capacité du *Nautilus* étant de quinze cents tonneaux, et celle du tonneau de mille litres, le *Nautilus* renferme quinze cent mille litres d'air, qui, divisés par deux mille quatre cents... »

Je calculai rapidement au crayon :

« ... donnent au quotient six cent vingt-cinq. Ce qui revient à dire que l'air contenu dans le *Nautilus* pourrait rigoureusement suffire à six cent vingt-cinq hommes pendant vingt-quatre heures.

— Six cent vingt-cinq ! répéta Ned.

— Mais tenez pour certain, ajoutai-je, que, tant passagers que marins ou officiers, nous ne formons pas la dixième partie de ce chiffre.

— C'est encore trop pour trois hommes ! murmura Conseil.

— Donc, mon pauvre Ned, je ne puis que vous conseiller la patience.

— Et même mieux que la patience, répondit Conseil, la résignation. »

Conseil avait employé le mot juste.

« Après tout, reprit-il, le capitaine Nemo ne peut pas aller toujours au sud ! Il faudra bien qu'il s'arrête, ne fût-ce que devant la banquise, et qu'il revienne vers des mers plus civilisées ! Alors, il sera temps de reprendre les projets de Ned Land. »

Le Canadien secoua la tête, passa la main sur son front, ne répondit pas, et se retira.

« Que monsieur me permette de lui faire une observation, me dit alors Conseil. Ce pauvre Ned pense à tout ce qu'il ne peut pas avoir. Tout lui revient de sa vie passée. Tout lui semble regrettable de ce qui nous est interdit. Ses anciens souvenirs l'oppressent et il a le cœur gros. Il faut le comprendre. Qu'est-ce qu'il a à faire ici ? Rien. Il n'est pas un savant comme monsieur, et ne saurait prendre le même goût que nous aux choses admirables de la mer. Il risquerait tout pour pouvoir entrer dans une taverne de son pays ! »

Il est certain que la monotonie du bord devait paraître insupportable au Canadien, habitué à une vie libre et active. Les événements qui pouvaient le passionner étaient rares. Cependant, ce jour-là, un incident vint lui rappeler ses beaux jours de harponneur.

Vers onze heures du matin, étant à la surface de l'océan, le *Nautilus* tomba au milieu d'une troupe de baleines. Rencontre qui ne me surprit pas, car je savais

Le *Nautilus* tomba au milieu d'une troupe de baleines. (Page 449.)

que ces animaux, chassés à outrance, se sont réfugiés dans les bassins des hautes latitudes.

Le rôle joué par la baleine dans le monde marin et son influence sur les découvertes géographiques ont été considérables. C'est elle, qui, entraînant à sa suite les Basques d'abord, puis les Asturiens, les Anglais et les Hollandais, les enhardit contre les dangers de l'océan et les conduisit d'une extrémité de la terre à l'autre. Les baleines aiment à fréquenter les mers australes et boréales. D'anciennes légendes prétendent même que ces cétacés amenèrent les pêcheurs jusqu'à sept lieues seulement du pôle Nord. Si le fait est faux, il sera vrai un jour, et c'est probablement ainsi, en chassant la baleine dans les régions arctiques ou antarctiques, que les hommes atteindront ce point inconnu du globe.

Nous étions assis sur la plate-forme par une mer tranquille. Mais le mois d'octobre de ces latitudes nous donnait de belles journées d'automne. Ce fut le Canadien — il ne pouvait s'y tromper — qui signala une baleine à l'horizon dans l'est. En regardant attentivement, on voyait son dos noirâtre s'élever et s'abaisser alternativement au-dessus des flots, à cinq milles du *Nautilus*.

« Ah ! s'écria Ned Land, si j'étais à bord d'un baleinier, voilà une rencontre qui me ferait plaisir ! C'est un animal de grande taille ! Voyez avec quelle puissance ses évents rejettent des colonnes d'air et de vapeur ! Mille diables ! pourquoi faut-il que je sois enchaîné sur ce morceau de tôle !

— Quoi ! Ned, répondis-je, vous n'êtes pas encore revenu de vos vieilles idées de pêche ?

— Est-ce qu'un pêcheur de baleines, monsieur, peut oublier son ancien métier ? Est-ce qu'on se lasse jamais des émotions d'une pareille chasse ?

— Vous n'avez jamais pêché dans ces mers, Ned ?

— Jamais, monsieur. Dans les mers boréales seulement, et autant dans le détroit de Bering que dans celui de Davis.

— Alors la baleine australe vous est encore inconnue. C'est la baleine franche que vous avez chassée jusqu'ici, et elle ne se hasarderait pas à passer les eaux chaudes de l'Équateur.

— Ah ! monsieur le professeur, que me dites-vous là ? répliqua le Canadien d'un ton passablement incrédule.

— Je dis ce qui est.

— Par exemple ! Moi qui vous parle, en soixante-cinq, voilà deux ans et demi, j'ai amariné près du Groenland une baleine qui portait encore dans son flanc le harpon poinçonné d'un baleinier de Bering. Or, je vous demande, comment, après avoir été frappé à l'ouest de l'Amérique, l'animal serait venu se faire tuer à l'est, s'il n'avait, après avoir doublé, soit le cap Horn, soit le cap de Bonne-Espérance, franchi l'Équateur ?

— Je pense comme l'ami Ned, dit Conseil, et j'attends ce que répondra monsieur.

— Monsieur vous répondra, mes amis, que les baleines sont localisées, suivant leurs espèces, dans certaines mers qu'elles ne quittent pas. Et si l'un de ces animaux est venu du détroit de Bering dans celui de Davis, c'est tout simplement parce qu'il existe un passage d'une mer à l'autre soit sur les côtes de l'Amérique, soit sur celles de l'Asie.

— Faut-il vous croire ? demanda le Canadien, en fermant un œil.

— Il faut croire monsieur, répondit Conseil.

— Dès lors, reprit le Canadien, puisque je n'ai jamais pêché dans ces parages, je ne connais point les baleines qui les fréquentent ?

— Je vous l'ai dit, Ned.

— Raison de plus pour faire leur connaissance, répliqua Conseil.

— Voyez ! voyez ! s'écria le Canadien, la voix émue. Elle s'approche ! Elle vient sur nous ! Elle me nargue ! Elle sait que je ne peux rien contre elle ! »

Ned frappait du pied. Sa main frémissait en brandissant un harpon imaginaire.

« Ces cétacés, demanda-t-il, sont-ils aussi gros que ceux des mers boréales ?

— À peu près, Ned.

« J'ai amariné, près du Groenland, une baleine. » (Page 452.)

— C'est que j'ai vu de grosses baleines, monsieur, des baleines qui mesuraient jusqu'à cent pieds de longueur ! Je me suis même laissé dire que le Hullamock et l'Umgallick des îles Aléoutiennes dépassaient quelquefois cent cinquante pieds.

— Ceci me paraît exagéré, répondis-je. Ces animaux ne sont que des baleinoptères, pourvus de nageoires dorsales, et de même que les cachalots, ils sont généralement plus petits que la baleine franche.

— Ah ! s'écria le Canadien, dont les regards ne quittaient pas l'océan, elle se rapproche, elle vient dans les eaux du *Nautilus* ! »

Puis, reprenant sa conversation :

« Vous parlez, dit-il, du cachalot comme d'une petite bête ! On cite cependant des cachalots gigantesques. Ce sont des cétacés intelligents. Quelques-uns, dit-on, se couvrent d'algues et de fucus. On les prend pour des îlots. On campe dessus, on s'y installe, on fait du feu...

— On y bâtit des maisons, dit Conseil.

— Oui, farceur, répondit Ned Land. Puis, un beau jour, l'animal plonge et entraîne tous ses habitants au fond de l'abîme.

— Comme dans les voyages de Simbad le marin, répliquai-je en riant.

— Ah ! maître Land, il paraît que vous aimez les histoires extraordinaires ! Quels cachalots que les vôtres ! J'espère que vous n'y croyez pas !

— Monsieur le naturaliste, répondit sérieusement le Canadien, il faut tout croire de la part des baleines ! — Comme elle marche, celle-ci ! Comme elle se dérobe ! — On prétend que ces animaux-là peuvent faire le tour du monde en quinze jours.

— Je ne dis pas non.

— Mais, ce que vous ne savez sans doute pas, monsieur Aronnax, c'est que, au commencement du monde, les baleines filaient plus rapidement encore.

— Ah ! vraiment, Ned ! Et pourquoi cela ?

— Parce qu'alors, elles avaient la queue en travers, comme les poissons, c'est-à-dire que cette queue, comprimée verticalement, frappait l'eau de gauche à droite et de droite à gauche. Mais le Créateur, s'apercevant qu'elles marchaient trop vite, leur tordit la queue, et depuis ce temps-là, elles battent les flots de haut en bas au détriment de leur rapidité.

— Bon, Ned, dis-je, en reprenant une expression du Canadien, faut-il vous croire ?

— Pas trop, répondit Ned Land, et pas plus que si je vous disais qu'il existe des baleines longues de trois cents pieds et pesant cent mille livres.

— C'est beaucoup, en effet, dis-je. Cependant, il faut avouer que certains cétacés acquièrent un développement considérable, puisque, dit-on, ils fournissent jusqu'à cent vingt tonnes d'huile.

— Pour ça, je l'ai vu, dit le Canadien.

— Je le crois volontiers, Ned, comme je crois que certaines baleines égalent en grosseur cent éléphants. Jugez des effets produits par une telle masse lancée à toute vitesse !

— Est-il vrai, demanda Conseil, qu'elles peuvent couler des navires ?

— Des navires, je ne le crois pas, répondis-je. On raconte, cependant, qu'en 1820, précisément dans ces mers du sud, une baleine se précipita sur l'*Essex* et le fit reculer avec une vitesse de quatre mètres par seconde. Des lames pénétrèrent par l'arrière, et l'*Essex* sombra presque aussitôt. »

Ned me regarda d'un air narquois.

« Pour mon compte, dit-il, j'ai reçu un coup de queue de baleine — dans mon canot, cela va sans dire. Mes compagnons et moi, nous avons été lancés à une hauteur de six mètres. Mais auprès de la baleine de monsieur le professeur, la mienne n'était qu'un baleineau.

— Est-ce que ces animaux-là vivent longtemps ? demanda Conseil.

— Mille ans, répondit le Canadien sans hésiter.

— Et comment le savez-vous, Ned ?

— Parce qu'on le dit.

— Et pourquoi le dit-on ?

— Parce qu'on le sait.

— Non, Ned, on ne le sait pas, mais on le suppose, et voici le raisonnement sur lequel on s'appuie. Il y a quatre cents ans, lorsque les pêcheurs chassèrent pour la première fois les baleines, ces animaux avaient une taille supérieure à celle qu'ils acquièrent aujourd'hui. On suppose donc, assez logiquement, que l'infériorité des baleines actuelles vient de ce qu'elles n'ont pas eu le temps d'atteindre leur complet développement. C'est ce qui a fait dire à Buffon que ces cétacés pouvaient et devaient même vivre mille ans. Vous entendez ? »

Ned Land n'entendait pas. Il n'écoutait plus. La baleine s'approchait toujours. Il la dévorait des yeux.

« Ah ! s'écria-t-il, ce n'est plus une baleine, c'est dix, c'est vingt, c'est un troupeau tout entier ! Et ne pouvoir rien faire ! Être là pieds et poings liés !

— Mais, ami Ned, dit Conseil, pourquoi ne pas demander au capitaine Nemo la permission de chasser ?... »

Conseil n'avait pas achevé sa phrase, que Ned Land s'était affalé par le panneau et courait à la recherche du capitaine. Quelques instants après, tous deux reparaissaient sur la plate-forme.

Le capitaine Nemo observa le troupeau de cétacés qui se jouait sur les eaux à un mille du *Nautilus*.

« Ce sont des baleines australes, dit-il. Il y a là la fortune d'une flotte de baleiniers.

— Eh bien ! monsieur, demanda le Canadien, ne pourrais-je leur donner la chasse, ne fût-ce que pour ne pas oublier mon ancien métier de harponneur ?

— À quoi bon, répondit le capitaine Nemo, chasser uniquement pour détruire ! Nous n'avons que faire d'huile de baleine à bord.

— Cependant, monsieur, reprit le Canadien, dans la mer Rouge, vous nous avez autorisés à poursuivre un dugong !

— Il s'agissait alors de procurer de la viande fraîche à mon équipage. Ici, ce serait tuer pour tuer. Je sais bien que c'est un privilège réservé à l'homme, mais je n'admets pas ces passe-temps meurtriers. En détruisant la baleine australe comme la baleine franche, êtres inoffensifs et bons, vos pareils, maître Land, commettent une action blâmable. C'est ainsi qu'ils ont déjà dépeuplé toute la baie de Baffin, et qu'ils anéantiront une classe d'animaux utiles. Laissez donc tranquilles ces malheureux cétacés. Ils ont bien assez de leurs ennemis naturels, les cachalots, les espadons et les scies, sans que vous vous en mêliez. »

Je laisse à imaginer la figure que faisait le Canadien pendant ce cours de morale. Donner de semblables raisons à un chasseur, c'était perdre ses paroles. Ned Land regardait le capitaine Nemo et ne comprenait évidemment pas ce qu'il voulait lui dire. Cependant, le capitaine avait raison. L'acharnement barbare et inconsidéré des pêcheurs fera disparaître un jour la dernière baleine de l'océan.

Ned Land siffla entre les dents son *Yankee doodle*, fourra ses mains dans ses poches et nous tourna le dos.

Cependant le capitaine Nemo observait le troupeau de cétacés, et s'adressant à moi :

« J'avais raison de prétendre que, sans compter l'homme, les baleines ont assez d'autres ennemis naturels. Celles-ci vont avoir affaire à forte partie avant peu. Apercevez-vous, monsieur Aronnax, à huit milles sous le vent ces points noirâtres qui sont en mouvement ?

— Oui, capitaine, répondis-je.

— Ce sont des cachalots, animaux terribles que j'ai quelquefois rencontrés par troupes de deux ou trois cents ! Quant à ceux-là, bêtes cruelles et malfaisantes, on a raison de les exterminer. »

Le Canadien se retourna vivement à ces derniers mots.

« Eh bien ! capitaine, dis-je, il est temps encore, dans l'intérêt même des baleines...

— Inutile de s'exposer, monsieur le professeur. Le *Nautilus* suffira à disperser ces cachalots. Il est armé d'un éperon d'acier qui vaut bien le harpon de maître Land, j'imagine. »

Le Canadien ne se gêna pas pour hausser les épaules.

Attaquer des cétacés à coups d'éperon ! Qui avait jamais entendu parler de cela ?

« Attendez, monsieur Aronnax, dit le capitaine Nemo. Nous vous montrerons une chasse que vous ne connaissez pas encore. Pas de pitié pour ces féroces cétacés. Ils ne sont que bouche et dents ! »

Bouche et dents ! On ne pouvait mieux peindre le cachalot macrocéphale, dont la taille dépasse quelquefois vingt-cinq mètres. La tête énorme de ce cétacé occupe environ le tiers de son corps. Mieux armé que la baleine, dont la mâchoire supérieure est seulement garnie de fanons, il est muni de vingt-cinq grosses dents, hautes de vingt centimètres, cylindriques et coniques à leur sommet, et qui pèsent deux livres chacune. C'est à la partie supérieure de cette énorme tête et dans de grandes cavités séparées par des cartilages, que se trouvent trois à quatre cents kilogrammes de cette huile précieuse, dite « blanc de baleine ». Le cachalot est un animal disgracieux, plutôt têtard que poisson, suivant la remarque de Frédol. Il est mal construit, étant pour ainsi dire « manqué » dans toute la partie gauche de sa charpente, et n'y voyant guère que de l'œil droit.

Cependant, le monstrueux troupeau s'approchait toujours. Il avait aperçu les baleines et se préparait à les attaquer. On pouvait préjuger, d'avance, la victoire des cachalots, non seulement parce qu'ils sont mieux bâtis pour l'attaque que leurs inoffensifs adversaires, mais aussi parce qu'ils peuvent rester plus longtemps sous les flots, sans venir respirer à leur surface.

Il n'était que temps d'aller au secours des baleines. Le *Nautilus* se mit entre deux eaux. Conseil, Ned et moi, nous prîmes place devant les vitres du salon. Le capitaine Nemo se rendit près du timonier pour manœuvrer son appareil comme un engin de destruction. Bientôt, je sentis les battements de l'hélice se précipiter et notre vitesse s'accroître.

Le combat était déjà commencé entre les cachalots et les baleines, lorsque le *Nautilus* arriva. Il manœuvra de manière à couper la troupe des macrocéphales. Ceux-ci,

Ce ne sont que bouche et dents. (Page 458.)

tout d'abord, se montrèrent peu émus à la vue du nouveau monstre qui se mêlait à la bataille. Mais bientôt ils durent se garer de ses coups.

Quelle lutte ! Ned Land lui-même, bientôt enthousiasmé, finit par battre des mains. Le *Nautilus* n'était plus qu'un harpon formidable, brandi par la main de son capitaine. Il se lançait contre ces masses charnues et les traversait de part en part, laissant après son passage deux grouillantes moitiés d'animal. Les formidables coups de queue qui frappaient ses flancs, il ne les sentait pas. Les chocs qu'il produisait, pas davantage. Un cachalot exterminé, il courait à un autre, virait sur place pour ne pas manquer sa proie, allant de l'avant, de l'arrière, docile à son gouvernail, plongeant quand le cétacé s'enfonçait dans les couches profondes, remontant avec lui lorsqu'il revenait à la surface, le frappant de plein ou d'écharpe, le coupant ou le déchirant, et dans toutes les directions et sous toutes les allures, le perçant de son terrible éperon.

Quel carnage ! Quel bruit à la surface des flots ! Quels sifflements aigus et quels ronflements particuliers à ces animaux épouvantés ! Au milieu de ces couches ordinairement si paisibles, leur queue créait de véritables houles.

Pendant une heure se prolongea cet homérique massacre, auquel les macrocéphales ne pouvaient se soustraire. Plusieurs fois, dix ou douze réunis essayèrent d'écraser le *Nautilus* sous leur masse. On voyait, à la vitre, leur gueule énorme pavée de dents, leur œil formidable. Ned Land, qui ne se possédait plus, les menaçait et les injuriait. On sentait qu'ils se cramponnaient à notre appareil, comme des chiens qui coiffent un ragot sous les taillis. Mais le *Nautilus*, forçant son hélice, les emportait, les entraînait, ou les ramenait vers le niveau supérieur des eaux, sans se soucier ni de leur poids énorme, ni de leurs puissantes étreintes.

Enfin la masse des cachalots s'éclaircit. Les flots redevinrent tranquilles. Je sentis que nous remontions à la surface de l'océan. Le panneau fut ouvert, et nous nous précipitâmes sur la plate-forme.

La mer était couverte de cadavres mutilés. Une explosion formidable n'eût pas divisé, déchiré, déchiqueté avec plus de violence ces masses charnues. Nous flottions au milieu de corps gigantesques, bleuâtres sur le dos, blanchâtres sous le ventre, et tout bossués d'énormes protubérances. Quelques cachalots épouvantés fuyaient à l'horizon. Les flots étaient teints en rouge sur un espace de plusieurs milles, et le *Nautilus* flottait au milieu d'une mer de sang.

Le capitaine Nemo nous rejoignit.

« Eh bien ! maître Land ? dit-il.

— Eh bien ! monsieur, répondit le Canadien, chez lequel l'enthousiasme s'était calmé, c'est un spectacle terrible, en effet. Mais je ne suis pas un boucher, je suis un chasseur, et ceci n'est qu'une boucherie.

— C'est un massacre d'animaux malfaisants, répondit le capitaine, et le *Nautilus* n'est pas un couteau de boucher.

— J'aime mieux mon harpon, répliqua le Canadien.

— Chacun son arme », répondit le capitaine, en regardant fixement Ned Land.

Je craignais que celui-ci ne se laissât emporter à quelque violence qui aurait eu des conséquences déplorables. Mais sa colère fut détournée par la vue d'une baleine que le *Nautilus* accostait en ce moment.

L'animal n'avait pu échapper à la dent des cachalots. Je reconnus la baleine australe, à tête déprimée, qui est entièrement noire. Anatomiquement, elle se distingue de la baleine blanche et du Nord-Caper par la soudure des sept vertèbres cervicales, et elle compte deux côtes de plus que ses congénères. Le malheureux cétacé, couché sur le flanc, le ventre troué de morsures, était mort. Au bout de sa nageoire mutilée pendait encore un petit baleineau qu'il n'avait pu sauver du massacre. Sa bouche ouverte laissait couler l'eau qui murmurait comme un ressac à travers ses fanons.

Le capitaine Nemo conduisit le *Nautilus* près du cadavre de l'animal. Deux de ses hommes montèrent sur le flanc de la baleine, et je vis, non sans étonnement, qu'ils retiraient de ses mamelles tout le lait qu'elles

contenaient, c'est-à-dire la valeur de deux à trois tonneaux.

Le capitaine m'offrit une tasse de ce lait encore chaud.
Je ne pus m'empêcher de lui marquer ma répugnance
pour ce breuvage. Il m'assura que ce lait était excellent,
et qu'il ne se distinguait en aucune façon du lait de vache.

Je le goûtai et je fus de son avis. C'était donc pour
nous une réserve utile, car ce lait, sous la forme de beurre
salé ou de fromage, devait apporter une agréable variété
à notre ordinaire.

De ce jour-là, je remarquai avec inquiétude que les dispositions de Ned Land envers le capitaine Nemo devenaient de plus en plus mauvaises, et je résolus de
surveiller de près les faits et gestes du Canadien.

XIII

LA BANQUISE

Le *Nautilus* avait repris son imperturbable direction
vers le sud. Il suivait le cinquantième méridien avec une
vitesse considérable. Voulait-il donc atteindre le pôle ? Je
ne le pensais pas, car jusqu'ici toutes les tentatives pour
s'élever jusqu'à ce point du globe avaient échoué. La saison, d'ailleurs, était déjà fort avancée, puisque le 13 mars
des terres antarctiques correspond au 13 septembre des
régions boréales, qui commence la période équinoxiale.

Le 14 mars, j'aperçus des glaces flottantes par 55° de
latitude, simples débris blafards de vingt à vingt-cinq
pieds, formant des écueils sur lesquels la mer déferlait.
Le *Nautilus* se maintenait à la surface de l'océan. Ned
Land, ayant déjà pêché dans les mers arctiques, était
familiarisé avec ce spectacle des icebergs. Conseil et moi,
nous l'admirions pour la première fois.

Dans l'atmosphère, vers l'horizon du sud, s'étendait une bande blanche d'un éblouissant aspect. Les baleiniers anglais lui ont donné le nom de « ice-blinck ». Quelque épais que soient les nuages, ils ne peuvent l'obscurcir. Elle annonce la présence d'un pack ou banc de glace.

En effet, bientôt apparurent des blocs plus considérables dont l'éclat se modifiait suivant les caprices de la brume. Quelques-unes de ces masses montraient des veines vertes, comme si le sulfate de cuivre en eût tracé les lignes ondulées. D'autres, semblables à d'énormes améthystes, se laissaient pénétrer par la lumière. Celles-ci réverbéraient les rayons du jour sur les mille facettes de leurs cristaux. Celles-là, nuancées des vifs reflets du calcaire, auraient suffi à la construction de toute une ville de marbre.

Plus nous descendions au sud, plus ces îles flottantes gagnaient en nombre et en importance. Les oiseaux polaires y nichaient par milliers. C'étaient des pétrels, des damiers, des puffins, qui nous assourdissaient de leurs cris. Quelques-uns, prenant le *Nautilus* pour le cadavre d'une baleine, venaient s'y reposer et piquaient de coups de bec sa tôle sonore.

Pendant cette navigation au milieu des glaces, le capitaine Nemo se tint souvent sur la plate-forme. Il observait avec attention ces parages abandonnés. Je voyais son calme regard s'animer parfois. Se disait-il que dans ces mers polaires interdites à l'homme, il était là chez lui, maître de ces infranchissables espaces ? Peut-être. Mais il ne parlait pas. Il restait immobile, ne revenant à lui que lorsque ses instincts de manœuvrier reprenaient le dessus. Dirigeant alors son *Nautilus* avec une adresse consommée, il évitait habilement le choc de ces masses dont quelques-unes mesuraient une longueur de plusieurs milles sur une hauteur qui variait de soixante-dix à quatre-vingts mètres. Souvent l'horizon paraissait entièrement fermé. À la hauteur du soixantième degré de latitude, toute passe avait disparu. Mais le capitaine Nemo, cherchant avec soin, trouvait bientôt quelque étroite ouverture par laquelle il se glissait audacieusement, sachant bien, cependant, qu'elle se refermerait derrière lui.

Ce fut ainsi que le *Nautilus*, guidé par cette main habile, dépassa toutes ces glaces, classées, suivant leur forme ou leur grandeur, avec une précision qui enchantait Conseil : icebergs ou montagnes, ice-fields ou champs unis et sans limites, drift-ice ou glaces flottantes, packs ou champs brisés, nommés palchs quand ils sont circulaires, et streams lorsqu'ils sont faits de morceaux allongés.

La température était assez basse. Le thermomètre, exposé à l'air extérieur, marquait deux à trois degrés au-dessous de zéro. Mais nous étions chaudement habillés de fourrures, dont les phoques ou les ours marins avaient fait les frais. L'intérieur du *Nautilus*, régulièrement chauffé par ses appareils électriques, défiait les froids les plus intenses. D'ailleurs, il lui eût suffi de s'enfoncer à quelques mètres au-dessous des flots pour y trouver une température supportable.

Deux mois plus tôt, nous aurions joui sous cette latitude d'un jour perpétuel ; mais déjà la nuit se faisait pendant trois ou quatre heures, et plus tard, elle devait jeter six mois d'ombre sur ces régions circumpolaires.

Le 15 mars, la latitude des îles New-Shetland et des Orkney du Sud fut dépassée. Le capitaine m'apprit qu'autrefois de nombreuses tribus de phoques habitaient ces terres ; mais les baleiniers anglais et américains, dans leur rage de destruction, massacrant les adultes et les femelles pleines, là où existait l'animation de la vie, avaient laissé après eux le silence de la mort.

Le 16 mars, vers huit heures du matin, le *Nautilus*, suivant le cinquante-cinquième méridien, coupa le cercle polaire antarctique. Les glaces nous entouraient de toutes parts et fermaient l'horizon. Cependant, le capitaine Nemo marchait de passe en passe et s'élevait toujours.

« Mais où va-t-il ? demandai-je.

— Devant lui, répondait Conseil. Après tout, lorsqu'il ne pourra pas aller plus loin, il s'arrêtera.

— Je n'en jurerais pas ! » répondis-je.

Et, pour être franc, j'avouerai que cette excursion aventureuse ne me déplaisait point. À quel degré m'émerveillaient les beautés de ces régions nouvelles, je ne saurais l'exprimer. Les glaces prenaient des attitudes superbes. Ici, leur ensemble formait une ville orientale, avec ses minarets et ses mosquées innombrables. Là, une cité écroulée et comme jetée à terre par une convulsion du sol. Aspects incessamment variés par les obliques rayons du soleil, ou perdus dans les brumes grises au milieu des ouragans de neige. Puis, de toutes parts des détonations, des éboulements, de grandes culbutes d'icebergs, qui changeaient le décor comme le paysage d'un diorama.

Lorsque le *Nautilus* était immergé au moment où se rompaient ces équilibres, le bruit se propageait sous les eaux avec une effrayante intensité, et la chute de ces masses créait de redoutables remous jusque dans les couches profondes de l'océan. Le *Nautilus* roulait et tanguait alors comme un navire abandonné à la furie des éléments.

Souvent, ne voyant plus aucune issue, je pensais que nous étions définitivement prisonniers ; mais, l'instinct le guidant, sur le plus léger indice le capitaine Nemo découvrait des passes nouvelles. Il ne se trompait jamais en observant les minces filets d'eau bleuâtre qui sillonnaient les ice-fields. Aussi ne mettais-je pas en doute qu'il n'eût aventuré déjà le *Nautilus* au milieu des mers antarctiques.

Cependant, dans la journée du 16 mars, les champs de glace nous barrèrent absolument la route. Ce n'était pas encore la banquise, mais de vastes ice-fields cimentés par le froid. Cet obstacle ne pouvait arrêter le capitaine Nemo, et il se lança contre l'ice-field avec une effroyable violence. Le *Nautilus* entrait comme un coin dans cette masse friable, et la divisait avec des craquements terribles. C'était l'antique bélier poussé par une puissance infinie. Les débris de glace, haut projetés, retombaient en grêle autour de nous. Par sa seule force d'impulsion, notre appareil se creusait un chenal. Quelquefois, emporté par son élan, il montait sur le champ de glace et l'écrasait de son poids, ou par instants, enfourné sous l'ice-field, il le divisait par un simple mouvement de tangage qui produisait de larges déchirures.

Pendant ces journées, de violents grains nous assaillirent. Par certaines brumes épaisses, on ne se fût pas vu d'une extrémité de la plate-forme à l'autre. Le vent sautait brusquement à tous les points du compas. La neige s'accumulait en couches si dures qu'il fallait la briser à coups de pics. Rien qu'à la température de cinq degrés au-dessous de zéro, toutes les parties extérieures du *Nautilus* se recouvraient de glaces. Un gréement n'aurait pu se manœuvrer, car tous les garants eussent été engagés dans la gorge des poulies. Un bâtiment sans voiles et mû par un moteur électrique qui se passait de charbon, pouvait seul affronter d'aussi hautes latitudes.

Dans ces conditions, le baromètre se tint généralement très bas. Il tomba même à 73° 5. Les indications de la boussole n'offraient plus aucune garantie. Ses aiguilles affolées marquaient des directions contradictoires, en s'approchant du pôle magnétique méridional qui ne se confond pas avec le sud du monde. En effet, suivant Hansten, ce pôle est situé à peu près par 70° de latitude et 130° de longitude, et d'après les observations de Duperrey, par 135° de longitude et 70° 30' de latitude. Il fallait faire alors des observations nombreuses sur les compas transportés à différentes parties du navire et prendre une moyenne. Mais souvent, on s'en rapportait à l'estime pour relever la route parcourue, méthode peu satisfaisante au milieu de ces passes sinueuses dont les points de repère changent incessamment.

Enfin, le 18 mars, après vingt assauts inutiles, le *Nautilus* se vit définitivement enrayé. Ce n'étaient plus ni les streams, ni les palchs, ni les ice-fields, mais une interminable et immobile barrière formée de montagnes soudées entre elles.

« La banquise ! » me dit le Canadien.

Je compris que pour Ned Land comme pour tous les navigateurs qui nous avaient précédés, c'était l'infranchissable obstacle. Le soleil ayant un instant paru vers

« La banquise ! » dit Ned Land. (Page 466.)

midi, le capitaine Nemo obtint une observation assez exacte qui donnait notre situation par 51° 30' de longitude et 67° 39' de latitude méridionale. C'était déjà un point avancé des régions antarctiques.

De mer, de surface liquide, il n'y avait plus apparence devant nos yeux. Sous l'éperon du *Nautilus* s'étendait une vaste plaine tourmentée, enchevêtrée de blocs confus, avec tout ce pêle-mêle capricieux qui caractérise la surface d'un fleuve quelque temps avant la débâcle des glaces, mais sur des proportions gigantesques. Çà et là, des pics aigus, des aiguilles déliées s'élevant à une hauteur de deux cents pieds ; plus loin, une suite de falaises taillées à pic et revêtues de teintes grisâtres, vastes miroirs qui reflétaient quelques rayons de soleil à demi noyés dans les brumes. Puis, sur cette nature désolée, un silence farouche, à peine rompu par le battement d'ailes des pétrels ou des puffins. Tout était gelé alors, même le bruit.

Le *Nautilus* dut donc s'arrêter dans son aventureuse course au milieu des champs de glace.

« Monsieur, me dit ce jour-là Ned Land, si votre capitaine va plus loin...

— Eh bien ?

— Ce sera un maître homme.

— Pourquoi, Ned ?

— Parce que personne ne peut franchir la banquise. Il est puissant, votre capitaine ; mais, mille diables ! il n'est pas plus puissant que la nature, et là où elle a mis des bornes, il faut que l'on s'arrête bon gré mal gré.

— En effet, Ned Land, et cependant j'aurais voulu savoir ce qu'il y a derrière cette banquise ! Un mur, voilà ce qui m'irrite le plus !

— Monsieur a raison, dit Conseil. Les murs n'ont été inventés que pour agacer les savants. Il ne devrait y avoir de murs nulle part.

— Bon ! fit le Canadien. Derrière cette banquise, on sait bien ce qui se trouve.

— Quoi donc ? demandai-je.

— De la glace, et toujours de la glace !

— Vous êtes certain de ce fait, Ned, répliquai-je, mais

moi je ne le suis pas. Voilà pourquoi je voudrais aller voir.

— Eh bien ! monsieur le professeur, répondit le Canadien, renoncez à cette idée. Vous êtes arrivé à la banquise, ce qui est déjà suffisant, et vous n'irez pas plus loin, ni votre capitaine Nemo, ni son *Nautilus*. Et qu'il le veuille ou non, nous reviendrons vers le nord, c'est-à-dire au pays des honnêtes gens. »

Je dois convenir que Ned Land avait raison, et tant que les navires ne seront pas faits pour naviguer sur les champs de glace, ils devront s'arrêter devant la banquise.

En effet, malgré ses efforts, malgré les moyens puissants employés pour disjoindre les glaces, le *Nautilus* fut réduit à l'immobilité. Ordinairement, qui ne peut aller plus loin en est quitte pour revenir sur ses pas. Mais ici, revenir était aussi impossible qu'avancer, car les passes s'étaient refermées derrière nous, et pour peu que notre appareil demeurât stationnaire, il ne tarderait pas à être bloqué. Ce fut même ce qui arriva vers deux heures du soir, et la jeune glace se forma sur ses flancs avec une étonnante rapidité. Je dus avouer que la conduite du capitaine Nemo était plus qu'imprudente.

J'étais en ce moment sur la plate-forme. Le capitaine, qui observait la situation depuis quelques instants, me dit :

« Eh bien ! monsieur le professeur, qu'en pensez-vous ?

— Je pense que nous sommes pris, capitaine.

— Pris ! Et comment l'entendez-vous ?

— J'entends que nous ne pouvons aller ni en avant ni en arrière, ni d'aucun côté. C'est, je crois, ce qui s'appelle "pris", du moins sur les continents habités.

— Ainsi, monsieur Aronnax, vous pensez que le *Nautilus* ne pourra pas se dégager ?

— Difficilement, capitaine, car la saison est déjà trop avancée pour que vous comptiez sur une débâcle des glaces.

— Ah ! monsieur le professeur, répondit le capitaine Nemo d'un ton ironique, vous serez toujours le

Le *Nautilus* fut bloqué. (Page 469.)

même ! Vous ne voyez qu'empêchements et obstacles ! Moi, je vous affirme que non seulement le *Nautilus* se dégagera, mais qu'il ira plus loin encore !

— Plus loin au sud ? demandai-je en regardant le capitaine.

— Oui, monsieur, il ira au pôle.

— Au pôle ! m'écriai-je, ne pouvant retenir un mouvement d'incrédulité.

— Oui ! répondit froidement le capitaine, au pôle antarctique, à ce point inconnu où se croisent tous les méridiens du globe. Vous savez si je fais du *Nautilus* ce que je veux. »

Oui ! je le savais. Je savais cet homme audacieux jusqu'à la témérité ! Mais vaincre ces obstacles qui hérissent le pôle Sud, plus inaccessible que ce pôle Nord non encore atteint par les plus hardis navigateurs, n'était-ce pas une entreprise absolument insensée, et que, seul, l'esprit d'un fou pouvait concevoir !

Il me vint alors à l'idée de demander au capitaine Nemo s'il avait déjà découvert ce pôle que n'avait jamais foulé le pied d'une créature humaine.

« Non, monsieur, me répondit-il, et nous le découvrirons ensemble. Là où d'autres ont échoué, je n'échouerai pas. Jamais je n'ai promené mon *Nautilus* aussi loin sur les mers australes ; mais, je vous le répète, il ira plus loin encore.

— Je veux vous croire, capitaine, repris-je d'un ton un peu ironique. Je vous crois ! Allons en avant ! Il n'y a pas d'obstacles pour nous ! Brisons cette banquise ! Faisons-la sauter, et si elle résiste, donnons des ailes au *Nautilus*, afin qu'il puisse passer par-dessus !

— Par-dessus ? monsieur le professeur, répondit tranquillement le capitaine Nemo. Non point par-dessus, mais par-dessous.

— Par-dessous ! » m'écriai-je.

Une subite révélation des projets du capitaine venait d'illuminer mon esprit. J'avais compris. Les merveilleuses qualités du *Nautilus* allaient le servir encore dans cette surhumaine entreprise !

« Je vois que nous commençons à nous entendre, monsieur le professeur, me dit le capitaine, souriant à demi. Vous entrevoyez déjà la possibilité — moi, je dirai le succès — de cette tentative. Ce qui est impraticable avec un navire ordinaire devient facile au *Nautilus*. Si un continent émerge au pôle, il s'arrêtera devant ce continent. Mais si, au contraire, c'est la mer libre qui le baigne, il ira au pôle même !

— En effet, dis-je, entraîné par le raisonnement du capitaine, si la surface de la mer est solidifiée par les glaces, ses couches inférieures sont libres, par cette raison providentielle qui a placé à un degré supérieur à celui de la congélation le maximum de densité de l'eau de mer. Et, si je ne me trompe, la partie immergée de cette banquise est à la partie émergeante comme quatre est à un ?

— À peu près, monsieur le professeur. Pour un pied que les icebergs ont au-dessus de la mer, ils en ont trois au-dessous. Or, puisque ces montagnes de glace ne dépassent pas une hauteur de cent mètres, elles ne s'enfoncent que de trois cents. Or, qu'est-ce que trois cents mètres pour le *Nautilus* ?

— Rien, monsieur.

— Il pourra même aller chercher à une profondeur plus grande cette température uniforme des eaux marines, et là nous braverons impunément les trente ou quarante degrés de froid de la surface.

— Juste, monsieur, très juste, répondis-je en m'animant.

— La seule difficulté, reprit le capitaine Nemo, sera de rester plusieurs jours immergés sans renouveler notre provision d'air.

— N'est-ce que cela ? répliquai-je. Le *Nautilus* a de vastes réservoirs, nous les remplirons, et ils nous fourniront tout l'oxygène dont nous aurons besoin.

— Bien imaginé, monsieur Aronnax, répondit en souriant le capitaine. Mais ne voulant pas que vous puissiez m'accuser de témérité, je vous soumets d'avance toutes mes objections.

— En avez-vous encore ?

— Une seule. Il est possible, si la mer existe au pôle Sud, que cette mer soit entièrement prise, et, par conséquent, que nous ne puissions revenir à sa surface !

— Bon, monsieur, oubliez-vous que le *Nautilus* est armé d'un redoutable éperon, et ne pourrons-nous le lancer diagonalement contre ces champs de glace, qui s'ouvriront au choc ?

— Eh ! monsieur le professeur, vous avez des idées aujourd'hui !

— D'ailleurs, capitaine, ajoutai-je en m'enthousiasmant de plus belle, pourquoi ne rencontrerait-on pas la mer libre au pôle Sud comme au pôle Nord ? Les pôles du froid et les pôles de la terre ne se confondent ni dans l'hémisphère austral ni dans l'hémisphère boréal, et, jusqu'à preuve contraire, on doit supposer ou un continent ou un océan dégagé de glaces à ces deux points du sol.

— Je le crois aussi, monsieur Aronnax, répondit le capitaine Nemo. Je vous ferai seulement observer qu'après avoir émis tant d'objections contre mon projet, maintenant vous m'écrasez d'arguments en sa faveur. »

Le capitaine Nemo disait vrai. J'en étais arrivé à le vaincre en audace ! C'était moi qui l'entraînais au pôle ! Je le devançais, je le distançais... Mais non ! pauvre fou. Le capitaine Nemo savait mieux que toi le pour et le contre de la question, et il s'amusait à te voir emporté dans les rêveries de l'impossible !

Cependant, il n'avait pas perdu un instant. À un signal le second parut. Ces deux hommes s'entretinrent rapidement dans leur incompréhensible langage, et soit que le second eût été antérieurement prévenu, soit qu'il trouvât le projet praticable, il ne laissa voir aucune surprise.

Mais si impassible qu'il fût il ne montra pas une plus complète impassibilité que Conseil, lorsque j'annonçai à ce digne garçon notre intention de pousser jusqu'au pôle Sud. Un « comme il plaira à monsieur » accueillit ma communication, et je dus m'en contenter. Quant à Ned Land, si jamais épaules se levèrent haut, ce furent celles du Canadien.

« Voyez-vous, monsieur, me dit-il, vous et votre capitaine Nemo, vous me faites pitié !

— Mais nous irons au pôle, maître Ned.

— Possible, mais vous n'en reviendrez pas ! »

Et Ned Land rentra dans sa cabine, « pour ne pas faire un malheur », dit-il en me quittant.

Cependant, les préparatifs de cette audacieuse tentative venaient de commencer. Les puissantes pompes du *Nautilus* refoulaient l'air dans les réservoirs et l'emmagasinaient à une haute pression. Vers quatre heures, le capitaine Nemo m'annonça que les panneaux de la plate-forme allaient être fermés. Je jetai un dernier regard sur l'épaisse banquise que nous allions franchir. Le temps était clair, l'atmosphère assez pure, le froid très vif, douze degrés au-dessous de zéro ; mais le vent s'étant calmé, cette température ne semblait pas trop insupportable.

Une dizaine d'hommes montèrent sur les flancs du *Nautilus* et, armés de pics, ils cassèrent la glace autour de la carène qui fut bientôt dégagée. Opération rapidement pratiquée, car la jeune glace était mince encore. Tous nous rentrâmes à l'intérieur. Les réservoirs habituels se remplirent de cette eau tenue libre à la flottaison. Le *Nautilus* ne tarda pas à descendre.

J'avais pris place au salon avec Conseil. Par la vitre ouverte, nous regardions les couches inférieures de l'Océan austral. Le thermomètre remontait. L'aiguille du manomètre déviait sur le cadran.

À trois cents mètres environ, ainsi que l'avait prévu le capitaine Nemo, nous flottions sous la surface ondulée de la banquise. Mais le *Nautilus* s'immergea plus bas encore. Il atteignit une profondeur de huit cents mètres. La température de l'eau, qui donnait douze degrés à la surface, n'en accusait plus que onze. Deux degrés étaient déjà gagnés. Il va sans dire que la température du *Nautilus*, élevée par ses appareils de chauffage, se maintenait à un degré très supérieur. Toutes les manœuvres s'accomplissaient avec une extraordinaire précision.

« On passera, n'en déplaise à monsieur, me dit Conseil.

« — J'y compte bien ! » répondis-je avec le ton d'une profonde conviction.

Sous cette mer libre, le *Nautilus* avait pris directement le chemin du pôle, sans s'écarter du cinquante-deuxième méridien. De 67° 30' à 90°, vingt-deux degrés et demi en latitude restaient à parcourir, c'est-à-dire un peu plus de cinq cents lieues. Le *Nautilus* prit une vitesse moyenne de vingt-six milles à l'heure, la vitesse d'un train express. S'il la conservait, quarante heures lui suffisaient pour atteindre le pôle.

Pendant une partie de la nuit, la nouveauté de la situation nous retint, Conseil et moi, à la vitre du salon. La mer s'illuminait sous l'irradiation électrique du fanal. Mais elle était déserte. Les poissons ne séjournaient pas dans les eaux prisonnières. Ils ne trouvaient là qu'un passage pour aller de l'océan Antarctique à la mer libre du pôle. Notre marche était rapide. On la sentait telle aux tressaillements de la longue coque d'acier.

Vers deux heures du matin, j'allai prendre quelques heures de repos. Conseil m'imita. En traversant les coursives, je ne rencontrai point le capitaine Nemo. Je supposai qu'il se tenait dans la cage du timonier.

Le lendemain 19 mars, à cinq heures du matin, je repris mon poste dans le salon. Le loch électrique m'indiqua que la vitesse du *Nautilus* avait été modérée. Il remontait alors vers la surface, mais prudemment, en vidant lentement ses réservoirs.

Mon cœur battait. Allions-nous émerger et retrouver l'atmosphère libre du pôle ?

Non. Un choc m'apprit que le *Nautilus* avait heurté la surface inférieure de la banquise, très épaisse encore, à en juger par la matité du bruit. En effet, nous avions « touché », pour employer l'expression marine, mais en sens inverse et par mille pieds de profondeur. Ce qui donnait deux mille pieds de glace au-dessus de nous, dont mille émergeaient. La banquise présentait alors une hauteur supérieure à celle que nous avions relevée sur ses bords. Circonstance peu rassurante.

Pendant cette journée, le *Nautilus* recommença plusieurs fois cette même expérience, et toujours il vint se heurter contre la muraille qui plafonnait au-dessus de lui. À de certains instants, il la rencontra par neuf cents mètres, ce qui accusait douze cents mètres d'épaisseur dont deux cents mètres s'élevaient au-dessus de la surface de l'océan. C'était le double de sa hauteur au moment où le *Nautilus* s'était enfoncé sous les flots.

Je notai soigneusement ces diverses profondeurs, et j'obtins ainsi le profil sous-marin de cette chaîne qui se développait sous les eaux.

Le soir, aucun changement n'était survenu dans notre situation. Toujours la glace entre quatre cents et cinq cents mètres de profondeur. Diminution évidente, mais quelle épaisseur encore entre nous et la surface de l'océan !

Il était huit heures alors. Depuis quatre heures déjà, l'air aurait dû être renouvelé à l'intérieur du *Nautilus*, suivant l'habitude quotidienne du bord. Cependant, je ne souffrais pas trop, bien que le capitaine Nemo n'eût pas encore demandé à ses réservoirs un supplément d'oxygène.

Mon sommeil fut pénible pendant cette nuit. Espoir et crainte m'assiégeaient tour à tour. Je me relevai plusieurs fois. Les tâtonnements du *Nautilus* continuaient. Vers trois heures du matin, j'observai que la surface inférieure de la banquise se rencontrait seulement par cinquante mètres de profondeur. Cent cinquante pieds nous sépararaient alors de la surface des eaux. La banquise redevenait peu à peu ice-field. La montagne se refaisait la plaine.

Mes yeux ne quittaient plus le manomètre. Nous remontions toujours en suivant, par une diagonale, la surface resplendissante qui étincelait sous les rayons électriques. La banquise s'abaissait en dessus et en dessous par des rampes allongées. Elle s'amincissait de mille en mille.

Enfin, à six heures du matin, ce jour mémorable du 19 mars, la porte du salon s'ouvrit. Le capitaine Nemo parut.

« La mer libre ! » me dit-il.

Le capitaine Nemo parut. (Page 476.)

XIV

LE PÔLE SUD

Je me précipitai vers la plate-forme. Oui ! La mer libre. À peine quelques glaçons épars, des icebergs mobiles ; au loin une mer étendue ; un monde d'oiseaux dans les airs, et des myriades de poissons sous ces eaux qui, suivant les fonds, variaient du bleu intense au vert olive. Le thermomètre marquait trois degrés centigrades au-dessus de zéro. C'était comme un printemps relatif enfermé derrière cette banquise, dont les masses éloignées se profilaient sur l'horizon du nord.

« Sommes-nous au pôle ? demandai-je au capitaine, le cœur palpitant.

— Je l'ignore, me répondit-il. À midi nous ferons le point.

— Mais le soleil se montrera-t-il à travers ces brumes ? dis-je en regardant le ciel grisâtre.

— Si peu qu'il paraisse, il me suffira », répondit le capitaine.

À dix milles du *Nautilus*, vers le sud, un îlot solitaire s'élevait à une hauteur de deux cents mètres. Nous marchions vers lui, mais prudemment, car cette mer pouvait être semée d'écueils.

Une heure après, nous avions atteint l'îlot. Deux heures plus tard, nous achevions d'en faire le tour. Il mesurait quatre à cinq milles de circonférence. Un étroit canal le séparait d'une terre considérable, un continent peut-être, dont nous ne pouvions apercevoir les limites. L'existence de cette terre semblait donner raison aux hypothèses de Maury. L'ingénieux Américain a remarqué, en effet, qu'entre le pôle Sud et le soixantième parallèle, la mer est couverte de glaces flottantes, de dimensions énormes, qui ne se rencontrent jamais dans l'Atlantique nord. De ce fait, il a tiré cette conclusion que le cercle antarctique renferme des terres considérables, puisque les icebergs ne peuvent se former en pleine mer, mais seulement sur des côtes. Suivant ses calculs, la masse des glaces qui enveloppent le pôle austral forme une vaste calotte dont la largeur doit atteindre quatre mille kilomètres.

Cependant, le *Nautilus*, par crainte d'échouer, s'était arrêté à trois encablures d'une grève que dominait un superbe amoncellement de roches. Le canot fut lancé à la mer. Le capitaine, deux de ses hommes portant les instruments, Conseil et moi, nous nous y embarquâmes. Il était dix heures du matin. Je n'avais pas vu Ned Land. Le Canadien, sans doute, ne voulait pas se désavouer en présence du pôle Sud.

Quelques coups d'aviron amenèrent le canot sur le sable, où il s'échoua. Au moment où Conseil allait sauter à terre, je le retins.

« Monsieur, dis-je au capitaine Nemo, à vous l'honneur de mettre pied le premier sur cette terre.

— Oui, monsieur, répondit le capitaine, et si je n'hésite pas à fouler ce sol du pôle, c'est que, jusqu'ici, aucun être humain n'y a laissé la trace de ses pas. »

Cela dit, il sauta légèrement sur le sable. Une vive émotion lui faisait battre le cœur. Il gravit un roc qui terminait en surplomb un petit promontoire, et là, les bras croisés, le regard ardent, immobile, muet, il sembla prendre possession de ces régions australes. Après cinq minutes passées dans cette extase, il se retourna vers nous.

« Quand vous voudrez, monsieur », me cria-t-il.

Je débarquai, suivi de Conseil, laissant les deux hommes dans le canot.

Le sol sur un long espace présentait un tuf de couleur rougeâtre, comme s'il eût été fait de brique pilée. Des scories, des coulées de lave, des pierres ponces le recouvraient. On ne pouvait méconnaître son origine volcanique. En de certains endroits, quelques légères fumerolles, dégageant une odeur sulfureuse, attestaient que les feux intérieurs conservaient encore leur puissance expansive. Cependant, ayant gravi un haut escarpement,

Le capitaine Nemo gravit un roc. (Page 479.)

je ne vis aucun volcan dans un rayon de plusieurs milles. On sait que dans ces contrées antarctiques, James Ross a trouvé les cratères de l'Erébus et du Terror en pleine activité sur le cent soixante-septième méridien et par 77° 32' de latitude.

La végétation de ce continent désolé me parut extrêmement restreinte. Quelques lichens de l'espèce *Usnea melanoxantha* s'étalaient sur les roches noires. Certaines plantules microscopiques, des diatomées rudimentaires, sortes de cellules disposées entre deux coquilles quartzeuses, de longs fucus pourpres et cramoisis, supportés sur de petites vessies natatoires et que le ressac jetait à la côte, composaient toute la maigre flore de cette région.

Le rivage était parsemé de mollusques, de petites moules, de patelles, de bucardes lisses, en forme de cœurs, et particulièrement de clios au corps oblong et membraneux, dont la tête est formée de deux lobes arrondis. Je vis aussi des myriades de ces clios boréales, longues de trois centimètres, dont la baleine avale un monde à chaque bouchée. Ces charmants ptéropodes, véritables papillons de la mer, animaient les eaux libres sur la lisière du rivage.

Entre autres zoophytes apparaissaient dans les hauts-fonds quelques arborescences coralligènes, de celles qui, suivant James Ross, vivent dans les mers antarctiques jusqu'à mille mètres de profondeur ; puis, de petits alcyons appartenant à l'espèce *Procellaria pelagica*, ainsi qu'un grand nombre d'astéries particulières à ces climats, et d'étoiles de mer qui constellaient le sol.

Mais où la vie surabondait, c'était dans les airs. Là volaient et voletaient par milliers des oiseaux d'espèces variées, qui nous assourdissaient de leurs cris. D'autres encombraient les roches, nous regardant passer sans crainte et se pressant familièrement sous nos pas. C'étaient des pingouins aussi agiles et souples dans l'eau, où on les a confondus parfois avec de rapides bonites, qu'ils sont gauches et lourds sur terre. Ils poussaient des

Des milliers d'oiseaux. (Page 481.)

cris baroques et formaient des assemblées nombreuses, sobres de gestes, mais prodigues de clameurs.

Parmi les oiseaux, je remarquai des chionis, de la famille des échassiers, gros comme des pigeons, blancs de couleur, le bec court et conique, l'œil encadré d'un cercle rouge. Conseil en fit provision, car ces volatiles, convenablement préparés, forment un mets agréable. Dans les airs passaient des albatros fuligineux d'une envergure de quatre mètres, justement appelés les vautours de l'océan, des pétrels gigantesques, entre autres des *quebrante-huesos*, aux ailes arquées, qui sont grands mangeurs de phoques, des damiers, sortes de petits canards dont le dessus du corps est noir et blanc, enfin toute une série de pétrels, les uns blanchâtres, aux ailes bordées de brun, les autres bleus et spéciaux aux mers antarctiques, ceux-là « si huileux, dis-je à Conseil, que les habitants des îles Féroë se contentent d'y adapter une mèche avant de les allumer ».

« Un peu plus, répondit Conseil, ce seraient des lampes parfaites ! Après ça, on ne peut exiger que la nature les ait préalablement munis d'une mèche ! »

Après un demi-mille, le sol se montra tout criblé de nids de manchots, sortes de terriers disposés pour la ponte, et dont s'échappaient de nombreux oiseaux. Le capitaine Nemo en fit chasser plus tard quelques centaines, car leur chair noire est très mangeable. Ils poussaient des braiments d'âne. Ces animaux, de la taille d'une oie, ardoisés sur le corps, blancs en dessous et cravatés d'un liséré citron, se laissaient tuer à coups de pierre sans chercher à s'enfuir.

Cependant, la brume ne se levait pas, et, à onze heures, le soleil n'avait point encore paru. Son absence ne laissait pas de m'inquiéter. Sans lui, pas d'observations possibles. Comment déterminer alors si nous avions atteint le pôle ?

Lorsque je rejoignis le capitaine Nemo, je le trouvai silencieusement accoudé sur un morceau de roc et regardant le ciel. Il paraissait impatient, contrarié. Mais qu'y faire ? Cet homme audacieux et puissant ne commandait pas au soleil comme à la mer.

Midi arriva sans que l'astre du jour se fût montré un seul instant. On ne pouvait même reconnaître la place qu'il occupait derrière le rideau de brume. Bientôt cette brume vint à se résoudre en neige.

« À demain », me dit simplement le capitaine, et nous regagnâmes le *Nautilus* au milieu des tourbillons de l'atmosphère.

Pendant notre absence, les filets avaient été tendus, et j'observai avec intérêt les poissons que l'on venait de haler à bord. Les mers antarctiques servent de refuge à un très grand nombre de migrateurs qui fuient les tempêtes des zones moins élevées pour tomber, il est vrai, sous la dent des marsouins et des phoques. Je notai quelques cottes australs, longs d'un décimètre, espèce de cartilagineux blanchâtres traversés de bandes livides et armés d'aiguillons, puis des chimères antarctiques, longues de trois pieds, le corps très allongé, la peau blanche, argentée et lisse, la tête arrondie, le dos muni de trois nageoires, le museau terminé par une trompe qui se recourbe vers la bouche. Je goûtai leur chair, mais je la trouvai insipide, malgré l'opinion de Conseil qui s'en accommoda fort.

La tempête de neige dura jusqu'au lendemain. Il était impossible de se tenir sur la plate-forme. Du salon où je notais les incidents de cette excursion au continent polaire, j'entendais les cris des pétrels et des albatros qui se jouaient au milieu de la tourmente. Le *Nautilus* ne resta pas immobile, et, prolongeant la côte, il s'avança encore d'une dizaine de milles au sud, au milieu de cette demi-clarté que laissait le soleil en rasant les bords de l'horizon.

Le lendemain 20 mars, la neige avait cessé. Le froid était un peu plus vif. Le thermomètre marquait deux degrés au-dessous de zéro. Les brouillards se levèrent, et j'espérai que, ce jour-là, notre observation pourrait s'effectuer.

Le capitaine Nemo n'ayant pas encore paru, le canot nous prit, Conseil et moi, et nous mit à terre. La nature du sol était la même, volcanique. Partout des traces de laves, de scories, de basaltes, sans que j'aperçusse le cratère qui les avait vomis. Ici comme là-bas, des myriades d'oiseaux animaient cette partie du continent polaire. Mais cet empire, ils le partageaient alors avec de vastes troupeaux de mammifères marins qui nous regardaient de leurs doux yeux. C'étaient des phoques d'espèces diverses, les uns étendus sur le sol, les autres couchés sur des glaçons en dérive, plusieurs sortant de la mer ou y rentrant. Ils ne se sauvaient pas à notre approche, n'ayant jamais eu affaire à l'homme, et j'en comptais là de quoi approvisionner quelques centaines de navires.

« Ma foi, dit Conseil, il est heureux que Ned Land ne nous ait pas accompagnés !

— Pourquoi cela, Conseil ?

— Parce que l'enragé chasseur aurait tout tué.

— Tout, c'est beaucoup dire, mais je crois, en effet, que nous n'aurions pu empêcher notre ami le Canadien de harponner quelques-uns de ces magnifiques cétacés. Ce qui eût désobligé le capitaine Nemo, car il ne verse pas inutilement le sang des bêtes inoffensives.

— Il a raison.

— Certainement, Conseil. Mais, dis-moi, n'as-tu pas déjà classé ces superbes échantillons de la faune marine ?

— Monsieur sait bien, répondit Conseil, que je ne suis pas très ferré sur la pratique. Quand monsieur m'aura appris le nom de ces animaux...

— Ce sont des phoques et des morses.

— Deux genres, qui appartiennent à la famille des pinnipèdes, se hâta de dire mon savant Conseil, ordre des carnassiers, groupe des onguiculés, sous-classe des monodelphiens, classe des mammifères, embranchement des vertébrés.

— Bien, Conseil, répondis-je, mais ces deux genres, phoques et morses, se divisent en espèces, et si je ne me trompe, nous aurons ici l'occasion de les observer. Marchons. »

Il était huit heures du matin. Quatre heures nous restaient à employer jusqu'au moment où le soleil pourrait être utilement observé. Je dirigeai nos pas vers une vaste baie qui s'échancrait dans la falaise granitique du rivage.

Là, je puis dire qu'à perte de vue autour de nous, les terres et les glaçons étaient encombrés de mammifères marins, et je cherchais involontairement du regard le vieux Protée, le mythologique pasteur qui gardait ces immenses troupeaux de Neptune. C'étaient particulièrement des phoques. Ils formaient des groupes distincts, mâles et femelles, le père veillant sur sa famille, la mère allaitant ses petits, quelques jeunes, déjà forts, s'émancipant à quelques pas. Lorsque ces mammifères voulaient se déplacer, ils allaient par petits sauts dus à la contraction de leur corps, et ils s'aidaient assez gauchement de leur imparfaite nageoire, qui, chez le lamantin, leur congénère, forme un véritable avant-bras. Je dois dire que, dans l'eau, leur élément par excellence, ces animaux à l'épine dorsale mobile, au bassin étroit, au poil ras et serré, aux pieds palmés, nagent admirablement. Au repos et sur terre, ils prenaient des attitudes extrêmement gracieuses. Aussi, les Anciens, observant leur physionomie douce, leur regard expressif que ne saurait surpasser le plus beau regard de femme, leurs yeux veloutés et limpides, leurs poses charmantes, et les poétisant à leur manière, métamorphosèrent-ils les mâles en tritons, et les femelles en sirènes.

Je fis remarquer à Conseil le développement considérable des lobes cérébraux chez ces intelligents cétacés. Aucun mammifère, l'homme excepté, n'a la matière cérébrale plus riche. Aussi, les phoques sont-ils susceptibles de recevoir une certaine éducation ; ils se domestiquent aisément, et je pense, avec certains naturalistes, que, convenablement dressés, ils pourraient rendre de grands services comme chiens de pêche.

La plupart de ces phoques dormaient sur les rochers ou sur le sable. Parmi ces phoques proprement dits qui n'ont point d'oreilles externes — différant en cela des otaries dont l'oreille est saillante —, j'observai plusieurs variétés de sténorhynques, longs de trois mètres, blancs de poils, à têtes de bull-dogs, armés de dix dents à chaque mâchoire, quatre incisives en haut et en bas et deux grandes canines découpées en forme de fleur de lis. Entre eux se glissaient des éléphants marins, sortes de phoques à trompe courte et mobile, les géants de l'espèce, qui sur une circonférence de vingt pieds mesuraient une longueur de dix mètres. Ils ne faisaient aucun mouvement à notre approche.

« Ce ne sont pas des animaux dangereux ? me demanda Conseil.

— Non, répondis-je, à moins qu'on ne les attaque. Lorsqu'un phoque défend son petit, sa fureur est terrible, et il n'est pas rare qu'il mette en pièces l'embarcation des pêcheurs.

— Il est dans son droit, répliqua Conseil.

— Je ne dis pas non. »

Deux milles plus loin, nous étions arrêtés par le promontoire qui couvrait la baie contre les vents du sud. Il tombait d'aplomb à la mer et écumait sous le ressac. Au-delà éclataient de formidables rugissements, tels qu'un troupeau de ruminants en eût pu produire.

« Bon, fit Conseil, un concert de taureaux ?

— Non, dis-je, un concert de morses.

— Ils se battent ?

— Ils se battent ou ils jouent.

— N'en déplaise à monsieur, il faut voir cela.

— Il faut le voir, Conseil. »

Et nous voilà franchissant les roches noirâtres, au milieu d'éboulements imprévus, et sur des pierres que la glace rendait fort glissantes. Plus d'une fois, je roulai au détriment de mes reins. Conseil, plus prudent ou plus solide, ne bronchait guère, et me relevait, disant :

« Si monsieur voulait avoir la bonté d'écarter les jambes, monsieur conserverait mieux son équilibre. »

Arrivé à l'arête supérieure du promontoire, j'aperçus une vaste plaine blanche, couverte de morses. Ces animaux jouaient entre eux. C'étaient des hurlements de joie, non de colère.

Les morses ressemblent aux phoques par la forme de leur corps et par la disposition de leurs membres. Mais les canines et les incisives manquent à leur mâchoire inférieure, et quant aux canines supérieures, ce sont deux défenses longues de quatre-vingts centimètres qui en mesurent trente-trois à la circonférence de leur alvéole. Ces dents, faites d'un ivoire compact et sans stries, plus dur que celui des éléphants, et moins prompt à jaunir, sont très recherchées. Aussi les morses sont-ils en butte à une chasse inconsidérée qui les détruira bientôt jusqu'au dernier, puisque les chasseurs, massacrant indistinctement les femelles pleines et les jeunes, en détruisent chaque année plus de quatre mille.

En passant auprès de ces curieux animaux, je pus les examiner à loisir, car ils ne se dérangeaient pas. Leur peau était épaisse et rugueuse, d'un ton fauve tirant sur le roux, leur pelage court et peu fourni. Quelques-uns avaient une longueur de quatre mètres. Plus tranquilles et moins craintifs que leurs congénères du nord, ils ne confiaient point à des sentinelles choisies le soin de surveiller les abords de leur campement.

Après avoir examiné cette cité des morses, je songeai à revenir sur mes pas. Il était onze heures, et si le capitaine Nemo se trouvait dans des conditions favorables pour observer, je voulais être présent à son opération. Cependant, je n'espérais pas que le soleil se montrât ce jour-là. Des nuages écrasés sur l'horizon le dérobaient à nos yeux. Il semblait que cet astre jaloux ne voulût pas révéler à des êtres humains ce point inabordable du globe.

Cependant, je songeai à revenir vers le *Nautilus*. Nous suivîmes un étroit raidillon qui courait sur le sommet de la falaise. À onze heures et demie, nous étions arrivés au point de débarquement. Le canot échoué avait déposé le capitaine à terre. Je l'aperçus debout sur un bloc de basalte. Ses instruments étaient près de lui. Son regard se fixait sur l'horizon du nord, près duquel le soleil décrivait alors sa courbe allongée.

Je pris place auprès de lui et j'attendis sans parler. Midi arriva, et, ainsi que la veille, le soleil ne se montra pas.

C'était une fatalité. L'observation manquait encore. Si demain elle ne s'accomplissait pas, il faudrait renoncer définitivement à relever notre situation.

En effet, nous étions précisément au 20 mars. Demain,

21, jour de l'équinoxe, réfraction non comptée, le soleil disparaîtrait sous l'horizon pour six mois, et avec sa disparition commencerait la longue nuit polaire. Depuis l'équinoxe de septembre, il avait émergé de l'horizon septentrional, s'élevant par des spirales allongées jusqu'au 21 décembre. À cette époque, solstice d'été de ces contrées boréales, il avait commencé à redescendre, et le lendemain il devait leur lancer ses derniers rayons.

Je communiquai mes observations et mes craintes au capitaine Nemo.

« Vous avez raison, monsieur Aronnax, me dit-il, si demain je n'obtiens la hauteur du soleil, je ne pourrai avant six mois reprendre cette opération. Mais aussi, précisément parce que les hasards de ma navigation m'ont amené, le 21 mars, dans ces mers, mon point sera facile à relever, si, à midi, le soleil se montre à nos yeux.

— Pourquoi, capitaine ?

— Parce que, lorsque l'astre du jour décrit des spirales si allongées, il est difficile de mesurer exactement sa hauteur au-dessus de l'horizon, et les instruments sont exposés à commettre de graves erreurs.

— Comment procéderez-vous donc ?

— Je n'emploierai que mon chronomètre, me répondit le capitaine Nemo. Si demain, 21 mars, à midi, le disque du soleil, en tenant compte de la réfraction, est coupé exactement par l'horizon du nord, c'est que je suis au pôle Sud.

— En effet, dis-je. Pourtant, cette affirmation n'est pas mathématiquement rigoureuse, parce que l'équinoxe ne tombe pas nécessairement à midi.

— Sans doute, monsieur, mais l'erreur ne sera pas de cent mètres, et il ne nous en faut pas davantage. À demain donc. »

Le capitaine Nemo retourna à bord. Conseil et moi, nous restâmes jusqu'à cinq heures à arpenter la plage, observant et étudiant. Je ne récoltai aucun objet curieux, si ce n'est un œuf de pingouin, remarquable par sa grosseur, et qu'un amateur eût payé plus de mille francs. Sa couleur isabelle, les raies et les caractères qui l'ornaient comme autant d'hiéroglyphes, en faisaient un bibelot rare. Je le remis entre les mains de Conseil, et le prudent garçon, au pied sûr, le tenant comme une précieuse porcelaine de Chine, le rapporta intact au *Nautilus*.

Là je déposai cet œuf rare sous une des vitrines du musée. Je soupai avec appétit d'un excellent morceau de foie de phoque dont le goût rappelait celui de la viande de porc. Puis je me couchai, non sans avoir invoqué, comme un Indou, les faveurs de l'astre radieux.

Le lendemain, 21 mars, dès cinq heures du matin, je montai sur la plate-forme. J'y trouvai le capitaine Nemo.

« Le temps se dégage un peu, me dit-il. J'ai bon espoir. Après déjeuner, nous nous rendrons à terre pour choisir un poste d'observation. »

Ce point convenu, j'allai trouver Ned Land. J'aurais voulu l'emmener avec moi. L'obstiné Canadien refusa, et je vis bien que sa taciturnité comme sa fâcheuse humeur s'accroissaient de jour en jour. Après tout, je ne regrettai pas son entêtement dans cette circonstance. Véritablement, il y avait trop de phoques à terre, et il ne fallait pas soumettre ce pêcheur irréfléchi à cette tentation.

Le déjeuner terminé, je me rendis à terre. Le *Nautilus* s'était encore élevé de quelques milles pendant la nuit. Il était au large, à une grande lieue d'une côte, que dominait un pic aigu de quatre à cinq cents mètres. Le canot portait avec moi le capitaine Nemo, deux hommes de l'équipage, et les instruments, c'est-à-dire un chronomètre, une lunette et un baromètre.

Pendant notre traversée, je vis de nombreuses baleines qui appartenaient aux trois espèces particulières aux mers australes, la baleine franche ou « right-whale » des Anglais, qui n'a pas de nageoire dorsale, le humpback, baleinoptère à ventre plissé, aux vastes nageoires blanchâtres, qui malgré son nom, ne forment pourtant pas des ailes, et le fin-back, brun jaunâtre, le plus vif des cétacés. Ce puissant animal se fait entendre de loin, lorsqu'il projette à une grande hauteur ses colonnes d'air et de vapeur, qui ressemblent à des tourbillons de fumée. Ces différents mammifères s'ébattaient par troupes dans les eaux tranquilles, et je vis bien que ce bassin du pôle antarctique servait maintenant de refuge aux cétacés trop vivement traqués par les chasseurs.

Je remarquai également de longs cordons blanchâtres de salpes, sortes de mollusques agrégés, et des méduses de grande taille qui se balançaient entre le remous des lames.

À neuf heures, nous accostions la terre. Le ciel s'éclaircissait. Les nuages fuyaient dans le sud. Les brumes abandonnaient la surface froide des eaux. Le capitaine Nemo se dirigea vers le pic dont il voulait sans doute faire son observatoire. Ce fut une ascension pénible sur des laves aiguës et des pierres ponces, au milieu d'une atmosphère souvent saturée par les émanations sulfureuses des fumerolles. Le capitaine, pour un homme déshabitué de fouler la terre, gravissait les pentes les plus raides avec une souplesse, une agilité que je ne pouvais égaler, et qu'eût enviée un chasseur d'isards.

Il nous fallut deux heures pour atteindre le sommet de ce pic moitié porphyre, moitié basalte. De là, nos regards embrassaient une vaste mer qui, vers le nord, traçait nettement sa ligne terminale sur le fond du ciel. À nos pieds, des champs éblouissants de blancheur. Sur notre tête, un pâle azur, dégagé de brumes. Au nord, le disque du soleil comme une boule de feu déjà écornée par le tranchant de l'horizon. Du sein des eaux s'élevaient en gerbes magnifiques des jets liquides par centaines. Au loin, le *Nautilus*, comme un cétacé endormi. Derrière nous, vers le sud et l'est, une terre immense, un amoncellement chaotique de rochers et de glaces dont on n'apercevait pas la limite.

Le capitaine Nemo, en arrivant au sommet du pic, releva soigneusement sa hauteur au moyen du baromètre, car il devait en tenir compte dans son observation.

À midi moins le quart, le soleil, vu alors par réfraction seulement, se montra comme un disque d'or et dispersa ses derniers rayons sur ce continent abandonné, à ces mers que l'homme n'a jamais sillonnées encore.

Le capitaine Nemo, muni d'une lunette à réticules, qui, au moyen d'un miroir, corrigeait la réfraction, observa

Ce fut une ascension pénible. (Page 491.)

l'astre qui s'enfonçait peu à peu au-dessous de l'horizon en suivant une diagonale très allongée. Je tenais le chronomètre. Mon cœur battait fort. Si la disparition du demi-disque du soleil coïncidait avec le midi du chronomètre, nous étions au pôle même.

« Midi ! m'écriai-je.

— Le pôle Sud ! » répondit le capitaine Nemo d'une voix grave, en me donnant la lunette qui montrait l'astre du jour précisément coupé en deux portions égales par l'horizon.

Je regardai les derniers rayons couronner le pic et les ombres monter peu à peu sur ses rampes.

En ce moment, le capitaine Nemo, appuyant sa main sur mon épaule, me dit :

« Monsieur, en 1600, le Hollandais Ghéritk, entraîné par les courants et les tempêtes, atteignit 64° de latitude sud et découvrit les New-Shetland. En 1773, le 17 janvier, l'illustre Cook, suivant le trente-huitième méridien, arriva par 67° 30' de latitude, et en 1774, le 30 janvier, sur le cent neuvième méridien, il atteignit 71° 15' de latitude. En 1819, le Russe Bellinghausen se trouva sur le soixante-neuvième parallèle, et, en 1821, sur le soixante-sixième par 111° de longitude ouest. En 1820, l'Anglais Brunsfield fut arrêté sur le soixante-cinquième degré. La même année, l'Américain Morrel, dont les récits sont douteux, remontant sur le quarante-deuxième méridien, découvrait la mer libre par 70° 14' de latitude. En 1825, l'Anglais Powell ne pouvait dépasser le soixante-deuxième degré. La même année, un simple pêcheur de phoques, l'Anglais Weddel, s'élevait jusqu'à 72° 14' de latitude sur le trente-cinquième méridien, et jusqu'à 74° 15' sur le trente-sixième. En 1829, l'Anglais Forster, commandant le *Chanticleer*, prenait possession du continent antarctique par 63° 26' de latitude et 66° 26' de longitude. En 1831, l'Anglais Biscoë, le 1er février, découvrait la terre d'Enderby par 68° 50' de latitude, en 1832, le 5 février, la terre d'Adélaïde par 67° de latitude, et le 21 février, la terre de Graham par 64° 45' de latitude. En 1838, le Français Dumont d'Urville, arrêté devant la banquise par 62° 57' de latitude, relevait la terre Louis-Philippe ; deux ans plus tard, dans une nouvelle pointe au sud, il nommait par 66° 30', le 21 janvier, la terre Adélie, et huit jours après, par 64° 40', la côte Clarie. En 1838, l'Anglais Wilkes s'avançait jusqu'au soixante-neuvième parallèle sur le centième méridien. En 1839, l'Anglais Balleny découvrait la terre Sabrina, sur la limite du cercle polaire. Enfin, en 1842, l'Anglais James Ross, montant l'*Erebus* et le *Terror*, le 12 janvier, par 76° 56' de latitude et 171° 7' de longitude est, trouvait la terre Victoria ; le 23 du même mois, il relevait le soixante-quatorzième parallèle, le plus haut point atteint jusqu'alors ; le 27, il était par 76° 8', le 28, par 77° 32', le 2 février, par 78° 4', et en 1842, il revenait au soixante et onzième degré qu'il ne put dépasser. Eh bien ! moi, capitaine Nemo, ce 21 mars 1868, j'ai atteint le pôle Sud sur le quatre-vingt-dixième degré, et je prends possession de cette partie du globe égale au sixième des continents reconnus.

— Au nom de qui, capitaine ?

— Au mien, monsieur ! »

Et, ce disant, le capitaine Nemo déploya un pavillon noir, portant un N d'or écartelé sur son étamine. Puis, se retournant vers l'astre du jour dont les derniers rayons léchaient l'horizon de la mer :

« Adieu, soleil ! s'écria-t-il. Disparais, astre radieux ! Couche-toi sous cette mer libre, et laisse une nuit de six mois étendre ses ombres sur mon nouveau domaine ! »

« Adieu, soleil ! » s'écria-t-il. (Page 494.)

XV

ACCIDENT OU INCIDENT ?

Le lendemain, 22 mars, à six heures du matin, les préparatifs de départ furent commencés. Les dernières lueurs du crépuscule se fondaient dans la nuit. Le froid était vif. Les constellations resplendissaient avec une surprenante intensité. Au zénith brillait cette admirable Croix du Sud, l'étoile polaire des régions antarctiques.

Le thermomètre marquait douze degrés au-dessous de zéro, et quand le vent fraîchissait, il causait de piquantes morsures. Les glaçons se multipliaient sur l'eau libre. La mer tendait à se prendre partout. De nombreuses plaques noirâtres, étalées à sa surface, annonçaient la prochaine formation de la jeune glace. Évidemment, le bassin austral, gelé pendant les six mois de l'hiver, était absolument inaccessible. Que devenaient les baleines pendant cette période ? Sans doute, elles allaient par-dessous la banquise chercher des mers plus praticables. Pour les phoques et les morses, habitués à vivre sous les plus durs climats, ils restaient sur ces parages glacés. Ces animaux ont l'instinct de creuser des trous dans les ice-fields et de les maintenir toujours ouverts. C'est à ces trous qu'ils viennent respirer ; quand les oiseaux, chassés par le froid, ont émigré vers le nord, ces mammifères marins demeurent les seuls maîtres du continent polaire.

Cependant, les réservoirs d'eau s'étaient remplis, et le *Nautilus* descendait lentement. À une profondeur de mille pieds, il s'arrêta. Son hélice battit les flots, et il s'avança droit au nord avec une vitesse de quinze milles à l'heure. Vers le soir, il flottait déjà sous l'immense carapace glacée de la banquise.

Les panneaux du salon avaient été fermés par prudence, car la coque du *Nautilus* pouvait se heurter à quelque bloc immergé. Aussi, je passai cette journée à mettre mes notes au net. Mon esprit était tout entier à ses souvenirs du pôle. Nous avions atteint ce point inaccessible sans fatigues, sans danger, comme si notre wagon flottant eût glissé sur les rails d'un chemin de fer. Et maintenant, le retour commençait véritablement. Me réserverait-il encore de pareilles surprises ? Je le pensais, tant la série des merveilles sous-marines est inépuisable ! Cependant, depuis cinq mois et demi que le hasard nous avait jetés à ce bord, nous avions franchi quatorze mille lieues, et sur ce parcours plus étendu que l'Équateur terrestre, combien d'incidents ou curieux ou terribles avaient charmé notre voyage : la chasse dans les forêts de Crespo, l'échouement du détroit de Torrès, le cimetière de corail, les pêcheries de Ceylan, le tunnel arabique, les feux de Santorin, les millions de la baie du Vigo, l'Atlantide, le pôle Sud ! Pendant la nuit, tous ces souvenirs, passant de rêve en rêve, ne laissèrent pas mon cerveau sommeiller un instant.

À trois heures du matin, je fus réveillé par un choc violent. Je m'étais redressé sur mon lit et j'écoutais au milieu de l'obscurité, quand je fus précipité brusquement au milieu de la chambre. Évidemment, le *Nautilus* donnait une bande considérable après avoir touché.

Je m'accotai aux parois et je me traînai par les coursives jusqu'au salon qu'éclairait le plafond lumineux. Les meubles étaient renversés. Heureusement, les vitrines, solidement saisies par le pied, avaient tenu bon. Les tableaux de tribord, sous le déplacement de la verticale, se collaient aux tapisseries, tandis que ceux de bâbord s'en écartaient d'un pied par leur bordure inférieure. Le *Nautilus* était donc couché sur tribord, et, de plus, complètement immobile.

À l'intérieur j'entendais un bruit de pas, des voix confuses. Mais le capitaine Nemo ne parut pas. Au moment où j'allais quitter le salon, Ned Land et Conseil entrèrent.

« Qu'y a-t-il ? leur dis-je aussitôt.

— Je venais le demander à monsieur, répondit Conseil.

— Mille diables ! s'écria le Canadien, je le sais bien, moi ! Le *Nautilus* a touché, et à en juger par la gîte qu'il donne, je ne crois pas qu'il s'en tire comme la première fois dans le détroit de Torrès.

— Mais au moins, demandai-je, est-il revenu à la surface de la mer ?

— Nous l'ignorons, répondit Conseil.

— Il est facile de s'en assurer », répondis-je.

Je consultai le manomètre. À ma grande surprise, il indiquait une profondeur de trois cent soixante mètres.

« Qu'est-ce que cela veut dire ? m'écriai-je.

— Il faut interroger le capitaine Nemo, dit Conseil.

— Mais où le trouver ? demanda Ned Land.

— Suivez-moi », dis-je à mes deux compagnons.

Nous quittâmes le salon. Dans la bibliothèque, personne. À l'escalier central, au poste de l'équipage, personne. Je supposai que le capitaine Nemo devait être posté dans la cage du timonier. Le mieux était d'attendre. Nous revînmes tous trois au salon.

Je passerai sous silence les récriminations du Canadien. Il avait beau jeu pour s'emporter. Je le laissai exhaler sa mauvaise humeur tout à son aise, sans lui répondre.

Nous étions ainsi depuis vingt minutes, cherchant à surprendre les moindres bruits qui se produisaient à l'intérieur du *Nautilus*, quand le capitaine Nemo entra. Il ne sembla pas nous voir. Sa physionomie, habituellement si impassible, révélait une certaine inquiétude. Il observa silencieusement la boussole, le manomètre, et vint poser son doigt sur un point du planisphère, dans cette partie qui représentait les mers australes.

Je ne voulus pas l'interrompre. Seulement, quelques instants plus tard, lorsqu'il se tourna vers moi, je lui dis en retournant contre lui une expression dont il s'était servi au détroit de Torrès :

« Un incident, capitaine ?

— Non, monsieur, répondit-il, un accident cette fois.

— Grave ?

— Peut-être.

— Le danger est-il immédiat ?

— Non.

— Le *Nautilus* s'est échoué ?

— Oui.

— Et cet échouement est venu ?...

— D'un caprice de la nature, non de l'impéritie des hommes. Pas une faute n'a été commise dans nos manœuvres. Toutefois, on ne saurait empêcher l'équilibre de produire ses effets. On peut braver les lois humaines, mais non résister aux lois naturelles. »

Singulier moment que choisissait le capitaine Nemo pour se livrer à cette réflexion philosophique. En somme, sa réponse ne m'apprenait rien.

« Puis-je savoir, monsieur, lui demandai-je, quelle est la cause de cet accident ?

— Un énorme bloc de glace, une montagne entière s'est retournée, me répondit-il. Lorsque les icebergs sont minés à leur base par des eaux plus chaudes ou par des chocs réitérés, leur centre de gravité remonte. Alors ils se retournent en grand, ils culbutent. C'est ce qui est arrivé. L'un de ces blocs, en se renversant, a heurté le *Nautilus* qui flottait sous les eaux. Puis, glissant sous sa coque et le relevant avec une irrésistible force, il l'a ramené dans des couches moins denses, où il se trouve couché sur le flanc.

— Mais ne peut-on dégager le *Nautilus* en vidant ses réservoirs, de manière à le remettre en équilibre ?

— C'est ce qui se fait en ce moment, monsieur. Vous pouvez entendre les pompes fonctionner. Voyez l'aiguille du manomètre. Elle indique que le *Nautilus* remonte, mais le bloc de glace remonte avec lui, et jusqu'à ce qu'un obstacle arrête son mouvement ascensionnel, notre position ne sera pas changée. »

En effet, le *Nautilus* donnait toujours la même bande sur tribord. Sans doute, il se redresserait, lorsque le bloc s'arrêterait lui-même. Mais à ce moment, qui sait si nous n'aurions pas heurté la partie supérieure de la banquise, si nous ne serions pas effroyablement pressés entre les deux surfaces glacées ?

Je réfléchissais à toutes les conséquences de cette situa-

tion. Le capitaine Nemo ne cessait d'observer le manomètre. Le *Nautilus*, depuis la chute de l'iceberg, avait
remonté de cent cinquante pieds environ, mais il faisait
toujours le même angle avec la perpendiculaire.

Soudain un léger mouvement se fit sentir dans la
coque. Évidemment, le *Nautilus* se redressait un peu. Les
objets suspendus dans le salon reprenaient sensiblement
leur position normale. Les parois se rapprochaient de la
verticalité. Personne de nous ne parlait. Le cœur ému,
nous observions, nous sentions le redressement. Le plancher redevenait horizontal sous nos pieds. Dix minutes
s'écoulèrent.

« Enfin, nous sommes droits ! m'écriai-je.

— Oui, dit le capitaine Nemo, se dirigeant vers la
porte du salon.

— Mais flotterons-nous ? lui demandai-je.

— Certainement, répondit-il, puisque les réservoirs ne
sont pas encore vidés, et que, vidés, le *Nautilus* devra
remonter à la surface de la mer. »

Le capitaine sortit, et je vis bientôt que, par ses ordres,
on avait arrêté la marche ascensionnelle du *Nautilus*. En
effet, il aurait bientôt heurté la partie inférieure de la banquise, et mieux valait le maintenir entre deux eaux.

« Nous l'avons échappé belle ! dit alors Conseil.

— Oui. Nous pouvions être écrasés entre ces blocs de
glace, ou tout au moins emprisonnés. Et alors, faute de
pouvoir renouveler l'air... Oui ! nous l'avons échappé
belle !

— Si c'est fini ! » murmura Ned Land.

Je ne voulus pas entamer avec le Canadien une discussion sans utilité, et je ne répondis pas. D'ailleurs, les panneaux s'ouvrirent en ce moment, et la lumière extérieure
fit irruption à travers la vitre dégagée.

Nous étions en pleine eau, ainsi que je l'ai dit ; mais,
à une distance de dix mètres, sur chaque côté du *Nautilus*,
s'élevait une éblouissante muraille de glace. Au-dessus et
au-dessous, même muraille. Au-dessus, parce que la surface inférieure de la banquise se développait comme un
plafond immense. Au-dessous, parce que le bloc culbuté,

ayant glissé peu à peu, avait trouvé sur les murailles latérales deux points d'appui qui le maintenaient dans cette
position. Le *Nautilus* était emprisonné dans un véritable
tunnel de glace, d'une largeur de vingt mètres environ,
rempli d'une eau tranquille. Il lui était donc facile d'en
sortir en marchant soit en avant soit en arrière, et de
reprendre ensuite, à quelques centaines de mètres plus
bas, un libre passage sous la banquise.

Le plafond lumineux avait été éteint, et cependant, le
salon resplendissait d'une lumière intense. C'est que la
puissante réverbération des parois de glace y renvoyait
violemment les nappes du fanal. Je ne saurais peindre
l'effet des rayons voltaïques sur ces grands blocs capricieusement découpés, dont chaque angle, chaque arête,
chaque facette, jetait une lueur différente, suivant la
nature des veines qui couraient dans la glace. Mine
éblouissante de gemmes, et particulièrement de saphirs
qui croisaient leurs jets bleus avec le jet vert des éme-
raudes. Çà et là des nuances opalines d'une douceur infinie couraient au milieu de points ardents comme autant
de diamants de feu dont l'œil ne pouvait soutenir l'éclat.
La puissance du fanal était centuplée, comme celle d'une
lampe à travers les lames lenticulaires d'un phare de premier ordre.

« Que c'est beau ! Que c'est beau ! s'écria Conseil.

— Oui ! dis-je, c'est un admirable spectacle. N'est-ce
pas, Ned ?

— Eh ! mille diables ! oui, riposta Ned Land. C'est
superbe ! Je rage d'être forcé d'en convenir. On n'a
jamais rien vu de pareil. Mais ce spectacle-là pourra nous
coûter cher. Et, s'il faut tout dire, je pense que nous
voyons ici des choses que Dieu a voulu interdire aux
regards de l'homme ! »

Ned avait raison. C'était trop beau. Tout à coup, un cri
de Conseil me fit retourner.

« Qu'y a-t-il ? demandai-je.

— Que monsieur ferme les yeux ! que monsieur ne
regarde pas ! »

Conseil, ce disant, appliquait vivement ses mains sur ses paupières.

« Mais qu'as-tu, mon garçon ?

— Je suis ébloui, aveuglé ! »

Mes regards se portèrent involontairement vers la vitre, mais je ne pus supporter le feu qui la dévorait.

Je compris ce qui s'était passé. Le *Nautilus* venait de se mettre en marche à grande vitesse. Tous les éclats tranquilles des murailles de glace s'étaient alors changés en raies fulgurantes. Les feux de ces myriades de diamants se confondaient. Le *Nautilus*, emporté par son hélice, voyageait dans un fourreau d'éclairs.

Les panneaux du salon se refermèrent alors. Nous tenions nos mains sur nos yeux tout imprégnés de ces lueurs concentriques qui flottent devant la rétine, lorsque les rayons solaires l'ont trop violemment frappée. Il fallut un certain temps pour calmer le trouble de nos regards.

Enfin, nos mains s'abaissèrent.

« Ma foi, je ne l'aurais jamais cru, dit Conseil.

— Et moi, je ne le crois pas encore ! riposta le Canadien.

— Quand nous reviendrons sur terre, ajouta Conseil, blasés sur tant de merveilles de la nature, que penserons-nous de ces misérables continents et des petits ouvrages sortis de la main des hommes ! Non ! le monde habité n'est plus digne de nous ! »

De telles paroles dans la bouche d'un impassible Flamand montrent à quel degré d'ébullition était monté notre enthousiasme. Mais le Canadien ne manqua pas d'y jeter sa goutte d'eau froide.

« Le monde habité ! dit-il en secouant la tête. Soyez tranquille, ami Conseil, nous n'y reviendrons pas ! »

Il était alors cinq heures du matin. En ce moment, un choc se produisit à l'avant du *Nautilus*. Je compris que son éperon venait de heurter un bloc de glace. Ce devait être une fausse manœuvre, car ce tunnel sous-marin, obstrué de blocs, n'offrait pas une navigation facile. Je pensai donc que le capitaine Nemo, modifiant sa route, tournerait ces obstacles ou suivrait les sinuosités du tunnel. En tout cas, la marche en avant ne pouvait être absolument enrayée. Toutefois, contre mon attente, le *Nautilus* prit un mouvement rétrograde très prononcé.

« Nous revenons en arrière ? dit Conseil.

— Oui, répondis-je. Il faut que, de ce côté, le tunnel soit sans issue.

— Et alors ?...

— Alors, dis-je, la manœuvre est bien simple. Nous retournerons sur nos pas, et nous sortirons par l'orifice sud. Voilà tout. »

En parlant ainsi, je voulais paraître plus rassuré que je ne l'étais réellement. Cependant le mouvement rétrograde du *Nautilus* s'accélérait, et marchant à contre hélice, il nous entraînait avec une grande rapidité.

« Ce sera un retard, dit Ned.

— Qu'importe, quelques heures de plus ou de moins, pourvu qu'on sorte.

— Oui, répéta Ned Land, pourvu qu'on sorte ! »

Je me promenai pendant quelques instants du salon à la bibliothèque. Mes compagnons, assis, se taisaient. Je me jetai bientôt sur un divan, et je pris un livre que mes yeux parcoururent machinalement.

Un quart d'heure après, Conseil, s'étant approché de moi, me dit :

« Est-ce bien intéressant ce que lit monsieur ?

— Très intéressant, répondis-je.

— Je le crois. C'est le livre de monsieur que lit monsieur !

— Mon livre ? »

En effet, je tenais à la main l'ouvrage des *Grands Fonds sous-marins*. Je ne m'en doutais même pas. Je fermai le livre et repris ma promenade. Ned et Conseil se levèrent pour se retirer.

« Restez, mes amis, dis-je en les retenant. Restons ensemble jusqu'au moment où nous serons sortis de cette impasse.

— Comme il plaira à monsieur », répondit Conseil.

Quelques heures s'écoulèrent. J'observais souvent les instruments suspendus à la paroi du salon. Le manomètre indiquait que le *Nautilus* se maintenait à une profondeur constante de trois cents mètres, la boussole, qu'il se dirigeait toujours au sud, le loch, qu'il marchait avec une vitesse de vingt milles à l'heure, vitesse excessive dans un espace aussi resserré. Mais le capitaine Nemo savait qu'il ne pouvait trop se hâter, et qu'alors, les minutes valaient des siècles.

À huit heures vingt-cinq, un second choc eut lieu. À l'arrière, cette fois. Je pâlis. Mes compagnons s'étaient rapprochés de moi. J'avais saisi la main de Conseil. Nous nous interrogions du regard, et plus directement que si les mots eussent interprété notre pensée.

En ce moment, le capitaine entra dans le salon. J'allai à lui.

« La route est barrée au sud ? lui demandai-je.

— Oui, monsieur. L'iceberg en se retournant a fermé toute issue.

— Nous sommes bloqués ?

— Oui. »

XVI

FAUTE D'AIR

Ainsi, autour du *Nautilus*, au-dessus, au-dessous, un impénétrable mur de glace. Nous étions prisonniers de la banquise ! Le Canadien avait frappé une table de son formidable poing. Conseil se taisait. Je regardai le capitaine. Sa figure avait repris son impassibilité habituelle. Il s'était croisé les bras. Il réfléchissait. Le *Nautilus* ne bougeait plus.

Le capitaine prit alors la parole :

« Messieurs, dit-il d'une voix calme, il y a deux

manières de mourir dans les conditions où nous sommes. »

Cet inexplicable personnage avait l'air d'un professeur de mathématiques qui fait une démonstration à ses élèves.

« La première, reprit-il, c'est de mourir écrasés. La seconde, c'est de mourir asphyxiés. Je ne parle pas de la possibilité de mourir de faim, car les approvisionnements du *Nautilus* dureront certainement plus que nous. Préoccupons-nous donc des chances d'écrasement ou d'asphyxie.

— Quant à l'asphyxie, capitaine, répondis-je, elle n'est pas à craindre, car nos réservoirs sont pleins.

— Juste, reprit le capitaine Nemo, mais ils ne donneront que deux jours d'air. Or, voilà trente-six heures que nous sommes enfouis sous les eaux, et déjà l'atmosphère alourdie du *Nautilus* demande à être renouvelée. Dans quarante-huit heures, notre réserve sera épuisée.

— Eh bien ! capitaine, soyons délivrés avant quarante-huit heures !

— Nous le tenterons, du moins, en perçant la muraille qui nous entoure.

— De quel côté ? demandai-je.

— C'est ce que la sonde nous apprendra. Je vais échouer le *Nautilus* sur le banc inférieur, et mes hommes, revêtus de scaphandres, attaqueront l'iceberg par sa paroi la moins épaisse.

— Peut-on ouvrir les panneaux du salon ?

— Sans inconvénient. Nous ne marchons plus. »

Le capitaine Nemo sortit. Bientôt des sifflements m'apprirent que l'eau s'introduisait dans les réservoirs. Le *Nautilus* s'abaissa lentement et reposa sur le fond de glace par une profondeur de trois cent cinquante mètres, profondeur à laquelle était immergé le banc de glace inférieur.

« Mes amis, dis-je, la situation est grave, mais je compte sur votre courage et sur votre énergie.

— Monsieur, me répondit le Canadien, ce n'est pas dans ce moment que je vous ennuierai de mes récriminations. Je suis prêt à tout faire pour le salut commun.

— Bien, Ned, dis-je en tendant la main au Canadien.

— J'ajouterai, reprit-il, qu'habile à manier le pic comme le harpon, si je puis être utile au capitaine, il peut disposer de moi.

— Il ne refusera pas votre aide. Venez, Ned. »

Je conduisis le Canadien à la chambre où les hommes du *Nautilus* revêtaient leurs scaphandres. Je fis part au capitaine de la proposition de Ned, qui fut acceptée. Le Canadien endossa son costume de mer et fut aussitôt prêt que ses compagnons de travail. Chacun d'eux portait sur son dos l'appareil Rouquayrol auquel les réservoirs avaient fourni un large contingent d'air pur. Emprunt considérable, mais nécessaire, fait à la réserve du *Nautilus*. Quant aux lampes Ruhmkorff, elles devenaient inutiles au milieu de ces eaux lumineuses et saturées de rayons électriques.

Lorsque Ned fut habillé, je rentrai dans le salon dont les vitres étaient découvertes, et, posté près de Conseil, j'examinai les couches ambiantes qui supportaient le *Nautilus*.

Quelques instants après, nous voyions une douzaine d'hommes de l'équipage prendre pied sur le banc de glace, et parmi eux Ned Land, reconnaissable à sa haute taille. Le capitaine Nemo était avec eux.

Avant de procéder au creusement des murailles, il fit pratiquer des sondages qui devaient assurer la bonne direction des travaux. De longues sondes furent enfoncées dans les parois latérales ; mais après quinze mètres, elles étaient encore arrêtées par l'épaisse muraille. Il était inutile de s'attaquer à la surface plafonnante, puisque c'était la banquise elle-même qui mesurait plus de quatre cents mètres de hauteur. Le capitaine Nemo fit alors sonder la surface inférieure. Là, dix mètres de paroi nous séparaient de l'eau. Telle était l'épaisseur de cet ice-field. Dès lors, il s'agissait d'en découper un morceau égal en superficie à la ligne de flottaison du *Nautilus*. C'était environ six mille cinq cents mètres cubes à détacher, afin de creuser un trou par lequel nous descendrions au-dessous du champ de glace.

Le travail fut immédiatement commencé et conduit avec une infatigable opiniâtreté. Au lieu de creuser autour du *Nautilus*, ce qui eût entraîné de plus grandes difficultés, le capitaine Nemo fit dessiner l'immense fosse à huit mètres de sa hanche de bâbord. Puis, ses hommes la taraudèrent simultanément sur plusieurs points de sa circonférence. Bientôt, le pic attaqua vigoureusement cette matière compacte, et de gros blocs furent détachés de la masse. Par un curieux effet de pesanteur spécifique, ces blocs, moins lourds que l'eau, s'envolaient pour ainsi dire à la voûte du tunnel, qui s'épaississait par le haut de ce dont il diminuait par le bas. Mais peu importait, du moment que la paroi inférieure s'amincissait d'autant.

Après deux heures d'un travail énergique, Ned Land rentra épuisé. Ses compagnons et lui furent remplacés par de nouveaux travailleurs auxquels nous nous joignîmes, Conseil et moi. Le second du *Nautilus* nous dirigeait.

L'eau me parut singulièrement froide, mais je me réchauffai promptement en maniant le pic. Mes mouvements étaient très libres, bien qu'ils se produisissent sous une pression de trente atmosphères.

Quand je rentrai, après deux heures de travail, pour prendre quelque nourriture et quelque repos, je trouvai une notable différence entre le fluide pur que me fournissait l'appareil Rouquayrol et l'atmosphère du *Nautilus*, déjà chargée d'acide carbonique. L'air n'avait pas été renouvelé depuis quarante-huit heures, et ses qualités vivifiantes étaient considérablement affaiblies. Cependant, en un laps de douze heures, nous n'avions enlevé qu'une tranche de glace épaisse d'un mètre sur la superficie dessinée, soit environ six cents mètres cubes. En admettant que le même travail fût accompli par douze heures, il fallait encore cinq nuits et quatre jours pour mener à bonne fin cette entreprise.

« Cinq nuits et quatre jours ! dis-je à mes compagnons, et nous n'avons que deux jours d'air dans les réservoirs.

— Sans compter, répliqua Ned, qu'une fois sortis de cette damnée prison, nous serons encore emprisonnés sous la banquise et sans communication possible avec l'atmosphère ! »

Réflexion juste. Qui pouvait alors prévoir le minimum de temps nécessaire à notre délivrance ? L'asphyxie ne nous aurait-elle pas étouffés avant que le *Nautilus* eût pu revenir à la surface des flots ? Était-il destiné à périr dans ce tombeau de glace avec tous ceux qu'il renfermait ? La situation paraissait terrible. Mais chacun l'avait envisagée en face, et tous étaient décidés à faire leur devoir jusqu'au bout.

Suivant mes prévisions, pendant la nuit, une nouvelle tranche d'un mètre fut enlevée à l'immense alvéole. Mais, le matin, quand, revêtu de mon scaphandre, je parcourus la masse liquide par une température de six à sept degrés au-dessous de zéro, je remarquai que les murailles latérales se rapprochaient peu à peu. Les couches d'eau éloignées de la fosse, que n'échauffaient pas le travail des hommes et le jeu des outils, marquaient une tendance à se solidifier. En présence de ce nouveau et imminent danger, que devenaient nos chances de salut, et comment empêcher la solidification de ce milieu liquide, qui eût fait éclater comme du verre les parois du *Nautilus* ?

Je ne fis point connaître ce nouveau danger à mes deux compagnons. À quoi bon risquer d'abattre cette énergie qu'ils employaient au pénible travail du sauvetage ? Mais, lorsque je fus revenu à bord, je fis observer au capitaine Nemo cette grave complication.

« Je le sais, me dit-il de ce ton calme que ne pouvaient modifier les plus terribles conjonctures. C'est un danger de plus, mais je ne vois aucun moyen d'y parer. La seule chance de salut, c'est d'aller plus vite que la solidification. Il s'agit d'arriver premiers. Voilà tout. »

Arriver premiers ! Enfin, j'aurais dû être habitué à ces façons de parler !

Cette journée, pendant plusieurs heures, je maniai le pic avec opiniâtreté. Ce travail me soutenait. D'ailleurs, travailler, c'était quitter le *Nautilus*, c'était respirer directement cet air pur emprunté aux réservoirs et fourni par

Les murailles latérales se rapprochaient peu à peu. (Page 508.)

les appareils, c'était abandonner une atmosphère appauvrie et viciée.

Vers le soir, la fosse s'était encore creusée d'un mètre.
Quand je rentrai à bord, je faillis être asphyxié par l'acide
carbonique dont l'air était saturé. Ah ! que n'avions-nous
les moyens chimiques qui eussent permis de chasser ce
gaz délétère ! L'oxygène ne nous manquait pas. Toute
cette eau en contenait une quantité considérable et en la
décomposant par nos puissantes piles, elle nous eût restitué le fluide vivifiant. J'y avais bien songé, mais à quoi
bon, puisque l'acide carbonique, produit de notre respiration, avait envahi toutes les parties du navire. Pour l'absorber, il eût fallu remplir des récipients de potasse
caustique et les agiter incessamment. Or, cette matière
manquait à bord, et rien ne la pouvait remplacer.

Ce soir-là, le capitaine Nemo dut ouvrir les robinets
de ses réservoirs, et lancer quelques colonnes d'air pur à
l'intérieur du *Nautilus*. Sans cette précaution, nous ne
nous serions pas réveillés.

Le lendemain, 26 mars, je repris mon travail de mineur
en entamant le cinquième mètre. Les parois latérales et la
surface inférieure de la banquise s'épaississaient visiblement. Il était évident qu'elles se rejoindraient avant que
le *Nautilus* fût parvenu à se dégager. Le désespoir me prit
un instant. Mon pic fut près de s'échapper de mes mains.
À quoi bon creuser, si je devais périr étouffé, écrasé par
cette eau qui se faisait pierre, un supplice que la férocité
des sauvages n'eût pas même inventé. Il me semblait que
j'étais entre les formidables mâchoires d'un monstre qui
se rapprochaient irrésistiblement.

En ce moment, le capitaine Nemo, dirigeant le travail,
travaillant lui-même, passa près de moi. Je le touchai de
la main et lui montrai les parois de notre prison. La
muraille de tribord s'était avancée à moins de quatre
mètres de la coque du *Nautilus*.

Le capitaine me comprit et me fit signe de le suivre.
Nous rentrâmes à bord. Mon scaphandre ôté, je l'accompagnai dans le salon.

« Monsieur Aronnax, me dit-il, il faut tenter quelque

héroïque moyen, ou nous allons être scellés dans cette eau solidifiée comme dans du ciment.

— Oui ! dis-je, mais que faire ?

— Ah ! s'écria-t-il, si mon *Nautilus* était assez fort pour supporter cette pression sans en être écrasé ?

— Eh bien ? demandai-je, ne saisissant pas l'idée du capitaine.

— Ne comprenez-vous pas, reprit-il, que cette congélation de l'eau nous viendrait en aide ! Ne voyez-vous pas que par sa solidification, elle ferait éclater ces champs de glace qui nous emprisonnent, comme elle fait, en se gelant, éclater les pierres les plus dures ! Ne sentez-vous pas qu'elle serait un agent de salut au lieu d'être un agent de destruction !

— Oui, capitaine, peut-être. Mais quelque résistance à l'écrasement que possède le *Nautilus*, il ne pourrait supporter cette épouvantable pression et s'aplatirait comme une feuille de tôle.

— Je le sais, monsieur. Il ne faut donc pas compter sur les secours de la nature, mais sur nous-mêmes. Il faut s'opposer à cette solidification. Il faut l'enrayer. Non seulement les parois latérales se resserrent, mais il ne reste pas dix pieds d'eau à l'avant ou à l'arrière du *Nautilus*. La congélation nous gagne de tous les côtés.

— Combien de temps, demandai-je, l'air des réservoirs nous permettra-t-il de respirer à bord ? »

Le capitaine me regarda en face.

« Après-demain, dit-il, les réservoirs seront vides ! »

Une sueur froide m'envahit. Et cependant, devais-je m'étonner de cette réponse ? Le 22 mars, le *Nautilus* s'était plongé sous les eaux libres du pôle. Nous étions au 26. Depuis cinq jours, nous vivions sur les réserves du bord ! Et ce qui restait d'air respirable, il fallait le conserver aux travailleurs. Au moment où j'écris ces choses, mon impression est tellement vive encore, qu'une terreur involontaire s'empare de tout mon être, et que l'air semble manquer à mes poumons !

Cependant, le capitaine Nemo réfléchissait, silencieux, immobile. Visiblement, une idée lui traversait l'esprit.

Mais il paraissait la repousser. Il se répondait négativement à lui-même. Enfin, ces mots s'échappèrent de ses
lèvres :

« L'eau bouillante ! murmura-t-il.

— L'eau bouillante ? m'écriai-je.

— Oui, monsieur. Nous sommes renfermés dans un
espace relativement restreint. Est-ce que des jets d'eau
bouillante, constamment injectée par les pompes du *Nautilus*, n'élèveraient pas la température de ce milieu et ne
retarderaient pas sa congélation ?

— Il faut l'essayer, dis-je résolument.

— Essayons, monsieur le professeur. »

Le thermomètre marquait alors moins sept degrés à
l'extérieur. Le capitaine Nemo me conduisit aux cuisines
où fonctionnaient de vastes appareils distillatoires qui
fournissaient l'eau potable par évaporation. Ils se chargè-
rent d'eau, et toute la chaleur électrique des piles fut lancée à travers les serpentins baignés par le liquide. En
quelques minutes, cette eau avait atteint cent degrés. Elle
fut dirigée vers les pompes pendant qu'une eau nouvelle
la remplaçait au fur et à mesure. La chaleur développée
par les piles était telle que l'eau froide, puisée à la mer,
après avoir seulement traversé les appareils, arrivait
bouillante aux corps de pompe.

L'injection commença, et trois heures après, le thermomètre marquait extérieurement six degrés au-dessous de
zéro. C'était un degré de gagné. Deux heures plus tard,
le thermomètre n'en marquait que quatre.

« Nous réussirons, dis-je au capitaine, après avoir suivi
et contrôle par de nombreuses remarques les progrès de
l'opération.

— Je le pense, me répondit-il. Nous ne serons pas
écrasés. Nous n'avons plus que l'asphyxie à craindre. »

Pendant la nuit, la température de l'eau remonta à un
degré au-dessous de zéro. Les injections ne purent la porter à un point plus élevé. Mais comme la congélation de
l'eau de mer ne se produit qu'à moins deux degrés, je fus
enfin rassuré contre les dangers de la solidification.

Le lendemain, 27 mars, six mètres de glace avaient été

arrachés de l'alvéole. Quatre mètres seulement restaient à enlever. C'étaient encore quarante-huit heures de travail. L'air ne pouvait plus être renouvelé à l'intérieur du *Nautilus*. Aussi, cette journée alla-t-elle toujours en empirant.

Une lourdeur intolérable m'accabla. Vers trois heures du soir, ce sentiment d'angoisse fut porté en moi à un degré violent. Des bâillements me disloquaient les mâchoires. Mes poumons haletaient en cherchant ce fluide comburant, indispensable à la respiration, et qui se raréfiait de plus en plus. Une torpeur morale s'empara de moi. J'étais étendu sans force, presque sans connaissance. Mon brave Conseil, pris des mêmes symptômes, souffrant des mêmes souffrances, ne me quittait pas. Il me prenait la main, il m'encourageait, et je l'entendais encore murmurer :

« Ah ! si je pouvais ne pas respirer pour laisser plus d'air à monsieur ! »

Les larmes me venaient aux yeux de l'entendre parler ainsi.

Si notre situation, à tous, était intolérable à l'intérieur, avec quelle hâte, avec quel bonheur, nous revêtions nos scaphandres pour travailler à notre tour ! Les pics résonnaient sur la couche glacée. Les bras se fatiguaient, les mains s'écorchaient, mais qu'étaient ces fatigues, qu'importaient ces blessures ! L'air vital arrivait aux poumons ! On respirait ! On respirait !

Et cependant, personne ne prolongeait au-delà du temps voulu son travail sous les eaux. Sa tâche accomplie, chacun remettait à ses compagnons haletants le réservoir qui devait lui verser la vie. Le capitaine Nemo donnait l'exemple et se soumettait le premier à cette sévère discipline. L'heure arrivée, il cédait son appareil à un autre et rentrait dans l'atmosphère viciée du bord, toujours calme, sans une défaillance, sans un murmure.

Ce jour-là, le travail habituel fut accompli avec plus de vigueur encore. Deux mètres seulement restaient à enlever sur toute la superficie. Deux mètres seulement nous séparaient de la mer libre. Mais les réservoirs étaient presque vides d'air. Le peu qui restait devait être conservé aux travailleurs. Pas un atome pour le *Nautilus* !

Lorsque je rentrai à bord, je fus à demi suffoqué. Quelle nuit ! Je ne saurais la peindre. De telles souffrances ne peuvent être décrites. Le lendemain, ma respiration était oppressée. Aux douleurs de tête se mêlaient d'étourdissants vertiges qui faisaient de moi un homme ivre. Mes compagnons éprouvaient les mêmes symptômes. Quelques hommes de l'équipage râlaient.

Ce jour-là, le sixième de notre emprisonnement, le capitaine Nemo, trouvant trop lent la pioche et le pic, résolut d'écraser la couche de glace qui nous séparait encore de la nappe liquide. Cet homme avait conservé son sang-froid et son énergie. Il domptait par sa force morale les douleurs physiques. Il pensait, il combinait, il agissait.

D'après son ordre, le bâtiment fut soulagé, c'est-à-dire soulevé de la couche glacée par un changement de pesanteur spécifique. Lorsqu'il flotta on le hala de manière à l'amener au-dessus de l'immense fosse dessinée suivant sa ligne de flottaison. Puis, ses réservoirs d'eau s'emplissant, il descendit et s'emboîta dans l'alvéole.

En ce moment, tout l'équipage rentra à bord, et la double porte de communication fut fermée. Le *Nautilus* reposait alors sur la couche de glace qui n'avait pas un mètre d'épaisseur et que les sondes avaient trouée en mille endroits.

Les robinets des réservoirs furent alors ouverts en grand et cent mètres cubes d'eau s'y précipitèrent, accroissant de cent mille kilogrammes le poids du *Nautilus*.

Nous attendions, nous écoutions, oubliant nos souffrances, espérant encore. Nous jouions notre salut sur un dernier coup.

Malgré les bourdonnements qui emplissaient ma tête, j'entendis bientôt des frémissements sous la coque du *Nautilus*. Un dénivellement se produisit. La glace craqua avec un fracas singulier, pareil à celui du papier qui se déchire, et le *Nautilus* s'abaissa.

« Nous passons ! » murmura Conseil à mon oreille.

Je ne pus lui répondre. Je saisis sa main. Je la pressai dans une convulsion involontaire.

Tout à coup, emporté par son effroyable surcharge, le *Nautilus* s'enfonça comme un boulet sous les eaux, c'est-à-dire qu'il tomba comme il eût fait dans le vide !

Alors toute la force électrique fut mise sur les pompes qui aussitôt commencèrent à chasser l'eau des réservoirs. Après quelques minutes, notre chute fut enrayée. Bientôt même, le manomètre indiqua un mouvement ascensionnel. L'hélice, marchant à toute vitesse, fit tressaillir la coque de tôle jusque dans ses boulons, et nous entraîna vers le nord.

Mais que devait durer cette navigation sous la banquise jusqu'à la mer libre ? Un jour encore ? Je serais mort avant !

À demi étendu sur un divan de la bibliothèque, je suffoquais. Ma face était violette, mes lèvres bleues, mes facultés suspendues. Je ne voyais plus, je n'entendais plus. La notion du temps avait disparu de mon esprit. Mes muscles ne pouvaient se contracter.

Les heures qui s'écoulèrent ainsi, je ne saurais les évaluer. Mais j'eus la conscience de mon agonie qui commençait. Je compris que j'allais mourir...

Soudain je revins à moi. Quelques bouffées d'air pénétraient dans mes poumons. Étions-nous remontés à la surface des flots ? Avions-nous franchi la banquise ?

Non ! C'étaient Ned et Conseil, mes deux braves amis, qui se sacrifiaient pour me sauver. Quelques atomes d'air restaient encore au fond d'un appareil. Au lieu de le respirer, ils l'avaient conservé pour moi, et, tandis qu'ils suffoquaient, ils me versaient la vie goutte à goutte ! Je voulus repousser l'appareil. Ils me tinrent les mains, et pendant quelques instants, je respirai avec volupté.

Mes regards se portèrent vers l'horloge. Il était onze heures du matin. Nous devions être au 28 mars. Le *Nautilus* marchait avec une vitesse effrayante de quarante milles à l'heure. Il se tordait dans les eaux.

Où était le capitaine Nemo ? Avait-il succombé ? Ses compagnons étaient-ils morts avec lui ?

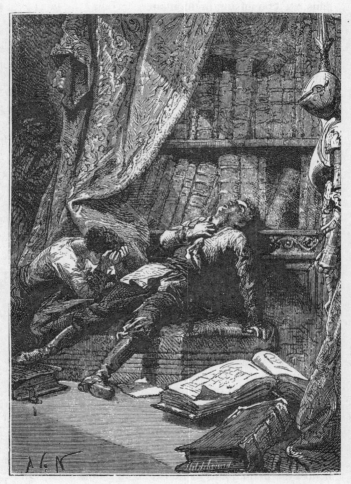

Étendu sur un divan. (Page 515.)

En ce moment, le manomètre indiqua que nous n'étions plus qu'à vingt pieds de la surface. Un simple champ de glace nous séparait de l'atmosphère. Ne pouvait-on le briser ?

Peut-être ! En tout cas, le *Nautilus* allait le tenter. Je sentis, en effet, qu'il prenait une position oblique, abaissant son arrière et relevant son éperon. Une introduction d'eau avait suffi pour rompre son équilibre. Puis, poussé par sa puissante hélice, il attaqua l'ice-field par en dessous comme un formidable bélier. Il le crevait peu à peu, se retirait, donnait à toute vitesse contre le champ qui se déchirait, et enfin, emporté par un élan suprême, il s'élança sur la surface glacée qu'il écrasa de son poids.

Le panneau fut ouvert, on pourrait dire arraché, et l'air pur s'introduisit à flots dans toutes les parties du *Nautilus*.

XVII

DU CAP HORN À L'AMAZONE

Comment étais-je sur la plate-forme, je ne saurais le dire. Peut-être le Canadien m'y avait-il transporté. Mais je respirais, je humais l'air vivifiant de la mer. Mes deux compagnons s'enivraient près de moi de ces fraîches molécules. Les malheureux, trop longtemps privés de nourriture, ne peuvent se jeter inconsidérément sur les premiers aliments qu'on leur présente. Nous, au contraire, nous n'avions pas à nous modérer, nous pouvions aspirer à pleins poumons les atomes de cette atmosphère, et c'était la brise, la brise elle-même qui nous versait cette voluptueuse ivresse !

« Ah ! faisait Conseil, que c'est bon, l'oxygène ! Que monsieur ne craigne pas de respirer. Il y en a pour tout le monde. »

Je respirais. (Page 517.)

Quant à Ned Land, il ne parlait pas, mais il ouvrait des mâchoires à effrayer un requin. Et quelles puissantes aspirations ! Le Canadien « tirait » comme un poêle en pleine combustion.

Les forces nous revinrent promptement, et, lorsque je regardai autour de moi, je vis que nous étions seuls sur la plate-forme. Aucun homme de l'équipage. Pas même le capitaine Nemo. Les étranges marins du *Nautilus* se contentaient de l'air qui circulait à l'intérieur. Aucun n'était venu se délecter en pleine atmosphère.

Les premières paroles que je prononçai furent des paroles de remerciements et de gratitude pour mes deux compagnons. Ned et Conseil avaient prolongé mon existence pendant les dernières heures de cette longue agonie. Toute ma reconnaissance ne pouvait payer trop un tel dévouement.

« Bon ! monsieur le professeur, me répondit Ned Land, cela ne vaut pas la peine d'en parler ! Quel mérite avons-nous à cela ? Aucun. Ce n'était qu'une question d'arithmétique. Votre existence valait plus que la nôtre. Donc il fallait la conserver.

— Non, Ned, répondis-je, elle ne valait pas plus. Personne n'est supérieur à un homme généreux et bon, et vous l'êtes !

— C'est bien ! c'est bien ! répétait le Canadien embarrassé.

— Et toi, mon brave Conseil, tu as bien souffert.

— Mais pas trop, pour tout dire à monsieur. Il me manquait bien quelques gorgées d'air, mais je crois que je m'y serais fait. D'ailleurs, je regardais monsieur qui se pâmait et cela ne me donnait pas la moindre envie de respirer. Cela me coupait, comme on dit, la respir... »

Conseil, confus de s'être jeté dans la banalité, n'acheva pas.

« Mes amis, répondis-je vivement ému, nous sommes liés les uns aux autres pour jamais, et vous avez sur moi des droits...

— Dont j'abuserai, riposta le Canadien.

— Hein ? fit Conseil.

— Oui, reprit Ned Land, le droit de vous entraîner avec moi, quand je quitterai cet infernal *Nautilus*.

— Au fait, dit Conseil, allons-nous du bon côté ?

— Oui, répondis-je, puisque nous allons du côté du soleil, et ici le soleil, c'est le nord.

— Sans doute, reprit Ned Land, mais il reste à savoir si nous rallions le Pacifique ou l'Atlantique, c'est-à-dire les mers fréquentées ou désertes. »

À cela je ne pouvais répondre, et je craignais que le capitaine Nemo ne nous ramenât plutôt vers ce vaste océan qui baigne à la fois les côtes de l'Asie et de l'Amérique. Il compléterait ainsi son tour du monde sous-marin, et reviendrait vers ces mers où le *Nautilus* trouvait la plus entière indépendance. Mais si nous retournions au Pacifique, loin de toute terre habitée, que devenaient les projets de Ned Land ?

Nous devions, avant peu, être fixés sur ce point important. Le *Nautilus* marchait rapidement. Le cercle polaire fut bientôt franchi, et le cap mis sur le promontoire de Horn. Nous étions par le travers de la pointe américaine, le 31 mars, à sept heures du soir.

Alors toutes nos souffrances passées étaient oubliées. Le souvenir de cet emprisonnement dans les glaces s'effaçait de notre esprit. Nous ne songions qu'à l'avenir. Le capitaine Nemo ne paraissait plus, ni dans le salon, ni sur la plate-forme. Le point reporté chaque jour sur le planisphère et fait par le second me permettait de relever la direction exacte du *Nautilus*. Or, ce soir-là, il devint évident, à ma grande satisfaction, que nous revenions au nord par la route de l'Atlantique.

J'appris au Canadien et à Conseil le résultat de mes observations.

« Bonne nouvelle, répondit le Canadien, mais où va le *Nautilus* ?

— Je ne saurais le dire, Ned.

— Son capitaine voudrait-il, après le pôle Sud, affronter le pôle Nord, et revenir au Pacifique pour le fameux passage du nord-ouest ?

— Il ne faudrait pas l'en défier, répondit Conseil.

— Eh bien ! dit le Canadien, nous lui fausserons compagnie auparavant.

— En tout cas, ajouta Conseil, c'est un maître homme que ce capitaine Nemo, et nous ne regretterons pas de l'avoir connu.

— Surtout quand nous l'aurons quitté ! » riposta Ned Land.

Le lendemain, premier avril, lorsque le *Nautilus* remonta à la surface des flots, quelques minutes avant midi, nous eûmes connaissance d'une côte à l'ouest. C'était la Terre du Feu, à laquelle les premiers navigateurs donnèrent ce nom en voyant les fumées nombreuses qui s'élevaient des huttes indigènes. Cette Terre du Feu forme une vaste agglomération d'îles qui s'étend sur trente lieues de long et quatre-vingts lieues de large, entre 53° et 56° de latitude australe, et 67° 50' et 77° 15' de longitude ouest. La côte me parut basse, mais au loin se dressaient de hautes montagnes. Je crus même entrevoir le mont Sarmiento, élevé de deux mille soixante-dix mètres au-dessus du niveau de la mer, bloc pyramidal de schiste, à sommet très aigu, qui, suivant qu'il est voilé ou dégagé de vapeurs, « annonce le beau ou le mauvais temps », me dit Ned Land.

« Un fameux baromètre, mon ami.

— Oui, monsieur, un baromètre naturel, qui ne m'a jamais trompé quand je naviguais dans les passes du détroit de Magellan. »

En ce moment, ce pic nous parut nettement découpé sur le fond du ciel. C'était un présage de beau temps. Il se réalisa.

Le *Nautilus*, rentré sous les eaux, se rapprocha de la côte qu'il prolongea à quelques milles seulement. Par les vitres du salon, je vis de longues lianes, et des fucus gigantesques, ces varechs porte-poires, dont la mer libre du pôle renfermait quelques échantillons ; avec leurs filaments visqueux et polis, ils mesuraient jusqu'à trois cents mètres de longueur ; véritables câbles, plus gros que le pouce, très résistants, ils servent souvent d'amarres aux navires. Une autre herbe, connue sous le nom de velp, à feuilles longues de quatre pieds, empâtées dans les concrétions coralligènes, tapissaient les fonds. Elle servait de nid et de nourriture à des myriades de crustacés et de mollusques, des crabes, des seiches. Là, les phoques et les loutres se livraient à de splendides repas, mélangeant la chair du poisson et les légumes de la mer, suivant la méthode anglaise.

Sur ces fonds gras et luxuriants, le *Nautilus* passait avec une extrême rapidité. Vers le soir, il se rapprocha de l'archipel des Malouines, dont je pus, le lendemain, reconnaître les âpres sommets. La profondeur de la mer était médiocre. Je pensai donc, non sans raison, que ces deux îles, entourées d'un grand nombre d'îlots, faisaient autrefois partie des terres magellaniques. Les Malouines furent probablement découvertes par le célèbre John Davis, qui leur imposa le nom de Davis-Southern-Islands. Plus tard, Richard Hawkins les appela Maiden-Islands, îles de la Vierge. Elles furent ensuite nommées Malouines, au commencement du XVIIIe siècle, par des pêcheurs de Saint-Malo, et enfin Falkland par les Anglais auxquels elles appartiennent aujourd'hui.

Sur ces parages, nos filets rapportèrent de beaux spécimens d'algues, et particulièrement un certain fucus dont les racines étaient chargées de moules qui sont les meilleures du monde. Des oies et des canards s'abattirent par douzaines sur la plate-forme et prirent place bientôt dans les offices du bord. En fait de poissons, j'observai spécialement des osseux appartenant au genre gobie, et surtout des boulerots, longs de deux décimètres, tout parsemés de taches blanchâtres et jaunes.

J'admirai également de nombreuses méduses, et les plus belles du genre, les chrysaores, particulières aux mers des Malouines. Tantôt elles figuraient une ombrelle demi-sphérique très lisse, rayée de lignes d'un rouge brun et terminée par douze festons réguliers ; tantôt c'était une corbeille renversée d'où s'échappaient gracieusement de larges feuilles et de longues ramilles rouges. Elles nageaient en agitant leurs quatre bras foliacés et laissaient pendre à la dérive leur opulente chevelure de tentacules.

J'aurais voulu conserver quelques échantillons de ces délicats zoophytes ; mais ce ne sont que des nuages, des ombres, des apparences, qui fondent et s'évaporent hors de leur élément natal.

Lorsque les dernières hauteurs des Malouines eurent disparu sous l'horizon, le *Nautilus* s'immergea entre vingt et vingt-cinq mètres et suivit la côte américaine. Le capitaine Nemo ne se montrait pas.

Jusqu'au 3 avril, nous ne quittâmes pas les parages de la Patagonie, tantôt sous l'océan, tantôt à sa surface. Le *Nautilus* dépassa le large estuaire formé par l'embouchure de la Plata, et se trouva, le 4 avril, par le travers de l'Uruguay, mais à cinquante milles au large. Sa direction se maintenait au nord, et il suivait les longues sinuosités de l'Amérique méridionale. Nous avions fait alors seize mille lieues depuis notre embarquement dans les mers du Japon.

Vers onze heures du matin, le tropique du Capricorne fut coupé sur le trente-septième méridien, et nous passâmes au large du cap Frio. Le capitaine Nemo, au grand déplaisir de Ned Land, n'aimait pas le voisinage de ces côtes habitées du Brésil, car il marchait avec une vitesse vertigineuse. Pas un poisson, pas un oiseau, des plus rapides qui soient, ne pouvaient nous suivre, et les curiosités naturelles de ces mers échappèrent à toute observation.

Cette rapidité se soutint pendant plusieurs jours, et le 9 avril, au soir, nous avions connaissance de la pointe la plus orientale de l'Amérique du Sud qui forme le cap San Roque. Mais alors le *Nautilus* s'écarta de nouveau, et il alla chercher à de plus grandes profondeurs une vallée sous-marine qui se creuse entre ce cap et Sierra Leone sur la côte africaine. Cette vallée se bifurque à la hauteur des Antilles et se termine au nord par une énorme dépression de neuf mille mètres. En cet endroit, la coupe géologique de l'océan figure jusqu'aux petites Antilles une falaise de six kilomètres, taillée à pic, et, à la hauteur des îles du cap Vert, une autre muraille non moins considérable, qui enferment ainsi tout le continent immergé de l'Atlantide. Le fond de cette immense vallée est accidenté de quelques montagnes qui ménagent de pittoresques aspects à ces fonds sous-marins. J'en parle surtout d'après les cartes manuscrites que contenait la bibliothèque du *Nautilus*, cartes évidemment dues à la main du capitaine Nemo et levées sur ses observations personnelles.

Pendant deux jours, ces eaux désertes et profondes furent visitées au moyen des plans inclinés. Le *Nautilus* fournissait de longues bordées diagonales qui le portaient à toutes les hauteurs. Mais, le 11 avril, il se releva subitement, et la terre nous réapparut à l'ouvert du fleuve des Amazones, vaste estuaire dont le débit est si considérable qu'il dessale la mer sur un espace de plusieurs lieues.

L'équateur était coupé. À vingt milles dans l'ouest restaient les Guyanes, une terre française sur laquelle nous eussions trouvé un facile refuge. Mais le vent soufflait en grande brise, et les lames furieuses n'auraient pas permis à un simple canot de les affronter. Ned Land le comprit sans doute, car il ne me parla de rien. De mon côté, je ne fis aucune allusion à ses projets de fuite, car je ne voulais pas le pousser à quelque tentative qui eût infailliblement avorté.

Je me dédommageai facilement de ce retard par d'intéressantes études. Pendant ces deux journées des 11 et 12 avril, le *Nautilus* ne quitta pas la surface de la mer, et son chalut lui ramena toute une pêche miraculeuse en zoophytes, en poissons et en reptiles.

Quelques zoophytes avaient été dragués par la chaîne des chaluts. C'étaient, pour la plupart, de belles phyctallines, appartenant à la famille des actinidiens, et entre autres espèces, le *Phyctalis protexta*, originaire de cette partie de l'océan, petit tronc cylindrique, agrémenté de lignes verticales et tacheté de points rouges que couronne un merveilleux épanouissement de tentacules. Quant aux mollusques, ils consistaient en produits que j'avais déjà observés, des turritelles, des olives-porphyres, à lignes régulièrement entrecroisées dont les taches rousses se relevaient vivement sur un fond de chair, des ptérocères fantaisistes, semblables à des scorpions pétrifiés, des hyales translucides, des argonautes, des seiches excellentes à manger, et certaines espèces de calmars, que les naturalistes de l'Antiquité classaient parmi les poissons volants, et qui servent principalement d'appât pour la pêche de la morue.

Des poissons de ces parages que je n'avais pas encore eu l'occasion d'étudier, je notai diverses espèces. Parmi les cartilagineux : des pétromizons-pricka, sortes d'anguilles, longues de quinze pouces, tête verdâtre, nageoires violettes, dos gris bleuâtre, ventre brun argenté semé de taches vives, iris des yeux cerclé d'or, curieux animaux que le courant de l'Amazone avait dû entraîner jusqu'en mer, car ils habitent les eaux douces ; des raies tuberculées, à museau pointu, à queue longue et déliée, armées d'un long aiguillon dentelé ; de petits squales d'un mètre, gris et blanchâtres de peau, dont les dents, disposées sur plusieurs rangs, se recourbent en arrière, et qui sont vulgairement connus sous le nom de pantoufliers ; des lophies-vespertilions, sortes de triangles isocèles rougeâtres, d'un demi-mètre, auxquels les pectorales tiennent par des prolongations charnues qui leur donnent l'aspect de chauves-souris, mais que leur appendice corné, situé près des narines, a fait surnommer licornes de mer ; enfin quelques espèces de balistes, le curassavien dont les flancs pointillés brillent d'une éclatante couleur d'or, et le caprisque violet clair, à nuances chatoyantes comme la gorge d'un pigeon.

Je termine là cette nomenclature un peu sèche, mais très exacte, par la série des poissons osseux que j'observai : passans, appartenant au genre des aptéronotes, dont le museau est très obtus et blanc de neige, le corps peint d'un beau noir, et qui sont munis d'une lanière charnue très longue et très déliée ; odontagnathes aiguillonnés, longues sardines de trois décimètres, resplendissant d'un vif éclat argenté ; scombres-guares, pourvus de deux nageoires anales ; centronotes-nègres, à teintes noires, que l'on pêche avec des brandons, longs poissons de deux mètres, à chair grasse, blanche, ferme, qui, frais, ont le goût de l'anguille, et secs, le goût du saumon fumé ;

labres demi-rouges, revêtus d'écailles seulement à la base
des nageoires dorsales et anales ; chrysoptères, sur lesquels l'or et l'argent mêlent leur éclat à ceux du rubis et
de la topaze ; spares-queues-d'or, dont la chair est extrêmement délicate, et que leurs propriétés phosphorescentes
trahissent au milieu des eaux ; spares-pobs, à langue fine,
à teintes orange ; sciènes-coro à caudales d'or, acan-
thures-noirauds, anableps de Surinam, etc.

Cet « et cœtera » ne saurait m'empêcher de citer encore
un poisson dont Conseil se souviendra longtemps et pour
cause.

Un de nos filets avait rapporté une sorte de raie très
aplatie qui, la queue coupée, eût formé un disque parfait
et qui pesait une vingtaine de kilogrammes. Elle était
blanche en dessous, rougeâtre en dessus, avec de grandes
taches rondes d'un bleu foncé et cerclées de noir, très
lisse de peau, et terminée par une nageoire bilobée. Étendue sur la plate-forme, elle se débattait, essayait de se
retourner par des mouvements convulsifs, et faisait tant
d'efforts qu'un dernier soubresaut allait la précipiter à la
mer. Mais Conseil, qui tenait à son poisson, se précipita
sur lui, et, avant que je pusse l'en empêcher, il le saisit à
deux mains.

Aussitôt, le voilà renversé, les jambes en l'air, paralysé
d'une moitié du corps, et criant :

« Ah ! mon maître, mon maître ! Venez à moi. »

C'était la première fois que le pauvre garçon ne me
parlait pas « à la troisième personne ».

Le Canadien et moi, nous l'avions relevé, nous le frictionnions à bras raccourcis, et quand il reprit ses sens, cet
éternel classificateur murmura d'une voix entrecoupée :

« Classe des cartilagineux, ordre des chondroptérygiens, à branchies fixes, sous-ordre des sélaciens, famille
des raies, genre des torpilles !

— Oui, mon ami, répondis-je, c'est une torpille qui t'a
mis dans ce déplorable état.

— Ah ! monsieur peut m'en croire, riposta Conseil,
mais je me vengerai de cet animal.

— Et comment ?

Aussitôt voilà Conseil renversé. (Page 526.)

— En le mangeant. »

Ce qu'il fit le soir même, mais par pure représaille, car franchement, c'était coriace.

L'infortuné Conseil s'était attaqué à une torpille de la plus dangereuse espèce, la cumana. Ce bizarre animal, dans un milieu conducteur tel que l'eau, foudroie les poissons à plusieurs mètres de distance, tant est grande la puissance de son organe électrique dont les deux surfaces principales ne mesurent pas moins de vingt-sept pieds carrés.

Le lendemain, 12 avril, pendant la journée, le *Nautilus* s'approcha de la côte hollandaise, vers l'embouchure du Maroni. Là vivaient en famille plusieurs groupes de lamantins. C'étaient des manates qui, comme le dugong et le stellère, appartiennent à l'ordre des siréniens. Ces beaux animaux, paisibles et inoffensifs, longs de six à sept mètres, devaient peser au moins quatre mille kilogrammes. J'appris à Ned Land et à Conseil que la prévoyante nature avait assigné à ces mammifères un rôle important. Ce sont eux, en effet, qui, comme les phoques, doivent paître les prairies sous-marines et détruire ainsi les agglomérations d'herbes qui obstruent l'embouchure des fleuves tropicaux.

« Et savez-vous, ajoutai-je, ce qui s'est produit, depuis que les hommes ont presque entièrement anéanti ces races utiles ? C'est que les herbes putréfiées ont empoisonné l'air, et l'air empoisonné, c'est la fièvre jaune qui désole ces admirables contrées. Les végétations vénéneuses se sont multipliées sous ces mers torrides, et le mal s'est irrésistiblement développé depuis l'embouchure du Rio de la Plata jusqu'aux Florides ! »

Et s'il faut en croire Toussenel, ce fléau n'est rien encore auprès de celui qui frappera nos descendants, lorsque les mers seront dépeuplées de baleines et de phoques. Alors, encombrées de poulpes, de méduses, de calmars, elles deviendront de vastes foyers d'infection, puisque leurs flots ne posséderont plus « ces vastes estomacs, que Dieu avait chargés d'écumer la surface des mers ».

Cependant, sans dédaigner ces théories, l'équipage du

Là vivaient en famille des groupes de lamantins. (Page 528.)

Nautilus s'empara d'une demi-douzaine de manates. Il s'agissait, en effet, d'approvisionner les cambuses d'une chair excellente, supérieure à celle du bœuf et du veau. Cette chasse ne fut pas intéressante. Les manates se laissaient frapper sans se défendre. Plusieurs milliers de kilos de viande, destinée à être séchée, furent emmagasinés à bord.

Ce jour-là, une pêche, singulièrement pratiquée, vint encore accroître les réserves du *Nautilus*, tant ces mers se montraient giboyeuses. Le chalut avait rapporté dans ses mailles un certain nombre de poissons dont la tête se terminait par une plaque ovale à rebords charnus. C'étaient des échénéides, de la troisième famille des malacoptérygiens subbrachiens. Leur disque aplati se compose de lames cartilagineuses transversales mobiles, entre lesquelles l'animal peut opérer le vide, ce qui lui permet d'adhérer aux objets à la façon d'une ventouse.

Le rémora, que j'avais observé dans la Méditerranée, appartient à cette espèce. Mais, celui dont il s'agit ici, c'était l'échénéide ostéochère, particulier à cette mer. Nos marins, à mesure qu'ils les prenaient, les déposaient dans des bailles pleines d'eau.

La pêche terminée, le *Nautilus* se rapprocha de la côte. En cet endroit, un certain nombre de tortues marines dormaient à la surface des flots. Il eût été difficile de s'emparer de ces précieux reptiles, car le moindre bruit les éveille, et leur solide carapace est à l'épreuve du harpon. Mais l'échénéide devait opérer cette capture avec une sûreté et une précision extraordinaires. Cet animal, en effet, est un hameçon vivant, qui ferait le bonheur et la fortune du naïf pêcheur à la ligne.

Les hommes du *Nautilus* attachèrent à la queue de ces poissons un anneau assez large pour ne pas gêner leurs mouvements, et à cet anneau, une longue corde amarrée à bord par l'autre bout.

Les échénéides, jetés à la mer, commencèrent aussitôt leur rôle et allèrent se fixer au plastron des tortues. Leur ténacité était telle qu'ils se fussent déchirés plutôt que de lâcher prise. On les halait à bord, et avec eux les tortues auxquelles ils adhéraient.

On prit ainsi plusieurs cacouannes, larges d'un mètre, qui pesaient deux cents kilos. Leur carapace, couverte de plaques cornées grandes, minces, transparentes, brunes, avec mouchetures blanches et jaunes, les rendaient très précieuses. En outre, elles étaient excellentes au point de vue comestible, ainsi que les tortues franches qui sont d'un goût exquis.

Cette pêche termina notre séjour sur les parages de l'Amazone, et, la nuit venue, le *Nautilus* regagna la haute mer.

XVIII

LES POULPES

Pendant quelques jours, le *Nautilus* s'écarta constamment de la côte américaine. Il ne voulait pas, évidemment, fréquenter les flots du golfe du Mexique ou de la mer des Antilles. Cependant, l'eau n'eût pas manqué sous sa quille, puisque la profondeur moyenne de ces mers est de dix-huit cents mètres ; mais, probablement, ces parages, semés d'îles et sillonnés de steamers, ne convenaient pas au capitaine Nemo.

Le 16 avril, nous eûmes connaissance de la Martinique et de la Guadeloupe, à une distance de trente milles environ. J'aperçus un instant leurs pitons élevés.

Le Canadien, qui comptait mettre ses projets à exécution dans le golfe, soit en gagnant une terre, soit en accostant un des nombreux bateaux qui font le cabotage d'une île à l'autre, fut très décontenancé. La fuite eût été très praticable si Ned Land fût parvenu à s'emparer du canot

à l'insu du capitaine. Mais en plein océan, il ne fallait pas
y songer.

Le Canadien, Conseil et moi, nous eûmes une assez
longue conversation à ce sujet. Depuis six mois nous
étions prisonniers à bord du *Nautilus*. Nous avions fait
dix-sept mille lieues, et, comme le disait Ned Land, il n'y
avait pas de raison pour que cela finît. Il me fit donc une
proposition à laquelle je ne m'attendais pas. Ce fut de
poser catégoriquement cette question au capitaine Nemo :
Le capitaine comptait-il nous garder indéfiniment à son
bord ?

Une semblable démarche me répugnait. Suivant moi,
elle ne pouvait aboutir. Il ne fallait rien espérer du
commandant du *Nautilus*, mais tout de nous seuls. D'ailleurs, depuis quelque temps, cet homme devenait plus
sombre, plus retiré, moins sociable. Il paraissait m'éviter.
Je ne le rencontrais qu'à de rares intervalles. Autrefois,
il se plaisait à m'expliquer les merveilles sous-marines ;
maintenant il m'abandonnait à mes études et ne venait
plus au salon.

Quel changement s'était opéré en lui ? Pour quelle cause ? Je n'avais rien à me reprocher. Peut-être notre présence à bord lui pesait-elle ? Cependant, je ne devais pas
espérer qu'il fût homme à nous rendre la liberté.

Je priai donc Ned de me laisser réfléchir avant d'agir.
Si cette démarche n'obtenait aucun résultat, elle pouvait
raviver ses soupçons, rendre notre situation pénible et
nuire aux projets du Canadien. J'ajouterai que je ne pouvais en aucune façon arguer de notre santé. Si l'on
excepte la rude épreuve de la banquise du pôle Sud, nous
ne nous étions jamais mieux portés, ni Ned, ni Conseil,
ni moi. Cette nourriture saine, cette atmosphère salubre,
cette régularité d'existence, cette uniformité de température, ne donnaient pas prise aux maladies, et pour un
homme auquel les souvenirs de la terre ne laissaient
aucun regret, pour un capitaine Nemo, qui est chez lui,
qui va où il veut, qui par des voies mystérieuses pour les
autres, non pour lui-même, marche à son but, je comprenais une telle existence. Mais nous, nous n'avions pas

rompu avec l'humanité. Pour mon compte, je ne voulais pas ensevelir avec moi mes études si curieuses et si nouvelles. J'avais maintenant le droit d'écrire le vrai livre de la mer, et ce livre, je voulais que, plus tôt que plus tard, il pût voir le jour.

Là encore, dans ces eaux des Antilles, à dix mètres au-dessous de la surface des flots, par les panneaux ouverts, que de produits intéressants j'eus à signaler sur mes notes quotidiennes ! C'étaient, entre autres zoophytes, des galères connues sous le nom de physaliespélagiques, sortes de grosses vessies oblongues, à reflets nacrés, tendant leur membrane au vent et laissant flotter leurs tentacules bleus comme des fils de soie, charmantes méduses à l'œil, véritables orties au toucher qui distillent un liquide corrosif. C'étaient, parmi les articulés, des annélides longs d'un mètre et demi, armés d'une trompe rose et pourvus de dix-sept cents organes locomoteurs, qui serpentaient sous les eaux et jetaient en passant toutes les lueurs du spectre solaire. C'étaient, dans l'embranchement des poissons, des raies-molubars, énormes cartilagineux longs de dix pieds et pesant six cents livres, la nageoire pectorale triangulaire, le milieu du dos un peu bombé, les yeux fixés aux extrémités de la face antérieure de la tête, et qui, flottant comme une épave de navire, s'appliquaient parfois comme un opaque volet sur notre vitre. C'étaient des balistes-américains pour lesquels la nature n'a broyé que du blanc et du noir, des gobies plumiers, allongés et charnus, aux nageoires jaunes, à la mâchoire proéminente, des scombres de seize décimètres, à dents courtes et aiguës, couverts de petites écailles, appartenant à l'espèce des albicores. Puis, par nuées, apparaissaient des surmulets, corsetés de raies d'or de la tête à la queue, agitant leurs resplendissantes nageoires ; véritables chefs-d'œuvre de bijouterie consacrés autrefois à Diane, particulièrement recherchés des riches Romains, et dont le proverbe disait : « Ne les mange pas qui les prend ! » Enfin, des pomacanthes-dorés, ornés de bandelettes émeraude, habillés de velours et de soie, passaient devant nos yeux comme des seigneurs de Véronèse ; des spares-éperonnés se dérobaient sous leur rapide nageoire thoracine ; des clupanodons de quinze pouces s'enveloppaient de leurs lueurs phosphorescentes ; des muges battaient la mer de leur grosse queue charnue ; des corégones rouges semblaient faucher les flots avec leur pectorale tranchante, et des sélènes argentées, dignes de leur nom, se levaient sur l'horizon des eaux comme autant de lunes aux reflets blanchâtres.

Que d'autres échantillons merveilleux et nouveaux j'eusse encore observés, si le *Nautilus* ne se fût peu à peu abaissé vers les couches profondes ! Ses plans inclinés l'entraînèrent jusqu'à des fonds de deux mille et trois mille cinq cents mètres. Alors la vie animale n'était plus représentée que par des encrines, des étoiles de mer, de charmantes pentacrines tête de méduse, dont la tige droite supportait un petit calice, des troques, des quenottes sanglantes et des fissurelles, mollusques littoraux de grande espèce.

Le 20 avril, nous étions remontés à une hauteur moyenne de quinze cents mètres. La terre la plus rapprochée était alors cet archipel des îles Lucayes, disséminées comme un tas de pavés à la surface des eaux. Là s'élevaient de hautes falaises sous-marines, murailles droites faites de blocs frustes disposés par larges assises, entre lesquels se creusaient des trous noirs que nos rayons électriques n'éclairaient pas jusqu'au fond.

Ces roches étaient tapissées de grandes herbes, de laminaires géants, de fucus gigantesques, un véritable espalier d'hydrophytes digne d'un monde de Titans.

De ces plantes colossales dont nous parlions, Conseil, Ned et moi, nous fûmes naturellement amenés à citer les animaux gigantesques de la mer. Les unes sont évidemment destinées à la nourriture des autres. Cependant, par les vitres du *Nautilus* presque immobile, je n'apercevais encore sur ces longs filaments que les principaux articulés de la division des brachioures, des lambres à longues pattes, des crabes violacés, des clios particuliers aux mers des Antilles.

Il était environ onze heures, quand Ned Land attira

mon attention sur un formidable fourmillement qui se produisait à travers les grandes algues.

« Eh bien ! dis-je, ce sont là de véritables cavernes à poulpes, et je ne serais pas étonné d'y voir quelques-uns de ces monstres.

— Quoi ! fit Conseil, des calmars, de simples calmars, de la classe des céphalopodes ?

— Non, dis-je, des poulpes de grande dimension. Mais l'ami Land s'est trompé, sans doute, car je n'aperçois rien.

— Je le regrette, répliqua Conseil. Je voudrais contempler face à face l'un de ces poulpes dont j'ai tant entendu parler et qui peuvent entraîner des navires dans le fond des abîmes. Ces bêtes-là, ça se nomme des krak...

— Craque suffit, répondit ironiquement le Canadien.

— Krakens, riposta Conseil, achevant son mot sans se soucier de la plaisanterie de son compagnon.

— Jamais on ne me fera croire, dit Ned Land, que de tels animaux existent.

— Pourquoi pas ? répondit Conseil. Nous avons bien cru au narval de monsieur.

— Nous avons eu tort, Conseil.

— Sans doute ! mais d'autres y croient sans doute encore.

— C'est probable, Conseil, mais pour mon compte, je suis bien décidé à n'admettre l'existence de ces monstres que lorsque je les aurai disséqués de ma propre main.

— Ainsi, me demanda Conseil, monsieur ne croit pas aux poulpes gigantesques ?

— Eh ! qui diable y a jamais cru ? s'écria le Canadien.

— Beaucoup de gens, ami Ned.

— Pas des pêcheurs. Des savants, peut-être !

— Pardon, Ned. Des pêcheurs et des savants !

— Mais moi qui vous parle, dit Conseil de l'air le plus sérieux du monde, je me rappelle parfaitement avoir vu une grande embarcation entraînée sous les flots par les bras d'un céphalopode.

— Vous avez vu cela ? demanda le Canadien.

— Oui, Ned.

— De vos propres yeux ?

— De mes propres yeux.

— Où, s'il vous plaît ?

— À Saint-Malo, repartit imperturbablement Conseil.

— Dans le port ? dit Ned Land ironiquement.

— Non dans une église, répondit Conseil.

— Dans une église ! s'écria le Canadien.

— Oui, ami Ned. C'était un tableau qui représentait le poulpe en question !

— Bon ! fit Ned Land, éclatant de rire. Monsieur Conseil qui me fait poser !

— Au fait, il a raison, dis-je. J'ai entendu parler de ce tableau ; mais le sujet qu'il représente est tiré d'une légende, et vous savez ce qu'il faut penser des légendes en matière d'histoire naturelle ! D'ailleurs, quand il s'agit de monstres, l'imagination ne demande qu'à s'égarer. Non seulement on a prétendu que ces poulpes pouvaient entraîner des navires, mais un certain Olaüs Magnus parle d'un céphalopode, long d'un mille, qui ressemblait plutôt à une île qu'à un animal. On raconte aussi que l'évêque de Nidros dressa un jour un autel sur un rocher immense. Sa messe finie, le rocher se mit en marche et retourna à la mer. Le rocher était un poulpe.

— Et c'est tout ? demanda le Canadien.

— Non, répondis-je. Un autre évêque, Pontoppidan de Berghem, parle également d'un poulpe sur lequel pouvait manœuvrer un régiment de cavalerie !

— Ils allaient bien, les évêques d'autrefois ! dit Ned Land.

— Enfin, les naturalistes de l'Antiquité citent des monstres dont la gueule ressemblait à un golfe, et qui étaient trop gros pour passer par le détroit de Gibraltar.

— À la bonne heure ! fit le Canadien.

— Mais dans tous ces récits, qu'y a-t-il de vrai ? demanda Conseil.

— Rien, mes amis, rien du moins de ce qui passe la limite de la vraisemblance pour monter jusqu'à la fable ou à la légende. Toutefois, à l'imagination des conteurs, il faut sinon une cause, du moins un prétexte. On ne peut nier qu'il existe des poulpes et des calmars de très grande espèce, mais inférieurs cependant aux cétacés. Aristote a constaté les dimensions d'un calmar de cinq coudées, soit trois mètres dix. Nos pêcheurs en voient fréquemment dont la longueur dépasse un mètre quatre-vingts. Les musées de Trieste et de Montpellier conservent des squelettes de poulpes qui mesurent deux mètres. D'ailleurs, suivant le calcul des naturalistes, un de ces animaux, long de six pieds seulement, aurait des tentacules longs de vingt-sept. Ce qui suffit pour en faire un monstre formidable.

— En pêche-t-on de nos jours ? demanda le Canadien.

— S'ils n'en pêchent pas, les marins en voient du moins. Un de mes amis, le capitaine Paul Bos, du Havre, m'a souvent affirmé qu'il avait rencontré un de ces monstres de taille colossale dans les mers de l'Inde. Mais le fait le plus étonnant et qui ne permet plus de nier l'existence de ces animaux gigantesques, s'est passé il y a quelques années, en 1861.

— Quel est ce fait ? demanda Ned Land.

— Le voici. En 1861, dans le nord-est de Ténériffe, à peu près par la latitude où nous sommes en ce moment, l'équipage de l'aviso l'*Alecton* aperçut un monstrueux calmar qui nageait dans ses eaux. Le commandant Bouguer s'approcha de l'animal, et il l'attaqua à coups de harpon et à coups de fusil, sans grand succès, car balles et harpons traversaient ces chairs molles comme une gelée sans consistance. Après plusieurs tentatives infructueuses, l'équipage parvint à passer un nœud coulant autour du corps du mollusque. Ce nœud glissa jusqu'aux nageoires caudales et s'y arrêta. On essaya alors de haler le monstre à bord, mais son poids était si considérable qu'il se sépara de sa queue sous la traction de la corde, et, privé de cet ornement, il disparut sous les eaux.

— Enfin, voilà un fait, dit Ned Land.

— Un fait indiscutable, mon brave Ned. Aussi a-t-on proposé de nommer ce poulpe "calmar de Bouguer".

— Et quelle était sa longueur ? demanda le Canadien.

— Ne mesurait-il pas six mètres environ ? dit Conseil,

Il l'attaqua à coups de harpon. (Page 537.)

qui, posté à la vitre, examinait de nouveau les anfractuo-sités de la falaise.

— Précisément, répondis-je.

— Sa tête, reprit Conseil, n'était-elle pas couronnée de huit tentacules, qui s'agitaient sur l'eau comme une nichée de serpents ?

— Précisément.

— Ses yeux, placés à fleur de tête, n'avaient-ils pas un développement considérable ?

— Oui, Conseil.

— Et sa bouche, n'était-ce pas un véritable bec de per-roquet, mais un bec formidable ?

— En effet, Conseil.

— Eh bien ! n'en déplaise à monsieur, répondit tran-quillement Conseil, si ce n'est pas le calmar de Bouguer, voici, du moins, un de ses frères. »

Je regardai Conseil. Ned Land se précipita vers la vitre.

« L'épouvantable bête ! » s'écria-t-il.

Je regardai à mon tour, et je ne pus réprimer un mouve-ment de répulsion. Devant mes yeux s'agitait un monstre horrible, digne de figurer dans les légendes tératolo-giques.

C'était un calmar de dimensions colossales, ayant huit mètres de longueur. Il marchait à reculons avec une extrême vélocité dans la direction du *Nautilus*. Il regardait de ses énormes yeux fixes à teintes glauques. Ses huit bras, ou plutôt ses huit pieds, implantés sur sa tête, qui ont valu à ces animaux le nom de céphalopodes, avaient un développement double de son corps et se tordaient comme la chevelure des Furies. On voyait distinctement les deux cent cinquante ventouses disposées sur la face interne des tentacules sous forme de capsules semi-sphé-riques. Parfois ces ventouses s'appliquaient sur la vitre du salon en y faisant le vide. La bouche de ce monstre — un bec de corne fait comme le bec d'un perroquet — s'ouvrait et se refermait verticalement. Sa langue, sub-stance cornée, armée elle-même de plusieurs rangées de dents aiguës, sortait en frémissant de cette véritable cisaille. Quelle fantaisie de la nature ! Un bec d'oiseau à

C'était un calmar de dimensions colossales. (Page 539.)

un mollusque ! Son corps, fusiforme et renflé dans sa partie moyenne, formait une masse charnue qui devait peser vingt à vingt-cinq mille kilogrammes. Sa couleur inconstante, changeant avec une extrême rapidité suivant l'irritation de l'animal, passait successivement du gris livide au brun rougeâtre.

De quoi s'irritait ce mollusque ? Sans doute de la présence de ce *Nautilus*, plus formidable que lui, et sur lequel ses bras suceurs ou ses mandibules n'avaient aucune prise. Et cependant, quels monstres que ces poulpes, quelle vitalité le Créateur leur a départie, quelle vigueur dans leurs mouvements, puisqu'ils possèdent trois cœurs !

Le hasard nous avait mis en présence de ce calmar, et je ne voulus pas laisser perdre l'occasion d'étudier soigneusement cet échantillon des céphalopodes. Je surmontai l'horreur que m'inspirait son aspect, et, prenant un crayon, je commençai à le dessiner.

« C'est peut-être le même que celui de l'*Alecton*, dit Conseil.

— Non, répondit le Canadien, puisque celui-ci est entier et que l'autre a perdu sa queue !

— Ce ne serait pas une raison, répondis-je. Les bras et la queue de ces animaux se reforment par rédintégration, et depuis sept ans, la queue du calmar de Bouguer a sans doute eu le temps de repousser.

— D'ailleurs, riposta Ned, si ce n'est pas celui-ci, c'est peut-être un de ceux-là ! »

En effet, d'autres poulpes apparaissaient à la vitre de tribord. J'en comptai sept. Ils faisaient cortège au *Nautilus*, et j'entendais les grincements de leur bec sur la coque de tôle. Nous étions servis à souhait.

Je continuai mon travail. Ces monstres se maintenaient dans nos eaux avec une telle précision qu'ils semblaient immobiles, et j'aurais pu les décalquer en raccourci sur la vitre. D'ailleurs, nous marchions sous une allure modérée.

Tout à coup le *Nautilus* s'arrêta. Un choc le fit tressaillir dans toute sa membrure.

« Est-ce que nous avons touché ? demandai-je.

— En tout cas, répondit le Canadien, nous serions déjà dégagés, car nous flottons. »

Le *Nautilus* flottait sans doute, mais il ne marchait plus. Les branches de son hélice ne battaient pas les flots. Une minute se passa. Le capitaine Nemo, suivi de son second, entra dans le salon.

Je ne l'avais pas vu depuis quelque temps. Il me parut sombre. Sans nous parler, sans nous voir peut-être, il alla au panneau, regarda les poulpes et dit quelques mots à son second.

Celui-ci sortit. Bientôt les panneaux se refermèrent. Le plafond s'illumina.

J'allai vers le capitaine.

« Une curieuse collection de poulpes, lui dis-je, du ton dégagé que prendrait un amateur devant le cristal d'un aquarium.

— En effet, monsieur le naturaliste, me répondit-il, et nous allons les combattre corps à corps. »

Je regardai le capitaine. Je croyais n'avoir pas bien entendu.

« Corps à corps ? répétai-je.

— Oui, monsieur. L'hélice est arrêtée. Je pense que les mandibules cornées de l'un de ces calmars se sont engagées dans ses branches. Ce qui nous empêche de marcher.

— Et qu'allez-vous faire ?

— Remonter à la surface et massacrer toute cette vermine.

— Entreprise difficile.

— En effet. Les balles électriques sont impuissantes contre ces chairs molles où elles ne trouvent pas assez de résistance pour éclater. Mais nous les attaquerons à la hache.

— Et au harpon, monsieur, dit le Canadien, si vous ne refusez pas mon aide.

— Je l'accepte, maître Land.

— Nous vous accompagnerons », dis-je, et, suivant le

capitaine Nemo, nous nous dirigeâmes vers l'escalier central.

Là, une dizaine d'hommes, armés de haches d'abordage, se tenaient prêts à l'attaque. Conseil et moi, nous prîmes deux haches. Ned Land saisit un harpon.

Le *Nautilus* était alors revenu à la surface des flots. Un des marins, placé sur les derniers échelons, dévissait les boulons du panneau. Mais les écrous étaient à peine dégagés que le panneau se releva avec une violence extrême, évidemment tiré par la ventouse d'un bras de poulpe.

Aussitôt un de ces longs bras se glissa comme un serpent par l'ouverture, et vingt autres s'agitèrent au-dessus. D'un coup de hache, le capitaine Nemo coupa ce formidable tentacule, qui glissa sur les échelons en se tordant.

Au moment où nous nous pressions les uns sur les autres pour atteindre la plate-forme, deux autres bras, cinglant l'air, s'abattirent sur le marin placé devant le capitaine Nemo et l'enlevèrent avec une violence irrésistible.

Le capitaine Nemo poussa un cri et s'élança au-dehors. Nous nous étions précipités à sa suite.

Quelle scène ! Le malheureux, saisi par le tentacule et collé à ses ventouses, était balancé dans l'air au caprice de cette énorme trompe. Il râlait, il étouffait, il criait : « À moi ! à moi ! » Ces mots, *prononcés en français*, me causèrent une profonde stupeur ! J'avais donc un compatriote à bord, plusieurs peut-être ! Cet appel déchirant, je l'entendrai toute ma vie !

L'infortuné était perdu. Qui pouvait l'arracher à cette puissante étreinte ? Cependant le capitaine Nemo s'était précipité sur le poulpe, et, d'un coup de hache, il lui avait encore abattu un bras. Son second luttait avec rage contre d'autres monstres qui rampaient sur les flancs du *Nautilus*. L'équipage se battait à coups de hache. Le Canadien, Conseil et moi, nous enfoncions nos armes dans ces masses charnues. Une violente odeur de musc pénétrait l'atmosphère. C'était horrible.

Un instant, je crus que le malheureux, enlacé par le poulpe, serait arraché à sa puissante succion. Sept bras sur

Un de ces longs bras se glissa par l'ouverture. (Page 543.)

huit avaient été coupés. Un seul, brandissant la victime comme une plume, se tordait dans l'air. Mais au moment où le capitaine Nemo et son second se précipitaient sur lui, l'animal lança une colonne d'un liquide noirâtre, sécrété par une bourse située dans son abdomen. Nous en fûmes aveuglés. Quand ce nuage se fut dissipé, le calmar avait disparu, et avec lui mon infortuné compatriote !

Quelle rage nous poussa alors contre ces monstres ! On ne se possédait plus. Dix ou douze poulpes avaient envahi la plate-forme et les flancs du *Nautilus*. Nous roulions pêle-mêle au milieu de ces tronçons de serpents qui tressautaient sur la plate-forme dans des flots de sang et d'encre noire. Il semblait que ces visqueux tentacules renaissaient comme les têtes de l'hydre. Le harpon de Ned Land, à chaque coup, se plongeait dans les yeux glauques des calmars et les crevait. Mais mon audacieux compagnon fut soudain renversé par les tentacules d'un monstre qu'il n'avait pu éviter.

Ah ! comment mon cœur ne s'est-il pas brisé d'émotion et d'horreur ! Le formidable bec du calmar s'était ouvert sur Ned Land. Ce malheureux allait être coupé en deux. Je me précipitai à son secours. Mais le capitaine Nemo m'avait devancé. Sa hache disparut entre les deux énormes mandibules, et miraculeusement sauvé, le Canadien, se relevant, plongea son harpon tout entier jusqu'au triple cœur du poulpe.

« Je me devais cette revanche ! » dit le capitaine Nemo au Canadien.

Ned s'inclina sans lui répondre.

Ce combat avait duré un quart d'heure. Les monstres vaincus, mutilés, frappés à mort, nous laissèrent enfin place et disparurent sous les flots.

Le capitaine Nemo, rouge de sang, immobile près du fanal, regardait la mer qui avait englouti l'un de ses compagnons, et de grosses larmes coulaient de ses yeux.

Le poulpe brandissait la victime comme une plume. (Page 545.)

XIX

LE GULF STREAM

Cette terrible scène du 20 avril, aucun de nous ne pourra jamais l'oublier. Je l'ai écrite sous l'impression d'une émotion violente. Depuis, j'en ai revu le récit. Je l'ai lu à Conseil et au Canadien. Ils l'ont trouvé exact comme fait, mais insuffisant comme effet. Pour peindre de pareils tableaux, il faudrait la plume du plus illustre de nos poètes, l'auteur des *Travailleurs de la Mer*.

J'ai dit que le capitaine Nemo pleurait en regardant les flots. Sa douleur fut immense. C'était le second compagnon qu'il perdait depuis notre arrivée à bord. Et quelle mort ! Cet ami, écrasé, étouffé, brisé par le formidable bras d'un poulpe, broyé sous ses mandibules de fer, ne devait pas reposer avec ses compagnons dans les paisibles eaux du cimetière de corail !

Pour moi, au milieu de cette lutte, c'était ce cri de désespoir poussé par l'infortuné qui m'avait déchiré le cœur. Ce pauvre Français, oubliant son langage de convention, s'était repris à parler la langue de son pays et de sa mère, pour jeter un suprême appel ! Parmi cet équipage du *Nautilus*, associé de corps et d'âme au capitaine Nemo, fuyant comme lui le contact des hommes, j'avais donc un compatriote ! Était-il seul à représenter la France dans cette mystérieuse association, évidemment composée d'individus de nationalités diverses ? C'était encore un de ces insolubles problèmes qui se dressaient sans cesse devant mon esprit !

Le capitaine Nemo rentra dans sa chambre, et je ne le vis plus pendant quelque temps. Mais qu'il devait être triste, désespéré, irrésolu, si j'en jugeais par ce navire dont il était l'âme et qui recevait toutes ses impressions ! Le *Nautilus* ne gardait plus de direction déterminée. Il allait, venait, flottait comme un cadavre au gré des lames.

Son hélice avait été dégagée, et cependant, il s'en servait à peine. Il naviguait au hasard. Il ne pouvait s'arracher du théâtre de sa dernière lutte, de cette mer qui avait dévoré l'un des siens !

Dix jours se passèrent ainsi. Ce fut le 1er mai seulement que le *Nautilus* reprit franchement sa route au nord, après avoir eu connaissance des Lucayes à l'ouvert du canal de Bahama. Nous suivions alors le courant du plus grand fleuve de la mer, qui a ses rives, ses poissons et sa température propres. J'ai nommé le Gulf Stream.

C'est un fleuve, en effet, qui coule librement au milieu de l'Atlantique, et dont les eaux ne se mélangent pas aux eaux océaniennes. C'est un fleuve salé, plus salé que la mer ambiante. Sa profondeur moyenne est de trois mille pieds, sa largeur moyenne de soixante milles. En de certains endroits, son courant marche avec une vitesse de quatre kilomètres à l'heure. L'invariable volume de ses eaux est plus considérable que celui de tous les fleuves du globe.

La véritable source du Gulf Stream, reconnue par le commandant Maury, son point de départ, si l'on veut, est situé dans le golfe de Gascogne. Là, ses eaux, encore faibles de température et de couleur, commencent à se former. Il descend au sud, longe l'Afrique équatoriale, échauffe ses flots aux rayons de la zone torride, traverse l'Atlantique, atteint le cap San-Roque sur la côte brésilienne, et se bifurque en deux branches dont l'une va se saturer encore des chaudes molécules de la mer des Antilles. Alors, le Gulf Stream, chargé de rétablir l'équilibre entre les températures et de mêler les eaux des tropiques aux eaux boréales, commence son rôle de pondérateur. Chauffé à blanc dans le golfe du Mexique, il s'élève au nord sur les côtes américaines, s'avance jusqu'à Terre-Neuve, dévie sous la poussée du courant froid du détroit de Davis, reprend la route de l'océan en suivant sur un des grands cercles du globe la ligne loxodromique, se divise en deux bras vers le quarante-troisième degré, dont l'un, aidé par l'alizé du nord-est, revient au golfe de Gascogne et aux Açores, et dont l'autre, après avoir

attiédi les rivages de l'Irlande et de la Norvège, va jusqu'au-delà du Spitzberg, où sa température tombe à
quatre degrés, former la mer libre du pôle.

C'est sur ce fleuve de l'océan que le *Nautilus* naviguait
alors. À sa sortie du canal de Bahama, sur quatorze lieues
de large, et sur trois cent cinquante mètres de profondeur,
le Gulf Stream marche à raison de huit kilomètres à
l'heure. Cette rapidité décroît régulièrement à mesure
qu'il s'avance vers le nord, et il faut souhaiter que cette
régularité persiste, car si, comme on a cru le remarquer, sa
vitesse et sa direction viennent à se modifier, les climats
européens seront soumis à des perturbations dont on ne
saurait calculer les conséquences.

Vers midi, j'étais sur la plate-forme avec Conseil. Je
lui faisais connaître les particularités relatives au Gulf
Stream. Quand mon explication fut terminée, je l'invitai
à plonger ses mains dans le courant.

Conseil obéit, et fut très étonné de n'éprouver aucune
sensation de chaud ni de froid.

« Cela vient, lui dis-je, de ce que la température des
eaux du Gulf Stream, en sortant du golfe du Mexique, est
peu différente de celle du sang. Ce Gulf Stream est un
vaste calorifère qui permet aux côtes d'Europe de se parer
d'une éternelle verdure. Et, s'il faut en croire Maury, la
chaleur de ce courant, totalement utilisée, fournirait assez
de calorique pour tenir en fusion un fleuve de fer fondu
aussi grand que l'Amazone ou le Missouri. »

En ce moment, la vitesse du Gulf Stream était de deux
mètres vingt-cinq par seconde. Son courant est tellement
distinct de la mer ambiante, que ses eaux comprimées
font saillie sur l'océan et qu'un dénivellement s'opère
entre elles et les eaux froides. Sombres d'ailleurs et très
riches en matières salines, elles tranchent par leur pur
indigo sur les flots verts qui les environnent. Telle est
même la netteté de leur ligne de démarcation, que le *Nautilus*, à la hauteur des Carolines, trancha de son éperon
les flots du Gulf Stream, tandis que son hélice battait
encore ceux de l'océan.

Ce courant entraînait avec lui tout un monde d'êtres

vivants. Les argonautes, si communs dans la Méditerranée, y voyageaient par troupes nombreuses. Parmi les cartilagineux, les plus remarquables étaient des raies dont la
queue très déliée formait à peu près le tiers du corps, et
qui figuraient de vastes losanges longs de vingt-cinq
pieds ; puis, de petits squales d'un mètre, à tête grande, à
museau court et arrondi, à dents pointues disposées sur
plusieurs rangs, et dont le corps paraissait couvert
d'écailles.

Parmi les poissons osseux, je notai des labres-grisons
particuliers à ces mers, des spares-synagres dont l'iris
brillait comme un feu, des sciènes longues d'un mètre, à
large gueule hérissée de petites dents, qui faisaient
entendre un léger cri, des centronotes-nègres dont j'ai
déjà parlé, des coriphènes bleus, relevés d'or et d'argent,
des perroquets, vrais arcs-en-ciel de l'océan, qui peuvent
rivaliser de couleur avec les plus beaux oiseaux des tropiques, des blémies-bosquiens à tête triangulaire, des
rhombes bleuâtres dépourvus d'écailles, des batrachoïdes
recouverts d'une bande jaune et transversale qui figure un
t grec, des fourmillements de petits gobiesbos pointillés
de taches brunes, des diptérodons à tête argentée et à
queue jaune, divers échantillons de salmones, des mugilo-
mores, sveltes de taille, brillant d'un éclat doux, que
Lacépède a consacré à l'aimable compagne de sa vie,
enfin un beau poisson, le chevalier-américain, qui, décoré
de tous les ordres et chamarré de tous les rubans, fréquente les rivages de cette grande nation où les rubans et
les ordres sont si médiocrement estimés.

J'ajouterai que, pendant la nuit, les eaux phosphorescentes du Gulf Stream rivalisaient avec l'éclat électrique
de notre fanal, surtout par ces temps orageux qui nous
menaçaient fréquemment.

Le 8 mai, nous étions encore en travers du cap Hatteras, à la hauteur de la Caroline du Nord. La largeur du
Gulf Stream est là de soixante-quinze milles, et sa profondeur de deux cent dix mètres. Le *Nautilus* continuait d'errer à l'aventure. Toute surveillance semblait bannie du
bord. Je conviendrai que, dans ces conditions, une éva-

sion pouvait réussir. En effet, les rivages habités offraient partout de faciles refuges. La mer était incessamment sillonnée de nombreux steamers qui font le service entre New York ou Boston et le golfe du Mexique, et nuit et jour parcourue par ces petites goélettes chargées du cabotage sur les divers points de la côte américaine. On pouvait espérer d'être recueilli. C'était donc une occasion favorable, malgré les trente milles qui séparaient le *Nautilus* des côtes de l'Union.

Mais une circonstance fâcheuse contrariait absolument les projets du Canadien. Le temps était fort mauvais. Nous approchions de ces parages où les tempêtes sont fréquentes, de cette patrie des trombes et des cyclones, précisément engendrés par le courant du Gulf Stream. Affronter une mer souvent démontée sur un frêle canot, c'était courir à une perte certaine. Ned Land en convenait lui-même. Aussi rongeait-il son frein, pris d'une furieuse nostalgie que la fuite seule eût pu guérir.

« Monsieur, me dit-il ce jour-là, il faut que cela finisse. Je veux en avoir le cœur net. Votre Nemo s'écarte des terres et remonte vers le nord. Mais je vous le déclare, j'ai assez du pôle Sud, et je ne le suivrai pas au pôle Nord.

— Que faire, Ned, puisqu'une évasion est impraticable en ce moment ?

— J'en reviens à mon idée. Il faut parler au capitaine. Vous n'avez rien dit, quand nous étions dans les mers de votre pays. Je veux parler, maintenant que nous sommes dans les mers du mien. Quand je songe qu'avant quelques jours, le *Nautilus* va se trouver à la hauteur de la Nouvelle-Écosse, et que là, vers Terre-Neuve, s'ouvre une large baie, que dans cette baie se jette le Saint-Laurent, et que le Saint-Laurent, c'est mon fleuve à moi, le fleuve de Québec, ma ville natale ; quand je songe à cela, la fureur me monte au visage, mes cheveux se hérissent. Tenez, monsieur, je me jetterai plutôt à la mer ! Je ne resterai pas ici ! J'y étouffe ! »

Le Canadien était évidemment à bout de patience. Sa vigoureuse nature ne pouvait s'accommoder de cet emprisonnement prolongé. Sa physionomie s'altérait de jour en jour. Son caractère devenait de plus en plus sombre. Je sentais ce qu'il devait souffrir, car, moi aussi, la nostalgie me prenait. Près de sept mois s'étaient écoulés sans que nous eussions eu aucune nouvelle de la terre. De plus, l'isolement du capitaine Nemo, son humeur modifiée, surtout depuis le combat des poulpes, sa taciturnité, tout me faisait apparaître les choses sous un aspect différent. Je ne sentais plus l'enthousiasme des premiers jours. Il fallait être un Flamand comme Conseil pour accepter cette situation, dans ce milieu réservé aux cétacés et autres habitants de la mer. Véritablement, si ce brave garçon, au lieu de poumons, avait eu des branchies, je crois qu'il aurait fait un poisson distingué !

« Eh bien, monsieur ? reprit Ned Land, voyant que je ne répondais pas.

— Eh bien, Ned, vous voulez que je demande au capitaine Nemo quelles sont ses intentions à notre égard ?

— Oui, monsieur.

— Et cela, quoiqu'il les ait déjà fait connaître ?

— Oui. Je désire être fixé une dernière fois. Parlez pour moi seul, en mon seul nom, si vous voulez.

— Mais je le rencontre rarement. Il m'évite même.

— C'est une raison de plus pour l'aller voir.

— Je l'interrogerai, Ned.

— Quand ? demanda le Canadien en insistant.

— Quand je le rencontrerai.

— Monsieur Aronnax, voulez-vous que j'aille le trouver, moi ?

— Non, laissez-moi faire. Demain...

— Aujourd'hui, dit Ned Land.

— Soit. Aujourd'hui, je le verrai », répondis-je au Canadien, qui, en agissant lui-même, eût certainement tout compromis.

Je restai seul. La demande décidée, je résolus d'en finir immédiatement. J'aime mieux chose faite que chose à faire.

Je rentrai dans ma chambre. De là, j'entendis marcher dans celle du capitaine Nemo. Il ne fallait pas laisser échapper cette occasion de le rencontrer. Je frappai à sa porte. Je n'obtins pas de réponse. Je frappai de nouveau, puis je tournai le bouton. La porte s'ouvrit.

J'entrai. Le capitaine était là. Courbé sur sa table de travail, il ne m'avait pas entendu. Résolu à ne pas sortir sans l'avoir interrogé, je m'approchai de lui. Il releva la tête brusquement, fronça les sourcils, et me dit d'un ton assez rude :

« Vous ici ! Que me voulez-vous ?

— Vous parler, capitaine.

— Mais je suis occupé, monsieur, je travaille. Cette liberté que je vous laisse de vous isoler, ne puis-je l'avoir pour moi ? »

La réception était peu encourageante. Mais j'étais décidé à tout entendre pour tout répondre.

« Monsieur, dis-je froidement, j'ai à vous parler d'une affaire qu'il ne m'est pas permis de retarder.

— Laquelle, monsieur ? répondit-il ironiquement. Avez-vous fait quelque découverte qui m'ait échappé ? La mer vous a-t-elle livré de nouveaux secrets ? »

Nous étions loin de compte. Mais avant que j'eusse répondu, me montrant un manuscrit ouvert sur sa table, il me dit d'un ton plus grave :

« Voici, monsieur Aronnax, un manuscrit écrit en plusieurs langues. Il contient le résumé de mes études sur la mer, et, s'il plaît à Dieu, il ne périra pas avec moi. Ce manuscrit, signé de mon nom, complété par l'histoire de ma vie, sera renfermé dans un petit appareil insubmersible. Le dernier survivant de nous tous à bord du *Nautilus* jettera cet appareil à la mer, et il ira où les flots le porteront. »

Le nom de cet homme ! Son histoire écrite par lui-même ! Son mystère serait donc un jour dévoilé ? Mais, en ce moment, je ne vis dans cette communication qu'une entrée en matière.

« Capitaine, répondis-je, je ne puis qu'approuver la pensée qui vous fait agir. Il ne faut pas que le fruit de vos études soit perdu. Mais le moyen que vous employez me paraît primitif. Qui sait où les vents pousseront cet appareil, en quelles mains il tombera ? Ne sauriez-vous trouver mieux ? Vous, ou l'un des vôtres ne peut-il... ?

— Jamais, monsieur, dit vivement le capitaine en m'interrompant.

— Mais moi, mes compagnons, nous sommes prêts à garder ce manuscrit en réserve, et si vous nous rendez la liberté...

— La liberté ! fit le capitaine Nemo se levant.

— Oui, monsieur, et c'est à ce sujet que je voulais vous interroger. Depuis sept mois nous sommes à votre bord, et je vous demande aujourd'hui, au nom de mes compagnons comme au mien, si votre intention est de nous y garder toujours.

— Monsieur Aronnax, dit le capitaine Nemo, je vous répondrai aujourd'hui ce que je vous ai répondu il y a sept mois : Qui entre dans le *Nautilus* ne doit plus le quitter.

— C'est l'esclavage même que vous nous imposez !

— Donnez-lui le nom qu'il vous plaira.

— Mais partout l'esclave garde le droit de recouvrer sa liberté ! Quels que soient les moyens qui s'offrent à lui, il peut les croire bons !

— Ce droit, répondit le capitaine Nemo, qui vous le dénie ? Ai-je jamais pensé à vous enchaîner par un serment ? »

Le capitaine me regardait en se croisant les bras.

« Monsieur, lui dis-je, revenir une seconde fois sur ce sujet ne serait ni de votre goût ni du mien. Mais puisque nous l'avons entamé, épuisons-le. Je vous le répète, ce n'est pas seulement de ma personne qu'il s'agit. Pour moi l'étude est un secours, une diversion puissante, un entraînement, une passion qui peut me faire tout oublier. Comme vous, je suis homme à vivre ignoré, obscur, dans le fragile espoir de léguer un jour à l'avenir le résultat de mes travaux, au moyen d'un appareil hypothétique confié au hasard des flots et des vents. En un mot, je puis vous admirer, vous suivre sans déplaisir dans un rôle que je comprends sur certains points ; mais il est encore d'autres aspects de votre vie qui me la font entrevoir entourée de complications et de mystères auxquels seuls ici, mes compagnons et moi, nous n'avons aucune part. Et même, quand notre cœur a pu battre pour vous, ému par quelques-unes de vos douleurs ou remué par vos actes de génie ou de courage, nous avons dû refouler en nous jusqu'au plus petit témoignage de cette sympathie que fait naître la vue de ce qui est beau et bon, que cela vienne de l'ami ou de l'ennemi. Eh bien ! c'est ce sentiment que nous sommes étrangers à tout ce qui vous touche, qui fait de notre position quelque chose d'inacceptable, d'impossible, même pour moi, mais d'impossible pour Ned Land surtout. Tout homme, par cela seul qu'il est homme, vaut qu'on songe à lui. Vous êtes-vous demandé ce que l'amour de la liberté, la haine de l'esclavage pouvaient faire naître de projets de vengeance dans une nature comme celle du Canadien, ce qu'il pouvait penser, tenter, essayer ?... »

Je m'étais tu. Le capitaine Nemo se leva.

« Que Ned Land pense, tente, essaie tout ce qu'il voudra, que m'importe ? Ce n'est pas moi qui l'ai été chercher ! Ce n'est pas pour mon plaisir que je le garde à mon bord ! Quant à vous, monsieur Aronnax, vous êtes de ceux qui peuvent tout comprendre, même le silence. Je n'ai rien de plus à vous répondre. Que cette première fois où vous venez de traiter ce sujet soit aussi la dernière, car une seconde fois, je ne pourrais même pas vous écouter. »

Je me retirai. À compter de ce jour, notre situation fut très tendue. Je rapportai ma conversation à mes deux compagnons.

« Nous savons maintenant, dit Ned, qu'il n'y a rien à attendre de cet homme. Le *Nautilus* se rapproche de Long-Island. Nous fuirons, quel que soit le temps. »

Mais le ciel devenait de plus en plus menaçant. Des symptômes d'ouragan se manifestaient. L'atmosphère se faisait blanchâtre et laiteuse. Aux cirrus à gerbes déliées succédaient à l'horizon des couches de nimbocumulus. D'autres nuages bas fuyaient rapidement. La mer grossissait et se gonflait en longues houles. Les oiseaux disparaissaient, à l'exception des satanicles, amis des tempêtes.

Le baromètre baissait notablement et indiquait dans l'air une extrême tension des vapeurs. Le mélange du stormglass se décomposait sous l'influence de l'électricité qui saturait l'atmosphère. La lutte des éléments était prochaine.

La tempête éclata dans la journée du 18 mai, précisément lorsque le *Nautilus* flottait à la hauteur de Long-Island, à quelques milles des passes de New York. Je puis décrire cette lutte des éléments, car au lieu de la fuir dans les profondeurs de la mer, le capitaine Nemo, par un inexplicable caprice, voulut la braver à sa surface.

Le vent soufflait du sud-ouest, d'abord en grand frais, c'est-à-dire avec une vitesse de quinze mètres à la seconde, qui fut portée à vingt-cinq mètres vers trois heures du soir. C'est le chiffre des tempêtes.

Le capitaine Nemo, inébranlable sous les rafales, avait pris place sur la plate-forme. Il s'était amarré à mi-corps pour résister aux vagues monstrueuses qui déferlaient. Je m'y étais hissé et attaché aussi, partageant mon admiration entre cette tempête et cet homme incomparable qui lui tenait tête.

La mer démontée était balayée par de grandes loques de nuages qui trempaient dans ses flots. Je ne voyais plus aucune de ces petites lames intermédiaires qui se forment au fond des grands creux. Rien que de longues ondulations fuligineuses, dont la crête ne déferle pas, tant elles sont compactes. Leur hauteur s'accroissait. Elles s'excitaient entre elles. Le *Nautilus*, tantôt couché sur le côté, tantôt dressé comme un mât, roulait et tanguait épouvantablement.

Vers cinq heures, une pluie torrentielle tomba, qui n'abattit ni le vent ni la mer. L'ouragan se déchaîna avec une vitesse de quarante-cinq mètres à la seconde, soit près de quarante lieues à l'heure. C'est dans ces conditions qu'il renverse des maisons, qu'il enfonce des tuiles de toits dans des portes, qu'il rompt des grilles de fer, qu'il déplace des canons de vingt-quatre. Et pourtant le *Nautilus*, au milieu de la tourmente, justifiait cette parole d'un savant ingénieur : « Il n'y a pas de coque bien construite qui ne puisse défier la mer ! » Ce n'était pas un roc résistant, que ces lames eussent démoli, c'était un fuseau d'acier, obéissant et mobile, sans gréement, sans mâture, qui bravait impunément leur fureur.

Cependant j'examinais attentivement ces vagues déchaînées. Elles mesuraient jusqu'à quinze mètres de hauteur sur une longueur de cent cinquante à cent soixante-quinze mètres, et leur vitesse de propagation, moitié de celle du vent, était de quinze mètres à la seconde. Leur volume et leur puissance s'accroissaient avec la profondeur des eaux. Je compris alors le rôle de ces lames qui emprisonnent l'air dans leurs flancs et le refoulent au fond des mers où elles portent la vie avec l'oxygène. Leur extrême force de pression — on l'a calculée — peut s'élever jusqu'à trois mille kilogrammes par pied carré de la surface qu'elles contrebattent. Ce sont de telles lames qui, aux Hébrides, ont déplacé un bloc pesant quatre-vingt-quatre mille livres. Ce sont elles qui, dans la tempête du 23 décembre 1864, après avoir renversé une partie de la ville de Yéddo, au Japon, faisant sept cents kilomètres à l'heure, allèrent se briser le même jour sur les rivages de l'Amérique.

L'intensité de la tempête s'accrut avec la nuit. Le baromètre, comme en 1860, à la Réunion, pendant un cyclone, tomba à 710 millimètres. À la chute du jour, je vis passer à l'horizon un grand navire qui luttait péniblement. Il capeyait sous petite vapeur pour se maintenir debout à la lame. Ce devait être un des steamers des lignes de New York à Liverpool ou au Havre. Il disparut bientôt dans l'ombre.

À dix heures du soir, le ciel était en feu. L'atmosphère fut zébrée d'éclairs violents. Je ne pouvais en supporter l'éclat, tandis que le capitaine Nemo, les regardant en face, semblait aspirer en lui l'âme de la tempête. Un bruit terrible emplissait les airs, bruit complexe, fait des hurlements des vagues écrasées, des mugissements du vent, des éclats du tonnerre. Le vent sautait à tous les points de l'horizon, et le cyclone, partant de l'est, y revenait en

Un grand navire capeyait sous petite vapeur. (Page 557.)

passant par le nord, l'ouest et le sud, en sens inverse des tempêtes tournantes de l'hémisphère austral.

Ah ! ce Gulf Stream ! Il justifiait bien son nom de roi des tempêtes ! C'est lui qui crée ces formidables cyclones par la différence de température des couches d'air super-posées à ses courants.

À la pluie avait succédé une averse de feu. Les goutte-lettes d'eau se changeaient en aigrettes fulminantes. On eût dit que le capitaine Nemo, voulant une mort digne de lui, cherchait à se faire foudroyer. Dans un effroyable mouvement de tangage, le *Nautilus* dressa en l'air son éperon d'acier, comme la tige d'un paratonnerre, et j'en vis jaillir de longues étincelles.

Brisé, à bout de forces, je me coulai à plat ventre vers le panneau. Je l'ouvris et je redescendis au salon. L'orage atteignait alors son maximum d'intensité. Il était impos-sible de se tenir debout à l'intérieur du *Nautilus*.

Le capitaine Nemo rentra vers minuit. J'entendis les réservoirs se remplir peu à peu, et le *Nautilus* s'enfonça doucement au-dessous de la surface des flots.

Par les vitres ouvertes du salon, je vis de grands pois-sons effarés qui passaient comme des fantômes dans les eaux en feu. Quelques-uns furent foudroyés sous mes yeux !

Le *Nautilus* descendait toujours. Je pensais qu'il retrouverait le calme à une profondeur de quinze mètres. Non. Les couches supérieures étaient trop violemment agitées. Il fallut aller chercher le repos jusqu'à cinquante mètres dans les entrailles de la mer.

Mais là, quelle tranquillité, quel silence, quel milieu paisible ! Qui eût dit qu'un ouragan terrible se déchaînait alors à la surface de cet océan ?

À la pluie avait succédé une averse de feu. (Page 559.)

XX

PAR 47° 24' DE LATITUDE ET 17° 28' DE LONGITUDE

À la suite de cette tempête, nous avions été rejetés dans l'est. Tout espoir de s'évader sur les atterrages de New York ou du Saint-Laurent s'évanouissait. Le pauvre Ned, désespéré, s'isola comme le capitaine Nemo. Conseil et moi, nous ne nous quittions plus.

J'ai dit que le *Nautilus* s'était écarté dans l'est. J'aurais dû dire, plus exactement, dans le nord-est. Pendant quelques jours, il erra tantôt à la surface des flots, tantôt au-dessous, au milieu de ces brumes si redoutables aux navigateurs. Elles sont principalement dues à la fonte des glaces, qui entretient une extrême humidité dans l'atmosphère. Que de navires perdus dans ces parages, lorsqu'ils allaient reconnaître les feux incertains de la côte ! Que de sinistres dus à ces brouillards opaques ! Que de chocs sur ces écueils dont le ressac est éteint par le bruit du vent ! Que de collisions entre les bâtiments, malgré leurs feux de position, malgré les avertissements de leurs sifflets et de leurs cloches d'alarme !

Aussi, le fond de ces mers offrait-il l'aspect d'un champ de bataille, où gisaient encore tous ces vaincus de l'océan ; les uns vieux et empâtés déjà ; les autres jeunes et réfléchissant l'éclat de notre fanal sur leurs ferrures et leurs carènes de cuivre. Parmi eux, que de bâtiments perdus corps et biens, avec leurs équipages, leur monde d'émigrants, sur ces points dangereux signalés dans les statistiques, le cap Race, l'île Saint-Paul, le détroit de Belle-Ile, l'estuaire du Saint-Laurent ! Et depuis quelques années seulement que de victimes fournies à ces funèbres annales par les lignes du Royal-Mail, d'Inmann, de Montréal, le *Solway*, l'*Isis*, le *Paramatta*, l'*Hungarian*, le *Canadian*, l'*Anglo-Saxon*, le *Humboldt*, l'*United-States*, tous échoués, l'*Artic*, le *Lyonnais*, coulés par abordage, le *Président*, le *Pacific*, le *City-of-Glasgow*, disparus pour des causes ignorées, sombres débris au milieu desquels naviguait le *Nautilus*, comme s'il eût passé une revue des morts !

Le 15 mai, nous étions sur l'extrémité méridionale du banc de Terre-Neuve. Ce banc est un produit des alluvions marines, un amas considérable de ces détritus organiques, amenés soit de l'équateur par le courant du Gulf Stream, soit du pôle boréal, par ce contre-courant d'eau froide qui longe la côte américaine. Là aussi s'amoncellent les blocs erratiques charriés par la débâcle des glaces. Là s'est formé un vaste ossuaire de poissons, de mollusques ou de zoophytes qui y périssent par milliards.

La profondeur de la mer n'est pas considérable au banc de Terre-Neuve. Quelques centaines de brasses au plus. Mais vers le sud se creuse subitement une dépression profonde, un trou de trois mille mètres. Là s'élargit le Gulf Stream. C'est un épanouissement de ses eaux. Il perd de sa vitesse et de sa température, mais il devient une mer.

Parmi les poissons que le *Nautilus* effaroucha à son passage, je citerai le cycloptère d'un mètre, à dos noirâtre, à ventre orange, qui donne à ses congénères un exemple peu suivi de fidélité conjugale, un unernack de grande taille, sorte de murène émeraude, d'un goût excellent, des karraks à gros yeux, dont la tête a quelque ressemblance avec celle du chien, des blennies, ovovivipares comme les serpents, des gobies-boulerots ou goujons noirs de deux décimètres, des macroures à longue queue, brillant d'un éclat argenté, poissons rapides, aventurés loin des mers hyperboréennes.

Les filets ramassèrent aussi un poisson hardi, audacieux, vigoureux, bien musclé, armé de piquants à la tête et d'aiguillons aux nageoires, véritable scorpion de deux à trois mètres, ennemi acharné des blennies, des gades et des saumons ; c'était la cotte des mers septentrionales, au corps tuberculeux, brun de couleur, rouge aux nageoires. Les pêcheurs du *Nautilus* eurent quelque peine à s'emparer de cet animal, qui, grâce à la conformation de ses opercules, préserve ses organes respiratoires du contact desséchant de l'atmosphère et peut vivre quelque temps hors de l'eau.

Je cite maintenant — pour mémoire — des bosquiens, petits poissons qui accompagnent les navires dans les mers boréales, des ables-oxyrhinques, spéciaux à l'Atlantique septentrional, des rascasses, et j'arrive aux gades, principalement à l'espèce morue, que je surpris dans ses eaux de prédilection, sur cet inépuisable banc de Terre-Neuve.

On peut dire que ces morues sont des poissons de montagne, car Terre-Neuve n'est qu'une montagne sous-marine. Lorsque le *Nautilus* s'ouvrit un chemin à travers leurs phalanges pressées, Conseil ne put retenir cette observation :

« Ça ! des morues ! dit-il ; mais je croyais que les morues étaient plates comme des limandes ou des soles ?

— Naïf ! m'écriai-je. Les morues ne sont plates que chez l'épicier, où on les montre ouvertes et étalées. Mais dans l'eau, ce sont des poissons fusiformes comme les mulets, et parfaitement conformés pour la marche.

— Je veux croire monsieur, répondit Conseil. Quelle nuée, quelle fourmilière !

— Eh ! mon ami, il y en aurait davantage, sans leurs ennemis, les rascasses et les hommes ! Sais-tu combien on a compté d'œufs dans une seule femelle ?

— Faisons bien les choses, répondit Conseil. Cinq cent mille.

— Onze millions, mon ami.

— Onze millions. Voilà ce que je n'admettrai jamais, à moins de les compter moi-même.

— Compte-les, Conseil. Mais tu auras plus vite fait de me croire. D'ailleurs, c'est par milliers que les Français, les Anglais, les Américains, les Danois, les Norvégiens, pêchent les morues. On les consomme en quantités prodigieuses, et sans l'étonnante fécondité de ces poissons, les mers en seraient bientôt dépeuplées. Ainsi, en Angleterre et en Amérique seulement, cinq mille navires montés par soixante-quinze mille marins, sont employés à la pêche de la morue. Chaque navire en rapporte quarante mille en moyenne, ce qui fait vingt-cinq millions. Sur les côtes de la Norvège, même résultat.

— Bien, répondit Conseil, je m'en rapporte à monsieur. Je ne les compterai pas.

— Quoi donc ?

— Les onze millions d'œufs. Mais je ferai une remarque.

— Laquelle ?

— C'est que si tous les œufs éclosaient, il suffirait de quatre morues pour alimenter l'Angleterre, l'Amérique et la Norvège. »

Pendant que nous effleurions les fonds du banc de Terre-Neuve, je vis parfaitement ces longues lignes, armées de deux cents hameçons, que chaque bateau tend par douzaines. Chaque ligne, entraînée par un bout au moyen d'un petit grappin, était retenue à la surface par un orin fixé sur une bouée de liège. Le *Nautilus* dut manœuvrer adroitement au milieu de ce réseau sous-marin.

D'ailleurs il ne demeura pas longtemps dans ces parages fréquentés. Il s'éleva jusque vers le quarante-deuxième degré de latitude. C'était à la hauteur de Saint-Jean de Terre-Neuve et de Heart's Content, où aboutit l'extrémité du câble transatlantique.

Le *Nautilus*, au lieu de continuer à marcher au nord, prit direction vers l'est, comme s'il voulait suivre ce plateau télégraphique sur lequel repose le câble, et dont des sondages multipliés ont donné le relief avec une extrême exactitude.

Ce fut le 17 mai, à cinq cents milles environ de Heart's Content, par deux mille huit cents mètres de profondeur, que j'aperçus le câble gisant sur le sol. Conseil, que je n'avais pas prévenu, le prit d'abord pour un gigantesque serpent de mer et s'apprêtait à le classer suivant sa méthode ordinaire. Mais je désabusai le digne garçon, et pour le consoler de son déboire, je lui appris diverses particularités de la pose de ce câble.

Le premier câble fut établi pendant les années 1857 et 1858 ; mais, après avoir transmis quatre cents télégrammes environ, il cessa de fonctionner. En 1863, les ingénieurs construisirent un nouveau câble, mesurant trois mille quatre cents kilomètres et pesant quatre mille cinq cents tonnes, qui fut embarqué sur le *Great-Eastern*. Cette tentative échoua encore.

Or, le 25 mai, le *Nautilus*, immergé par trois mille huit cent trente-six mètres de profondeur, se trouvait précisément en cet endroit où se produisit la rupture qui ruina l'entreprise. C'était à six cent trente-huit milles de la côte d'Irlande. On s'aperçut, à deux heures après midi, que les communications avec l'Europe venaient de s'interrompre. Les électriciens du bord résolurent de couper le câble avant de le repêcher, et à onze heures du soir, ils avaient ramené la partie avariée. On refit un joint et une épissure ; puis le câble fut immergé de nouveau. Mais, quelques jours plus tard, il se rompit et ne put être ressaisi dans les profondeurs de l'océan.

Les Américains ne se découragèrent pas. L'audacieux Cyrus Field, le promoteur de l'entreprise, qui y risquait toute sa fortune, provoqua une nouvelle souscription. Elle fut immédiatement couverte. Un autre câble fut établi dans de meilleures conditions. Le faisceau de fils conducteurs isolés dans une enveloppe de gutta-percha, était protégé par un matelas de matières textiles contenu dans une armature métallique. Le *Great-Eastern* reprit la mer le 13 juillet 1866.

L'opération marcha bien. Cependant un incident arriva. Plusieurs fois, en déroulant le câble, les électriciens observèrent que des clous y avaient été récemment enfoncés dans le but d'en détériorer l'âme. Le capitaine Anderson, ses officiers, ses ingénieurs, se réunirent, délibérèrent, et firent afficher que si le coupable était surpris à bord, il serait jeté à la mer sans autre jugement. Depuis lors, la criminelle tentative ne se reproduisit plus.

Le 23 juillet, le *Great-Eastern* n'était plus qu'à huit cents kilomètres de Terre-Neuve, lorsqu'on lui télégraphia d'Irlande la nouvelle de l'armistice conclu entre la Prusse et l'Autriche après Sadowa. Le 27, il relevait au milieu des brumes le port de Heart's Content. L'entreprise était heureusement terminée, et par sa première dépêche, la jeune Amérique adressait à la vieille Europe ces sages paroles si rarement comprises : « Gloire à Dieu dans le ciel, et paix aux hommes de bonne volonté sur la terre. »

Je ne m'attendais pas à trouver le câble électrique dans son état primitif, tel qu'il était en sortant des ateliers de fabrication. Le long serpent, recouvert de débris de coquilles, hérissé de foraminifères, était encroûté dans un empâtement pierreux qui le protégeait contre les mollusques perforants. Il reposait tranquillement, à l'abri des mouvements de la mer, et sous une pression favorable à la transmission de l'étincelle électrique qui passe de l'Amérique à l'Europe en trente-deux centièmes de seconde. La durée de ce câble sera infinie sans doute, car on a observé que l'enveloppe de gutta-percha s'améliore par son séjour dans l'eau de mer.

D'ailleurs, sur ce plateau si heureusement choisi, le câble n'est jamais immergé à des profondeurs telles qu'il puisse se rompre. Le *Nautilus* le suivit jusqu'à son fond le plus bas, situé par quatre mille quatre cent trente et un mètres, et là, il reposait encore sans aucun effort de traction. Puis, nous nous rapprochâmes de l'endroit où avait eu lieu l'accident de 1863.

Le fond océanique formait alors une vallée large de cent vingt kilomètres, sur laquelle on eût pu poser le mont Blanc sans que son sommet émergeât de la surface des flots. Cette vallée est fermée à l'est par une muraille à pic de deux mille mètres. Nous y arrivions le 28 mai, et le *Nautilus* n'était plus qu'à cent cinquante kilomètres de l'Irlande.

Le capitaine Nemo allait-il remonter pour atterrir sur les Iles Britanniques ? Non. À ma grande surprise, il redescendit au sud et revint vers les mers européennes. En contournant l'île d'Emeraude, j'aperçus un instant le cap Clear et le feu de Fastenet, qui éclaire les milliers de navires sortis de Glasgow ou de Liverpool.

Une importante question se posait alors à mon esprit. Le *Nautilus* oserait-il s'engager dans la Manche ? Ned

Land, qui avait reparu depuis que nous rallions la terre, ne cessait de m'interroger. Comment lui répondre ? Le capitaine Nemo demeurait invisible. Après avoir laissé entrevoir au Canadien les rivages d'Amérique, allait-il donc me montrer les côtes de France ?

Cependant le *Nautilus* s'abaissait toujours vers le sud. Le 30 mai, il passait en vue du Land's End, entre la pointe extrême de l'Angleterre et les Sorlingues, qu'il laissa sur tribord.

S'il voulait entrer en Manche, il lui fallait prendre franchement à l'est. Il ne le fit pas.

Pendant toute la journée du 31 mai, le *Nautilus* décrivit sur la mer une série de cercles qui m'intriguèrent vivement. Il semblait chercher un endroit qu'il avait quelque peine à trouver. À midi, le capitaine Nemo vint faire son point lui-même. Il ne m'adressa pas la parole. Il me parut plus sombre que jamais. Qui pouvait l'attrister ainsi ? Était-ce sa proximité des rivages européens ? Sentait-il quelque ressouvenir de son pays abandonné ? Qu'éprouvait-il alors ? des remords ou des regrets ? Longtemps cette pensée occupa mon esprit, et j'eus comme un pressentiment que le hasard trahirait avant peu les secrets du capitaine.

Le lendemain, 1er juin, le *Nautilus* conserva les mêmes allures. Il était évident qu'il cherchait à reconnaître un point précis de l'océan. Le capitaine Nemo vint prendre la hauteur du soleil, ainsi qu'il avait fait la veille. La mer était belle, le ciel pur. À huit milles dans l'est, un grand navire à vapeur se dessinait sur la ligne de l'horizon. Aucun pavillon ne battait à sa corne, et je ne pus reconnaître sa nationalité.

Le capitaine Nemo, quelques minutes avant que le soleil passât au méridien, prit son sextant et observa avec une précision extrême. Le calme absolu des flots facilitait son opération. Le *Nautilus* immobile ne ressentait ni roulis ni tangage.

J'étais en ce moment sur la plate-forme. Lorsque son relèvement fut terminé, le capitaine prononça ces seuls mots.

« C'est ici ! »

Il redescendit par le panneau. Avait-il vu le bâtiment qui modifiait sa marche et semblait se rapprocher de nous ? Je ne saurais le dire.

Je revins au salon. Le panneau se ferma, et j'entendis les sifflements de l'eau dans les réservoirs. Le *Nautilus* commença de s'enfoncer, suivant une ligne verticale, car son hélice entravée ne lui communiquait plus aucun mouvement.

Quelques minutes plus tard, il s'arrêtait à une profondeur de huit cent trente-trois mètres et reposait sur le sol.

Le plafond lumineux du salon s'éteignit alors, les panneaux s'ouvrirent, et à travers les vitres, j'aperçus la mer vivement illuminée par les rayons du fanal dans un rayon d'un demi-mille.

Je regardai à bâbord et je ne vis rien que l'immensité des eaux tranquilles.

Par tribord, sur le fond, apparaissait une forte extumescence qui attira mon attention. On eût dit des ruines ensevelies sous un empâtement de coquilles blanchâtres comme sous un manteau de neige. En examinant attentivement cette masse, je crus reconnaître les formes épaissies d'un navire, rasé de ses mâts, qui devait avoir coulé par l'avant. Ce sinistre datait certainement d'une époque reculée. Cette épave, pour être ainsi encroûtée dans le calcaire des eaux, comptait bien des années passées sur ce fond de l'océan.

Quel était ce navire ? Pourquoi le *Nautilus* venait-il visiter sa tombe ? N'était-ce donc pas un naufrage qui avait entraîné ce bâtiment sous les eaux ?

Je ne savais que penser, quand, près de moi, j'entendis le capitaine Nemo dire d'une voix lente :

« Autrefois ce navire se nommait le *Marseillais*. Il portait soixante-quatorze canons et fut lancé en 1762. En 1778, le 13 août, commandé par la Poype-Vertrieux, il se battait audacieusement contre le *Preston*. En 1779, le 4 juillet, il assistait avec l'escadre de l'amiral d'Estaing à la prise de Grenade. En 1781, le 5 septembre, il prenait part au combat du comte de Grasse dans la baie de la

« C'est ici ! » dit le capitaine Nemo. (Page 568.)

Chesapeak. En 1794, la République française lui changeait son nom. Le 16 avril de la même année, il rejoignait
à Brest l'escadre de Villaret-Joyeuse, chargée d'escorter
un convoi de blé qui venait d'Amérique sous le comman-
dement de l'amiral van Stabel. Le 11 et le 12 prairial
an II, cette escadre se rencontrait avec les vaisseaux
anglais. Monsieur, c'est aujourd'hui le 13 prairial, le
1er juin 1868. Il y a soixante-quatorze ans, jour pour jour,
à cette place même, par 47° 24' de latitude et 17° 28' de
longitude, ce navire, après un combat héroïque, démâté
de ses trois mâts, l'eau dans ses soutes, le tiers de son
équipage hors de combat, aima mieux s'engloutir avec
ses trois cent cinquante-six marins que de se rendre, et
clouant son pavillon à sa poupe, il disparut sous les flots
au cri de : Vive la République !

— Le *Vengeur* ! m'écriai-je.

— Oui ! monsieur. Le *Vengeur* ! Un beau nom ! »
murmura le capitaine Nemo en se croisant les bras.

XXI

UNE HÉCATOMBE

Cette façon de dire, l'imprévu de cette scène, cet historique du navire patriote raconté d'abord, puis l'émotion
avec laquelle l'étrange personnage avait prononcé ses
dernières paroles, ce nom de *Vengeur*, dont la significa-
tion ne pouvait m'échapper, tout se réunissait pour frapper profondément mon esprit. Mes regards ne quittaient
plus le capitaine. Lui, les mains tendues vers la mer,
considérait d'un œil ardent la glorieuse épave. Peut-être
ne devais-je jamais savoir qui il était, d'où il venait, où
il allait, mais je voyais de plus en plus l'homme se dégager du savant. Ce n'était pas une misanthropie commune

« Le *Vengeur* ! » m'écriai-je. (Page 570.)

qui avait enfermé dans les flancs du *Nautilus* le capitaine Nemo et ses compagnons, mais une haine monstrueuse ou sublime que le temps ne pouvait affaiblir.

Cette haine cherchait-elle encore des vengeances ? L'avenir devait bientôt me l'apprendre.

Cependant, le *Nautilus* remontait lentement vers la surface de la mer, et je vis disparaître peu à peu les formes confuses du *Vengeur*. Bientôt un léger roulis m'indiqua que nous flottions à l'air libre.

En ce moment, une sourde détonation se fit entendre. Je regardai le capitaine. Le capitaine ne bougea pas.

« Capitaine ? » dis-je.

Il ne répondit pas.

Je le quittai et montai sur la plate-forme. Conseil et le Canadien m'y avaient précédé.

« D'où vient cette détonation ? demandai-je.

— Un coup de canon », répondit Ned Land.

Je regardai dans la direction du navire que j'avais aperçu. Il s'était rapproché du *Nautilus* et l'on voyait qu'il forçait de vapeur. Six milles le séparaient de nous.

« Quel est ce bâtiment, Ned ?

— À son gréement, à la hauteur de ses bas mâts, répondit le Canadien, je parierais pour un navire de guerre. Puisse-t-il venir sur nous et couler, s'il le faut, ce damné *Nautilus* !

— Ami Ned, répondit Conseil, quel mal peut-il faire au *Nautilus* ? Ira-t-il l'attaquer sous les flots ? Ira-t-il le canonner au fond des mers ?

— Dites-moi, Ned, demandai-je, pouvez-vous reconnaître la nationalité de ce bâtiment ? »

Le Canadien, fronçant ses sourcils, abaissant ses paupières, plissant ses yeux aux angles, fixa pendant quelques instants le navire de toute la puissance de son regard.

« Non, monsieur, répondit-il. Je ne saurais reconnaître à quelle nation il appartient. Son pavillon n'est pas hissé. Mais je puis affirmer que c'est un navire de guerre, car une longue flamme se déroule à l'extrémité de son grand mât. »

Pendant un quart d'heure, nous continuâmes d'observer le bâtiment qui se dirigeait vers nous. Je ne pouvais admettre, cependant, qu'il eût reconnu le *Nautilus* à cette distance, encore moins qu'il sût ce qu'était cet engin sous-marin.

Bientôt le Canadien m'annonça que ce bâtiment était un grand vaisseau de guerre, à éperon, un deux-ponts cuirassé. Une épaisse fumée noire s'échappait de ses deux cheminées. Ses voiles serrées se confondaient avec la ligne des vergues. Sa corne ne portait aucun pavillon. La distance empêchait encore de distinguer les couleurs de sa flamme, qui flottait comme un mince ruban.

Il s'avançait rapidement. Si le capitaine Nemo le laissait approcher, une chance de salut s'offrait à nous.

« Monsieur, me dit Ned Land, que ce bâtiment nous passe à un mille, je me jette à la mer, et je vous engage à faire comme moi. »

Je ne répondis pas à la proposition du Canadien, et je continuai de regarder le navire qui grandissait à vue d'œil. Qu'il fût anglais, français, américain ou russe, il était certain qu'il nous accueillerait, si nous pouvions gagner son bord.

« Monsieur voudra bien se rappeler, dit alors Conseil, que nous avons quelque expérience de la natation. Il peut se reposer sur moi du soin de le remorquer vers ce navire, s'il lui convient de suivre l'ami Ned. »

J'allais répondre, lorsqu'une vapeur blanche jaillit à l'avant du vaisseau de guerre. Puis, quelques secondes plus tard, les eaux troublées par la chute d'un corps pesant, éclaboussèrent l'arrière du *Nautilus*. Peu après, une détonation frappait mon oreille.

« Comment ? ils tirent sur nous ! m'écriai-je.

— Braves gens ! murmura le Canadien.

— Ils ne nous prennent donc pas pour des naufragés accrochés à une épave !

— N'en déplaise à monsieur... — Bon, fit Conseil en secouant l'eau qu'un nouveau boulet avait fait jaillir jusqu'à lui. — N'en déplaise à monsieur, ils ont reconnu le narval, et ils canonnent le narval.

— Mais ils doivent bien voir, m'écriai-je, qu'ils ont affaire à des hommes.

— C'est peut-être pour cela ! » répondit Ned Land en me regardant.

Toute une révélation se fit dans mon esprit. Sans doute, on savait à quoi s'en tenir maintenant sur l'existence du prétendu monstre. Sans doute, dans son abordage avec l'*Abraham Lincoln*, lorsque le Canadien le frappa de son harpon, le commandant Farragut avait reconnu que le narval était un bateau sous-marin, plus dangereux qu'un cétacé surnaturel ?

Oui, cela devait être ainsi, et sur toutes les mers, sans doute, on poursuivait maintenant ce terrible engin de destruction !

Terrible, en effet, si, comme on pouvait le supposer, le capitaine Nemo employait le *Nautilus* à une œuvre de vengeance ! Pendant cette nuit, lorsqu'il nous emprisonna dans la cellule, au milieu de l'océan Indien, ne s'était-il pas attaqué à quelque navire ? Cet homme, enterré maintenant dans le cimetière de corail, n'avait-il pas été victime du choc provoqué par le *Nautilus* ? Oui, je le répète, il en devait être ainsi. Une partie de la mystérieuse existence du capitaine Nemo se dévoilait. Et si son identité n'était pas reconnue, du moins, les nations coalisées contre lui chassaient maintenant, non plus un être chimérique, mais un homme qui leur avait voué une haine implacable !

Tout ce passé formidable apparut à mes yeux. Au lieu de rencontrer des amis sur ce navire qui s'approchait, nous n'y pouvions trouver que des ennemis sans pitié.

Cependant les boulets se multipliaient autour de nous. Quelques-uns, rencontrant la surface liquide, s'en allaient par ricochet se perdre à des distances considérables. Mais aucun n'atteignit le *Nautilus*.

Le navire cuirassé n'était plus alors qu'à trois milles. Malgré sa violente canonnade, le capitaine Nemo ne paraissait pas sur la plate-forme. Et cependant, l'un de ces boulets coniques, frappant normalement la coque du *Nautilus*, lui eût été fatal.

Le Canadien me dit alors :

« Monsieur, nous devons tout tenter pour nous tirer de ce mauvais pas. Faisons des signaux ! Mille diables ! On comprendra peut-être que nous sommes d'honnêtes gens ! »

Ned Land prit son mouchoir pour l'agiter dans l'air. Mais il l'avait à peine déployé, que, terrassé par une main de fer, malgré sa force prodigieuse, il tombait sur le pont.

« Misérable, s'écria le capitaine, veux-tu donc que je te cloue sur l'éperon du *Nautilus* avant qu'il ne se précipite contre ce navire ! »

Le capitaine Nemo, terrible à entendre, était plus terrible encore à voir. Sa face avait pâli sous les spasmes de son cœur, qui avait dû cesser de battre un instant. Ses pupilles s'étaient contractées effroyablement. Sa voix ne parlait plus, elle rugissait. Le corps penché en avant, il tordait sous sa main les épaules du Canadien.

Puis, l'abandonnant et se retournant vers le vaisseau de guerre dont les boulets pleuvaient autour de lui :

« Ah ! tu sais qui je suis, navire d'une nation maudite ! s'écria-t-il de sa voix puissante. Moi, je n'ai pas eu besoin de tes couleurs pour te reconnaître ! Regarde ! Je vais te montrer les miennes ! »

Et le capitaine Nemo déploya à l'avant de la plate-forme un pavillon noir, semblable à celui qu'il avait déjà planté au pôle Sud.

À ce moment, un boulet frappant obliquement la coque du *Nautilus*, sans l'entamer, et passant par ricochet près du capitaine, alla se perdre en mer.

Le capitaine Nemo haussa les épaules. Puis, s'adressant à moi :

« Descendez, me dit-il d'un ton bref, descendez, vous et vos compagnons.

— Monsieur, m'écriai-je, allez-vous donc attaquer ce navire ?

— Monsieur, je vais le couler.

— Vous ne ferez pas cela !

— Je le ferai, répondit froidement le capitaine Nemo. Ne vous avisez pas de me juger, monsieur. La fatalité

« Misérable ! veux-tu donc !... » (Page 575.)

vous montre ce que vous ne deviez pas voir. L'attaque est venue. La riposte sera terrible. Rentrez.

— Ce navire, quel est-il ?

— Vous ne le savez pas ? Eh bien ! tant mieux ! Sa nationalité, du moins, restera un secret pour vous. Descendez. »

Le Canadien, Conseil et moi, nous ne pouvions qu'obéir. Une quinzaine de marins du *Nautilus* entouraient le capitaine et regardaient avec un implacable sentiment de haine ce navire qui s'avançait vers eux. On sentait que le même souffle de vengeance animait toutes ces âmes.

Je descendis au moment où un nouveau projectile éraillait encore la coque du *Nautilus*, et j'entendis le capitaine s'écrier :

« Frappe, navire insensé ! Prodigue tes inutiles boulets ! Tu n'échapperas pas à l'éperon du *Nautilus*. Mais ce n'est pas à cette place que tu dois périr ! Je ne veux pas que tes ruines aillent se confondre avec les ruines du *Vengeur* ! »

Je regagnai ma chambre. Le capitaine et son second étaient restés sur la plate-forme. L'hélice fut mise en mouvement. Le *Nautilus*, s'éloignant avec vitesse, se mit hors de la portée des boulets du vaisseau. Mais la poursuite continua, et le capitaine Nemo se contenta de maintenir sa distance.

Vers quatre heures du soir, ne pouvant contenir l'impatience et l'inquiétude qui me dévoraient, je revins vers l'escalier central. Le panneau était ouvert. Je me hasardai sur la plate-forme. Le capitaine s'y promenait encore d'un pas agité. Il regardait le navire qui lui restait sous le vent à cinq ou six milles. Il tournait autour de lui comme une bête fauve, et l'attirant vers l'est, il se laissait poursuivre. Cependant, il n'attaquait pas. Peut-être hésitait-il encore ?

Je voulus intervenir une dernière fois. Mais j'avais à peine interpellé le capitaine Nemo, que celui-ci m'imposant silence :

« Je suis le droit, je suis la justice ! me dit-il. Je suis l'opprimé, et voilà l'oppresseur ! C'est par lui que tout ce que j'ai aimé, chéri, vénéré, patrie, femme, enfants, mon père, ma mère, j'ai vu tout périr ! Tout ce que je hais est là ! Taisez-vous ! »

Je portai un dernier regard vers le vaisseau de guerre qui forçait de vapeur. Puis, je rejoignis Ned et Conseil.

« Nous fuirons ! m'écriai-je.

— Bien, fit Ned. Quel est ce navire ?

— Je l'ignore. Mais quel qu'il soit, il sera coulé avant la nuit. En tout cas, mieux vaut périr avec lui que de se faire les complices de représailles dont on ne peut pas mesurer l'équité.

— C'est mon avis, répondit froidement Ned Land. Attendons la nuit. »

La nuit arriva. Un profond silence régnait à bord. La boussole indiquait que le *Nautilus* n'avait pas modifié sa direction. J'entendais le battement de son hélice qui frappait les flots avec une rapide régularité. Il se tenait à la surface des eaux, et un léger roulis le portait tantôt sur un bord, tantôt sur un autre.

Mes compagnons et moi, nous avions résolu de fuir au moment où le vaisseau serait assez rapproché, soit pour nous faire entendre, soit pour nous faire voir, car la lune, qui devait être pleine trois jours plus tard, resplendissait. Une fois à bord de ce navire, si nous ne pouvions prévenir le coup qui le menaçait, du moins nous ferions tout ce que les circonstances nous permettraient de tenter. Plusieurs fois, je crus que le *Nautilus* se disposait pour l'attaque. Mais il se contentait de laisser se rapprocher son adversaire, et, peu de temps après, il reprenait son allure de fuite.

Une partie de la nuit se passa sans incident. Nous guettions l'occasion d'agir. Nous parlions peu, étant trop émus. Ned Land aurait voulu se précipiter à la mer. Je le forçai d'attendre. Suivant moi, le *Nautilus* devait attaquer le deux-ponts à la surface des flots, et alors il serait non seulement possible, mais facile de s'enfuir.

À trois heures du matin, inquiet, je montai sur la plate-forme. Le capitaine Nemo ne l'avait pas quittée. Il était debout, à l'avant, près de son pavillon, qu'une légère brise déployait au-dessus de sa tête. Il ne quittait pas le vaisseau des yeux. Son regard, d'une extraordinaire intensité, semblait l'attirer, le fasciner, l'entraîner plus sûrement que s'il lui eût donné la remorque !

La lune passait alors au méridien. Jupiter se levait dans l'est. Au milieu de cette paisible nature, le ciel et l'océan rivalisaient de tranquillité, et la mer offrait à l'astre des nuits le plus beau miroir qui eût jamais reflété son image.

Et quand je pensais à ce calme profond des éléments, comparé à toutes ces colères qui couvaient dans les flancs de l'imperceptible *Nautilus*, je sentais frissonner tout mon être.

Le vaisseau se tenait à deux milles de nous. Il s'était rapproché, marchant toujours vers cet éclat phosphorescent qui signalait la présence du *Nautilus*. Je vis ses feux de position, vert et rouge, et son fanal blanc suspendu au grand étai de misaine. Une vague réverbération éclairait son gréement et indiquait que les feux étaient poussés à outrance. Des gerbes d'étincelles, des scories de charbons enflammés, s'échappant de ses cheminées, étoilaient l'atmosphère.

Je demeurai ainsi jusqu'à six heures du matin, sans que le capitaine Nemo eût paru m'apercevoir. Le vaisseau nous restait à un mille et demi, et avec les premières lueurs du jour, sa canonnade recommença. Le moment ne pouvait être éloigné où, le *Nautilus* attaquant son adversaire, mes compagnons et moi, nous quitterions pour jamais cet homme que je n'osais juger.

Je me disposais à descendre afin de les prévenir, lorsque le second monta sur la plate-forme. Plusieurs marins l'accompagnaient. Le capitaine Nemo ne les vit pas ou ne voulut pas les voir. Certaines dispositions furent prises qu'on aurait pu appeler « le branle-bas de combat » du *Nautilus*. Elles étaient très simples. La filière qui formait balustrade autour de la plate-forme, fut abaissée. De même, les cages du fanal et du timonier rentrèrent dans la coque de manière à l'affleurer seulement. La surface du long cigare de tôle n'offrait plus une seule saillie qui pût gêner sa manœuvre.

Son regard semblait l'attirer. (Page 579.)

Je revins au salon. Le *Nautilus* émergeait toujours.
Quelques lueurs matinales s'infiltraient dans la couche
liquide. Sous certaines ondulations des lames, les vitres
s'animaient des rougeurs du soleil levant. Ce terrible jour
du 2 juin se levait.

À cinq heures, le loch m'apprit que la vitesse du *Nautilus* se modérait. Je compris qu'il se laissait approcher.
D'ailleurs les détonations se faisaient plus violemment
entendre. Les boulets labouraient l'eau ambiante et s'y
vissaient avec un sifflement singulier.

« Mes amis, dis-je, le moment est venu. Une poignée
de main, et que Dieu nous garde ! »

Ned Land était résolu, Conseil calme, moi nerveux, me
contenant à peine.

Nous passâmes dans la bibliothèque. Au moment où je
poussais la porte qui s'ouvrait sur la cage de l'escalier
central, j'entendis le panneau supérieur se fermer brusquement.

Le Canadien s'élança sur les marches, mais je l'arrêtai.
Un sifflement bien connu m'apprenait que l'eau pénétrait
dans les réservoirs du bord. En effet, en peu d'instants, le
Nautilus s'immergea à quelques mètres au-dessous de la
surface des flots.

Je compris sa manœuvre. Il était trop tard pour agir.
Le *Nautilus* ne songeait pas à frapper le deux-ponts dans
son impénétrable cuirasse, mais au-dessous de sa ligne de
flottaison, là où la carapace métallique ne protège plus le
bordé.

Nous étions emprisonnés de nouveau, témoins obligés
du sinistre drame qui se préparait. D'ailleurs, nous eûmes
à peine le temps de réfléchir. Réfugiés dans ma chambre,
nous nous regardions sans prononcer une parole. Une stupeur profonde s'était emparée de mon esprit. Le mouvement de la pensée s'arrêtait en moi. Je me trouvais dans
cet état pénible qui précède l'attente d'une détonation
épouvantable. J'attendais, j'écoutais, je ne vivais que par
le sens de l'ouïe !

Cependant, la vitesse du *Nautilus* s'accrut sensible-

ment. C'était son élan qu'il prenait ainsi. Toute sa coque
frémissait.

Soudain, je poussai un cri. Un choc eut lieu, mais relativement léger. Je sentis la force pénétrante de l'éperon
d'acier. J'entendis des éraillements, des raclements. Mais
le *Nautilus*, emporté par sa puissance de propulsion, passait au travers de la masse du vaisseau comme l'aiguille
du voilier à travers la toile !

Je ne pus y tenir. Fou, éperdu, je m'élançai hors de ma
chambre et me précipitai dans le salon.

Le capitaine Nemo était là. Muet, sombre, implacable,
il regardait par le panneau de bâbord.

Une masse énorme sombrait sous les eaux, et pour ne
rien perdre de son agonie, le *Nautilus* descendait dans
l'abîme avec elle. À dix mètres de moi, je vis cette coque
entrouverte, où l'eau s'enfonçait avec un bruit de tonnerre, puis la double ligne des canons et les bastingages.
Le pont était couvert d'ombres noires qui s'agitaient.

L'eau montait. Les malheureux s'élançaient dans les
haubans, s'accrochaient aux mâts, se tordaient sous les
eaux. C'était une fourmilière humaine surprise par l'envahissement d'une mer !

Paralysé, raidi par l'angoisse, les cheveux hérissés,
l'œil démesurément ouvert, la respiration incomplète,
sans souffle, sans voix, je regardais, moi aussi ! Une irrésistible attraction me collait à la vitre !

L'énorme vaisseau s'enfonçait lentement. Le *Nautilus*,
le suivant, épiait tous ses mouvements. Tout à coup, une
explosion se produisit. L'air comprimé fit voler les ponts
du bâtiment comme si le feu eût pris aux soutes. La poussée des eaux fut telle que le *Nautilus* dévia.

Alors le malheureux navire s'enfonça plus rapidement.
Ses hunes, chargées de victimes, apparurent, ensuite ses
barres, pliant sous des grappes d'hommes, enfin le sommet de son grand mât. Puis, la masse sombre disparut,
et avec elle cet équipage de cadavres entraînés par un
formidable remous...

Je me retournai vers le capitaine Nemo. Ce terrible justicier, véritable archange de la haine, regardait toujours.

L'énorme vaisseau s'enfonçait lentement. (Page 582.)

Quand tout fut fini, le capitaine Nemo, se dirigeant vers la porte de sa chambre, l'ouvrit et entra. Je le suivis des yeux.

Sur le panneau du fond, au-dessous des portraits de ses héros, je vis le portrait d'une femme jeune encore et de deux petits enfants. Le capitaine Nemo les regarda pendant quelques instants, leur tendit les bras, et, s'agenouillant, il fondit en sanglots.

XXII

LES DERNIÈRES PAROLES DU
CAPITAINE NEMO

Les panneaux s'étaient refermés sur cette vision effrayante, mais la lumière n'avait pas été rendue au salon. À l'intérieur du *Nautilus*, ce n'étaient que ténèbres et silence. Il quittait ce lieu de désolation, à cent pieds sous les eaux, avec une rapidité prodigieuse. Où allait-il ? Au nord ou au sud ? Où fuyait cet homme après cette horrible représaille ?

J'étais rentré dans ma chambre où Ned et Conseil se tenaient silencieusement. J'éprouvais une insurmontable horreur pour le capitaine Nemo. Quoi qu'il eût souffert de la part des hommes, il n'avait pas le droit de punir ainsi. Il m'avait fait, sinon le complice, du moins le témoin de ses vengeances ! C'était déjà trop.

À onze heures, la clarté électrique réapparut. Je passai dans le salon. Il était désert. Je consultai les divers instruments. Le *Nautilus* fuyait dans le nord avec une rapidité de vingt-cinq milles à l'heure, tantôt à la surface de la mer, tantôt à trente pieds au-dessous.

Relèvement fait sur la carte, je vis que nous passions à

l'ouvert de la Manche, et que notre direction nous portait vers les mers boréales avec une incomparable vitesse.

À peine pouvais-je saisir à leur rapide passage des squales au long nez, des squales-marteaux, des roussettes qui fréquentent ces eaux, de grands aigles de mer, des nuées d'hippocampes, semblables aux cavaliers du jeu d'échecs, des anguilles s'agitant comme les serpenteaux d'un feu d'artifice, des armées de crabes qui fuyaient obliquement en croisant leurs pinces sur leur carapace, enfin des troupes de marsouins qui luttaient de rapidité avec le *Nautilus*. Mais d'observer, d'étudier, de classer, il n'était plus question alors.

Le soir, nous avions franchi deux cents lieues de l'Atlantique. L'ombre se fit, et la mer fut envahie par les ténèbres jusqu'au lever de la lune.

Je regagnai ma chambre. Je ne pus dormir. J'étais assailli de cauchemars. L'horrible scène de destruction se répétait dans mon esprit.

Depuis ce jour, qui pourra dire jusqu'où nous entraîna le *Nautilus* dans ce bassin de l'Atlantique nord ? Toujours avec une vitesse inappréciable ! Toujours au milieu des brumes hyperboréennes ! Toucha-t-il aux pointes du Spitzberg, aux accores de la Nouvelle-Zemble ? Parcourut-il ces mers ignorées, la mer Blanche, la mer de Kara, le golfe de l'Obi, l'archipel de Liarrov, et ces rivages inconnus de la côte asiatique ? Je ne saurais le dire. Le temps qui s'écoulait je ne pouvais plus l'évaluer. L'heure avait été suspendue aux horloges du bord. Il semblait que la nuit et le jour, comme dans les contrées polaires, ne suivaient plus leur cours régulier. Je me sentais entraîné dans ce domaine de l'étrange où se mouvait à l'aise l'imagination surmenée d'Edgar Poe. À chaque instant, je m'attendais à voir, comme le fabuleux Gordon Pym, « cette figure humaine voilée, de proportion beaucoup plus vaste que celle d'aucun habitant de la terre, jetée en travers de cette cataracte qui défend les abords du pôle » !

J'estime — mais je me trompe peut-être —, j'estime que cette course aventureuse du *Nautilus* se prolongea pendant quinze ou vingt jours, et je ne sais ce qu'elle aurait duré, sans la catastrophe qui termina ce voyage. Du capitaine Nemo, il n'était plus question. De son second, pas davantage. Pas un homme de l'équipage ne fut visible un seul instant. Presque incessamment, le *Nautilus* flottait sous les eaux. Quand il remontait à leur surface afin de renouveler son air, les panneaux s'ouvraient ou se refermaient automatiquement. Plus de point reporté sur le planisphère. Je ne savais où nous étions.

Je dirai aussi que le Canadien, à bout de forces et de patience, ne paraissait plus. Conseil ne pouvait en tirer un seul mot, et craignait que, dans un accès de délire et sous l'empire d'une nostalgie effrayante, il ne se tuât. Il le surveillait donc avec un dévouement de tous les instants.

On comprend que, dans ces conditions, la situation n'était plus tenable.

Un matin — à quelle date, je ne saurais le dire —, je m'étais assoupi vers les premières heures du jour, assoupissement pénible et maladif. Quand je m'éveillai, je vis Ned Land se pencher sur moi, et je l'entendis me dire à voix basse :

« Nous allons fuir ! »

Je me redressai.

« Quand fuyons-nous ? demandai-je.

— La nuit prochaine. Toute surveillance semble avoir disparu du *Nautilus*. On dirait que la stupeur règne à bord. Vous serez prêt, monsieur ?

— Oui. Où sommes-nous ?

— En vue de terres que je viens de relever ce matin au milieu des brumes, à vingt milles dans l'est

— Quelles sont ces terres ?

— Je l'ignore, mais quelles qu'elles soient, nous nous y réfugierons.

— Oui ! Ned. Oui, nous fuirons cette nuit, dût la mer nous engloutir !

— La mer est mauvaise, le vent violent, mais vingt milles à faire dans cette légère embarcation du *Nautilus* ne m'effraient pas. J'ai pu y transporter quelques vivres et quelques bouteilles d'eau à l'insu de l'équipage.

— Je vous suivrai.

— D'ailleurs, ajouta le Canadien, si je suis surpris, je me défends, je me fais tuer.

— Nous mourrons ensemble, ami Ned. »

J'étais décidé à tout. Le Canadien me quitta. Je gagnai la plate-forme, sur laquelle je pouvais à peine me maintenir contre le choc des lames. Le ciel était menaçant, mais puisque la terre était là dans ces brumes épaisses, il fallait fuir. Nous ne devions perdre ni un jour ni une heure.

Je revins au salon, craignant et désirant tout à la fois de rencontrer le capitaine Nemo, voulant et ne voulant plus le voir. Que lui aurais-je dit ? Pouvais-je lui cacher l'involontaire horreur qu'il m'inspirait ! Non ! Mieux valait ne pas me trouver face à face avec lui ! Mieux valait l'oublier ! Et pourtant !

Combien fut longue cette journée, la dernière que je dusse passer à bord du *Nautilus* ! Je restais seul. Ned Land et Conseil évitaient de me parler par crainte de se trahir.

À six heures, je dînai, mais je n'avais pas faim. Je me forçai à manger, malgré mes répugnances, ne voulant pas m'affaiblir.

À six heures et demie, Ned Land entra dans ma chambre. Il me dit :

« Nous ne nous reverrons pas avant notre départ. À dix heures, la lune ne sera pas encore levée. Nous profiterons de l'obscurité. Venez au canot. Conseil et moi, nous vous y attendrons. »

Puis le Canadien sortit, sans m'avoir donné le temps de lui répondre.

Je voulus vérifier la direction du *Nautilus*. Je me rendis au salon. Nous courions nord-nord-est avec une vitesse effrayante, par cinquante mètres de profondeur.

Je jetai un dernier regard sur ces merveilles de la nature, sur ces richesses de l'art entassées dans ce musée, sur cette collection sans rivale destinée à périr un jour au fond des mers avec celui qui l'avait formée. Je voulus fixer dans mon esprit une impression suprême. Je restai une heure ainsi, baigné dans les effluves du plafond lumineux, et passant en revue ces trésors resplendissants sous leurs vitrines. Puis, je revins à ma chambre.

Là, je revêtis de solides vêtements de mer. Je rassemblai mes notes et les serrai précieusement sur moi. Mon cœur battait avec force. Je ne pouvais en comprimer les pulsations. Certainement, mon trouble, mon agitation m'eussent trahi aux yeux du capitaine Nemo.

Que faisait-il en ce moment ? J'écoutai à la porte de sa chambre. J'entendis un bruit de pas. Le capitaine Nemo était là. Il ne s'était pas couché. À chaque mouvement, il me semblait qu'il allait m'apparaître et me demander pourquoi je voulais fuir ! J'éprouvais des alertes incessantes. Mon imagination les grossissait. Cette impression devint si poignante que je me demandai s'il ne valait pas mieux entrer dans la chambre du capitaine, le voir face à face, le braver du geste et du regard !

C'était une inspiration de fou. Je me retins heureusement, et je m'étendis sur mon lit pour apaiser en moi les agitations du corps. Mes nerfs se calmèrent un peu, mais, le cerveau surexcité, je revis dans un rapide souvenir toute mon existence à bord du *Nautilus*, tous les incidents heureux ou malheureux qui l'avaient traversée depuis ma disparition de l'*Abraham Lincoln*, les chasses sous-marines, le détroit de Torrès, les sauvages de la Papouasie, l'échouement, le cimetière de corail, le passage de Suez, l'île de Santorin, le plongeur crétois, la baie de Vigo, l'Atlantide, la banquise, le pôle Sud, l'emprisonnement dans les glaces, le combat des poulpes, la tempête du Gulf Stream, le *Vengeur*, et cette horrible scène du vaisseau coulé avec son équipage !... Tous ces événements passèrent devant mes yeux, comme ces toiles de fond qui se déroulent à l'arrière-plan d'un théâtre. Alors le capitaine Nemo grandissait démesurément dans ce milieu étrange. Son type s'accentuait et prenait des proportions surhumaines. Ce n'était plus mon semblable, c'était l'homme des eaux, le génie des mers.

Il était alors neuf heures et demie. Je tenais ma tête à deux mains pour l'empêcher d'éclater. Je fermais les yeux. Je ne voulais plus penser. Une demi-heure d'attente encore ! Une demi-heure d'un cauchemar qui pouvait me rendre fou !

En ce moment, j'entendis les vagues accords de l'orgue, une harmonie triste sous un chant indéfinissable, véritables plaintes d'une âme qui veut briser ses liens terrestres. J'écoutai par tous mes sens à la fois, respirant à peine, plongé comme le capitaine Nemo dans ces extases musicales qui l'entraînaient hors des limites de ce monde.

Puis, une pensée soudaine me terrifia. Le capitaine Nemo avait quitté sa chambre. Il était dans ce salon que je devais traverser pour fuir. Là, je le rencontrerais une dernière fois. Il me verrait, il me parlerait peut-être ! Un geste de lui pouvait m'anéantir, un seul mot, m'enchaîner à son bord !

Cependant, dix heures allaient sonner. Le moment était venu de quitter ma chambre et de rejoindre mes compagnons.

Il n'y avait pas à hésiter, dût le capitaine Nemo se dresser devant moi. J'ouvris ma porte avec précaution, et cependant, il me sembla qu'en tournant sur ses gonds, elle faisait un bruit effrayant. Peut-être ce bruit n'existait-il que dans mon imagination !

Je m'avançai en rampant à travers les coursives obscures du *Nautilus*, m'arrêtant à chaque pas pour comprimer les battements de mon cœur.

J'arrivai à la porte angulaire du salon. Je l'ouvris doucement. Le salon était plongé dans une obscurité profonde. Les accords de l'orgue résonnaient faiblement. Le capitaine Nemo était là. Il ne me voyait pas. Je crois même qu'en pleine lumière, il ne m'eût pas aperçu, tant son extase l'absorbait tout entier.

Je me traînai sur le tapis, évitant le moindre heurt dont le bruit eût pu trahir ma présence. Il me fallut cinq minutes pour gagner la porte du fond qui donnait sur la bibliothèque.

J'allais l'ouvrir, quand un soupir du capitaine Nemo me cloua sur place. Je compris qu'il se levait. Je l'entrevis même, car quelques rayons de la bibliothèque éclairée filtraient jusqu'au salon. Il vint vers moi, les bras croisés,

silencieux, glissant plutôt que marchant, comme un
spectre. Sa poitrine oppressée se gonflait de sanglots. Et
je l'entendis murmurer ces paroles — les dernières qui
aient frappé mon oreille :

« Dieu tout-puissant ! assez ! assez ! »

Était-ce l'aveu du remords qui s'échappait ainsi de la
conscience de cet homme ?...

Éperdu, je me précipitai dans la bibliothèque. Je montai
l'escalier central, et, suivant la coursive supérieure, j'arrivai au canot. J'y pénétrai par l'ouverture qui avait déjà
livré passage à mes deux compagnons.

« Partons ! Partons ! m'écriai-je.

— À l'instant ! » répondit le Canadien.

L'orifice évidé dans la tôle du *Nautilus* fut préalablement fermé et boulonné au moyen d'une clef anglaise
dont Ned Land s'était muni. L'ouverture du canot se
ferma également, et le Canadien commença à dévisser les
écrous qui nous retenaient encore au bateau sous-marin.

Soudain un bruit intérieur se fit entendre. Des voix se
répondaient avec vivacité. Qu'y avait-il ? S'était-on
aperçu de notre fuite ? Je sentis que Ned Land me glissait
un poignard dans la main.

« Oui ! murmurai-je, nous saurons mourir ! »

Le Canadien s'était arrêté dans son travail. Mais un
mot, vingt fois répété, un mot terrible, me révéla la cause
de cette agitation qui se propageait à bord du *Nautilus*.
Ce n'était pas à nous que son équipage en voulait !

« Maelström ! Maelström ! » s'écriait-il.

Le maelström ! Un nom plus effrayant dans une situation plus effrayante pouvait-il retentir à notre oreille ?
Nous trouvions-nous donc sur ces dangereux parages de
la côte norvégienne ? Le *Nautilus* était-il entraîné dans ce
gouffre, au moment où notre canot allait se détacher de
ses flancs ?

On sait qu'au moment du flux, les eaux resserrées entre
les îles Feroë et Loffoden sont précipitées avec une irrésistible violence. Elles forment un tourbillon dont aucun
navire n'a jamais pu sortir. De tous les points de l'horizon
accourent des lames monstrueuses. Elles forment ce

gouffre justement appelé le « Nombril de l'Océan », dont
la puissance d'attraction s'étend jusqu'à une distance de
quinze kilomètres. Là sont aspirés non seulement les
navires, mais les baleines, mais aussi les ours blancs des
régions boréales.

C'était là que le *Nautilus* — involontairement ou
volontairement peut-être — avait été engagé par son capitaine. Il décrivait une spirale dont le rayon diminuait de
plus en plus. Ainsi que lui, le canot, encore accroché à
son flanc, était emporté avec une vitesse vertigineuse. Je
le sentais. J'éprouvais ce tournoiement relatif qui succède
à un mouvement de giration trop prolongé. Nous étions
dans l'épouvante, dans l'horreur portée à son comble, la
circulation suspendue, l'influence nerveuse annihilée, traversés de sueurs froides comme les sueurs de l'agonie !
Et quel bruit autour de notre frêle canot ! Quels mugissements que l'écho répétait à une distance de plusieurs milles ! Quel fracas que celui de ces eaux brisées sur les
roches aiguës du fond, là où les corps les plus durs se
brisent, là où les troncs d'arbres s'usent et se font « une
fourrure de poils », selon l'expression norvégienne !

Quelle situation ! Nous étions ballottés affreusement.
Le *Nautilus* se défendait comme un être humain. Ses
muscles d'acier craquaient. Parfois il se dressait, et nous
avec lui !

« Il faut tenir bon, dit Ned, et revisser les écrous ! En
restant attachés au *Nautilus*, nous pouvons nous sauver
encore... ! »

Il n'avait pas achevé de parler, qu'un craquement se
produisait. Les écrous manquaient, et le canot, arraché de
son alvéole, était lancé comme la pierre d'une fronde au
milieu du tourbillon.

Ma tête porta sur une membrure de fer, et, sous ce choc
violent, je perdis connaissance.

Le canot lancé au milieu du tourbillon. (Page 591.)

XXIII

CONCLUSION

Voici la conclusion de ce voyage sous les mers. Ce qui se passa pendant cette nuit, comment le canot échappa au formidable remous du maelström, comment Ned Land, Conseil et moi, nous sortîmes du gouffre, je ne saurai le dire. Mais quand je revins à moi, j'étais couché dans la cabane d'un pêcheur des îles Loffoden. Mes deux compagnons, sains et saufs, étaient près de moi et me pressaient les mains. Nous nous embrassâmes avec effusion.

En ce moment, nous ne pouvons songer à regagner la France. Les moyens de communication entre la Norvège septentrionale et le sud sont rares. Je suis donc forcé d'attendre le passage du bateau à vapeur qui fait le service bimensuel du cap Nord.

C'est donc là, au milieu de ces braves gens qui nous ont recueillis, que je revois le récit de ces aventures. Il est exact. Pas un fait n'a été omis, pas un détail n'a été exagéré. C'est la narration fidèle de cette invraisemblable expédition sous un élément inaccessible à l'homme, et dont le progrès rendra les routes libres un jour.

Me croira-t-on ? Je ne sais. Peu importe, après tout. Ce que je puis affirmer maintenant, c'est mon droit de parler de ces mers sous lesquelles, en moins de dix mois, j'ai franchi vingt mille lieues, de ce tour du monde sous-marin qui m'a révélé tant de merveilles à travers le Pacifique, l'océan Indien, la mer Rouge, la Méditerranée, l'Atlantique, les mers australes et boréales !

Mais qu'est devenu le *Nautilus* ? A-t-il résisté aux étreintes du maelström ? Le capitaine Nemo vit-il encore ? Poursuit-il sous l'océan ses effrayantes représailles, ou s'est-il arrêté devant cette dernière hécatombe ? Les flots apporteront-ils un jour ce manuscrit qui renferme toute l'histoire de sa vie ? Saurai-je enfin le nom de cet

J'étais couché dans la cabane d'un pêcheur. (Page 593.)

homme ? Le vaisseau disparu nous dira-t-il, par sa nationalité, la nationalité du capitaine Nemo ?

Je l'espère. J'espère également que son puissant appareil a vaincu la mer dans son gouffre le plus terrible, et que le *Nautilus* a survécu là où tant de navires ont péri ! S'il en est ainsi, si le capitaine Nemo habite toujours cet Océan, sa patrie d'adoption, puisse la haine s'apaiser dans ce cœur farouche ! Que la contemplation de tant de merveilles éteigne en lui l'esprit de vengeance ! Que le justicier s'efface, que le savant continue la paisible exploration des mers ! Si sa destinée est étrange, elle est sublime aussi. Ne l'ai-je pas compris par moi-même ? N'ai-je pas vécu dix mois de cette existence extra-naturelle ? Aussi, à cette demande posée, il y a six mille ans, par l'Ecclésiaste : « Qui a jamais pu sonder les profondeurs de l'abîme ? » deux hommes entre tous les hommes ont le droit de répondre maintenant. Le capitaine Nemo et moi.

FIN DE LA SECONDE PARTIE

Table

DEUXIÈME PARTIE

JULES VERNE
1828-1905

I

Jules Verne a écrit quatre-vingts romans (ou longues nouvelles), publié plusieurs grands ouvrages de vulgarisation comme *Géographie illustrée de la France et de ses colonies* (1868), *Histoire des grands voyages et des grands voyageurs* (1878), *Christophe Colomb* (1883), et fait représenter, seul ou en collaboration, une quinzaine de pièces de théâtre. Sa célébrité est plus que centenaire puisqu'elle date des années 1863-1865 qui furent celles de la publication de : *Cinq semaines en ballon, Voyage au centre de la Terre, De la Terre à la Lune*, ses trois premiers grands romans. Dans un siècle qui compte des génies comme Balzac, Dickens, Dumas père, Tolstoï, Dostoïevski, Tourgueniev, Flaubert, Stendhal, George Eliot, Zola — pour ne citer que dix noms parmi ceux des grands maîtres de ce siècle du roman — il apparaît un peu en marge, comme un prodigieux artisan en matière de fictions, comme un enchanteur aux charmes inépuisables et, dans une certaine mesure, comme un voyant, capable d'imaginer, un demi-siècle (ou un siècle) avant leur naissance, quelques-unes des plus étonnantes conquêtes de la science.

On a tout dit sur ce sujet et il est même arrivé qu'on mette du mystère là où il n'y en avait pas, qu'on auréole l'écrivain de pouvoirs surnaturels, qu'on en fasse un magicien. Il est plus véridique de le voir comme un homme de son temps, sensible à la richesse de découvertes scientifiques dont il s'informe avec un soin constant et scrupuleux ; comme un travailleur infatigable, attelé quotidiennement pendant près d'un demi-siècle à *faire passer* dans le roman, en les prolongeant par une extrapolation foisonnante, les conquêtes et les découvertes des savants de son époque. Son extrapolation rejoint certes l'avenir, mais elle ne prévoit pas tous les cheminements de la science. Jules Verne est un poète du XIXᵉ siècle, non pas un ingénieur du XXᵉ. La radio, les rayons X, le cinéma, l'automobile, qu'il a vus naître, ne jouent pas dans son œuvre un rôle important. Et on peut remarquer, par exemple, que le moteur même du *Nautilus*, et le canon qui envoie des astronautes vers la lune, sont des machines de théâtre. Mais un de ses plus beaux romans, *Les Cinq Cents Millions de la Bégum*, évoque le premier satellite artificiel, et le *Nautilus* précède de dix ans les sous-marins de l'ingénieur Laubeuf...

Jules Verne ne fournit pas les moyens techniques qui permettraient la réalisation des engins modernes : il évoque l'existence et les pouvoirs de ceux-ci. Il n'est pas un surhomme — mais Edison lui-même, « vrai » savant, n'a pas prévu l'avenir de ses propres découvertes... Les bouleversements que peut apporter la science pure échappent à la prévision, et nos auteurs de science-

fiction, ne sont sans doute pas plus proches de l'an 2100 que Jules Verne n'était proche, en 1875 ou 1880, du monde d'aujourd'hui travaillé par la science nucléaire...

Il était quelqu'un d'autre : un créateur qui ne fait pas concurrence à la science mais en incarne la poésie puissante, parfois terrible, dans des mythes fascinants ; un créateur qui, aux écoutes d'un monde que les chemins de fer et les paquebots transforment, pressent des aventures où l'homme et la machine vont devenir un couple au destin fabuleux. Il est sur le seuil d'un monde.

D'un monde, non pas de l'univers dans sa totalité. Il n'est pas métaphysicien : ses astronautes n'emportent pas l'âme de Pascal dans leur voyage à travers le champ stellaire ; ni sociologue : c'est déraison que de chercher dans *Michel Strogoff* une analyse « cachée » des forces révolutionnaires russes au XIXᵉ siècle. Mais, conteur, romancier-dramaturge, créateur de fictions, il relaie et développe, avec une verve et une santé inépuisables, un génie qu'eut aussi le grand Dumas père. Celui-ci nourrissait son œuvre en la conduisant dans le passé, Jules Verne vibre et crée à l'intersection du présent et de l'avenir.

II

Il naquit à Nantes le 8 février 1828. Son père, Pierre Verne, fils d'un magistrat de Provins, s'était rendu acquéreur en 1825 d'une étude d'avoué et avait épousé en 1827 Sophie Allotte de la Fuÿe,

d'une famille nantaise aisée qui comptait des navigateurs et des armateurs. Jules Verne eut un frère : Paul (1829-1897) et trois sœurs : Anna, Mathilde et Marie. À six ans, il prend ses premières leçons de la veuve d'un capitaine au long cours et à huit entre avec son frère au petit séminaire de Saint-Donatien. En 1839, ayant acheté l'engagement d'un mousse, il s'embarque sur un long-courrier en partance pour les Indes. Rattrapé à Paimbœuf par son père, il avoue être parti pour rapporter à sa cousine Caroline Tronson un collier de corail. Mais, rudement tancé, il promet : « Je ne voyagerai plus qu'en rêve. »

À la rentrée scolaire de 1844, il est inscrit au lycée de Nantes où il fera sa rhétorique et sa philosophie. Ses baccalauréats passés, et comme son père lui destine sa succession, il commence son droit. Sans cesser d'aimer Caroline, et tout en écrivant ses premières œuvres : des sonnets et une tragédie en vers ; un théâtre... de marionnettes refuse la tragédie, que le cercle de famille n'applaudit pas, et dont on ignore tout, même le titre.

Caroline se marie en 1847, au grand désespoir de Jules Verne. Il passe son premier examen de droit à Paris où il ne demeure que le temps nécessaire. L'année suivante, il compose une autre œuvre dramatique, assez libre celle-là, qu'on lit en petit comité au *Cercle de la Cagnotte*, à Nantes. Le théâtre l'attire et le théâtre, c'est Paris. Il obtient de son père l'autorisation d'aller terminer ses études de droit dans la capitale où il débarque, pour la seconde fois, le 12 novembre 1848. Il n'a pas oublié les dédains de Caroline et écrit à un de ses amis, le musicien Aristide Hignard (qui sera son collaborateur au théâtre) : « ...je pars puisqu'on n'a pas voulu de moi, mais les uns et les autres verront de quel bois était fait ce pauvre jeune homme qu'on appelle Jules Verne. »

À Paris il s'installe, avec un autre jeune Nantais en cours d'études, Édouard Bonamy, dans une maison meublée, rue de l'Ancienne-Comédie. Avide de tout savoir, mais bridé par une pension calculée au plus près du strict nécessaire, il joue au naturel, avec Bonamy, *L'Habit vert* de Musset et Augier : ne possédant à eux deux qu'une tenue de soirée complète, les deux étudiants vont dans le monde alternativement. Avide de tout lire, Jules Verne jeûnera trois jours pour s'acheter le théâtre de Shakespeare...

Il écrit, et naturellement pour le théâtre. Avec d'autant plus de confiance qu'il a fait la connaissance de Dumas père et assisté, au Théâtre-Historique[1] dans la loge même de l'écrivain, à l'une des premières représentations de *La Jeunesse des mousquetaires* (21 février 1849).

En 1849 il mène de front trois sujets, dont deux semblent venir de Dumas lui-même : *La Conspiration des Poudres, Drame sous la Régence*, et une comédie en vers en un acte : *Les Pailles rompues*. C'est le troisième sujet qui plaît à Dumas : la pièce voit les feux de la rampe au Théâtre-His-

1. Fondé par Dumas, inauguré le 20 février 1847, le Théâtre-Historique avait été construit sur le boulevard du Temple, à un emplacement qu'on peut situer approximativement, place de la République, entre les Magasins Réunis et le terre-plein qui leur fait face. Déclaré en faillite le 20 décembre 1850, il sera exploité sous le nom de Théâtre-Lyrique et détruit en 1863, un an après les autres théâtres du boulevard du Crime, en application des plans du préfet Haussmann.

torique le 12 juin 1850. On la jouera douze fois — et elle sera présentée le 7 novembre au théâtre Graslin à Nantes. Succès d'estime que suit la composition de deux pièces : *Les Savants* et *Qui me rit* qui ne seront pas représentées. Mais le droit n'est pas oublié et Jules Verne passe sa thèse (1850). Selon le vœu de son père il devrait alors s'inscrire au barreau de Nantes ou prendre sa charge d'avoué. Fermement, l'écrivain refuse : la seule carrière qui lui convienne est celle des lettres.

Il ne quitte pas Paris et, pour boucler son budget, doit donner des leçons. Sans cesser d'écrire : en 1852 il publie dans *Le Musée des familles* : « Les premiers navires de la marine mexicaine » et « Un voyage en ballon » qui figurera plus tard dans le volume *Le Docteur Ox* sous le titre *Un drame dans les airs*, deux récits où déjà se devine le futur auteur des *Voyages extraordinaires*. La même année il devient secrétaire

d'Edmond Seveste [1] qui en 1851 a installé, dans les murs du Théâtre-Historique, l'Opéra-National, dénommé en avril 1852 et pour dix ans le Théâtre-Lyrique.

En avril 1852, Jules Verne publie dans *Le Musée des familles* sa première longue nouvelle : *Martin Paz*, récit historique où la rivalité ethnique des Espagnols, des Indiens et des métis au Pérou se mêle à une intrigue sentimentale. L'écrivain de vingt-quatre ans possède déjà cette ouverture historico-géographique qui fera de lui un des visionnaires de son époque.

Le 20 avril 1853, sur la scène — qu'il connaît bien maintenant — du Théâtre-Lyrique, Jules Verne voit représenter *Le Colin-Maillard*, une opérette en un acte dont il a écrit le livret avec Michel Carré et dont son ami Aristide Hignard a composé la musique. Quarante représentations : c'est presque un succès — et la pièce est imprimée chez Michel-Lévy. L'année suivante, peu après la mort de Jules Seveste, il quitte le Théâtre-Lyrique et se met au travail, dans son petit logement du boulevard Bonne-Nouvelle ; il publie la première version de *Maître Zaccharius* (1854) puis *Un hivernage dans les glaces* (1855) sans cesser d'écrire pour le théâtre. En 1856 il fait la connaissance de celle qu'il épousera le 10 janvier 1857 : Honorine-Anne-Hébé Morel, née du Fraysne de Viane, veuve de vingt-six ans, mère de deux fillettes.

---

1. Celui-ci mourut en février 1852. Son frère cadet Jules lui succéda, mais mourut en 1854 du choléra apporté par les combattants de Crimée.

Jules Verne, grâce aux relations de son beau-père et à un apport de Pierre Verne (50 000 francs) entre à la Bourse de Paris comme associé de l'agent de change Eggly. Il s'installe alors boulevard Montmartre puis rue de Sèvres. L'œuvre de sa vie continue de se nourrir d'immenses lectures et aussi de ses premiers grands voyages (Angleterre et Écosse 1859, Norvège et Scandinavie 1861) sans qu'il renonce pour autant à l'expression dramatique : il donne en 1860, aux Bouffes-Parisiens, dirigés par Offenbach, une opérette mise en musique par Hignard : *Monsieur de Chimpanzé*, et en 1861 au Vaudeville, une comédie écrite en collaboration avec Charles Wallut : *Onze jours de siège*. La même année, le 3 août 1861, naît Michel Verne, qui sera son unique enfant.

1862 : Il présente à l'éditeur Hetzel *Cinq semaines en ballon* et signe un contrat qui l'engage pour les vingt années suivantes. Sa vraie carrière va commencer : le roman, qui paraît en décembre 1862, remporte un succès triomphal, en France d'abord puis dans le monde. Jules Verne peut abandonner la Bourse sans inquiétude. Hetzel lui demande en effet une collaboration régulière à un nouveau magazine, le *Magasin d'Éducation et de Récréation*. C'est dans les colonnes de ce journal, et dès le premier numéro (20 mars 1864), que paraîtront *Les Aventures du capitaine Hatteras*, avant leur publication en volume. La même année verra la sortie en librairie de *Voyage au centre de la Terre* que suivra en 1865 *De la Terre à la Lune* (avec ce sous-titre pour nous savou-

reux : *Trajet direct en 97 heures 20 minutes*).

C'est le grave *Journal des Débats* qui a publié en feuilleton *De la Terre à la Lune* puis *Autour de la Lune* : le public de Jules Verne, dès l'origine de sa carrière, est double : un public d'adolescents qui fait le succès du *Magasin d'Éducation et de Récréation* ; un public d'adultes que le « jeu » scientifique de l'écrivain passionne. Le physicien et astronome Jules Janssen, le mathématicien Joseph Bertrand refont les calculs de Jules Verne — et vérifient, dit-on (il serait sans doute imprudent de ne pas placer ici un point d'interrogation), l'exactitude des courbes, paraboles et hyperboles qui définissent le trajet du boulet-wagon de *De la Terre à la Lune*. Et ceux d'entre les lecteurs du *Journal des débats* que l'astronomie ne passionne pas sont sensibles à la verve d'un Jules Verne, qui met dans son roman beaucoup de la légèreté aimable d'un vaudevilliste boulevardier... Il n'est pas superflu de noter, à ce moment où s'ouvre pour l'écrivain sa carrière véritable, qu'elle l'éclaire alors d'une lumière de gaieté et de fantaisie proche de celle qui règne et régnera chez ses confrères des théâtres — les Labiche, Meilhac et Halévy, Gondinet et bien d'autres moins connus : Jules Verne, qu'on le considère comme un auteur dramatique (homme de théâtre plutôt) ou comme romancier, appartient au Second Empire d'Offenbach autant qu'au XIXe siècle de la science. Il est parisien (et même Parisien) et cosmopolite ; il se plaît dans son époque et avec ses amis, manifestant dans sa vie comme dans ses livres une cordialité généreuse, à peine ironique, qui est, pour le fond, celle-là même des hommes de lettres et de théâtre dont les livres et les répliques ont coloré une part du Second Empire. Et il n'est pas douteux que le succès de Jules Verne trouve sa source dans cette bonne humeur railleuse, cette allégresse surveillée autant que dans le foisonnement de son imagination. À dix-sept ans, on le lit et on l'aime comme un guide fraternel, explorateur de contrées inconnues ; on peut le retrouver plus tard sous les apparences, à peine désuètes, d'un camarade de cercle disert, d'un conteur inlassable, à l'invention fertile, au jugement rapide, véridique, sagement ironique. Reconnaître ces deux Jules Verne, c'est comprendre une des raisons de sa durable présence. Son succès est populaire, dans ce sens qu'il se nourrit d'une approbation générale, voire d'une manière d'affection dont les racines sont profondes. On l'aime moins gravement que d'autres, sans doute : Balzac, Hugo, Tolstoï, Flaubert, Zola nous tiennent et nous gouvernent. Jules Verne est un compagnon d'une autre race, et sa voix est moins haute mais elle est pleine et juste.

Et surtout, peut-être, elle s'installe dans une durée, dans un monde. Il y a en effet un monde de Jules Verne, extraordinaire et fraternel, ouvert sur l'imaginaire et d'une puissante ressemblance avec le réel. Ce monde, il l'explore avec une rigueur inlassable dans la série des *Voyages extraordinaires* que nous venons de voir naître, et qui se poursuivra durant quarante années. Les jalons sont

des titres connus : *Les Enfants du capitaine Grant* (1867), *Vingt mille lieues sous les mers* (1869), *Le Tour du monde en quatre-vingts jours* (1873), *L'Île mysté-rieuse* (1874), Michel Strogoff (1876), *Les Indes noires* (1877), *Un capitaine de quinze ans* (1878), *Les Tribulations d'un Chinois en Chine* (1879), *Les Cinq Cents Millions de la Bégum* (1879), *Le Rayon vert* (1882), *Kéraban le têtu* (1883), *L'Archi-pel en feu* (1884), *Mathias San-dorf* (1885), *Robur le Conquérant* (1886), *Deux ans de vacances* (1888), *Le Château des Car-pathes* (1892), *L'Île à hélice* (1895), *Face au drapeau* (1896), *Le Superbe Orénoque* (1898), *Un drame en Livonie* (1904), *Maître du monde* (1904).

On ne peut citer toutes les œuvres ; mais le rapprochement de vingt d'entre elles suffit à évoquer les grands moments d'une réussite quasi continue que l'écrivain, on le sait, avait préparée (sinon prévue) de longue main. Cette préparation explique sinon la fécondité de Jules Verne, du moins une solidité que l'abondance menacera rarement : s'il n'a pas écrit seulement des romans de premier ordre, il n'a rien publié d'indifférent. Il avait une conscience artisanale (on en a la preuve, maintes fois répétée, dans ses lettres) et une dure exigence envers lui-même. Ses années de grande période sont, pour l'essentiel, organisées selon le travail en cours. Voyages, lectures, composition, se succèdent et surtout s'enchaînent.

En 1866, après ses premiers succès, il loua une maison au Crotoy, dans l'estuaire de la Somme, et bientôt acheta son premier bateau baptisé du prénom de son fils : le *Saint-Michel*. C'est une simple chaloupe de pêche, que quelques aménagements rendront propre à la navigation de plaisance ; un lieu de travail aussi ; un instrument de travail et de connaissance concrète : croisières sur la Manche, descente et remontée de Seine, c'est dans ces petits voyages que naissent peu à peu les voyages extraordinaires. Jules Verne ne se contente pas longtemps des fleuves et des côtes. En avril 1867, il part pour les États-Unis avec son frère Paul à bord du *Great-Eastern*, grand navire à roues construit pour la pose du câble téléphonique transocéanien. Et au retour il se plonge dans *Vingt mille lieues sous les mers* dont il écrit une grande partie à bord du *Saint-Michel*, qu'il nomme son « cabinet de travail flottant ».

En 1870-1871, Jules Verne est mobilisé comme garde-côte au Crotoy, ce qui ne l'empêche pas d'écrire : quand la maison Hetzel reprendra son activité, il aura quatre livres devant lui. En 1872 il s'installe à Amiens, ville natale et familiale de sa femme. Deux ans plus tard il achètera un hôtel particulier et un vrai yacht : le *Saint-Michel II*. *Le Tour du monde en quatre-vingts jours*, qu'il a porté à la scène avec la collaboration d'Adolphe d'Ennery, remporte un triomphe à la Porte-Saint-Martin (8 novembre 1874) où il sera joué pendant deux ans. Livres, croisières, vie bourgeoise : c'est un équilibre où le travail joue le premier rôle.

Le travail et l'argent : Jules Verne sait fort bien gérer le patrimoine littéraire que représentent ses romans — et leurs « suites ».

La période de 1872 à 1886, disent ceux qui furent les témoins de sa vie, fut l'apogée de sa gloire et de sa fortune.

Au calendrier des romans et des pièces (*Le Docteur Ox*, musique d'Offenbach sur un livret de Philippe Gille et Arnold Mortier, 1877 ; *Les Enfants du capitaine Grant*, avec Adolphe d'Ennery, 1878 ; *Michel Strogoff, id.* 1880 ; *Voyage à travers l'impossible, id.* 1882 ; *Mathias Sandorf*, de William Busnach et Georges Maurens, 1887), il faut épingler quelques dates. Le grand bal travesti donné à Amiens en 1877 au cours duquel l'astronaute-photographe Nadar — vieil ami de Jules Verne et modèle de Michel Ardan, auquel il a donné par anagramme son nom — jaillit de l'obus de *De la Terre à la Lune*... L'achat d'un nouveau yacht, le *Saint-Michel III*... La rencontre en 1878 du jeune Aristide Briand, élève au lycée de Nantes[1], ses croisières en Norvège, Irlande, Écosse (1880), dans la mer du Nord et la Baltique (1881), en Méditerranée (1884). Son élection au conseil municipal d'Amiens sur une liste radicale que quelques biographes baptisent abusivement « ultra-rouge » (1889). Il a perdu son père en 1871, sa mère en 1887. Son frère Paul disparaîtra en 1897[2]. En 1902, il est atteint de la cataracte...

« Ma vie est pleine, aucune place pour l'ennui. C'est à peu près tout ce que je demande », a-t-il écrit dans les années de gloire et de santé.

En 1886-1887, après un drame dont on connaît peu de chose[3] et la vente de son yacht, il renonce à sa vie libre et voyageuse, et jette l'ancre à Amiens où il prend très au sérieux ses fonctions municipales. Le romancier et l'administrateur sont satisfaits l'un de l'autre. « Paris ne me reverra plus », écrit-il en 1892 à l'une de ses sœurs. 1884-1905 : les biographes de Jules Verne le montrent mélancolique, silencieux et citent ces lignes d'une lettre à son frère (1er août 1894) : « Toute gaieté m'est devenue insupportable, mon caractère est profondément altéré, et j'ai reçu des coups dont je ne me remettrai jamais. » Mais à cette citation on pourrait en opposer d'autres, sans ombres. Et il est aventureux, pour le moins, de colorer tragiquement les dernières années de Jules Verne. Il travailla jusqu'à ce qu'il ne puisse plus tenir une plume. « Quand je ne travaille pas, je ne me sens plus vivre », dit-il en présence de l'écrivain italien De Amicis. Et il travaille, se passionnant pour *Les Aventures d'Arthur Gordon Pym* d'Edgar Poe, l'un des auteurs qu'il admire le plus, depuis cinquante ans. Et il écrit la suite des aventures du héros américain : *Le Sphinx des glaces*. Il écrira encore dix livres, avant de mourir le 24 mars 1905, dans sa maison d'Amiens.

---

1. Jules Verne a nommé Briant un des personnages de *Deux ans de vacances*. On a commenté cette ressemblance des noms. Cf. Marcel Moré : *Le Très Curieux Jules Verne*, Gallimard, 1960.

2. Il avait publié chez Hetzel un livre sur les croisières accomplies avec son frère à bord du *Saint-Michel III : De Rotterdam à Copenhague* (1881).

3. Il fut blessé de deux balles de revolver par un jeune homme qu'on a dit atteint de fièvre cérébrale (?) et qui était, semble-t-il, un de ses neveux.

Composition réalisée par NORD COMPO

Achevé d'imprimer en juillet 2010 en Allemagne par
GGP Media GmbH
Pößneck (07381)
Dépôt légal 1re publication : mars 1966
Édition 40 – juillet 2010
LIBRAIRIE GÉNÉRALE FRANÇAISE - 31, rue de Fleurus - 75278 Paris Cedex 06